CHARLES DICKENS

CANCIÓN DE NAVIDAD

Y OTROS CUENTOS

ALMACÉN DE ANTIGÜEDADES

Títulos: Canción de Navidad / Otros cuentos / Almacén de antigüedades
Títulos originales: *A Christmas Carol / Other Tales / The Old Curiosity Shop*
Autor: Charles Dickens

© Edimat Libros, SA
C/ Primavera, 10, nave 35
28500 Arganda del Rey
Madrid-España
www.edimat.es

Traducción: Realizada o adquirida por equipo editorial
Introducción: Ivana Mollo
Diseño e ilustraciones de cubierta: Karakachoff estudio

ISBN: 978-84-9794-679-7
Depósito Legal: M-7469-2025

Impreso en España - *Printed in Spain*

INTRODUCCIÓN

«Aquí toca ese otro aspecto del vivir del pueblo que nadie
ha mostrado como él; porque su destino era mostrar que no hay
cerveza como la del festín de un pobre ni placeres como los
suyos».

G. K. CHESTERTON, *Charles Dickens.*

La obra del inglés Charles Dickens (1812-1870) ha sido ampliamente difundida y leída desde sus primeras publicaciones hasta la actualidad, cuando las reediciones de sus novelas continúan siendo éxi-
tos de venta. Dickens ha sido un hombre de perfil popular, que produjo
desde y para la cultura urbana que se consolidaba en la Inglaterra del
siglo XIX tras los grandes cambios socioeconómicos que sobrevinieron
con las revoluciones burguesas desde el siglo XVII.

Es tal vez este rasgo, el hecho de captar y capturar las formas de
lo urbano, y con ellas la experiencia de la ciudad con sus opacidades,
encuentros y desencuentros favorecidos por su misma estructura, lo
que hoy en día se considera como un elemento distintivo y renova-
dor de Dickens en virtud de ser parte de una revolución que también
fue lingüística. «La novela —escribe Aránzazu Usandizaga[1]— inventa
el nuevo mundo a la vez que la identidad moderna, y relata sus con-
tradicciones y ansiedades más ocultas. Por primera vez un género se
compromete con la originalidad temática, y el relato se centra en el destino individual de personajes cualquiera, no príncipes o nobles». A esta
tendencia debe sumársele el aporte individual. En el caso de Dickens,
fue «el primer escritor victoriano que concibió e intentó la creación de
una visión orgánica y completa de la vida contemporánea y que abordó
los problemas técnicos que conllevaba tal intento»[2]. Dickens escribe de
acuerdo a una realidad y a una experiencia: la ciudad y la cultura urbana, y su forma se adecua a su contenido.

---

[1] ARÁNZAZU USANDIZAGA: «La novela inglesa en el siglo XVIII», en Jordi Llovet (ed.): *Lecciones de
literatura universal. Siglos XII a XX,* Barcelona, Cátedra, 1995, p. 432.

[2] FÉLIX MARTÍN (ed.): *Historia de la literatura inglesa II,* Madrid, Taurus, 1988, p. 257.

Al mismo tiempo que los temas de sus historias recorrían las calles de un Londres neblinoso, sucio, ruidoso y en pleno crecimiento industrial, las giras de lectura por las distintas ciudades, que convocaban grandes multitudes, y la forma de escritura serializada, es decir por entregas dentro de publicaciones periódicas, hicieron que Dickens lograra un contacto directo y muy cercano con el público lector. Dice Chesterton[3] que, aunque a algunos sectores de la crítica literaria no les interesara su obra —actitud que se remonta a otras épocas—, sí es cuestionable el hecho de que forme parte de la literatura, en cambio no lo es su lugar dentro de la historia de Inglaterra. Ha sido líder de multitudes y ha conseguido lo que a muchos estadistas les resulta imposible: convocar al pueblo. Si bien hoy su nombre está situado junto a los grandes de las letras inglesas, como Chaucer y Shakespeare, la popularidad que gozó en vida es inimaginable en nuestros días. Desde que comenzara con sus primeros escritos, Dickens ofreció al gran público de las ciudades la recreación humorística y caricaturesca del mundo real, una ficción de realidad, y su figura saltó de la marginalidad a la primera plana gracias al éxito rotundo de sus primeras tiras cómicas.

Dickens es Inglaterra y pertenece a su historia. Es venerado dentro de su país tanto como Mark Twain lo fue y lo sigue siendo en Estados Unidos. Chesterton dice que Dickens abordó al pueblo como a dioses y que les devolvió su propia imagen. «Las noches febriles robadas al sueño, las caminatas desatentadas en la oscuridad, los cuadernos cubiertos de notas, los nervios en trizas», porque tenía la capacidad de apelar, dentro del juego de lo real cotidiano, a las emociones más extremas. Con el tiempo y la experiencia, sus creaciones fueron modificándose hacia formas más elaboradas desde el punto de vista de la trama y fue volcándose desde la caricaturización hacia el realismo. Estas obras, que pertenecen ya a la madurez del escritor y que se ubican desde su bisagra entre etapas creadoras, la famosísima *David Copperfield* (1849-1850) en adelante, han sido las que la crítica especializada ha retomado como verdaderas piezas de análisis.

Fue un gran orador y un adalid de la tribuna de conferencias, una práctica que desarrollaba mediante giras de lectura por distintos sitios y que afianzaba su popularidad. En ellas se desempeñaba como un actor, gesticulando e impostando la voz de acuerdo con los requerimientos de la historia. Durante su último viaje por Estados Unidos, supo llevar esta práctica por el extenso territorio, invitando a otros escritores, como el

---

[3] G. K. CHESTERTON: *Charles Dickens,* Valencia, Pre-textos, 1995. Esta biografía, una de las mejores traducidas al español, se ha utilizado como guía para el presente escrito, por lo que, cada vez que aparezca este nombre, la referencia indica el libro citado en esta nota. Los números de páginas se omiten por ser la referencia temática de fácil acceso dentro del texto y para evitar sucesivas llamadas.

ya mencionado Mark Twain, a copiar su estilo y sus modos de acercamiento popular.

Dickens era muy exuberante en el vestir y aparecía muy afrancesado: chaquetas de terciopelo y chalecos de colores extraños. En aquella época, según cuenta Chesterton, los hombres usaban pantalones «de forma de barril, de aspecto casi de turco; amplias chalinas, chaquetas cortas y sueltas y largas patillas». También solía lucir sombreros blancos y largas batas. Físicamente era un hombre menudo, llevó una cabellera rizada de pelo oscuro y también barba recortada y bigote. Tenía la tez pálida, pero sus ojos vivos se correspondían perfectamente con la excentricidad de los personajes y voces que imitaba cuando se subía a la tribuna del conferenciante. Le gustaba el ritual de la bebida, la cerveza, el vino, el coñac, y en sus novelas rueda la cerveza y los placeres del alcohol aunque él no haya sido un gran bebedor.

INFANCIA Y ADOLESCENCIA

Charles John Huffam Dickens nació el día 7 de febrero de 1812 en Landport, Portsea, aunque los recuerdos de su infancia, recreados en muchas de sus obras, se localizan en la localidad de Chatham, adonde llega con sólo cinco años y permanece hasta los diez. Desde el año 1822 y hasta 1860 vivirá en Londres y en su vejez se retira a una casa de campo cercana a Chatham cuyo nombre es Gad's Hill. La vida de Dickens, dice Chesterton, como si de una peregrinación a Canterbury se tratara, transcurre a lo largo de los caminos de Kent.

Si bien su familia pertenecía a la clase media y durante los primeros años de vida del pequeño Charles gozaron de una buena posición económica, su padre, John Dickens, un empleado de la Pagaduría de la Armada, no solía hacer buenos negocios y habían tenido que superar varios embates económicos. Estos recuerdos, como muchos otros hechos que vivió en primera persona y que iremos destacando a lo largo de este escrito, están recogidos en la que fue, tal vez, su novela más autobiográfica: *David Copperfield*.

En 1824 su familia toca fondo y llega la ruina. Charles, como hijo mayor, debió abandonar el colegio y ponerse a trabajar en una fábrica de betún mientras su padre ingresaba en prisión. De un día para otro, el niño se halló inmerso dentro de un ambiente viciado, «en una fábrica siniestra, donde —según cuenta Chesterton— desde la mañana hasta la noche, había que pegar etiquetas perpetuamente iguales en botellas de betún perpetuamente iguales».

Estas experiencias marcaron a fuego su personalidad y, con el tiempo, empezaron a fermentar en sus visiones particulares y recurrentes

de la pobreza, opresión y soledad, como así también en la idea de la niñez robada en nombre de la responsabilidad y el destino. Las nefastas experiencias de la fábrica salieron a la luz tardíamente, cuando pudo hacerse cargo de su propio pasado y contar una parte de su vida en el episodio *Murdstone and Grinsby* de *David Copperfield*. Dice Chesterton que Dickens no solía contar lo que le había tocado vivir en la niñez y que poco a poco, y con el tiempo, las recurrencias y los tratamientos de algunos temas en el conjunto de sus obras hicieron eclosión en esta novela, su «retrato del artista adolescente». En el fondo, Dickens «sentía que tal agonía tenía algo de obsceno».

Dickens visitaba a su padre que estaba preso en la cárcel una vez por semana. Un incidente dentro de la fábrica y la intromisión del padre, una vez que estuvo libre, hicieron que Dickens abandonara aquel sitio desagradable y horrendo para sus escasos años. Fue su padre quien respaldó y ayudó al niño para que retomara sus estudios y regresara a la escuela contra los deseos de su madre que deseaba que volviera a trabajar. Finalmente, con quince años, culmina la escuela.

Ya en su juventud, Charles Dickens comienza a desempeñarse como ayudante en un despacho de procuradores en Baltimore, y fue en el desarrollo mismo de su trabajo que advirtió que no quería continuar trabajando allí y que deseaba comenzar con tareas de periodista. La experiencia lo relacionó con mundos y personajes que también aparecen reflejados en sus escritos: las leyes y el parlamento. Tras el sacrificio del trabajo y el cansancio del día, Dickens sacaba tiempo de donde no había y desarrollaba por las noches su labor de periodista. A fuerza de inquebrantable voluntad, se formó como taquígrafo y reportero, y comenzó a trabajar para *The True Son*, *The Mirror of Parliament* y *The Morning Chronicle*. Desde allí, conoció este mundo, sus oficios y saltó a la fama.

Las contrariedades de la niñez habían forjado en Dickens un carácter ambicioso. Algunos críticos han señalado que la visión de Dickens de la vida es demasiado rosa u optimista. Chesterton reconcilia y justifica esa visión: «Dickens coincide espiritualmente con los pobres, o, lo que es lo mismo, con la gran masa del género humano [...]. Y prácticamente se puede comprobar que aquellos poetas y jefes políticos que proceden del pueblo y cuyas experiencias han sido realmente aleccionadoras y crueles, son la gente más jocunda del universo». Esta idea, cierta o no, es la que acompaña no sólo a Chesterton, sino a muchos de los que intentan explicar el humor como una capacidad exclusivamente relacionada con las circunstancias personales.

Ya hemos mencionado, en el párrafo referido a las características particulares de las novelas de Dickens, que la «vivencia» de la ciudad es determinante tanto en la temática como en la forma que adoptan sus

escritos. Dickens experimentó lo urbano cuando, de adolescente y a la salida de la fábrica, se perdía por las calles de Londres. De ahí la materia prima para sentir el hábito de la metrópoli, el clamor de lo popular, el ejercicio de una nueva sensibilidad y de una nueva forma de vida. Más adelante y en la intimidad, el proceso creador lo conducía al retrato sarcástico de los protagonistas, al aspecto de los rincones de un Londres conocido. Sus personajes poblaron sus calles y habitaron cada recoveco que él había experimentado, «vivido y no visto», según sugiere Chesterton, que es como los lugares quedan prendidos en la memoria y aptos para recrearse en la ficción.

PRIMEROS ESCRITOS

La pasión por la literatura se despierta en Dickens, según cuenta Chesterton, desde muy pequeño: «Siendo todavía niño, había escrito para él sólo, y por divertirse, algunos bocetos de gentes extravagantes. [...] Llenó un cuaderno con notas de ese estilo. No sólo eran apuntes de personas sino de lugares, y los lugares podían resultar para él casi más personales que las personas mismas». Uno de ellos fue publicado en 1833 en el *Old Monthly Magazine* y más tarde en *Evening Chronicle*, una edición del diario del mismo nombre. Tras haber cosechado un modesto éxito, aparecerán publicados como *Sketches by "Boz"* (*Esbozos por «Boz»*) y constituyen la entrada de Dickens en la literatura. Representan y se caracterizan, en palabras de Chesterton, por ser «la pintura, comprensiva y a la vez caricaturesca de la clase media más modesta», y continúa: «en todos esos pequeños cuadros y semblanzas advertimos, tanto en el autor como en los personajes, el rastro de ese mezquino sentido de procedencia social que constituye el solo pecado grave de la burguesía de Inglaterra».

No está de más decir que los comienzos literarios de Dickens pertenecen al teatro, que a partir de 1832 fue actor profesional y en 1833 comenzó a colaborar en revistas y periódicos. La gran aceptación y repercusión de sus escritos favorecieron la edición de *Esbozos por «Boz»* y en poco tiempo aparecerán sus *Pickwick Papers,* también por entregas como casi todas las novelas de Dickens, y algunas obras teatrales centradas en temas relacionados con el trabajo, la pobreza y la niñez.

Las circunstancias de publicación de *Pickwick Papers* se han visto rodeadas de intrigas debido a la muerte de su ilustrador Robert Seymour. Se admite, siguiendo a Chesterton, que ambos desarrollaron un trabajo conjunto y Dickens utilizó los personajes inventados por el dibujante, pero su aportación en el campo literario fue una creación personal. *Pickwick* ha constituido para Dickens un escalón de ascenso hacia lo máximo a que podía aspirar entonces. La obra, que no podría conside-

rarse una novela, aparecía por entregas y siempre se tenía la sensación de que los personajes podían seguir su vida al concluir un relato y de que nunca el punto final era el último. *Pickwick* estuvo muy influenciado por el teatro contemporáneo de entonces, la novela inglesa del siglo XVIII y algunos clásicos extranjeros como el *Quijote*. En este sentido, reforzamos la hipótesis de Williams cuando sugiere las interrelaciones y los recursos múltiples utilizados dentro del campo simbólico de lo popular, entendido como un espacio de intercambio y heterogeneidad constante.

Su carrera continuaba a un ritmo intenso. En 1836, y tras haber sufrido un fracaso amoroso con María Beadnea, se casa con Catherine Thompson Hogarth, hija de un periodista escocés de reconocido prestigio llamado George Hogarth. Ese mismo año renuncia a su puesto en el periódico y acepta editar una revista mensual llamada *Bentley's Miscellany*. Allí comienza a aparecer, por entregas y durante dos años, su *Oliver Twist*. La obra fue interrumpida por la muerte de Mary Hogarth, una de las cuñadas predilectas de Dickens. *Oliver Twist,* comenzada en 1837, fue acabada en 1838, año en que también apareció publicada la primera entrega de *Nicholas Nickleby,* la última de estas novelas seriadas que podrían considerarse representativas de la primera época de la producción de Dickens.

La serialización o escritura por entregas se mostraba como una forma posible de continuar con la escritura, y siguiendo el modelo de sus publicaciones anteriores, escribe *The Old Curiosity Shop (Almacén de antigüedades)* y *Barnaby Rudge*. Éstos fueron años de inmenso trabajo y empresas colosales. Planeó hacer una revista literaria de grandes aspiraciones que recibió el nombre *El reloj de Maese Humpphrey*. De este proyecto sale la novela que aquí presentamos, uno de los títulos más conocidos que apareció semanalmente durante los años 1840-1841. Su título confirma la idea de Chesterton que sirve de clave para toda la obra de Dickens: «Sus novelas arrancan de alguna sugerencia espléndida de las calles. Y los comercios, acaso las más poéticas de todas las cosas, a menudo sirvieron para que se le echase a volar la fantasía. Por esa puerta penetraba Dickens en lo novelesco».

DICKENS EN ESTADOS UNIDOS

En 1842 viaja de vacaciones a Estados Unidos donde fue recibido como una celebridad. Sus andanzas y su ejemplo por las tierras americanas han influido en personajes ilustres como Mark Twain. Además, allí se reunió con Poe y con Irving. Dickens planeó este viaje con la emoción de un niño, porque ante todo, era un gran demócrata y creía que Estados Unidos era una tierra bendita para los hombres libres. Sin embargo, al llegar se sintió completamente defraudado en sus ideas y

su desilusión comportó un desencanto. Se vio abrumado de elogios que terminaron por crisparle los nervios. Dice Chesterton que «fue la vacía, la mecánica reiteración lo que aguijoneó y puso en pie su sentido del humor; como una fiera preparada a saltar sobre la presa, se irguió bruscamente el león de su risa. La había oído novecientas noventa y nueve veces y, de pronto, comprendió que era mentira».

La idea a la que hacemos referencia es aquella que reza que los norteamericanos vivían en una democracia perfecta, que su país era pujante y provechoso, que los estadounidenses eran hombres libres, que él era un gran escritor, un personaje célebre, un hombre increíblemente bienvenido. Fue esto lo que Estados Unidos reiteradamente y a cada paso le dio y lo que causó su irritación. Aunque bien es cierto que sucedió un hecho decisivo que hizo que todo esto cobrara la forma del rechazo: el debate sobre las regulaciones de la propiedad intelectual de la literatura inglesa. La misma era objeto de piratería y no había leyes claras sobre los derechos de autor. En una conferencia de reconocidas autoridades literarias a la que Dickens estaba invitado, sale el tema, él manifiesta su opinión y se opone a todos los presentes.

De regreso a Inglaterra en 1842, y tras la revisión de sus escritos de viaje, compone sus *Notas americanas.* Dentro de ellas, Dickens no hace mención del gran problema que le había llevado a descubrir —en palabras de Chesterton— «lo tiránica que puede ser una democracia». Sin embargo, el verdadero y más poderoso embate contra Norteamérica lo hace en 1843, cuando publica la primera parte de una novela llamada *Martin Chuzzlewit,* considerada como una verdadera sátira del mundo norteamericano. Estas obras no fueron bien recibidas en Estados Unidos y fueron poco leídas en Gran Bretaña, de manera que significaron un fracaso en la trepidante carrera de Dickens. Pero en 1843, y tras la publicación de su conocidísima *A Christmas Carol (Canción de Navidad),* recupera el fervor y la admiración de los lectores.

DICKENS Y LA NAVIDAD

> «Dickens se sentía en simpatía con los pobres, dando a la palabra simpatía su sentido griego y literal; sufría mentalmente con los pobres; las cosas que le irritaban son las mismas que a ellos irritan».
>
> G. K. CHESTERTON, *Charles Dickens.*

Mientras Dickens estuvo en Italia, viajando, conociendo y escribiendo, se fueron gestando las famosas narraciones de Navidad. Como dice Chesterton: «Cuentos de Navidad en las ciudades inglesas, llenos

de niebla, de nieve, de granizo y de felicidad». Dickens disfrutaba de la Navidad, de aquellas tres acciones que Chesterton denomina «esa trinidad compuesta de comer, beber y rezar». Si bien en todo el continente europeo constituye una fiesta de alegría y religiosidad, en Inglaterra, específicamente, la Navidad conlleva la alegría de vivir la religiosidad. Estas obras desarrollan reflexiones alrededor de la avaricia y de la caridad dentro de las paredes que sirven de refugio al frío del invierno. Retomando la cita que acompaña este apartado, Dickens supo apoderarse de la voz del *«substratum* social» y de la «subconsciencia de tal *substratum»,* porque «divulga la secreta irritación de los humildes». En todos los cuentos de Navidad aparece otra característica que Chesterton destaca en su excelente artículo dedicado a ellos; esa característica recibe el nombre de *cosiness,* y se mantiene esta voz porque no se ha encontrado una traducción correcta. *Cosiness* hace referencia al «bienestar y la felicidad doméstica que depende de la incomodidad circundante».

Seguramente los lectores hayan tenido la oportunidad de ver las versiones televisadas de *Los cuentos de Navidad.* El avaro Scrooge, dice Chesterton, transforma nuestros espíritus, nos hace sentir la Navidad como antes hemos dicho que cualquier novela de Dickens nos hace sentir nuestra cotidianidad y nuestras emociones corrientes. Lo más importante de estos cuentos no es el vuelco de la soberbia y avaricia de este personaje, sino la relación y la atmósfera que lo rodean.

DICKENS REGRESA A INGLATERRA

Haciendo un repaso de la vida de Charles Dickens, hemos visto cómo su infancia estuvo marcada por la localidad de Chatham, por una situación familiar económicamente holgada que al poco tiempo se quiebra interfiriendo en su propio destino, por su ingreso, aún siendo un niño, en una fábrica, por sus visitas a la cárcel donde se encontraba su padre, por su culminación de la escuela y su paso por los periódicos, por sus comienzos literarios, por su inmensa producción, sus novelas por entregas, su éxito repentino, su popularidad, su viaje por América, su desilusión, sus críticas, sus notas, sus refugios en Italia, sus Navidades inglesas.

Cuando en 1845 vuelve a Londres se hace cargo de la dirección de *The Daily News,* un periódico que él mismo había concebido con algunos puntos en común con aquel otro proyecto gigantesco que se llamó *El reloj de Maese Humphrey* y donde apareció por entregas la novela que tenemos el agrado de acercarles en esta oportunidad. Pero esta vez sus fuerzas no eran tan arrolladoras y dejó el incipiente plan para desplazarse a Suiza e intentar escribir *Dombey and Son (Dombey*

e hijo). Durante el proceso de redacción, y tras la experiencia de su estadía en Italia, siente las limitaciones de no estar en la ciudad en la que transcurre la historia. Esta especie de quiebra afectaría a su producción marcando un corte entre los comienzos y sus mejores y más logradas producciones, de acuerdo con las exigencias del género, entre las que cabe destacar su *David Copperfield*. Chesterton dice que, paulatinamente y desde este momento, la caricaturización de los personajes se va reduciendo y se va transformando en un escritor cada vez más realista.

Dombey e hijo (1846-1848) cierra una etapa en la producción de Dickens y se atreve a experimentar con recursos literarios que serán explotados más adelante. *David Copperfield* (1849-1850) inaugura una nueva categoría de ficción. Esta producción, una suerte de autobiografía novelada, recoge incidentes de su infancia, su familia y sus problemas más extraordinarios. Sin abandonar la exageración, un rasgo constante de la inventiva del autor, estos personajes son mucho más reales que cualquier otro que haya concebido. Chesterton dice: «*David Copperfield* es la respuesta que un gran fabulista da a los realistas».

Durante los años 1850 a 1859, Dickens llevó adelante un proyecto periodístico llamado *Household Words,* donde aparecían semanalmente artículos literarios, poesías y otros escritos de temas de interés. Este proyecto se continuó con *All The Year Round,* cuya circulación abarcó los años que van desde 1859 a 1888. En esta etapa, y serializados dentro de estas publicaciones, aparecieron los siguientes títulos: *La historia de Inglaterra contada a un niño* (1851-1853), *Tiempos difíciles* (1854), *Historia de dos ciudades* (1859), *Grandes esperanzas* (1860-1861) y los ensayos reunidos en *Reprinted Pieces* (1858) y *The Uncommercial Traveller* (editado en 1861, pero corregido y ampliado posteriormente). En la década de los cincuenta, Dickens continuó también la escritura de novelas marcadas por una creciente actitud realista. Tal es el caso de *Casa desolada* (1852-1853) y *Little Dorrit* (1855-1857).

Sus últimas novelas están bastante alejadas de aquel Charles Dickens que escribió *Pickwick Papers* y sus personajes nada tienen que ver con la hiperbolización y la ridiculización. Es la época de cambio de estrategias de escritura y, como dice Chesterton, del nacimiento de un nuevo Dickens. Desde *Dombey e hijo* elaboró una trama central a la manera de las «novelas canónicas», y esta capacidad fue copando toda su narrativa.

Dentro del ámbito personal, en 1856 compra Gad's Hill Place, aquella casa donde había pasado su infancia. Tras una crisis matrimonial, se separa de su esposa y en 1858 se enamora de Ellen Teman, una actriz de dieciocho años que representaba una obra suya. Durante los años 1867 y 1868 vuelve a viajar a Estados Unidos y realiza una gira de lectura por

las ciudades con mucho éxito y grandes beneficios económicos. Pero, al mismo tiempo, sufre un accidente y su salud comienza a deteriorarse. Muere en 1870 en su casa, Gad's Hill Place, y su cuerpo está enterrado en el Poet's Corner, el rincón de los poetas de la abadía de Westminster.

ESTRUCTURA, PERSONAJES Y RECURRENCIAS TEMÁTICAS

Las novelas de Dickens están, en su mayoría, atravesadas por un eje que contrapone la intimidad cálida del hogar a la sordidez, soledad y pobreza de las ciudades, desde donde, sin embargo, se puede valorar ese encierro doméstico. Ambos ejes se repercuten mutuamente y actúan reforzándose entre sí. En *Almacén de antigüedades,* la novela que presentamos, es la calidez del hogar honrado de Kit lo que nos llena de ternura frente a la sordidez del almacén donde habita la pequeña Nell y su abuelo, es el calor de la chimenea o el trozo de pan que acompaña a la comida, frente al desplazamiento entre las callejuelas huyendo de las miradas, o el resplandor de una luz en la lejanía no es más que una ventana iluminada que da cabida a los huéspedes cansados. Al mismo tiempo, todos los personajes de sus creaciones se caracterizan por su presencia y por su realidad. Tanto principales como secundarios entran y salen con una autoridad magistral y quedan para siempre dentro de nuestros recuerdos. Es el caso de la señora Jarley, la responsable de las figuras de cera que ayuda a la pequeña y a su abuelo, como el director de la escuela que cae rendido de caridad ante la pareja de ambulantes. Todos gozan de un gran atributo gracias a su propia voz, porque antes de ser presentados, los personajes de Dickens hablan, y es por sus palabras que accedemos a sus particularidades. Tal vez el caso más interesante dentro de esta novela sea el perverso Daniel Quilp, a quien solamente podríamos juzgar y desenmascarar por algunos de sus parlamentos y sin necesidad de presentación. Por ejemplo, cuando descubre a su mujer criticándolo con unas amigas: «Lo mejor que tiene esta mujercita mía es la mansedumbre, la dulzura. Es tan humilde que no tiene voluntad propia», o cuando inicia su cruzada contra el leal Kit creyendo que de esta manera se irá liberando de los que se interpongan entre él y la fortuna del viejo, y por su boca suelta las más duras infamias. Es curioso cómo el personaje de Quilp cumple todos los requisitos de un perverso. Es desagradable, y lo sabe, pero tiene todo el poder para burlarse de los demás a los que ataca con sus armas: la palabra. Las preguntas e intervenciones de Quilp dejan al descubierto a un ser miserable.

Otra de las peculiaridades que tienen estos personajes es su hiperbolización. Están exagerados en su individualidad y guardan siempre fidelidad a sí mismos. La pequeña Nell es demasiado buena, consciente,

agradecida; el viejo es un obsesionado cuyo amor no lo deja entrar en razones; Kit es honrado, su familia es de corazón noble y nunca olvida a quienes fueron buenos con ellos; Daniel Quilp es siniestro, pretende una venganza un tanto absurda y la lleva adelante sin importarle nada más.

La novela que estamos presentando posee una estructura determinada por su misma circunstancia de publicación: la serialización. Por eso los capítulos son cortos y con definiciones temáticas que quedan resumidas en su título. Esta novela, que apareció durante el transcurso del año 1840, está dividida en dos grandes ejes temáticos *La Odisea de Nell* y *El descanso tras la lucha,* y ambos hacen referencia a la historia de los dos personajes alrededor de los cuales se mueven y justifican los demás. Ambos están, a su vez, divididos en capítulos de escasa extensión donde se narra un hecho concreto referente a una situación determinada.

La historia abre con un narrador que cuenta, para ponernos en situación, con dos de las grandes debilidades de Dickens: la noche y la ciudad. La noche, que todo lo opaca y disimula, comporta un movimiento que conocen quienes circulan por sus calles y, al mismo tiempo, «es —relata el narrador en el capítulo primero— más benévola que el día que muy a menudo destruye sin compasión las más gratas ilusiones». Al narrador le gustan la noche y la calle. Parece que, como dice Chesterton, Dickens conocía perfectamente la calle y tenía las llaves de sus misterios, ya que «por la noche —asegura—, la calle es como una gran mansión herméticamente cerrada».

Las debilidades antes referidas se relacionan con una preocupación característicamente *dickesiana:* pobreza y soledad de rostros, desprotección, un anciano que vaga huidizo, una niña huérfana deseada por un rufián inescrupuloso. Una vez presentados los personajes, a partir de un recurso teatral, la historia continúa por sus propias voces. La primera persona que venía contando desde su perspectiva la situación de los personajes cambia por un narrador omnisciente que continúa con el relato.

Los personajes infantiles de Dickens suelen desarrollar una comprensión del mundo misteriosa y propia. Es posible encontrar personajes autobiográficos que guardan alguna relación con los hechos que signaron la infancia del escritor y que aparecen recurrentemente. Por ejemplo, la figura de la pequeña Nell remite a la historia de su cuñada Mary Hogarth que muere aún siendo muy joven; o el encarcelamiento por deudas y estafas, como el que soportó su padre cuando él aún era un niño y debía visitarlo en la prisión, constituye un episodio en la vida de Kit. Pero volviendo a Nell, emblema de la novela que aquí nos convoca, podríamos afirmar que sobresale del marco de esta historia en particular

para tornarse en un elemento inconfundible dentro del universo *dickesiano*. Los parlamentos que hablan de ella suelen considerarla como una pequeña santa que se hace cargo de su destino: «Todo estaba limpio y ordenado, aunque pobre, y la niña se encontraba a gusto en medio de aquella atmósfera de amor y alegría a que estaba tan poco acostumbrada». Representa a una niña precoz y madura, demasiado buena y con un sentido del deber que excede a sus escasos años. Fue un personaje que suscitó grandes contrariedades y sentimentalismos, cuya vida tortuosa nos sume en una pena profunda. Tal vez por la candidez de su corazón, tal vez por su conocimiento de la fatalidad, tal vez por las imágenes de sus pequeños pies sangrantes de la huida.

Kit es otro de los personajes prototípicos de una niñez arrollada por «esa blanda coacción de la "mansedumbre", ese esnobismo de los pobres respetables» según las palabras de Chesterton. Su hogar, formado por la madre y los hermanos, recupera esa suerte de dignidad limpia y ordenada, como así también la inmensa honradez de los pobres: fieles, nobles y de un corazón absolutamente generoso. Los pobres desean compartirlo todo y los ricos desean sus posesiones y sus cuerpos. El perverso Quilp cree que tiene todo el poder y se va haciendo con la casa intentando el gobierno material pero también corporal de la pequeña.

Los personajes van descubriendo su destino miserable, siniestro o feliz. Si el viejo nos había parecido un pobre anciano preocupado por su nieta, no deja de serlo, pero sabemos que no tiene nada que ofrecerle y que, vencido, se dedica a jugarse los últimos recursos, endeudándose con el nefasto Daniel Quilp y siendo totalmente débil en sus impulsos.

La novela en Inglaterra

> «Para él no había felicidad sin las calles. La misma mugre y el humo de Londres le parecían adorables y llenan sus cuentos de Navidad como de un vaho vivificador.
>
> En los limpios cielos del Sur se le aparecía la niebla de su gran ciudad, colgada en la distancia, como una nube en el ocaso, y le punzaba el deseo de sumirse otra vez en ella».
>
> G. K. Chesterton, *Charles Dickens*.

La literatura de Dickens, sobre todo sus últimas novelas, se enmarca en lo que Harold Bloom llama «la novela canónica»[4]. Esto equivale a decir la novela con todas las letras tal y como la entendemos actualmente y de manera generalizada. Para Bloom, la hija arcaica de un género

---

[4] Harold Bloom: *El canon occidental*, Barcelona, Anagrama, p. 323.

en decadencia como el de caballerías toca sus límites como forma en el siglo XX, con autores como James Joyce, Franz Kafka, William Faulkner, Thomas Mann o Virginia Woolf, entre otros. Pero antes de esto, el género había pasado por su apogeo con escritores como: Jane Austen, Stendhal, Victor Hugo, Honoré de Balzac, León Tolstoi, Gustave Flaubert, Émile Zola y, por supuesto y dentro de este ilustre muestrario del género, Charles Dickens.

La novela surge como género literario diferenciado en el siglo XVIII. Hablar de la novela significa hacer mención no sólo del hecho literario, sino de las condiciones de posibilidad (ideológicas y materiales) para que ésta surgiera y se desarrollara en un momento determinado y bajo parámetros específicos. Algunas de las razones que explican la abundancia de escritura en prosa que estalla en la Inglaterra de entonces podrían enunciarse genéricamente como la revolución mercantil y burguesa, que tiene lugar y se ve favorecida por la gran expansión marítima de la «Reina de los Mares» y los avances de la industria y el comercio. Estos movimientos económicos repercutieron en la organización social. Inglaterra llevó adelante un proyecto colonialista que incluía a personas de distintos ámbitos y ayudó a la formulación de un universo simbólico nuevo. «El colonialismo —explica Usandizaga[5]— provoca el enriquecimiento de personas de origen muy diverso en la escala social, y la aparición de una clase nueva, la de los comerciantes, cada vez más rica y poderosa». Al mismo tiempo, desde los tiempos de la Guerra Civil de Oliver Cromwell, la reforma social continúa progresando y poco a poco las nuevas clases sociales van obteniendo su representación parlamentaria. «Esta nueva clase —continúa Usandizaga—, cada vez más aposentada en Inglaterra, con medios y tiempo para leer, va poco a poco imponiendo sus intereses ideológicos y culturales que difieren profundamente de los de las clases tradicionalmente acomodadas, es decir, la aristocracia». La novela es un género principalmente burgués que representa y se ve representado en un tipo de literatura básicamente centrado en las nuevas experiencias, en las normas morales y de comportamiento convencionalmente adecuadas y alejada de las complejidades intelectuales de los escritos o estudios clásicos, líricas o épicas del mundo grecorromano. Por lo que no es arriesgado decir que los cambios dentro del plano material, los beneficios del comercio y la disposición de una nueva configuración social ayudaron en el delineamiento de un público lector diferente.

El auge del empirismo, como paradigma científico filosófico del siglo XVIII, también afectó decisivamente, y como no podría ser de otro

---

[5] A. USANDIZAGA: *op. cit.*, p. 430.

modo, el terreno literario. Estas ideas repercutían en las formas de percepción de las cosas ya que, dentro de esta doctrina, los conocimientos se fundaban básicamente en la experiencia. Para los representantes de este movimiento, entre los que se encuentran nombres tan reconocidos como Locke o Hume, «el conocimiento se vincula ahora por vez primera rigurosamente a los procesos inductivos en vez de a los deductivos, y se cree alcanzar el saber únicamente a través de los sentidos porque la persona es como una *tabula rasa* sobre la que se imprime la información que poseemos, que procede exclusivamente de lo que suministran los sentidos»[6]. Estos procesos llegan a la literatura, que se ve afectada por un nuevo tipo de análisis y explicación. Cada uno de los detalles se mira con lupa, se indaga; se necesita una respuesta que recaiga en una justificación racional científica o moral social.

Al mismo tiempo, y siguiendo los argumentos de Usandizaga, la reforma protestante ayudó al descubrimiento de la dimensión privada[7]. Este ámbito íntimo, que la literatura clásica no había indagado, se relaciona con otro factor que ayudó al crecimiento y desarrollo del género: la aparición de la mujer lectora, que sumida dentro del espacio doméstico, ayuda y condiciona las nuevas formas literarias bastante alejadas de la lírica clásica o de los dramas[8]. Estos nuevos relatos apelan a un nuevo tipo de identidad, de la que a la vez se nutren y a la que se refieren. La novela actuó como programa y desarrolló normas de conducta y comportamiento social que favorecían las condiciones dadas y las explicaba sumiéndolas en una ficción.

La novela, como hemos dicho antes, fue ante todo un fenómeno de clases en ascenso económico con escasa tradición intelectual, pero también, y relacionado con lo anterior, fue un fenómeno popular que supo adecuarse a los cambios que supuso la gran revolución industrial y burguesa que desajustó las condiciones sociales y culturales de los hombres. Existe en la escritura de Dickens un elemento propio de este cambio político y social que hemos mencionado y que recae, básicamente, en la revolución industrial del siglo XVIII. Ese elemento es la experiencia de la ciudad, siendo que con el crecimiento y el desarrollo de los núcleos urbanos, las representaciones culturales sufrieron un des-

---

[6] *Ibidem.*

[7] Dice Usandizaga, *op. cit.,* p. 430: «La religión protestante fomenta y normaliza el acceso a dimensiones desconocidas de la individualidad, y suministra una retórica precisa para establecer el diálogo con Dios a través de la propia intimidad».

[8] El surgimiento de la mujer lectora tiene que ver con la estructura económica. Explica Usandizaga, *ibidem:* «La mujer que no ha tenido nunca acceso a las universidades ni estudios superiores, carece de la preparación necesaria para apreciar los textos literarios clásicos más difíciles. [...] Durante el siglo XVIII el bienestar económico creciente de las clases medias y la abundancia de servicio doméstico en sus nuevas mansiones, permiten a la mujer mucho tiempo libre».

plazamiento. La novela aparece como un territorio dispar entre la alta cultura de elite y la cultura tradicional del pueblo inglés, campesino y rural, que recrea, según las palabras de Raymond Williams, «una respuesta popular auténtica a las nuevas condiciones de vida, a través de la cual y de muchas maneras, el pueblo describía esas experiencias sin precedentes y reaccionaba ante ellas»[9].

Dickens aparece como un representante en este proceso de recreación de la cultura popular. Las antiguas diferenciaciones entre lo folclórico, vinculado a lo rural campesino, y lo aristocrático, relacionado con la elite culta y formada, van perdiendo eficacia en las nuevas sociedades definidas por otra movilidad. Dice Williams: «A través de muchos estadios transicionales hemos llegado a culturas diferentes, que ya no se definen como "folclóricas" o "aristocráticas" sino, significativamente, como "popular" o "alta"»[10] y más que una distinción, en la sociedad moderna, «estas dos entidades o categorías implican mucho más una relación que una separación». Es decir, la cultura popular no reemplaza a la cultura folclórica por ser la nueva forma simbólica que representa a aquellos que no pertenecen a la clase alta, sino que la cultura popular se ofrece a todos y es representativa de una nueva forma o experiencia: la ciudad. La cultura popular no está, como la folclórica, separada de la alta cultura, sino que es un terreno de relación constante y de intercambio favorecido por el mismo territorio que le sirve de soporte: el núcleo urbano.

A pesar de haber puesto a Dickens como uno más de los representantes de la novela canónica, su intromisión dentro de esta lista sugiere un análisis y un matiz. Primeramente, porque no es lo mismo adentrarse dentro del universo de *Bleak House (Casa desolada),* que representa los intereses creadores de la última época, que de *The Old Curiosity Shop (Almacén de antigüedades),* que se sitúa dentro de sus primeras producciones. Segundo, porque siguiendo el análisis de Williams, si bien es un representante de la gran tradición de la novela en Inglaterra, «crea un nuevo tipo de novela al compartir, producir y consumir los bienes de la cultura para la que escribía». Esta explicación es útil y necesaria en el momento de situar al autor dentro de la tradición de la gran novela culta, a la que obviamente no pertenece, ya que los moldes formales que definen el género no encajan en el corpus integral de sus ficciones. Dice Williams que cada uno de los rasgos que definen la novela tradicional se transforma en una acusación contra Dickens: no desarrolla los personajes, sino que éstos son «planos y exagerados»; aparecen mostrados

---

[9]   RAYMOND WILLIAMS: *Solos en la ciudad,* Madrid, Debate, 1997, p. 31.
[10]   R. WILLIAMS: *op. cit.,* p. 33.

directamente y no presentados gradualmente; sus comentarios no son análisis sino exposiciones de sentimientos repentinos y toda la psicología está dentro de sus propias palabras. Dickens debe explicarse dentro de otro proceso y dentro de otro marco de significación: «Dickens podía escribir un nuevo tipo de novela —una ficción, la única capaz de aprehender un nuevo tipo de realidad— justamente porque compartía con la nueva cultura urbana popular ciertas experiencias y respuestas decisivas»[11]. La ciudad es el gran escenario donde los personajes cobran vida, y más que la ciudad, su propia experiencia: «su método creador —continúa explicando Williams— se deduce de esa nueva realidad y comprendemos que es la única, o, al menos, la manera principal, en que unas experiencias sin precedentes podían ser captadas o sopesadas».

Al mismo tiempo y en relación con lo anterior, es interesante mencionar que Dickens escribe en o mirando hacia Londres aun cuando esté en Italia, Suiza o Francia. Mueve su ficción por las callejuelas, la humedad, la lluvia o las ventanas de su niñez. El exilio o la añoranza suelen ser buenos inspiradores de los escritores que utilizan la literatura para viajar a las particularidades de sus ciudades desde el interior de sus recuerdos. Chesterton dice que Dickens, fuera de Inglaterra, «es el inglés en su patria», que mientras pasaba una temporada en Italia, «bajo la luz del sol meridional, seguía pensando en el fulgor de los hogares del Norte». La ciudad en Dickens es, en palabras de Raymond Williams, «hecho social y paisaje humano y lo que allí se dramatiza es una estructura de sentimiento extremadamente compleja»[12].

---

[11] R. WILLIAMS: *op. cit.*, pp. 35-36.
[12] R. WILLIAMS: *op. cit.*, p. 13.

CANCIÓN DE NAVIDAD

Y OTROS CUENTOS

CAPÍTULO PRIMERO
El espectro de Marley

Marley había muerto, no cabía la menor duda. El cura, el sacristán, el comisario de entierros y el presidente del duelo firmaron la partida de su enterramiento. También firmó Scrooge. Y el nombre de Scrooge era prestigioso en la Bolsa, cualquiera que fuese el papel en que pusiera su firma.

El viejo Marley estaba tan muerto como el clavo de una puerta.

Esto no quiere decir que yo sepa por experiencia propia lo que hay particularmente muerto en el clavo de una puerta, pero puedo inclinarme a considerar un clavo de féretro como la pieza de ferretería más muerta que hay en el comercio. La sabiduría de nuestros antepasados resplandece en los símiles, sin embargo, y mis manos profanas no deben perturbarla, o desaparecería del país. Me permitiré, pues, repetir enfáticamente que Marley estaba tan muerto como el clavo de una puerta.

¿Sabía Scrooge que aquel había muerto? Indudablemente. ¿Cómo podía ser de otro modo? Scrooge y él fueron socios durante no sé cuántos años. Scrooge fue su único albacea, su único administrador, su único cesionario, su único legatario universal, su único amigo y el único que vistió de luto por él. Pero Scrooge no estaba tan terriblemente afligido por el triste suceso que dejara de ser un perfecto negociante, y el mismo día del entierro lo solemnizó con un buen negocio.

La mención del entierro de Marley me hace retroceder al punto de partida. Es indudable que Marley había muerto. Esto debe ser perfectamente comprendido; si no, nada admirable se puede ver en la historia que voy a referir. Si no estuviéramos plenamente convencidos de que el padre de Hamlet murió antes de empezar la representación teatral, no habría en su paseo durante la noche, en medio del vendaval, por las murallas de su ciudad, nada más notable que lo que habría en ver a otro cualquier caballero de mediana edad temerariamente lanzado después de oscurecer en un recinto expuesto a los vientos —el cementerio de San Pablo, por cjcmplo—, sencillamente para deslumbrar el débil espíritu de su hijo.

Scrooge no borró el nombre del viejo Marley. Permaneció durante muchos años esta inscripción sobre la puerta del almacén: «Scrooge y Marley». La casa de comercio se conocía bajo la razón social «Scrooge

y Marley». Algunas veces, los clientes modernos llamaban a Scrooge y otras veces a Marley, pero él atendía por ambos nombres. Todo era lo mismo para él.

¡Oh! Pero Scrooge era atrozmente tacaño, avaro, cruel, desalmado, miserable, codicioso, incorregible; duro y esquinado como el pedernal, pero del cual ningún eslabón había arrancado nunca una chispa generosa; secreto, retraído y solitario como una ostra. El frío de su interior le helaba las viejas facciones, le amorataba la nariz afilada, le arrugaba las mejillas, le entorpecía la marcha, le enrojecía los ojos, le ponía azules los delgados labios; hablaba astutamente y con voz áspera. Fría escarcha cubría su cabeza, sus cejas y su barba de alambre. Siempre llevaba consigo su temperatura bajo cero; helaba su despacho en los días caniculares y no lo templaba ni un grado en Navidad.

El calor y el frío exteriores ejercían poca influencia sobre Scrooge. Ningún calor podía templarle, ninguna temperatura invernal podía enfriarle. Ningún viento era más áspero que él, ninguna nieve más insistente en sus propósitos, ninguna lluvia más impía. El temporal no sabía cómo atacarle. La más mortificante lluvia, y el granizo, y el agua de nieve, podían jactarse de aventajarle en una sola cosa: en que con frecuencia «bajaban» gallardamente, y Scrooge, nunca.

Jamás le detuvo nadie en la calle para decirle alegremente: «Querido Scrooge, ¿cómo estáis? ¿Cuándo iréis a verme?». Ningún mendigo le pedía limosna, ningún niño le preguntaba qué hora era, ningún hombre ni mujer le preguntaron en toda su vida por dónde se iba a tal o cual sitio. Aun los perros de los ciegos parecían conocerle, y cuando le veían acercarse arrastraban a sus amos hacia los portales o hacia las callejuelas, y entonces meneaban la cola, como diciendo: «Es mejor ser ciego que tener mal ojo».

Pero, ¡qué le importaba a Scrooge! Era lo que deseaba: seguir su camino a lo largo de los concurridos senderos de la vida, avisando a toda humana simpatía para conservar la distancia.

Una vez, en uno de los mejores días del año, la víspera de Navidad, el viejo Scrooge se hallaba trabajando en su despacho. Hacía un tiempo frío, crudísimo y nebuloso, y podía oír a la gente que pasaba jadeando arriba y abajo, golpeándose el pecho con las manos y pateando sobre las piedras del pavimento para entrar en calor. Los relojes públicos acababan de dar las tres, pero la oscuridad era casi completa —había sido oscuro todo el día—, y por las ventanas de las casas vecinas se veían brillar las luces como manchas rubias en el aire moreno de la tarde. La bruma se filtraba a través de todas las hendiduras y de los ojos de las cerraduras, y era tan densa por fuera, que aunque la calleja era de las más estrechas, las casas de enfrente se veían como meros fantasmas. Al ver

cómo descendía la nube sombría, oscureciéndolo todo, se habría pensado que la Naturaleza habitaba cerca y que estaba haciendo destilaciones en gran escala.

Scrooge tenía abierta la puerta del despacho para poder vigilar a su dependiente, que en una celda lóbrega y apartada, una especie de cisterna, estaba copiando cartas. Scrooge tenía poquísima lumbre, pero la del dependiente era mucho más escasa: parecía una sola ascua; mas no podía aumentarla, porque Scrooge guardaba la caja del carbón en su cuarto, y si el dependiente hubiera aparecido trayendo carbón en la pala, sin duda que su amo habría considerado necesario despedirle. Así que el dependiente se embozó en la blanca bufanda y trató de calentarse en la llama de la bujía; pero como no era hombre de gran imaginación, fracasó en el intento.

—¡Felices Pascuas, tío! ¡Dios os guarde! —gritó una voz alegre.

Era la voz del sobrino de Scrooge, que cayó sobre él con tal precipitación, que fue el primer aviso que tuvo de su aproximación.

—¡Bah! —dijo Scrooge—. ¡Patrañas!

Este sobrino de Scrooge se hallaba tan arrebatado a causa de la carrera a través de la bruma y de la helada, que estaba todo encendido: tenía la cara como una cereza, sus ojos chispeaban y humeaba su aliento.

—Pero, tío, ¿una patraña la Navidad? —dijo el sobrino de Scrooge—. Seguramente no habéis querido decir eso.

—Sí —contestó Scrooge—. ¡Felices Pascuas! ¿Qué derecho tienes tú para estar alegre? ¿Qué razón tienes tú para estar alegre? Eres bastante pobre.

—¡Vamos! —replicó el sobrino alegremente—. ¿Y qué derecho tenéis vos para estar triste? ¿Qué razón tenéis para estar cabizbajo? Sois bastante rico.

No disponiendo Scrooge de mejor respuesta en aquel momento, dijo de nuevo:

—¡Bah! —y a continuación—: ¡Patrañas!

—No estéis enfadado, tío —dijo el sobrino.

—¿Cómo no voy a estarlo —replicó el tío—, viviendo en un mundo de locos como este? ¡Felices Pascuas! ¡Buenas Pascuas te dé Dios! ¿Qué es la Pascua de Navidad sino la época en que hay que pagar cuentas no teniendo dinero, en que te ves un año más viejo y ni una hora más rico; la época en que, hecho el balance de los libros, ves que los artículos mencionados en ellos no te han dejado la menor ganancia después de una docena de meses desaparecidos? Si estuviera en mi mano —dijo Scrooge con indignación—, a todos los idiotas que van con el «¡Felices Pascuas!» en los labios los cocería en su propia sustancia y los enterraría con una vara de acebo atravesándoles el corazón. ¡Eso es!

—¡Tío! —suplicó el sobrino.

—¡Sobrino! —repuso el tío secamente—. Celebra la Navidad a tu modo y déjame a mí celebrarla al mío.

—¡Celebrar la Navidad! —replicó el sobrino de Scrooge—. Pero vos no la celebráis.

—Déjame que no la celebre —dijo Scrooge—. ¡Mucho bien puede hacerte a ti! ¡Mucho bien te ha hecho siempre!

—Hay muchas cosas que podían haberme hecho mucho bien y que no he aprovechado, me atrevo a decirlo —replicó el sobrino—, entre ellas la Navidad. Mas estoy seguro de que siempre, al llegar esta época, he pensado en la Navidad, aparte la veneración debida a su nombre sagrado y a su origen, como en una agradable época de cariño, de perdón y de caridad; el único día, en el largo almanaque del año, en que hombres y mujeres parecen estar de acuerdo para abrir sus corazones libremente y para considerar a sus inferiores como verdaderos compañeros de viaje en el camino de la tumba, y no otra raza de criaturas con destino diferente. Así, pues, tío, aunque tal fiesta nunca ha puesto una moneda de oro o de plata en mi bolsillo, creo que me «ha hecho» bien y que me «hará» bien, y digo: ¡Bendita sea!

El dependiente, en su mazmorra, aplaudió involuntariamente; pero notando en el acto que había cometido una inconveniencia, quiso remover el fuego y apagó el último débil residuo para siempre.

—Que oiga yo otra de esas manifestaciones —dijo Scrooge— y os haré celebrar la Navidad echándoos a la calle. Eres de verdad un elocuente orador —añadió, volviéndose hacia su sobrino—. Me admira que no estés en el Parlamento.

—No os enfadéis, tío. ¡Vamos, venid a comer con nosotros mañana!

Scrooge dijo que le agradaría verle... Sí, lo dijo. Pero completó la idea, y dijo que antes le agradaría verle... en el infierno.

—Pero, ¿por qué? —gritó el sobrino—. ¿Por qué?

—¿Por qué te casaste? —dijo Scrooge.

—Porque me enamoré.

—¡Porque te enamoraste! —gruñó Scrooge, como si aquello fuese la sola cosa del mundo más ridícula que una alegre Navidad—. ¡Buenas tardes!

—Pero, tío, si nunca fuisteis a verme antes, ¿por qué hacer de esto una razón para no ir ahora?

—Buenas tardes —dijo Scrooge.

—No necesito nada vuestro, no os pido nada. ¿Por qué no podemos ser amigos?

—Buenas tardes —dijo Scrooge.

—Lamento de todo corazón encontraros tan resuelto. Nunca ha habido el más pequeño disgusto entre nosotros. Pero he insistido en la celebración de la Navidad y llevaré mi buen humor de Navidad hasta lo último. Así, ¡felices Pascuas, tío!

—Buenas tardes —dijo Scrooge.

—¡Y feliz año nuevo!

—Buenas tardes —dijo Scrooge.

Su sobrino salió de la habitación, no obstante, sin pronunciar una palabra de disgusto. Detúvose en la puerta exterior para desearle felices Pascuas al dependiente, que aunque tenía frío era más ardiente que Scrooge, pues le correspondió cordialmente.

—Este es otro que tal —murmuró Scrooge, que le oyó—; un dependiente con quince chelines a la semana, con mujer y con hijos, hablando de la alegre Navidad. Es para llevarle a una casa de locos.

Aquel maniático, al despedir al sobrino de Scrooge, introdujo a otros dos visitantes. Eran dos caballeros corpulentos, simpáticos, y estaban en pie, descubiertos, en el despacho de Scrooge.

Tenían en la mano libros y papeles y se inclinaron ante él.

—Scrooge y Marley, supongo —dijo uno de los caballeros, consultando una lista—. ¿Tengo el honor de hablar al señor Scrooge o al señor Marley?

—El señor Marley murió hace siete años —respondió Scrooge—. Esta misma noche hace siete años que murió.

—No dudamos que su liberalidad estará representada en su socio superviviente —dijo el caballero presentando sus cartas credenciales.

Era verdad, pues ambos habían sido tal para cual. Al oír la palabra «liberalidad», Scrooge frunció el ceño, movió la cabeza y devolvió al visitante las cartas credenciales.

—En esta alegre época del año, señor Scrooge —dijo el caballero tomando una pluma— es más necesario que nunca que hagamos algo en favor de los pobres y de los desamparados, que en estos días sufren de modo atroz. Muchos miles de ellos carecen de lo indispensable; cientos de miles necesitan alivio, señor.

—¿No hay cárceles? —preguntó Scrooge.

—Muchísimas cárceles —dijo el caballero dejando la pluma.

—¿Y casas de corrección? —interrogó Scrooge—. ¿Funcionan todavía?

—Funcionan, sí. Todavía —contestó el caballero—. Quisiera poder decir que no funcionan.

—¿El Treadmill y la ley de Pobreza están, pues, en todo su vigor? —continuó Scrooge.

—Ambos funcionan continuamente, señor.

—¡Oh!, tenía miedo, por lo que decíais al principio, de que hubiera ocurrido algo que interrumpiese sus útiles servicios —dijo Scrooge—. Me alegra mucho saberlo.

—Persuadido de que tales instituciones apenas pueden proporcionar cristiana alegría a la mente o bienestar al cuerpo, nosotros nos hemos propuesto reunir fondos para comprar a los pobres algunos alimentos y bebidas y un poco de calefacción. Hemos escogido esta época porque es, sobre todas, aquella en que la necesidad se siente con más intensidad y la abundancia se regocija. ¿Con cuánto queréis contribuir?

—¡Con nada! —replicó Scrooge.

—¿Queréis guardar el anónimo?

—Quiero que me dejéis en paz —dijo Scrooge—. Puesto que me preguntáis lo que quiero, señores, esa es mi respuesta. Yo no celebro la Navidad, y no puedo contribuir a que se diviertan los vagos; ayudo a sostener los establecimientos de que os he hablado... y que cuestan bastante, y quienes estén mal en ellos, que se vayan a otra parte.

Muchos no pueden, y otros muchos preferirán morir.

—Si prefieren morir —dijo Scrooge—, es lo mejor que pueden hacer, y así disminuirá el exceso de población. Además, y ustedes perdonen, no entiendo de eso.

—Pues debierais entender —hizo observar el caballero.

—No es de mi incumbencia —replicó Scrooge—. Un hombre tiene bastante con preocuparse de sus asuntos, y no debe mezclarse en los ajenos. Los míos me absorben por completo. ¡Buenas tardes, señores!

Comprendiendo claramente que sería inútil insistir, los dos caballeros se marcharon. Scrooge reanudó su tarea con mayor estimación de sí mismo y más animado de lo que tenía por costumbre.

Entretanto, la bruma y la oscuridad hiciéronse tan densas, que las gentes marchaban alumbrándose con antorchas, ofreciéndose a marchar delante de los caballos de los coches para mostrarles el camino. La antigua torre de una iglesia, cuya vieja y estridente campana parecía estar siempre atisbando a Scrooge por una ventana gótica del muro, se hizo invisible, y daba las horas envuelta en las nubes, resonando después con trémulas vibraciones, como si le castañeteasen los dientes a aquella elevadísima cabeza. El frío se hizo intenso. En la calle Mayor, en la esquina de la calleja, algunos obreros hallábanse reparando los mecheros de gas, y habían encendido una gran hoguera, a la cual rodeaba un grupo de mendigos y chicuelos, calentándose las manos y guiñando los ojos con delicia ante las llamas. Taponados los sumideros, el agua sobrante se congelaba con rapidez y se convertía en hielo. El resplandor de las tiendas, donde las ramas de acebo cargadas de frutas brillaban con la luz de las ventanas, ponía tonos dorados en las caras de los transeúntes. Las

pollerías y los comercios de comestibles estaban deslumbrantes: eran un glorioso espectáculo, ante el cual era casi increíble que los prosaicos principios de ajuste y venta tuvieran algo que hacer. El alcalde de la ciudad, en la fortaleza de la poderosa Mansión-House, daba órdenes a sus cincuenta cocineros y reposteros para celebrar la Navidad de una manera digna de la casa de un alcalde, y hasta el sastrecillo que había sido multado con cinco chelines el lunes anterior por estar borracho y sentirse escandaloso en las calles, preparaba en su guardilla la confección del pudin del día siguiente, mientras su flaca esposa iba con el nene a comprar la carne indispensable.

Más niebla aún y más frío. Frío agudo, penetrante, mordiente. Si el buen san Dunstan hubiera sólo rasguñado la nariz del espíritu maligno con un tiempo como aquel, en vez de usar sus armas habituales, en verdad que el diablo habría rugido.

El propietario de una naricilla juvenil, roída y mordisqueada por el hambriento frío como los huesos roídos por los perros, se detuvo ante la puerta de Scrooge para obsequiarle por el ojo de la cerradura con una canción de Navidad; pero no había hecho más que empezar:

«Bendígaos Dios, alegre caballero;
que nada pueda nunca disgustaros...»

Cuando Scrooge cogió la regla con tal decisión, que el cantor corrió lleno de miedo, abandonando el ojo de la cerradura a la bruma y a la penetrante helada.

Por fin llegó la hora de cerrar el despacho. De mala gana se alzó Scrooge de su asiento, y tácitamente aprobó la actitud del dependiente en su cuchitril, quien inmediatamente apagó su luz y se puso el sombrero.

—Supongamos que necesitaréis todo el día de mañana —dijo Scrooge.

—Si no hay inconveniente, señor...

—Pues sí hay inconveniente —dijo Scrooge—, y no es justo. Si por eso os descontara media corona, pensaríais que os perjudicaba. Pero, ¿estoy obligado a pagarla?

El dependiente sonrió lánguidamente.

—Sin embargo —dijo Scrooge—, no pensáis que me perjudico pagando el sueldo de un día por no trabajar.

El dependiente hizo notar que eso ocurría una sola vez al año.

—¡Una pobre excusa para morder en el bolsillo de uno todos los días veinticinco de diciembre! —dijo Scrooge abrochándose el gabán hasta la barba—. Pero supongo que es que necesitáis todo el día. Venid lo más temprano posible pasado mañana.

El dependiente prometió hacerlo, y Scrooge salió gruñendo. Cerróse el despacho en un instante, y el dependiente, con los largos extremos de

su bufanda colgando hasta más abajo de la cintura (pues no presumía de abrigo), bajó veinte veces un resbaladero en Cornhill, al final de una calleja llena de muchachos, para celebrar la Nochebuena, y luego salió corriendo hacia su casa, en Camden-Town, para jugar a la gallina ciega.

Scrooge cenó melancólicamente en su melancólica taberna habitual, y después de leer todos los periódicos, se entretuvo el resto de la noche con los libros comerciales y se fue a acostar. Ocupaba las habitaciones que habían pertenecido anteriormente a su difunto socio. Eran una serie de cuartos lóbregos en un sombrío edificio al final de una calleja, y en el cual había tan poco movimiento, que no se podía menos de imaginar que había llegado allí corriendo, cuando era una casa de pocos años, mientras jugaba al escondite con las otras casas, y había olvidado el camino para salir. Era esta entonces bastante vieja y bastante lúgubre; sólo Scrooge vivía en ella, pues los otros cuartos estaban alquilados para oficinas. La calleja era tan oscura, que el mismo Scrooge, que la conocía piedra por piedra, veíase obligado a cruzarla a tientas. La niebla y la helada se agolpaban de tal modo ante la negra entrada de la casa, que parecía como si el genio del invierno se hallase en triste meditación sentado en el umbral.

Hay que advertir que no había absolutamente nada de particular en el llamador de la puerta, salvo que era de gran tamaño; hay que hacer notar también que Scrooge lo había visto, de día y de noche, durante toda su residencia en aquel lugar, y también que Scrooge poseía tan poca cantidad de lo que se llama fantasía como otro cualquier hombre de la ciudad de Londres, aun incluyendo —la frase es algo atrevida— las corporaciones, los miembros del Consejo municipal y los de los gremios. Téngase también en cuenta que Scrooge no había dedicado un solo pensamiento a Marley desde que aquella tarde hizo mención de los siete años transcurridos desde su muerte. Y ahora que me explique alguien, si puede, cómo sucedió que Scrooge, al meter la llave en la cerradura, vio en el llamador —sin mediar ninguna mágica influencia—, no un llamador, sino la cara de Marley.

La cara de Marley. No era una sombra impenetrable como los demás objetos de la calleja, pues la rodeaba un medroso fulgor, semejante al que presentaría una langosta en mal estado puesta en un sótano oscuro. No aparecía colérico ni feroz, sino que miraba a Scrooge como Marley acostumbraba: con espectrales anteojos levantados hacia la frente espectral. Agitábanse curiosamente sus cabellos, como ante un soplo de aire ardoroso, y sus ojos, aunque hallábanse abiertos por completo, estaban absolutamente inmóviles. Todo eso y su lividez le hacían horrible; pero este horror parecía ajeno a la cara, fuera de su dominio, más bien que una parte de su propia expresión.

Cuando Scrooge se puso a considerar atentamente aquel fenómeno, ya el llamador era otra vez un llamador.

Decir que no se sintió inquieto o que su sangre no experimentó una terrible sensación, desconocida desde la infancia, sería mentir. Pero llevó la mano a la llave que había abandonado, la hizo girar resueltamente, penetró y encendió una bujía.

Detúvose con vacilación momentánea antes de cerrar la puerta y miró detrás de ella con desconfianza, aguardando casi aterrorizado a la vista del cabello de Marley pegado en la parte exterior; pero no había nada sobre la puerta, excepto los tornillos y tuercas que sujetaban el llamador, por lo cual exclamó: «¡Bah!, ¡bah!», y la cerró de golpe.

Resonó el portazo en toda la casa como un trueno. Encima, todas las habitaciones, y debajo, todas las cubas en el sótano del vinatero, parecieron poseer estrépito de ecos independientes de la puerta de Scrooge, que no era hombre a quien espantasen los ecos. Sujetó la puerta, cruzó el zaguán y empezó a subir la escalera, lentamente, sin embargo, alumbrando un lado y otro conforme subía.

Podéis hablar vagamente de las viejas escaleras de antaño por las cuales hubiera podido subir fácilmente un coche de seis caballos o el cortejo de una sesión parlamentaria. Pero yo os digo que la escalera de Scrooge era cosa muy diferente; habría de subir por ella un coche fúnebre, y lo haría con toda facilidad.

Había allí suficiente amplitud para ello y aún sobraba espacio; tal es quizá la razón por la cual pensó Scrooge ver una comitiva fúnebre en movimiento delante de él en la oscuridad. Media docena de faroles de gas de las calles no habrían iluminado bastante bien el vestíbulo; supondréis, pues, que estaba un tanto oscuro con la manera de alumbrar de Scrooge, que siguió subiendo sin preocuparse por ello. La oscuridad es barata y por eso agradábale a Scrooge. Pero antes de cerrar la pesada puerta, registró todas las habitaciones para ver si todo estaba en orden; precisamente deseaba hacerlo porque persistía en él el recuerdo de aquella cara.

La salita, el dormitorio, el cuarto de trastos. Todo estaba normal. Nadie debajo de la mesa, nadie debajo del sofá; un poco de lumbre en la rejilla; la cuchara y la jofaina, listas, y la cacerolita con un cocimiento (Scrooge tenía un resfriado de cabeza) junto al hogar. Nadie debajo de la cama; nadie dentro de la bata, que colgaba de la pared en actitud sospechosa. El cuarto de los trastos, como siempre. El viejo guardafuegos, los zapatos viejos, dos cestas para pescado, el lavabo de tres patas y un atizador.

Enteramente satisfecho, cerró la puerta y echó la llave, dándole dos vueltas, lo cual no era su costumbre. Asegurado así contra toda sorpresa,

se quitó la corbata, púsose la bata, las zapatillas y el gorro de dormir, y se sentó delante del fuego para tomar su cocimiento.

Era en verdad un fuego insignificante; nada para noche tan cruda. Viose obligado a arrimarse a él todo lo posible cubriéndolo, para poder extraer la más pequeña sensación de calor de tal puñado de combustible. El hogar era viejo, construido por algún comerciante holandés mucho tiempo antes, y pavimentado con extraños ladrillos holandeses, que representaban escenas de las Escrituras. Había Caínes y Abeles, hijas de Faraón, reinas de Saba, mensajeros angélicos descendiendo a través del aire sobre nubes que parecían de plumón, Abrahams, Baltasares, Apóstoles navegando en barcos de mantequilla, cientos de figuras para atraer su atención; no obstante, aquella cara de Marley, muerto siete años antes, llegaba como la vara del antiguo Profeta y hacía desaparecer todo si cada uno de los pulidos ladrillos hubiera estado en blanco, con virtud para presentar sobre su superficie alguna figura proveniente de los fragmentados pensamientos de Scrooge, habría aparecido una copia de la cabeza del viejo Marley sobre todos ellos.

—¡Patrañas! —dijo Scrooge, y empezó a pasear por la habitación.

Después de algunos paseos, volvió a sentarse. Al recostarse en la silla, su mirada fue a tropezar con una campanilla, una campanilla que no se utilizaba, colgada en la habitación, y que comunicaba, para algún servicio olvidado, con un cuarto del piso más alto del edificio. Con gran admiración, y con extraño e inexplicable temor, vio que la campanilla empezaba a oscilar. Oscilaba tan suavemente al principio, que apenas producía sonido; pero pronto sonó estrepitosamente y lo mismo hicieron todas las campanillas de la casa.

Ello podría durar medio minuto, un minuto, mas a Scrooge le pareció una hora. Las campanillas dejaron de sonar como habían empezado: todas a la vez. A aquel estrépito siguió un ruido rechinante, que venía de la parte más profunda, como si alguien arrastrase una pesada cadena sobre los toneles del sótano del vinatero. Entonces recordó Scrooge haber oído que los espectros que se aparecían en las casas presentábanse arrastrando cadenas.

La puerta del sótano abrióse con estrépito y luego se oyó el ruido con mucha mayor claridad en el piso de abajo; después el viejo oyó que el ruido subía por la escalera; después, que se dirigía directamente hacia la puerta.

—¡Patrañas, nada más! —dijo Scrooge—. No quiero pensar en ello.

Sin embargo, cambió de color cuando, sin detenerse, el espectro pasó a través de la pesada puerta y entró en la habitación ante sus ojos. Cuando entró, la moribunda llama dio un salto, como si gritara: «¡Le conozco! ¡Es el espectro de Marley!», y volvió a caer.

La misma cara; exactamente la misma. Marley con sus cabellos erizados, su chaleco habitual, sus estrechos calzones y sus botas, y con su casaca ribeteada. La cadena que arrastraba llevábala alrededor de la cintura; era larga y estaba sujeta a él como una cola, y se componía (pues Scrooge la observó muy de cerca) de cajas de caudales, llaves, candados, libros comerciales, documentos y fuertes bolsillos de acero. Su cuerpo era transparente; de modo que Scrooge, observándole, y mirando a través de su chaleco, pudo ver los dos botones de la parte posterior de la casaca.

Scrooge había oído decir muchas veces que Marley no tenía entrañas, pero nunca lo había creído hasta entonces.

No, ni aun entonces lo creía. Aunque miraba al fantasma de parte a parte, y le veía en pie delante de él; aunque sentía la escalofriante influencia de sus ojos fríos como la muerte, y comprobaba aún el tejido del pañuelo que le rodeaba la cabeza y la barba, y el cual no había observado antes, sentíase aún incrédulo y luchaba contra sus sentidos.

—¡Cómo! —dijo Scrooge, cáustico y frío como siempre—. ¿Qué queréis de mí?

—¡Mucho! —contestó la voz de Marley, pues tal era sin duda.

—¿Quién sois?

—Preguntadme quién «fui».

—¿Quién fuisteis, pues? —dijo Scrooge alzando la voz.

—En vida fui vuestro socio, Jacob Marley.

—¿Podéis..., podéis sentaros? —preguntó Scrooge mirándole perplejo.

—Puedo.

—Sentaos, pues.

Scrooge hizo esa pregunta porque no sabía si un espectro tan transparente se hallaría en condiciones de tomar una silla, y pensó que en el caso de que le fuera imposible, habría necesidad de una explicación embarazosa. Pero el espectro tomó asiento enfrente del hogar, como si estuviera habituado a ello.

—¿No creéis en mí? —preguntó el espectro.

—No —contestó Scrooge.

—¿Qué evidencia deseáis de mi existencia real, además de la de vuestros sentidos?

-No lo sé.

—¿Por qué dudáis de vuestros sentidos?

—Porque lo más insignificante —dijo Scrooge— les hace impresión. El más ligero trastorno del estómago les hace fingir. Tal vez sois un trozo de carne que no he digerido, un poco de mostaza, una miga de

queso, un pedazo de patata poco cocida. Hay más de guiso que de tumba en vuestra voz, quienquiera que seáis.

Scrooge no tenía mucha costumbre de hacer chistes, y según entonces sentíase el corazón, sus bromas tenían que ser chocarreras. Lo cierto es que procuraba mostrar agudeza como medio de distraer su propia atención y ahuyentar su terror, pues la voz del espectro le trastornaba hasta la médula de los huesos.

Permanecer sentado, con la vista clavada en aquellos ojos vidriosos, en silencio, durante unos instantes, sería estar, según pensaba Scrooge, con el mismo demonio. Había algo muy espantoso, además, en la atmósfera infernal, propia de él, que rodeaba al espectro. Scrooge no pudo sentirla por sí mismo, pero no por eso era menos real, pues aunque el espectro se hallaba en completa inmovilidad, sus cabellos, los ribetes de su casaca, se agitaban todavía como impulsados por el ardiente vapor de un horno.

—¿Veis esos mondadientes? —dijo Scrooge volviendo apresuradamente a la carga, por la razón que acabamos de exponer, y deseando aunque sólo fuera durante un segundo, apartar de él la pétrea mirada del aparecido.

—Lo veo — replicó el espectro.

—¡Si no lo miráis! —dijo Scrooge.

—Pero lo veo, sin embargo —replicó el espectro.

—¡Bien! —repuso Scrooge—. No haría yo más que tragármelo, y durante toda mi vida veríame perseguido por una legión de duendes creados por mi fantasía. ¡Patrañas, digo yo; patrañas!

Entonces el espíritu lanzó un grito espantoso y sacudió su cadena con un ruido tan terrible, que Scrooge tuvo que apoyarse en la silla para no caer desmayado. Pero mayor fue su espanto cuando el fantasma, quitándose la venda que le ceñía la frente, como si notara demasiado calor bajo techado, dejó caer su mandíbula inferior sobre el pecho.

Scrooge cayó de rodillas y se llevó las manos a la cara.

—¡Perdón! —exclamó—. Terrible aparición, ¿por qué me atormentáis?

—Hombre apegado al mundo —replicó el espectro—, ¿creéis en mí o no?

—Creo —contestó Scrooge—. Tengo que creer. Pero, ¿por qué los espíritus vuelven a la tierra y por qué se dirigen a mí?

—A todos los hombres se les exige —replicó el espectro— que su espíritu se aparezca entre sus conocidos y que viajen de un lado a otro, y si un espíritu no hace tales excursiones en su vida terrenal, es condenado a hacerlas después de la muerte. Es su destino vagar por el mundo

—¡oh, miserable de mí!— y no poder participar de lo que ve, aunque de ello participan los demás y es la felicidad de ellos.

El espectro lanzó otro grito y sacudió la cadena retorciéndose las manos espectrales.

—Estáis encadenados —dijo Scrooge temblando—. Decidme por qué.

—Llevo la cadena que forjé en vida —replicó el espectro—. La hice eslabón a eslabón, metro a metro; la ciño a mi cuerpo por mi libre voluntad y por mi libre voluntad la usaré. ¿Os parece rara?

Scrooge temblaba cada vez más.

—¿O queréis saber —prosiguió el espectro— el peso y la longitud de la cadena que soportáis? Era tan larga y tan pesada como esta hace siete Nochebuenas. Desde entonces la habéis aumentado y es una cadena tremenda.

Scrooge miró al suelo alrededor del espectro, creyendo encontrarle rodeado por unas cincuenta o sesenta brazas de férreo cable, pero nada pudo ver.

—Jacob —le dijo suplicante—. ¡Viejo Jacob Marley, habladme más! ¡Habladme para mi consuelo, Jacob!

—No tengo ninguno que dar —replicó el espectro—. Eso viene de otras regiones, Scrooge, y por medio de otros ministros, a otra clase de hombres que vos. No puedo deciros todo lo que deseo. Un poquito más de tiempo se me permite solamente. No puedo reposar, no puedo detenerme, no puedo permanecer en ninguna parte. Mi espíritu nunca fue más allá de nuestro despacho..., ¡ay de mí...! En mi vida terrenal nunca mi espíritu vagó más allá de los estrechos límites de nuestra ventanilla para el cambio, ¡y qué fatigosas jornadas me quedan aún!

Scrooge tenía por costumbre, cuando se ponía pensativo, meterse las manos en los bolsillos del pantalón. Considerando lo que el espectro había dicho, lo hizo así, pero sin levantar los ojos y sin alzarse del suelo.

—Debéis de haber sido muy calmoso en ese asunto, Jacob —hizo observar Scrooge en actitud comercial, aunque con humildad y deferencia.

—¡Calmoso! —repitió el espectro.

—Siete años muerto —murmuró Scrooge—. ¿Y viajando todo ese tiempo?

—Todo —dijo el espectro—, sin reposo, sin paz. ¡Incesante tortura del remordimiento!

—¿Viajáis velozmente?

—En las alas del viento.

—Y habréis recorrido un gran número de regiones en siete años —dijo Scrooge.

Al oír esto, el espectro lanzó otro grito, haciendo rechinar la cadena de modo espantoso en el sepulcral silencio de la noche.

—¡Oh, cautivo, atado y doblemente aherrojado! —gritó el fantasma—. ¡No saber que han de pasar a la eternidad siglos de incesante labor hecha por criaturas inmortales en la tierra antes de que el bien de que es susceptible esté desarrollado por completo! ¡No saber que todo espíritu cristiano que obra rectamente en su reducida esfera, sea cual fuere, encontrará su vida mortal demasiado corta para compensar las buenas ocasiones perdidas! ¡No saber que ningún arrepentimiento puede evitar lo pasado! Sin embargo, ¡eso hice yo! ¡Oh, eso hice yo!

—Pero vos siempre fuisteis un buen hombre de negocios, Jacob —tartamudeó Scrooge, que empezaba a aplicarse esto a sí mismo.

—¡Negocios! —gritó el espectro, retorciéndose las manos de nuevo—. El género humano era mi negocio. El bienestar general era mi negocio: la caridad, la misericordia, la paciencia y la benevolencia, todo eso era mi negocio. ¡Mis tratos comerciales no eran sino una gota de agua en el océano de mis negocios!

Sostuvo la cadena a lo largo del brazo, como si fuera la causa de toda su infructuosa pesadumbre, y la volvió a arrojar pesadamente al suelo.

—En esta época del año —dijo el espectro— sufro lo indecible. ¿Por qué atravesé tantas multitudes con los ojos cerrados, sin elevarlos nunca hacia la bendita estrella que guió a los Magos a la morada del pobre? ¿No había pobres a los cuales me guiara su luz?

Scrooge estaba espantado de oír al espectro hablar tan continuadamente, y empezó a temblar más de lo que quisiera.

—Oídme —gritó el espectro—. Mi tiempo va a acabarse.

—Bueno —dijo Scrooge—. Pero no me mortifiquéis. ¡No hagáis floreos, Jacob, os lo suplico!

—Lo que no me explico es que haya podido aparecer ante vos como una sombra que podéis ver, cuando he permanecido invisible a vuestro lado durante días y días.

No era una idea agradable. Scrooge estremecióse y se enjugó el sudor de la frente.

—Eso no es lo que menos me aflige —continuó el espectro—. He venido esta noche a advertiros que aún podéis tener esperanza de escapar a mi influencia fatal; una esperanza que yo os proporcionaré.

—Siempre fuisteis un buen amigo —dijo Scrooge—. Gracias.

—Se os aparecerán —continuó el espectro— tres espíritus.

El rostro de Scrooge se alargó casi tanto como lo había hecho el del espectro.

—¿Es esa la esperanza de que hablabais, Jacob? —preguntó con voz temblorosa.

—Esa.

—Yo..., yo prefería no ver eso —dijo Scrooge.

—Sin su visita —replicó el espectro— no podéis evitar la senda que yo sigo. Esperad al primero mañana, cuando la campana anuncie la una.

—¿No podría recibir a todos de una vez, para terminar antes? —insinuó Scrooge.

—Esperad al segundo la noche siguiente a la misma hora. Al tercero, a la otra noche, cuando cese de vibrar la última campanada de las doce. Pensad que no me volveréis a ver y cuidad, por vuestro bien, de recordar lo que ha pasado entre nosotros.

Dichas tales palabras, el espectro tomó su pañuelo de encima de la mesa y se lo ciñó alrededor de la cabeza, como antes. Scrooge lo conoció en el agudo sonido que hicieron los dientes al juntarse las mandíbulas por medio de aquel vendaje. Se aventuró a levantar los ojos y encontró a su visitante sobrenatural mirándole de frente en actitud erguida, con su cadena alrededor del brazo.

La aparición fue apartándose de Scrooge hacia atrás, y a cada paso que daba abríase la ventana un poco, de modo que cuando el epectro llegó a ella estaba de par en par. Hizo señas a Scrooge para que se acercara, y este obedeció. Cuando estuvieron a dos pasos uno de otro, el espectro de Marley levantó una mano, advirtiendo a Scrooge que no se acercara más. Scrooge se detuvo.

No tanto por obediencia como por sorpresa y temor, pues al levantar la mano el espectro advirtió ruidos confusos en el aire, incoherentes gemidos de desesperación, lamentos indeciblemente pesarosos y gritos de arrepentimiento. El espectro, después de escuchar un momento, se unió al canto fúnebre y salió flotando en la helada y oscura noche.

Scrooge se dirigió a la ventana, pues se moría de curiosidad. Miró fuera.

El aire estaba lleno de fantasmas, que vagaban de aquí para allá en continuo movimiento y gemían sin detenerse. Todos llevaban cadenas como la del espectro de Marley; algunos (tal vez gobernantes culpables) estaban encadenados en grupo; ninguno tenía libertad. A muchos los había conocido Scrooge cuando vivían. Había sido íntimo de un viejo espectro, con chaleco blanco, con una monstruosa caja de hierro sujeta a un tobillo, y que se lamentaba a gritos al verse impotente para socorrer a una infeliz mujer con una criaturita, a la que veía bajo él en el quicio de una puerta. El castigo de todos los fantasmas era, evidentemente, que procuraban con afán aliviar los dolores humanos y habían perdido para siempre la posibilidad de conseguirlo.

Si tales fantasmas se desvanecieron en la niebla, o la niebla los amortajó, no podía decirlo Scrooge. Pero ellos y sus voces sobrenaturales se perdieron juntos, y la noche volvió a ser como cuando llegó a su casa.

Cerró Scrooge la ventana y examinó la puerta por donde había entrado el espectro. Estaba cerrada con dos vueltas de llave, como él la cerró con sus propias manos, y los cerrojos sin señal de violencia. Intentó decir «¡Patrañas!», pero se detuvo a la primera sílaba. Y hallándose muy necesitado de reposo, por la emoción que había sufrido, o por las fatigas del día, o por la abrumadora conversación del espectro, o por lo avanzado de la hora, se tendió resueltamente en el lecho, sin desnudarse, y al instante se quedó dormido.

CAPÍTULO II

El primero de los tres espíritus

Cuando Scrooge despertó había tanta oscuridad, que al mirar desde la cama apenas podía distinguir la transparente ventana de las opacas paredes del dormitorio. Hallábase haciendo esfuerzos para atravesar la oscuridad con sus ojos de hurón, cuando el reloj de la iglesia vecina dio cuatro campanadas que significaban otros tantos cuartos. Entonces escuchó para saber la hora.

Con gran admiración suya, la pesada campana pasó de seis campanadas a siete, y de siete a ocho, y así sucesivamente hasta doce, y se detuvo. ¡Las doce! Eran más de las dos cuando se acostó. El reloj andaba mal. Algún pedazo de hielo debía de haberse introducido en la máquina. ¡Las doce!

Tocó el resorte de su reloj de repetición para rectificar aquella hora equivocada. Su rápida pulsación sonó doce veces y se detuvo.

—¡Vaya, no es posible —dijo Scrooge— que yo haya dormido un día entero y aun parte de otra noche! A no ser que haya ocurrido algo al sol, y que a las doce de la noche sean las doce del día.

Como la idea era alarmante, se arrojó del lecho y a tientas dirigióse a la ventana. Tuvo necesidad de frotar el vidrio con la manga de la bata para quitar la escarcha y conseguir ver algo, aunque pudo ver muy poco. Todo lo que pudo distinguir fue que aún había espesísima niebla, que hacía un frío exagerado y que no se percibía el ruido de la gente yendo y viniendo en continua agitación, como si la noche, ahuyentando al luciente día, se hubiera posesionado del mundo. Esto fue para él gran alivio, porque si todo era noche, ¿qué valor tenían las palabras «A tres días vista esta primera de cambio pagaréis al señor Ebenezer Scrooge o a su orden», etc., puesto que no había días que contar?

Scrooge se acostó de nuevo, y pensó, y pensó, y pensó en ello repetidamente, y no pudo sacar nada en limpio. Cuanto más pensaba sentíase más perplejo, y cuando más se esforzaba para no pensar, más pensaba.

El espectro de Marley le molestaba de un modo extraordinario. Cuantas veces intentaba convencerse, después de reflexionar, de que todo era un sueño, su imaginación volvía, como un resorte que se deja de oprimir, a su primera posición, y le presentaba el mismo problema que resolver. ¿Era un sueño o no?

Permaneció Scrooge en este estado hasta que la campana dio tres cuartos, y entonces recordó, estremeciéndose, que el espectro le había anunciado una visita para cuando la campana diese la una. Determinó estar despierto hasta que pasara la hora, y considerando que le era más difícil dormir que alcanzar el cielo, quizá era esta la más prudente determinación que podía tomar.

Los quince minutos eran tan largos, que más de una vez pensó que se había adormecido sin darse cuenta y por ello no había oído el reloj. Por fin resonó en su atento oído:

—¡Tin tan!

—Y cuarto —dijo Scrooge contando.

—¡Tin tan!

—Y media —dijo Scrooge.

—¡Tin tan!

—Menos cuarto —dijo Scrooge.

—¡Tin tan!

—La hora señalada —dijo Scrooge triunfalmente—, y sin novedad.

Habló antes de que sonase la campana de las horas, lo cual hizo dando una profunda, pesada, hueca, melancólica. La luz inundó el dormitorio al instante y se descorrieron las cortinas del lecho.

Fueron descorridas las cortinas del lecho, os digo, por una mano invisible. No las cortinas que tenía a los pies ni las cortinas que tenía a la espalda, sino las que tenía delante de la cara. Las cortinas del lecho se descorrieron, y Scrooge, sobresaltándose, medio se incorporó y hallóse frente a frente del sobrenatural visitante al que daban paso, tan cerca de él como yo lo estoy de vosotros, y yo me encuentro espiritualmente junto a vuestro codo.

Era una figura extraña..., como un niño; aunque más que un niño parecía un anciano, visto a través de un medio sobrenatural, que le daba la apariencia de haberse alejado de la vista y disminuido hasta las proporciones de un niño. Su cabello, que le colgaba alrededor del cuello y por la espalda, era blanco como el de los ancianos, pero la cara no tenía ni una arruga, y la piel era delicadísima. Los brazos eran muy largos y musculosos, y lo mismo las manos, como si fueran extraordinariamente fuertes. Las piernas y los pies, que eran perfectos, los llevaba desnudos, como los miembros superiores. Vestía una túnica del blanco más puro y le ceñía la cintura una luciente faja de hermoso brillo. Empuñaba una rama fresca de verde acebo, y contrastando singularmente con este emblema del invierno, llevaba el vestido salpicado de flores estivales. Pero lo más extraño de él era que de lo alto de su cabeza brotaba un surtidor de brillante luz clara que todo lo hacía visible, y para ciertos momentos en que no fuese oportuno hacer uso de él llevaba un gran apagador en forma de gorro, que entonces tenía bajo el brazo.

Y aun esto no le pareció a Scrooge, al mirarle con creciente curiosidad, su cualidad más extraña, sino que su cinturón brillaba, lanzando destellos tan pronto en una parte como en otra, y lo que en un instante era luz se hacía de pronto oscuridad, y así la figura misma fluctuaba en su claridad, siendo ora una cosa con un brazo, ora con una pierna, ora con veinte piernas, ora dos piernas sin cabeza, ora una cabeza sin cuerpo, y de las partes que se desvanecían ningún perfil podía distinguirse en medio de la densa oscuridad en que se fundían, y después de tal maravilla, volvía a ser el mismo, con toda la claridad anterior.

—¿Sois, señor, el espíritu cuya venida me han predicho? —preguntó Scrooge.

—Lo soy.

La voz era suave y dulce, pero extraordinariamente baja, como si en vez de estar tan cerca de él se hallase a una gran distancia.

—¿Quién sois, pues?

—Soy el espectro de la Navidad Pasada.

—¿Pasada hace mucho? —inquirió Scrooge al observar su estatura de enano.

—No. La que acabáis de pasar.

Quizá Scrooge no habría podido decir por qué, si alguien hubiera podido preguntarle, pero sintió un deseo especial de ver al espíritu con el gorro, y le suplicó que se cubriese.

—¡Cómo! —exclamó el espectro—. ¿Tan pronto queréis apagar, con manos humanas, la luz que doy? ¡No es bastante que seáis uno de aquellos cuyas pasiones hacen este gorro y que me obligan, a través de años y años sin interrupción, a llevarlo sobre mi frente!

Scrooge negó respetuosamente toda intención de ofender, y dijo que no tenía conocimiento de haber a sabiendas contribuido a «confeccionar» el sombrero del espíritu en ninguna época de su vida. Después se atrevió a preguntar qué asunto le traía.

—Vuestro bienestar —dijo el espectro.

Scrooge mostróse muy agradecido, pero no pudo menos de pensar que una noche de continuado reposo habría sido más conducente a aquel fin. El espíritu debió de oír su pensamiento, porque inmediatamente dijo:

—Reclamáis, pues. ¡Preparaos!

Y al hablar extendió su potente mano y le cogió nuevamente por el brazo.

—Levantaos y venid conmigo.

Habría sido inútil para Scrooge hacerle ver que el tiempo y la hora no eran a propósito para pasear a pie; que el lecho estaba caliente y el termómetro marcaba muchos grados bajo cero; que estaba muy ligeramente vestido con las zapatillas, la bata y el gorro de dormir, y que padecía un resfriado. El puño, aunque suave como una mano femenina, no se podía resistir. Se levantó; pero advirtiendo que el espíritu se dirigía hacia la ventana, le asió de la vestidura, suplicándole:

—Soy mortal y puedo caerme.

—Os tocaré con mi mano aquí —dijo el espectro poniéndosela sobre el corazón— y podréis sosteneros.

Al pronunciar tales palabras pasaron a través del muro y se encontraron en un amplio camino con campos a un lado y a otro. La ciudad y la bruma se habían desvanecido con ella, pues hacía un claro y frío día de invierno y el suelo se hallaba cubierto de nieve.

—¡Dios mío! —dijo Scrooge cruzando las manos y mirando a su alrededor—. En este sitio me crié. Aquí transcurrió mi infancia.

El espíritu le miró con benevolencia. Su dulce tacto, aunque había sido leve e instantáneo, se hacía sentir todavía en la sensibilidad del anciano. Notaba que mil aromas que flotaban en el aire guardaban relación con mil pensamientos y esperanzas, y alegrías, y cuidados, por espacio de mucho, mucho tiempo olvidados.

—Os tiemblan los labios —dijo el espectro—. ¿Y qué es eso que tenéis en la mejilla?

Scrooge balbuceó, con inusitado desfallecimiento en la voz, que era un grano, y dijo al espectro que le condujese donde quisiera.

—¿Recordáis el camino? —preguntó el espíritu.

—¡Recordarlo...! —gritó Scrooge con vehemencia—. Lo recorrería con los ojos cerrados.

—Es extraño que no lo hayáis olvidado durante tantos años —hizo observar el espectro—. Sigamos adelante.

Siguieron a lo largo del camino. Scrooge reconocía las entradas de las casas, los postes, los árboles, hasta el pueblecito que aparecía a lo lejos, con su puente, su iglesia y su ondulante río. Veíanse algunos afelpados caballitos que trotaban montados por muchachos, quienes llamaban a otros chiquillos que iban en tílburis y en carros del país guiados por

agricultores, y se aclamaban mutuamente, hasta que los campos estuvieron tan llenos de armonioso júbilo, que el aire reía al oírlo.

—No son más que sombras de las cosas pasadas —dijo el espectro—. No se dan cuenta de nosotros.

Los alegres viajeros se acercaban, y conforme fueron llegando, Scrooge los conocía y nombraba a cada uno. ¿Por qué se alegró extraordinariamente al verlos? ¿Por qué sus fríos ojos resplandecieron y su corazón brincó al verlos pasar? ¿Por qué se sintió lleno de alegría cuando los oyó desearse mutuamente felices Pascuas al separarse en los atajos y en los cruces para marchar a sus respectivas casas? ¿Qué era la Navidad para Scrooge? ¡Nada de Navidad! ¿Qué bien le había hecho a él?

—La escuela no está completamente desierta —dijo el espectro—. Queda en ella todavía un niño solitario, abandonado por sus amigos.

Scrooge dijo que le conocía. Y sollozó.

Dejaron el camino real, entrando en una conocida calleja, y pronto llegaron a una casa de toscos ladrillos rojos con una cupulita coronada por una veleta, y de cuyo tejado colgaba una campana. Era una casa amplia, pero venida a menos, pues las espaciosas dependencias se usaban poco, sus paredes estaban húmedas y mohosas, sus ventanas rotas y sus puertas podridas. Las gallinas cloqueaban y se pavoneaban en las cuadras, y las cocheras y los cobertizos se hallaban asolados por las hierbas. Ni había en el interior más huellas de su antiguo estado, pues al entrar en el sombrío zaguán, y al mirar a través de las francas puertas de muchas habitaciones, se las veía pobremente amuebladas, frías y solitarias. Había en el aire un sabor terroso, una heladora desnudez, que hacía pensar que los que habitaban aquel lugar se levantaban antes de romper el día y no tenían qué comer.

Atravesaron el espectro y Scrooge la sala y dirigiéronse a una puerta de la parte trasera de la casa. Mostrábase abierta ante ellos y descubría una habitación larga, desnuda y melancólica, a cuya desnudez contribuían hileras de bancos y mesas, en una de las cuales se hallaba un niño solitario leyendo cerca de un poco de lumbre, y Scrooge se sentó en un banco y lloró al verse retratado en aquel niño olvidado, abandonado, como acostumbró a verse en su infancia.

Ni un eco latente en la casa, ni un chillido o un rumor de pelea entre los ratones detrás del entrepaño, ni la caída de una gota de agua de la medio deshelada cañería, ni un suspiro entre las ramas sin hojas de un álamo mustio, ni la ociosa oscilación de la puerta de un almacén vacío, ni un chasquido de la lumbre, que al caer sobre el corazón de Scrooge con suavizadora influencia dieran libre paso a sus lágrimas.

El espíritu le tocó en un brazo y señaló hacia su imagen infantil atenta a la lectura. De repente apareció en la ventana, por la parte de

fuera, un hombre vestido con traje extranjero, al que se distinguía con admirable exactitud; llevaba un hacha en el cinto y conducía del ronzal un asno cargado de leña.

—¡Si es Alí Babá! —exclamó Scrooge extasiado—. ¡Es mi querido Alí Babá! Sí, sí, le conozco. Una vez, por Navidad, cuando todos abandonaron al solitario niño, él vino por primera vez exactamente como ahora le vemos. ¡Pobre muchacho! Y Valentín —continuó Scrooge—, y su hermano Orson, ¡ahí van! ¿Y cómo se llama aquel a quien dejaron dormido, casi desnudo, a la puerta de Damasco? ¿No le veis? Y el paje del sultán, a quien el genio hace dar vueltas en el aire. ¡Ahora está cabeza abajo! ¡Muy bien! ¡Dadle lo que merece! ¡Me alegro! ¿Qué necesidad tenía de casarse con la princesa?

Verdaderamente, habría producido sorpresa a sus amigos de la city oír a Scrooge dedicar toda la solicitud de su naturaleza a aquellos recuerdos en una voz de lo más extraordinario, entre risas y gritos, y ver su rostro alegre y animado.

—¡Ahí está el loro! —gritó—. Verde el cuerpo y la cola amarilla, con una cosa como una lechuga en la parte superior de la cabeza; ahí está. «Pobre Robinson Crusoe —le decía cuando volvió a su casa después de navegar alrededor de la isla—. Pobre Robinson Crusoe, ¿dónde habéis estado, Robinson Crusoe?». El hombre creía soñar, pero no soñaba. Era el loro, ya lo sabéis. Por ahí va Viernes corriendo hacia la ensenada para salvar la vida. ¡Hala, hala!

Después, con una rapidez de transición muy extraña en su carácter habitual, dijo, lleno de piedad por la imagen de sí mismo: «¡Pobre muchacho!», y volvió a llorar.

—Quisiera... —murmuró, llevándose la mano al bolsillo y mirando a su alrededor, después de enjugarse los ojos con la manga—; pero es demasiado tarde.

—¿De qué se trata? —preguntó el espíritu.

—De nada —dijo Scrooge—. De nada. Había a mi puerta la noche última un muchacho cantando una canción de Navidad, y me agradaría haberle dado alguna cosa; eso es todo.

El espectro sonrió pensativamente y agitó una mano, al mismo tiempo que decía:

—Veamos otra Navidad.

A estas palabras, la figura infantil de Scrooge creció y la habitación se hizo algo más oscura y más sucia. Se contrajeron los entrepaños, se agrietaron las ventanas, desprendiéronse del techo fragmentos de yeso, y en su lugar aparecieron las vigas desnudas; pero Scrooge no supo acerca de cómo ocurrió todo esto más de lo que vosotros sabéis. Solamente supo que todo había ocurrido así sin violencia, que él se hallaba allí, otra

vez solitario, pues todos los demás muchachos habíanse marchado a sus casas para celebrar aquellos alegres días de fiesta.

Ahora no estaba leyendo, sino paseando arriba y abajo desesperadamente. Scrooge miró al espectro, y moviendo tristemente la cabeza lanzó una ojeada ansiosa hacia la puerta.

Esta se abrió, y una niña pequeña, mucho más joven que el muchacho, precipitóse dentro, y rodeándole el cuello con los brazos y besándole repetidas veces se dirigió a él, llamándole «hermano querido».

—He venido para llevarte a casa, hermano querido —dijo la niña palmoteando e inclinándose a fuerza de reír—. ¡Para llevarte a casa, a casa, a casa!

—¿A casa, pequeña? —replicó el muchacho.

—¡Sí! —dijo la niña rebosando alegría—. A casa, para que estés con nosotros siempre, siempre. Papá es mucho más cariñoso que nunca, y nuestra casa se parece al cielo. Me habló tan dulcemente una noche cuando iba a acostarme, que no tuve miedo de pedirle una vez más que te permitiera volver a casa; me dijo que sí, y me envió en un coche a buscarte. Tú serás un hombre —dijo la niña abriendo mucho los ojos—, y nunca volverás por aquí; por lo pronto, vamos a estar juntos todos los días do Navidad y a pasar las horas más alegres del mundo.

—Eres ya una mujer, pequeña Fanny —exclamo el muchacho.

Palmoteó ella y se echó a reír, tratando de acariciarle la cabeza; pero como era muy pequeña y no alcanzaba, echóse a reír de nuevo y le abrazó, poniéndose en las puntas de los pies. Luego empezó a tirar de él, con afán infantil, hacia la puerta, y él, nada disgustado por ello, la acompañaba.

Una voz terrible gritó en el vestíbulo: «¡Bajad el baúl de master Scrooge!» Y apareció el maestro de escuela, que miró ferozmente a Scrooge, con mirada de condescendencia, y le atontó al sacudirle por las manos. Luego los llevó a él y a su hermana a una escalofriante habitación que parecía un pozo, donde los mapas colgados en la pared y los globos celestes y terrestres colocados en las ventanas parecían cubiertos de cera a causa del frío. Una vez allí, sacó una garrafa de vino que brillaba extrañamente y un trozo de macizo pastel y repartió estas golosinas entre los pequeños, al mismo tiempo que enviaba a un flaco criado a ofrecer un vaso de «algo» al postillón, quien le respondió que se lo agradecía al caballero, pero que si era del mismo barril que había bebido antes, prefería no beberlo. Como el baúl de master Scrooge estaba ya colocado en la parte más alta del coche, los niños se despidieron amablemente del maestro, y subiendo al coche atravesaron alegremente el jardín; las ágiles ruedas despedían la escarcha y la nieve que llenaban las oscuras hojas de las siemprevivas.

—Siempre fue una criatura delicada, a quien el simple aliento puede marchitar —dijo el espectro—; pero tenía un gran corazón.

—¡Sí que lo tenía! —gritó Scrooge—. Tenéis razón. No se puede negar, espíritu. ¡Dios me libre!

—Murió siendo mujer —dijo el espectro—, y creo que tuvo hijos.

—Un niño —replicó Scrooge.

—Cierto —dijo el espectro—. ¡Vuestro sobrino!

Scrooge parecía intranquilo, y contestó brevemente:

—Sí.

Aunque en aquel momento acababan de dejar la escuela tras de sí, hallábanse entonces en las concurridas calles de una ciudad donde fantásticos transeúntes iban y venían, donde fantásticos carros y coches pasaban por el camino y donde había todo el movimiento y todo el tumulto de una ciudad verdadera. Se comprendía perfectamente, por el aspecto de las tiendas, que otra vez era la época de Navidad; pero era de noche, y las calles estaban alumbradas.

El espectro se detuvo a la puerta de cierto almacén y preguntó a Scrooge si lo conocía.

—¡Conocerlo! —contestó el aludido—. Aquí fui aprendiz.

Entraron. A la vista de un anciano con una peluca de las usadas en el País de Gales, sentado tras de un pupitre tan alto que si el caballero hubiera tenido dos pulgadas más de estatura habría tropezado con la cabeza en el techo, Scrooge gritó excitadísimo:

—¡Si es el anciano Fezziwig! ¡Bendito sea Dios! ¡Es Fezziwig vuelto a la vida!

El anciano Fezziwig dejó la pluma y miró al reloj, que marcaba las siete. Se frotó las manos, se ajustó el amplio chaleco, echóse a reír francamente, recorriéndole la risa todo el cuerpo, y gritó con una voz agradable, suave y jovial:

—¡Ebenezer! ¡Dick!

La imagen de Scrooge, que ya era un hombre joven, entró alegremente, acompañada por la de otro aprendiz.

—¡Dick Wilkins, no hay duda! —dijo Scrooge al espectro—. Sí, es él. Me tenía verdadero afecto. ¡Pobre Dick! ¡Cuánto le quería yo!

—¡Vamos, muchachos! —dijo Fezziwig—. No se trabaja más esta noche. Es Nochebuena, Dick. Es Nochebuena, Ebenezer. Cerremos la tienda —gritó el anciano dando una palmada.

No podéis imaginar cómo lo hicieron aquellos dos muchachos. Salieron a la calle cargados con las puertas y, una, dos, tres, las colocaron en su sitio; cuatro, cinco, seis, pusieron las barras y las sujetaron; siete, ocho, nueve, y volvieron antes de que pudierais contar hasta doce, jadeantes como caballos de carreras.

—¡A ver! —gritó el anciano saltando del elevado pupitre con admirable agilidad—. ¡A retirar todo, muchachos, para dejar libre la habitación! ¡Vamos, Dick! ¡Vamos, Ebenezer!

¡Retirar todo! Nada había que no quisieran retirar, ni nada que no pudiesen, bajo la mirada del anciano. Todo se hizo en un minuto. Todos los muebles desaparecieron como si fuesen retirados de la vida pública para siempre; se barrió y se regó el piso, encendiéronse las lámparas, amontonóse el combustible sobre el fuego, y el almacén se convirtió en un salón de baile cómodo y caliente, y seco, y brillante, que desearíais ver en una noche de invierno.

Entró un violinista con un cuaderno de música, y encaramándose sobre el alto pupitre hizo de él una orquesta y empezó a rascar el violín. Entró la señora Fezziwig, toda sonrisas. Entraron las tres señoritas Fezziwig, radiantes y adorables. Entraron los seis jóvenes cuyos corazones sufrían por ellas. Entraron todos los muchachos y muchachas empleados en la casa. Entró la doncella, con su primo el panadero. Entró la cocinera, con el lechero, particular amigo de su hermano. Entró el muchacho de al lado, de quien se sospechaba que su amo no le daba de comer lo suficiente y que trataba de esconderse de las muchachas, menos de una a quien su ama había ya tirado de las orejas. Entraron todos, uno tras otro; unos tímidos, otros atrevidos; unos graciosos, otros incultos; unos activos, otros torpes; entraron todos de un modo o de otro, y se formaron veinte parejas, cogidos de la mano y formando un corro. La mitad se adelanta y luego retrocede; estos se balancean cadenciosamente, aquellos acompañan el movimiento; después todos empiezan a dar vueltas en redondo varias veces, agrupándose, estrechándose, persiguiéndose unos a otros; la pareja de ancianos nunca está en su sitio, y las parejas jóvenes se apartan rápidamente cuando les han puesto en apuro; en fin, se rompe la cadena y los bailarines se encuentran sin pareja. Después de tan hermoso resultado, el viejo Fezziwig, dando una palmada para suspender el baile, gritó: «¡Muy bien!», y el violinista metió el ardiente rostro en una olla de cerveza especialmente preparada para ello. Pero cuando reapareció, desdeñando el reposo, instantáneamente empezó a tocar de nuevo, aunque aún no había bailarines, como si el otro violinista hubiera sido llevado a su casa, exhausto, sobre una contraventana, y este fuera otro músico resuelto a vencerle o a morir.

Cuando el reloj dio las once se terminó el baile. El señor y la señora Fezziwig tomaron posiciones, cada uno a un lado de la puerta, y dando apretones de manos a todos conforme iban saliendo, les deseaban felices Pascuas. Cuando todos se hubieron retirado, excepto los dos aprendices, hicieron lo mismo con ellos, y las alegres voces se extinguieron y los muchachos quedaron en sus lechos, que estaban detrás de

un mostrador en la trastienda. Durante todo este tiempo, Scrooge había obrado como un hombre que no está en su sano juicio. Su corazón y su alma se hallaban en la escena, con su otro «él». Lo reconocía todo, lo recordaba todo, gozaba de todo y sufría la más extraña agitación. Hasta el momento en que los brillantes rostros de su imagen y de Dick desaparecieron no se acordó del espectro, y entonces se dio cuenta de que estaba con la mirada fija en él, mientras la luz ardía sobre su cabeza con claridad deslumbradora.

—No merece la pena —dijo el espectro— que estas simples gentes hagan tantas demostraciones de gratitud.

—¿Cómo? —respondió Scrooge.

El espíritu le indicó que escuchase a los dos aprendices, cuyos corazones se deshacían en alabanza de Fezziwig, y cuando lo hubo hecho dijo:

—¡Qué! ¿No es verdad? No ha gastado sino algunas libras de vuestra moneda terrena: tres o cuatro quizá. ¿Es eso tanto como para merecer esa alabanza?

—No es eso —dijo Scrooge, disgustado por la observación y hablando inconscientemente como su otro «él», no como quien era en realidad—. No es eso, espíritu. En sus manos está hacernos dichosos o infelices, hacer que nuestra tarea sea leve o abrumadora, que sea un placer o una fatiga. ¿Decís que su poder estriba en palabras y miradas, en cosas tan leves e insignificantes que es imposible contarlas? ¿Y qué? La felicidad que nos proporciona es tan grande como si costase una fortuna.

Sintió la mirada del espíritu y se detuvo.

—¿Qué os pasa? —preguntó el espectro.

—Nada de particular —dijo Scrooge.

—Yo creo que os pasa algo —insistió el espectro.

—No —dijo Scrooge—, no. Que me agradaría poder decir unas palabras a mi dependiente precisamente ahora. Nada más.

Su imagen antigua apagó las lámparas al expresar él aquel deseo, y Scrooge y el espectro halláronse de nuevo uno al lado del otro al aire libre.

—Me queda muy poco tiempo —hizo observar el espíritu—. ¡Apresuraos!

Tal exclamación no iba dirigida a Scrooge ni a nadie que estuviera presente, pero produjo un efecto inmediato. De nuevo Scrooge contemplóse a sí mismo. Tenía más edad. Estaba en la primavera de la vida. Su cara no tenía las ásperas y rígidas apariencias de los últimos años, pero empezaba a mostrar las señales de la preocupación y de la avaricia. Había en sus ojos una movilidad ardiente, voraz, inquieta, que

mostraba la pasión que había arraigado en él y donde haría sombra el árbol que empezaba a crecer.

No estaba solo, sino sentado junto a una hermosa joven vestida de luto cuyos ojos hallábanse llenos de lágrimas, que lanzaban destellos a la luz que lanzaba el espectro de la Navidad Pasada.

—Poco importa —decía ella dulcemente—. Para vos, muy poco. Me ha desplazado otro ídolo, pero si al venir puede alegraros y consolaros, como yo había procurado hacerlo, no tengo motivo de disgusto.

—¿Qué ídolo os ha desplazado? —preguntó él.

—Un ídolo de oro.

—He aquí la justicia del mundo —dijo Scrooge—. No hay en él nada tan abrumador como la pobreza, y nada se juzga en él con tanta severidad como la persecución de la riqueza.

—Tenéis demasiado temor a la opinión del mundo —contestó ella con dulzura—. Todas vuestras demás esperanzas se han confundido con la esperanza de poneros a cubierto de su sórdido reproche. Yo he visto desaparecer vuestras más nobles aspiraciones una por una, hasta que la pasión principal, la Ganancia, os ha absorbido por completo. ¿No es cierto?

—¿Y qué? —respondió él—. Supongamos que me hubiese hecho tan prudente como todo eso. ¿Y qué? Para vos no he cambiado.

Ella movió la cabeza.

—¿He cambiado?

—Nuestro compromiso es antiguo. Lo contrajimos cuando ambos éramos pobres y nos sentíamos contentos de serlo, hasta que consiguiéramos aumentar nuestros bienes terrenales por medio de nuestro paciente trabajo. Habéis cambiado. Cuando tal cosa ocurrió erais otro hombre.

—Yo era un muchacho —dijo él con impaciencia.

—Vuestra propia conciencia os dice que no erais lo que sois —replicó ella—. Yo sí. Lo que prometía la felicidad cuando éramos uno en el corazón es todo tristeza ahora que somos dos. No diré cuántas veces y cuán ardientemente he pensado en ello. Es suficiente qué haya pensado en ello y que pueda devolveros la libertad.

—¿He buscado yo alguna vez esa libertad?

—Con palabras, no. Nunca.

—Pues, ¿con qué?

—Con vuestra naturaleza cambiada, con vuestro espíritu transformado, con la diferente atmósfera en que vivís, con vuestras nuevas esperanzas. Con todo lo que hizo mi amor de algún valor a vuestros ojos. Si nada de eso hubiera existido entre nosotros —dijo la muchacha mirándole suavemente, pero con firmeza—, decidme: ¿seríais capaz ahora de solicitarme y de conquistarme? ¡Ah, no!

A pesar suyo, él pareció ceder a la justicia de tal suposición. Pero, haciendo un esfuerzo, dijo:

—No es ese vuestro pensamiento.

—Me causaría júbilo pensar de otro modo si pudiera —contestó ella—. ¡Dios lo sabe! Para convencerme de una verdad como esa, yo sé cuán fuerte e irresistible tiene que ser. Pero si fuerais libre hoy, mañana, al otro día, ¿puedo creer que elegiríais a una muchacha pobre..., vos, que, en íntima confianza con ella, sólo consideraríais la ganancia, o que, eligiéndola, si por un momento erais lo bastante falso para con vuestros principios al hacerlo así, yo sé demasiado que vuestro pesar y vuestro arrepentimiento serían la indudable consecuencia? Lo sé, y os dejo en libertad. Con todo el corazón, pues en otro tiempo os amé, aunque el amor que os tenía haya desaparecido.

Intentó él hablar, pero ella, volviéndole la cara, continuó:

—Tal vez, la experiencia de lo pasado me hace suponerlo, esto os produzca aflicción. Dentro de poco, muy poco tiempo, ahuyentaréis todo recuerdo de ello, alegremente, como se ahuyenta el recuerdo de un sueño desagradable, del cual surge felizmente la alegría de lo que se encuentra al despertar. ¡Ojalá seáis feliz en la vida que habéis elegido!

Y se marchó.

—¡Espíritu —dijo Scrooge—, no me mostréis más cosas! Llevadme a casa. ¿Por qué gozáis torturándome?

—¡Una sombra más! —exclamó el espectro.

—¡No más! —gritó Scrooge—. ¡No más! No quiero verla. No. ¡No me mostréis más cosas!

Pero el inexorable espectro le sujetó por ambos brazos y le obligó a presenciar lo que iba a ocurrir inmediatamente.

Se hallaban en otra escena y en otro lugar, no muy amplio ni muy hermoso, pero lleno de comodidad. Cerca de la lumbre propia del invierno estaba sentada una hermosa muchacha, tan parecida a la anterior que Scrooge creyó que era la misma, hasta que vio que era una hermosa matrona sentada enfrente de su propia hija. El ruido en la habitación era verdaderamente tumultuoso, pues había allí tantos muchachos, que Scrooge, en su estado de agitación mental, no pudo contarlos, y a diferencia del grupo celebrado en el poema, en vez de ser cuarenta niños silenciosos como si sólo hubiera uno, cada uno de ellos hacía tanto ruido como cuarenta. Las consecuencias eran de lo más ruidoso que se puede imaginar, pero nadie se preocupaba de ello; al contrario: la madre y la hija reían de muy buena gana y se divertían muchísimo con ello, y esta última, empezando pronto a mezclarse en los juegos, fue hecha prisionera por los pequeños bandidos del modo más despiadado. ¡Qué no habría dado yo por ser uno de ellos! Aunque yo nunca hubiera sido tan grosero,

de ninguna manera. Por todo el oro del mundo no habría yo estrujado sus hermosas trenzas, deshaciéndolas, y respecto de su precioso zapatito, no se lo habría quitado violentamente, así Dios me salve, aunque en ello me fuera la vida. En cuanto a medirle la cintura jugando, como aquellos atrevidos, no me habría atrevido a hacerlo, temiendo que, en castigo, me quedase con el brazo doblado para siempre, a fin de que no pudiera reincidir. Y habríame agradado sobremanera haber tocado sus labios, haberle preguntado algo para hacer que los abriese, haber contemplado las pestañas en sus ojos abatidos, sin producirle nunca rubor; haber dejado sueltas las ondas del cabello, del cual una sola pulgada sería un recuerdo inapreciable; en una palabra: habríame agradado, lo confieso, haber tenido el ágil atrevimiento de un niño y, sin embargo, haber sido lo bastante hombre para apreciar el valor de tal condición.

Pero de pronto se oyó que llamaban a la puerta, e inmediatamente se produjo tal conmoción, que la matrona, con cara sonriente, se dirigió a abrir la puerta en medio de un grupo jubiloso y alegre que saludó ruidosamente al padre, que llegaba a casa precediendo a un hombre cargado de regalos y juguetes de Navidad. Entonces fueron las aclamaciones y la lucha y el ataque contra el portador indefenso; el asalto sirviéndose de las sillas a modo de escalas, para registrarle los bolsillos, despojarle de los paquetes envueltos en papel de estraza, agarrársele a la corbata, colgársele del cuello, darle golpes en la espalda y puntapiés en las piernas con irrefrenable entusiasmo. ¡Las exclamaciones de admiración y delicia con que era recibido el descubrimiento de cada envoltorio! ¡El terrible anuncio de que el más pequeño había sido sorprendido metiéndose en la boca una sartén de muñeca y era más que probable que se había tragado un pavo de juguete pegado en una peana de madera! ¡El inmenso alivio al saber que sólo era una falsa alarma! ¡La alegría, y la gratitud, y el entusiasmo eran igualmente indescriptibles! Poco a poco, los niños, con sus emociones, salieron del salón y fueron subiendo por una escalera hasta la parte más alta de la casa, donde se acostaron, y renació la calma.

Entonces Scrooge fijó su atención más atentamente que nunca, cuando el amo de la casa, con su hija cariñosamente apoyada en él, se sentó con ella y junto a su madre al lado del fuego, y cuando pensó que una criatura como aquella, tan graciosa y tan llena de promesas, podía haberle llamado padre, convirtiendo en primavera el hosco invierno de su vida, se le nublaron los ojos de lágrimas.

—Hermosa mía —dijo el marido volviéndose hacia su esposa sonriendo—, esta tarde he visto a un antiguo amigo tuyo.

—¿A quién?

—A ver si lo aciertas.

—¿Cómo puedo acertarlo? No lo sé —añadió, riendo a la vez que reía él—. El señor Scrooge.

—El mismo. Pasé junto a la ventana de su despacho, y como no estaba cerrado aún y tenía una luz en el interior, no pude menos de verle. He oído que su socio hállase a las puertas de la muerte, y ahora él se encuentra solo. Completamente solo en el mundo, supongo.

—¡Espíritu —dijo Scrooge con la voz destrozada—, sacadme de este sitio!

—Ya os dije que estas son las sombras de las cosas que han sido —dijo el espectro—. Si ellas son lo que son, no tenéis por qué censurarme.

—¡Llevadme de aquí! —exclamó Scrooge—. ¡No puedo resistirlo!

Volvióse hacia el espectro, y al ver que le miraba con una cara en la cual aparecían de modo extraordinario fragmentos de todas las caras que le había mostrado, se arrojó sobre él.

—¡Dejadme! ¡Restituidme a mi casa! ¡No me atormentéis más!

En la lucha —si a aquello podía llamarse lucha, pues el espectro, con invisible resistencia por su parte, no se alteró por ninguno de los esfuerzos de su adversario—, Scrooge observó que la luz sobre su cabeza brillaba con gran esplendor, y relacionando esto con la influencia que ejercía sobre él, se apoderó del gorro-apagador y con un movimiento repentino se lo encasquetó.

El espíritu se encogió de modo que el apagador cubrió toda su figura; pero aunque Scrooge lo oprimía hacia abajo con toda su fuerza, no podía ocultar la luz, que brotaba de su parte inferior, iluminando esplendorosamente el suelo.

Notó que sus fuerzas se extinguían y que se apoderaba de él una irresistible somnolencia, y, además, que se hallaba en su propio dormitorio. Hizo un gran esfuerzo sobre el apagador, con el cual se quebró una mano, y apenas tuvo tiempo de tenderse sobre el lecho, cayendo en un profundo sueño.

CAPÍTULO III

El segundo de los tres espíritus

Se despertó al dar un estrepitoso ronquido, e incorporándose en el lecho para coordinar sus pensamientos, no tuvo necesidad de que le advirtiesen que la campana estaba próxima a dar otra vez la una. Vuelto a la realidad, comprendió que era el momento crítico en que debía celebrar una conferencia con el segundo mensajero que se le enviaba por la intervención de Jacob Marley. Pero hallando muy desagradable el escalofrío que experimentaba en el lecho al preguntarse cuál de las cortinas sepa-

raría el nuevo espectro, las separó con sus propias manos, y acostándose de nuevo se constituyó en avisado centinela de lo que pudiera ocurrir alrededor de la cama, pues deseaba hacer frente al espíritu en el momento de su aparición, y no ser asaltado por sorpresa y dejarse dominar por la emoción.

Así, pues, hallándose preparado para casi todo lo que pudiera ocurrir, no lo estaba de ninguna manera para el caso de que no ocurriera nada, y, por consiguiente, cuando la campana dio la una y Scrooge no vio aparecer ninguna sombra, fue presa de un violento temblor. Cinco minutos, diez minutos, un cuarto de hora transcurrieron, y nada ocurría.

Durante todo este tiempo caían sobre el lecho los rayos de una luz rojiza que lanzó vivos destellos cuando el reloj dio la hora; pero, siendo una sola luz, era más alarmante que una docena de espectros, pues Scrooge se sentía impotente para descifrar cuál fuera su significado, y hubo momentos en que temió que se verificase un interesante caso de combustión espontánea, sin tener el consuelo de saber de qué se trataba. No obstante, al fin empezó a pensar, como nos hubiera ocurrido en semejante caso a vosotros o a mí; al fin, digo, empezó a pensar que el manantial de la misteriosa luz sobrenatural podía hallarse en la habitación inmediata, de donde parecía proceder el resplandor. Esta idea se apoderó de su pensamiento, y suavemente se deslizó Scrooge con sus zapatillas hacia la puerta.

En el preciso momento en que su mano se posaba en la cerradura, una voz extraña le llamó por su nombre y le invitó a entrar. Él obedeció.

Era su propia habitación. Acerca de esto no había la menor duda. Pero la estancia había sufrido una sorprendente transformación. Las paredes y el techo hallábanse de tal modo cubiertos de ramas y hojas, que parecía un perfecto boscaje, el cual por todas partes mostraba pequeños frutos que resplandecían. Las rizadas hojas de acebo, hiedra y muérdago reflejaban la luz, como si se hubieran esparcido multitud de pequeños espejos, y en la chimenea resplandecía una poderosa llamarada, alimentada por una cantidad de combustible desconocida en tiempo de Marley o de Scrooge y desde hacía muchos años y muchos inviernos. Amontonados sobre el suelo, formando una especie de trono, había pavos, gansos, piezas de caza, aves caseras, suculentos trozos de carne, cochinillos, largas salchichas, pasteles, barriles de ostras, encendidas castañas, sonrosadas manzanas, jugosas naranjas, brillantes peras y tazones llenos de ponche, que oscurecían la habitación con su delicioso vapor. Cómodamente sentado sobre este lecho se hallaba un alegre gigante de glorioso aspecto que tenía una brillante antorcha de forma parecida al cuerno de la abundancia, y que la mantenía en alto para derramar su luz sobre Scrooge cuando este llegó atisbando alrededor de la puerta.

—¡Entrad! —exclamó el espectro—. ¡Entrad y conocedme mejor, hombre!

Scrooge penetró tímidamente e inclinó la cabeza ante el espíritu. Ya no era el terco Scrooge que había sido, y aunque los ojos del espíritu eran claros y benévolos, no le agradaba encontrarse con ellos.

—Soy el espectro de la Navidad Presente —dijo el espíritu—. ¡Miradme!

Scrooge le miró con todo respeto. Estaba vestido con una sencilla y larga túnica o manto verde con vueltas de piel blanca. Esta vestidura colgaba sobre su figura con tal negligencia, que se veía el robusto pecho desnudo, como si no se cuidara de mostrarlo ni de ocultarlo con ningún artificio. Sus pies, que se veían por debajo de los amplios pliegues de la vestidura, también estaban desnudos, y sobre la cabeza no llevaba otra cosa que una corona de acebo sembrada de pedacitos de hielo. Sus negros rizos eran abundantes y sueltos, tan agradables como su rostro alegre, su mirada viva, su mano abierta, su armoniosa voz, su desenvoltura y su simpático aspecto. Ceñida a la cintura llevaba una antigua vaina de espada, pero en ella no había arma ninguna, y la antigua vaina se hallaba mohosa.

—¿Nunca hasta ahora habéis visto nada que se me parezca? —exclamó el espíritu.

—Nunca —contestó Scrooge.

—¿Nunca habéis paseado en compañía de los más jóvenes miembros de mi familia; quiero decir (pues yo soy muy joven), de mis hermanos mayores nacidos en estos últimos años? —prosiguió el fantasma.

—Me parece que no —dijo Scrooge—. Temo que no. ¿Habéis tenido muchos hermanos, espíritu?

—Más de mil ochocientos —dijo el espectro.

—Una tremenda familia a quien atender —murmuró Scrooge.

El espectro de la Navidad Presente se levantó.

—Espíritu —dijo Scrooge con sumisión—, llevadme a donde queráis. La última noche tuve que salir de casa a la fuerza y aprendí una lección que ahora hace su efecto. Esta noche, si tenéis que enseñarme alguna cosa, permitidme que saque provecho de ella.

—¡Tocad mi vestido!

Scrooge lo tocó, apretándole con firmeza.

Acebo, muérdago, rojos frutos, hiedra, pavos, gansos, caza, aves, carne, cochinillos, salchichas, ostras, pasteles y ponche, todo se desvaneció instantáneamente. Lo mismo ocurrió con la habitación, el fuego, la rojiza brillantez, la noche, y ellos halláronse en la mañana de Navidad y en las calles de la ciudad, donde (como el tiempo era crudo) muchas personas producían una especie de música ruda, pero alegre y no desa-

gradable, al arrancar la nieve del pavimento en la parte correspondiente a sus domicilios y de los tejados de las casas, lo que producía una alegría loca en los muchachos al ver cómo se amontonaba cayendo sobre el piso y a veces se deshacía en el aire, produciendo pequeñas tempestades de nieve.

Las fachadas de las casas parecían negras, y más negras aún las ventanas, contrastando con la tersa y blanca sábana de nieve que cubría los tejados y con la nieve más sucia que se extendía por el suelo, y que había sido hollada en profundos surcos por las pesadas ruedas de carros y camiones; surcos que se cruzaban y se volvían a cruzar unos a otros cientos de veces en las bifurcaciones de las calles amplias, y formaban intrincados canales, difíciles de trazar, en el espeso fango amarillo y en el agua llena de hielo. El cielo estaba sombrío y las calles más estrechas se hallaban ahogadas por la oscura niebla, medio deshelada, medio glacial, cuyas partículas más pesadas descendían en una llovizna de átomos fuliginosos, como si todas las chimeneas de la Gran Bretaña se hubieran incendiado a la vez y estuvieran lanzándose al contenido de sus hogares. Nada de alegre había en el clima de la ciudad, y, sin embargo, notábase un aire de júbilo que el más diáfano aire estival y el más brillante sol del estío en vano habrían intentado difundir.

En efecto, los que maniobraban con las palas en lo alto de los edificios estaban animosos y llenos de alegría; llamábanse unos a otros desde los parapetos, y de cuando en cuando se disparaban, bromeando, una bola de nieve —proyectil mucho más inofensivo que muchas bromas verbales—, riendo cordialmente si daba en el blanco y no menos cordialmente si fallaba la puntería. Las tiendas en que se vendían aves estaban todavía entreabiertas, y las fruterías, radiantes de esplendor. Había grandes, redondas y panzudas cestas de castañas, cuya figura se asemejaba a los chalecos de los ancianos gastrónomos, recostadas en las puertas y tumbadas en la calle con su opulencia apoplética. Había rojizas, morenas y anchas cebollas de España, brillando en la gordura de su desarrollo como frailes españoles y haciendo guiños en sus vasares, con socarronería retozona, a las muchachas que pasaban por su lado y mirando humildemente al muérdago que colgaba en lo alto. Había peras y manzanas formando altas pirámides apetitosas; había racimos de uvas, que la benevolencia de los fruteros había colgado de magníficos ganchos para que las bocas de los transeúntes pudieran hacerse agua al pasar; había montones de avellanas, mohosas y oscuras, cuya fragancia hacía recordar antiguos paseos por en medio de bosques y agradables marchas hundiendo los pies hasta los tobillos en hojas marchitas; había naranjas y limones que en la gran densidad de sus cuerpos jugosos pedían con

urgencia ser llevados a casa en bolsas de papel y comidos después del almuerzo, y había pescados de oro y de plata.

Pues, ¿y las tiendas de comestibles? ¡Oh, las tiendas de comestibles! Estaban próximas a cerrar, con las puertas entornadas, pero a través de las rendijas daba gusto mirar. No era solamente que los platillos de la balanza produjesen un agradable sonido al caer sobre el mostrador, ni que el bramante se separase del carrete con viveza, ni que las cajas metálicas resonasen arriba y abajo como objetos de prestidigitación, ni que los olores mezclados del té y del café fuesen muy agradables al olfato, ni que las pasas fuesen abundantes y raras, las almendras exageradamente blancas, las tiras de canela largas y rectas, delicadas las otras especies, las frutas confitadas, envueltas en azúcar fundido, capaces de excitar el apetito y dar envidia a los más fríos espectadores. No era tampoco que los higos se mostrasen húmedos y carnosos, ni que las ciruelas francesas enrojeciesen con alguna acritud en sus cajas adornadas, ni que todo excitase el apetito en su aderezo de Navidad, sino que las parroquianas se apresuraban con tal afán en la esperanzada promesa del día, que se empujaban unas a otras a la puerta, haciendo estallar toscamente los cestos de mimbre, y dejaban los portamonedas sobre el mostrador y volvían corriendo a buscarlos, cometiendo cientos de equivocaciones semejantes, con el mejor humor posible, mientras el tendero y sus dependientes se mostraban tan serviciales y tan fogosos, que se comprendía fácilmente que los corazones que latían detrás de los mandiles no se regocijaban sólo por hacer buenas ventas, sino por el júbilo que les producía la Navidad.

Pero pronto las campanas llamaron a las gentes a la iglesia o a la capilla, y todos acudieron luciendo por las calles sus mejores vestidos y con la alegría en los rostros, y al mismo tiempo desembocaron por todas las calles, callejuelas y recodos, incontables personas que llevaban sus comidas a las tahonas para ponerlas en el horno. La vista de aquellas pobres gentes de buen humor pareció interesar muchísimo al espíritu, pues permaneció detrás de Scrooge a la puerta de una tahona, y levantando las tapaderas de las cazuelas conforme pasaban por su lado los que las llevaban rociaba las comidas con el incienso de su antorcha, que era verdaderamente extraordinaria, pues una o dos veces que se cruzaron palabras airadas entre algunos portadores de comidas por haberse empujado mutuamente, el espíritu derramó sobre ellos algunas gotas de líquido procedente de la antorcha, e inmediatamente recobraron su buen humor, pues decían que era una vergüenza disputar el día de Navidad. ¡Y nada más puesto en razón, Señor!

Cesaron de tocar las campanas y los tahoneros cerraron, y, sin embargo, era de admirar cómo desaparecía, por efecto de la confección de

aquellas comidas, la mancha de humedad que coronaba todos los hornos, cuyo pavimento echaba humo, como si estuvieran asándose sus piedras.

—¿Hay algún aroma peculiar en el líquido de vuestra antorcha con el que rociáis? —preguntó Scrooge.

—Sí. El mío.

—¿Ejerce influencia sobre las comidas en este día? —preguntó Scrooge.

—En todas, sobre todo en las de los pobres.

—¿Por qué sobre todo en las de los pobres? —preguntó Scrooge.

—Porque son las que más lo necesitan.

—Espíritu —dijo Scrooge después de reflexionar un momento—, me admira que, de todos los seres que viven en este mundo que habitamos, sólo vos deseéis limitar a estas gentes las ocasiones que se les ofrecen de inocente alegría.

—¿Yo? —gritó el espíritu.

—Sí, porque les priváis de trabajar cada siete días, con frecuencia el único día en que pueden decir verdaderamente que comen. ¿No es cierto? —dijo Scrooge.

—¡Yo! —gritó el espíritu.

—Procuráis que cierren los hornos el séptimo día —dijo Scrooge—. Y es la misma cosa.

—¡Yo! —exclamó el espíritu.

—Perdonadme si estoy equivocado. Se hace en vuestro nombre, o por lo menos en nombre de vuestra familia —dijo Scrooge.

—Hay algunos seres sobre la tierra —replicó el espíritu— que pretenden conocernos, y que realizan sus acciones de pasión, orgullo, malevolencia, odio, envidia, santurronería y egoísmo en nuestro nombre, y que son tan extraños para nosotros y para todo lo que con nosotros se relaciona como si nunca hubieran vivido. Acordaos de ellos y cargad la responsabilidad sobre ellos, y no sobre nosotros.

Scrooge prometió lo que el espíritu le pedía, y siguieron adelante, invisibles como habían sido antes hacia los suburbios de la ciudad. Era una notable cualidad del espectro (que Scrooge había observado a la puerta del tahonero) que, a pesar de su talla gigantesca, podía acomodarse a cualquier sitio con comodidad, y que, como un ser sobrenatural, se hallaba en cualquier habitación baja de techo tan cómodamente como podía haber estado en un salón de elevadísimas paredes.

Y ya fuese por el placer que el buen espíritu experimentaba al mostrar este poder suyo, ya por su naturaleza amable, generosa y cordial, y su simpatía por los pobres, condujo a Scrooge derechamente a casa del dependiente de este, pues allá fue, en efecto, llevando a Scrooge adherido a su vestidura; al llegar al umbral sonrió el espíritu y se detuvo para

bendecir la morada de Bob Cratchit con las salpicaduras de su antorcha. Bob sólo cobraba quince *bob*[1] semanales; cada sábado sólo embolsaba quince ejemplares de su nombre, y, sin embargo, el fantasma de la Navidad Presente no dejó por ello de bendecir su morada, que se componía de cuatro piezas.

Entonces se levantó la señora Cratchit, esposa de Cratchit, vestida pobremente con una bata a la cual había dado ya dos vueltas, pero llena de cintas que no valdrían más de seis peniques, y en aquel momento estaba poniendo la mesa, ayudada por Belinda Cratchit, la segunda de sus hijas, también adornada con cintas, mientras master Pedro Cratchit hundía un tenedor en una cacerola de patatas, llegándole a la boca las puntas de un monstruoso cuello planchado (que pertenecía a Bob y que se lo había cedido a su hijo y heredero para celebrar la festividad del día), gozoso al hallarse tan elegantemente adornado y orgulloso de poder mostrar su figura en los jardines de moda. De pronto entraron llorando dos Cratchit más pequeños, varón y hembra, diciendo a gritos que desde la puerta de la tahona habían sentido el olor del ganso y habían conocido que no era el suyo, y pensando en la comida, estos pequeños Cratchit se pusieron a bailar alrededor de la mesa y exaltaron hasta los cielos a master Pedro Cratchit, mientras él (sin orgullo, aunque faltaba poco para que le ahogase el cuello) soplaba la lumbre hasta que las patatas estuvieron cocidas y en disposición de ser apartadas y peladas.

—¿Dónde estará vuestro padre? —dijo la señora Cratchit—. ¡Y vuestro hermano Tiny Tim! ¡Y Marta, que el año pasado, el día de Navidad, estaba aquí hace ya media hora!

—¡Aquí está Marta, mamá! —gritaron los dos Cratchit pequeños—. ¡Viva! ¡Tenemos un ganso, Marta!

—¡Pero, hija mía, cuánto has tardado! —dijo la señora Cratchit, besándola una docena de veces y quitándole el velo y el sombrero con sus propias manos solícitamente.

—He tenido que terminar una labor para tener libre la mañana, mamá —replicó la muchacha.

—Bueno; es que nunca creí que vinieses tan tarde. Acércate a la lumbre, hija mía, y caliéntate. ¡Dios te bendiga!

—¡No, no! ¡Ya viene papá! —gritaron los dos pequeños Cratchit, que danzaban de un lado para otro—. ¡Escóndete, Marta, escóndete!

Escondióse Marta y entró Bob, el padre, con la bufanda colgándole lo menos tres pies por la parte anterior, y su traje muy usado, pero limpio y zurcido, de modo que presentaba un aspecto muy favorable. Traía

---

[1] Nombre popular del chelín.

sobre los hombros a Tiny Tim. ¡Pobre Tiny Tim! Tenía que llevar una pequeña muleta y los miembros sostenidos por un aparato metálico.

—¿Dónde está Marta? —gritó Bob Cratchit mirando a su alrededor.

—No ha venido —dijo la señora Cratchit.

—¡No ha venido! —dijo Bob con una repentina desilusión en su entusiasmo, pues había sido el caballo de Tim al recorrer todo el camino desde la iglesia y había llegado a casa dando saltos—. ¡No haber venido siendo el día de Navidad!

A Marta no le agradó ver a su padre desilusionado a causa de una broma, y salió prematuramente de detrás de la puerta, echándose en sus brazos, mientras los dos pequeños Cratchit empujaron a Tiny Tim y le llevaron a la cocina para que oyese cantar el pudin en la cacerola.

—¿Y cómo se ha portado Tiny Tim? —preguntó la señora Cratchit, después de burlarse de la credulidad de Bob y cuando este hubo estrechado a su hija contra su corazón.

—Muy bien —dijo Bob—, muy bien. Se ha hecho algo pensativo y se le ocurren las más extrañas cosas que has oído. Al venir a casa me decía que quería que la gente le viese en la iglesia, porque él era un inválido, y sería muy agradable para todos recordar el día de Navidad al que había hecho andar a los cojos y había dado vista a los ciegos.

La voz de Bob era temblorosa al decir eso y tembló más cuando dijo que Tiny Tim crecía en fuerza y en vigor.

Oyóse su activa muleta sobre el pavimento, y antes de que se oyera una palabra más, reapareció Tiny Tim escoltado por su hermano y su hermana, que le llevaron a su taburete junto a la lumbre; mientras Bob, remangándose los puños —¡pobrecillo!, como si fuese posible estropearlos más—, confeccionaba una mixtura con ginebra y limón y la agitaba una y otra vez, colocándola después en el ante-hogar para que cociese a fuego lento; master Pedro y los dos ubicuos Cratchit pequeños fueron en busca del ganso, con el cual aparecieron enseguida en solemne procesión.

Tal bullicio se produjo entonces, que creyérase al ganso la más rara de todas las aves, un fenómeno con plumas, ante el cual fuese cosa corriente un cisne negro —y en verdad que en aquella casa era ciertamente extraordinario—. La señora Cratchit levantó la salsa (ya preparada en una cacerolita); master Pedro majó las patatas con vigor increíble; la señorita Belinda endulzó la salsa de manzanas; Marta quitó el polvo a la vajilla; Bob sentó a Tiny Tim a su lado en una esquina de la mesa; los dos pequeños Cratchit pusieron sillas para todos sin olvidarse de ellos mismos, y montando la guardia en sus puestos, se metieron la cuchara en la boca, para no gritar pidiendo el ganso antes de que llegara el momento de servirlo. Por fin se pusieron los platos, y se dijo una oración, a la

que siguió una pausa durante la cual no se oía respirar, cuando la señora Cratchit, examinando el trinchante, se disponía a hundirlo en la pechuga; pero cuando lo hizo y salió del interior del ganso un borbotón de relleno, un murmullo de placer se alzó alrededor de la mesa, y hasta Tiny Tim, animado por los dos pequeños Cratchit, golpeó en la mesa con el mango de su cuchillo y gritó débilmente:

—¡Viva!

Nunca se vio ganso como aquel. Bob dijo que jamás creyó que pudiera existir un manjar tan delicioso. Su blandura y su aroma, su tamaño y su baratura fueron los temas de admiración general, y añadiéndole la salsa de manzana y las patatas deshechas, constituyó comida suficiente para toda la familia: en efecto, como la señora Cratchit dijo (al observar que había quedado un huesecillo en el plato), no habían podido comérselo todo. Sin embargo, todos quedaron satisfechos, particularmente los Cratchit más pequeños, que tenían salsa hasta en las cejas. La señorita Belinda cambió los platos y la señora Cratchit salió del comedor —muy nerviosa porque no quería que la viesen— en busca del pudin.

Entonces los comensales supusieron toda clase de horrores: que no estuviera todavía bastante hecho; que se rompiera al llevarlo a la mesa; que alguien hubiera escalado la pared del patio y lo hubiera robado, mientras estaban entusiasmados con el ganso... Ante esta suposición los dos pequeños Cratchit se pusieron lívidos.

¡Atención! ¡Una gran cantidad de vapor! El pastel estaba ya fuera del molde. Un olor a tela mojada. Era el paño que lo envolvía. Un olor apetitoso, que hacía recordar al fondista, al pastelero de la casa de al lado y a la planchadora. ¡Era el pudin! Al medio minuto entró la señora Cratchit —con el rostro encendido, pero sonriendo orgullosamente— con el pudin, que parecía una bala de cañón, duro y macizo, lanzando las llamas que producía la vigésima parte de media copa de aguardiente inflamado, y embellecido con una rama del árbol de Navidad clavada en la cúspide.

¡Oh, admirable pudin! Bob Cratchit dijo con toda seriedad que lo estimaba como el éxito más grande de la señora Cratchit desde que se casaron. La señora Cratchit dijo que no podía calcular lo que pesaba el pudin y confesó que había tenido sus dudas acerca de la cantidad de harina. Todos tuvieron algo que decir respecto de él, pero ninguno dijo (ni lo pensó siquiera) que era un pudin pequeño para una familia tan numerosa. Ello habría sido una gran herejía. Los Cratchit hubiéranse ruborizado de insinuar semejante cosa.

Por fin se terminó la comida, alzóse el mantel, se limpió el hogar y se encendió fuego, y después de beber en el jarro el ponche confeccionado por Bob, y que se consideró excelente, pusieron sobre la mesa manzanas

y naranjas y una pala llena de castañas sobre la lumbre. Después, toda la familia Cratchit se colocó alrededor del hogar, formando lo que Bob llamaba un círculo, queriendo decir semicírculo, y cerca de él se colocó toda la cristalería: dos vasos y una flanera sin mango.

No obstante, tales vasijas servían para beber el caliente ponche tan bien como habrían servido copas de oro, y Bob lo sirvió con los ojos resplandecientes, mientras las castañas sobre la lumbre crujían y estallaban ruidosamente. Entonces Bob dijo:

—¡Felices Pascuas para todos nosotros, hijos míos, y que Dios nos bendiga!

Lo cual repitió toda la familia:

—¡Que Dios nos bendiga! —dijo Tiny Tim, el último de todos.

Estaba sentado, arrimadito a su padre, en su taburete. Bob puso la débil manecita del niño en la suya, con todo cariño, deseando retenerle junto a sí, como temiendo que se le pudiesen arrebatar.

—Espíritu —dijo Scrooge con un interés que nunca había sentido hasta entonces—. Decidme si Tiny Tim vivirá.

—Veo un asiento vacante —replicó el espectro— en la esquina del pobre hogar y una muleta sin dueño cuidadosamente preservada. Si tales sombras permanecen inalteradas por el futuro, el niño morirá.

—No, no —dijo Scrooge—. ¡Oh, no, espíritu amable! Decid que se evitará esa muerte.

—Si tales sombras permanecen inalterables por el futuro, ningún otro de mi raza —replicó el espectro— le encontrará aquí. ¿Y qué? Si él muere, hará bien, porque así disminuirá el exceso de población.

Scrooge bajó la cabeza al oír sus propias palabras, repetidas por el espíritu, y se sintió abrumado por el arrepentimiento y el pesar.

—Hombre —dijo el espectro—, si sois hombre de corazón, y no de piedra, prescindid de esa malvada hipocresía hasta que hayáis descubierto cuál es el exceso y dónde está. ¿Vais a decir cuáles hombres deben vivir y cuáles hombres deben morir? Quizá, a los ojos de Dios, vos sois más indigno y menos merecedor de vivir que millones de niños como el de ese pobre hombre. ¡Oh, Dios! ¡Oír al insecto sobre la hoja decidir acerca de la vida de sus hermanos hambrientos!

Scrooge se inclinó ante la represión del espíritu, y tembloroso bajó la vista hacia el suelo. Pero la levantó rápidamente al oír pronunciar su nombre.

—¡El señor Scrooge! —dijo Bob—. ¡Brindemos por el señor Scrooge, que nos ha procurado esta fiesta!

—En verdad que nos ha procurado esta fiesta —exclamó la señora Cratchit sofocada—. Quisiera tenerle delante para que la celebrase, y estoy segura de que se le iba a abrir el apetito.

—¡Querida —dijo Bob—, los niños! Es el día de Navidad.

—Es preciso, en efecto, que sea el día de Navidad —dijo ella— para beber a la salud de un hombre tan odioso, tan avaro, tan duro, tan insensible como el señor Scrooge. Ya le conoces, Roberto. Nadie le conoce mejor que tú, pobrecillo.

—Querida —fue la dulce respuesta de Bob—. Es el día de Navidad.

—Beberé a su salud por ti y por ser el día que es —dijo la señora Cratchit—, no por él. ¡Que viva muchos años! ¡Que tenga felices Pascuas y feliz Año Nuevo! ¡Él vivirá muy alegre y muy feliz, sin duda alguna!

Los niños brindaron también. Fue, de todo lo que hicieron, lo único que no tuvo cordialidad. Tiny Tim brindó el último de todos, pero sin poner la menor atención. Scrooge era el ogro de la familia. La sola mención de su nombre arrojó sobre los reunidos una sombra oscura que no se disipó sino después de cinco minutos.

Pasada aquella impresión, estuvieron diez veces más alegres que antes, al sentirse aliviados del maleficio causado por el nombre de Scrooge. Bob Cratchit les contó que tenía en perspectiva una colocación para master Pedro, que podría proporcionarle, si la conseguía, cinco chelines y seis peniques semanales. Los dos pequeños Cratchit rieron atrozmente ante la idea de ver a Pedro hecho un hombre de negocios, y el mismo Pedro miró pensativamente al fuego, sacando la cabeza entre las dos puntas del cuello, como si reflexionara sobre la notable investidura de que gozaría cuando llegase a percibir aquel enorme ingreso. Marta, que era una pobre aprendiza en un taller de modista, les contó la clase de labor que tenía que hacer y cómo algunos días trabajaba muchas horas seguidas. Dijo que al día siguiente pensaba levantarse tarde de la cama, pues era un día festivo que iba a pasar en casa. Contó que hacía pocos días había visto a una condesa con un lord y que el lord «era casi tan alto como Pedro», y este, al oírlo, se alzó tanto el cuello, que si hubierais estado presentes no habríais podido verle la cabeza. Durante todo este tiempo no cesaron de comer castañas y beber ponche, y de aquí a poco escucharon una canción referente a un niño perdido que caminaba por la nieve, cantada por Tiny Tim, que tenía una quejumbrosa vocecita, y la cantó muy bien, ciertamente.

Nada había de aristocrático en aquella familia. Sus individuos no eran hermosos; no estaban bien vestidos; sus zapatos hallábanse muy lejos de ser impermeables; sus ropas eran escasas, y Pedro conocería muy probablemente el interior de las prenderías. Pero eran dichosos, agradables, se querían mutuamente y estaban contentos con su suerte, y cuando ya se desvanecían ante Scrooge, pareciendo más felices a los brillantes destellos de la antorcha del espíritu al partir, Scrooge los miró

atentamente, sobre todo a Tiny Tim, de quien no apartó la mirada hasta el último instante.

Mientras tanto había anochecido y nevaba copiosamente, y conforme Scrooge y el espíritu recorrían las calles, la claridad de la lumbre en las cocinas, en los comedores y en toda clase de habitaciones era admirable. Aquí, el temblor de la llama mostraba los preparativos de una gran comida familiar, con fuentes que trasladaban de una parte a otra junto a la lumbre y espesas cortinas rojas, prontas a caer para ahuyentar el frío y la oscuridad. Allá, todos los niños de la casa salían corriendo sobre la nieve al encuentro de sus hermanas casadas, de sus hermanos, de sus primos, de sus tíos, de sus tías, para ser los primeros en saludarles. En otra parte veíanse en las ventanas las sombras de los comensales reunidos, y más allá, un grupo de hermosas muchachas, todas con caperuzas y con botas de abrigo y charlando todas a la vez marchaban alegremente a alguna casa cercana. ¡Infeliz del soltero (las astutas hechiceras bien lo sabían) que entonces las hubiera visto entrar, con la tez encendida por el frío!

Si hubiérais juzgado por el número de personas que iban a reunirse con sus amigos, habríais pensado que no quedaba nadie en las casas para recibirlas cuando llegasen, aunque ocurría lo contrario: en todas las casas se esperaba visita y se preparaba el combustible en la chimenea. ¡Cuán satisfecho estaba el espectro! ¡Cómo desnudaba la amplitud de su pecho y abría su espaciosa mano, derramando con generosidad su luciente y sana alegría sobre todo cuando se hallaba a su alcance! El mismo farolero que corría delante de él, salpicando las sombrías calles con puntos de luz, y que iba vestido como para pasar la noche en alguna parte, se echó a reír a carcajadas cuando pasó el espíritu por su lado, aunque fácilmente se adivinaba que el farolero ignoraba que su compañero del momento era la Navidad en persona.

De pronto, sin una palabra de advertencia por parte del espectro, halláronse en una fría y desierta región pantanosa en la que había derrumbadas monstruosas masas de piedra, como si fuera un cementerio de gigantes; el agua se derramaba por dondequiera, es decir, se habría derramado a no ser por la escarcha que la aprisionaba, y nada había crecido sino el moho, la retama y una áspera hierba. En la concavidad del Oeste, el sol poniente había dejado una ardiente franja roja que fulguró sobre aquella desolación durante un momento, como un ojo sombrío que, tras el párpado, fuese bajando, bajando, bajando, hasta perderse en las densas tinieblas de la oscura noche.

—¿Dónde estamos? —pregunta Scrooge.

—En un sitio donde viven los mineros, que trabajan en las entrañas de la tierra —contestó el espíritu—. Pero me conocen. ¡Mirad!

Brillaba una luz en la ventana de una choza, y rápidamente se dirigieron hacia ella. Pasando a través de la pared de piedra y barro, hallaron una alegre reunión alrededor de un fuego resplandeciente. Un hombre muy viejo y su mujer con sus hijos y los hijos de sus hijos y parientes de otra generación más, todos con alegres adornos en su atavío de fiesta. El anciano, con una voz que rara vez se distinguía entre los rugidos del viento sobre la desolada región, entonaba una canción de Navidad que ya era una vieja canción cuando él era un muchacho, y de cuando en cuando todos los demás se le unían en el coro. Cuando ellos levantaban sus voces, el anciano hacía lo mismo y sentíase con nuevo vigor, y cuando ellos se detenían en el canto, el vigor del anciano decaía de nuevo.

El espíritu no se detuvo allí, sino que dejó a Scrooge que se agarrase a su vestidura, y cruzando sobre la región pantanosa se dirigió... ¿A dónde? ¿No sería el mar? Pues, sí, al mar. Horrorizado Scrooge vio que se acababa la tierra y contempló una espantosa serie de rocas detrás de ellos, y ensordeció sus oídos el fragor del agua, que rodaba, y rugía, y se encrespaba entre medrosas cavernas abiertas por ella y furiosamente trataba de socavar la tierra.

Edificado sobre un lúgubre arrecife de las escarpadas rocas, próximamente a una legua de la orilla, y sobre el cual se lanzaban las aguas irritadas durante todo el año, se erguía un faro solitario. Grandes cantidades de algas colgaban hasta su base, y pájaros de las tormentas —nacidos del viento, se puede suponer, como las almas nacen del agua— subían y bajaban en torno de él como las olas que ellos rozaban con las alas.

Pero aun allí, dos hombres que cuidaban del faro habían encendido una hoguera que a través de la tronera abierta en el espeso muro de piedra lanzaba un rayo de luz resplandeciente sobre el mar terrible. Los dos hombres, estrechándose las callosas manos por encima de la mesa a la cual hallábanse sentados, se deseaban mutuamente felices Pascuas al beber su jarro de ponche, y uno de ellos, el más viejo, que tenía la cara curtida y destrozada por los temporales como pudiera estarlo el mascarón de proa de un barco viejo, rompió en una robusta canción semejante al cantar del viento.

De nuevo siguió adelante el espectro por encima del negro y agitado mar —adelante, adelante—, hasta que, hallándose muy lejos, según dijo Scrooge, de todas las orillas, descendieron sobre un buque. Colocáronse, tan pronto junto al timonel que estaba en su puesto, tan pronto junto al vigía en la proa, o junto a los oficiales de guardia, oscuras y fantásticas figuras en sus varias posiciones; pero todos ellos tarareaban una canción de Navidad o tenían un pensamiento propio de Navidad, o hablaban en voz baja a su compañero de algún día de Navidad ya pasado con recuerdos del hogar referentes a él. Y todos cuantos se hallaban a bordo,

despiertos o dormidos, buenos o malos, habían tenido para los demás una palabra más cariñosa aquel día que otro cualquiera del año, y habían tratado extensamente de aquella festividad, y habían recordado a las personas queridas a través de la distancia y habían sabido que ellas tenían un placer en recordarlos.

Sorprendióse grandemente Scrooge mientras escuchaba el bramido del viento y pensaba qué solemnidad tiene su movimiento a través de la aislada oscuridad sobre un ignorado abismo cuyas honduras son secretos tan profundos como la muerte; sorprendióse mucho Scrooge cuando, reflexionando así, oyó una estruendosa carcajada. Pero se sorprendió mucho más al reconocer que aquella risa era de su sobrino, y al encontrarse en una habitación clara, seca y luminosa, con el espíritu sonriendo a su lado y mirando a su propio sobrino con aprobadora afabilidad.

—¡Ja, ja, ja! —rio el sobrino de Scrooge—. ¡Ja, ja, ja!

Si por una inverosímil probabilidad sucediera que conocieseis un hombre de risa más sana que el sobrino de Scrooge, me agradaría mucho conocerle. Presentadme a él y cultivaré su amistad.

Es cosa admirable, demostradora del exacto mecanismo de las cosas, que así como hay contagio en la enfermedad y en la tristeza, no hay nada en el mundo tan irresistiblemente contagioso como la risa y el buen humor. Cuando el sobrino de Scrooge se echó a reír de esta manera, sujetándose las caderas, dando vueltas a la cabeza y haciendo muecas, con las más extravagantes contorsiones, la sobrina de Scrooge, sobrina política, se echó a reír tan cordialmente como él, y los amigos que se hallaban con ellos también rieron ruidosamente.

—¡Ja, ja, ja! ¡Ja, ja, ja!

—¡Dijo que la Navidad era una patraña, como tengo que morirme! —gritó el sobrino de Scrooge—. ¡Y lo creía!

—¡Qué vergüenza para él! —dijo la sobrina de Scrooge, indignada.

Era muy linda, extraordinariamente linda, de cara agradable y cándida, de sazonada boquita, que parecía hecha para ser besada, como lo era, sin duda; con toda clase de hermosos hoyuelos en la barbilla, que se mezclaban unos con otros cuando se reía, y con los dos ojos tan esplendorosos que jamás habéis visto en una cabecita humana. Era enteramente lo que habríais llamado provocativa, pero intachable. ¡Oh, perfectamente intachable!

—Es un individuo cómico —dijo el sobrino de Scrooge—, eso es verdad, y no tan agradable como debiera ser. Sin embargo, sus defectos llevan el castigo de ellos mismos, y yo no tengo nada que decir contra él.

—Sé que es muy rico, Fred —insinuó la sobrina de Scrooge—. Al menos, siempre me has dicho que lo era.

—¿Y qué, amada mía? —dijo el sobrino—. Su riqueza es inútil para él. No hace nada bueno con ella. No se procura comodidades con ella. No ha tenido la satisfacción de pensar —¡ja, ja, ja!— que va a beneficiarnos con ella.

—Me falta la paciencia con él —indicó la sobrina de Scrooge.

Las hermanas de la sobrina de Scrooge y todas las demás señoras expresaron la misma opinión.

—¡Oh! —dijo el sobrino de Scrooge—. Yo lo siento por él. No puedo irritarme contra él aunque quiera. ¿Quién sufre con sus genialidades? Siempre él. Se le ha metido en la cabeza no complacernos, y no quiere venir a comer con nosotros. ¿Cuál es la consecuencia? Es verdad que perder una mala comida no es perder mucho.

—Pues yo creo que ha perdido una buena comida —interrumpió la sobrina de Scrooge.

Todos los demás dijeron lo mismo, y se les debía considerar como jueces competentes, porque en aquel momento acababan de comerla; los postres estaban ya sobre la mesa, y todos habíanse reunido alrededor de la lumbre.

—¡Bueno! Me alegra mucho oírlo —dijo el sobrino de Scrooge—, porque no tengo mucha confianza en estas jóvenes de casa. ¿Qué opináis, Topper?

Topper tenía francamente fijos los ojos en una de las hermanas de la sobrina de Scrooge, y contestó que un soltero era un infeliz paria que no tenía derecho a emitir su opinión respecto del asunto, y enseguida la hermana de la sobrina de Scrooge —la regordeta, con el camisolín de encaje, no la de las rosas— se ruborizó.

—Continúa, Fred —dijo la sobrina de Scrooge palmoteando—. Ese nunca termina lo que empieza a decir. ¡Es un muchacho ridículo!

El sobrino de Scrooge soltó otra carcajada, y como era imposible evitar el contagio, aunque la hermana regordeta trató con dificultad de hacerlo oliendo vinagre aromático, el ejemplo de él fue seguido unánimemente.

—Solamente iba a decir —continuó el sobrino de Scrooge— que la consecuencia de disgustarse con nosotros y no divertirse con nosotros es, según creo, que pierde algunos momentos agradables que no le habrían perjudicado. Estoy seguro de que pierde más agradables compañeros que los que puede encontrar en sus propios pensamientos, en su viejísimo despacho o en sus polvorientas habitaciones. Me propongo darle igual ocasión todos los años, le agrade o no le agrade, porque le compadezco. Que se burle de la Navidad hasta que se muera, pero no puede menos de pensar mejor de ella —le desafío— si se encuentra conmigo de buen humor, año tras año, diciéndole: «Tío Scrooge, ¿cómo

estáis?» Si sólo eso le hace dejar a su pobre dependiente cincuenta libras, ya es algo, y creo que ayer le conmoví.

Al oír que había conmovido a Scrooge rieron los demás. Pero como Fred tenía corazón sencillo y no se preocupaba mucho del motivo de la risa, con tal de ver alegres a los demás, el sobrino de Scrooge les animó a divertirse haciendo circular la botella alegremente.

Después del té hubo un poco de música, pues formaban una familia de músicos, y os aseguro que eran entendidos, especialmente Topper, que hizo sonar el bajo como los buenos, sin que se le hincharan las venas de la frente ni se le pusiera roja la cara. La sobrina de Scrooge tocó también el arpa, y entre otras piezas tocó un aria sencilla (una nonada; aprenderíais a tararearla en dos minutos) que había sido la canción favorita de la niña que sacó a Scrooge de la escuela, como recordó el espectro de la Navidad Pasada. Cuando sonó aquella música, todas las cosas que el espectro habíale mostrado se agolparon a la imaginación de Scrooge; se enterneció más y más, y pensó que si hubiera escuchado aquello con frecuencia años antes, podía haber cultivado la bondad de la vida con sus propias manos para su felicidad sin recurrir a la azada del sepulturero que enterró a Jacob Marley.

Pero no dedicaron toda la noche a la música. Al poco rato jugaron a las prendas, pues es bueno sentirse niños algunas veces, y nunca mejor que en Navidad. Cuando su mismo poderoso fundador era un niño. ¡Basta! Luego se jugó a la gallina ciega, y, sin duda, alguien parecía no ver. Y tan pronto creo que Topper estaba realmente ciego como creo que tenía ojos hasta en las botas. Mi opinión es que había acuerdo entre él y el sobrino de Scrooge, y que el espectro de la Navidad Presente lo sabía. Su proceder respecto a la hermana regordeta, la del camisolín de encaje, era un ultraje a la credulidad de la naturaleza humana. Dando puntapiés a los utensilios del hogar, tropezando con las sillas, chocando contra el piano, metiendo la cabeza entre los cortinones, a dondequiera que fuese ella, siempre ocurría lo mismo. Siempre sabía dónde estaba la hermana regordeta. Nunca cogía a otra cualquiera. Si os hubiérais puesto delante de él (como hicieron algunos de ellos), con intención habría fingido que iba a apoderarse de vosotros, lo cual habría sido una afrenta para vuestra comprensión, e instantáneamente se habría ladeado en dirección de la hermana regordeta. A menudo gritaba ella que eso no estaba bien, y realmente no lo estaba. Pero cuando por fin la cogió, cuando, a pesar de todos los crujidos de la seda y de los rápidos revoloteos de ella para huir, consiguió alcanzarla en un rincón donde no tenía escape, entonces su conducta fue verdaderamente execrable. Porque con el pretexto de no conocerla, juzgó necesario tocar su cofia y además asegurarse de su identidad oprimiendo cierto anillo que tenía en un dedo y cierta cadena

que le rodeaba el cuello. ¡Todo eso era vil, monstruoso! Sin duda, ella le dijo su opinión respecto de ello, pues cuando le correspondió a otro ser el ciego, ambos se hallaban contándose sus confidencias detrás de un cortinón.

La sobrina de Scrooge no tomaba parte en el juego de la gallina ciega; permanecía sentada en una butaca, con un taburete a los pies, en un cómodo rincón de la estancia donde el espectro y Scrooge estaban en pie detrás de ella; pero participaba en los juegos de las prendas, y era de admirar particularmente en el juego de «¿Cómo os gusta?», combinación amorosa con todas las letras del alfabeto, y la misma habilidad demostró en el de «¿Cómo, dónde y cuándo?», y, con gran alegría interior del sobrino de Scrooge, derrotaba completamente a todas sus hermanas, aunque estas no eran tontas, como hubiera podido deciros Topper. Habría allí veinte personas, jóvenes y viejos, pero todos jugaban, y lo mismo hizo Scrooge, quien, olvidando enteramente (tanto se interesaba por aquella escena) que su voz no sonaba en los oídos de nadie, decía en alta voz las palabras que había que adivinar, y muy a menudo acertaba, pues la aguja más afilada, la mejor Whitechapel, con la garantía de no cortar el hilo, no era más aguda que Scrooge, aunque le conviniera aparecer obtuso ante el mundo.

Al espectro le agradaba verle de tan buen humor, y le miró con tal benevolencia, que Scrooge le suplicó, como lo hubiera hecho un niño, que se quedase allí hasta que se fuesen los convidados. Pero el espíritu le dijo que no era posible.

—He aquí un nuevo juego —dijo Scrooge—. ¡Media hora, espíritu, sólo media hora!

Era un juego, llamado «sí y no», en el cual el sobrino de Scrooge debía pensar una cosa y los demás adivinar lo que pensaba, contestando a sus preguntas solamente «sí» o «no», según el caso. El vivo fuego de preguntas a que estaba expuesto le hizo decir que pensaba en un animal, un animal viviente, más bien un animal desagradable, un animal salvaje, un animal que unas veces rugía y gruñía, y otras veces hablaba, que vivía en Londres y se paseaba por las calles, que no enseñaba por dinero, que nadie le conducía, que no vivía en una casa de fieras, que nunca se llevaba al matadero, y que no era un caballo, ni un asno, ni una vaca, ni un toro, ni un tigre, ni un perro, ni un cerdo, ni un gato, ni un oso. A cada nueva pregunta que se le dirigía, el sobrino soltaba una nueva carcajada, y llegó a tal extremo su júbilo, que se vio obligado a dejar el sofá y echarse en el suelo. Al fin, la hermana regordeta, presa también de una risa loca, exclamó:

—¡He dado con ello! ¡Ya sé lo que es, Fred! ¡Ya sé lo que es!

—¿Qué es? —preguntó Fred.

—¡Es vuestro tío Scro-o-o-o-oge!

Eso era, efectivamente. La admiración fue el sentimiento general, aunque algunos hicieron notar que la respuesta a la pregunta «¿Es un oso?», debió ser «sí»; tanto más cuanto que una respuesta negativa bastó para apartar sus pensamientos de Scrooge, suponiendo que se hubieran dirigido a él desde luego.

—Ha contribuido en gran manera a divertirnos —dijo Fred— y seríamos ingratos si no bebiéramos a su salud. Y puesto que todos tenemos en la mano un vaso de ponche con vino, yo digo: ¡Por el tío Scrooge!

—¡Bien! ¡Por el tío Scrooge! —exclamaron todos.

—¡Felices Pascuas y feliz Año Nuevo al viejo, sea lo que fuere! —dijo el sobrino de Scrooge—. No aceptaría él tal felicitación saliendo de mis labios, pero que la reciba sin embargo. ¡Por el tío Scrooge!

El tío Scrooge habíase dejado poco a poco conquistar de tal modo por el júbilo general, y sentía tan ligero su corazón, que hubiera correspondido al brindis de la reunión aunque esta no podía advertir su presencia, dándole las gracias en un discurso que nadie habría oído, si el espectro le hubiera dado tiempo. Pero toda la escena desapareció con el sonido de la última palabra pronunciada por su sobrino, y Scrooge y el espíritu continuaron su viaje.

Vieron muchos países, fueron muy lejos y visitaron muchos hogares, y siempre con feliz resultado. El espíritu se colocaba junto al lecho de los enfermos, y ellos se sentían dichosos; si visitaba a los que se hallaban en país extranjero, creíanse en su patria; si a los que luchan contra la suerte, sentíanse resignados y llenos de esperanza; si se acercaba a los pobres, se imaginaban ricos. En las casas de caridad, en los hospitales, en las cárceles, en todos los refugios de la miseria, donde el hombre orgulloso de su efímera autoridad no había podido prohibir la entrada y cerrar la puerta al espíritu, dejaba su bendición e instruía a Scrooge en sus preceptos.

Fue una larga noche, si es que todo aquello sucedió en una sola noche; pero Scrooge dudó de ello, porque le parecía que se habían condensado varias Navidades en el espacio de tiempo que pasaron juntos. Era extraño, sin embargo, que mientras Scrooge no experimentaba modificación en su forma exterior, el espectro se hacía más viejo, visiblemente más viejo. Scrooge había advertido tal cambio, pero nunca dijo nada, hasta que al salir de una reunión infantil donde se celebraban los Reyes, mirando al espíritu cuando se hallaban solos, notó que sus cabellos eran grises.

—¿Es tan corta la vida de los espíritus? —preguntó Scrooge.

—Mi vida sobre este globo es muy corta —replicó el espectro—. Esta noche termina.

—¡Esta noche! —gritó Scrooge.

—Esta noche, a las doce. ¡Escuchad! La hora se acerca.

En aquel momento las campanas daban las once y tres cuartos.

—Perdonadme si soy indiscreto al hacer tal pregunta —dijo Scrooge mirando atentamente la túnica del espíritu—, pero veo algo extraño, que no os pertenece, saliendo por debajo de vuestro vestido. ¿Es un pie o una garra?

—Pudiera ser una garra a juzgar por la carne que hay encima —contestó con tristeza el espíritu—. ¡Mirad!

De los pliegues de su túnica hizo salir dos niños miserables, abyectos, espantosos, horribles, repugnantes, que cayeron de rodillas a sus pies y se agarraron a su vestidura.

—¡Oh, hombre! ¡Mira, mira, mira a tus pies! —exclamó el espectro.

Eran un niño y una niña, amarillos, flacos, cubiertos de harapos, ceñudos, feroces, pero postrados, sin embargo, en su abyección. Cuando una graciosa juventud habría debido llenar sus mejillas y extender sobre su tez los más frescos colores, una mano marchita y desecada, como la del Tiempo, las había arrugado, enflaquecido y decolorado. Donde los ángeles habrían debido reinar, los demonios se ocultaban para lanzar miradas amenazadoras. Ningún cambio, ninguna degradación, ninguna perversión de la humanidad, en ningún grado, a través de todos los misterios de la admirable creación, ha producido, ni con mucho, monstruos tan horribles y espantosos.

Scrooge retrocedió, pálido de terror. Teniendo en cuenta quién se los mostraba, intentó decir que eran niños hermosos; pero las palabras se detuvieron en su garganta antes que contribuir a una mentira de tan enorme magnitud.

—Espíritu, ¿son hijos vuestros? —Scrooge no pudo decir más.

—Son los hijos de los hombres —contestó el espíritu mirándolos—. Y se acogen a mí para reclamar contra sus padres. Este niño es la Ignorancia. Esta niña es la Miseria. Guardaos de ambos y de toda su descendencia, pero sobre todo del niño, pues en su frente veo escrita la sentencia, hasta que lo escrito sea borrado. ¡Niégalo! —gritó el espíritu extendiendo una mano hacia la ciudad—. ¡Calumnia a los que te lo dicen! ¡Eso favorecerá tus designios abominables! ¡Pero el fin llegará!

—¿No tienen ningún refugio ni recurso? —exclamó Scrooge.

—¿No hay cárceles? —dijo el espíritu devolviéndole por última vez sus propias palabras—. ¿No hay casas de corrección?

La campana dio las doce.

Scrooge miró a su alrededor en busca del espectro, y ya no le vio. Cuando la última campanada dejó de vibrar, recordó la predicción del viejo Jacob Marley, y, alzando los ojos, vio un fantasma de aspecto solemne, vestido con una túnica con capucha y que iba hacia él deslizándose sobre la tierra como se desliza la bruma.

CAPÍTULO IV
El último de los espíritus

El fantasma se aproximaba con paso lento, grave y silencioso. Cuando llegó a Scrooge, este dobló la rodilla, pues el espíritu parecía esparcir a su alrededor, en el aire que atravesaba, tristeza y misterio.

Le envolvía una vestidura negra que le ocultaba la cabeza, la cara y todo el cuerpo, dejando solamente visible una de sus manos extendida. Pero aparte esto, hubiera sido difícil distinguir su figura en medio de la noche y hacerla destacar de la completa oscuridad que la rodeaba.

Reconoció Scrooge que el espectro era alto y majestuoso cuando le vio a su lado, y entonces sintió que su misteriosa presencia le llenaba de un temor solemne. No supo nada más, porque el espíritu ni hablaba ni se movía.

—¿Estoy en presencia del espectro de la Navidad Venidera? —dijo Scrooge.

El espíritu no respondió, pero continuó con la mano extendida.

—Vais a mostrarme las sombras de las cosas que no han sucedido, pero que sucederán en el tiempo venidero —continuó Scrooge—, ¿no es así, espíritu?

La parte superior de la vestidura se contrajo un instante en sus pliegues, como si el espíritu hubiera inclinado la cabeza. Fue la sola respuesta que recibió.

Aunque habituado ya al trato de los espectros, Scrooge experimentó tal miedo ante la sombra silenciosa, que le temblaron las piernas y apenas podía sostenerse en pie cuando se disponía a seguirle. El espíritu se detuvo un momento, observando su estado, como si quisiera darle tiempo para reponerse.

Pero ello fue peor para Scrooge. Estremecióse con un vago terror al pensar que tras aquella sombría mortaja estaban los ojos del fantasma intensamente fijos en él, y que, a pesar de todos sus esfuerzos, sólo podía ver una mano espectral y una gran masa negra.

—¡Espectro del Futuro —exclamó—, os tengo más miedo que a ninguno de los espectros que he visto! Pero como sé que vuestro propósito es procurar mi bien, y como espero ser un hombre diferente de lo que he sido, estoy dispuesto a acompañaros con el corazón agradecido. ¿No queréis hablarme?

Silencio. La mano seguía extendida hacia adelante.

—¡Guiadme! —dijo Scrooge—. ¡Guiadme! La noche avanza rápidamente, y sé que es un precioso tiempo para mí. ¡Guiadme, espíritu!

El fantasma se alejó lo mismo que había llegado. Scrooge le siguió en la sombra de su vestidura, que, según pensó, levantábale y llevábale con ella.

Apenas pareció que entraron en la ciudad, pues más bien se creía que esta surgió alrededor de ellos, circundándoles con su propio movimiento. Sin embargo, hallábanse en el corazón de la ciudad, en la Bolsa, entre los negociantes, que marchaban apresuradamente de aquí para allá, haciendo sonar las monedas en el bolsillo, conversando en grupos, mirando sus relojes, jugando pensativamente con sus áureos dijes, etc., como Scrooge los había visto con frecuencia.

El espíritu se detuvo cerca de un pequeño grupo de negociantes. Observando Scrooge que su mano indicaba aquella dirección, se adelantó para escuchar lo que hablaban.

—No —decía un hombre grueso y alto, de barbilla monstruosa—, no sé más acerca de ello; sólo sé que ha muerto.

—¿Cuándo ha muerto? —inquirió el otro.

—Creo que anoche.

—¡Cómo! Pues, ¿qué le ha ocurrido? —preguntó un tercero, tomando una gran porción de tabaco de una enorme tabaquera—. Yo creí que no iba a morir nunca.

—Sólo Dios lo sabe —dijo el primero bostezando.

—¿Qué ha hecho de su dinero? —preguntó un caballero de faz rubicunda con una excrecencia que le colgaba de la punta de la nariz y que ondulaba como las carúnculas de un pavo.

—No lo he oído decir —dijo el hombre de la enorme barbilla, bostezando de nuevo—. Quizá se lo haya dejado a su sociedad. A «mí» no me lo ha dejado. Es todo lo que sé.

Esta broma fue acogida con una carcajada general.

—Es probable que sean modestísimas las exequias —dijo el mismo interlocutor—, pues por mi vida que no conozco a nadie que asista a ellas. ¿Vamos a ir nosotros sin invitación?

—No tengo inconveniente, si hay merienda —observó el caballero de la excrecencia en la nariz—; pero si voy tienen que darme de comer.

Otra carcajada.

—Bueno, después de todo, yo soy el más desinteresado de todos vosotros —dijo el que habló primeramente—, pues nunca gasto guantes negros ni meriendo; pero estoy dispuesto a ir si alguno viene conmigo. Cuando pienso en ello, no estoy completamente seguro de no haber sido su mejor amigo, pues acostumbrábamos detenernos a hablar siempre que nos encontrábamos. ¡Adiós, señores!

Los que hablaban y los que escuchaban se dispersaron, mezclándose en otros grupos. Scrooge los conocía, y miró al espíritu en busca de una explicación.

El fantasma deslizóse en una calle. Su dedo señalaba a dos individuos que se encontraron. Scrooge escuchó de nuevo, pensando que allí se hallaría la explicación.

También a aquellos hombres los conocía perfectamente. Eran dos negociantes riquísimos y muy importantes. Siempre se había ufanado de ser muy estimado por ellos, desde el punto de vista de los negocios, se entiende, estrictamente desde el punto de vista de los negocios.

—¿Cómo estáis? —dijo uno.

—¿Cómo estáis? —replicó el otro.

—Bien —dijo el primero—. Al fin el viejo tiene lo suyo, ¿eh?

—Eso he oído —contestó el otro—. Hace frío, ¿verdad?

—Lo propio de la época de Navidad. Supongo que no sois patinador.

—No, no. Tengo otra cosa en qué pensar. ¡Buenos días!

Ni una palabra más. Tales fueron su encuentro, su conversación y su despedida.

Al principio estuvo Scrooge a punto de sorprenderse de que el espíritu diese importancia a conversaciones tan triviales en apariencia; pero íntimamente convencido de que debían de tener un significado oculto, se puso a reflexionar cuál podría ser. Apenas se les podía suponer alguna relación con la muerte de Jacob, su antiguo socio, pues esta pertenecía al pasado, y el punto de partida de este espectro era el porvenir. Ni podía pensar en otro inmediatamente relacionado con él, a quien se le pudieran aplicar. Pero, como, sin duda, a quienquiera que se le aplicaren, encerraban una lección secreta dirigida a su provecho, resolvió tener en cuenta cuidadosamente toda palabra que oyera y toda cosa que viese, y especialmente observar su propia imagen cuando apareciera, pues tenía la esperanza de que en la conducta de su futuro se le daría la clase que necesitaba para hacerle fácil la solución del enigma.

Miró a todos lados en aquel lugar buscando su propia imagen; pero otro hombre ocupaba su rincón habitual, y aunque el reloj señalaba la hora en que él acostumbraba estar allí, no vio a nadie que se le pareciese entre la multitud que se oprimía bajo el porche. Ello le sorprendió poco, sin embargo, pues había resuelto cambiar de vida, y pensaba y esperaba que su ausencia era una prueba de que sus nacientes resoluciones empezaban a ponerse en práctica.

Inmóvil y sombrío, el fantasma permanecía a su lado con la mano extendida. Cuando Scrooge salió de su ensimismamiento, imaginóse, por el movimiento de la mano, y su situación respecto a él, que los ojos invisibles estaban mirándole fijamente, y le recorrió un escalofrío.

Dejaron el teatro de los negocios y se dirigieron a una parte oscura de la ciudad, donde Scrooge no había entrado nunca, aunque conocía su situación y su mala fama. Los caminos eran sucios y estrechos; las tiendas y las casas, miserables; los habitantes, medio desnudos, borrachos, mal calzados, horrorosos. Callejuelas y pasadizos sombríos, como otras tantas alcantarillas, vomitaban sus olores repugnantes, sus inmundicias y sus habitaciones, en aquel laberinto de calles, y toda aquella parte respiraba crimen, suciedad y miseria.

En el fondo de aquella guarida infame había una tienda bajísima de techo, bajo el tejado de un sobradillo, donde se compraban hierros, trapos viejos, botellas, huesos y restos de comidas. En el interior, y sobre el suelo, se amontonaban llaves enmohecidas, clavos, cadenas, goznes, limas, platillos de balanza, pesos y toda clase de hierros inútiles. Misterios que a pocas personas hubieran agradado investigar se ocultaban bajo aquellos montones de harapos repugnantes, aquella grasa corrompida y aquellos sepulcros de huesos. Sentado en medio de sus mercancías, junto a un brasero de ladrillos viejos, un bribón de cabellos blanqueados por sus setenta años, defendido del viento exterior con una cortina fétida compuesta de pedazos de trapo de todos los colores y clases colgados de un bramante, fumaba su pipa saboreando la voluptuosidad de su apacible retiro.

Scrooge y el fantasma llegaron ante aquel hombre en el momento en que una mujer cargada con un enorme envoltorio se deslizaba en la tienda. Apenas había entrado, cuando otra mujer, cargada de igual modo, entró a continuación, seguida de cerca por un hombre vestido de negro desvaído, cuya sorpresa no fue menor a la vista de las dos mujeres que la que ellas experimentaron al reconocerse una a otra. Después de un momento de muda estupefacción, de la que había participado el hombre de la pipa, soltaron los tres una carcajada.

—¡Que la jornalera pase primeramente! —exclamó la que había entrado al principio—. La segunda será la planchadora y el tercero el hombre de la funeraria. Mirad, viejo Joe, qué casualidad. ¡Cualquiera diría que nos habíamos citado aquí los tres!

—No podíais haber elegido mejor sitio —dijo el viejo quitándose la pipa de la boca—. Entrad a la sala. Hace mucho tiempo que tenéis aquí la entrada libre, y los otros dos tampoco son personas extrañas. Aguardad que cierre la puerta de la tienda. ¡Ah, cómo cruje! No creo que haya aquí hierros más mohosos que sus goznes, así como tampoco hay aquí, estoy seguro, huesos más viejos que los míos. ¡Ja, ja, ja! Todos nosotros estamos en armonía con nuestra profesión y de acuerdo. Entrad a la sala, entrad a la sala.

La sala era el espacio separado de la tienda por la cortina de harapos. El viejo removió la lumbre con un pedazo de hierro procedente de una barandilla, y después de reavivar la humosa lámpara (pues era de noche) con el tubo de la pipa, se volvió a poner esta en la boca.

Mientras lo hizo, la mujer que ya había hablado arrojó el envoltorio al suelo y se sentó en un taburete en actitud descarada, poniéndose los codos sobre las rodillas y lanzando a los otros dos una mirada de desafío.

—Y bien, ¿qué? ¿Qué hay, señora Dilber? —dijo la mujer—. Cada uno tiene derecho a pensar en sí mismo. ¡«Él» siempre lo hizo así!

—Es verdad, efectivamente —dijo la planchadora—. Más que él, nadie.

—¿Por qué, pues, ponéis esa cara, como si tuviérais miedo, mujer? Supongo que los lobos no se muerden unos a otros.

—¡Claro que no! —dijeron a la vez la señora Dilber y el viejo—. Debemos esperar que sea así.

—Entonces, muy bien —exclamó la mujer—. Eso basta. ¿A quién se perjudica con insignificancias como estas? No será al muerto, me figuro.

—¡Claro que no! —dijo la señora Dilber riendo.

—Si necesitaba conservarlas después de morir, el viejo avaro —continuó la mujer— ¿por qué no ha hecho en vida lo que todo el mundo? No tenía más que haberse proporcionado quien le cuidara cuando la muerte se le llevó, en vez de permanecer aislado de todos al exhalar el último suspiro.

—Nunca se dijo mayor verdad —repuso la señora Dilber—. Tiene lo que merece.

—Yo desearía que le ocurriera algo más —replicó la mujer—: y otra cosa habría sido, podéis creerme, si me hubiera sido posible poner las manos en cosa de más valor. Abrid ese envoltorio, Joe, y decidme cuánto vale. Hablad con franqueza. No tengo miedo de ser la primera, ni me importa que lo vean. Antes de encontrarnos aquí, ya sabíamos bien, me figuro, que estábamos haciendo nuestro negocio. No hay nada malo en ello. Abrid el envoltorio, Joe.

Pero la galantería de sus amigos no lo permitió, y el hombre del traje negro desvaído, rompiendo el fuego, mostró su botín. No era considerable: un sello o dos, un lapicero, dos botones de manga, un alfiler de poco valor, y nada más. Todas estas cosas fueron examinadas separadamente y valuadas por el viejo, que escribió con tiza en la pared las cantidades que estaba dispuesto a dar por cada una, haciendo la suma cuando vio que no había ningún otro objeto.

—Esta es vuestra cuenta —dijo—, y no daría un penique más aunque me quemaran a fuego lento por no darlo. ¿Quién sigue?

Seguía la señora Dilber. Sábanas y toallas, servilletas, un traje usado, dos antiguas cucharillas de plata, unas pinzas para azúcar y algunas botas. Su cuenta le fue hecha igualmente en la pared.

—Siempre doy demasiado a las señoras. Es una de mis flaquezas, y de ese modo me arruino —dijo el viejo—. Aquí está vuestra cuenta. Si me pedís un penique más o discutís la cantidad puedo arrepentirme de mi esplendidez y rebajar media corona.

—Y ahora, deshaced mi envoltorio, Joe —dijo la primera mujer.

Joe se puso de rodillas para abrirlo con más facilidad, y después de deshacer un gran número de nudos sacó una pesada pieza de tela oscura.

—¿Cómo llamáis a esto? —dijo—. Cortinas de alcoba.

—¡Ah! —respondió la mujer riendo e inclinándose sobre sus brazos cruzados—. ¡Cortinas de alcoba!

—No es posible que las hayáis quitado, con anillas y todo, estando todavía sobre el lecho —dijo el viejo.

—Pues sí —replicó la mujer—. ¿Por qué no?

—Habéis nacido para hacer fortuna —dijo el viejo—, y seguramente la haréis.

—En verdad os aseguro, Joe —replicó la mujer tranquilamente—, que cuando tenga a mi alcance alguna cosa no retiraré de ella la mano por consideración a un hombre como ese. Ahora no dejéis caer el aceite sobre las mantas.

—¿Las mantas de él? —preguntó Joe.

—¿De quién creéis que iban a ser? —replicó la mujer—. Me atrevo a decir que no se enfriará por no tenerlas.

—Me figuro que no habrá muerto de enfermedad contagiosa, ¿eh? —dijo el viejo suspendiendo la tarea y alzando los ojos.

—No tengáis miedo —replicó la mujer—. No me agrada su compañía hasta el punto de estar a su lado por tales pequeñeces, si hubiera habido el menor peligro. ¡Ah! Podéis mirar esa camisa hasta que os duelan los ojos y no veréis en ella ni un agujero ni un zurcido. Esa es la mejor que tenía, y es una buena camisa. A no ser por mí, la habrían derrochado.

—¿A qué llamáis derrochar una camisa? —preguntó Joe.

—Quiero decir que seguramente le habrían amortajado con ella —replicó la mujer riendo—. Alguien fue lo bastante imbécil para hacerlo, pero yo se la quité otra vez. Si la tela de algodón no sirve para tal objeto, no sirve para nada. Es a propósito para cubrir un cuerpo. No puede estar más feo de ese modo que con esta camisa.

Scrooge escuchaba este diálogo con horror. Conforme se hallaban los interlocutores agrupados en torno de su presa, a la escasa luz de la lámpara del viejo, le producían una sensación de odio y de disgusto que

no habría sido mayor aunque hubieran sido obscenos demonios regateando el precio del propio cadáver.

—¡Ja, ja, ja! —rio la misma mujer cuando Joe, sacando un talego de franela lleno de dinero, contó en el suelo la cantidad que correspondía a cada uno—. No termina mal, ¿veis? Durante su vida ahuyentó a todos de su lado para proporcionarnos ganancias después de muerto. ¡Ja, ja, ja!

—¡Espíritu! —dijo Scrooge estremeciéndose de pies a cabeza—. Ya veo, ya veo. El caso de ese desgraciado puede ser el mío. A eso conduce una vida como la mía. ¡Dios misericordioso! ¿Qué es esto?

Retrocedió lleno de terror, pues la escena había cambiado, y Scrooge casi tocaba un lecho: un lecho desnudo, sin cortinas, sobre el cual, cubierto por un trapo, yacía algo que, aunque mudo, se revelaba con terrible lenguaje.

El cuarto estaba muy oscuro, demasiado oscuro para poder observarle con alguna exactitud, aunque Scrooge, obediente a un impulso secreto, miraba a todos lados, ansioso por saber qué clase de habitación era aquella. Una luz pálida, que llegaba del exterior, caía directamente sobre el lecho, en el cual yacía el cuerpo de aquel hombre despojado, robado, abandonado por todo el mundo, sin nadie que le velara y sin nadie que llorara por él.

Scrooge miró hacia el fantasma, cuya rígida mano indicaba la cabeza del muerto. El paño que la cubría hallábase puesto con tal descuido, que el más ligero movimiento, el de un dedo, habría descubierto la cara. Pensó Scrooge en ello, veía cuán fácil era hacerlo y sentía el deseo de hacerlo; pero tan poco poder tenía para quitar aquel velo como para arrojar de su lado al espectro.

—¡Oh, fría, fría, rígida, espantosa muerte! ¡Levanta aquí tu altar y vístelo con todos los terrores de que dispones, pues estás en tu dominio! Pero cuando es una cabeza amada, respetada y honrada, no puedes hacer favorable a tus terribles designios un solo cabello ni hacer odiosa una de sus facciones. No es que la mano pierda su pesadez y no caiga al abandonarla; no es que el corazón y el pulso dejen de estar inmóviles; pero la mano fue abierta, generosa y leal; el corazón, bravo, ferviente y tierno, y el pulso, de un hombre. ¡Golpea, muerte, golpea! ¡Y mira las buenas acciones que brotan de la herida y caen en el mundo como simiente de vida inmortal!

Ninguna voz pronunció tales palabras en los oídos de Scrooge, pero las oyó al mirar el lecho. Y pensó: «Si este hombre pudiera revivir, ¿cuáles serían sus pensamientos primitivos? ¿La avaricia, la dureza de corazón, la preocupación del dinero? ¿Tales cosas le han conducido, verdaderamente, a buen fin? Yace en esta casa desierta y sombría, donde no hay un hombre, una mujer o un niño que diga: "Fue cariñoso para mí en

esto o en aquello, y en recuerdo de una palabra amable, seré cariñoso para él"». Un gato arañaba la puerta, y bajo la piedra del hogar se oía un ruido de ratas que roían. ¿Qué iban a buscar en aquel cuarto fúnebre, y por qué estaban tan inquietas y turbulentas? Scrooge no se atrevió a pensar en ello.

—¡Espíritu! —dijo—. Da miedo estar aquí. Al abandonar este lugar no olvidaré sus enseñanzas, os lo aseguro. ¡Vámonos!

El espectro seguía mostrándole la cabeza del cadáver con su dedo inmóvil.

—Os comprendo —replicó Scrooge—, y lo haría si pudiera. Pero me es imposible, espíritu, me es imposible.

El espectro pareció mirarle de nuevo.

—Si hay en la ciudad alguien a quien emocione la muerte de ese hombre —dijo Scrooge, agonizante—, mostradme esa persona, espíritu, os lo suplico.

El fantasma extendió un momento su sombría vestidura ante él, como un ala; después, volviendo a plegarla, mostróle una habitación alumbrada por la luz del día, donde estaba una madre con sus hijos.

Aguardaba a alguien con ansiosa inquietud, pues iba de un lado a otro por la habitación, se estremecía al menor ruido, miraba por la ventana, consultaba el reloj; trataba, pero inútilmente, de manejar la aguja, y no podía aguantar las voces de los niños en sus juegos.

Al fin se oyó en la puerta el golpe esperado tanto tiempo; se precipitó a la puerta y encontróse con su marido, cuyo rostro estaba ajado y abatido por la preocupación, aunque era joven. En aquel momento mostraba una expresión notable: un placer triste, que le causaba vergüenza y que se esforzaba en reprimir.

Sentóse para comer el almuerzo preparado para él junto al fuego, y cuando ella le preguntó débilmente qué noticias había (lo que no hizo sino después de un largo silencio) pareció cohibido de responder.

—¿Son buenas o malas? —dijo para ayudarle.

—Malas —respondió.

—¿Estamos completamente arruinados?

—No. Aún hay esperanzas, Carolina.

—Si se conmueve —dijo ella asombrada—, si tal milagro se realizara, no se habrían perdido las esperanzas.

—Ya no puede conmoverse —dijo el marido—, porque ha muerto.

Era aquella mujer una dulce y paciente criatura, a juzgar por su rostro, pero su alma se llenó de gratitud al oír aquello, y así lo expresó juntando las manos.

Un momento después pedía perdón a Dios, y se mostraba afligida; pero el primer movimiento salió del corazón.

—Lo que me dijo aquella mujer medio ebria, de quien te hablé anoche, cuando intenté verle para obtener un plazo de una semana, y lo que creí un pretexto para no recibirme, es la pura verdad: no sólo estaba muy enfermo, sino agonizando.

—¿Y a quién se transmitirá nuestra deuda?

—No lo sé. Pero antes de ese tiempo tendremos ya el dinero, y aunque no lo tuviéramos, sería tener muy mala suerte encontrar en su sucesor un acreedor tan implacable como él. Esta noche podemos dormir tranquilos, Carolina.

Sí. Sus corazones se sentían aliviados de un gran peso. Las caras de los niños, agrupados a su alrededor para oír lo que tan mal comprendían, brillaban más: la muerte de aquel hombre llevaba un poco de dicha a aquel hogar. La única emoción que el espectro pudo mostrar a Scrooge con motivo de aquel suceso fue una emoción de placer.

—Espíritu, permitidme ver alguna ternura relacionada con la muerte —dijo Scrooge—; si no, la sombría habitación que abandonamos hace poco estará siempre en mi recuerdo.

El fantasma le condujo a través de varias calles que le eran familiares; a medida que marchaban, Scrooge miraba a todas partes en busca de su propia imagen, pero en ningún sitio conseguía verla. Entraron en casa del pobre Bob Cratchit, la habitación que habían visitado anteriormente, y hallaron a la madre y a los niños sentados alrededor de la lumbre.

Tranquilos, muy tranquilos. Los ruidosos Cratchit pequeños se hallaban en un rincón, quietos como estatuas, sentados y con la mirada fija en Pedro, que tenía un libro abierto delante de él. La madre y sus hijas se ocupaban en coser. Toda la familia estaba muy tranquila.

«Y tomó a un niño y le puso en medio de ellos».

¿Dónde había oído Scrooge aquellas palabras? No las había soñado. El niño debía de haberlas leído en voz alta cuando él y el espíritu cruzaban el umbral. ¿Por qué no seguía la lectura?

La madre dejó su labor sobre la mesa y se cubrió la cara con las manos.

—El color de esta tela me hace daño en los ojos —dijo.

¿El color? ¡Ah, pobre Tiny Tim!

—Ahora están mejor —dijo la mujer de Crachit—. La luz artificial les perjudica, y por nada del mundo quisiera que cuando venga vuestro padre viese que tengo los ojos malos. Ya no debe tardar, a la hora que es.

—Ya ha pasado la hora —contestó Pedro cerrando el libro—. Pero creo que hace unas cuantas noches anda algo más despacio que de costumbre, madre.

Volvieron a quedar en silencio. Al fin dijo la madre con voz firme y alegre, que una sola vez se debilitó:

—Yo le he visto un día andar deprisa, muy deprisa, con..., con Tiny Tim sobre los hombros.

—Y yo también —gritó Pedro—. Muchas veces.

—Y yo también —exclamó otro, y luego todos.

—Pero Tiny Tim era muy ligero de llevar —continuó la madre volviendo a su labor—, y su padre le quería tanto que no le molestaba, no le molestaba. Pero ya oigo a vuestro padre en la puerta.

Corrió a su encuentro, y el pobre Bob entró con su bufanda —bien la necesitaba el hombre—. Su té se hallaba preparado junto a la lumbre y todos se precipitaron a servírselo. Entonces los dos Cratchit pequeños saltaron sobre sus rodillas y cada uno de ellos puso su carita en una de las mejillas del padre, como diciendo: «No pienses en ello, padre; no te apenes».

Bob se mostró muy alegre con ellos, y tuvo para todos una palabra amable; miró la labor que había sobre la mesa y elogió la destreza y habilidad de la señora Cratchit y las niñas.

—Eso se terminará mucho antes del domingo —dijo.

—¡Domingo! ¿Has ido hoy allá, Roberto? —preguntó su mujer.

—Sí, querida —respondió Bob—. Me hubiera gustado que hubieses podido venir. Os hubiera agradado ver qué verde está aquel sitio. Pero ya lo veréis a menudo. Le he prometido que iré a pasar allí un domingo. ¡Pequeñito, nene mío! —gritó Bob—. ¡Pequeñito mío!

Estalló de pronto. No pudo remediarlo. Para que pudiera remediarlo habría sido preciso que no se sintiese tan cerca de su hijo.

Dejó la habitación y subió a la del piso de arriba, profusamente iluminada y adornada como en Navidad. Había una silla colocada junto a la cama del niño, y se veían indicios de que alguien la había ocupado recientemente. El pobre Bob sentóse en ella, y cuando se repuso algo y se tranquilizó, besó aquella carita. Sintióse resignado por lo sucedido y bajó de nuevo completamente feliz.

La familia rodeó la lumbre y empezó a charlar; las muchachas y la madre siguieron su labor. Bob les contó la extraordinaria benevolencia del sobrino de Scrooge, a quien apenas había visto una vez, y que al encontrarle aquel día en la calle, y viéndole un poco..., «un poco abatido, ¿sabéis?» —dijo Bob—, se enteró de lo que le había sucedido para estar tan triste. En vista de lo cual —continuó Bob—, ya que es el caballero más afable que se puede encontrar, se lo conté. «Estoy sinceramente apenado por lo que me contáis, señor Cratchit —dijo—, por vos y por vuestra excelente mujer». Y a propósito: no sé cómo ha podido saber eso.

—¿Saber el qué?

—Que eras una excelente mujer —contestó Bob.

—Eso lo sabe todo el mundo —dijo Pedro.

—Muy bien dicho, hijo mío —exclamó Bob—. Espero que todo el mundo lo sepa. «Sinceramente apenado —dijo— por vuestra excelente mujer. Si puedo serviros en algo —continuó, dándome su tarjeta—, este es mi domicilio. Os ruego que vayáis a verme». Bueno, pues me ha encantado —exclamó Bob—, no por lo que está dispuesto a hacer en nuestro favor, sino por su benevolencia. Parecía que en realidad había conocido a nuestro Tiny Tim y se lamentaba con nosotros.

—Estoy segura de que tiene buen corazón —dijo la señora Cratchit.

—Más segura estarías de ello, querida —contestó Bob— si le hubieras visto y le hubieras hablado. No, no me sorprendería nada, fíjate en lo que digo, que proporcionase a Pedro un empleo mejor.

—Oye esto, Pedro —dijo la señora Cratchit.

—Y entonces —gritó una de las muchachas—, Pedro buscará compañía y se establecerá por su cuenta.

—¡Vete a paseo! —replicó Pedro haciendo una mueca.

—Eso puede ser y puede no ser —dijo Bob—, aunque hay mucho tiempo por delante, hijo mío. Pero de cualquier modo y en cualquier época que nos separemos uno de otro, tengo la seguridad de que ninguno de nosotros olvidará al pobre Tiny Tim, ¿verdad?, ninguno olvidará esta primera separación.

—¡Nunca! —gritaron todos.

—Y yo sé —dijo Bob—, yo sé, hijos míos, que cuando recordemos cuán paciente y cuán dulce fue, aun siendo pequeño, pequeñito, no armaremos pendencias unos con otros, porque al hacerlo olvidaríamos al pobre Tiny Tim.

—¡No, padre, nunca! —volvieron a gritar todos.

—Soy muy feliz —dijo el pobre Bob—. ¡Soy muy feliz!

La señora Cratchit le besó, sus hijas le besaron, los dos Cratchit pequeños le besaron, y Pedro y él se dieron un apretón de manos. ¡Espíritu de Tiny Tim, tu esencia infantil provenía de Dios!

—Espectro —dijo Scrooge—, algo me dice que la hora de nuestra separación se acerca. Lo sé, pero no sé cómo se verificará. Decidme, ¿quién era aquel hombre que hemos visto yacer en su lecho de muerte?

El espectro de la Navidad Futura le transportó, como antes —aunque en una época diferente, según pensó; verdaderamente, sus últimas visiones aparecían embrolladas, excepto la seguridad de que pertenecían al porvenir—, a los lugares en que se reunían los hombres de negocios, pero sin mostrarle su otro «él». En verdad, el espíritu no se detuvo para nada, sino que siguió adelante, como para alcanzar el objetivo deseado, hasta que Scrooge le suplicó que se detuviera un momento.

—Esta callejuela que atravesamos ahora —dijo Scrooge— es el lugar donde desde hace mucho tiempo yo establecí el centro de mis ocupaciones. Veo la casa. Permitidme contemplar lo que será en los días venideros.

El espíritu se detuvo; su mano señaló a otro sitio.

—La casa está allá abajo —exclamó Scrooge—. ¿Por qué me señaláis hacia otra parte?

El inexorable dedo no experimentó ningún cambio. Scrooge corrió a la ventana de su despacho y miró al interior. Seguía siendo un despacho, pero no el suyo. Los muebles no eran los mismos, y la persona sentada en la butaca no era él. El fantasma señalaba como anteriormente.

Scrooge volvió a unírsele, y sin comprender por qué no estaba él allí ni dónde habría ido, siguió al espíritu hasta llegar a una verja de hierro. Antes de entrar se detuvo para mirar a su alrededor.

Un cementerio. Bajo la tierra yacían allí los infelices cuyo nombre iba a saber. Era un digno lugar. Rodeado de casas, invadido por la hiedra y las plantas silvestres, antes muerte que vida de la vegetación, demasiado lleno de sepulturas, abonado hasta la exageración. ¡Un digno lugar!

El espíritu, en pie en medio de las tumbas, indicó una. Scrooge avanzó hacia ella temblando. El fantasma era exactamente como había sido hasta entonces, pero Scrooge tuvo miedo al notar un ligero cambio en su figura solemne.

—Antes de acercarme más a esa piedra que me enseñáis —le dijo—, respondedme a una pregunta: ¿Es todo eso la imagen de lo que «será», o solamente la imagen de lo que «puede ser»?

El espectro siguió señalando a la tumba junto a la cual se hallaba.

—Las resoluciones de los hombres simbolizan ciertos objetivos que, si perseveran, pueden alcanzar —dijo Scrooge—; pero si se apartan de ellas, los objetivos cambian. ¿Ocurre lo mismo con las cosas que me mostráis?

El espíritu continuó inmóvil, como siempre.

Scrooge se arrastró hacia él, temblando al acercarse, y siguiendo la dirección del dedo leyó sobre la piedra de la abandonada sepultura su propio nombre: Ebenezer Scrooge.

—¿Soy yo el hombre que yacía sobre el lecho? —exclamó, cayendo de rodillas.

El dedo se dirigió de la tumba a él y de él a la tumba.

—¡No, espíritu! ¡Oh, no, no!

El dedo seguía allí.

—¡Espíritu —gritó, agarrándose a su vestidura—, escuchadme! Yo no soy ya el hombre que era; no seré ya el hombre que habría sido a no

ser por vuestra intervención. ¿Por qué me mostráis todo esto, si he perdido toda esperanza?

Por primera vez la mano pareció moverse.

—Buen espíritu —continuó, prosternado ante él, con la frente en la tierra—, vos intercederéis por mí y me compadeceréis. Aseguradme que puedo cambiar esas imágenes que me habéis mostrado cambiando de vida.

La benévola mano tembló.

—Honraré la Navidad en mi corazón y procuraré guardarla todo el año. Viviré en el pasado, en el presente y en el porvenir. Los espíritus de los tres no se apartarán de mí. No olvidaré sus lecciones. ¡Oh, decidme que puedo borrar lo escrito en esa piedra!

En su angustia, asió la mano espectral, que intentó desasirse; pero su petición le daba fuerza, y la retuvo. El espíritu, más fuerte aún, le rechazó.

Juntando las manos en una última súplica a fin de que cambiase su destino, Scrooge advirtió una alteración en la túnica con capucha del fantasma, que se contrajo, se derrumbó y quedó convertido en una columna de cama.

CAPÍTULO V

Conclusión

¡Sí! Y la columna de cama era suya. La cama era la suya, el cuarto el suyo, y, lo mejor y más venturoso de todo: ¡el tiempo venidero era suyo, para poder enmendarse!

—Viviré en el pasado, en el presente y en el porvenir —repitió Scrooge saltando de la cama—. Los espíritus de los tres no se apartarán de mí. ¡Oh, Jacob Marley! ¡Benditos sean el cielo y la fiesta de Navidad! ¡Lo digo de rodillas, Jacob, de rodillas!

Se encontraba tan animado y tan encendido por buenas intenciones, que su voz desfallecida apenas respondía al llamamiento de su espíritu. Había sollozado con violencia en su lucha con el espíritu y su cara estaba mojada de lágrimas.

—¡No se las han llevado! —exclamó Scrooge estrechando en sus brazos una de las cortinas de la alcoba—. No se las han llevado, ni tampoco las anillas. Están aquí... Yo estoy aquí... Las imágenes de las cosas que podían haber ocurrido pueden desvanecerse. Y se desvanecerán, lo sé.

Sus manos se ocupaban continuamente en palpar sus vestidos; los volvía del revés, los ponía con lo de arriba abajo y lo de abajo arriba, los desgarraba, los dejaba caer, haciéndolos cómplices de toda clase de extravagancias.

—¡No sé lo que hago! —exclamó Scrooge riendo y llorando a la vez y haciendo de sí mismo con sus medias una copia perfecta de Lacoonte—. Soy ligero como una pluma, dichoso como un ángel, alegre como un escolar, aturdido como un borracho. ¡Felices Pascuas a todos! ¡Feliz Año Nuevo a todo el mundo! ¡Hurra! ¡Viva!

Había ido a la sala dando brincos, y allí estaba entonces sin aliento.

—¡Aquí está la cacerola con el condimento! —gritó Scrooge entusiasmándose de nuevo y danzando alrededor de la chimenea—. ¡Esa es la puerta por donde entró el espectro de Jacob Marley! ¡Ese es el rincón donde se sentó el espectro de la Navidad presente! ¡Esa es la ventana por donde vi los espíritus errantes! ¡Todo está en su sitio, todo; es verdad, todo ha sucedido! ¡Ja, ja, ja!

Realmente, para un hombre que no la había practicado por espacio de muchos años, era una risa espléndida, la risa más magnífica; el padre de una larga, larga progenie de risas brillantes.

—No sé a cuántos estamos —dijo Scrooge—. No sé cuánto tiempo he estado entre los espíritus. No sé nada. Soy como un niño. ¡Hurra! ¡Viva!

Le interrumpieron su transporte de alegría las campanas de las iglesias, con los más sonoros repiques que oyó jamás. ¡Tin, tan! ¡Tin, tan! ¡Tin, tan! ¡Oh, magnífico, magnífico!

Corriendo a la ventana, la abrió y asomó la cabeza. Nada de bruma, nada de niebla; un frío claro, luminoso, jovial; un frío que al soplar hace bailar la sangre en las venas; un sol de oro; un cielo divino; un aire fresco y suave; campanas alegres. ¡Oh, magnífico, magnífico!

—¿Qué día es hoy? —gritó Scrooge dirigiéndose a un muchacho endomingado, que quizá se había detenido para mirarle.

—¿Eh? —replicó el muchacho lleno de admiración.

—¿Qué día es hoy, hermoso? —dijo Scrooge.

—¡Hoy! —repuso el muchacho—. ¡Toma, pues el día de Navidad!

—¡El día de Navidad! —se dijo Scrooge—. ¡No ha pasado todavía! Los espíritus lo han hecho todo en una noche. Pueden hacer todo lo que quieren. Pueden, no hay duda. Pueden, no hay duda. ¡Hola, hermoso!

—¡Hola! —contestó el muchacho.

—¿Sabes dónde está la pollería, en la esquina de la segunda calle? -inquirió Scrooge.

—¡Claro que sí!

—¡Eres un muchacho listo! —dijo Scrooge—. ¡Un muchacho notable! ¿Sabes si han vendido el hermoso pavo que tenían colgado ayer? No el pequeño, el grande.

—¿Cuál? ¿Uno que era tan gordo como yo? —replicó el muchacho.

—¡Qué chico tan delicioso! —dijo Scrooge—. Da gusto hablar contigo. ¡Sí, hermoso!

—Todavía está colgado —repuso el muchacho.

—¿Sí? —dijo Scrooge—. Ve a comprarlo.

—¡Qué bromista! —exclamó el muchacho.

—No, no —dijo Scrooge—. Hablo en serio. Ve a comprarlo y di que lo traigan aquí, que yo les diré dónde tienen que llevarlo. Vuelve con el mozo y te daré un chelín. Si vienes con él antes de cinco minutos, te daré media corona.

El muchacho salió como una bala. Habría necesitado una mano muy firme en el gatillo el que pudiera lanzar una bala con la mitad de la velocidad.

—Voy a enviárselo a Bob Cratchit —murmuró Scrooge frotándose las manos y soltando la risa—. No sabrá quién se lo envía. Tiene dos veces el cuerpo de Tiny Tim. ¡Joe Miller no ha gastado nunca una broma como esta de enviar el pavo a Bob!

Al escribir las señas no estaba muy firme la mano; pero, de cualquier modo, la escribió Scrooge, y bajó la escalera para abrir la puerta de la calle en cuanto llegase el mozo de la pollería. Hallándose allí aguardando su llegada, el llamador atrajo su mirada.

—¡Le amaré toda mi vida! —exclamó Scrooge acariciándole con la mano—. Apenas le miré antes. ¡Qué honrada expresión tiene en la cara! ¡Es un llamador admirable...! Aquí está el pavo. ¡Viva! ¡Hola! ¿Cómo estás? ¡Felices Pascuas!

¡Era un pavo! Seguramente no había podido aquel volátil sostenerse sobre las patas. Se las habría roto en un minuto como si fueran barras de lacre.

—¡Qué! No es posible llevarlo a cuestas hasta Camden Town —dijo Scrooge—. Tenéis que tomar un coche.

La risa con que dijo aquello, y la risa con que pagó el pavo, y la risa con que pagó el coche, y la risa con que dio la propina al muchacho, únicamente fue sobrepasada por la risa con que se sentó de nuevo en su butaca, ya sin aliento, y siguió riendo hasta llorar.

No le fue fácil afeitarse, porque su mano seguía muy temblorosa y el afeitarse requiere tranquilidad, aun cuando no bailéis mientras os entregáis a tal ocupación. Pero si se hubiera cortado la punta de la nariz, se habría puesto un trozo de tafetán inglés en la herida y habríase quedado tan satisfecho.

Vistióse con sus mejores ropas y se lanzó a la calle. La multitud se precipitaba en aquel momento como la vio yendo con el espectro de la Navidad Presente, y al marchar con las manos a la espalda, Scrooge miraba a todo el mundo con una sonrisa de placer.

Parecía tan irresistiblemente amable, en una palabra, que tres o cuatro muchachos de buen humor dijeron: «¡Buenos días, señor! ¡Felices Pascuas, señor!». Y Scrooge dijo más tarde muchas veces que, de todos los sonidos agradables que oyó en su vida, aquellos fueron los más dulces para sus oídos.

No había andado mucho cuando vio que se dirigía hacia él el corpulento caballero que había ido a su despacho el día anterior, diciendo: «¿Scrooge y Marley, si no me equivoco?». Un dolor agudo le atravesó el corazón al pensar de qué modo le miraría el anciano caballero cuando se encontraran, pero vio el camino que se presentaba recto ante él y lo tomó.

—Querido señor —dijo Scrooge apresurando el paso y tomando al anciano caballero las dos manos—. ¿Cómo estáis? Espero que ayer habrá sido un buen día para vos. Es una acción que os honra. ¡Felices Pascuas, señor!

—¿El señor Scrooge?

—Sí —dijo este—, tal es mi nombre, y temo que no os sea agradable. Permitid que os pida perdón. Y, ¿tendríais la bondad...? [Aquí Scrooge le cuchicheó al oído].

—¡Bendito sea Dios! —gritó el caballero, como si le faltara el aliento—. Querido señor Scrooge, ¿habláis en serio?

—Si no lo tomáis a mal —dijo Scrooge—. Nada menos que eso. En ello están incluidas muchas deudas atrasadas, os lo aseguro. ¿Me haréis ese favor?

—Querido señor —dijo el otro estrechándole las manos—. No sé cómo alabar tal muni...

—Os ruego que no digáis nada —interrumpió Scrooge—. Id a verme. ¿Iréis a verme?

—Iré —exclamó el anciano caballero.

Y se veía claramente que pensaba hacerlo.

—Gracias —dijo Scrooge—. Os lo agradezco mucho. Os doy mil gracias. ¡Adiós!

Estuvo en la iglesia, recorrió las calles y contempló a la gente que iba presurosa de un lado a otro, dio a los niños palmaditas en la cabeza, interrogó a los mendigos, miró curiosamente las cocinas de las casas y luego miró hacia las ventanas, y notó que todo le producía placer. Nunca imaginó que un paseo —una cosa insignificante— pudiera hacerle tan feliz. Por la tarde dirigió sus pasos a casa de su sobrino.

Pasó ante la puerta una docena de veces antes de atreverse a subir y llamar a la puerta. Por fin lanzóse y llamó.

—¿Está en casa vuestro amo, querida? —preguntó Scrooge a la muchacha—. ¡Guapa chica, en verdad!

—Sí, señor.

—¿Dónde está, preciosa? —dijo Scrooge.

—En el comedor, señor; está con la señora. Haced el favor de subir conmigo.

—Gracias. El señor me conoce —repuso Scrooge con la mano puesta ya en el picaporte del comedor—. Voy a entrar, hija mía.

Abrió suavemente y metió la cabeza ladeada por la puerta entreabierta. El matrimonio hallábase examinando la mesa (puesta como para una comida de gala), pues los jóvenes amos de casa siempre se cuidan de tales pormenores y les agrada ver que todo está como es debido.

—¡Fred! —dijo Scrooge.

¡Cielos! ¡Cómo se estremeció su sobrina política! Scrooge olvidó por un momento que la había visto sentada en un rincón con los pies en el taburete; si no, no se habría atrevido a entrar de ningún modo.

—¡Dios me valga! —gritó Fred—. ¿Quién viene?

—Soy yo. Tu tío Scrooge. He venido a comer. ¿Me permites entrar, Fred?

¡Permitirle entrar! Por poco no le arranca un brazo para introducirle en el comedor. A los cinco minutos se hallaba como en su casa. No era posible más cordialidad. La sobrina imitó a su marido. Y lo mismo Topper cuando llegó. Y lo mismo la hermana regordeta cuando llegó. Y lo mismo todos los demás cuando llegaron. ¡Admirable reunión, admirables entretenimientos, admirable unanimidad, ad-mi-ra-ble dicha!

Pero Scrooge acudió temprano a su despacho a la mañana siguiente. ¡Oh, muy temprano! Si él pudiera llegar el primero y sorprender a Cratchit cuando llegara tarde! ¡Aquello era lo único que le preocupaba!

¡Y lo consiguió, vaya si lo consiguió! El reloj dio las nueve. Bob no llegaba. Las nueve y cuarto. Bob no llegaba. Bob se retrasaba ya dieciocho minutos y medio. Scrooge se sentó, dejando su puerta de par en par, a fin de verle cuando entrase en su mazmorra. Habíase quitado Bob el sombrero antes de abrir la puerta, y también la bufanda. En un instante se instaló en su taburete y se puso a escribir rápidamente, como si quisiera lograr que fuesen las nueve de la mañana.

—¡Hola! —gruñó Scrooge, imitando cuanto pudo su voz de antaño—. ¿Qué significa que vengáis a esta hora?

—Lo siento mucho, señor —dijo Bob—. Ya sé que vengo tarde.

—¡Tarde! —repitió Scrooge—. Sí. Creo que venís tarde. Acercaos un poco, haced el favor.

—Es solamente una vez al año, señor —dijo Bob tímidamente, saliendo de la mazmorra—. Esto no se repetirá. Ayer estuve un poco de broma, señor.

—Pues tengo que deciros, amigo mío —dijo Scrooge—, que no estoy dispuesto a que esto continúe de tal modo. Por consiguiente —añadió, saltando de su taburete y dando a Bob tal empellón en la cintura que le hizo retroceder dando traspiés a su cuchitril—, por consiguiente, voy a aumentaros el sueldo.

Bob tembló y dirigióse a donde estaba la regla sobre su mesa. Tuvo una momentánea intención de golpear a Scrooge con ella, sujetarle con los brazos, pedir auxilio a los que pasaban por la calleja para ponerle una camisa de fuerza.

—¡Felices Pascuas, Bob! —dijo Scrooge con una vehemencia que no admitía duda y abrazándole al mismo tiempo—. Tanto más felices Pascuas os deseo, Bob, querido muchacho, cuanto que he dejado de felicitaros tantos años. Voy a aumentaros el sueldo y a esforzarme por ayudaros a sostener a vuestra familia, y esta misma tarde discutiremos nuestros asuntos ante un tazón de ponche humeante, Bob. ¡Encended las dos lumbres, id a comprar otro cubo para el carbón antes de poner un punto sobre una «i», Bob Cratchit!

Scrooge hizo más de lo que le había dicho. Hizo todo e infinitamente más, y respecto de Tiny Tim, que no murió, fue para él un segundo padre. Se hizo tan buen amigo, tan buen maestro y tan buen hombre como el mejor ciudadano de una ciudad, de una población o de una aldea del bueno y viejo mundo. Algunos se rieron al verle cambiado, pero él los dejó reír y no se preocupó, pues era lo bastante juicioso para saber que nunca sucedió nada de bueno en este planeta que no empezara por hacer reír a algunos, y comprendiendo que aquellos estaban ciegos, pensó que tanto vale que arruguen los ojos a fuerza de reír, como que la enfermedad se manifieste en forma menos atractiva. Su propio corazón reía, y con esto tenía bastante.

No volvió a tener trato con los aparecidos, pero en adelante tuvo mucho más con los amigos y con la familia, y siempre se dijo que si algún hombre poseía la sabiduría de celebrar respetuosamente la fiesta de Navidad, ese hombre era Scrooge.

¡Ojalá se diga con verdad lo mismo de nosotros, de todos nosotros! Y también, como hacía notar Tiny Tim, ¡Dios nos bendiga a todos!

OTROS CUENTOS

SENTIMENTAL

La señorita Crumpton, o, para citar con toda autoridad la inscripción que aparecía en la verja del jardín del Minerva House, en Hammersmith, «Las señoritas Crumpton», eran dos personas de una estatura fuera de lo común, particularmente delgadas y excesivamente flacas; tiesas como un palo y de color apergaminado. La señorita Amelia Crumpton «contaba» treinta y ocho años y la señorita María Crumpton admitía tener cuarenta; concesión que era perfectamente innecesaria por cuanto era evidente que, por lo menos, tenía cincuenta. Vestían de la manera más interesante —como si fueran mellizas—; tenían un aire tan feliz y satisfecho como un par de clavelones a punto de echar grano. Eran muy precisas, tenían las ideas más estrictas posibles respecto a la propiedad, usaban peluca y siempre despedían un fuerte olor de lavanda.

Minerva House —«La casa de Minerva», diosa de la Sabiduría—, dirigida bajo los auspicios de las dos hermanas, era un «establecimiento dedicado a completar la educación de jóvenes señoritas», donde una veintena de muchachas, cuya edad oscilaba entre los quince y los diecinueve abriles, adquirían un conocimiento superficial de todo y un verdadero conocimiento de nada: enseñanza de los idiomas francés e italiano; lecciones de baile dos veces por semana y otras cosas convenientes para la vida. Era un edificio todo blanco, un poco apartado del camino, cercado por una valla. Las ventanas de los dormitorios estaban siempre entreabiertas para que, a vista de pájaro, pudieran admirarse las numerosas camas de hierro, con unos muebles tapizados de blanquísima cotonada, e imprimir así en el transeúnte el debido sentido de la fastuosidad del establecimiento. Al entrar había una sala de visitas —de cuyas paredes pendían un sinnúmero de mapas sumamente barnizados, a los cuales nadie dedicaba la menor atención— repleta de libros que nunca había leído nadie. Este salón estaba destinado exclusivamente a recibir a los parientes de las pupilas, los cuales, cuando acudían allí, no podían menos que sentirse sumamente impresionados por la gran severidad que emanaba de aquel lugar.

—Amelia, querida mía —dijo la señorita María Crumpton al entrar en la clase una mañana, con su peluca llena de papillotes (acostumbraba a ostentarlos para dar la impresión a las jovencitas bajo su custodia de

que su pelo era una cosa real)—. Amelia, he aquí una nota que acabo de recibir, de lo más satisfactoria. No debe importarte leerla en voz alta.

La señorita Amelia, así advertida, procedió a leer la siguiente comunicación con un aire de gran triunfo:

«Cornelio Brook Dingwall, Esquire, M. P.[1], saluda atentamente a la señorita Crumpton y se consideraría muy agradecido si la señorita Crumpton se dignara visitarle, siempre que le sea dable, mañana a las trece horas, y que Cornelio Brook Dingwall, Esq., M. P., tiene sumo interés en hablar con la señorita Crumpton de un asunto relacionado con la custodia de la señorita Brook Dingwall. —Adelphi. —Lunes por la mañana».

—¡Oh, hermana, un miembro del Parlamento! —exclamó Amelia con un tono extático.

—Un miembro del Parlamento, hermana —repitió la señorita María con una sonrisa de deleite; sonrisa que, desde luego, suscitó una burlona risita de todas las alumnas.

—¡Es delicioso! —dijo la señorita Amelia; lo que dio lugar a que todas las pupilas expresaran de nuevo su admiración— Los cortesanos son los chicos que van a la escuela; las niñas, las damas de la corte.

Un acontecimiento tan importante suspendió enseguida las labores del día. Fue declarado festivo en conmemoración del gran suceso; las señoritas Crumpton se retiraron a sus habitaciones particulares para hablar del asunto; las muchachas más pequeñas discutían de los probables modales y costumbres de la hija de un miembro del Parlamento, y las mayores, que frisaban en los dieciocho, se preguntaban si estaría prometida, si era linda, si sería muy revoltosa y otros muchos síes de igual importancia.

Al día siguiente las dos señoritas Crumpton se presentaron en Adelphi a la hora señalada, vestidas, desde luego, con sus mejores trapos de cristianar, y con el aire más amable que podían aparentar, que no era mucho. Después de haber dado sus tarjetas a un lacayo de aspecto imponente, que vestía una librea flamante, fueron conducidas a la augusta presencia del gran Dingwall.

Cornelio Brook Dingwall, Esq., M. P., era muy altivo, solemne y vanidoso. Tenía, naturalmente, un algo de continencia, pero no era perceptible en lo más mínimo debido a su modo de llevar una corbata tiesa en extremo. Se sentía maravillosamente orgulloso del apéndice de «M. P.» que llevaba su nombre, y nunca dejaba pasar la oportunidad de recordar su dignidad a la gente. Tenía una gran idea de sus propias habilidades, lo que debía de ser un inmenso consuelo para él, ya que nadie más abrigaba

---

[1] Miembro del Parlamento.

tal creencia, y en la diplomacia en pequeña escala y en los asuntos de su propia familia, se consideraba sin rival posible. Era un magistrado de distrito y desempeñaba las funciones que corrían a su cargo con la debida justicia e imparcialidad; con frecuencia caían en sus manos cazadores furtivos, y en ocasiones se encarcelaba a sí mismo. La señorita Brook Dingwall era una de aquellas señoritas que, como los adverbios, deben ser conocidas por sus respuestas a preguntas vulgares y no sirven para otra cosa.

En aquella ocasión este talento individual estaba sentado ante una pequeña librería y una mesa en la que se amontonaban los papeles, sin hacer nada, pero intentando dar la apariencia de que estaba ocupadísimo. Actas del Parlamento y cartas dirigidas a «Cornelio Brook Dingwall, Esq., M. P.», estaban ostentosamente esparcidas por encima de la mesa; a una corta distancia de esta, la señora Brook Dingwall estaba sentada trabajando. Una de esas plagas públicas, un chico mal criado, jugaba por la habitación, vestido según la moda más refinada, es decir, con una túnica azul ceñida con un cinturón negro, de un cuarto de pulgada de ancho y abrochado con una gran hebilla que tenía todo el aire de un bandolero de melodrama visto a través de unos lentes de reducción.

Después de una agudeza del dulce muchachito, que consistió en divertirse a sí mismo huyendo con la silla destinada a la señorita María, tan pronto como se colocó para que ella se sentara, las visitantes tomaron asiento, y Cornelio Brook Dingwall, Esq., consideró iniciada la conversación.

—Había mandado llamar a la señorita Crumpton —dijo— como consecuencia de las excelentes referencias que le habían dado del establecimiento que ella dirigía, y que le habían sido facilitadas por su amigo sir Alfredo Muggs.

La señorita Crumpton expresó su agradecimiento a él —a sir Alfredo Muggs—, y Cornelio prosiguió:

—Una de mis razones principales, señorita Crumpton, para desprenderme de mi hija, es que esta últimamente se ha imbuido de ciertas ideas sentimentales, que tengo muchísimo deseo de que desaparezcan de su joven cabeza.

En ese momento el dulce muchachito a que antes hemos hecho mención se cayó de un sillón, haciendo un ruido atronador.

—¡Qué chico! —exclamó la mamá, que parecía más maravillada de que el «angelito» se hubiese tomado la libertad de caer que de todas sus otras diabluras—. Llamaré a James para que se lo lleve de aquí.

—Amor mío, te ruego que no le eches —dijo el diplomático tan pronto como pudo hacerse oír en medio del aterrador griterío que precedió a aquel hundimiento—. Todo es motivado por la gran geniali-

dad de su espíritu —dijo a manera de aclaración dirigida a la señorita Crumpton.

—Ciertamente, señor —replicó la vieja María, sin comprender en absoluto qué relación podía existir entre la genialidad de un espíritu animal y la caída de un sillón.

Volvió a reinar el silencio, y el miembro del Parlamento resumió:

—Considero, señorita Crumpton, que nada puede tener un efecto más eficaz contra lo que batallamos que el que mi hija disfrute constantemente de la compañía de jovencitas de su misma edad, y como sé que en su establecimiento ha de hallarlas sin duda, sin que contaminen su cabeza, es por lo que me propongo mandarles a la señorita Brook Dingwall.

La más joven de las señoritas Crumpton expuso, en sentido general, los conocimientos que se adquirían en Minerva House. María se había quedado de repente sin voz..., debido a un intenso dolor físico. El muchachito, habiendo recobrado su espíritu animal, se mantenía erguido sobre el más delicado de los pies de la directora, con objeto de permitir así que su cara —que parecía una «O» mayúscula, de aquellas que aparecen en los carteles de teatro con letras encarnadas— se mantuviera al nivel de la mesa, donde se entretenía en hacer unos garabatos.

—Desde luego, Lavinia será una pensionista —continuó el envidiable padre—, y a este respecto quiero que se cumplan estrictamente mis instrucciones. El caso es que un ridículo amor por una persona de posición muy inferior a la suya la ha llevado a su actual estado de ánimo. Sabiendo usted esto, y confiándola a su custodia, no tendrá la oportunidad de encontrarse con aquella persona. Por ello, no haré ninguna objeción; es más, incluso preferiría que tomara parte en las fiestas de sociedad que ustedes organizan, y usted convendrá en ello.

Este importante discurso fue de nuevo interrumpido por el buen humor del chico, quien, en un exceso de jovialidad, había roto el cristal de una ventana y por poco se precipita a un espacio contiguo. Se tocó la campanilla para que James viniera por él; sucedió una respetable confusión y un no menor vocerío; se vieron dos piernas azules que estaban dando violentas coces al aire cuando el hombre salió de la habitación, y el jovenzuelo desapareció.

—Al señor Brook Dingwall le gustaría que la señorita Brook Dingwall aprendiera de todo —dijo la señora Brook Dingwall, quien apenas decía cuatro palabras seguidas.

—¡Desde luego! — pronunciaron ambas señoritas Crumpton al unísono.

—Y confío, señorita Crumpton, en que el plan que he ideado se realizará de modo que desaparezcan de la cabeza de mi hija estas ideas

absurdas. Espero que usted tendrá la bondad de cumplir, en todos sus puntos, cualquier instrucción que le pase a este respecto.

Se le dieron, naturalmente, todas las seguridades, y después de una larga conversación, conducida por parte de los Dingwall con la gravedad diplomática más correcta y con el más profundo respeto por la de las señoritas Crumpton, se convino, por último, que la señorita Lavinia sería enviada de allí a dos días a Hammersmith, fecha en la que tendría lugar el baile que cada medio año se celebraba en el pensionado. Aquello podría cambiar los pensamientos de la querida muchacha. Y, además, no dejaba de ser una pequeña diplomacia.

La señorita Lavinia fue presentada a sus futuras directoras, y ambas señoritas Crumpton afirmaron que era una muchacha de lo más encantadora; opinión que, por coincidencia singular, siempre emitían ante cualquier nueva pupila.

Se cambiaron cortesías, se expresaron agradecimientos y la conversación se dio por terminada.

* * *

En Minerva House se hicieron incesantes preparativos en una magnitud nunca hasta entonces igualada para dar el aspecto más brillante al próximo baile a celebrar. Se dedicó a él la sala más grande de toda la casa, que se decoró con rosas azules hechas de cotonada, tulipas pálidas y flores artificiales de idéntica apariencia natural, confeccionadas por las propias manos de las alumnas. Se retiraron las alfombras, se quitaron las puertas de dos hojas, se sacaron los muebles y sólo se colocaron asientos de paseo. Los lenceros de Hammersmith se pasmaron ante la improvisada demanda de cintas de tafetán de Florencia y largos guantes blancos. Se compraron a docenas los geranios para hacer ramos con ellos, y un arpa y dos violines se encargaron a la ciudad para acompañar al gran piano que ya poseía el establecimiento. Las muchachas que fueron escogidas para tomar parte en aquel acontecimiento musical y dar un mayor realce al renombre que ya gozaba la escuela practicaban incesantemente, con gran satisfacción por su parte; demasiado, según la opinión del hombre lisiado que estaba apostado en la esquina en demanda de una limosna por el amor de Dios. Y se cruzó una constante correspondencia entre las señoritas Crumpton y los pasteleros de Hammersmith.

Llegó al fin aquella ansiada noche; se ataron muchos cordones de corsés, se anudaron muchas sandalias y trabajaron denodadamente los peluqueros, como sólo puede ocurrir en un pensionado. Las alumnas más jovencitas se metían por todas partes, y de todos lados eran echadas, de común acuerdo; y las mayores, ya vestidas, ya atados los cordones, se adulaban, se envidiaban las unas a las otras, con una seriedad y sinceridad asombrosas.

—¿Qué tal te parezco, querida? —preguntaba la señorita Emilia Smithers, la «bella» de la escuela, a la señorita Carolina Wilson, que era su amiga íntima... porque era la muchacha más fea de todo Hammersmith, y hasta fuera de él.

—¡Oh, encantadora, encantadora de verdad, querida! ¿Y yo?

—¡Deliciosa, nunca me has parecido más hermosa! —replicaba la «bella», ajustándose su propio vestido y sin dedicar la menor mirada a su pobre compañera.

—Espero que el joven Hilton vendrá pronto —dijo una jovencita a otra con expectación.

—Estoy segura de que se consideraría muy halagado si supiera esto —replicó la otra.

—¡Oh, es tan guapo! —exclamó la primera.

—¡Una persona tan encantadora! —añadió una tercera.

—¡Tiene un aire tan distinguido! —manifestó otra.

—¡Oh! ¿Sabéis una cosa? —dijo otra muchacha, entrando en la habitación—. La señorita Crumpton dice que va a venir su primo.

—¿Quién? ¿Teodosio Butler? —exclamaron todas con arrobamiento

—¿Es guapo? inquirió una novicia.

—No; guapo precisamente, no —fue la respuesta general—. ¡Pero es tan inteligente!

El señor Teodosio Butler era uno de esos genios inmortales de los cuales se encuentra una muestra en casi todas las reuniones. Por lo común, están dotados de una voz profunda y monótona; siempre se persuaden a sí mismos de que son personas admirables y que son muy felices, sin saber precisamente por qué. Son muy vanidosos y, por regla general, tienen algunas ideas; pero, en efecto, son considerados como personas muy inteligentes tanto por las muchachas como por los jóvenes. El individuo en cuestión, el señor Teodosio, había escrito un folleto conteniendo algunas consideraciones de peso sobre la conveniencia de dedicarse a esto o a aquello, y como cada frase contenía muchas palabras de cuatro sílabas, sus admiradores dieron por seguro que era un verdadero pozo de ciencia.

—Quizá sea él —exclamaron varias jovencitas cuando se oyó la primera llamada en el timbre de la verja.

Se produjo una pausa impresionante. Llegaron algunas cajas y apareció una joven dama, la señorita Brook Dingwall, ataviada en traje de baile, con una gran cadena de oro alrededor del cuello, y el vestido adornado con una sola rosa; con un abanico de marfil en sus manos, e impresa en su faz la más interesante expresión de dolor.

Las señoritas Crumpton se interesaron por la salud de los otros miembros de la familia con la ansiedad más afectada, y la señorita Brook

Dingwall fue presentada, con todas las formalidades, a sus futuras condiscípulas. Las señoritas Crumpton conversaron con sus pupilas en los tonos más dulces, con objeto de que la recién llegada quedara altamente impresionada de su cariñoso trato.

De nuevo sonó la campanilla. Era el señor Dadson, profesor de caligrafía, y su mujer. La esposa iba vestida de verde, con zapatos y adornos en el sombrero que hacían juego, y el profesor de caligrafía llevaba un chaleco blanco, pantalones cortos negros y calcetines de seda del mismo color, que ocultaban unas piernas lo suficientemente largas para dos profesores de caligrafía. Las jovencitas se hablaron entre sí, y los dos recién llegados felicitaron a las señoritas Crumpton, que iban vestidas de color de ámbar y llevaban unas bandas largas que les daban el aspecto de muñecas de bazar.

Se repitieron las llamadas de la campanilla, y llegaron tantos invitados que ya era imposible particularizar; papás y mamás, tías y tíos, los propietarios y guardianes de las diferentes alumnas; el profesor de canto, *signor* Lobskini, tocado con una peluca negra; los tocadores de pianoforte y violín; el arpista, en un estado de intoxicación, y una veintena de jóvenes que permanecían en pie cerca de la puerta, cuchicheando entre sí y ocultando de cuando en cuando sus risitas. Un susurro general de conversaciones. Se repartían con profusión tazas de café, de las que hacían buen gasto muchas mamás robustas, que tenían todo el aspecto de las personas que aparecen en las pantomimas con el solo objeto de que se las derribe a golpes.

El popular señor Hilton fue el siguiente en aparecer, y habiendo tomado a su cargo —cediendo a las súplicas de las señoritas Crumpton— el oficio de maestro de ceremonias, las contradanzas comenzaron con un vigor singular. Los jóvenes que se mantenían en la puerta avanzaron gradualmente hasta llegar a la mitad de la sala, y con el tiempo se encontraron lo suficientemente a sus anchas para consentir en ser presentados a los demás invitados. El profesor de caligrafía danzaba todos los bailes, moviéndose con una agilidad tímida, y su esposa jugaba una partida de *whist* detrás del salón, en una pequeña habitación en la que habían unas cinco estanterías llenas de libros y a la que daban el rimbombante título de estudio.

La interesante Lavinia Brook Dingwall era la única muchacha de las entre allí presentes que parecía no tener ningún interés por los acontecimientos de la velada. En vano se la solicitó para que bailara; en vano se le tributó el homenaje que requería la hija de un miembro del Parlamento. Se mostró inconmovible lo mismo ante el espléndido tenor que era el inimitable Lobskini que ante la brillante ejecución de la señorita Leticia Parsons, cuya expresión en *The Recollections of Ireland* fue unánime-

mente declarada tan excelente como la que hubiera podido interpretar el propio Moscheles. Ni siquiera el anuncio de la llegada del señor Teodosio Butler pudo inducirla a abandonar el rincón de la sala en donde estaba sentada.

—Teodosio —dijo la señorita María Crumpton, después que el ilustrado folletinista hubo echado el guante a casi todos los miembros de la reunión—, ya es hora de que te presente a nuestra nueva alumna.

Parecía como si a Teodosio no le interesara nada de lo que existe en este pícaro valle de lágrimas.

—Es la hija de un miembro del Parlamento —insistió María.

Teodosio se alarmó.

—¿Cuál es su nombre? —inquirió.

—Se llama señorita Brook Dingwall.

—¡Cielos! —exclamó poéticamente Teodosio en un tono débil como un susurro.

La señorita Crumpton empezó la presentación en la forma debida. La señorita Brook Dingwall levantó la cabeza de un modo lánguido.

—¡Eduardo! —exclamó con un ahogado grito al divisar las bien conocidas piernas enfundadas en mahón.

Por fortuna, como la señorita María Crumpton no poseía una gran dosis de penetración y como, además, una de las diplomáticas instrucciones que había recibido del no menos diplomático señor Cornelio Brook Dingwall era la de no prestar demasiada atención a las incoherentes exclamaciones que, a buen seguro, pronunciaría la señorita Lavinia, la codirectora no tuvo el menor barrunto de la agitación que invadió a ambas partes presentadas, y, en su consecuencia, viendo que había sido aceptado Teodosio para la próxima contradanza, dejó a su primo en compañía de la señorita Brook Dingwall.

—¡Oh, Eduardo! —exclamó la más romántica de todas las jóvenes románticas, al tiempo que el pozo de ciencia tomaba asiento a su lado—. ¡Oh, Eduardo! ¿Eres tú?

El señor Teodosio aseguró a la querida criatura, en un tono de lo más apasionado, que no tenía conciencia de ser otro más que él mismo.

—Entonces, ¿por qué... este disfraz? ¡Oh, Eduardo M'Neville Walter, lo que yo he sufrido por ti!

—Lavinia, escúchame —murmuró el héroe en un arranque poético—. No me condenes sin haberme oído. Si algo de lo que emana de la miserable criatura que yo soy puede ocupar un lugar en tu corazón, si algo, a pesar de ser tan vil, merece tu atención, recuerda que una vez publiqué un folleto (cuyos gastos de impresión corrieron de mi cuenta), titulado: «Consideraciones acerca del plan de acción relacionado con la eliminación de los derechos sobre la cera de las abejas».

—¡Lo recuerdo, lo recuerdo! —sollozó Lavinia.

—Este —continuó el enamorado galán— era un tema por el que tu padre se había apasionado.

—¡En efecto, cierto! —repitió la sentimental criatura.

—Lo supe —continuó Teodosio en un tono dramático—. Lo supe... y le mandé un ejemplar del folleto. Se interesó en conocerme. ¿Podía yo confesar mi verdadero nombre? ¡Nunca! No; asumí el nombre que tú has pronunciado tantas veces con cariño. Bajo el nombre de M'Neville Walter me dediqué a aquella causa; como M'Neville Walter gané tu corazón; con la misma reputación fui arrojado de tu casa por los lacayos de tu padre, y sin ninguna reputación me ha sido dable verte. Ahora volvemos a encontrarnos, y yo te declaro con orgullo que soy Teodosio Butler.

La jovencita pareció quedar perfectamente satisfecha con estos argumentos y dedicó una mirada llena de afecto al inmortal defensor contra los derechos sobre la cera de abejas.

—¿Puedo esperar —dijo él— que la promesa que interrumpió el violento comportamiento de tu padre será renovada?

—Vayamos a reunirnos con los danzantes —replicó Lavinia, como una consumada coquetuela, porque las muchachas a los diecinueve abriles pueden permitirse la libertad de coquetear.

—¡No! —replicó el de las piernas de mahón—. No me moveré de este sitio y me retorceré con la tortura de la incertidumbre. Pero... dime, ¿puedo esperar?

—Puedes.

—¿Repites aquella promesa?

—La repito.

—¿Tengo tu permiso?

—Lo tienes.

—¿Completamente?

—Bien lo sabes —replicó Lavinia sonrojándose.

Los gestos del interesante rostro de Teodosio Butler expresaron su arrobamiento.

* * *

Podríamos extendernos sobre las circunstancias que sobrevinieron; cómo el señor Teodosio y la señorita Lavinia bailaron, charlaron y suspiraron todo el resto de la velada, y cómo esto causó la delicia de las señoritas Crumpton; cómo el profesor de caligrafía continuó retozando como un caballo y cómo su esposa, por un capricho inexplicable, abandonó la mesa de juego del pequeño saloncito y persistió en desplegar su verde tocado en un lugar visible del salón; cómo la cena consistió en pequeños emparedados en forma triangular, presentados en bandejas, y una tarta a guisa de variante; en fin, cómo los invitados consumieron

agua caliente disfrazada con vino y limón y unas motitas de nuez moscada, a cuyo brebaje daban el pomposo nombre de negus. Sin embargo, pasaremos por alto estos y otros detalles para describir una escena de mayor importancia.

Quince días después del baile, Cornelio Brook Dingwall, Esq., M. P., estaba sentado ante la misma librería y ante aquella mesa de la habitación que describimos al principio. Encontrábase solo y en su rostro se dibujaba una expresión de concentración y solemne gravedad: estaba redactando una Nota para la mejor observancia del lunes de Pascua de Resurrección.

El lacayo golpeó ligeramente la puerta; el magistrado despertó de sus ensueños y fue anunciada la señorita Crumpton. Se concedió permiso a esta señorita para penetrar en la habitación; María se deslizó dentro y, habiéndose sentado con mucha afectación, se retiró el lacayo y la profesora quedó sola con el miembro del Parlamento. ¡Oh, cómo echaba esta de menos la presencia de un tercero! Incluso hubiese sido un alivio la compañía del terrible caballerito que concurrió a la primera visita.

La señorita Crumpton empezó el dueto. Suponía que la señora Brook Dingwall y el lindo muchachito disfrutaban de excelente salud.

Desde luego, gozaban de ella. La señora Brook Dingwall y el pequeño Federico se encontraban en Brington.

—Le agradezco mucho, señorita Crumpton —dijo Cornelio en el tono más digno—, su atención en visitarme esta mañana. Tenía la intención de trasladarme a Hammersmith para ver a Lavinia; pero sus informes eran tan tranquilizadores y los deberes que me impone mi representación en la Cámara son tan numerosos y agobiadores, que me obligaron a aplazar mi visita una semana. ¿Cómo está mi hija?

—Muy bien, señor —murmuró María, temiendo confesar al padre que la joven se había escapado del pensionado.

—¡Ah! Estoy viendo que el plan que yo ideé incluso le proporcionará un «buen partido».

Esta era una excelente oportunidad para confesarle que ya había encontrado el «buen partido». Pero ello era superior a las escasas fuerzas de la desgraciada codirectora.

—¿Ha perseverado usted estrictamente en la línea de conducta que tracé, señorita Crumpton?

—Estrictamente, señor.

—Me decía usted en su comunicación que el estado de ánimo de mi hija había mejorado notablemente.

—Mucho, en verdad; sí, señor.

—Lo celebro. Estaba seguro de que así sería.

—Pero temo, señor —dijo la señorita Crumpton con emoción—, que el plan no haya resultado exactamente como deseábamos.

—¿Cómo es eso? —exclamó el profeta—. ¡Dios me bendiga, señorita Crumpton! Usted parece alarmada. ¿Qué es lo que ha sucedido?

—La señorita Brook Dingwall, señor...

—Sí, señora...

—Ha huido, señor —añadió María, con una viva demostración de que optaba por desvanecerse.

—¡Huido!

—Se ha fugado, señor.

—¿Fugado? ¿Con quién? ¿Cuándo? ¿Adónde? ¿Cómo? —chilló el agitado diplomático.

La palidez natural del rostro de la infortunada María pasó por todos los tonos del arcoíris, mientras dejaba un pequeño paquete encima de la mesa.

El padre lo abrió con precipitación: era una carta de su hija y otra de Teodosio. Dio una rápida ojeada a sus contenidos: «Cuando esta llegue a tus manos... gran distancia... recurro a tus sentimientos... cerca de abejas... esclavitud, etc.». Hundió la frente entre sus manos y paseó por la habitación a grandes pasos, presagiadores de horribles tormentas, con gran alarma de la infeliz María.

—Ahora, fíjese bien en lo que voy a decirle: desde hoy —dijo Brook Dingwall, parándose súbitamente ante la mesa y golpeándola con los nudillos—, desde este instante nunca permitiré, cualquiera que sean las circunstancias, a un hombre que escribe folletos entrar en otra habitación de esta casa... si no es la cocina. Daré a mi hija y a su esposo una renta anual de ciento cincuenta libras, pero jamás volveré a mirar sus rostros; y tenga presente, señora, ¡caramba!, que votaré una moción en favor de la supresión de las escuelas dedicadas a perfeccionar la educación de las jóvenes.

* * *

Transcurrió algún tiempo desde esta apasionada declaración. Y, en la actualidad, el señor y la señora Butler viven rústicamente en un hotelito cercano a Balls Pond, agradablemente situado en la inmediata vecindad de un campo... sembrado de ladrillos. No tienen hijos. El señor Teodosio se da un aire de mucha importancia y escribe incansablemente; pero a consecuencia de una importante combinación de su editor, ninguna de sus producciones ve la luz. Su joven esposa empieza a pensar que la miseria ideal es preferible a la desdicha real, y que un matrimonio llevado a cabo con gran premura y lamentado en muchas ocasiones, es la causa de la desgracia más importante que nunca pudo imaginar.

Después de maduras reflexiones, Cornelio Brook Dingwall viose obligado a admitir, aunque de mala gana, que el funesto resultado de sus admirables combinaciones debía atribuirse no a las señoritas Crumpton, sino a su propia diplomacia. De todas formas, se consuela a sí mismo, como otros diplomáticos de ínfimo orden, con la idea de que si bien su plan no tuvo éxito... hubiera podido tenerlo. Minerva House continúa en tal estado y las señoritas Crumpton siguen disfrutando del tranquilo y sosegado goce que produce el dirigir una institución dedicada al perfeccionamiento de la educación.

LA MUERTE DEL BORRACHO

Estamos seguros de que no hay nadie que tenga la costumbre de pasearse por los barrios más populosos de Londres y no recuerde entre sus «conocidos de vista», como decimos con frase familiar, a algún ser de aspecto desastroso y abyecto, cayendo cada vez más por grados casi imperceptibles en la abyección y que, por lo andrajoso y mísero de sus trazas, no provoque una fuerte y penosa impresión a aquel con quien se cruza. ¿Existe por ventura alguien, mezclado con la sociedad o que por sus ocupaciones tenga que mezclarse de cuando en cuando, que no pueda recordar los tiempos en los cuales algún desdichado cubierto de harapos y cochambre, que ahora va arrastrándose con toda la escualidez del sufrimiento y la pobreza, había sido un respetable comerciante, o un oficinista, o un hombre de vida próspera, con buenas perspectivas y medios decentes? ¿No puede alguno de nuestros lectores recordar entre la lista de sus conocidos de algún día, a algún hombre caído y envilecido, que perece sobre el pavimento, en hambrienta miseria y de quien todo el mundo se aparta fríamente y que se defiende a sí mismo de la inanición nadie sabe cómo? ¡Dios mío! Demasiado frecuentes son, por desgracia, tales casos, que reconocen una causa —la embriaguez—, esa avidez por el lento y seguro veneno que triunfa de toda consideración; que deja a un lado todo: mujer, hijos, amigos, felicidad y salud, y precipita locamente a sus víctimas en la degradación y la muerte.

Algunos de estos hombres han sido empujados por el infortunio o la miseria hacia el vicio que los ha degradado: la ruina de sus esperanzas, la muerte de algún ser querido, la tristeza que consume poco a poco, pero que no mata, los ha aturdido, y presentan el lamentable aspecto de los locos, muriendo lentamente por sus propias manos. Pero la mayor parte se ha sumergido conscientemente en aquel golfo donde el hombre que entra ya no sale más, sino que cae cada vez más hondo, hasta que ya no hay esperanzas de salvación.

Un hombre de estos estaba una vez sentado junto al lecho donde su mujer se moría, teniendo a sus hijos arrodillados en torno suyo, mezclando sollozos por lo bajo con inocentes plegarias. La habitación era pobre y destartalada, y bastaba una ligera ojeada para convencerse de que aquella forma pálida que iba perdiendo la luz de la vida era víctima del dolor, la necesidad y las ansiosas preocupaciones que habían apesadumbrado su corazón un año tras otro. Una mujer más anciana, con el rostro cubierto de lágrimas, sostenía la cabeza de la moribunda, que era su hija. Pero no era hacia ella a quien la agonizante dirigía su pálido rostro. No era a su mano, que aquellos fríos y temblorosos dedos apretaban: oprimían el brazo de su esposo. Los ojos, a punto de ser cegados por la muerte, se posaban en su faz, y el hombre se estremeció ante su mirada. Su traje estaba sucio y roto, su rostro congestionado y sus ojos sanguinolentos. Había sido reclamado desde alguna infame orgía al lecho de dolor y muerte.

Una tenue luz a un lado de la cama proyectaba una débil claridad sobre el grupo y a su alrededor dejando el resto de la habitación en tinieblas. El silencio de la noche reinaba fuera de la casa y la quietud de la muerte dominaba en el aposento. Un reloj colgaba de la pared, en un repostero; su quedo tictac era lo único que rompía aquel profundo silencio, de una manera solemne, ya que todos aquellos que lo oían sabían que antes de dar otra hora aquella pobre mujer habría muerto.

Es terrible esperar la llegada de la muerte, saber que se ha desvanecido toda esperanza y que no hay salvación, y estar sentado contando las horas temerosas de una larga noche, larga, larga..., como sólo saben los que velan a los enfermos. Hiela la sangre oír los secretos más caros al corazón —secretos guardados largos años—, y que ahora confiesa el desesperado e inconsciente ser que tenemos delante, y saber que toda la ciencia de este mundo no sirve de nada para arrebatar a aquel ser querido a la muerte. Muchos relatos han sido hechos por los moribundos; relatos de culpa y de crimen, tan espantosos, que los circunstantes han huido del lecho del enfermo con horror y espanto, a no ser que les haya herido la locura por lo que oyeron; y más de un desgraciado ha muerto solo, delirando sobre cosas que harían retroceder al más osado.

Ninguno de estos relatos tenían que oírse al lado del lecho ante el cual unos niños se arrodillaban. Sus sollozos y llanto medio ahogados rompían el silencio de la miserable habitación. Y cuando, al final, la mano de la madre se aflojó y, mirando sucesivamente a los hijos y al padre, intentó en vano hablar cayendo hacia atrás, sobre la almohada, todo quedó tan silencioso que parecía que había caído en un profundo sueño. Se inclinaron sobre ella; la llamaron por su nombre, suavemente al principio, y luego en los tonos agudos y profundos de la desesperación, sin

que la pobre mujer pronunciase una palabra. Auscultaron su pecho, pero no se percibió ningún ruido. Buscaron su corazón, pero ni el más débil latido fue perceptible. ¡El corazón se había roto y ella había muerto!

El marido se desplomó sobre una silla al lado del lecho y cruzó sus manos sobre la frente, que le ardía. Miró a sus hijos, pero cuando sus ojos llorosos se encontraban con los suyos, desfallecía bajo las miradas. Ninguna palabra de consuelo llegaba a sus oídos, ninguna mirada amable se fijaba en su rostro. Todos se apartaban de él y le evitaban, y cuando, al fin, salió de la habitación, nadie le acompañó ni intentó consolarle.

Habían pasado los tiempos en que algún amigo le habría acompañado en su aflicción y algún pésame sincero le hubiera consolado en su dolor. ¿Dónde estaban ahora? Uno por uno, amigos, conocidos, sus más remotas relaciones habían abandonado al borracho. Sólo su mujer se le había mostrado siempre adicta, lo mismo en la dicha que en la desgracia, en la enfermedad y en la pobreza. ¿Y cómo le había correspondido él? Le habían arrancado de la taberna para llevarle a su lecho de muerte sólo al tiempo justo de verla morir.

Salió bruscamente de su casa y anduvo deprisa por las calles. Remordimientos, miedo, vergüenza, todo se confundía en su mente. Aturdido por la bebida y azorado con la escena que acababa de contemplar, volvió a entrar en la taberna que hacía poco había abandonado. Una copa sucedió a otra. Su sangre se exaltó y la cabeza empezó a darle vueltas. ¡Muerta! Todos tenemos que morir, pero, ¿por qué ahora ella? Era demasiado buena para él; sus amistades lo decían a menudo. ¡Malditos sean! ¿Acaso no la habían abandonado y dejado llorando en su casa? Bien... Estaba muerta y quizá era feliz. Mejor que así hubiese sucedido. Otro vaso... y otro... ¡Viva! La vida era alegre mientras duraba, y él quería disfrutar de ella lo más posible.

Pasó el tiempo; los cuatro niños que ella le dejara se hicieron mayores. El padre continuaba siendo el mismo aunque más pobre y más harapiento, con aire más disoluto, pero siempre idéntico, firme e irremediable borracho. Los muchachos, que vivían en estado casi salvaje, le habían abandonado. Sólo quedaba la hija, que trabajaba rudamente y que, con amenazas o golpes, le proporcionaba a veces algo para la taberna. De manera que él seguía su camino habitual y se divertía de lo lindo.

Una noche, a eso de las diez, y como la muchacha hubiera estado enferma algunos días y sólo tuviese escaso dinero para beber, dirigió sus pasos hacia su casa pensando que si quería que ella estuviese en disposición de proporcionarle dinero era preciso que la enviase al médico de la parroquia o, en todo caso, se enterase de qué la aquejaba, cosa que hasta entonces no había hecho. Era una noche húmeda de diciembre, soplaba un viento frío y penetrante y caía la lluvia pesadamente. Mendigó unos

cuantos medios peniques a un transeúnte y después de haber comprado un panecillo, ya que le interesaba conservar la vida a su hija, siguió adelante tan deprisa como el viento y la lluvia se lo permitían.

A espaldas del Fleet Street hay una serie de patios pequeños y estrechos, que forman una parte de Whitefriars; a uno de estos dirigió sus pasos.

Los vericuetos por donde se metió podían, en cuanto a suciedad y miseria, competir con el rincón más oscuro del antiguo santuario en sus aspectos más inmundos y hampones de todas las épocas. Las casas, de una altura de dos a cuatro pisos, tenían el sello indeleble que una larga exposición a la intemperie, la niebla y el moho pueden causar a un edificio construido con los más discordes y groseros materiales. Las ventanas tenían en vez de cristales, papeles, y por cortinas, los más estrafalarios guiñapos; las puertas se salían de sus quicios; por doquier se veían palos y alambres para tender la ropa, y voces de borrachos y ruido de altercados salían de cada casa.

Una lámpara solitaria en el centro del patio estaba apagada, fuese por la violencia del viento o por obra de algún habitante que tenía excelentes razones para oponerse a que su vivienda llamase demasiado la atención, y la única luz que caía sobre el roto y desigual pavimento procedía de unas miserables velas que aquí y allá lanzaban pálidos destellos, en casa de aquellos potentados que podían permitirse tanto lujo. Un arroyo de porquería corría por el centro del pasadizo, cuyo desagradable olor era más intenso a causa de la lluvia, y, a medida que el viento silbaba a través de las viejas casas, las puertas y postigos crujían sobre sus quicios y las ventanas batían con tal violencia que a cada momento parecía que amenazasen con destruirlo todo.

El hombre que hemos seguido hasta esta madriguera caminaba en la oscuridad, tropezando a veces, a punto de caer en el arroyo o en otros afluentes producidos por la lluvia y que acarreaban toda suerte de desperdicios. La puerta, o mejor dicho, lo que quedaba de ella, estaba abierta de par en par, por la conveniencia de los numerosos vecinos, y por ella nuestro personaje emprendió la ascensión por la vieja y estropeada escalera hasta la guardilla.

Sólo le faltaban para llegar uno o dos escalones cuando la puerta se abrió, y una muchacha, cuyo aspecto demacrado y mísero sólo corrían parejos con la vela que su mano procuraba ocultar, asomó ansiosamente la cabeza:

—¿Eres tú, padre?

—¿Quién tenía que ser entonces? —replicó el hombre con mal humor—. ¿Por qué tiemblas? Poco he podido beber hoy, porque donde no hay dinero, no hay bebida, y donde no hay trabajo, no hay dinero. ¿Qué demonios te pasa?

—No me encuentro bien, padre, no me encuentro bien —respondió ella, estallando en lágrimas.

—¡Ah! —replicó el hombre en el tono de una persona que se ve obligada a tener que reconocer algo muy desagradable—. Tienes que ponerte mejor, porque tienes que ganar dinero. Anda al médico de la parroquia y que te dé alguna medicina. Para eso le pagan, ¡maldito sea...! ¿Por qué te plantas así en la puerta? Déjame entrar.

—Padre —murmuró la muchacha—, Guillermo ha vuelto.

—¿Quién? —exclamó el hombre con un sobresalto.

—¡Calla! —replicó ella—. Guillermo; mi hermano Guillermo.

—¿Y qué se le ofrece? —dijo el hombre haciendo un esfuerzo para contenerse—. ¿Dinero? ¿Comida? ¿Bebida? Ha llamado a una mala puerta, si es así. Dame la vela, tonta, ¡no te voy a pegar!

Y le arrancó la vela de la mano y entró en la habitación. Sentado en una vieja caja, con la cabeza apoyada en las palmas de las manos y los ojos fijos en un miserable fuego que ardía en el suelo, estaba un joven de unos veintidós años, míseramente vestido con una chaqueta y unos pantalones viejos y ordinarios. Tuvo un sobresalto cuando su padre entró.

—Cierra la puerta, María —dijo el joven precipitadamente—. Cierra la puerta. Parece como si no me conocieses, padre. Tiempo ha que me echaste de casa; también lo habrás tenido para olvidarme.

—¿Qué necesitas ahora? —dijo el padre, sentándose en un taburete al otro lado del fuego—. ¿Qué quieres?

—Ocultarme —replicó el hijo—. Me encuentro en un mal paso; eso es todo. Si me cogen voy a bailar en el cabo de una cuerda. Y es seguro que me cogen a menos que me esconda aquí.

—¿Quiere decir que has robado o matado? —dijo el padre.

—Sí; eso es. ¿Te asombra, padre? —replicó el hijo mirando fijamente a los ojos del hombre, pero este los esquivó, bajando la vista al suelo.

—¿Dónde están tus hermanos? —preguntó después de larga pausa.

—Donde no pueden estorbarte —contestó su hijo—. Juan se ha ido a América y Enrique murió.

—¡Muerto! —exclamó el padre estremeciéndose.

—¡Muerto, sí! —dijo el joven—. Murió en mis brazos, de un balazo, como un perro. Se lo disparó el jefe de una casa de juego. Cayó para atrás y su sangre me salpicó las manos. Corría como agua de su costado. Se sentía débil, se le nubló la vista, pero pudo arrastrarse por la hierba y se arrodilló, rogando a Dios que si tenía a su madre en el cielo, Él escuchase sus ruegos en favor de su hijo menor. «Yo era su favorito, Will —dijo—, y me alegra pensar que cuando ella se estaba muriendo,

yo, que no era más que un niño y que sentía que se me rompía el corazón, me arrodillé a los pies de su cama y di gracias a Dios por haberme hecho tan bueno para con ella, pues nunca hice brotar lágrima alguna de sus ojos. ¡Oh, Will! ¿Por qué se llevaron a ella y padre se quedó?». Estas fueron sus palabras próximo a morir —dijo el joven—. Tómalas como gustes. Tú le pegaste en la cara, en un acceso de borrachera, la mañana que nosotros huimos, ¡y este es el final de todo!

La muchacha lloraba, y el padre, hundiendo la cabeza entre sus manos y apoyando los codos sobre sus rodillas, la balanceaba de un lado a otro.

—Si me cogen —continuó el joven— me llevarán ante el jurado y me ahorcarán por homicidio. No me pueden seguir las huellas hasta aquí si tú me ayudas, padre. Tú, si quieres, me puedes entregar a la justicia, pero si no lo haces, permaneceré aquí hasta que pueda escaparme al extranjero.

Durante dos días los tres permanecieron encerrados en la habitación destartalada, atreviéndose apenas a moverse. A la tercera noche la muchacha se hallaba mucho peor que nunca, y los pocos mendrugos que tenían se habían concluido. Era necesario que alguien hiciese algo. Y como ella no podía salir por su pie, salió el padre. Era ya casi noche cerrada.

En la parroquia le dieron una medicina para la hija y una pequeña ayuda pecuniaria. A la vuelta ganó seis peniques guardando un caballo. Y regresó a su casa con medios suficientes para tirar dos o tres días.

Pasó por delante de una taberna. Titubeó un instante, pero volvió atrás, volvió a titubear y, al fin, entró. Dos hombres, de quien no se había dado cuenta, estaban acechándole. Ya se disponían a dejarlo todo, desesperados de dar con la pista, cuando aquellos titubeos llamaron su atención, y al verle entrar en la taberna le siguieron:

—Beberá conmigo, maestro —dijo uno de ellos, ofreciéndole una copa de wiski.

—Y también conmigo —dijo el otro, vaciando su copa y volviéndola a llenar.

El hombre pensó en sus hijos hambrientos y en los peligros que corría Guillermo. Pero esto no significaba nada para el borracho: bebió, y la razón le abandonó.

—Hace una noche húmeda, Warden —murmuró uno de ellos a su oído, en el momento en que se disponía a marcharse después de haberse gastado la mitad de su dinero del que, quizá, dependiera la vida de su hija.

—La noche más apropiada para que nuestros amigos puedan esconderse, maestro Warden —observó el otro.

—Siéntese —dijo el que había hablado primero, llevándoselo a un rincón—. Nos hemos preocupado mucho por el chaval. Hemos venido exprofeso para decirle que todo está a punto; pero que no podemos dar con él, ya que no sabemos dónde está metido, puesto que no nos dio sus señas, cosa que no tiene nada de particular, porque él mismo, cuando vino a Londres, no sabía concretamente a dónde dirigirse.

—No, ciertamente —respondió el padre.

Los dos hombres cambiaron una mirada.

—Hay un barco en el muelle que zarpa a medianoche, cuando la marea esté alta —resumió el primero—, y le llevaremos a él. Su pasaje está tomado a nombre de otro, y, lo que es mejor, pagado. Ha sido una buena suerte encontrarle a usted.

—Grande —dijo el segundo.

—Una grandísima suerte —profirió el primero, haciendo un guiño a su compinche.

—Otra copa, maestro. ¡Deprisa! —dijo el personaje primero.

Y, cinco minutos después, el padre, en su inconsciencia, había puesto a su hijo en manos del verdugo.

El tiempo se arrastraba lento y pesado, mientras los dos hermanos, en su pobre escondrijo, escuchaban el menor ruido con ansiosa atención. Al fin, un paso torpe y fuerte resonó en la escalera; llegó al rellano, y el padre irrumpió en la habitación.

La muchacha advirtió que estaba borracho y avanzó hacia él con la vela en la mano, para cogerle, pero se paró bruscamente y con un fuerte chillido se desplomó en el suelo: había visto la sombra de un hombre. Ambos entraron rápidamente. Enseguida, el joven era preso y maniatado.

—Hecho todo sin ruido —dijo el uno a su compañero— gracias al viejo. Levanta a la muchacha, Tom, ¡Vaya, vaya! No sirve de nada llorar, niño. Todo se ha acabado y ya no tiene remedio.

El joven se detuvo un instante ante su hermana y luego se revolvió fieramente hacia su padre, quien había rodado hasta la pared y, apoyado en ella, contemplaba al grupo con la estupidez propia del borracho.

—Óyeme, padre —dijo en un tono que estremeció a este hasta la médula de los huesos—. Mi sangre y la de mi hermano caerán sobre tu cabeza. Yo nunca he recibido de ti ni una buena mirada, ni una palabra cariñosa, ni cuidado alguno y, vivo o muerto, no he de perdonarte. Muere cuando quieras o como quieras, que yo estaré a tu lado. Te hablo como un hombre muerto y te advierto, padre, que tan seguro como un día te veré ante el Hacedor, igualmente comparecerán allí tus hijos, cogidos de la mano, pidiendo justicia contra ti.

Levantó sus manos esposadas en un ademán de amenaza, fijó sus ojos en el tembloroso padre y salió despacio del aposento; jamás ni su padre ni su hermana le vieron ya en este mundo.

Cuando la pálida y triste luz de la mañana de invierno penetró en la sucia ventana de la habitación maldita, Warden despertó de su pesado sueño y se halló solo. Se levantó y miró a su alrededor; el viejo colchón de lana en el suelo, estaba intacto; todo se hallaba como recordaba haberlo visto la víspera y no había signo alguno de que nadie, exceptuando él mismo, hubiese ocupado la estancia aquella noche. Preguntó a los inquilinos y a los vecinos, pero nadie supo darle razón de su hija; ni la habían visto ni oído. Vagó por las calles y escudriñó todos los rostros miserables de los grupos que se agolpaban a su alrededor. Pero sus pesquisas fueron infructuosas y volvió a su cuchitril de noche, desolado y lleno de pesadumbre.

Por espacio de unos días continuó estas investigaciones, pero no halló la menor traza de su hija ni un solo eco de su voz. Por último, ya sin esperanzas, abandonó la persecución. Hacía tiempo que se había preocupado de la probabilidad de que ella le abandonase e intentase ganar su pan con tranquilidad en cualquier sitio. Le había abandonado, al fin, para vivir sola. Apretó los dientes y la maldijo.

Mendigó su pan de puerta en puerta. Cada penique era gastado de la misma manera. Pasó un año; el techo de una cárcel era el único que le había dado cobijo por unos meses. Durmió bajo los puentes, en los depósitos de ladrillos, dondequiera que hubiese algún refugio contra el frío y la lluvia.

Una amarga noche cayó sentado sobre un peldaño; se sentía débil y enfermo. Un desgaste prematuro producido por la bebida y la disolución le había dejado en los huesos. Sus mejillas estaban enjutas y lívidas; sus ojos turbios y hundidos y las piernas temblorosas. Una fría lluvia le calaba hasta los huesos.

En aquellos momentos las escenas, ha largo tiempo olvidadas, de su vida mal empleada, se atropellaron, rápidas, en su cabeza. Recordó cuando tenía un hogar —un alegre hogar— y todos los que lo habitaban y formaban un grupo a su alrededor; hasta las figuras de sus hijos parecía que las tocaba y las oía. Miradas que hacía tiempo diera al olvido se fijaban largamente en él; voces ya acalladas por la tumba, sonaban en sus oídos como los tañidos de las campanas de la iglesia del pueblo. Pero sólo era un instante. La lluvia batía furiosamente contra su cuerpo y el frío y el hambre volvían a asaltarle atrozmente.

Se levantó y arrastró sus débiles miembros unos pasos. La calle estaba silenciosa y desierta, y los escasos transeúntes pasaban a toda prisa y su voz se perdía entre la tempestad. De nuevo un frío intenso le traspasó

hasta el alma y le heló la sangre en las venas. Se acurrucó en el quicio de una puerta e intentó dormir un poco. Pero el sueño había huido de sus ojos turbios y apagados. La cabeza divagaba de una manera extraña, pero estaba despierto y con el conocimiento íntegro. El barullo, bien conocido, de la alegría causada por la embriaguez sonaba en sus oídos: la copa tocaba a sus labios, la mesa estaba cubierta de ricos manjares, y él los veía desde allí; sólo le bastaba alargar la mano y tomarlos..., pero sólo era una ilusión; se daba cuenta de que estaba solo y sentado en la calle desierta, contemplando cómo las gotas de lluvia golpeaban contra las piedras; que la muerte se le acercaba por momentos y que nadie se preocuparía de socorrerle.

De pronto, sobresaltóse: había oído su propia voz en el aire de la noche, no sabía cómo ni por qué. «¡Oye!». Un sollozo. Otro. Sus sentidos le abandonaban; palabras a medio formar, incoherentes, se escapaban de sus labios, y sus manos querían desgarrar su carne. Se volvía loco; gritó, pidiendo auxilio, hasta que la voz le faltó del todo.

Levantó la cabeza y miró a lo largo la inacabable calle. Recordó que proscritos de la sociedad como él, condenados a vagar día y noche por estas calles miserables, a veces habían perdido la razón a causa de su soledad. Se acordó de haber oído decir años antes que un pobre sin hogar había sido sorprendido en una esquina afilando un cuchillo herrumbroso para clavárselo en el corazón, prefiriendo la muerte al inacabable y doloroso ir y venir de un lado a otro. En un instante fue tomada su resolución y sus miembros recobraron nueva vida; corrió, corrió desde donde se hallaba y no se detuvo hasta llegar a la orilla.

Se arrastró sin ruido por los escalones de piedra que llevan al pie del puente de Waterloo, hasta la orilla misma. Se acurrucó en un rincón y retuvo el aliento mientras pasaba la ronda. El corazón de ningún prisionero no ha sentido nunca transportes iguales ante la esperanza de una libertad y vida nueva como la mitad del júbilo que sintió este infeliz ante la perspectiva de la muerte. La guardia pasó cerca de él, pero no fue visto, y aguardando a que el ruido de los pasos muriera en la lejanía, descendió con cautela y se plantó bajo el oscuro arco que formaba el muelle del río.

La corriente refluía y el agua se movía a sus pies. La lluvia había cesado, el viento estaba en calma, y todo, por el momento, estaba quieto y silencioso, tanto que, cualquier ruido en la otra orilla, aun el chapoteo de las aguas contra las barcas allí ancladas, podía ser oído perfectamente. La corriente era lánguida y perezosa. Formas extrañas y fantásticas emergieron del río y le hicieron señas de que se acercase; ojos oscuros y brillantes asomaron del agua con gesto burlón por sus dudas, y cavernosos murmullos a su espalda le empujaban hacia adelante. Entonces re-

trocedió unos pasos, luego recorrió un trecho y saltó desesperadamente, cayendo en el agua.

No habían pasado cinco segundos cuando volvió a subir a la superficie de las aguas, pero, ¡qué cambio habían experimentado en tan breve tiempo sus pensamientos y sentimientos! La vida; sí, la vida de cualquier forma, con pobreza, miseria, hambre, ¡todo menos la muerte! Luchó y bregó con el agua y quiso gritar en las angustias de su terror, pero la maldición de su hijo sonó en sus oídos. Una mano que le diesen y estaba salvado... Pero la corriente se le llevó, bajo los arcos del puente, y se hundió en ella.

Aún pudo subir y luchar por la vida. Por un instante, un solo instante, los edificios de los muelles de la orilla, las luces del puente, a través del cual la corriente le había llevado, el agua negra y las nubes rápidas fueron visibles para él distintamente, pero se hundió de nuevo y otra vez volvió a salir. Llamas brillantes cayeron del cielo a la tierra y se agitaron ante sus ojos, mientras el agua atronaba sus oídos y le aturdía con su ruidoso mugido.

Una semana más tarde, un cuerpo apareció en la orilla, unas millas más allá; era una masa informe y horrible. Sin ser identificado ni llorado por nadie fue trasladado a la tumba. Y hace tiempo que su cadáver se ha descompuesto allí.

EL VELO NEGRO

Una velada de invierno, quizá hacia fines del otoño de 1800, o tal vez uno o dos años después de aquella fecha, un joven cirujano, recientemente establecido, se hallaba en un pequeño despacho, escuchando el rumor del viento, que empujaba la lluvia en sonoras gotas contra la ventana y silbaba sordamente en la chimenea. La noche era húmeda y fría, y como él había andado durante todo el santo día por el barro y el agua, ahora descansaba confortablemente en bata y zapatillas, medio dormido, pensando en mil cosas. Primero en cómo el viento soplaba y de qué manera la lluvia le azotaría el rostro si no estuviese cómodamente instalado en su casa. Después, sus pensamientos recayeron sobre la visita que hacía todos los años para Navidad a su tierra y a sus amistades e imaginaba que sería muy grato volver a verlas y en la alegría que sentiría Rosa si él pudiera decirle que, al fin, había encontrado a un paciente y esperaba encontrar más, y regresar dentro de unos meses para casarse con ella y llevársela a su hogar, en donde alegraría las veladas junto a la lumbre y le estimularía para nuevas tareas. Luego empezó a hacer cálculos de cuándo aparecería este primer paciente o si, por especial designio de la Providencia, estaría destinado a no tener jamás ninguno. Entonces

volvió a pensar en Rosa y le entró sueño y soñó con ella, hasta que el dulce sonido de su voz resonó en sus oídos y su mano, delicada y suave, se apoyó sobre su espalda.

En efecto, una mano se había apoyado sobre su espalda, pero no era suave ni delicada; su propietario era un muchacho corpulento, con una cabeza redonda, el cual por un chelín semanal y la comida había sido empleado en la parroquia para repartir medicinas y hacer recados. Como no había demanda de medicamentos ni necesidad de recados, acostumbraba a ocupar sus horas ociosas —unas catorce por día— a sustraer pastillas de menta y dormirse.

—¡Una señora, señor, una señora! —exclamó el muchacho, sacudiendo a su amo para que despertase.

—¿Qué señora? —exclamó nuestro amigo, aún medio dormido—. ¿Qué señora? ¿Y en dónde?

—¡Aquí! —replicó el muchacho, señalando la puerta de cristales que conducía al gabinete, con una expresión de alarma que podría atribuirse a la insólita aparición de un cliente.

El cirujano miró hacia la puerta y se estremeció también a causa del aspecto de la inesperada visita.

Se trataba de una mujer de singular estatura, vestida de riguroso luto y que estaba tan cerca de la puerta que su cara casi tocaba con el cristal. La parte superior de su figura se hallaba cuidadosamente envuelta en un chal negro, como para ocultarse, y llevaba la cara cubierta con un velo negro y espeso. Estaba en pie y erguida, y aunque el cirujano sintió que unos ojos bajo el velo se fijaban en él, ella no se movía ni mostraba darse la menor cuenta de que él la estaba observando.

—¿Viene para una consulta? —preguntó el cirujano titubeando y entreabriendo la puerta.

Esta se acabó de abrir, pero no por eso se alteró la figura, que seguía siempre inmóvil.

Luego inclinó la cabeza en señal de asentimiento.

—Haga el favor de entrar —dijo el cirujano.

La figura dio un paso adelante; luego, volviéndose hacia donde estaba el muchacho, el cual sintió un profundo horror, pareció dudar.

—Márchate, Tom —dijo el joven al muchacho, cuyos ojos grandes y redondos habían permanecido abiertos desmesuradamente durante la breve entrevista—. Corre la cortina y cierra la puerta.

El muchacho corrió una cortina verde sobre el cristal de la puerta, se retiró al gabinete, cerró la puerta tras él e inmediatamente se puso a mirar por la cerradura.

El cirujano acercó una silla al fuego e invitó a su visitante a que se sentase. La figura misteriosa se adelantó hacia la silla, y cuando el fuego

iluminó su traje negro el cirujano observó que estaba manchado de barro y empapado de agua.

—¿Se ha mojado usted mucho? —le preguntó.

—Sí —respondió ella con una voz baja y profunda.

—¿Y se siente mal? —inquirió el cirujano, compasivamente, ya que su acento era el de una persona que sufre.

—Bastante mal. No del cuerpo, pero sí moralmente. Aunque no es por mí, por mi interés, por el que he venido. Si yo estuviese mala no iría por el mundo a estas horas y en una noche como esta, y, si dentro de veinticuatro horas me ocurriese lo que me ocurre, Dios sabe con qué alegría guardaría cama y desearía morirme. Es para otro para quien solicito su ayuda, señor. Puede que esté loca al rogarle por él. Pero una noche tras otra, durante horas terribles velando y llorando, este pensamiento se ha ido poco a poco apoderando de mí, y aunque me doy cuenta de lo inútil que es para él toda asistencia humana, ¡el solo pensamiento de que puede morirse me hiela la sangre!

Había tal desesperación en la actitud y en la manera de expresarse de esta mujer que el joven, poco curtido en las miserias de la vida, en esas miserias que suelen ofrecerse a los médicos, se impresionó profundamente.

—Si la persona que usted dice —exclamó levantándose bruscamente— se halla en la situación desesperada que usted describe, no hay que perder un momento. Voy con usted enseguida. ¿Por qué no consultó usted antes al médico?

—Porque hubiera sido inútil y todavía lo es ahora —repuso la mujer, cruzando las manos.

El cirujano contempló por un momento su velo negro, como para cerciorarse de la expresión de sus facciones que tras él se escondían; pero era tan espeso que le fue imposible saberlo.

—Se encuentra usted enferma —dijo amablemente—. La fiebre, que le ha hecho soportar la fatiga que es evidente sufre usted, arde dentro. Llévese esa copa a los labios —ofreciéndole un vaso de agua— y luego explíqueme, con cuanta calma le sea posible, cuál es la dolencia que aqueja al paciente y cuánto tiempo hace que está enfermo. Cuando conozca los necesarios detalles para que mi visita le sea útil iré inmediatamcntc con usted.

La desconocida llevó el vaso de agua a sus labios sin levantar el velo; sin embargo, lo dejó sin haberlo probado, y prorrumpió en llanto.

—Conozco —dijo sollozando— que lo que le digo a usted parece el delirio de una fiebre. Me lo han dicho otras veces, aunque sin la amabilidad de usted. No soy joven, y dicen que cuando la vida va hacia su final, la escasa que nos queda nos es más querida que todos los tiempos

anteriores, ligados al recuerdo de viejos amigos, muertos hace años, de jóvenes, niños quizá, que han desaparecido y la han olvidado a una por completo, como si estuviese muerta. No puedo vivir ya muchos años; así es que, desde ese aspecto, tiene que resultarme la vida más querida; aunque la abandonaría sin un suspiro y hasta con alegría si lo que ahora le cuento fuese falso. Mañana por la mañana, aquel del que le hablo, aunque desearía ardientemente pensar de otra manera, se hallará fuera de todo humano socorro, y a pesar de ello, esta noche, aunque se encuentre en un terrible peligro, usted no puede visitarle ni servirle de ninguna manera.

—No quisiera aumentar sus penas —dijo el cirujano—, haciendo un comentario de lo que me acaba de decir, o apareciendo como deseoso de conocer algo que, comprendo, desea usted ocultar. Pero hay en su relato algo que no puede conciliarse. La persona que me dice, está muriéndose y no puedo verla, cuando mi presencia le sería de algún valor. En cambio, usted teme que mañana sea inútil y, con todo, ¡quiere que entonces le vea! Si él le es tan querido como las palabras y la actitud me indican, ¿por qué no intentar salvar su vida sin tardanza antes de que el progreso de su enfermedad haga que no sea posible?

—¡Dios me asista! —exclamó la mujer, llorando amargamente—. ¿Cómo puedo esperar a que un extraño quiera creer lo que parece increíble, aun a mí misma? ¿No querrá usted visitarle, señor? —añadió levantándose vivamente.

—Yo no digo que me niegue a visitarle —replicó el cirujano—. Pero le advierto que, de persistir en tan extraordinaria demora, incurrirá en una terrible responsabilidad si el individuo se muere.

—La responsabilidad será siempre grave —replicó la desconocida en tono amargo—. Cualquier responsabilidad que sobre mí recaiga acepto y estoy pronta a responder de ella.

—Como yo no incurro en ninguna —agregó el cirujano—, si accedo a la petición de usted, veré al paciente mañana, si usted me deja sus señas. ¿A qué hora se le puede visitar?

—A las nueve —respondió la desconocida.

—Usted excusará mi insistencia en este asunto —dijo el cirujano—. Pero... ¿está él a su cuidado?

—No, señor.

—Entonces, si le doy instrucciones para el tratamiento durante esta noche, ¿podría usted cumplirlas?

La mujer lloró amargamente y replicó:

—No, no podría.

Como no había grandes esperanzas de obtener más informes con la prolongación de la entrevista y deseoso de no herir los sentimientos de

la mujer, que ya se habían convertido en irreprimibles y penosísimos de contemplar, el cirujano repitió su promesa de acudir a la mañana siguiente y a la hora indicada. Su visitante, después de darle la dirección, abandonó la casa de la misma forma misteriosa que había entrado.

Es de suponer que tan extraordinaria visita produjo una gran impresión en el joven cirujano, y que este meditó durante largo tiempo, aunque con escaso provecho, sobre las circunstancias del caso. Como casi todo el mundo, había leído y oído hablar a menudo de casos raros, en los que el presentimiento de la muerte a una hora determinada había sido adivinado. Por un momento se inclinó a pensar que el caso presente era uno de estos; pero entonces se le ocurrió que todas las anécdotas de esta clase que había oído se referían a personas que fueron asaltadas por un presentimiento de su propia muerte. Esta mujer, sin embargo, habló de un hombre, y no era posible suponer que un mero sueño le hubiese inducido a hablar de aquel próximo fallecimiento en una forma tan terrible y con la seguridad con que se había expresado. ¿Sería acaso que el hombre tenía que ser asesinado a la mañana siguiente, y que la mujer aquella, cómplice de él y ligada a él por un secreto, se arrepentía y, aunque imposibilitada para impedir cualquier atentado contra la víctima, se había decidido a prevenir su muerte, si era posible, haciendo intervenir a tiempo al médico? La idea de que tales cosas ocurrieran a dos millas de la metrópoli le parecía absurda. Ahora, su primera impresión, esto es, que la mente de la mujer se hallaba desordenada, acudía otra vez a su imaginación, y como era el único modo de resolver el problema, se aferró a la idea de que aquella mujer estaba loca. Ciertas dudas acerca de este punto, no obstante, le asaltaron de cuando en cuando, durante una pesada noche sin sueño, en el transcurso de la cual, y a despecho de todos los esfuerzos, no pudo expulsar de su imaginación perturbada aquel velo negro.

La parte más lejana de Walworth, aún hoy, es un sitio aislado y miserable. Pero hace treinta y cinco años era casi en su totalidad un descampado, habitado por alguna gente diseminada y de carácter dudoso, cuya pobreza les prohibía aspirar a un mejor vecindario, o bien cuyas ocupaciones y maneras de vivir hacían esta soledad deseable. Muchas de las casas que allí se construyeron no lo fueron sino en años posteriores, y la mayoría de las que entonces existían, esparcidas aquí y allá, eran del más tosco y miserable aspecto.

La apariencia de los lugares por donde el joven cirujano pasó la mañana siguiente, no era muy a propósito para levantar su ánimo o disipar la ansiedad o depresión que le había despertado aquella singular visita. Saliendo del camino real, tenía que cruzar por el yermo fangoso, por irregulares callejuelas, donde acá y allá una ruinosa y desmantelada

casa de campo se desmoronaba en el abandono. Algún árbol miserable y algún hoyo de agua estancada, sucio de lodo por la fuerte lluvia de la noche anterior, orillaban el camino de cuando en cuando. Y a intervalos, un raquítico jardín, con algunos tableros viejos sacados de alguna villa de verano, y una vieja empalizada arreglada con estacas hurtadas de los setos vecinos, daban testimonio de la pobreza de sus habitantes y de los escasos escrúpulos que tenían para apropiarse de lo ajeno. En ocasiones, una mujer de aspecto enfermizo aparecía a la puerta de una sucia casa, para vaciar el contenido de algún utensilio de cocina en la alcantarilla de enfrente, o para gritarle a una muchacha en chancletas que había proyectado escaparse, con paso vacilante, con un niño pálido, casi tan grande como ella. Pero apenas si se movía nada por aquellos alrededores.

Y todo el panorama que se veía vagamente a través de la niebla ofrecía un aspecto solitario y temeroso, de acuerdo con el paisaje que hemos descrito.

Después de afanarse a través del barro y del cieno; de realizar varias pesquisas acerca del lugar que se le había indicado, recibiendo otras tantas respuestas contradictorias, el joven llegó al fin a la casa que se le había designado como final de su misión. Era una casita baja, de aspecto desolado y poco prometedor. Una vieja cortina amarilla ocultaba una puerta de cristales al final de unos peldaños y los postigos de la salita estaban entornados. La casa se hallaba separada de las demás y, como estaba en un rincón de una corta callejuela, no se veía otra por los alrededores.

Si decimos que el joven dudaba y que anduvo unos pasos más allá de la casa antes de dominarse y levantar la aldaba de la puerta no diremos nada que tenga que provocar la sonrisa en el rostro del lector más audaz. La Policía de Londres, por aquel tiempo, era un cuerpo muy diferente del de hoy; la situación aislada de los suburbios, cuando la fiebre de la construcción y las mejoras urbanas no habían empezado a unirlos al cuerpo de la ciudad y sus alrededores, convertían a varios de ellos, y a este en particular, en un sitio de refugio para los individuos más depravados. Aun las calles de la parte más alegre de Londres se hallaban entonces mal iluminadas. Los lugares como el que describimos estaban enteramente abandonados a la luna y las estrellas. Las probabilidades de descubrir a los personajes desesperados, o de seguirles el rostro hasta sus madrigueras, eran así muy escasas y, por tanto, sus audacias crecían proporcionalmente y la conciencia de una impunidad relativa cada vez se hacía mayor por la experiencia cotidiana. Añádanse a estas consideraciones, que hay que tener presente que el joven cirujano se había pasado algún tiempo en los hospitales de Londres y, si bien ni un Burke ni un

Bishop habían alcanzado todavía su gran notoriedad, sabía, por propia observación, cuán fácilmente las atrocidades, a las cuales el último dio su nombre, pueden ser cometidas. Sea como sea, cualquiera que fuese la reflexión que le hiciera dudar, lo cierto es que dudó; pero siendo un hombre tan joven, de espíritu fuerte y de gran valor personal, sólo dudó un instante. Volvió atrás y llamó con suavidad a la puerta.

Se oyó un leve susurro, como si una persona, al final del pasillo, conversase con alguien del rellano de arriba. Después se oyó el ruido de dos pesadas botas y la cadena de la puerta fue levantada con suavidad; esta abierta, y un hombre alto, de mala facha, con el pelo negro y una cara, según el cirujano declaró después, tan pálida y desencajada como la de un muerto, se presentó, diciendo en voz baja:

—Entre, señor.

El cirujano lo hizo así, y el hombre, después de haber colocado otra vez la cadena de la puerta, le condujo hasta una pequeña sala interior, al final del pasillo.

—¿He llegado a tiempo?

—Demasiado temprano —replicó el hombre.

El cirujano miró a su alrededor, con un gesto de asombro, no exento de inquietud.

—Si quiere usted entrar aquí —dijo el hombre que, evidentemente, se había dado cuenta de la situación—, no tardará ni siquiera cinco minutos, se lo aseguro.

El joven entró en la habitación; el hombre cerró la puerta y le dejó solo.

Era un cuarto pequeño, sin otros muebles que dos sillas de pino y una mesa del mismo material. Un débil fuego ardía en el brasero; fuego que hacía inútil la humedad que se infiltraba por las paredes. La ventana, que estaba rota y con parches en muchos sitios, daba a una pequeña habitación con suelo de tierra y casi toda ella cubierta de agua. No se oía el menor ruido, ni dentro ni fuera de la casa. El joven doctor tomó asiento cerca del fuego en espera del resultado de su primera visita profesional.

No habían transcurrido muchos minutos cuando percibió el ruido de un coche que se aproximaba y poco después se detenía. Abrieron la puerta de la calle, oyó luego una conversación en voz baja, acompañada de un ruido confuso de pisadas por el corredor y las escaleras, como si dos o tres hombres llevasen algún cuerpo pesado al piso de arriba. El crujir de los escalones, momentos después, indicó que los recién llegados, habiendo acabado su tarea, cualquiera que fuese, abandonaban la casa. La puerta se cerró de nuevo y volvió a reinar el silencio.

Transcurrieron otros cinco minutos y ya el cirujano se disponía a explorar la casa en busca de alguien a quien pudiera avisar que estaba es-

perando, cuando se abrió la puerta del cuarto y su visitante de la pasada noche, vestida exactamente como en aquella ocasión, con el velo bajado como entonces, le invitó por señas a que le siguiera. Su gran estatura, añadida a la circunstancia de no pronunciar una palabra, hizo que, por un momento, pasara por su imaginación la idea de que podría tratarse de un hombre disfrazado de mujer. Sin embargo, los histéricos sollozos que salían de debajo del velo y su actitud de pena, hacían desechar esta sospecha, y él la siguió sin vacilar.

La mujer subió la escalera y se detuvo en la puerta de la habitación de enfrente para dejarle entrar primero. Apenas si estaba amueblada con una vieja arca de pino, unas pocas sillas y un armazón de cama con dosel, sin colgaduras, cubierta con una colcha remendada. La luz mortecina que dejaba pasar la cortina que él había visto desde fuera hacía que los objetos que había en la habitación se distinguieran confusamente, hasta el punto de no poder percibir el objeto sobre el cual sus ojos reposaron al principio. En esto la mujer se adelantó y se puso de rodillas al lado de la cama.

Tendida sobre esta, muy arrebujada en una sábana cubierta con unas mantas, una forma humana yacía sobre el lecho, rígida e inmóvil. La cabeza y la cara se hallaban descubiertas, excepto una venda que lo pasaba por la cabeza y por debajo de la barbilla. Tenía los ojos cerrados. El brazo izquierdo estaba tendido pesadamente sobre la cama. La mujer le cogió una mano.

El cirujano, rápido, apartó a la mujer y cogió esta mano.

—¡Dios mío! —exclamó, dejándola caer involuntariamente—. ¡Este hombre está muerto!

La mujer se puso en pie vivamente y estrechó sus manos.

—¡Oh, señor, no diga eso! —exclamó con un estallido de pasión rayano en la locura—. ¡No podría soportarlo! Algunos han podido volver a la vida cuando los daban por muertos. ¡No le deje, señor, sin hacer un esfuerzo para salvarle! En estos instantes la vida huye de él. ¡Inténtelo señor, por todos los santos del cielo!

Hablando así, frotaba precipitadamente, primero la frente y luego el pecho de aquel cuerpo sin vida, y enseguida golpeaba con frenesí las frías manos que, al dejar de retenerlas, volvieron a caer, indiferentes y pesadas, sobre la colcha.

—Esto no servirá para nada, buena mujer —dijo el cirujano suavemente, mientras le apartaba la mano del pecho de aquel hombre—. ¡Descorra la cortina!

—¿Por qué? —dijo la mujer, levantándose con sobresalto.

—¡Descorra la cortina! —repitió el cirujano con voz agitada.

—Oscurecí la habitación expresamente —dijo la mujer, poniéndose delante, mientras él se levantaba para hacerlo—. ¡Oh, señor, tenga compasión de mí! Si no tiene remedio; si está realmente muerto, ¡no exponga su cuerpo a otros ojos que los míos!

—Este hombre no ha muerto de muerte natural —observó el cirujano—. Necesito ver su cuerpo —y con vivo ademán, tanto que la mujer apenas se dio cuenta de que se había alejado, abrió la cortina de par en par, y, a plena luz, regresó al lado de la cama—. Ha habido violencia —añadió, señalando al cuerpo y escrutando atentamente el rostro de la mujer, cuyo velo negro, por primera vez, se hallaba subido.

En la excitación anterior, se había quitado la cofia y el velo y ahora se encontraba delante de él, en pie, mirándole fijamente. Sus facciones eran las de una mujer de unos cincuenta años, y demostraban haber sido guapa. Penas y lágrimas habían dejado en ella un rastro que los años, por sí solos, no hubieran podido dejar. Tenía la cara muy pálida. Y el temblor nervioso de sus labios y el fuego de su mirada demostraban que todas sus fuerzas físicas y morales se hallaban anonadadas bajo un cúmulo de miserias.

—Aquí ha habido violencia —repitió el cirujano, evitando aquella mirada.

—¡Sí, violencia! —repitió la mujer.

—Ha sido asesinado.

—Pongo a Dios por testigo de que lo ha sido —exclamó la mujer con convicción—. ¡Cruel, inhumanamente asesinado!

—¿Por quién? —dijo el cirujano, cogiendo por los brazos a la mujer.

—Mire las señales del asesino y luego pregúnteme —replicó ella.

El cirujano volvió el rostro hacia la cama y se inclinó sobre el cuerpo, que ahora yacía plenamente iluminado por la luz de la ventana. El cuello estaba hinchado, con una señal lívida a su alrededor. Como un relámpago, se le presentó la verdad.

—¡Es uno de los hombres que han sido ajusticiados esta mañana! —exclamó volviéndose con un estremecimiento.

—¡Es él! —replicó la mujer, con una mirada extraviada e inexpresiva.

—¿Quién era?

—Mi hijo —añadió la mujer, cayendo a sus pies sin sentido.

Era verdad. Un cómplice, tan culpable como él mismo, había sido absuelto, mientras a él le condenaron y ejecutaron. Referir las circunstancias del caso, ya lejano, es innecesario y podría lastimar a personas que aún viven. Era una historia como las que ocurren a diario. La mujer era una viuda sin relaciones ni dinero, que se había privado de lo más preciso para dárselo a su hijo. Este, despreciando los ruegos de su madre

y sin acordarse de los sacrificios que ella había hecho por él —ansiedades en el ánimo y privaciones corporales—, se había hundido en la disipación y el crimen. Y el resultado era este; para él, la muerte, por la mano del verdugo, y para su madre, la vergüenza y una locura incurable.

* * *

Durante varios años el joven cirujano visitó diariamente a la pobre loca inofensiva. Y no sólo calmándola con su presencia y sus atenciones, sino procurando, con mano generosa, por su comodidad y sustento. En el destello fugaz de su memoria que precedió a la muerte de la desdichada, un ruego por el bienestar y dicha de su protector salió de los labios de la pobre criatura desamparada. La oración voló al cielo, donde fue oída, y la limosna que él dio le ha sido mil veces devuelta; pero entre los honores y las satisfacciones que merecidamente ha tenido no conserva recuerdo más grato para su corazón que el de la historia de la mujer del velo negro.

EL DESAFÍO

La pequeña ciudad de Gran Winglebury se halla situada a cuarenta y dos millas de Hyde Park Corner. Tiene una larga, apartada, calle Mayor, con un gran reloj blanco y negro en la pequeña Casa de la Ciudad, de color rojo y, siguiendo para arriba, un mercado, una cárcel, una sala de reuniones, una iglesia, un puente, una capilla, un teatro, una biblioteca pública, una posada y una estafeta de correos. La tradición nos habla de una «Pequeña Winglebury» más abajo, en cierta encrucijada distante de allí dos millas, y como sea que antaño, un sucio pedazo de papel, que podía suponerse que originariamente había sido una carta, en el que una viva imaginación podía leer la palabra «Pequeña», fue pegado con el fin de que lo reclamase el remitente, en la soleada ventana de la estafeta de correos de Gran Winglebury, de donde desapareció solamente al caerse en pedacitos a causa del polvo y de su extremada vejez, la leyenda pudo tener algún fundamento. La creencia popular se inclina a dar este nombre a una pequeña depresión al final de un llano cenagoso de dos millas de longitud, colonizada por un carretero, cuatro indigentes y una cervecería; pero aun esta autoridad es tan débil que hay que aceptarla con todas las reservas, tanto más cuanto que los propios habitantes de aquel hoyo coinciden en afirmar que jamás tuvo nombre alguno, desde las más remotas edades hasta nuestros días.

«Las Armas de Winglebury», al lado opuesto del edificio del reloj, es la principal posada de Gran Winglebury, posada del comercio, casa de correos y oficina de aforo, todo en una pieza; la casa del partido «Azul» durante las elecciones y palacio de justicia durante sus sesiones. Allí tiene, asimismo, sus cuarteles el Club de *Whist* «Azul» de Winglebury, en oposición al Club de *Whist* «Búfalo» de Winglebury, que radica en la otra casa, un poco más abajo, de la misma calle. Cuando un prestidigitador, escultor de muñecos de cera o concertista comprende a Gran Winglebury dentro de su circuito, inmediatamente se anuncia por toda la ciudad que don Fulano de Tal, confiando en la generosa acogida que los ciudadanos de Gran Winglebury le han concedido siempre, se ha permitido la libertad de alquilar la sala de reuniones anexa al parador de «Las Armas de Winglebury». La casa es espaciosa, con la fachada de ladrillo y piedra; un vestíbulo grande y hermoso, adornado con plantas de hojas perennes, que termina en el mostrador y una estantería con un espejo donde se exhiben una serie de requisitos a punto de ser servidos con el fin de llamar la atención del recién llegado y excitarle el apetito. Puertas opuestas dan acceso al café y a la sala de comerciantes, y una caprichosa escalera —tres escalones y un rellano, cuatro escalones y otro rellano, un escalón y otro rellano, media docena otro y así sucesivamente— conduce a las galerías de dormitorios y laberintos de sala y salitas denominados «reservado», donde uno puede proporcionarse el placer de estar solo viendo entrar a cada instante a un nuevo sujeto que, azorado, entra por error, y luego vuelve a salir, abriendo todas las puertas del piso hasta dar con su propio aposento.

Tal es hoy el parador de «Las Armas de Winglebury», y tal era un tiempo —no interesa saber exactamente cuándo—, dos o tres minutos antes de la llegada de la diligencia de Londres. Cuatro caballos engualdrapados —el relevo para una diligencia— estaban en un rincón del patio, rodeados de un animado grupo de postillones con sombreros de hule y blusas, enfrascados en una discusión sobre caballos; seis mozos andrajosos permanecían un poco más lejos, en pie, muy atentos a la conversación de tan altos personajes, y completaban la escena unos cuantos ociosos alrededor del pesebre, aguardando la llegada de la diligencia.

Hacía un día caluroso; la ciudad sentíase postrada y soñolienta y, con excepción de estos pocos desocupados, no se veía alma viviente. De pronto, las fuertes notas de una corneta rompieron la monotonía de la calle en silencio, y la diligencia entró, chirriando sobre el pavimento desigual, con un ruido suficiente para hacer parar el gran reloj de la torre. Se bajaron los estribos, se abrieron las puertas, salieron los criados, se acercaron los palafreneros y los postillones, los mozos harapientos y los desocupados, y desengancharon los caballos, que sustituyeron por otros, armando con todo ello gran ruido.

—Hay una señora —dijo el guardia.

—¿Quiere la señora hacer el favor de bajar? —preguntó la camarera.

—¿Hay reservados? —inquirió la dama.

—Ciertamente, señora —contestó la camarera.

—¿Este es todo su equipaje? —inquirió el guardia.

—Nada más —replicó la dama.

Otra vez subieron los estribos, se sacaron las gualdrapas de un tirón. «¡Adelante!», se oyó y, en efecto, el coche reanudó su marcha. Los desocupados aguardaron hasta que volvió la esquina —uno o dos minutos— y se fueron. La calle quedó de nuevo desierta y la ciudad, por contraste, parecía más quieta que nunca.

—¡La señora, en el número veinticinco! —gritó la patrona—. Thomas!

—Voy, señora.

—Acaba de llegar una carta para el señor del diecinueve. El limpiabotas del Lion la ha dejado. No espera respuesta.

—Una carta para usted —dijo Thomas, dejando la carta en la mesa del número diecinueve.

—¿Para mí? —preguntó el número diecinueve, alejándose de la ventana, desde donde había contemplado la escena de la diligencia.

—Sí, señor... —los camareros siempre se expresan dejando la frase en el aire—. Sí, señor; el limpiabotas del Lion... la dejó en el mostrador. La señora dijo que era para el número diecinueve, don Alejandro Trott... Su tarjeta está en el mostrador. Creo que es usted, señor.

—En efecto, Trott es mi apellido —repuso el número diecinueve, rompiendo el sobre—. Puede usted marcharse.

El camarero corrió la cortina de la ventana y se retiró —porque un camarero siempre tiene que hacer algo cuando se retira—. Arregló, además, unos vasos de la mesa, sacudió el polvo de un sitio que estaba limpio, se restregó las manos con fuerza, marchó decididamente hacia la puerta y desapareció.

El contenido de la carta era desagradable en extremo, si bien el señor Alejandro Trott la esperaba. La dejó sobre la mesa, volvió a tomarla y se paseó por el reservado, intentando, aunque en vano, tararear una canción. Le fue imposible. Por fin, se dejó caer en una silla y leyó la siguiente carta en voz alta:

«León Azul y Calentador del Estómago
Gran Winglebury
Miércoles por la mañana.

»Muy señor mío: Inmediatamente que descubrí sus intenciones, abandoné nuestro despacho y le seguí a usted. Conozco el objeto de su viaje, que nunca se llevará a término.

»No conozco aquí ningún amigo en cuya discreción pueda fiarme. Esto no será, con todo, un obstáculo para mi venganza. Jamás Emilia Brown se verá expuesta a las solicitaciones mercenarias de una sabandija, odiosa a sus miradas y despreciable para los demás; no quiero someterme mansamente a los ataques clandestinos de un bajo fabricante de paraguas.

»Señor mío, desde la iglesia de Gran Winglebury una vereda conduce, a través de cuatro prados, hasta un sitio solitario conocido por los habitantes de la población con el nombre de Stiffun's Acre —el señor Trott tuvo un sobresalto—. Le esperaré solo, a las seis menos veinte, mañana por la mañana. Si tengo la decepción de no verle a usted por allí, tendré el placer de venirle a buscar con una fusta. Horacio Hunter.

»P. S.— Hay un armero en la calle Mayor, y no le venderá pólvora después de anochecido. Usted ya me entiende.

»P. P. S.— Hará bien en no encargar mañana su desayuno antes de que nos hayamos visto; podría ser un gasto inútil».

—¡Miserable canalla! ¡Ya sabía yo que tenía que pasar! —exclamó el aterrorizado Trott—. Ya dijo mi padre cuando me lanzó a esta expedición que Hunter me perseguía como el Judío Errante. Bien mirado, es un mal asunto casarse por mandato de los viejos y sin el consentimiento de la muchacha. Pero, ¿qué dirá Emilia si me presento a ella, jadeante, huyendo de esta infernal salamandra? ¿Qué debo hacer? ¿Qué tengo que hacer? Si me vuelvo a Londres, estoy perdido para siempre: pierdo la muchacha y, lo que es peor, el dinero. Si voy a casa de los Brown en la diligencia, Hunter me perseguirá con una silla de postas, y si me presento allí, en este Stiffun's Acre —otro sobresalto—, estoy tan muerto como los muertos. Lo he visto tirando al blanco en la galería de Pall-Mall y, de seis balas, alojó cinco en el segundo ojal del chaleco de aquel monigote, y la que no acertó le tocó la cabeza.

Con estos recuerdos reconfortantes, el señor Alejandro Trott se repitió otra vez: «¿Qué debo hacer?».

Largas y profundas fueron sus reflexiones; con la cabeza entre las manos estuvo largo rato sentado, pensando en el mejor camino a seguir. Su poste de dirección mental señalaba hacia Londres. Pero pensó en la cólera de su progenitor y en la pérdida de la fortuna que el señor Brown padre había prometido al señor Trott padre; la joven *miss* Brown tenía que ingresarla en las arcas del señor Brown hijo. Después, el nombre de Brown era legible en el mencionado poste; pero las palabras de Hunter resonaron en sus oídos. Al fin, se leyeron en rojo las palabras: A Stiffun's Acre, y entonces el señor Alejandro Trott decidió adoptar un plan que, mientras tanto, había madurado.

Primero y principal despachó al segundo limpiabotas del hotel al «León Azul y Calentador del Estómago», con una caballeresca nota dirigida al señor Horacio Hunter, explicando que se hallaba sediento de destrucción y que tendría el placer de matarle a la mañana siguiente sin falta. Hecho esto, escribió otra carta, y requirió la presencia del otro limpiabotas, porque en su hotel había dos. Llamaron modestamente a la puerta.

—¡Entre! —ordenó el señor Trott.

Pasó la cabeza de un hombre, colorada y con un solo ojo, el cual, siendo por segunda vez intimidado a entrar, fue seguida por un cuerpo y unas piernas y una gorra de pieles que pertenecía a la cabeza.

—¿Es usted el primer limpiabotas? —inquirió el señor Trott.

—Sí, el primer limpia —dijo una voz saliendo de detrás de una funda de terciopelo con botones de madreperla—. Eso es, el de la casa; el otro es mi ayudante, para recados y trabajos sobrantes. Para botas altas y botines, un servidor.

—¿Es usted de Londres? —preguntó el señor Trott.

—Guiaba un coche de plaza —replicó lacónicamente.

¿Y por qué no lo hace ahora? —preguntó el señor Trott.

—Corrí demasiado y pasé por encima de una mujer —respondió deprisa el limpiabotas.

—¿Conoce usted la casa del alcalde?

—Creo que sí —replicó el limpiabotas, como si tuviese alguna razón para acordarse.

—¿Cree usted que podría arreglárselas para llevar allí una carta? —interrogó Trott.

—Quizá, sí —respondió el limpiabotas.

—Pero esta carta —dijo Trott, cogiendo con una mano una nota sin precisar el gesto y mostrando con la otra una moneda de cinco chelines—, es anónima.

—¡Ah!... ¿Qué? —interrumpió el limpiabotas.

—Anónima; no debe saber quién la ha escrito.

—¡Oh, ya, ya! —respondió el hombre con mirada maliciosa, pero sin manifestar ninguna repugnancia en aceptar el encargo—. Ya veo; ¿con qué...? —y su único ojo se paseaba por la habitación como en busca de una linterna sorda y una caja de fósforos—. Pero, oiga —continuó, desviando el ojo de su investigación y dirigiéndolo al señor Trott—. Oiga, él es un abogado y tiene mucha influencia en el Condado. Si tiene usted algún resentimiento en contra suya, mejor haría en no pegarle fuego a su casa, aunque no sé si sería el mejor favor que usted podría hacerle.

Hizo un movimiento como para tragarse algo.

Si el señor Trott se hubiese hallado en cualquier otra situación, su primer acto hubiera sido echar a puntapiés a aquel hombre, o por lo menos a palabras; dicho en otros términos, hacer sonar el timbre, llamar al patrón y expresarle su deseo de que el limpiabotas se marchase con la música a otra parte. No obstante, se contentó con doblarle la propina y explicarle que la carta únicamente se refería a cierto peligro de transgresión de la paz pública. El limpiabotas se retiró firmemente decidido a guardar el secreto y el señor Alejandro Trott se sentó ante un lenguado frito, chuletas a la Maintenon, vino de Madeira y postres variados, con más tranquilidad que cuando recibió la carta de desafío de Horacio Hunter.

La señora que se había apeado de la diligencia de Londres apenas estuvo instalada en el número veinticinco y hubo introducido algunas modificaciones en su indumentaria de viaje, redactó una nota para Joseph Overton, esquire, abogado y alcalde de Gran Winglebury, requiriendo su inmediata presencia para un asunto de la más alta importancia —intimación que el digno magistrado atendió sin la menor tardanza.

En efecto, el abogado, después de abrir varias veces tamaños ojos y lanzar unos cuantos «¡Dios me bendiga!» y otras expresiones más de sorpresa, descolgó de una percha su sombrero de anchas alas, en el pequeño despacho que daba a la calle, y echó a andar a toda prisa por la calle Mayor hacia «Las Armas de Winglebury»; donde, por el vestíbulo y las escaleras, se vio acompañado por la patrona y una tropa de camareras oficiosas hasta la puerta de la habitación veinticinco.

—Diga al caballero que entre —dijo la dama a la más próxima de ellas que habían penetrado en la habitación con el anuncio.

Y, en su consecuencia, le fue dicho al caballero que entrase.

La señora se levantó del sofá; el alcalde avanzó un poco, y ambos se estuvieron mirando por espacio de uno o dos minutos. El alcalde tenía ante sí a una dama de aspecto jovial, de unos cuarenta años, ricamente ataviada, y la dama, un caballero de aire pulido, unos diez años mayor, vestido con calzón corto de tela, levita negra, cuello, corbata y guantes.

—¡*Miss* Julia Manners! —exclamó el alcalde por fin—. ¡Estoy extrañado de verla!

—Es poco amable, Overton —replicó *miss* Julia—. Porque le conozco lo bastante para no sorprenderme por nada que usted haga, y usted bien podría devolverme la cortesía.

- Pero..., esto de fugarse..., fugarse actualmente... con un joven... —dijo con cierta reprobación el alcalde.

—¿Acaso quería usted que me fugase con un viejo? —fue la fría réplica que obtuvo.

—Y, además, pedirme a mí..., a mí entre todo el mundo..., un hombre de mi edad y representación..., alcalde de la ciudad..., que colabore en la trama. ¡Y qué trama! —exclamó con enojo Joseph Overton, dejándose caer sobre un sillón y sacando de su bolsillo la carta de *miss* Julia, como para corroborar que se le había pedido aquel favor.

—Ahora, Overton —replicó la dama—, necesito ese favor; que usted me ayude, y usted me ayudará. En vida de mi antiguo, pobre y querido amigo el señor Cornberry, que... que...

—Que se tenía que casar con usted, y no lo hizo porque murióse antes; y que le dejó a usted, sin el engorro de tener que cargar con su persona, todos sus bienes —completó el alcalde.

—Bien —replicó *miss* Julia, sonrojándose un poco—, en vida del pobre viejo, sus bienes tuvieron el engorro de la administración de usted, y lo que me maravilla es que no muriesen de consunción, como su dueño. Usted, por aquel entonces, se ayudó a sí mismo; ayúdeme usted ahora a mí.

El señor Joseph Overton era un caballero y hombre de mundo; además de esto, procurador, y comoquiera que ciertos recuerdos confusos de unas mil o dos mil libras distribuidas y apropiadas por equivocación pasaron por su mente, tosió en señal de ruego, se sonrió, permaneció silencioso unos minutos y, al fin, inquirió:

—¿Qué quiere usted que haga?

—Voy a decírselo —replicó la dama—; a decírselo en dos palabras. Mi querido lord Pedro...

—¿Este es el joven? —interrumpió el alcalde.

—Este es el joven de la nobleza —replicó la dama, recalcando la última palabra—. Lord Pedro teme extraordinariamente el resentimiento de su familia, y por esto hemos decidido que él me rapte. Él ha dejado Londres, así para evitar toda sospecha como para visitar a su amigo, el honorable Augusto Flair, cuya casa, como usted sabe, se halla a unas treinta millas de aquí; le acompaña sólo su tigre favorito. Nos arreglamos para que yo viniese aquí, en la diligencia de Londres, y en cuanto a él, dejando atrás su coche y su tigre, vendrá a encontrarme lo más pronto posible, esta misma tarde.

—Muy bien —observó Joseph Overton—, y aquí se puede encargar una silla de postas para llegar hasta Gretna Green[1] juntos, sin necesidad de la intervención de terceros, ¿no es así?

—No —replicó *miss* Julia—. Hay razones para suponer —el querido lord Pedro no es considerado como demasiado prudente por sus

---

[1] Pueblo de Escocia, donde vivía el famoso herrero que tenía el privilegio de casar a las parejas sin otro altar que su yunque y sin más ceremonia ni requisitos.

amigos, y han descubierto su afecto hacia mí—, es de suponer, digo, que inmediatamente que sea descubierta su presencia, se organizará su persecución. No; para escapar a la cual, tanto como para no dejar rastro, quiero que en esta casa se crea que lord Pedro sufre una perturbación mental, aunque inofensiva, y que yo, sin que él lo sepa, aguardo su llegada para trasladarle en una silla de postas a cualquier manicomio privado, Berwick, por ejemplo. Si no me exhibo demasiado, creo que me las puedo arreglar para pasar por su madre.

Por la cabeza del alcalde pasó la idea de que podía exhibirse tanto como gustase sin ningún peligro de ser descubierta, pues doblaba los años de su futuro esposo. No obstante, prefirió callarse, y la dama prosiguió adelante.

—Lord Pedro ya conoce el arreglo; todo lo que necesito de usted es acabar de dar la sensación de la verdad, interponiendo su influencia en esta casa, añadiendo a esto las razones de por qué me llevo al joven. Y como sería inconveniente que yo le fuera a visitar hasta entonces, quiero que vaya usted a verle y enterarle de que, por ahora, todo marcha bien.

—¿Ha llegado ya? —interrogó el alcalde.

—No sé —contestó la dama.

—Entonces, ¿cómo voy a saber quién es? —preguntó Overton—. Porque, naturalmente, no dará su nombre en el mostrador.

—Le he recomendado que, a su llegada, le escribiese a usted una nota —replicó *miss* Manners—; y para impedir que el proyecto sea descubierto, que escribiese en términos misteriosos y bajo nombre supuesto, dando el número de su cuarto.

—¡Dios me bendiga! —exclamó el alcalde, poniéndose en pie y buscando en sus bolsillos. ¡Es extraordinario! Ha llegado... cierta carta, dejada en mi casa de manera misteriosa, precisamente antes de la de usted... No sabía qué hacer con ella y, ciertamente, no me podía figurar eso... ¡Aquí está!

Y Joseph Overton sacó de un bolsillo interior de su levita la carta de Alejandro Trott.

—¿Es letra de su señoría?

—¡Oh, sí! —replicó Julia—. ¡Qué bueno es y qué puntual! No he visto su letra más que una o dos veces; pero me consta que escribe con unos caracteres irregulares y grandes. Este raro, querido y noble joven, ya sabe usted, Overton...

—Sí, sí —replicó el alcalde—. Caballos y perros; juego y vino; actrices, puros; la cuadra, la habitación de los actores, el salón, la taberna, y la Asamblea Legislativa, a la postre.

Y prosiguió el alcalde:

—Dice así la carta: «Señor: Un joven de la nobleza, en el número diecinueve de "Las Armas de Winglebury" está a punto de cometer una locura mañana por la mañana a primera hora. [Claro; quiere decir casarse.] Si a usted le preocupa la paz de esta ciudad y la conservación de una o, quizá, dos vidas humanas...». ¿Qué querrá decir esto?

—Que se halla tan impaciente por la ceremonia que se moriría si surgiera algún obstáculo, y puede ser que yo también —replicó la dama con gran complacencia.

—¡Oh, claro! [¡No tema!] Bien... [«... dos vidas humanas; hágalo partir esta misma noche [está impaciente]. No tema hacer esto bajo su responsabilidad; porque mañana las razones serían demasiado claras. Recuerde: número diecinueve. El nombre es Trott. No demore su resolución; la vida y la muerte dependen de su prontitud.»] [Un lenguaje, ciertamente, apasionado]. ¿Le podré ver?

—Hágalo —replicó *miss* Julia—, y anímele a representar bien su papel. Temo por él. Dígale que sea prudente.

—Pierda usted cuidado —dijo el alcalde.

—Tome todas las medidas.

—Así lo haré.

—Y añada que he pensado que lo mejor es encargar la silla de postas para la una de la noche.

—Muy bien —replicó el alcalde por última vez; y, meditando sobre lo oscuro de la situación en la cual le había colocado el destino y las viejas amistades, manifestó al camarero su deseo de que se sirviese anunciarlo al huésped del número diecinueve.

Al serle anunciado: «Un señor desearía hablar con usted», el señor Trott se vio obligado a suspender a medio camino el vaso de Madeira que estaba a punto de beberse en aquellos instantes; a levantarse de su silla, y a retirarse unos cuantos pasos hacia la ventana, como para asegurarse una retirada ante la eventualidad de que el visitante asumiese la forma de Horacio Hunter. Una rápida mirada a Joseph Overton le tranquilizó. Con toda cortesía indicó al visitante una silla. El camarero, después de hacer algún ruido con la botella y unos vasos, se marchó, y Joseph Overton, dejando su sombrero de anchas alas en una silla próxima e inclinando cortésmente el cuerpo hacia adelante, inició el asunto diciendo en voz baja y cautelosa:

—Su señoría...

—¿Eh? —dijo el señor Alejandro Trott, alzando la voz con el aire inexpresivo y raro de un sonámbulo que grita—. ¡Chis! ¡Chis! —advirtió el cauteloso procurador.

—¡Claro! Tiene razón... Nada de títulos... Mi nombre es Overton, señor.

—¿Overton?

—Sí, el alcalde de aquí... Usted me ha mandado hoy mismo una carta con una información anónima...

—¿Yo, señor? —exclamó Trott con mal disimulada sorpresa, porque, como cobarde que era, de buena gana hubiera negado la paternidad de la carta en cuestión—. ¿Yo, señor?

—Sí, sí, usted, señor mío; ¿no es verdad? —respondió el señor Overton, enojado por lo que él suponía un exceso de desconfianza—. La carta, o es de usted o no; en el primer caso hay que hablar sobre el asunto; pero si no es suya, no tengo más que decir.

—¡Aguarde, aguarde! —dijo Trott—. La carta es mía, yo la escribí. ¿Qué debo hacer? Aquí no tengo ningún amigo.

—Naturalmente, naturalmente —dijo el alcalde con tono alentador—. No podía haber obrado más acertadamente. Bien; es necesario que usted parta esta misma noche en una silla de postas. Cuanto más haga correr el cochero a los caballos, mejor. No deja usted de ser un perseguido.

—¡Dios me asista! —exclamó Trott poseído de terror—. ¿Pueden pasar tales cosas en un país como este? ¡Esta hostilidad incesante y fría!

Enjugóse el sudor que la cobardía le hacía caer frente abajo y contempló despavorido a Joseph Overton.

—Ciertamente, es enojoso —observó el alcalde con una sonrisa— que en un país libre no pueda uno casarse con quien quiera sin que le persigan como a un criminal. Sea como sea, en este caso la dama consiente, y aquí está lo principal, después de todo.

—¡La dama consiente! —repitió maquinalmente Trott—. ¿Cómo sabe usted que consiente?

—¡Vaya, esta es buena! —dijo el alcalde, dando un golpecito amistoso sobre el brazo del señor Trott con su sombrero de anchas alas—. La conozco desde hace años y si alguien pudiese tener la más remota duda, le aseguro a usted que no debe tener ninguna.

—¡Dios mío! —exclamó el señor Trott, pensativo—. Todo esto es extraordinario.

—¡Bien, lord Pedro! —dijo el alcalde poniéndose en pie.

- -¿Lord Pedro? —repitió Trott.

—¡Se me olvidaba, señor Trott! Sí, Trott. Muy bien, ¡ja, ja, ja! Bien, señor, la silla estará a punto a las doce y media.

—¿Y cómo me las voy a arreglar hasta entonces? —inquirió el señor Trott—. ¿No sería mejor que estuviese vigilado para salvar así las apariencias?

—¡Ah! —replicó Overton—. ¡Muy buena idea por cierto! Voy a mandar a alguien enseguida. Y si usted opone alguna resistencia a entrar en la silla de postas, mejor que mejor... Algo así como si no quisiera que se lo llevasen ¿No le parece?

—Cierto —dijo Trott.

—Bien, monseñor —dijo Overton en voz baja—, hasta entonces; deseo a usía muy buenas tardes.

—¿Monseñor? ¿Usía? —exclamó Trott otra vez, retrocediendo dos pasos y mirando con indecible asombro al alcalde.

—¡Ja, ja, ja! Muy bien, monseñor. ¿Haciéndose el loco? Muy bien, pero que muy bien. ¡Una mirada extraviada! ¡Esencial, monseñor, esencial! Buenas tardes, señor Trott... ¡Ja, ja, ja!

—El alcalde está decididamente borracho —se dijo a sí mismo en voz alta el señor Trott, volviendo a sentarse en su silla, en actitud reflexiva.

«He aquí un tipo más listo de lo que me había creído, ¡este joven noble! Representa su papel con rara perfección», pensaba Overton, dirigiéndose al mostrador de la fonda para completar su maniobra, maniobra que fue realizada al momento. Cada palabra del cuento que les contó fue creída sin titubeos y, acto seguido, el limpiabotas tuerto fue delegado para personarse en el mismo número diecinueve y allí custodiar a un supuesto loco hasta las doce y media de la noche. Obedeciendo a estas órdenes, el más excéntrico personaje se armó con un garrote formidable y se presentó, con su habitual ecuanimidad de maneras, en el departamento del señor Trott, en el que entró sin pedir permiso, y sentóse con toda calma en una silla cercana a la puerta, mientras que para matar el tiempo procedía a silbar una canción popular con una gran satisfacción aparente.

—¿Qué haces aquí, bribón? —preguntó el señor Trott, aparentando indignación.

El limpiabotas marcó el compás con la cabeza mientras miraba plácidamente al señor Trott de pies a cabeza, sonriéndose con lástima y silbando un adagio.

—¿Has venido por orden del señor Overton? —inquirió Trott, algo extrañado por la conducta de aquel hombre.

—Esté tranquilo el amiguito —respondió con calma el limpiabotas—, y calle la boca...

Y siguió silbando.

—¡Ah, ten esto presente! —gritó el señor Trott, deseoso de representar la farsa de su firme voluntad de luchar en duelo si se lo permitían—. Protesto contra mi detención. Niego que tenga intención de batirme con nadie. Pero como es inútil esforzarse contra el número, permaneceré quieto.

—Será mejor —observó el plácido limpiabotas, meneando el bastón de una manera expresiva.

—Con mi protesta —añadió Alejandro Trott con aparente indignación e interior regocijo—. Con mi protesta.

—¡Oh, cierto, cierto! —respondió el limpiabotas—. Lo que usted guste; me alegro mucho; solamente que habla demasiado, lo que es peor para usted.

—¿Peor para mí? —exclamó Trott esta vez con fingida sorpresa—. Este hombre está borracho.

—¡Calma, amiguito! —le aconsejó el limpiabotas, entregándose a un ejercicio de pantomima con el bastón.

—O loco —prosiguió Trott, un tanto alarmado—. Salga usted de aquí, y diga que me manden a otro.

—No me da la gana —replicó el limpiabotas.

—¡Fuera de aquí! —gritó Trott, tocando la campana con violencia, pues empezaba a sentir nuevamente miedo.

—¡Suelta la campana, miserable loco! —dijo el limpiabotas, arrastrando a Trott hasta su asiento y blandiendo su bastón—: ¡Quieto, miserable! ¡Que no se sepa que en la casa hay un loco!

—¡El loco es él! ¡Él es el loco! —exclamó, aterrorizado el señor Trott, mirando fijamente el único ojo del pelirrojo limpiabotas con expresión del más grande horror.

—¿Loco? —replicó el limpiabotas—. ¡Caramba! ¡Vaya un loco vengativo! Oye, desventurado. ¡Ah!, ¿no quieres?

Como el señor Trott intentase ir hacia la campanilla, un ligero estacazo cayó sobre su cabeza.

—¡Respeta mi vida! —exclamó Trott juntando sus manos en un ademán de súplica.

—¿Para qué quiero yo tu vida? —replicó el limpiabotas desdeñosamente—. Aunque pienso que sería un acto de caridad si alguien te la quitara.

—¡No, no, de ninguna manera! —interrumpió el pobre señor Trott con precipitación—. ¡No, de ningún modo! Ya me estaré quieto... Yo...

—¡Muy bien! —dijo el limpiabotas—. Es una mera cuestión de gustos. Cada cual lo que le plazca. De todos modos, lo que yo quiero decir es esto: usted se está quieto aquí en esta silla y yo quietecito ahí en la mía; si usted no se mueve yo tampoco me muevo. No le quiero hacer

daño; pero si mueve una mano o un pie antes de las doce y media, le voy a alterar su fachada de tal modo que la próxima vez que se mire al espejo tendrá que preguntarse cuándo se marchó de la ciudad y cuándo podrá regresar a ella.

—Sí, sí; como guste —respondió la víctima de la equivocación.

El señor Trott se sentó y el limpiabotas enfrente de él, con el palo pronto para apalearle.

Las siguientes horas fueron largas e interminables. La campana de la iglesia de Gran Winglebury había dado apenas las diez, y aún tenían que transcurrir con toda probabilidad dos horas y media antes de que llegase ayuda. Por espacio de media hora el ruido producido al cerrarse las tiendas dio cierta apariencia de vida a la ciudad e hizo la situación del señor Trott algo más soportable. Pero cuando cesó todo este ruido y no se oyó nada excepto el chirrido de alguna silla de postas que entraba en el patio para cambiar de caballos y luego se marchaba, o el golpear de los cascos de aquellos en la cuadra, fue casi imposible soportar el tiempo. De cuando en cuando el limpiabotas se levantaba para despabilar las velas que daban una luz débil; pero al instante volvía a sentarse, y comoquiera que hubiese oído decir, en alguna parte, que la mirada humana ejerce un efecto apaciguador en los locos, tenía su único órgano de visión constantemente fijo sobre el señor Trott. El desgraciado, a su vez, contemplaba asimismo a su compañero, hasta que sus facciones se volvieron más y más indistintas —su cabellera gradualmente menos roja— y la habitación más oscura y confusa. El señor Alejandro Trott cayó en un sueño profundo, del que fue despertado por el ruido de unas ruedas en la calle y el grito de: «¡Silla de postas para el veinticinco!». A esto se oyeron pasos en las escaleras; la puerta de la habitación fue abierta rápidamente y el señor Overton entró, precedido de cuatro robustos camareros y de la señora Williamsom, la gruesa patrona de la posada «Las Armas de Winglebury».

—¡Señor Overton! —exclamó el señor Alejandro Trott saltando de su silla como un loco—. ¡Mire a este hombre, señor; considere la situación en que me he visto durante tres horas! La persona que me mandó como guardián es un loco. ¡Sí, un loco furioso, rabioso...!

—¡Bravo! —exclamó Overton.

—¡Pobre desgraciado! —dijo la compasiva señora Williamsom—. Los locos siempre se figuran que lo están los demás.

—¡Pobre desgraciado! —exclamó el señor Trott—. ¿Qué diablos quiere usted decir con este «pobre desgraciado»? ¿Es usted la patrona?

—Sí —contestó la robusta mujer—. No se excite, pues sería una lástima. Cuide de su salud, ¡vaya!

—¿Excitarme yo? —gritó el señor Alejandro Trott—. ¡Sería un milagro que aún pudiera tener aliento para excitarme! He estado a punto de ser asesinado en el espacio de tres horas por este monstruo de un solo ojo y cabeza de alcornoque. ¿Cómo se atreve usted, señora, a tener un loco en su casa para asaltar y aterrorizar a sus huéspedes?

—¡Jamás quise tener otro! —dijo la señora Williamsom lanzando una mirada reprobadora al alcalde.

—¡Magnífico, magnífico! —exclamó Overton, envolviendo al señor Trott en una gruesa capa de viaje.

—¿Magnífico, señor? —exclamó Trott en voz alta—. ¡Si es horrible! El solo recuerdo de lo que me ha ocurrido me da escalofríos. Antes prefiero cuatro duelos en tres horas que pasarme todo este tiempo sentado frente a frente de un loco.

—Continúe, milord, mientras baja las escaleras —murmuró Overton—. Su cuenta está pagada y su equipaje abajo en la silla —y añadió en voz alta—: Camareros, el señor está listo.

A esta señal los camareros se situaron en torno del señor Alejandro Trott. Uno le cogió por un brazo, el otro por el otro, un tercero les precedía con una vela y el cuarto seguía con otra. El limpiabotas y la patrona formaban la retaguardia. Y así bajaron las escaleras, mientras el señor Trott expresaba con voz débil, ya su fingida oposición a marcharse, ya su real indignación por haber sido encerrado con un loco.

El señor Overton les esperaba junto a la silla de postas. Los postillones estaban ya en el pescante y algunos huéspedes y otra gente diversa formaban un grupo para contemplar la marcha del «señor loco». El señor Alejandro Trott tenía ya un pie en el estribo cuando observó a alguien sentado en la silla y completamente envuelto en un manto como el suyo, y que la poca luz le había impedido ver antes.

—¿Qué es esto? —preguntó en voz baja a Overton.

—¡Chis, Chis! —rogó el alcalde—. ¡La otra parte, naturalmente!

—¿La otra parte? —exclamó Trott dando un paso atrás.

—Sí, ya lo descubrirá usted pronto. Pero haga ruido si no quiere que sospechen de nosotros por hablar tanto en voz baja.

—¡No quiero meterme en esa silla! —protestó el señor Trott, a quien de nuevo le asaltaron sus temores con más violencia—. Me van a asesinar. Me van...

—¡Bravo, bravo! —murmuró Overton—. Voy a empujarle dentro.

—¡Es que no quiero ir! —exclamaba el señor Trott—. ¡Socorro, socorro, me llevan contra mi voluntad! ¡Es un complot para asesinarme!

—¡Pobrecillo! —exclamó la señora Williamsom.

—Ahora, muchachos, a escape —gritó el alcalde empujando a Trott y cerrando de un golpe la portezuela—. Arriba, tan aprisa como se pue-

da, y a no detenerse por nada del mundo hasta la parada siguiente. ¡Muy bien!

—¡Los caballos están pagados, Tom! —gritó la señora Williamsom.

Y a todo galope marchó la silla, con una velocidad de catorce millas por hora, con el señor Alejandro Trott y *miss* Julia Manners, cuidadosamente encerrados dentro.

El señor Trott permaneció acurrucado en un rincón de la silla y su misteriosa compañera de viaje en el otro durante las primeras dos o tres millas; el señor Trott se arrimaba más y más a su rincón a medida que sentía que su compañera se le iba acercando e intentaba en vano lanzar una ojeada sobre la cara furibunda del supuesto Horacio Hunter.

—Ya podemos hablar —dijo al fin su compañera de viaje—. Los postillones no pueden oírnos ni vernos.

«No es la voz de Hunter» —pensó Alejandro con estupefacción.

—Querido lord Peter —dijo *miss* Julia cariñosamente, poniendo su brazo sobre la espalda de Trott—. Querido lord Peter; ¿ni una palabra?

—¡Cómo! ¡Es una mujer! —exclamó Trott asombrado y en voz baja.

—¡Ah! ¿Qué voz es esta? —dijo Julia—: No es la de lord Peter.

—No. Es la mía... —dijo Trott.

—¿Suya? —exclamó *miss* Manners—. ¡Un hombre desconocido! ¡Cielo santo! ¿Cómo ha llegado usted hasta aquí?

—Sea quien fuere ya habrá podido usted observar, señora, que ha sido en contra de mi voluntad —replicó Alejandro—. Porque yo hice bastante ruido cuando me metieron dentro.

—¿Le mandó a usted lord Peter? —interrogó *miss* Manners.

—¡Dios confunda a lord Peter! —exclamó Trott con rabia—. No conozco a ese señor. No he oído decir nada de él hasta esta noche, que he sido lord Peter para el uno y lord Pedro para el otro. Voy a llegar a creer que estoy loco de veras, o que sueño.

—¿Y adónde vamos? —preguntó la dama.

—¡Y qué sé yo, señora! —replicó con frialdad Alejandro Trott, pues los acontecimientos de aquella noche le habían aturdido por completo.

—¡Alto! ¡Alto! —exclamó la señora, bajando los cristales delanteros de la silla.

—Un momento, querida señora —dijo Trott, volviendo a subirlos con una mano y sujetando con la otra a *miss* Manners—. Existe aquí un gran error; permítame, durante este viaje, hasta la próxima posada, que explique mi parte en el asunto. Hemos de hacer el trayecto entero; usted no puede quedar abandonada a estas horas de la noche.

La señora consintió; la equivocación fue mutuamente explicada; el señor Trott era joven, poseía unas patillas sumamente prometedoras, un sastre intachable y una insinuante habilidad; sólo le faltaba valor, pero, ¿quién lo necesita con tres mil libras al año? La dama poseía esto y más; necesitaba un joven esposo, y el único camino que se ofrecía al señor Trott para reparar su error era una rica esposa. En consecuencia, llegaron a la conclusión de que hubiese sido una lástima que tantas perturbaciones y gastos no hubieran servido para nada. Y que, puesto que habían hecho tanto camino, podían llegarse a Gretna Green y casarse. Así lo hicieron. Y la inscripción siguiente en el libro del famoso herrero fue la de Emilia Brown y Horacio Hunter. El señor Hunter devolvió a su mujer a su casa; pidió perdón, y fue perdonado, y el señor Trott hizo lo propio con idénticos resultados. Y lord Peter, que se había pasado todo el tiempo bebiendo champaña y corriendo una carrera de obstáculos, se volvió a casa del honorable Augusto Flair y bebió más champaña y corrió otra carrera de obstáculos, y se mató en una caída. En cuanto a Horacio Hunter, adquirió a sus propios ojos una gran reputación de valor valiéndose de la cobardía de Trott, y todas estas circunstancias se descubrieron con el tiempo y se anotaron cuidadosamente. Y si cualquiera de ustedes pasa una semana en «Las Armas de Winglebury», allí le explicarán la historia del duelo de Gran Winglebury.

LA FAMILIA TUGGS, EN RAMSGATE

Hace tiempo que habitaba en una calle estrecha, por la parte de Surrey y a tres minutos del puente viejo de Londres, un tal señor Joseph Tuggs. Se trataba de un hombrecillo moreno, de cabello lustroso, ojos vivos, piernas cortas y el tronco de considerable masa y espesor, a contar desde el botón central de su chaleco, por delante, hasta los ornamentales de su chaqueta, por la parte posterior. También la cordial señora Tuggs era corpulenta, así como su hija única, la cumplida *miss* Carlota, que iba adquiriendo una agradable gordura parecida a la de su padre en los años mozos, que encantaba los ojos y conquistaba los corazones. El señor Simon Tuggs, su único hijo, el único hermano, por tanto, de *miss* Carlota Tuggs y esta, eran tan diferentes de cuerpo como de espíritu, diferencia que se extendía a todos los miembros de aquel hogar. Su cara alargada y cierta tendencia a la debilidad de sus interesantes piernas hablaban mucho en favor de sus disposiciones románticas. El más pequeño rasgo de estos caracteres no deja de presentar interés para los temperamentos observadores. Solía nuestro joven héroe presentarse en público calzado con unos zapatos que le

venían grandes y con calcetines de algodón negros. Y llamaba la atención que casi siempre llevase un cuello negro, sin corbata ni adorno de ninguna naturaleza.

No hay profesión tan útil ni ocupación tan meritoria que escape a los mezquinos ataques de la vulgaridad. El señor Joseph Tuggs era droguero. Puede creerse que un droguero está por encima de la calumnia; pero no: los vecinos le tildaban de cerero. Voces envenenadas por la envidia aseguraban que vendía el té por cuartos de pinta, el azúcar por onzas, el queso por rajas, el tabaco a puñados y la manteca a pastillas. Por lo demás, estas habladurías no hacían mella en los Tuggs. Él se ocupaba de la sección de droguería y su esposa de la mantequería. *Miss* Tuggs y el señor Simon Tuggs llevaban los libros de su padre y atendían a su vida particular.

Una hermosa tarde de primavera se hallaba el joven sentado ante su escritorio —un pequeño pupitre rojo— cuando un desconocido se apeó de un coche de alquiler y entró presuroso en la tienda. Vestía de negro y llevaba un paraguas verde y un saco azul.

—¿El señor Tuggs? —preguntó.

—Me llamo Tuggs —replicó Simon.

—Es el otro señor Tuggs a quien debo hablar —dijo el recién llegado, mirando hacia la puerta de cristales de la trastienda por donde asomaba tras de la cortina la faz redonda del señor Tuggs, padre.

El señor Simon hizo un gracioso gesto con la pluma, como invitando a su padre a que saliese y el señor Joseph Tuggs, con gran prontitud, desapareció de detrás de la cortina y se plantó ante el desconocido.

—Vengo del Temple —dijo el hombre del saco azul.

—¿Del Temple? —repitió la señora Tuggs, abriendo la puerta de la trastienda y mostrando a *miss* Tuggs, o sea a su hija.

—¿Del Temple? —exclamaron a la vez *miss* Tuggs y Simon.

—¡Del Temple! —exclamó también el señor Joseph Tuggs, poniéndose pálido como un queso de Holanda.

—¡Del Temple! —repitió el hombre del saco—. De parte del señor Cower, el abogado. El señor Tuggs, le felicito. Señoras, les deseo toda suerte de prosperidades. ¡Hemos ganado!

Y el hombre se desembarazó de su paraguas y de los guantes para estrechar la mano del señor Tuggs.

Apenas habían sido pronunciadas las palabras «hemos ganado», cuando el señor Simon Tuggs se levantó del barril en que estaba sentado, abrió desmesuradamente los ojos y la boca, trazó en el aire unos ochos con su pluma y, por último, cayó en brazos de su ansiosa madre y se desmayó, sin la más ligera causa o pretexto aparentes.

—¡Agua! —gritó la señora Tuggs.

—¡Ánimo, hijo mío! —exclamó el señor Tuggs.

—¡Simon, querido Simon! —exclamó *miss* Tuggs.

—Ya me encuentro mejor —dijo el señor Simon Tuggs—. ¡Qué victoria! —y, acto seguido, para probar que se encontraba mejor, volvióse a desmayar y fue introducido en la trastienda por el resto de la familia y el hombre del saco.

Para cualquier espectador casual la escena hubiese carecido de sentido. Pero quien conociese la misión del recién llegado y, además, hubiera estado al corriente de los nervios irritables de Simon Tuggs, la hubiese encontrado muy natural. Se trataba de la solución de un largo pleito por motivo de una herencia, solución inesperada, de resultas de la cual el señor Joseph se veía en posesión de veinte mil libras.

Una larga deliberación tuvo lugar por la noche en la salita: deliberación sobre los futuros designios de los Tuggs. La tienda cerró más temprano que nunca, y fueron muchos los golpes aplicados en vano sobre la puerta por diversos compradores, ya para adquirir un cuarto de pinta de té, o de medio pan, o de un penique de pimienta que tenía que «pagarse el sábado», pero que la fortuna había decidido que tuviesen que pagarse en otra parte.

—Tenemos que dejar el negocio —dijo *miss* Tuggs.

—¡Oh, sin duda! —exclamó la señora Tuggs.

—Simon tiene que ser abogado —terció el señor Joseph Tuggs.

—Y firmaré «Cymon» en el futuro —añadió su hijo.

—Y yo me llamaré Carlota —dijo *miss* Tuggs.

—Y me llamaréis «mamá» y al padre «papá» —prosiguió la señora Tuggs.

—Sí, y «papá» abandonará sus vulgares costumbres —añadió *miss* Tuggs.

—Me preocuparé de ello —respondió complaciente el señor Tuggs, que en aquel momento se hallaba comiendo salmón en escabeche con un cortaplumas.

—Tenemos que dejar la ciudad inmediatamente —dijo «Cymon» Tuggs.

Todo el mundo encontró que esta era una condición previa para su categoría social. Y se suscitó esta cuestión: ¿Adónde ir?

—¿A Gravesend? —sugirió el señor Joseph Tuggs.

La idea fue desechada por unanimidad: Gravesend era demasiado poco.

—¿A Margate? —propuso la señora Tuggs.

—¡De ningún modo! Allí sólo hay tenderos.

—¿A Brighton? —dijo el señor Cymon Tuggs oponiendo una objeción irrefutable. Todos los coches habían volcado durante las últimas

tres semanas y cada coche había tenido un promedio de dos pasajeros muertos y seis heridos, y en todos los casos los periódicos habían opinado «que no podía atribuirse la culpa al cochero».

—¿A Ramsgate entonces? —propuso el señor Cymon con aire pensativo.

¡Magnífico! ¡Qué estúpidos habían sido por no habérseles ocurrido antes! Ramsgate era el único sitio adecuado, el mejor lugar de todos.

Dos meses después de esta conversación, el vaporcito que hacía el servicio entre la City de Londres y Ramsgate iba alegremente río abajo. Su bandera flotaba al viento; la banda tocaba unas piezas de música y la conversación entre los pasajeros era alegre y animosa; no había por qué maravillarse: los Tuggs se hallaban a bordo.

—¿Encantador, no? —dijo el señor Joseph Tuggs, que vestía una levita color verde botella, provista de un cuello de terciopelo y que se cubría con un sombrero viejo de color azul, alrededor del cual ostentaba una cinta dorada.

—¡Alegra el alma! —replicó el señor Cymon, que ya practicaba sus estudios de abogado—. ¡Alegra el alma!

—¡Una mañana deliciosa, caballero! —dijo un señor con aire de militar, que llevaba un sobretodo azul, abotonado hasta el cuello, y pantalones blancos con trabillas.

El señor Cymon Tuggs asumió la responsabilidad de replicar a la observación de aquel desconocido:

—¡Celestial! —exclamó.

—¿Es usted un entusiasta de las bellezas de la naturaleza, caballero? —preguntó el señor de aire marcial.

—En efecto, lo soy —replicó el señor Cymon Tuggs.

—¿Ha viajado mucho? —preguntó el otro.

—No mucho —contestó el señor Cymon Tuggs.

—¿Ha estado en el continente? —volvió a preguntar el marcial personaje.

—No —contestó el señor Cymon Tuggs con un acento como si quisiese dar a entender que había llegado a medio camino pero que se había vuelto atrás.

—Usted, naturalmente, cree que su hijo debe dar *le grand tour,* ¿verdad caballero? —dijo el de aspecto marcial dirigiéndose al señor Joseph Tuggs.

Como este no supiera lo que significara el *grand tour,* ni en dónde se fabricaba este producto, se limitó a contestar:

—¡Naturalmente!

No había acabado de pronunciar esta palabra cuando se le acercó una joven con manto de seda color pulga y botas del mismo color. Sus

tirabuzones eran negros, así como sus ojos, y debajo de sus cortas faldas exhibía unos tobillos irreprochables.

—¡Walter querido! —exclamó la joven.

—Sí, Belinda, mi amor —contestó el marcial caballero a la damisela de los negros ojos.

—¿Por qué me has dejado tanto tiempo sola? —añadió esta—. ¡Con lo que me han molestado esos jovencitos con sus miradas impertinentes...!

—¿Cómo? ¿Qué? —exclamó el belicoso personaje con tal énfasis que hizo apartar al señor Cymon Tuggs los ojos, que tenía fijos en la dama—. ¿Qué jóvenes son ésos y en dónde están? —preguntó el caballero, apretando los puños y echando una ojeada a los que se hallaban a su alrededor fumando sus cigarros.

—¡Cálmate, Walter, te lo ruego! —dijo ella.

—¡No! —replicó el personaje.

—¡Repórtese, caballero! —rogó a su vez el señor Cymon Tuggs—. No vale la pena llamar la atención.

—No, no, claro, no vale la pena —insistió la dama.

—Pues me calmo porque quiero —replicó su enérgico acompañante—. Dice usted bien, caballero. Le doy las gracias por su oportuna observación, que me ha salvado de cometer un homicidio.

Abrió sus puños y estrechó la mano del señor Cymon.

—Mi hermana, caballero —dijo el señor Cymon Tuggs, quien lanzó una mirada de admiración a *miss* Carlota.

—Mi esposa, señora —dijo el marcial desconocido presentando a la dama de los ojos negros.

—Mi madre, la señora Tuggs —dijo el señor Cymon.

El presunto capitán y su esposa murmuraron frases amables de cortesía, y los Tuggs procuraron mostrar el tono más desenvuelto que les fue posible.

—Walter querido —dijo la dama de los ojos negros, después de charlar media hora con los Tuggs.

—Sí, ¡amor mío! —exclamó su marido.

—¿No te parece que este caballero —dijo con una inclinación de cabeza al señor Cymon Tuggs— se parece extraordinariamente al marqués Carriwini?

—¡Dios mío, y tanto! —respondió el militar.

—Me llamó la atención en el momento en que le vi —añadió la damisela, contemplando con intención y aire melancólico el enrojecido rostro del señor Cymon Tuggs.

Este miraba a todos y, viendo que todos le miraban a él, no sabía qué hacer.

—Exacto, el aire del marqués —dijo el caballero.

—¡Extraordinario! —suspiró la damisela.

—¿No conoce usted al marqués? —inquirió el marcial personaje.

El señor Cymon pronunció una negativa.

—Si le conociera —continuó el presunto capitán— sabría cuánta razón tiene para enorgullecerse con el parecido. Es un hombre elegantísimo y muy simpático.

—¡En efecto! —exclamó Belinda vivamente.

Cuando sus miradas se cruzaron con las de Cymon Tuggs, ella bajó la vista con evidentes señales de confusión.

Todo era alegre gratitud lo que en aquellos momentos experimentaba la familia Tuggs. Y cuando, en el curso de la conversación, resultó que Carlota Tuggs era el facsímil de un título del parentesco del señor Belinda Waters, y la señora Tuggs el propio retrato de la duquesa viuda de Dobbleton, no tuvo límites la satisfacción que todos ellos sintieron por haber adquirido una relación tan amable y amistosa. El capitán condescendió inclusive, abandonando por breves momentos su dignidad, a compartir con el señor Joseph Tuggs un pastel de pichón y una botella de jerez que tomaron en la cubierta, y una amena conversación se entabló entre los presentes, ayudada por tan agradables estimulantes, hasta que llegaron a los muelles de Ramsgate.

—¡Adiós, querida! —dijo la señora Waters, despidiéndose de *miss* Carlota Tuggs, un momento antes de que el barullo del desembarco diera principio—. La veremos en la playa por la mañana y, como creo que antes encontraremos alojamiento, espero que seremos inseparables en muchas semanas.

—¡Oh, así lo espero! —contestó *miss* Tuggs enfáticamente.

—¿El equipaje, caballero? —dijeron a la vez una docena de hombres de blusa.

—¡Adiós, amigo! —dijo el capitán Waters.

—¡Adiós! —dijo su mujer—. ¡Adiós, señor Cymon!

Y, con una presión de su mano que lastimó la del pobre muchacho y puso sus delicados nervios en tensión, desapareció entre la turba. Se vio un par de botas color pulga subiendo las escaleras del muelle, un blanco pañuelo agitándose y unos brillantes ojos que relucieron. Los Waters se habían marchado y el señor Cymon Tuggs se hallaba solo en un mundo sin entrañas.

Silenciosa y distraídamente siguió el demasiado sensible mozo a sus respetables padres, y a una turbamulta de blusas y carretillas de mano sobre el muelle, hasta que el ruido que se produjo a su alrededor le devolvió a sí mismo. El sol brillaba con fuerza; el mar ondeaba alegremente; grupos de gentes iban de un lado a otro; las damiselas fisgoneaban; las se-

ñoras de cierta edad charlaban; las niñeras paseaban sus encantos, y sus pequeños amos corrían aquí y allá, deslizándose por entre las piernas de la concurrencia de la forma más bulliciosa y juguetona. Se veían también viejos que miraban con prismáticos y jóvenes sirviendo ellos mismos de objeto, con sus camisas de cuello abierto; señoras con sus sillas portátiles y sillas portátiles arrastrando inválidos; grupos aguardando en el muelle a otros grupos que venían en el vapor; en una palabra, no se oían más que conversaciones, risas, saludos y bullicio.

—¿Un coche, señor? —exclamaron al mismo tiempo catorce hombres y seis niños en el momento en que el señor Joseph Tuggs, a la cabeza de su tropa, ponía los pies en la calle.

—Ahí está el caballero, por fin —dijo uno, tocándose el sombrero con burlona cortesía—. Muy contento de verle, señor; le hemos aguardado seis meses. ¡Sea servido de subir el señorito, si gusta!

—¡Lindo coche y buen caballo trotador! —dijo otro—. Catorce millas por hora; los objetos se hacen invisibles ante su velocidad.

—¿Un coche grande para el equipaje, señor? —gritaba un tercero—. ¿Un coche grande?

—¡Aquí está su coche, caballero! —murmuró otro aspirante a ser su cochero, subiendo al pescante y obligando a su viejo caballo a que imitase un imperfecto paso largo—. ¡Señor, mírele; manso como un cordero y fuerte como una máquina de vapor!

Resistiendo, con todo, a la tentación de emplear los servicios de cierto derrengado vehículo de color verdoso, forrado de roto y místico calicó, y después de haber depositado el equipaje, el animal que iba entre las varas describió círculos en la calle por espacio de una hora hasta que, al fin, consintió en marchar en busca de alojamiento.

—¿Cuántas camas tiene? —gritó la señora Tuggs desde el coche a la mujer que le abrió la puerta de la primera casa donde se exhibía un rótulo anunciando que había habitaciones por alquilar.

—¿Cuántas necesita la señora? —fue, naturalmente, la réplica.

—Tres.

—¿Quiere usted subir, señora?

Bajó la señora Tuggs. La familia estaba encantada. ¡Espléndida vista del mar desde las ventanas! Una breve pausa. La señora Tuggs volvió. ¡Una salita y un colchón!

—¿Por qué diantre no lo dijo al principio la tía esa? —inquirió el señor Joseph Tuggs algo enojado.

—Lo ignoro —respondió su esposa.

—¡Miserables! —exclamó el nervioso Cymon.

Otro cartelito. Otra parada. La misma pregunta. Idéntica respuesta. Exacto resultado.

—¿Qué significa esto? —interrogó el señor Joseph Tuggs, ya fuera de sus casillas.

—Lo ignoro —repitió la plácida señora Tuggs.

El cochero murmuró no sé qué a manera de explicación, que a él le pareció satisfactoria, y continuaron el viaje en busca de nuevas desazones.

Ya había anochecido cuando el coche —que se había movido durante todo este tiempo no precisamente con ligereza— después de haber trepado a cuatro o cinco colinas perpendiculares, se detuvo a la puerta de una casa polvorienta, con una ventana saslediza desde la cual podía divisarse una hermosa vista del mar... sacando medio cuerpo fuera y exponiéndose a caerse al santo suelo, la señora Tuggs saltó del coche. Una sala en el entresuelo y tres habitaciones con camas en el piso superior. Casa doble. La familia en el sitio opuesto. Cinco niños alborotando en la sala de visitas y un pequeñuelo, al que habían echado fuera por su mala conducta, chillando en el corredor.

—¿Cuáles son sus condiciones?

La señora de la casa pensaba cómo podría añadir una guinea. Así es que tosió ligeramente y eludió la respuesta, como si no hubiese oído.

—¿Cuáles son sus condiciones? —repitió la señora Tuggs, alzando la voz.

—Cinco guineas al mes, señora, con asistencia —replicó la patrona.

La asistencia significaba poder tocar la campanilla tanto como gustasen por propia diversión.

—Algo caro es —dijo la señora Tuggs.

—¡Oh, no; no, señora! —replicó la dueña con una sonrisa de piedad ante la ignorancia de los usos y costumbres que tal respuesta suponía—. ¡Muy barato!

La autoridad no admitía discusión. La señora Tugss pagó una semana adelantada y alquiló las habitaciones por un mes, y una hora después, la familia se hallaba instalada tomando el té en su nueva residencia.

—¡Magníficos camerones! —exclamó el señor Joseph Tuggs.

—Camarones —rectificó el señor Cymon, mirando con severidad a su padre.

—Bueno, entonces, camarones —dijo el señor Joseph Tuggs—. Camarones o camerones, da lo mismo.

El señor Cymon miró a su padre con lástima mezclada de malignidad.

—¿Da lo mismo, padre? ¿Qué diría el capitán Waters si oyera semejante vulgaridad?

—O bien, ¿qué pensaría la buena señora Waters —añadió Carlota— si viera a madre, es decir, a mamá, comiéndoselos enteritos, con cabeza y todo?

—¡No puedo soportar tal pensamiento! —exclamó el señor Cymon con un sobresalto—. «¡Qué distinta —pensó— de la duquesa viuda de Dobbleton!».

—Una hermosura de mujer la señora Waters. ¿No, Cymon? —preguntó Carlota.

Una ligera excitación nerviosa se apoderó del señor Cymon Tuggs al exclamar:

—¡Un ángel de bondad!

—¡Hola! —dijo el señor Joseph Tuggs—. ¡Hola, Cymon, hijo mío, ten cuidado! Es una señora casada, ¿sabes? —y guiñó un ojo con aire de perspicacia.

—¿Qué? —exclamó Cymon con súbita cólera—. ¿Qué sucede para que se me tenga que recordar esta nube en mi felicidad y la ruina de mis esperanzas? ¿Por qué he de ser atormentado con tantas miserias? ¿No basta con.... con...? —el orador se detuvo; pero si fue por falta de palabras o de aliento, es cosa que no pudo saberse nunca.

Había una solemnidad tan imponente en el tono de su arenga y en el aire con que el romántico Cymon, como conclusión, agitó la campanilla y pidió una palmatoria, que impedía toda réplica. Se dirigió dramáticamente a la cama, haciéndolo el resto de la familia media hora después, en un estado de extraordinaria preocupación y perplejidad.

Si el muelle había presentado a los Tuggs una escena de vida y bullicio cuando por vez primera desembarcaron en Ramsgate, dicha sensación fue superada por el aspecto que presentaba la playa a la mañana siguiente. Era un día hermoso, claro, resplandeciente y soplaba una ligera brisa. Estaban allí las mismas señoras, los mismos caballeros, muchachos, niñeras, telescopios y sillones portátiles. Las señoras hacían labor o vigilaban o leían novelas, los caballeros leían periódicos o revistas, los niños abrían hoyos en la arena con palas de madera y los llenaban de agua; las amas, con sus críos en brazos, corrían hacia las olas y luego huían de ellas, y, de cuando en cuando, una embarcación partía con alegres y comunicativos pasajeros, o bien regresaba con pasajeros completamente callados y visiblemente incómodos.

—¡Oh, nunca en mi vida...! —exclamó la señora Tuggs cuando ella y su marido, con sus dos hijos —ocho pies calzados con zapatos amarillos— estaban sentados en sendos sillones de mimbre, los cuales, situados en la arena, pronto se hundieron sus buenos tres palmos—. ¡Oh, nunca en mi vida...!

El señor Cymon, desplegando un gran esfuerzo personal, desarraigó, arrancó las sillas y las colocó más atrás.

—¡Cómo! ¡Bendito sea Dios! ¡Mirad cómo suben allí esas señoras! —dijo el señor Joseph Tuggs en el colmo de su asombro.

—¡Dios mío, papá! —exclamó Carlota.

—¡Allí, allí, querida! —dijo el señor Joseph Tuggs.

Y, realmente, cuatro señoras, con sus bañadores, subían las escaleras de la máquina de bañarse. El caballo se metió dentro del agua. La máquina dio la vuelta; se sentó el conductor, y las cuatro jovencitas se cayeron al agua, dando otros tantos chapuzones que se oyeron distintamente.

—¡Vaya, «esto» es singular! —exclamó el señor Joseph Tuggs, después de una penosa pausa.

El señor Cymon tosió ligeramente.

—¿Cómo? ¿Unos hombres por allí? —exclamó la señora Tuggs con acento de espanto.

Tres máquinas, tres caballos, tres chapoteos, tres vueltas, tres caídas, tres señores divirtiéndose en el agua como tres delfines.

—¡Vaya, «esto» es singular! —dijo el señor Joseph Tuggs por segunda vez.

Miss Carlota tosió y luego sobrevino otra pausa, que fue agradablemente interrumpida.

—¿Cómo está usted, querida? La hemos buscado toda la mañana —dijo una voz a *miss* Carlota Tuggs.

Su propietaria era la señora Waters.

—¿Cómo están ustedes? —dijo el capitán Waters con cierta melosidad.

Luego tuvo lugar el más afectuoso cambio de saludos.

—¡Belinda, amor mío! —dijo el capitán Waters poniéndose los lentes y mirando al mar.

—¡Sí, querido! —replicó su mujer.

—¡Allí está Harry Thomson!

—¿Dónde? —dijo Belinda, poniéndose a su vez los lentes.

—Bañándose.

—¡Por Dios, así es! No nos ve, sin duda.

—No; presumo que no nos ve —replicó el capitán—. ¡Dios me bendiga; es particular!

—¿Qué? —interrogó Belinda.

—¡También está Mary Golding!

—¡Por Dios! ¿Dónde?

Otra vez funcionaron los lentes.

—¡Allí! —dijo el capitán, señalando a una señora en traje de baño, de las que antes habían merecido un comentario de parte de los Tuggs.

—¡Así es! ¡Cierto! —exclamó la señora Waters—. ¡Qué curioso es que los hayamos visto juntos!

—Mucho —respondió con frialdad el capitán.

—Es lo regular aquí, ya lo ve —murmuró Cymon Tuggs a su padre.

—Lo veo —reconoció este—. Extraño, ¿eh?

El señor Cymon asintió con la cabeza.

—¿Qué piensan hacer esta mañana? —interrogó el capitán—. ¿Vamos a almorzar a Pegwell?

—¡Con muchísimo gusto! —terció la señora Tuggs.

Nunca había oído hablar de Pegwell; pero la palabra «almorzar» había sonado agradablemente en sus oídos.

—¿Y cómo iremos? —añadió el capitán—. Hace demasiado calor para ir a pie.

—En un coche —murmuró el señor Cymon.

—Creo que con uno tendremos bastante —dijo el señor Joseph Tuggs en voz alta, inconsciente de la falta de corrección que cometía—. O bien en dos, si les parece.

—A mí me daría lo mismo un borriquillo —dijo Belinda.

—¡Oh, y a mí también! —repitió como un eco Carlota Tuggs.

—Bien; para nosotros un coche, y dos borricos para ustedes —resumió el capitán.

Pero surgió una nueva dificultad: la señora Waters declaró que sería inconveniente para dos señoras el ir solas montadas en burro. El remedio era obvio: quizá el joven señor Tuggs sería tan galante que quisiera acompañarlas.

El señor Cymon Tuggs se sonrojó; sonrió, se hizo el perplejo y protestó débilmente que él no era jinete. La objeción fue vencida. Se encontró rápidamente un coche y tres burros —que el propietario declaró que se componían «de tres partes de sangre y una de avena»— que fueron alquilados.

—¡Hala, Kimi! —gritó uno de los dos muchachos que seguía para empujar a los borricos, después de que Belinda Waters y Carlota Tuggs fueron debidamente izadas, empujadas e instaladas en sus respectivas sillas.

—¡Hi-hi-hi! —chillaba el otro detrás del señor Cymon Tuggs.

El burro echó a andar, golpeando con los estribos contra el talón de las botas del señor Cymon, las cuales casi se arrastraban por el suelo.

—¡Arre, arre, burro! —gritó nuestro personaje tan bien como pudo, en medio del traqueteo de su montura.

—¡No vaya al galope! —le gritó la esposa del capitán Waters, detrás.

—¡Mi asno quiere entrar en la taberna! —gritó *miss* Tugss, que era la más rezagada.

—¡Hi-hi-hi! —chillaban ambos muchachos a la vez, y los asnos corrían como si no tuviesen que detenerse nunca.

Pero todo se acaba en este mundo; hasta el galope de los asnos se para con el tiempo. El animal en el que señor Cymon cabalgaba, hallando profundamente incómodos los tirones que le daban al bocado, cuyo sentido se le escapaba, se dirigió de súbito a una pared de ladrillo y expresó su desazón dando violentamente con una pierna de la señora Cymon sobre la ruda superficie. La caballería de la señora Waters, con todas las apariencias de hallarse poseída de un espíritu juguetón, se tiró en un abrir y cerrar de ojos de cabeza contra un seto y negóse a moverse. En cuanto al cuadrúpedo montado por *miss* Tuggs, expresaba su deleite y buen humor plantando firmemente en el suelo sus patas delanteras y tirando coces con las traseras.

Esta brusca interrupción de la rápida carrera ocasionó, naturalmente, alguna confusión. Las señoras estuvieron chillando unos cuantos minutos, y, por lo que se refiere al señor Cymon Tuggs, aparte del natural y subsiguiente daño físico, tuvo el sufrimiento moral de no poder acudir en auxilio de las damas a causa de su pierna firmemente aprisionada entre el animal y la pared. Los esfuerzos de los muchachos, auxiliados por el ingenioso expediente de retorcer la cola del más terco de los asnos, resolvió la situación en plazo más breve del que se esperaba, y el pequeño pelotón avanzó lentamente a la vez.

—¡Dejémoslos hacer! —dijo el señor Cymon Tuggs—. Es cruel guiarlos excesivamente.

—Muy bien, señor —replicó uno de los muchachos, haciendo una mueca significativa al otro, como si entendiese que la crueldad se aplicaba más a ellos que a las caballerías.

—¡Qué día tan hermoso, querida! —exclamó Carlota.

—¡Encantador, encantador, querida! —repuso la señora Waters—. ¡Qué vistas tan hermosas, señor Tuggs!

Cymon miró a Belinda mientras respondía:

—¡Una hermosura!

La señora bajó los párpados y dejó que su montura quedase algo rezagada. Cymon Tuggs, instintivamente, hizo lo mismo.

Hubo un breve silencio, únicamente interrumpido por un suspiro del señor Cymon Tuggs.

—Señor Tuggs —dijo de pronto la dama en voz queda—. Señor Cymon, ¡soy de otro!

El señor Cymon expresó su asentimiento ante una afirmación tan imposible de contradecir.

—Si no lo hubiese sido... —resumió Belinda, y se calló.

—¿Qué? ¿Qué? —dijo el señor Cymon con toda la seriedad del mundo—. No me torture. ¿Qué quiere usted decir?

—Si no lo hubiese sido —prosiguió la señora Water—, si en mis tiempos pasados hubiese sido mi destino conocer y ser amada por... un joven de noble aspecto..., por un alma gemela..., por un espíritu hermano..., por uno, en fin, capaz de experimentar y apreciar los sentimientos que...

—¡Cielos! ¿Qué oigo? —exclamó el señor Cymon Tuggs—. ¿Es esto posible? Puedo creer con mi... ¡Ale, ale! —esto último, desprovisto de sentimentalismo, fue dirigido al borrico, que, con la cabeza metida entre las patas, parecía examinar ansiosamente el estado de sus herraduras.

—¡Hi-hi-hi! —gritaron los chicos detrás.

—¡Ale, ale! —repitió Cymon Tuggs.

—¡Hi-hi-hi! —insistieron los muchachos.

Y sea porque el animal se indignase por el tono de las órdenes que le dirigía el señor Tuggs, o que se alarmase por el ruido que hicieron las botas de los delegados de su amo, o, finalmente, que ardiese en noble emulación de aventajar a los demás asnos; en fin, por lo que fuere, lo cierto es que a la segunda serie de «¡hi-hi-hi!» se arrancó con tal celeridad que el sombrero del señor Cymon se despegó de su cabeza, y él en persona se halló en un santiamén ante el Pegwell Bay Hotel sin tener que tomarse la molestia de desmontar, ya que el asno le lanzó hábilmente por encima de sus orejas a la puerta misma del restaurante.

Grande fue la confusión del señor Cymon Tuggs cuando le pusieron en pie entre dos camareros y considerable la alarma del señor Tuggs padre al ver a su hijo, e indecible la congoja de la señora Waters viendo el caso.

Pronto se llegó a la conclusión de que el daño no había sido cosa del otro jueves; además, ¡la excursión había sido tan deliciosa...!

El señor y la señora Tuggs, junto con el capitán, habían ordenado ya la comida en el jardín de atrás. Pequeños platos de grandes camarones, mantequilla dentro de agua, panecillos y botellas de cerveza negra. El cielo no tenía una nube; cerca de su mesa se veían macetas con flores y parterres de césped; el mar, desde las peñas hasta el horizonte, estaba completamente tranquilo; se divisaba todo con nitidez: los barquitos, con sus velas, pequeñas por la distancia y lindas como pañuelitos de batista. Los camarones eran deliciosos, la cerveza mejor y el capitán mejor todavía. La señora Waters estaba de buen humor después del almuerzo persiguiendo, primero, a su marido sobre el césped, entre las macetas de flores; luego al señor Cymon Tuggs y después a *miss* Tuggs, y riéndose como una loca. Pero como el capitán ya dijo, todo esto no tenía impor-

tancia. ¿Quién podía imaginarse que ellos iban a estar allí? Aunque no lo supusieran los del hotel, ellos podían ser gente vulgar. A lo que el señor Joseph Tuggs exclamó:

—¡Seguro, seguro!

Luego bajaron por las escaleras de madera y se dieron un paseo al pie del acantilado, y miraron los cangrejos, las algas marinas y las anguilas, hasta que fue tiempo de sobra de emprender el regreso a Ramsgate. Finalmente, volvieron a subir las escaleras; la señora Waters era la penúltima y el señor Cymon Tuggs el último, el cual observó que los pies y tobillos de la señora Waters eran más perfectos de lo que él se había imaginado.

Llevar un asno hacia su habitual residencia es cosa muy distinta y mucho más fácil que llevarlo en dirección contraria. Esto requiere una gran dosis de previsión y presencia de ánimo; hay que anticiparse a los numerosos vuelos de su imaginación; mientras que, en el primer caso, todo lo que hay que hacer es soltarle las bridas y depositar una ciega confianza en el animal. El señor Cymon Tuggs adoptó el último expediente a su regreso, y sus nervios estaban tan alterados por el viaje, que oyó indistintamente que todos se daban cita para el anochecer en la biblioteca sala de fiestas.

La biblioteca estaba abarrotada. Había la misma gente que por la mañana estuviera en la playa y la víspera en el muelle. Se veían unas señoritas vestidas de marrón con brazaletes de terciopelo negro, vendiendo artículos de fantasía en la tienda y presidiendo los juegos de azar en la sala del concierto; niñas casaderas y mamás arregladoras de casamientos jugando y paseando, bailando y flirteando; algunos elegantes haciendo el sentimental con patillas, o el bravo con bigotes. La señora Tuggs vestía de color ámbar, *miss* Tuggs de azul celeste y el señor Waters de color rosa. El capitán Waters con sobretodo galonado; el señor Cymon Tuggs con escarpines y chaleco bordado en oro; el señor Tuggs, padre, se adornaba con levita azul y camisa plisada.

—¡Números tres, ocho y once! —proclamó una de las jovencitas de marrón.

—¡Números tres, ocho y once! —exclamó como un eco otra jovencita también vestida de color marrón.

—¡El número tres se ha adjudicado! ¡Números ocho y once! —dijo la primera.

Y repitió como en un eco la segunda:

—¡Números ocho y once!

—¡El número ocho ya está, Ana María! —observó la primera.

—¡Número once! —gritó la segunda.

—Todos los números están adquiridos; señoras, hagan el favor... —dijo la primera.

Los que tenían los números tres, ocho y once, así como los demás que tenían también números, se pusieron alrededor de la mesa.

—¿Quiere usted tirar, señora? —dijo la diosa presidencial, pasando el cubilete de los dados a la hija mayor de una robusta señora que tenía cuatro hijas.

Se hizo un profundo silencio entre los mirones.

—Tira, Juanita —dijo la robusta señora.

Hubo una interesante mímica de vergüenza, un pequeño rubor, un pañuelo de batista y un murmullo hacia una hermana menor.

—Amelia, hija mía, tira por tu hermana —prosiguió la robusta señora, y volviéndose a un caballero que parecía un anuncio ambulante del aceite de Mascassar, dijo así—: ¡Juana es tan modesta y comedida! Pero no puedo enfadarme con ella por esta razón. ¡Una muchacha sin arte ni trampa es tan cordial...! Con frecuencia he deseado que Amelia se le pareciese más.

El caballero de las patillas murmuró una aprobación.

—¡Ahora, querida! —prosiguió la robusta señora.

Miss Amelia tiró los dados. Ocho para su hermana y diez para ella.

—¡Bonita figura la de Amelia! —murmuró la robusta señora a un jovencito delgaducho.

—¡Guapa!

—¡Y tan graciosa! Yo opino como usted. No puedo menos de admirar esta vida, esta animación. ¡Ah! ¡Ojalá pudiese la pobre Juanita parecerse a mi Amelia!

El joven expresó cordialmente su asentimiento. Tanto él como el individuo anterior, estaban contentos.

—¿Quién es esta? —preguntó Cymon Tuggs al capitán Waters en el momento en que una mujer bajita hacía su entrada con un sombrero de terciopelo azul con plumas, acompañada por un hombre gordo que llevaba pantalones negros ajustados.

—La señora Tippin, de los teatros de Londres —contestó Belinda, después de consultar el programa del concierto.

Cuando cesaron las palmas y los bravos que saludaron su aparición, la inteligente señora Tippin procedió a cantar la popular cavatina «Dejadme hablar», acompañada al piano por el señor Tippin; después de lo cual este cantó una canción cómica, acompañado al piano por su señora. Los aplausos que siguieron hubieron de ser superados por el sonido que produjo unas variaciones de guitarra de *miss* Tippin, acompañada *sotto voce* por el señor Tippin.

Así pasó la velada; así transcurrieron los días y las veladas de los Tuggs y los Waters durante seis semanas. Playa todas las mañanas, burro al mediodía, muelle después del almuerzo, concierto por la noche y siempre la misma gente por todas partes.

Era la noche en que se cumplían las seis semanas. La luna brillaba claramente sobre el mar tranquilo, que respiraba contra los altos y agudos acantilados, con el rumor justo para arrullar el sueño de los viejos peces, sin estorbar a los jóvenes, cuando se distinguieron dos figuras —o se habrían podido distinguir si alguien las hubiese mirado— que se hallaban sentadas en uno de los bancos de madera que existen en la orilla occidental del acantilado. Ya la luna había estado subiendo por espacio de dos horas por el cielo y las dos figuras aún seguían sentadas. El grupo de los rezagados había disminuido y se había dispersado; la música de los músicos ambulantes ya se había extinguido; una luz tras otra había ya aparecido en las ventanas de diferentes casas en lontananza; unos tras otros habían pasado por allí, dirigiéndose a su puesto solitario, y todavía seguían sentadas las dos figuras. Parte de las dos siluetas estaba en la sombra, pero el claro de luna caía de lleno sobre unas botas de color pulga y unos calcetines de algodón. El señor Cymon y la esposa del capitán Waters estaban sentados en el banco. Estaban callados, contemplando el mar

—Walter va a llegar mañana —dijo la señora Waters, rompiendo tristemente el silencio.

El señor Cymon Tuggs suspiró igual que una bocanada de viento a través de un bosque de grosellas, mientras replicaba:

—¡Ay, sí; volverá!

—¡Oh, Cymon —repuso Belinda—, el casto deleite, la feliz calma de esta mañana de amor platónico es demasiado para mí!

Cymon estuvo a punto de insinuar que a él le parecía demasiado poco; pero se contuvo y murmuró palabras ininteligibles.

—¡Y pensar que este relámpago de felicidad —exclamó Belinda— se ha perdido para siempre!

—¡Oh, no digas para siempre, Belinda! —exclamó el excitable Cymon, mientras dos lágrimas resbalan por sus pálidas mejillas—. ¡No digas para siempre!

—Es preciso —replicó Belinda.

—¿Por qué? —interrogó Cymon—. ¡Oh! ¿Por qué? Una amistad platónica como la nuestra es tan inofensiva que hasta tu esposo no podría oponerse a ella.

—¡Mi esposo! —exclamó Belinda—. ¡Cuán poco le conoces! Es celoso y vengativo; feroz en la venganza y loco en los celos. ¿Quieres que te vea asesinado ante mis ojos?

El señor Cymon Tuggs, con voz velada por la emoción, expresó su horror a ser asesinado ante los ojos de cualesquiera que fuese.

—Entonces, déjame —dijo la señora Waters—, déjame esta noche para siempre. Es tarde; tenemos que volver.

El señor Cymon Tuggs ofreció con aire triste su brazo a la dama y le dio escolta hasta su alojamiento. Cuando llegaron, se detuvo en la puerta; sintió una presión platónica en la mano.

—¡Buenas noches! —exclamó, titubeando.

—¡Buenas noches! —respondió con sobresalto la dama.

El señor Cymon Tuggs volvió a dudar.

—¿Quiere entrar el señor? —dijo la criada.

El señor Tuggs dudó. ¡Oh, qué duda! Sin embargo, entró.

—¡Buenas noches! —replicó el señor Cymon Tuggs cuando se vio en el salón de la casa.

—¡Buenas noches! —repitió Belinda—. Y si en cualquier época de mi vida, yo... ¡Chitón!

La dama se calló, mirando fijamente, con ojos en los que se hallaba pintado el horror, la fúnebre figura del señor Cymon Tuggs. Se había oído llamar por dos veces a la puerta de la calle.

—¡Es mi marido! —exclamó Belinda al oírse abajo la voz del capitán.

—¡Y mi familia! —añadió Cymon Tuggs cuando oyó la voz de los suyos por la escalera.

—¡La cortina, la cortina! —exclamó la señora Waters, señalando a la ventana de la que colgaban, dejando muy poco espacio en medio, unos cortinones de algodón estampado.

—Pero yo no he cometido ningún mal —dijo titubeando Cymon.

—¡La cortina! —replicó frenética la dama—. ¡Serías asesinado!

Esta última apelación a sus sentimientos fue irresistible, y el atemorizado Cymon se ocultó detrás de la cortina con rapidez de polichinela.

Entraron el capitán, Joseph Tuggs, la señora Tuggs y Carlota.

—Querida —dijo el capitán—, el teniente Slaughter.

El sonido de sus espuelas, junto con una voz ronca, fueron escuchados por el señor Cymon como avanzando y dando gracias por el honor que se le hacía por la presentación. El sable del teniente rozó el suelo al sentarse aquel a la mesa. El señor Cymon sentía como si le faltase la razón.

—¡Brandy, querida! —dijo el capitán.

¡Qué situación! ¡Y por toda una noche! ¡Y el señor Tuggs estaba oculto detrás de la cortina, sin atreverse a respirar!

—Slaughter — dijo el capitán—, ¿un cigarro?

Charles Dickens

El señor Cymon Tuggs nunca había fumado sin tener que retirarse inmediatamente enfermo y no podía oler el humo del tabaco sin sentir violentas ganas de toser. Trajeron los cigarros; el capitán era un gran fumador, como Slaughter y como Joseph Tuggs. La estancia era pequeña, la puerta estaba cerrada y el humo llenó la habitación y se abrió paso hacia la cortina. Cymon Tuggs cerraba las narices, retenía su aliento. Inútil. Sobrevino la tos.

—¡Dios bendito! —exclamó el capitán—. Le pido a usted perdón, *miss* Tuggs. ¿Le molesta el humo?

—¡Oh, no; de ninguna manera! —dijo.

—Le hace a usted toser.

—¡Oh, no, no!

—Acaba usted de toser ahora mismo.

—¿Yo, capitán Waters? ¡Señor! ¿Cómo puede usted decirlo?

—Alguien ha tosido, pues... —dijo el capitán.

—Yo así lo creo —añadió Slaughter—. Pero lo ha negado.

—Lo habré soñado —dijo el capitán.

—Quizá —comentó Slaughter.

Continuaron fumando. Más humo, otra tos, pero esta vez violentamente.

—¡Qué raro! —exclamó el capitán mirando a su alrededor.

—¡Singular! —repuso el inconsciente señor Joseph Tuggs.

El teniente Slaughter miró primero a una persona y después a otra, con misterio; luego, dejó su cigarro sobre la mesa y, acercándose a la ventana en puntillas, con el pulgar de la mano derecha señaló a la cortina.

—¡Slaughter! —exclamó el capitán, levantándose de la mesa—. ¿Qué significa esto?

El teniente, por toda réplica, levantó la cortina y descubrió al señor Cymon Tugg, pálido de miedo y por haber contenido su tos.

—¡Ah! —exclamó el capitán furiosamente—. ¿Qué es lo que veo? Slaughter, ¡el sable!

—¡Cymon! —gritaron los Tuggs a la vez.

—¡Perdón! —dijo Belinda.

—¡Platónico! —suspiró Cymon.

—¡Mi sable! —bramaba el capitán—. ¡Slaughter, suélteme! ¡Quiero matar a este canalla!

—¡Socorro! —chillaban los Tuggs.

—¡Agua! —pedía Joseph Tuggs.

Y el señor Cymon, juntamente con las damas, formaban un bello cuadro, desmayándose a su vez.

Mucho quisiéramos ocultar la desastrosa conclusión de aquella amistad de seis semanas. Un incómodo formulismo y una costumbre arbitraria, prescribe que no puede existir historia sin final. No nos queda, pues, otra alternativa. El teniente Slaughter trajo un mensaje: el capitán Walters quería iniciar una acción judicial. El señor Joseph Tuggs se interpuso. Slaughter negoció. Cuando el señor Cymon Tuggs se recobró de la afección nerviosa que le habían producido las circunstancias y sus mal colocados afectos, se halló con que su familia había perdido una agradable amistad de seis semanas, que su padre tenía mil quinientas libras menos y Waters mil quinientas libras más. El dinero fue pagado con el fin de echar tierra al asunto, pero se corrieron las voces, y no faltó quien afirmó que jamás se dieron víctimas más fáciles que las que hallaron en los Tuggs, en Ramsgate, los tres famosos aventureros: Waters, su esposa y el falso teniente Slaughter.

ALMACÉN DE ANTIGÜEDADES

PRIMERA PARTE

La odisea de Nell

CAPÍTULO PRIMERO

Nell y su abuelo

Viejo como soy, tengo predilección por los paseos nocturnos, aunque (¡gracias a Dios!) adoro la luz y bendigo —como todas las criaturas— la saludable influencia que ejerce sobre la Tierra. En verano, cuando estoy en el campo, suelo salir tempranito por la mañana y vagar todo el día y, a veces, aun semanas enteras; pero cuando estoy en una ciudad, pocas veces salgo a pasear de día.

Dos factores han contribuido a hacerme caer en esta costumbre: mis achaques, que la oscuridad disimula, y mi afición a reflexionar sobre el carácter y profesión de los transeúntes. La brillantez y las ocupaciones del día claro se avienen mal con ese estudio: rostros que pasan como ráfagas ante la luz de un farol o un escaparate, se prestan mejor a mis reflexiones que vistos ante la luz del sol; y, si he de decir la verdad, la noche es más benévola que el día, que muy a menudo destruye sin compasión las más gratas ilusiones.

Ese incesante ir y venir, ese movimiento continuo de algunas calles en las cuales parece mentira que puedan vivir los enfermos, obligados a oír tantas pisadas, tantas voces, tanto ruido ensordecedor, me inducen a pensar en lo que sería estar inmóvil en un cementerio ruidoso, sin esperanza de descansar jamás.

Como mi propósito ahora no es detenerme a explicar mis paseos, de los cuales he hablado únicamente porque la historia que voy a narrar tuvo su origen en uno de ellos, pongo fin al preámbulo.

Una noche que vagaba sin rumbo fijo por la ciudad abstraído en mis meditaciones, fui detenido en ellas repentinamente al oír una pregunta proferida por una vocecita dulce y de simpático timbre, cuya significación no entendí, pero que parecía dirigida a mí. Me volví y hallé a una preciosa niña que me suplicaba la encaminara a una calle muy lejana del lugar donde nos hallábamos.

—Está muy lejos de aquí, hija mía —le dije.

—Ya lo sé, señor —respondió con timidez—, porque he venido desde allí antes, esta misma noche.

—¿Sola? —le pregunté sorprendido.

—Sí, señor: eso no me importa; pero ahora estoy algo asustada, porque me he extraviado.

—¿Y por qué te has dirigido a mí? Supongamos que te engañara...

—Tengo la seguridad de que usted no haría eso; es usted tan anciano y anda tan despacio... —añadió la pequeña.

No puedo describir la impresión que me produjo esta frase, dicha con tanta energía, que hizo brotar lágrimas de los ojos de la niña y temblar todo su cuerpecito.

—¡Ven! —le dije—. Voy a llevarte allá.

Me dio la mano con la misma confianza que si la hubiera conocido en la cuna y empezamos a andar. La pequeña ajustaba sus pasos a los míos, pareciendo que era ella la que me guiaba y protegía a mí, antes que yo a ella. De cuando en cuando me miraba furtivamente, como si quisiera asegurarse de que no la engañaba, y a cada mirada parecía aumentar su confianza.

En cuanto a mí, puedo decir que tenía tanto interés y curiosidad como la niña; porque era una niña ciertamente, aunque su apariencia infantil parecía efecto de su pequeñez y su delicada constitución. Aunque pobremente vestida, no revelaba miseria ni descuido, y su atavío respiraba limpieza y cierto gusto.

—¿Quién te ha enviado sola tan lejos?

—Una persona muy bondadosa para mí, señor.

—¿Y para qué?

—Eso no puedo revelarlo, señor —dijo la niña.

Había en el tono de esta respuesta algo que me hizo mirar sorprendido e involuntariamente a aquella criatura, pensando a qué obedecía aquella excursión y lo preparada que estaba para responder a mis preguntas. Sus penetrantes ojos parecían leer mis pensamientos, pues al mirarla yo, respondió inmediatamente que no había mal alguno en lo que hacía; pero que era un secreto tan grande, que ni aun ella misma lo sabía.

Todo esto fue dicho franca y sencillamente, con esa ingenuidad propia de la verdad. Seguimos andando y me habló familiarmente todo el camino, pero sin decirme nada de su familia ni de su hogar, excepto que íbamos por un camino nuevo para ella, que suponía sería más corto.

Yo, entretanto, formaba en mi mente mil planes para averiguar lo que aquello significaba; pero los rechazaba apenas concebidos, avergonzado de querer valerme de la inocencia o la gratitud de la niña para satisfacer mi curiosidad. Quiero a los niños y considero como un don de Dios obtener su afecto puro y desinteresado; su confianza me fue muy grata y procuré conservarla mereciéndola.

Todo esto, sin embargo, no era razón para que me abstuviera de conocer a aquella persona que tan desconsideradamente la había enviado sola y de noche a tan larga distancia; y como era fácil que apenas llegara a un sitio conocido de ella se despidiera de mí, privándome de la oportunidad que ansiaba, rehuí las calles frecuentadas y me interné por las menos conocidas; así es que la niña no supo dónde estábamos hasta llegar a la misma calle en que vivía. Batiendo palmas alegremente, y corriendo delante de mí, mi amiguita se paró junto a una puerta esperando a que yo llegara: después llamó.

La mitad de la puerta tenía cristales, sin que hubiera tablero alguno de madera o hierro que la protegiera, cosa que yo no noté al pronto por la profunda oscuridad que reinaba en el interior. Después de llamar dos o tres veces, se sintió ruido como de alguien que se moviera dentro, percibiéndose al fin a través de los cristales una débil luz que oscilaba según iba acercándose el que la llevaba, y que caminaba despacio por entre los innumerables objetos esparcidos por la habitación, lo cual me permitió conocer a la persona y saber qué clase de tienda había tras aquella puerta.

Era un hombre anciano y pequeño, de cabello canoso, cuyas formas, aunque alteradas por la edad, ofrecían el aspecto delicado de las de la niña. Sus ojos azules eran iguales también; pero allí terminaba toda semejanza, porque su rostro estaba surcado de profundas arrugas y revelaba una gran ansiedad.

La habitación donde aquel hombre se movía era uno de esos recintos donde se amontonan sin orden ni cuidado infinidad de objetos antiguos que ocultan bajo una capa de polvo su inapreciable valor; situadas generalmente en sitios retirados de Londres, esas tiendas ofrecen el aspecto de prenderías, a fin de evitar robos y de no excitar envidias. Cotas de mallas que parecían envolver el espíritu de algún guerrero, tallas fantásticas sacadas de antiguos claustros, oxidadas armas de diversas clases, figuras retorcidas de porcelana, marfil, hierro y madera, tapices y muebles raros cuyos dibujos parecían un sueño fantástico; todo se mezclaba en revuelta confusión en aquella miserable tienducha. El macilento aspecto del hombre que se adelantaba estaba en perfecta armonía con el de la tienda; parecía que él mismo había rebuscado las casas deshabitadas, las tumbas, las iglesias antiguas y había recogido con sus propias manos los objetos que mejor le convenían. No había un solo objeto en aquella colección que desentonara del cuadro; ninguno más viejo que su dueño.

Al abrir la puerta me miró atónito; sorpresa que no disminuyó al fijarse en la niña. Una vez franqueada la entrada, la pequeña se dirigió a él llamándole abuelo y le contó la historia de nuestro encuentro.

—¡Cómo, hija mía! —exclamó el anciano acariciando sus cabellos—. ¿Perdiste el camino? ¿Qué hubiera sido de mí si llego a perderte, Nell?

—No me hubiera perdido, abuelito; ya habría encontrado el camino —respondió la niña animosamente.

El viejo la besó, y después, volviéndose a mí, me suplicó que entrara y cerró cuidadosamente la puerta.

Una vez dentro de aquella tienda que había entrevisto desde la calle, entramos en una pequeña trastienda, en la cual se veía otro cuartito pequeño, que indudablemente era la alcoba de Nell, porque había un lecho tan pequeño y lindo, que parecía ser de alguna hada. La niña tomó una bujía y entró en aquel recinto, dejándonos solos al viejo y a mí.

—Debe usted de estar cansado, señor —me dijo el anciano arrimando una silla al fuego e indicándome que tomara asiento—. No sé cómo darle las gracias.

—Basta con que tenga usted más cuidado con su nieta de aquí en adelante, buen amigo —le respondí.

—¡Más cuidado! —exclamó el viejo con penetrante voz—. ¿Más cuidado, cuando jamás ha habido quien ame a una niña más de lo que yo quiero a Nell?

Dijo esto con tanta sorpresa, que no supe qué responderle; tanto más cuanto que una debilidad y vacilación en sus movimientos y una expresión de angustia en su semblante me demostraban que aquel hombre no era, como yo había creído antes, un imbécil o un viejo que chocheaba.

—Creo que usted no considera... —empecé a decir.

—¿Que no considero? —gritó el viejo interrumpiéndome—. ¿Que no la considero? ¡Qué poco sabe usted la verdad! ¡Nell, Nell!

Sería imposible que hombre alguno, en cualquier forma de lenguaje que usara, expresase más vehementemente su afecto que lo hizo el anticuario en aquellas cuatro palabras. Esperé a que siguiera hablando; pero tomándose la barba entre las manos, y moviendo la cabeza, permaneció silencioso mirando al fuego.

Entretanto, salió de nuevo la niña con el rostro excitado por la prisa que seguramente se dio para volver con nosotros. Llevaba sus hermosos cabellos castaños cayendo en bucles sobre el cuello y empezó a poner la mesa para cenar. Me sorprendió ver que era la niña la que lo hacía todo, pareciendo que no había más gente en aquella casa. Aproveché un momento en que estaba ausente e hice una indicación al viejo sobre ello, a lo cual me contestó diciendo que pocas personas eran más dignas de confianza y más cuidadosas que Nell.

—Me da pena ver a los niños ocupando un lugar como personas mayores —respondí a aquel viejo egoísta—; eso les hace perder en sencillez y candor, dos de las mejores cualidades con que el cielo los ha dotado, y los obliga a participar de los dolores y necesidades de la vida antes que de sus alegrías.

—Los hijos de los pobres participan de pocas alegrías; hasta los placeres más sencillos cuestan dinero —respondió el viejo.

—Pero usted no es tan pobre como todo eso —añadí.

—No es mi hija, señor —replicó el viejo—. Su madre, que lo era, era pobre también. Yo no ahorro nada, ni siquiera unos cuartos, aunque vivo como usted ve; pero ella será un día rica y gran señora —añadió tomándome un brazo y hablándome casi al oído—. No piense usted mal de mí porque tiene que trabajar; lo hace con alegría y sufriría al pensar que yo quería que otra persona me cuidara. ¡Que no considero! —volvió a repetir—. ¡Bien sabe Dios que esa niña es el único objeto, el único cuidado de mi vida! ¡Y sin embargo, no me protege!

Al llegar aquí volvió Nell, y el viejo, rogándome que me acercara a la mesa, no dijo más.

Apenas habíamos empezado a cenar, cuando sonó un aldabonazo en la puerta, y Nell, riendo a carcajadas con esa risa ingenua de los niños, dijo que seguramente sería Kit.

—Esta locuela —añadió el abuelo— se ríe siempre del pobre muchacho.

La niña rio más aún y yo no pude menos de sonreírme, simpatizando con ella.

El viejo fue a abrir y a poco volvió con Kit, que era un muchacho feo y tosco, de boca enorme, mejillas encendidas, nariz respingona y una expresión eminentemente grotesca en el semblante. Al ver a un extraño, se detuvo en la puerta y empezó a dar vueltas entre las manos a su sombrero viejo, desprovisto de todo rastro de alas, sosteniéndose ya sobre una pierna, ya sobre otra, y mirando de soslayo a la trastienda.

Desde aquel momento obtuvo Kit mi simpatía, porque comprendí que era la única alegría de la vida de Nell.

—Estaba lejos, ¿eh, Kit? —preguntó el viejo.

—En un maldito callejón extraviado y me costó no poco trabajo hallar la casa.

—¿Traerás hambre?

—¡Ya lo creo, patrón!

Hablaba de un modo tan cómodo, que era natural excitase la hilaridad de cualquiera, y mucho más la de aquella niña que vivía entre elementos tan poco en armonía con ella. Kit, que sabía el efecto que causaba, procuró conservar la serenidad; pero no pudo más y concluyó por reir a carcajadas. El viejo volvió a su abstracción, sin preocuparse de lo que pasaba, y yo noté que la niña, al cesar en su risa, tenía los ojos impregnados de lágrimas, exteriorizando así la ansiedad que había dominado anteriormente en aquel sensible corazoncito. En cuanto a Kit, se aplicó a devorar un gran trozo de pan y carne, regados con un buen vaso de cerveza.

El viejo se volvió a mí de repente, y como si contestara a alguna pregunta que yo acabara de hacerle, me dijo con un suspiro:

—¡No sabía usted lo que decía cuando me dijo que no tengo consideración con ella!

—No debe usted preocuparse tanto por una frase fundada solamente en apariencias, amigo mío.

—¡No, no! —añadió el viejo—. Ven, Nell.

La niña se acercó a su abuelo y le abrazó.

—¿Te quiero, Nell? Responde, ¿sí o no?

La niña respondió sólo con caricias.

—¿Por qué sollozas? —prosiguió el viejo oprimiéndola más y más y mirándome—. ¿Es porque sabes que te quiero y te disgusta la duda que parece envolver mi pregunta? Bueno, bueno; quedamos en que te amo tiernamente.

—¡Sí, sí! —respondió apresuradamente la niña—. Kit está seguro de ello.

Éste, que engullía metiéndose en la boca tres cuartas partes del cuchillo con la habilidad de un prestidigitador, se detuvo al oír la alusión y gritó:

Nadie será tan necio que lo niegue.

Después siguió comiendo a dos carrillos.

—Mi niña es pobre ahora —prosiguió el abuelo—, pero llegará un día en que será rica. Este día tarda, pero llegará seguramente, como ha llegado para otros que no hacen más que derrochar. ¡Cuándo me tocará a mí disfrutar de la riqueza!

—Yo soy feliz así, abuelito —murmuró la niña.

—¡Bah! ¡Bah! ¿Qué sabes tú? Pero, ¿cómo has de saberlo? —y siguió murmurando entre dientes—: ¡Ese día tiene que llegar, estoy seguro; tal vez es mejor que tarde!

Después, teniendo aún a la niña sentada sobre sus rodillas, cayó en su anterior estado de mutismo e insensibilidad a cuanto le rodeaba. Como era casi medianoche, me levanté para marcharme, y esto le sacó de su abstracción.

—Un momento, señor —me dijo, y volviéndose hacia Kit—: ¿Aún estás aquí, y son casi las doce? Vete ya y sé puntual por la mañana, porque hay que trabajar; pero antes da las gracias a este caballero, porque sin su cuidado, tal vez mi niña se hubiera perdido esta noche.

—Y la hubiera encontrado yo, señor, aunque hubiese estado bajo tierra.

Y abriendo la boca y cerrando los ojos otra vez, salió después de despedirse de todos.

Una vez solos, y mientras Nell quitaba la mesa, el anciano me dijo:

—Parece que no he dado a usted las gracias por el inmenso favor que me ha hecho esta noche; pero debo manifestarle que se lo agradezco sincera y cordialmente, y lo mismo mi Nell. No quiero que usted se marche creyendo que soy indiferente a su buen proceder; no, ciertamente.

—Estoy completamente seguro de que no es así, después de lo que he visto. ¿Me permitirá usted, sin embargo, que le haga una pregunta? —le dije.

—¿Cuál, señor? —respondió el viejo.

—Esta niña enfermiza, tan hermosa e inteligente, ¿no tiene quien la cuide sino usted? ¿No tiene amigas o compañeras?

—No —respondió el viejo con ansiedad—; ni tampoco las necesita.

—Tengo la seguridad de que usted obra según cree conveniente; pero, ¿no teme equivocarse en sus cuidados respecto de una criatura tan tierna? Soy viejo también y comprendo que no podemos entender a la juventud.

—No puedo ofenderme por lo que usted me dice, señor. Es verdad que en muchas ocasiones yo parezco un niño, y ella, una persona madura; pero, dormido o despierto, noche y día, sano o enfermo, esa niña es el único objeto de mi vida. Si usted supiera el cuidado que me inspira, seguramente me miraría con distintos ojos. Esta vida es muy pesada para un viejo, pero al fin está la meta y hay que llegar a ella.

Viendo su excitación e impaciencia, tomé mi abrigo, resuelto a no añadir una palabra; pero me sorprendió ver que Nell, tomando otro, esperaba con un sombrero y un bastón en la otra mano.

—No son míos, hijita —le dije.

—No; son de mi abuelo.

—Pero, ¿va a salir ahora?

—Sí —dijo la niña sonriendo.

—¿Y qué haces tú, monina?

—¿Yo? Pues quedarme aquí, como de costumbre.

Atónito miré al anciano, que estaba poniéndose el gabán, y después, a la preciosa figurita de la niña. ¡Sola! ¡Sola toda la noche en aquel sombrío y retirado lugar! Ella no pareció notar mi sorpresa; ayudó a su abuelo a ponerse el gabán, y tomando una bujía, nos alumbró al salir. Cuando llegamos a la puerta de la calle, levantó su carita para que yo la besara, y después corrió a su abuelo, que la abrazó al despedirse de ella, diciéndole en voz baja:

—Duerme bien, Nell; que los ángeles te guarden y no te olvides de rezar.

—No, abuelito; ¡las oraciones me gustan tanto!

—Ya lo sé; ya lo sé. ¡Dios te bendiga mil veces! Vendré temprano por la mañana.

—No tendrás que llamar dos veces, abuelo. El aldabón me despierta aunque duerma profundamente.

Con esto se separaron; la puerta quedó asegurada con un tablero que Kit había corrido antes y con los cerrojos que Nell pasó por dentro. El viejo se detuvo unos momentos hasta que todo quedó en silencio. Una vez satisfecho, empezó a caminar despacio, y al llegar a la primera esquina se paró mirándome y diciendo que, como íbamos en opuesta dirección, debíamos despedirnos. Yo quise detenerle, pero él, con más ligereza de la que podía esperarse a sus años, echó a andar, volviendo dos o tres veces la cabeza, como para asegurarse de si le observaba o seguía a larga distancia. La oscuridad de la noche favoreció su deseo; poco después estaba fuera del alcance de mi vista.

Permanecí en el sitio donde nos habíamos despedido, sin querer marcharme y sin darme cuenta del porqué de este deseo. Al fin pasé varias veces por delante de la tienda; me paré, escuché: todo estaba en silencio. Aunque me detuve otra vez, no me resolvía a marcharme, pensando en todos los peligros que podían amenazar a la niña: incendio, robo y hasta asesinato; parecía como si presintiera que al dejarla había de ocurrirle algún mal. Sonó la una y, después de mil reflexiones, tomé el primer coche que pasó vacío y llegué a mi casa.

Sentado en una mecedora, volví a caer en mis meditaciones. Todo era agradable; un fuego animado y confortable, la lámpara con luz brillante, la habitación limpia y agradable a la vista; ¡qué contraste con todo aquello que había dejado momentos antes! ¡Y aquella niña, sola, sin más protección que la de los ángeles, obligada a pasar la noche en una miserable tienducha! No podía dejar de pensar en ella. Temiendo llegar demasiado lejos en mis reflexiones, resolví acostarme y olvidarlo todo; pero desperté una porción de veces, pensando siempre en lo mismo, viendo ante mis ojos aquella tienda sucia y destartalada, con sus cotas de malla y, dentro de ellas, los esqueletos de los que las usaron; sentía la polilla corroer y aserrar la tallada madera, y en medio de todos aquellos restos de tiempos lejanos, la hermosa niña durmiendo con sueño tranquilo y soñando alegremente.

CAPÍTULO II

Fred y Richard

Más de una semana estuve luchando con el deseo de hacer una segunda visita al sitio que abandoné, como anteriormente digo, y por últi-

mo, determiné presentarme allí de día. Pasé dos o tres veces por delante de la casa y di varias vueltas por la calle con esa vacilación propia del que sabe que su visita es inesperada y que tal vez no sea muy agradable. Al fin, comprendiendo que estando la puerta cerrada los de dentro no podrían verme e invitarme a entrar, por mucho que pasara, me decidí de una vez y pronto me hallé en el interior de la tienda de antigüedades.

En la trastienda, el viejo y otra persona parecían discutir en alta voz; pero al sentir que alguien entraba, se callaron súbitamente: el anciano se levantó presuroso y, acercándose a mí, me dijo que se alegraba mucho de que hubiera ido.

—Nos ha interrumpido usted en un momento crítico —me dijo señalando al hombre que estaba con él—; ese perillán me asesinará un día de éstos: ya lo habría hecho si hubiera tenido valor para ello.

—¡Bah! —añadió el otro—. También usted me tragaría vivo si pudiera; eso lo sabemos todos.

—Creo que podría si lo intentara —dijo el anciano volviéndose débilmente hacia él—. Si pudiera deshacerme de ti con juramentos, plegarias o palabras, lo haría. ¡Qué tranquilidad tan grande el día que no te vea más!

—¡Ya lo sé; ya lo sé! —repuso el otro—. Pero a mí no me matan rezos ni palabrerías; así es que vivo, y pienso vivir mucho.

—¡Y su madre murió! —gritó el viejo apasionadamente—. ¡Ésa es la justicia del cielo!

El otro le miraba, entretanto, burlonamente balanceándose en su silla.

Era un joven de veintiún años o cosa así, hermoso y proporcionado, aunque la expresión de su rostro era muy desagradable, y tenía en su aire, y hasta en su modo de vestir, algo insolente, algo que repelía.

—Justicia o no justicia —dijo el joven—, aquí estoy y estaré hasta que me parezca conveniente irme; a menos que me saquen a la fuerza, lo cual estoy seguro de que no ocurrirá. ¡Quiero ver a mi hermana!

—¡Tu hermana! —murmuró dolorosamente el viejo.

—¡Claro! Usted no puede deshacer el parentesco; si pudiera, ya haría mucho tiempo que lo hubiera hecho. Quiero ver a mi hermana; usted la tiene encerrada amargando su vida con sus disimulados secretos, y pretendiendo quererla, la mata usted a fuerza de trabajo, ahorrándose así unos cuantos chelines cada semana y añadiéndolos al montón de dinero que tiene ya. Quiero verla, y la veré.

—¡Vaya un moralista para hablar de las amarguras de la vida, y un espíritu generoso que puede hablar contra el dinero! —dijo el viejo volviéndose hacia mí—. ¡Un pródigo que ha olvidado todos los lazos que le unían con los que tienen la desgracia de contarle en su familia, y hasta

con la sociedad entera! Además —continuó, acercando sus labios a mi oído—, es un embustero, porque sabe cuánto quiero a su hermana, y, sin embargo, lo niega ante un extraño, sólo por mortificarme.

—A mí no me importan los extraños, abuelo —dijo el joven, cazando al vuelo las últimas palabras—, y creo que a ellos les importa un bledo de mí, y que lo mejor que pueden hacer es cuidarse de sus asuntos y dejarme a mí en paz con los míos. Tengo un amigo que me aguarda en la calle; y como parece que he de esperar largo rato, con permiso de ustedes, voy a llamarle. Se asombró, y llamó varias veces a alguien que parecía invisible y que necesitó mucha insistencia para decidirse a entrar.

—Richard Swiveller —dijo el joven empujándole dentro—. Siéntate, Dick.

—¿Está el viejo de buen talante? —preguntó Richard a media voz.

—¡Siéntate! —repuso su amigo.

El señor Swiveller obedeció, y sonriendo dijo algunas frases burlescas para suplicar que dispensáramos el descuido de su traje, añadiendo que no había estado bien de la vista, expresión con la cual dejara entender delicadamente que había estado borracho.

—Pero, ¿qué importan esos detalles —prosiguió Richard—, cuando el fuego sagrado de la amistad vivifica los corazones? ¿Qué importa, cuando el espíritu se expande con los valores del opalino licor y ese momento es el más feliz de nuestra existencia?

—No tienes necesidad de pronunciar discursos aquí —dijo su amigo tocándole el brazo.

—Fred —gritó el señor Swiveller—, al sabio le basta una palabra: podemos ser felices y buenos sin riquezas. No añadas una palabra más. —Y después, al oído—: ¿Está el viejo en buena armonía?

—No te importa —replicó Fred.

—Eso es verdad. ¡Prudencia, amigo, prudencia!

Después, como reservándose un gran secreto, guiñó los ojos, cruzó los brazos, se recostó en su mecedora y miró al techo con suma gravedad.

No sería descaminado creer que aún no habían pasado los efectos de aquella afección a la vista a que había aludido Swiveller al oír sus desatinos y observar sus maneras.

Su traje se hallaba en el mismo estado que si se hubiera acostado sobre él. Consistía en un chaquetón pardo con muchos botones, un pañuelo de cuadros en el cuello, un chaleco listado y unos pantalones blancos muy sucios. Del sombrero no hablamos, porque había quedado reducido a la más mínima expresión. Con este atavío heterogéneo se recostó en una butaca, como hemos dicho, y unas veces entonando con chillona voz algunos compases de una canción insulsa, otras callando repentinamente, siguió mirando al techo.

El anciano también se sentó mirando a su nieto y al amigo con aire que parecía revelar ser impotente para tomar una resolución y que se había decidido a dejar que hicieran lo que tuvieran por conveniente. Fred, no lejos de su amigo, recostado sobre una mesa, parecía indiferente a todos, y yo, que comprendía la inutilidad de mi intervención, aunque el anciano había acudido a mí con palabras y gestos, procuré hacerme el distraído mirando los objetos que estaban puestos a la venta y prestando muy poca atención a los reunidos en la trastienda.

No duró mucho rato el silencio. Swiveller, después de favorecernos con varias melodías y con mil seguridades de que su corazón tendía a la montaña y de que sólo aguardaba su caballo árabe para llevar a cabo grandes actos de valor y lealtad, dejó de mirar al techo y la emprendió con el estilo prosaico, otra vez volviendo al tema anterior:

—Fred, ¿está el viejo en buena armonía?

—¿Te importa? —volvió a decir éste.

—No; pero ¿está? —repitió Dick.

—Sí; pero ¿qué importa que lo esté o no?

Con estas palabras el señor Swiveller se animó, y entrando en conversación general, procuró llamar nuestra atención hablando sobre diversos asuntos, y dando su opinión sobre cosas triviales y nimias, hasta que su amigo le mandó callar.

—No interrumpáis al orador —añadió Richard, y siguió perorando sobre las excelencias de la buena armonía en las familias, con grandes y exagerados ademanes, hasta que paró en seco y se puso en la boca el puño de bastón, como si quisiera evitar que una palabra más quitara el efecto a su discurso.

—¿Por qué me persigues así? —preguntó el anciano a su nieto—. ¿Por qué traes aquí esa clase de amigos? ¿No te he dicho muchas veces que mi vida es un tejido de abnegaciones y de angustias, y que soy pobre?

—¿No he dicho a usted mil veces también que no lo creo? —respondió el nieto.

—Has escogido tu camino: síguelo —murmuró el viejo—. Déjanos a Nell y a mí seguir nuestra senda de afanes y trabajos.

—Nell será pronto una mujer, y, educada por usted, olvidará a su hermano si no le ve con frecuencia —respondió Fred.

—Procura que no te olvide cuando quieras que se acuerde de ti, cuando tú vayas descalzo por el arroyo y ella pasee en magnífico carruaje.

—¿Quiere usted decir que heredará su dinero? ¡Qué propio es eso de un pobre!

—Y sin embargo —murmuró el viejo bajando la voz y hablando como el que piensa alto—, ¡qué pobres somos!; ¡qué amarga es nuestra vida! Pero hay que tener paciencia y esperanza.

Estas palabras, dichas casi entre dientes, no llegaron a oídos de los jóvenes. Swiveller creyó que eran un comentario de su discurso, porque tocó con el bastón a su amigo haciéndose observar. Después, descubriendo su error, mostró disgusto y manifestó deseo de marcharse inmediatamente, pero en aquel instante se abrió la puerta y apareció Nell.

CAPÍTULO III

El dinero del enano

Detrás de la niña entró un hombre de cierta edad, de facciones duras y horrible aspecto; tan bajo de estatura, que podemos llamarle enano, aunque su cabeza y su semblante parecían propios del cuerpo de un gigante. Tenía los ojos inquietos y astutos, los bigotes y la barba parecían de crin, y su piel era de ese color terroso que no parece jamás limpio ni sano. Lo que hacía más grotesca su expresión era la risa lúgubre que casi siempre vagaba en sus labios, dándole el aspecto de un perro jadeante. Su traje consistía en un sombrero alto de copa, un traje oscuro muy usado, un par de zapatones y un sucio pañuelo, que había sido blanco, tan arrugado y torcido, que dejaba al descubierto su descarnado cuello. Las manos, bastas y callosas, estaban muy sucias, y las uñas, largas y amarillas, parecían garfios.

Tuve tiempo de observar todo esto, porque no se fijó en mí y porque ni la niña ni el enano dijeron nada en los primeros momentos. Nell se acercó con timidez a Fred y le dio la mano; el enano miró fijamente a todos los presentes, y el anticuario, que no esperaba en modo alguno aquella visita, pareció desconcertado.

—¡Hola, amigo!, ¿tiene usted aquí a su nieto? —dijo el enano después de observar atentamente al joven.

—Ciertamente que no lo tengo, pero está aquí —exclamó el anciano.

—¿Y ése? —prosiguió el enano, señalando a Swiveller.

—Es un amigo suyo.

—¿Y ése? —continuó, encarándose conmigo.

—Un caballero que fue lo bastante amable para traer a Nell la otra noche, cuando se perdió al volver de casa de usted.

El hombre chiquitín se volvió hacia la niña como para reñirla o manifestar su asombro, pero como Nell hablaba con su hermano, se calló e inclinó la cabeza para oír mejor.

—Nell —decía el joven entretanto—, te enseñan a odiarme, ¿eh?

—¡No, no! ¡Qué idea! —exclamó la niña.

—Entonces, ¿te enseñan a quererme?

—Ni lo uno ni lo otro. Nunca me hablan de ti; ésa es la verdad.

—Debo agradecerlo —prosiguió Fred mirando al abuelo—. Lo agradezco, Nell, y te creo.

—Pero, de todos modos, te quiero mucho, Fred —dijo la niña.

—Lo creo, Nell; lo creo.

—Te quiero y te querré siempre —repetía la niña emocionada—, pero te agradecería mucho que no disgustaras al abuelito, que no le aborrecieras haciéndole desgraciado; entonces, te querría más aún.

—¡Bueno, bueno! —dijo el joven inclinándose para besar a la niña y retirándose después—. Anda, vete; has sabido la lección: no hace falta que lloriquees. Nos separaremos en paz y como buenos amigos, si eso es lo que quieres.

Fred permaneció callado, siguiendo con la vista a la niña hasta que entró en su cuarto y cerró tras sí la puerta; después, volviéndose al enano, exclamó de repente:

—El señor...

—¿Se refiere usted a mí? —preguntó el hombrecillo—. Me llamo Quilp. Puede usted recordarlo perfectamente, porque no es largo: Daniel Quilp.

—Perfectamente, señor Quilp. Entonces —prosiguió el joven—, ¿tiene usted influencia con mi abuelo?

—Alguna —respondió Quilp enfáticamente.

—¿Sabe usted alguno de sus secretos y misterios?

—Unos cuantos —prosiguió Quilp con sequedad.

—Entonces, haga usted el favor de encargarse de decirle de mi parte que vendré siempre que se me antoje en tanto que tenga a Nell consigo; y que si quiere librarse de mí, tiene que dejar marchar a mi hermana primero. Le dirá que no tengo sentimientos, que no quiero a Nell; pero deje usted que diga lo que quiera. Necesito que esa niña recuerde que existo y la veré cuando me plazca; ese es mi tema. Hoy he venido aquí para ponerlo en práctica y vendré cincuenta veces con el mismo objeto, y siempre con el mismo éxito. Dije que esperaría hasta lograr mi objeto: se ha cumplido y mi visita termina. Vamos Dick.

—Espera —murmuró éste cuando su amigo se dirigía hacia la puerta—. ¡Señor...!

—Estoy a sus órdenes —exclamó Quilp, objeto de aquella exclamación.

—Antes de abandonar esta alegre y animada escena, estos iluminados salones —dijo Swiveller—, me permitiré, con su permiso, hacer una ligera observación. Vine en la inteligencia de que el viejo y mi amigo estaban en buena armonía.

—Continúe usted —exclamó Daniel, viendo que el orador interrumpía su peroración.

—¿Me permite usted decirle al oído media palabra, señor?

Y sin esperar permiso, Richard se inclinó hacia el enano y le dijo al oído, pero en voz que todos los presentes pudimos oír:

—El santo y seña de ese viejo es «¡horca!».

—¿Qué? —preguntó Quilp.

—¡Horca, señor, horca! Ya lo sabe usted —prosiguió Swiveller tecleando en los bolsillos de su chaleco.

El enano manifestó con un movimiento de cabeza que había comprendido. Swiveller le hizo una seña de inteligencia, y al llegar a la puerta tosió para llamar la atención del enano y recomendarle con gestos el más inviolable secreto. Después de esta pantomima, salió detrás de su amigo.

—¡Es un placer tener parientes! Afortunadamente, no tengo ninguno —murmuró el enano—. Y usted tampoco debía tenerlos —añadió dirigiéndose al anciano—, si no fuera tan débil como una caña y casi tan insensible.

—¿Qué quiere usted que haga? —murmuró el viejo algo desesperado—. Es muy fácil hablar y mofarse, pero no es tan fácil obrar.

—¿Sabe usted lo que yo haría si estuviera en su lugar? —dijo el enano.

Sin duda, algo violento.

—Ha acertado usted —dijo el hombrecillo satisfecho con aquel cumplimiento y frotándose las manos—. Pregunte a mi señora, a la linda señora Quilp, la obediente, la tímida, la cariñosa señora Quilp. Pero ahora recuerdo que la dejé sola y estará con gran ansiedad hasta que vuelva. Aunque no lo dice, sé que no está en paz cuando no estoy en casa; para que lo diga, es preciso que la obligue a hablar claro diciéndole que no me enfadaré. ¡Está muy bien educada la señora Quilp!

¡Qué horrible estaba aquel hombre frotándose las manos con gran prosopopeya y dándose aires de importancia! Después, metiéndose la mano en el bolsillo, sacó algo, que entregó al anciano diciéndole:

—Lo he traído yo mismo, porque, siendo oro, era demasiado pesado para Nell y podían robárselo; por más que debe acostumbrarse a todo para cuando usted falte.

—En eso estoy —respondió el anciano—; mas espero vivir mucho aún.

—Así lo espero —dijo el enano, como si fuera un eco, aproximándose a su oído—. Me gustaría saber en qué emplea usted su dinero, porque, como hombre astuto, sabe usted guardar muy bien su secreto.

—¡Mi secreto! —exclamó el anticuario—. Sí, tiene usted razón; lo guardo muy bien, perfectamente bien.

Y no dijo más, pero tomó el dinero y escondió la cabeza entre las manos como un hombre abatido. El hombrecillo le observó atentamente

mientras entraba en su cuarto y ocultaba el dinero en un armario, y después se despidió diciendo que su esposa estaría ya con cuidado.

—Adiós, pues, amigo —dijo—: mis recuerdos a Nell, y espero que no se extravíe otra vez, aunque ese extravío me haya proporcionado un inesperado honor —continuó, saludándome y saliendo inmediatamente.

Yo había tratado de marcharme también en varias ocasiones, pero el anciano me había detenido y, cediendo a sus instancias, permanecí en la tienda examinando unas preciosas miniaturas y algunas medallas que sacó para que las viera.

Poco después salió Nell de su cuarto y, sentándose junto a la mesa, se puso a coser. Aquella habitación ganaba mucho vista a la luz del día; las flores que perfumaban el ambiente, un pajarillo que cantaba alegremente en su jaula y la corriente de juventud y frescura que parecía desprenderse de la niña e inundar la casa; todo contribuía a darle un aspecto simpático y alegre. Era curioso, aunque no agradable, mirar después a aquel anciano encorvado, seco y arrugado, y reflexionar sobre todo pensando en lo que podría ocurrirle a aquella niña débil y sola si su abuelo muriese; débil, viejo y achacoso como era, servía de protección a la niña.

El viejo, tomando una mano de Nell y hablando en alta voz, pareció responder a mis reflexiones.

—Estaremos mejor, hijita; tenemos reservada una fortuna que yo ambiciono sólo para ti. Te ocurrirían tantas desgracias si quedaras en la pobreza, que comprendo que no puede ser así.

Nell miró a su abuelo atentamente, pero sin responder palabra alguna.

—Cuando pienso en los muchos años, muchos para tu corta vida —prosiguió el anciano—, que has vivido sola conmigo, en esta monótona existencia, sin amigas, sin compañeras de tu edad, sin placeres infantiles, separada de todos los miembros de tu familia, excepto este pobre viejo, temo que no he obrado bien contigo, Nell.

—¡Abuelo! —exclamó la niña con gran sorpresa.

—No intencionadamente; no, Nell, ¡bien lo sabe Dios! Siempre he creído que iba a llegar muy pronto un tiempo en que pudieras contarte entre las niñas más hermosas, más animadas y sobrepujarlas a todas. Y aún lo espero, hija mía; aún lo espero. Pero si entretanto tuviera que dejarte, temo mucho que no te he preparado para las luchas del mundo; ni más ni menos que lo está ese pajarillo. Pero, oigo a Kit: ve y recíbele, Nell; ve.

La niña se levantó y echó a correr, pero volvió de pronto y abrazó a su abuelo. Después salió corriendo más aprisa aún para ocultar sus lágrimas.

—Una palabra, señor —me dijo el anciano al oído—: he hablado así porque la conversación que tuvimos hace unos días me ha hecho pensar mucho. ¡Ojalá que todo haya sido para bien y pueda triunfar aún! He sido muy pobre, y quisiera preservar a mi hijita de todos los sinsabores y amarguras de la pobreza, que llevaron a su madre a la tumba antes de tiempo. Esté usted seguro de que será rica y tendrá una fortuna. No puedo decir más ahora, porque Nell vuelve.

Parecía tan seguro, había tanta fuerza de convicción en su acento, que no me era posible entender el misterio que allí se ocultaba: sólo me lo expliqué pensando que la avaricia era el móvil de su conducta. Más tarde pude observar que el anciano salía también aquella noche y que la niña quedaba sola una vez más dentro de las sombrías paredes de aquella casa.

Y ahora, lector, cesando en mi papel de introductor de personajes en esta novela, me despido de ti, dejando que hablen y obren por sí ellos mismos.

CAPÍTULO IV

Un té en casa de la señora

Los esposos Quilp residían en Tower Hill, y allí lloraba la señora la ausencia del señor cuando éste salió para hacer el negocio de que hemos hablado anteriormente. El señor Quilp no tenía oficio ni carrera conocidos, aunque se ocupaba en una multitud de cosas; era administrador de varias casuchas, prestaba dinero a marineros y gente baja, tenía parte en algunos negocios no muy limpios y otra multitud de cosas por el estilo.

Su habitación en Tower Hill, pequeña y reducida, tenía solamente lo indispensable para ellos y una alcobita para su suegra, que, como es de suponer, estaba en perpetua guerra con Daniel Quilp, a quien no por eso dejaba de tener un miedo horrible. Todos los que vivían cerca de él le temían mucho, pero nadie sentía los efectos de su ira como la señora Quilp, una mujer bajita, pequeña y delicada, de ojos azules, que habiéndose unido al enano en uno de esos momentos de locura no escasos entre las mujeres, pagaba prácticamente todos los días la pena de su ligereza.

Hemos dicho anteriormente que la señora Quilp lloraba en su morada la ausencia de su marido, pero no lloraba por cierto sola, pues, además de su madre, había unas cinco o seis vecinas que por casualidad habían ido llegando a la hora del té; ocasión muy propicia para charlar en aquella habitación fresca, alta y resguardada del sol. No hemos de extrañar, pues, que se detuvieran, teniendo además el piscolabis un sabroso aditamento de manteca fresca, pan tierno, mariscos y berros.

Es natural que estando reunidas tantas señoras, la conversación recayera sobre la propensión del sexo fuerte a dominar y tiranizar al débil, y acerca del deber que tenía éste de resistir y volver por sus derechos y dignidad. Era natural, por cuatro razones: primera, porque siendo joven la señora Quilp y sufriendo las brutalidades de su marido, era de esperar que se rebelara; segunda, porque era conocida la inclinación de su madre a resistir la autoridad masculina; tercera, porque cada una de las concurrentes creía manifestar así la superioridad de su sexo y de ella misma entre las demás, y cuarta, porque, estando acostumbradas las allí reunidas a criticarse unas a otras, una vez reunidas en íntima amistad no podían hallar asunto mejor que atacar al enemigo común.

Movida por todas estas consideraciones, una señora gruesa dio margen a la conversación preguntando por el señor Quilp; a lo que respondió su suegra que estaba perfectamente bien, que nada le ocurría y que «yerba mala nunca muere». Todas las señoras suspiraron a coro, movieron la cabeza con dignidad y miraron a la señora Quilp como si fuera una mártir.

—¡Ah! —dijo la que primero habló—; usted debía aconsejarla, señora Jiniwin, puesto que es su madre y conoce mejor que nadie lo que debemos a nuestro sexo.

—Cuando mi pobre esposo vivía —añadió la señora Jiniwin—, si se hubiera atrevido a decirme una palabra más alta que otra, le habría...

La buena señora no terminó la frase, pero movió la cabeza con un aire tan significativo, que sustituyó perfectamente a las palabras que faltaban, y fue tan bien entendido por todas, que hubo quien agregó:

—¡Eso mismo hubiera hecho yo!

—Afortunadamente, ni usted ni yo tenemos necesidad de eso —dijo la suegra de Quilp.

—Ninguna mujer la tendría si fuera consecuente con su sexo —agregó la señora gruesa.

—¿Lo oyes, Betsy? ¿Cuántas veces no te he dicho lo mismo, pidiéndotelo casi de rodillas? —dijo la señora Jiniwin a su hija.

La pobre Betsy se ruborizó, sonrió y movió la cabeza con aire de duda. Esto fue la señal para un clamoreo general, que, empezando en ligeros murmullos, fue creciendo y, hablando todas a un tiempo, se convirtió en un ruido semejante a un enjambre de cotorras. Animadas con la conversación, dieron un nuevo ataque al té, al pan, a la manteca y demás comestibles, aunque diciendo al mismo tiempo que su decepción era tal, que no podían probar otro bocado.

—Es muy fácil hablar —dijo la señora Quilp con sencillez—, pero tengo la seguridad de que si yo muriera mañana, Daniel hallaría enseguida quien quisiera casarse con él.

Una indignación general acogió estas palabras. ¡Casarse con él! ¡Que hiciera la prueba! Una viuda aseguraba que hasta le pegaría si se dirigía a ella.

—Perfectamente —añadió Betsy—: es muy fácil, como decía antes, hablar; pero Quilp tiene tal ángel cuando quiere, que la mujer más hermosa no podría resistirle si yo muriera; y siendo libre, se dirigiría a ella. Lo aseguro.

Ante esta seguridad, todas se ofendieron, como dándose por aludidas, y diciendo: «¡Que pruebe y veremos!». Y, sin embargo, todas criticaron a la viuda que quería pegarle y murmuraron al oído de su vecina más próxima que la tal viuda era una estúpida dándose por aludida con lo fea que era.

—Mamá, sabes que es cierto lo que digo, porque hablamos de ello muchas veces antes de casarme —dijo la señora Quilp—. ¿Verdad, mamá?

La señora Jiniwin se encontró en un apuro, porque ella había contribuido en gran parte a convertir a su hija en señora Quilp y no quería que creyeran que su hija se había casado con un hombre que otras hubieran rechazado. Por otra parte, exagerar las buenas cualidades de su yerno sería disminuir la causa de su discusión; así es que, tomando el mejor partido posible, reconoció su poder de seducción, pero le negó el derecho a mandar, y con un cumplido a la señora gruesa llevó la discusión al punto en que había empezado.

—Lo que ha dicho la señora de Jorge es razonable —dijo la anciana—. ¡Si las mujeres fueran consecuentes! Pero Betsy no lo es y eso es una lástima.

—Antes de consentir que Quilp me gobernara como la gobierna a ella —dijo la señora George—; antes que estar siempre atemorizada ante un hombre, como le pasa a Betsy, sería capaz de matarme, dejando escrita una carta para decir que me mataba él.

Al oír estas frases, otra dama pidió la palabra, y añadió:

—El señor Quilp será un hombre muy agradable, y de ello no tengo duda alguna, puesto que su mujer lo afirma, y ella es quien mejor debe de saberlo; pero la verdad es que no puede decirse que sea hermoso ni joven precisamente, siendo así que Betsy es joven, guapa y, sobre todo, mujer.

Esta última cláusula, pronunciada con marcado tono, produjo murmullos entre las oyentes, cosa que animó a la oradora, la cual continuó diciendo que si un marido así fuera además huraño y poco razonable con su mujer, sería necesario...

—El caso es que lo es —agregó la suegra dejando la taza sobre el plato y sacudiendo las migas que habían caído sobre su falda—: es el tirano mayor que existe en el mundo. Mi pobre hija no se atreve a disponer

ni siquiera de su conciencia y tiembla apenas le oye. Con una palabra, con un solo gesto, la asusta tanto que no se atreve a pronunciar una frase siquiera.

Aunque todas las presentes lo sabían perfectamente, puesto que Quilp había sido el tema de todas las conversaciones hacía más de un año en aquel barrio, el anuncio oficial, digámoslo así, levantó una protesta unánime y ruidosa. Dijeron unas a otras: «¡Ya lo había dicho yo hace tiempo!»; y las otras a las unas: «¡Nunca lo hubiera creído a no oírlo con mis propios oídos!». Algunas adujeron ejemplos de lo que ellas habían hecho en parecidos casos, y terminaron por agobiar a una de las damas presentes, que era soltera, con razonamientos y consejos para que no se casara. Con la confusión, no habían observado que Daniel Quilp en persona se hallaba en la habitación mirando y escuchando aquel inmenso vocerío en contra suya.

—Sigan ustedes, señoras —dijo Daniel—. Querida Betsy, suplica a estas damas que se queden a cenar con nosotros y trae alguna cosita agradable y ligera.

—Yo..., yo no las invité al té, Daniel —murmuró la pobre mujer—; ha sido una casualidad...

—Mejor, señora, mejor. Las reuniones imprevistas son siempre las más agradables —dijo el enano frotándose las manos con tanto ardor, que parecía querer arrancarse la suciedad que se había incrustado en ellas.

—Pero ¿qué?, ¿se van ustedes? No, no; les suplico que se queden.

Sus hermosas enemigas movieron la cabeza indicando que declinaban la invitación y buscando sus respectivos abrigos y sombreros, dejando la palabra a la señora Jiniwin, la cual, encontrándose en el cargo de paladín, hizo un esfuerzo para cumplir su misión y dijo:

—¿Y por qué no han de quedarse a cenar, si mi hija quiere?

—Seguramente —añadió Daniel—, ¿por qué no?

—Me parece que no hay nada malo ni deshonroso en cenar —prosiguió la señora Jiniwin.

—Seguramente que no —agregó Quilp—, a menos que se coma langosta o algún otro manjar difícil de digerir.

—Pero tú no querrás que tu mujer padezca por ese estilo ni por ningún otro —continuó la suegra.

—¡No, de ninguna manera! —dijo el enano.

—Creo que mi hija tiene libertad para hacer lo que quiera.

—Ciertamente. La tiene, señora Jiniwin, la tiene —continuó Quilp.

—Debe tenerla, por lo menos —añadió la suegra—, y la tendría si pensara como yo.

—¿Por qué no piensas como tu madre, cariño? —dijo el enano dirigiéndose a su mujer—. ¿Por qué no la imitas, puesto que sabe honrar a tu

sexo? Tengo la seguridad de que deberías hacerlo. —Y dirigiéndose otra vez a su suegra, añadió—: Parece que no está usted bien, señora madre. Se ha excitado usted mucho hablando. Ésa es su debilidad. Váyase a acostar. ¡Váyase, por favor!

—Me iré cuando quiera, Quilp; antes no.

—Tenga usted la bondad de irse pronto. Pero prontito, ¿eh? —insistió el enano.

La pobre mujer lo miró furiosa, pero no tuvo otro remedio que salir, sufriendo que la echara del cuarto y cerrara la puerta delante de todas las amigas que salían de la casa. Quilp quedó solo con su mujer, que se sentó en un rincón, temblorosa y con los ojos fijos en el suelo, en tanto que él, en pie, parado delante de ella y cruzado de brazos, la miraba largo rato sin pronunciar palabra.

Al fin, rompiendo el silencio y relamiéndose los labios como si tuviera delante un dulce en vez de una mujer, dijo:

—¡Deliciosa criatura! ¡Monina! ¡Rica!

La señora Quilp sollozaba; conociendo la índole de su marido, parecía tan alarmada por estas frases de cariño, como si hubiera manifestado su furor con actos de violencia.

—¡Qué alhaja! ¡Qué tesoro! —continuó Quilp—. Vales más que un cofrecillo de oro engastado con perlas, diamantes, rubíes y toda clase de piedras preciosas. ¡Cuánto te quiero!

La pobre mujer temblaba de pies a cabeza; miró a su marido implorando misericordia, después bajó la cabeza y continuó sollozando.

—Lo mejor que tiene esta mujercita mía es la mansedumbre, la dulzura —prosiguió el enano inclinándose hacia ella y poniéndose más horrible aún, si es posible—. Es tan humilde que no tiene voluntad propia, a pesar de tener una madre tan insinuante.

Agachándose poco a poco, llegó a colocar su horrible cabeza entre los ojos de su mujer y el suelo, y exclamó:

—¡Señora Quilp!

—¿Qué quiere, Daniel?

—¿No soy hermoso? ¿No sería el más hermoso del mundo si tuviera patillas? ¿No soy agradable, aun como soy, a las mujeres? ¿Lo soy, señora mía: sí o no?

—Sí, Quilp; sí —respondió la pobre mujer, fascinada por sus miradas y sin poder separar su vista de los horribles gestos que hacía el enano; tales, que sólo pueden concebirse en malos sueños. Por último, no pudo menos de lanzar un grito al verle dar un salto sobre ella y decirle con ojos extraviados:

—¡Si te encuentro otra vez hablando con esas madamas, te como!

Con esta lacónica amenaza, acompañada de un gesto horroroso, Quilp puso término a la escena. Después pidió a su mujer que quitara de allí los restos del convite y llevara ron, agua fría y cigarros; se sentó en una silla de respaldo muy inclinado y colocó las piernas sobre la mesa.

—Siento deseos de fumar, querida esposa, y es fácil que pase aquí la noche. Siéntate cerca de mí, por si acaso te necesito.

La señora Quilp respondió con el consabido «bueno», y el pequeño rey de la creación tomó su primer cigarro y mezcló el primer vaso de *grog*. Se puso el sol, salieron las estrellas, la habitación fue envolviéndose en tinieblas sin más luz que la del cigarro y aún seguía Quilp en la misma posición, bebiendo y fumando con su impasible sonrisa, que se cambiaba en un gesto de inmensa delicia cuando su mujer hacía algún movimiento involuntario de inquietud o de fatiga.

CAPÍTULO V

Las confidencias de Nell

No sabemos si el señor Quilp durmió o sólo cabeceó, pero lo cierto es que se pasó la noche entera fumando, encendiendo un cigarro en los residuos del anterior, sin necesitar fósforos ni bujías. Los toques del reloj, hora tras hora, no parecían afectarle en lo más mínimo, y lejos de sentir sueño, parecía más despabilado cada vez; los únicos movimientos que se notaban en él eran como de risa solapada y artera, aunque silenciosa, cuando oía sonar las horas, y los necesarios para fumar o beber.

Al fin lució el día, y la pobre señora Quilp, tiritando de frío, abrumada de fatiga y falta de sueño, apareció sentada pacientemente en su silla, elevando de cuando en cuando los ojos para pedir clemencia a su amo y señor, y tosiendo ligeramente para manifestar que aquella penitencia era sobrado larga y penosa; pero su amable esposo fumaba y bebía sin parar mientes en ella, y sólo se dignó reconocer su presencia cuando se sintió en la calle esa actividad, ese ruido que indican que el día es bien entrado ya. Aun así, tal vez hubiera continuado el mismo estado de cosas, a no haberse sentido en la puerta unos golpecitos que anunciaban que alguien quería entrar.

—¿Cómo, mujercita mía, es ya de día? Anda y abre la puerta, querida esposa.

La obediente mujer descorrió el pasador y entró su madre. Creyendo que Quilp dormía aún, entró apresuradamente; pero al ver que estaba despierto y todo igual que cuando se marchó al anochecer, se detuvo sorprendida.

Nada de esto escapó a la penetrante vista de aquel monstruo, que, comprendiendo perfectamente lo que pasaba en el ánimo de su suegra, se puso más feo aún en el colmo de la satisfacción y la saludó con acento de triunfo.

—¿Cómo, Betsy —dijo la anciana—, no te has acostado? ¿No habrás estado toda la noche...?

—¿Sentada? —agregó Quilp terminando la pregunta de su suegra—. Sí, precisamente.

—¡Toda la noche! —exclamó la señora Jiniwin.

—Sí, toda la noche. Supongo que no se ha vuelto usted sorda —dijo Quilp riéndose—. ¿Acaso hay mejor compañía para Betsy que su marido? ¡Ja, ja...! El tiempo ha pasado volando.

—¡Eres un animal! —dijo la señora Jiniwin.

—¡Vamos, vamos! —dijo Quilp torciendo el sentido en que hablaba su suegra—. No le ponga usted motes. Es mi mujer, y si se le ocurre evitar que me acueste, entreteniéndome toda la noche, no es para que usted, en su afecto hacia mí, se enfade con ella. ¡Vamos; beba usted conmigo! Quiero agradecerle su interés convidándola.

—Muchas gracias, no lo acepto —exclamó la buena mujer con una expresión tal como si quisiera dar de puñetazos a su yerno—. Muchas gracias.

—¡Alma agradecida! —murmuró el enano—. ¡Betsy!

—¿Qué quieres? —murmuró tímidamente la paciente.

—Ayuda a tu madre a preparar el desayuno. Tengo que ir al muelle esta mañana y cuanto antes desayune, mejor.

La suegra quiso manifestar que se rebelaba, sentándose en una silla con los brazos cruzados, demostrando así que no quería hacer nada; pero su hija le habló al oído, y su yerno le indicó que si se encontraba mal, podía ir a la habitación de al lado. La buena mujer se levantó y empezó diligentemente los preparativos requeridos.

Quilp empezó a hacer su tocado, sin dejar de escuchar atentamente el más mínimo rumor de palabras que pudiera salir de la habitación próxima, y oyó cómo la señora Jiniwin le llamaba monstruo y villano.

Después de algunos incidentes estuvo preparando el desayuno: huevos duros, sardinas, berros, pan, manteca y té. Quilp lo devoró casi sin masticar; bebió el té hirviendo, sin pestañear siquiera; mordió el tenedor y la cuchara hasta torcerlos; hizo, en una palabra, tantas cosas extraordinarias, que las pobres mujeres, asustadas, empezaron a pensar si era realmente un hombre o si sería una bestia. Por último, Quilp, dejándolas asustadas y casi fuera de sí, se marchó al muelle y, tomando una lancha, se dirigió al almacén que al otro lado del río llevaba su nombre. Una vez allí, entró en el despacho, se quitó el sombrero, se reclinó en el escritorio

y procuró dormir, tratando así de desquitarse de la falta de sueño de la noche anterior con una larga siesta.

Larga podía haber sido, pero no lo fue, porque apenas llevaba durmiendo un cuarto de hora, cuando el criadillo del almacén abrió la puerta y asomó la cabeza; Quilp, que tenía el sueño ligero, le sintió enseguida y se incorporó diciendo:

—¿Qué quieres?

—Ahí fuera le buscan a usted.

—¿Quién?

—No lo sé.

—¡Pregúntalo! —dijo Quilp agarrando un pedazo de madera y tirándoselo al muchacho con tal fuerza que lo hubiera pasado mal a no haber desaparecido antes de que le alcanzara—. ¡Pregúntalo, perro!

El muchacho, no atreviéndose a entrar otra vez, envió en su lugar a la persona que buscaba al enano.

—¿Tú, Nell? —exclamó éste.

—Sí —dijo la niña, vacilando entre entrar o retirarse, asustada por el aspecto de Quilp, que acababa de despertarse, con el cabello en desorden y un pañuelo amarillo atado a la cabeza, que le hacía parecer más horrible aún—. Soy yo, señor.

—Entra —dijo Quilp sin moverse del escritorio—. Entra, pero antes mira si ahí, en el patio, hay un chico andando de cabeza.

—No, señor —respondió Nell—, anda con los pies.

—¿Estás segura? Pues bien, entra, y cierra la puerta. ¿Qué te trae por aquí, Nell?

La niña sacó una carta y la entregó a Quilp que, sin cambiar de postura, alargó una mano y, tomando la carta, procedió a enterarse de su contenido.

La niña se quedó parada tímidamente, con los ojos fijos en el semblante de Quilp mientras éste leía la carta, mostrando que desconfiaba de aquel hombre y haciendo esfuerzos al mismo tiempo para no reírse al ver su inverosímil aspecto y su grotesca actitud. Se notaba también en la niña una ansiedad penosa pensando en la respuesta, que lo mismo podría ser favorable que adversa.

Se veía claramente que Quilp mismo estaba perplejo, y no poco, al leer el contenido de aquella carta. A los dos o tres renglones, abrió desmesuradamente los ojos con horrible expresión; poco después movió la cabeza, y al llegar al final se puso a silbar, manifestando así su sorpresa y su disgusto. Una vez leída, la dobló y la dejó a un lado; se mordió despiadadamente las uñas de los diez dedos; la leyó otra vez, y esta segunda lectura fue tan poco satisfactoria, al parecer, como la primera, porque se sumió en profunda meditación. Al salir de ella volvió a morderse las uñas

y miró con insistencia a la niña, que, con los ojos clavados en el suelo, se preguntaba lo que haría después.

—Oye —dijo al fin con una voz tan extraña o inesperada que la niña tembló como si hubieran disparado un cañonazo junto a su oído—. ¡Nell!

—¡Señor!

—¿Sabes qué dice esta carta?

—No, señor.

—¿De veras? ¿Palabra de honor?

—Palabra de honor, señor Quilp.

—¿Querrías morirte antes de saberlo? —añadió el enano.

—No lo sé —repitió la niña.

—Bueno —respondió Quilp, comprendiendo que decía la verdad—. ¿A qué diablos vendrá esto? ¡Aquí hay un misterio!

Esta reflexión hizo que se rascara la cabeza y se mordiera las uñas una vez más, dulcificándose su semblante con algo que, aunque en otro cualquiera hubiera sido un gesto de dolor, en él era una sonrisa. Cuando Nell le miró de nuevo, vio que el enano la contemplaba con sus astutos ojillos.

—¡Qué bonita eres, Nell! Muy bonita. ¿Estás cansada?

—No, señor. Tengo prisa por volver porque el abuelo estará inquieto hasta que vuelva.

—No tengas prisa, Nell, no necesitas correr —añadió Quilp—. Vamos a ver: ¿te gustaría ser mi número dos, Nell?

—¿Ser qué, señor?

—Mi número dos, mi segunda señora Quilp —respondió el enano.

La niña se asustó, pero manifestó no entenderle, lo cual, notado por Quilp, hizo que se explicara con más claridad.

—Serías la segunda señora Quilp cuando muera la primera, querida Nell —dijo el enano guiñando los ojos—; serías mi esposa. Supongamos que la señora Quilp vive aún cuatro o cinco años; entonces tú tendrás buena edad para ser mi mujer. ¡Ja..., ja...! Sé buena niña, Nell, y un día de estos tendrás el alto honor de ser la señora Quilp de Tower Hill.

La niña tembló al pensar en aquella temerosa perspectiva; el enano se rió, sin preocuparse de su alarma, bien porque encontrara una delicia especial en asustar a alguien, bien porque le pareciese grato pensar en la muerte de su mujer y en la elevación de una segunda a su título y categoría, o bien porque, por razones particulares, quisiera ser agradable y complaciente en aquella particular ocasión.

—¿Quieres venir a casa y ver a mi esposa? Te quiere mucho, aunque no tanto como yo. ¡Vamos ahora!

—Tengo que irme; mi abuelo me dijo que fuera en cuanto usted me diese la respuesta a su carta.

—Pero aún no te la he dado, Nell —repuso el enano—, y no puedo dártela sin ir a casa; así es que forzosamente tienes que venir conmigo. Dame el sombrero, que está en aquella percha, y vámonos, nena.

Quilp saltó del escritorio al suelo y ambos salieron del almacén. Una vez fuera, lo primero que se presentó a su vista fue el chico del almacén, que rodaba por el suelo en compañía de otro muchacho de su misma edad, luchando y pegándose fraternalmente.

—¡Es Kit! —dijo Nell palmoteando—. Vino conmigo. Dígale usted que se levante, señor Quilp.

—Voy a decírselo a ambos —agregó el enano entrando a buscar una vara—. ¡Hala, muchachos, fuera! Voy a daros un estacazo a los dos, así juntitos.

Y uniendo la acción a la palabra, descargó algunos golpes dignos de un salvaje sobre los indefensos muchachos.

—¡Voy a poneros blandos a fuerza de golpes; tengo que poneros la cara negra!

—¡Tire usted esa vara o le saldrá mal la cuenta! —murmuró el muchacho, tratando de escaparse—. ¡Tire usted la vara!

—¡Acércate, perro, y te la romperé en la cabeza! —exclamó Quilp con fiereza—. ¡Un poco más cerca, más cerca aún!

Pero el chico declinó la invitación y esperó un instante de descuido de su amo. Entonces dio un salto y trató de quitarle la vara, pero Quilp, que estaba siempre alerta, esperó a que el muchacho, creyendo que no le veía, estuviera bien sujeto a la vara y entonces la soltó. El pobre chico cayó de cabeza, recibiendo un golpe terrible. El éxito de esta maniobra agradó tanto al horrible enano que estuvo un rato riéndose a carcajadas, como si hubiera oído el más gracioso chiste.

—¡No importa! —murmuró el pobre niño restregándose la cabeza—. ¡Ya verá usted si otra vez pego a alguien que diga que es usted más feo que todos los monstruos que se ven a unos céntimos la entrada!

—¿Quieres decir que no lo soy?

—No, señor.

—¿Entonces, por qué luchabais así? —preguntó Quilp.

—Porque ese chico lo dijo; no porque usted no lo sea.

—Porque tú dijiste que la señorita Nell era fea —aulló Kit—, y que ella y su abuelo tenían que hacer lo que tu amo quisiera. ¿Por qué dices eso?

—Lo dice porque es un tonto; y tú dices lo que dices, porque eres listo: casi demasiado listo para vivir, Kit, a menos que te cuides mucho —dijo Quilp con modales tranquilos, pero con gran malicia en la boca

y en los ojos—. Toma esa moneda y di siempre la verdad. ¡La verdad siempre, Kit! Y tú, perro, cierra el despacho y tráeme la llave.

El otro muchacho al cual se dirigía esta orden, hizo lo que le mandaban, y recibió en recompensa un puñetazo en la nariz, que le hizo llorar. Después el señor Quilp tomó un bote y se fue con Nell y Kit.

La señora Quilp se preparaba para dormir un poco, pensando que su esposo tardaría, cuando sintió sus pasos en la puerta. Apenas si tuvo tiempo de tomar una labor cuando éste entró, acompañado de la niña. Kit había quedado abajo.

—Aquí tienes a Nell Trent, querida —dijo Quilp—: dale un bizcocho y una copita, porque ha hecho una larga caminata. Que se esté aquí contigo mientras yo escribo una carta.

La señora Quilp miraba sorprendida y temblorosa a su marido, no pudiendo comprender a qué obedecía aquella inusitada generosidad, y a un gesto del enano, salió tras él de la habitación.

—Escucha lo que te digo —dijo Quilp—. Trata de hacerle decir algo sobre su abuelo: lo que hace, cómo viven, etc. Tengo mis razones para querer saberlo, si puedo. Las mujeres sabéis hablar mejor que nosotros y tú tienes finura para ir sacándole lo que quiero saber. ¿Me oyes?

—Sí, Daniel.

—Pues ve.

—Pero eso es engañar a esa niña candorosa; ya sabes que la quiero. ¿Por qué pretendes que abuse de su confianza?

El enano soltó un espantoso juramento y miró alrededor como buscando algún instrumento para infligir el condigno castigo a su esposa, por su desobediencia. La sumisa mujer le suplicó que no se enfadara y prometió cumplir sus órdenes.

—Ya lo sabes —murmuró Quilp a su oído, pellizcándole un brazo al mismo tiempo—, averigua sus secretos; sé que puedes. ¡Y acuérdate de que yo lo estoy oyendo! Si no eres lista, haré crujir la puerta, ¡y pobre de ti si tengo que hacerlo muchas veces! ¡Vete!

La señora Quilp salió como le ordenaba su amo, el cual se escondió tras la puerta entreabierta y, aplicando el oído, se preparó a escuchar atentamente. La mujer no sabía cómo empezar la conversación, hasta que el ruido de la puerta, obligándola a no dilatar más el silencio, la hizo preguntar:

—¿Cómo es que vienes a ver al señor Quilp tantas veces?

—No sé, eso es lo que yo pregunto a mi abuelito.

—¿Y qué te dice?

—Nada, suspira y baja la cabeza; parece que está triste y tan abatido que, si usted le viera, estoy segura de que lloraría. No podría usted evitarlo: lo mismo me pasa a mí. Pero, ¡cómo rechina esa puerta!

—Sí, se moverá con el viento —respondió la señora Quilp mirando hacia allá—; pero antes, ¿no estaba así tu abuelo?

—No, señora —dijo la niña afanosa—, antes éramos muy felices y él estaba siempre alegre y satisfecho. No puede usted figurarse qué cambio tan grande ha sufrido.

—Siento mucho que sea así, hija mía —dijo la señora hablando con sinceridad.

—Muchas gracias, señora —contestó la niña besándola—. Siempre ha sido usted muy cariñosa conmigo; yo no puedo hablar de estas cosas con nadie, excepto con el pobre Kit. Aún soy feliz, y tal vez debería estar más contenta, pero no puede usted figurarse cuánto sufro al verle tan alterado.

—Cambiará otra vez, hija mía, y volverá a ser como antes —dijo la señora Quilp.

—¡Dios lo quiera! —continuó la niña—. Pero hace tanto tiempo que está así... Me parece que he visto moverse esa puerta.

—Es el viento —murmuró Betsy—. Sigue, hija mía. ¿Cómo está?

—Pensativo y disgustado —dijo la niña—. Antes, por la noche, sentados junto al fuego, leía yo y él escuchaba. Otras veces hablábamos y me contaba cosas acerca de mi madre. Solía tomarme sobre sus rodillas y trataba de hacerme comprender que no estaba en la tumba, sino en otro país mejor y más hermoso, donde no hay nada sucio ni feo. ¡Qué felices éramos entonces!

—¡Nell, Nell! —dijo la pobre mujer—. No puedo oírte llorar y verte tan triste. ¡No llores!

—Lloro pocas veces —repuso la niña—, pero he estado conteniéndome tanto... Y además, creo que no estoy buena, porque cedo a esta debilidad. Pero no me importa referirle a usted mis penas, porque sé que no se lo contará a nadie.

La señora Quilp volvió la cabeza sin responder palabra.

—Entonces —prosiguió la niña— paseábamos de cuando en cuando por el campo entre los árboles, y cuando volvíamos a casa, la hallábamos más agradable aún por efecto del cansancio y pensábamos que era un hogar muy hermoso. Ahora no paseamos nunca, y aunque es la misma casa, parece que está mucho más oscura y más triste.

Al llegar aquí se detuvo la niña, y aunque la puerta crujió más de una vez, la señora Quilp no dijo nada.

—No crea usted por lo que le digo que el abuelito es menos cariñoso conmigo: creo, por el contrario, que me quiere más cada vez. ¡No puede usted figurarse lo cariñoso que es!

—Estoy segura de que te quiere mucho —dijo Betsy.

—Sí, sí —respondió Nell—; al menos, tanto como yo a él. Pero aún no le he dicho a usted el cambio mayor que he notado en él. No descansa más que lo poco que durante el día puede dormir en una butaca; todas las noches sale de casa, y generalmente no vuelve hasta la mañana. ¡No se lo diga usted a nadie, por favor!

—¡Nell!

—¡Chist! —dijo la niña poniendo un dedo sobre sus labios y mirando alrededor—. Yo le abro por la mañanita antes de amanecer, pero anoche mismo vino tan tarde que ya era de día. Traía el semblante lívido, los ojos sanguinolentos y le temblaban las piernas. Después de acostarme otra vez, le oí quejarse; me levanté, entré en su cuarto y le oí decir que no podía sufrir aquella vida, y que, si no fuera por la niña, es decir, por mí, desearía morirse. ¿Qué haré, Dios mío? ¿Qué haré?

La niña, abrumada por tanta pena y ansiedad, rompió a llorar al ver la simpatía de su amiga y se arrojó en sus brazos.

El señor Quilp entró de pronto y manifestó gran sorpresa al encontrarla en aquel estado, cosa que hizo a la perfección buscando el efecto. Una larga práctica de fingimiento le había hecho ser un admirable cómico.

—¿No ves que está cansada, Betsy? —dijo el enano torciendo los ojos para indicar a su esposa que siguiera en su papel—. Su casa está muy lejos del muelle y, además, se asustó viendo reñir a dos granujas. ¡Pobre Nell!

El enano, queriendo acariciarla, le dio unas palmaditas en la espalda, y por cierto que no pudo hallar procedimiento mejor para reanimar a la niña, porque un deseo instintivo de sustraerse a aquellas caricias la hizo dar un salto y declarar que ya estaba tranquila y que iba a marcharse.

—Será mejor que te quedes aquí y comas con nosotros —dijo el enano.

—Muchas gracias; hace rato que salí de casa, y es ya hora de volver —contestó Nell secándose los ojos.

—Está bien, Nell; vete si lo prefieres. Aquí tienes esta carta; solamente le digo que mañana o pasado iré a verle y que no puedo hacer hoy el asunto que me encarga. Adiós, Nell, ¡Eh, Kit! Ten cuidado de ella, ¿oyes?

Kit ni siquiera contestó a tan inútil advertencia, y después de mirar a Quilp como para interrogarle por el llanto de Nell y manifestar su deseo de venganza, siguió a su joven ama, que se despedía de la señora Quilp, y emprendieron el camino de regreso a la tienda.

—Preguntas a la perfección, esposa mía —murmuró Quilp tan pronto como estuvieron solos.

—¿Qué más podía hacer? —preguntó tímidamente la pobre mujer.

—¿Qué más podías haber hecho? Menos quería yo que hicieras. ¿No podías haberlo hecho sin parecer un cocodrilo?

—Me da mucha lástima esa niña, Daniel. Creo que he hecho bastante. He abusado de su confianza, puesto que la he animado a hacer sus confidencias creyendo que estaba sola. ¡Que Dios me perdone!

—¡Bastante tuve que mover la puerta para que te decidieras! Has tenido la suerte de que ha dicho lo que yo necesitaba saber, porque si no, tú hubieras pagado el chasco. Puedes agradecer a tu buena estrella que sepa lo que sé. Basta de este asunto y no me esperes para comer; de modo que no necesitas molestarte mucho.

CAPÍTULO VI

La proposición de Fred

—Fred —decía Swiveller en su habitación de Drury Lane—, recuerda la canción popular *¡Adiós a las penas!,* cubre los disgustos con el velo de la amistad y pásame ese dorado vino.

—Pásame ese vino, Fred —volvió a decir sin más preámbulos, viendo que éstos no habían hecho mella en su amigo.

El joven Trent, con gesto impaciente, alargó el vaso y cayó otra vez en el profundo mutismo y quietud anteriores.

—Fred, voy a contarte algo sentimental, apropiado a la ocasión —dijo Swiveller.

—¡Me mareas con tanta charla, Dick! ¡Siempre estás alegre! —murmuró al fin Fred.

—Pues qué, señor Trent, ¿ha olvidado usted el proverbio que dice que se puede ser sabio a pesar de estar contento? Yo estoy muy conforme con eso. Habla, hombre, habla; estás en tu casa.

Con esto, Richard Swiveller dio fin de su vaso y empezó otro, y después de probarlo con delicia, propuso un brindis a una compañía imaginaria.

—¡Caballeros, por el éxito de la antigua familia de los Swiveller y por la buena suerte del caballero Richard en particular! —exclamó el orador con énfasis—. ¡El caballero Richard, que gasta el dinero con sus amigos y no se preocupa de las penas! ¡Hurra! ¡Hurra!

—¡Dick! —exclamó Trent volviendo a sentarse después de dar dos o tres paseos por la habitación—. ¿Querrías hablar en serio dos minutos si te enseño un modo de hacer fortuna con poco trabajo?

—Ya me has enseñado muchos, pero siempre tengo vacíos los bolsillos.

—Éste es diferente; ya dirás lo contrario antes de mucho tiempo —dijo Fred acercando su silla a la mesa.

—¿Has visto a mi hermana Nell?

—Sí, ¿y qué? —contestó Dick.

—Es bonita, ¿verdad?

—Seguramente. Hay que reconocer que no se parece a ti —respondió Dick.

—Pero, ¿es bonita? —repitió su amigo impaciente.

—Sí, es bonita. ¡Muy bonita! Estamos en ello, ¿y qué?

—Voy a decírtelo —prosiguió Fred—. Probablemente, el viejo y yo estaremos como el perro y el gato hasta el fin de nuestros días, y no puedo esperar nada de él. Supongo que ves claro eso.

—Un murciélago lo vería, aun de día y con sol.

—Es claro también que el dinero íntegro será para ella. Ahora, escucha: Nell tiene cerca de catorce años.

—¡Hermosa niña para sus años, pero algo pequeña! —replicó Richard con indiferencia.

—Déjame continuar; pronto acabo. Voy al objeto de esta conversación —dijo Trent, algo amostazado por el poco interés que Swiveller manifestaba.

—Conforme —agregó éste.

—La niña es muy sensible y, educada como lo ha sido, puede persuadírsela fácilmente. Me propongo imponerle mi voluntad; no por fuerza, no. ¿Hay algo que te impida casarte con ella, Dick?

Richard, que contemplaba su vaso mientras su amigo decía enérgicamente las anteriores frases, quedó consternado al oír la última y sólo pudo decir:

—¿Qué...?

—Que si hay algo que lo impida; que si no puedes casarte con ella.

—¿Va a cumplir catorce años? —preguntó Dick.

—No digo que te cases ahora mismo —exclamó Fred airado—. Digamos dentro de dos años, o tres, o cuatro. ¿Tiene cara de vivir mucho el viejo?

—Parece que no —murmuró Dick—, pero no puede asegurarse nada. Tengo en el condado de Dorset una tía que se está muriendo desde que yo tenía ocho años y aún no ha cumplido su palabra. Son tan fastidiosos los viejos, que quieren salirse siempre con la suya; no puede uno echar cuentas con ellos.

—Entonces, vamos a estudiar el asunto por el lado más feo. Supongamos que vive.

—Seguramente —repuso Dick—; ahí está el quid.

—¿Por qué no persuadir a Nell a que se case secretamente contigo? ¿Qué crees que saldría de eso?

—Una familia y una renta anual nula para mantenerla —dijo Richard después de reflexionar.

—Te aseguro que el viejo sólo vive para ella, que sus energías y sus pensamientos son sólo para la nena y que sería más fácil que me adoptara a mí, que reñir con ella y desheredarla por un acto de desobediencia. No podría hacerlo. Cualquiera que tenga ojos lo ve.

—Sí, parece poco probable —murmuró Dick.

—Parece improbable, porque lo es; porque es imposible y absurdo —exclamó Fred con más energía aún—. Si quieres hacerlo más imposible todavía, basta con reñir conmigo (en broma, por supuesto). Tocante a Nell, ya sabes que una gotita de agua horada una piedra. ¡Deja el asunto en mis manos! ¿Qué nos importa, pues, que el viejo viva o muera? La cosa es que tú serás el único heredero de una sana fortuna, que gastaremos los dos, y dueño de una hermosísima y buena esposa.

—¿Supongo que no hay duda de que es rico? —preguntó Dick.

—¿Duda? ¿No oíste lo que dijo hace unos días, cuando estábamos allí? ¡Eres capaz de dudar del sol, Dick!

Sería enojoso seguir esta conversación en su artificioso desenvolvimiento y ver cómo fue interesándose el corazón de Richard Swiveller. Bástenos saber que la vanidad, el interés, la pobreza y demás miserias le obligaron a mirar con agrado la propuesta. Los motivos de parte de Fred eran más profundos de lo que Richard creía, pero como se irán desarrollando sucesivamente, no necesitamos indicarlos ahora. Diremos solamente que las negociaciones se llevaron a cabo de modo satisfactorio para ambas partes, y que el señor Swiveller empezaba a decir en términos floridos que no tenía ninguna objeción seria que oponer a su casamiento con una rica heredera, cuando un golpecito en la puerta y el obligado «adelante» pusieron término al discurso.

Se abrió la puerta, pero nadie entró: sólo se vio un brazo enjabonado y se percibió un fuerte olor de tabaco, procedente de un estanco que había en el piso bajo. El brazo era de la criada de la casa, que acababa de sacarlo de un cubo de agua con que limpiaba la escalera, para recoger una carta dirigida al señor Swiveller.

Al ver la dirección, Dick palideció, y más aún cuando empezó a leerla, comprendiendo entonces que con tanta conversación se había olvidado de ella.

—*¡Ella!* ¿Quién? —preguntó Trent.

—Sophy Wackles - –dijo Richard.

—Pero, ¿quién es?

—Es todo lo que mi fantasía quiere que sea —dijo Swiveller echando un trago largo y mirando gravemente a su amigo—. Es hermosísima, divina; tú la conoces.

—Ya recuerdo —dijo su amigo sin preocuparse—; ¿qué quiere?

—¿Qué, caballero? —contestó Richard—. Entre la señorita Sophy Wackles y este humilde individuo que tiene el honor de dirigiros la palabra, se han cruzado sentimientos tiernos y ardientes, honrados por supuesto. La diosa Diana no es más particular en su conducta que la señorita Sophy; os lo aseguro.

—¿Qué debo creer de todo eso que me dices? Supongo que no le habrás hecho la corte.

—Hacerle la corte, sí; prometerle nada, no —dijo Dick—. No puede demandarme por incumplimiento de promesa. Yo nunca me comprometo por escrito, Fred.

—Pero, ¿qué dice esa carta?

—Solamente me recuerda que esta noche teníamos que asistir a una pequeña reunión de unas veinte personas, señoras y caballeros. Tengo que ir, para aprovechar la ocasión de ir despejando la costa y porque me gustaría saber si dejó la carta ella misma en persona.

CAPÍTULO VII

La familia Wackles

Una vez terminado el negocio, el señor Swiveller recordó que era hora de comer, y no queriendo que su salud se deteriorara con abstinencia forzosa, envió un recado al restaurante más próximo pidiendo que sirvieran inmediatamente dos cubiertos, petición que el dueño del restaurante, conociéndole bien, se negó a atender, diciendo que si quería comer fuera allí y, mediante cierta cantidad determinada, podría comer cuanto quisiera. No se desanimó Dick y envió otro recado a otro restaurante más retirado, observando una política zalamera que surtió el efecto requerido, pues enseguida enviaron un servicio completo con todo lo necesario para una abundante comida, a la cual se aplicaron ambos amigos con grande alegría.

—¡Ojalá que el presente momento sea el peor de nuestra vida; el hombre se conforma con tan poca cosa... después de comer! —dijo Richard.

—Espero que el dueño del hotel se conformará con poco —añadió su amigo—. Me parece que no puedes pagar esto.

—Pasaré por allí después y arreglaré la cuenta —añadió Dick guiñando los ojos de un modo muy significativo—. Todo se ha acabado, Fred, y no hay siquiera resto de ello.

Efectivamente, poco después llegó el mozo, que oyó con gran disgusto las explicaciones de Swiveller y, por último, se marchó bajo promesa de que pasaría por el restaurante a cierta y determinada hora. Una vez ido el mozo, Richard sacó de su bolsillo un grasiento libro de memorias y escribió dos renglones.

—¿Es un recordatorio por si te olvidas de pasar por allí? —dijo Fred con sorna.

—No, precisamente —respondió imperturbable Richard mientras escribía con afán—. Apunto en este libro las calles por donde no puedo pasar de día cuando están abiertas las tiendas. La comida de hoy es de Longetere y me compré un par de botas en Queen Street la semana pasada; así es que únicamente puedo llegar al Strand por una sola bocacalle y esta noche tendré que comprar un par de guantes. Las calles están tan cerca unas de otras que, como mi tía no me mande un regalito, dentro de un mes tendré que salir seis o siete leguas fuera de la ciudad para ir a algunos sitios.

—¿Tienes esperanza de obtener dinero de tu tía? —preguntó Trent.

—No —respondió Swiveller—. Generalmente, tengo que escribirle seis cartas; pero ahora hemos llegado a la octava sin que le hagan efecto. Mañana escribiré otra vez, lloroso y arrepentido, una carta de efecto seguro.

Richard, mientras hablaba así, guardó la cartera, y Fred, recordando que tenía algo que hacer, se marchó dejándole entregado a sus meditaciones sobre la señorita Sophy y a las libaciones del dorado licor.

—¡Es muy duro que tenga que abandonar así, de repente, por causa de la hermanita de Fred, a la señorita Sophy. Creo que lo mejor será no obrar precipitadamente... Pero si he de dejarla, lo mejor es hacerlo de pronto, no sea que me comprometan y tenga que pagar la multa. Además, hay otras razones...

Una vez decidido a terminar con Sophy, armaría una cuestión, buscaría un pretexto e inventaría un motivo de celos. Era necesario ir a verla. Después de perfilar un poco su atavío, dirigió sus pasos a Chelsea, donde vivía el precioso objeto de sus meditaciones.

La señorita Sophy Wackles vivía con su madre y dos hermanas, y dirigía un colegio de niñas; hecho que atestiguaba una placa redonda colocada en la ventana del piso bajo, en la que se leía en lindas letras de adorno: «Colegio de señoritas». Alguna que otra educanda de pocos años, de nueve y media a diez de la mañana y llevando un libro debajo del brazo, se esforzaba para tirar del cordón de la campanilla.

Las tres hermanas y la madre desempeñaban las diversas clases del colegio, simultaneándolas con los quehaceres domésticos. Melissa, la mayor, tendría unos veinticinco años; Sophy, la segunda, veinte, y Jane, la menor, dieciséis. La madre era una excelente señora de sesenta años.

A aquella casita de gente trabajadora y distinguida dirigió sus pasos Richard Swiveller. La familia de Sophy no veía con buenos ojos los galanteos del joven, y la misma Sophy se veía en un conflicto entre él, que no acababa de decidirse, y un comerciante en flores, que tenía preparada una declaración, para hacerla en la primera ocasión favorable. De ahí la ansiedad que le hizo llevar ella misma la nota que vimos leer a Dick.

—Si tiene intención formal de tener esposa, y medios de mantenerla, tendrá que decirlo ahora o nunca —decía la madre a la hija menor.

—Si me quiere de veras, me lo dirá esta noche —pensaba Sophy.

Pero todos estos pensamientos y seguridades no afectaron lo más mínimo a Richard, toda vez que no lo sabía. Torturaba su mente para buscar algo en que fundar celos, y deseaba que Sophy fuera en aquel momento menos bonita de lo que era, cuando se presentó la familia y con ellos el vendedor de plantas, llamado Cheggs, y una hermana suya, que abrazó y besó a la señorita Sophy, murmurando a su oído que esperaba no haber llegado demasiado pronto.

—¿Demasiado pronto? No por cierto, amiga mía —exclamó la señorita Sophy.

—Alejandro tenía tanta impaciencia por venir, y me ha mareado tanto, que es un milagro que no estuviéramos aquí a las cuatro. No podrá usted creer que estaba vestido ya antes de comer y que toda la tarde ha estado mirando el reloj y dándome prisa: todo por causa de usted únicamente, amiga mía.

Sophy se ruborizó, y lo mismo el señor Cheggs, a quien la madre y las hermanas de la señorita colmaron de atenciones, sin preocuparse de Swiveller. Esto era lo que él quería para hacerse el enfadado, pero habiendo causa y razón, cosas que él iba a buscar, suponiendo no encontrarlas, se enfadó de veras, pensando que el señor Cheggs era un imprudente.

Sin embargo, Richard bailó con Sophy, aventajando así a su rival, que estaba sentado en un sofá solo y aburrido, teniendo que contentarse con ver moverse en la danza la espiritual figura de su amada. Después Richard, animado tal vez por las anteriores libaciones, hizo tales ejercicios de agilidad, que todos los concurrentes quedaron atónitos; la señorita Cheggs aprovechó la ocasión para decir al oído de Sophy que la compadecía por verse obligada a soportar tan ridícula criatura y que temía que Alejandro quisiera darle una lección de cortesía. Al mismo tiempo hizo que se fijara en éste, que la contemplaba con ojos llenos de amor y de rabia.

—Usted debe bailar con la señorita Cheggs —dijo Sophy a Dick después de haber bailado dos valses con Alejandro y haber demostrado que admitía sus obsequios—. ¡Es tan amable! Y su hermano es delicioso.

—¡Delicioso, eh! —murmuró Dick—. Y deleitado, diría yo, según el modo como mira hacia cierto sitio.

La hermana pequeña (obedeciendo ciertas instrucciones) se acercó a Sophy, diciéndole que mirara cuán impaciente y celoso parecía estar el señor Cheggs.

—¿Celoso? ¡Me gusta la libertad! —dijo Richard.

—¡Libertad...! —murmuró Juanita—. Tenga usted cuidado, señor Swiveller, no sea que le oiga y le dé a usted que sentir.

—¡Jane! —gritó Sophy.

—¡Claro! —exclamó la hermana—. Creo que el señor Cheggs puede estar celoso si quiere; creo que tiene tanto derecho como otro cualquiera, y aun, si me apuran, diría que más. Tú debes de saberlo bien, Sophy.

Este complot tramado entre Sophy y su hermana Juanita con objeto de inducir a Richard a declarar su amor, surtió el efecto contrario. Jane hizo su papel tan a la perfección, que Dick se retiró, cediendo la dama al señor Cheggs. Cruzáronse entre ambos miradas de indignación.

—¿Quería usted hablar conmigo, señor Swiveller? —dijo Cheggs acercándose a él—. Aquí estoy, pero suplico a usted que se sonría, para no despertar sospechas.

Dick, sonriendo con socarronería, miró a Cheggs de arriba abajo, fijándose en todos los detalles de su atavío, y después, rompiendo súbitamente el silencio, dijo:

—No, señor, no quería.

—¡Hum! —murmuró Cheggs—. ¡Tenga usted la bondad de sonreír! Quizá no tenga usted nada que decirme *ahora*, pero tal vez quiera hacerlo en alguna otra ocasión. Creo que sabe usted dónde puede encontrarme cuando me necesite.

—Ya lo averiguaré cuando llegue el caso.

—Entonces, creo que no tenemos que hablar más, señor.

—Exactamente, caballero.

Aquel tremendo diálogo terminó dejando pensativos y cabizbajos ambos interlocutores. El señor Cheggs se acercó a Sophy y Swiveller se sentó en un rincón aparentando mal humor.

Cerca del rincón donde se sentó Dick, estaban sentadas la madre y las hermanas de Sophy; la señorita Cheggs se acercó a ellas diciendo:

—¡Qué cosa está diciendo Alejandro a Sophy! Bajo palabra de honor, creo que quiere casarse con ella.

—¿Qué la ha dicho, hija mía?

—Muchas cosas. No puede usted figurarse de cuántas cosas han hablado.

Richard creyó conveniente para él no oír más, y aprovechando un intermedio en el baile, durante el cual el señor Cheggs se acercó a la madre de Sophy, se encaminó a la puerta, pasando junto a Juanita, que estaba muy ocupada en *flirtear* con un caballero anciano. Cerca de la puerta halló a Sophy, excitada aún por las atenciones de su pretendiente, y se detuvo para cambiar con ella unas ligeras frases de despedida.

—Mi barco está en la orilla, mi nave está en la mar; pero no quiero pasar por esta puerta sin deciros adiós, señorita —murmuró Richard tristemente.

—¿Se va usted? —dijo Sophy, disgustada por el efecto contraproducente de su estratagema, pero aparentando indiferencia.

—Sí, me voy, sí. ¿Os extraña?

—No, solamente que aún es temprano —dijo Sophy—, pero usted tiene derecho a obrar según le convenga.

—¡Ojalá que hubiera hecho siempre eso! —respondió Dick—. Así no hubiera pensado en usted, señorita Wackles, creyéndola sincera. Era feliz creyendo a usted leal y buena, y ahora sufro viendo que me equivoqué y sintiendo haber conocido a una mujer de semblante tan hermoso, pero de corazón tan falso.

Sophy se mordió los labios y fingió buscar con la vista al señor Cheggs, que tomaba limonada en el otro extremo de la habitación.

—Vine aquí —continuó Richard, olvidando la causa real de su ida a la reunión— con el alma henchida de esperanzas y me voy con la desesperación de ver que han sido segadas en flor.

—Tengo la seguridad de que no sabe usted lo que dice, señor Swiveller —dijo Sophy mirando al suelo—. Siento mucho que...

—¿Cómo puede usted sentir nada poseyendo el corazón de Cheggs? Buenas noches, y dispense usted que haya estado algún tiempo pendiente de sus afectos. Creo que usted se alegrará de saber que hay una niña buena, hermosa y rica que sólo espera tener unos años más para poder ser mi esposa. Buenas noches, señorita.

—Una cosa buena sale de todo esto —se dijo Richard al llegar a su casa—: el plan de Fred sobre la hermosa Nell, en el cual estoy dispuesto a ayudarle con todas mis fuerzas. Mañana se lo contaré todo; y como es tarde, voy a callar y a tratar de dormir.

El sueño acudió a sus párpados apenas lo llamó: pocos minutos después soñaba que era esposo de Nell Trent y dueño de sus riquezas, y que el primer acto de poder que ejecutaba era comprar el jardín del señor Cheggs y arrasarlo por completo.

CAPÍTULO VIII

Se descubre el misterio

La niña, en su confidencia con la señora Quilp, había descrito muy pálidamente, por cierto, la tristeza que la rodeaba, la nube de pesar que envolvía su hogar, despojándolo de toda clase de alegrías. Era difícil poder explicar lo que sentía y, por otra parte, temía ofender al anciano a quien tanto quería; por tanto, se hallaba impotente para hacer la más mínima alusión a la causa principal de su pena y ansiedad.

No eran los monótonos días, todos iguales, sin una persona que pudiera comprenderla; no era la ausencia de los placeres propios de su edad, ni el desconocimiento de los detalles de su infancia lo que embargaba el corazón de Nell; únicamente la debilidad y la excesiva delicadeza de su espíritu fueron la causa de su llanto. Ver al pobre anciano agobiado por una pena secreta agitarse y hablar solo, esperar el desenlace todos los días, sabiendo que estaban separados del mundo, sin que nadie se interesara o preocupara por ellos, era causa bastante para abatir y entristecer a un corazón viril; ¡cuánto más el de aquella niña sola y en aquel ambiente tristísimo!

El viejo creía que Nell estaba siempre igual. Cuando se separaba un momento del fantasma que le acompañaba siempre, hallaba a su nieta con la sonrisa en los labios, con palabras cariñosas, con el mismo amor y cuidado que habían brotado siempre de su corazón; y así, el abuelo no se preocupaba: le bastaba leer la primera página de aquel infantil corazón, sin cuidarse ni pensar siquiera en la triste historia que yacía oculta en las demás hojas, y se decía satisfecho que su hijita, al menos, era feliz.

Feliz había sido una vez. Sus ligeros pies se movían ágilmente por aquella habitación, cuidando y arreglando aquellos tesoros que envejecían ante su presencia infantil, y que formaban parte de su vida. Su persona y sus cantos contrastaban con aquella caducidad casi prehistórica. Ahora todo estaba triste y la niña no se atrevía a cantar siquiera, pasando muchas largas veladas sola y pensativa, sentada junto a una ventana, mirando sin ver y sintiendo agobiada su mente por multitud de ideas sombrías y lúgubres.

Bien entrada la noche, la niña cerraba la ventana y se metía en la tienda pensando en aquellas horrorosas figuras, que le daban mucho miedo y que a menudo veía hasta en sueños. Temía encontrar a alguna que, vuelta a la vida y animada con propia luz, le saliera al encuentro asustándola horriblemente. Estos temores desaparecían apenas se hallaba en su alcobita, con su aspecto familiar y una hermosa lámpara encendida. Oraba fervorosamente por el viejo, pidiendo a Dios que le diera la tranquilidad y felicidad que había perdido, y después ponía la cabeza en la almohada y lloraba hasta que se dormía. Solía despertar varias veces antes que fuera de día, creyendo oír la campanilla, e iba a responder al toque imaginario que había oído en sueños.

Una noche, la tercera después de su entrevista con la señora Quilp, el abuelo, que se había sentido mal todo el día, dijo que no saldría de casa.

Los ojos de la niña brillaron de júbilo, amargado después al ver cuán enfermo y cansado parecía estar el anciano.

—Han pasado dos días, hija mía; dos días enteros —dijo el abuelo—, y aún no ha venido la respuesta. ¿Qué fue lo que te dijo Quilp, Nell?

—Exactamente lo que te dije, abuelito —respondió la niña.

—Sí —dijo el viejo débilmente—. Pero dímelo otra vez, que no me acuerdo. ¡Tengo la cabeza tan débil! ¿Nada más sino que se vería conmigo al día siguiente, o el otro a más tardar? Eso también lo decía en la carta.

—Nada más, abuelito. ¿Quieres que vuelva mañana? Iré temprano y estaré de vuelta antes de la hora del almuerzo.

El anciano movió la cabeza y atrajo hacia sí a la niña suspirando dolorosamente.

—No serviría de nada, hija mía. Si me abandona en este momento, estaré arruinado; y lo que es peor aún, te habré arruinado a ti, porque lo he aventurado todo. Con su auxilio, podría recobrar todo el tiempo y el dinero que he perdido; toda la amargura que he sufrido, y que me ha puesto en el estado en que estoy, desaparecería así; pero sin su ayuda, no habrá salvación para nosotros. ¡Si tuviéramos que mendigar...!

—¿Y qué, si fuera así? —dijo la niña con valor—. Podemos mendigar y ser felices.

—¿Mendigar... y ser felices? ¡Pobre niña!

—Querido abuelo —dijo la niña con una energía que brillaba en sus encendidas mejillas, en su temblorosa voz y en sus nerviosos gestos—, creo que ya no soy una niña; y si lo fuera, no importaría para suplicarte que mendiguemos, o que trabajemos al aire libre para ganar una mísera pitanza, antes que seguir viviendo aquí.

—¡Nell! —exclamó el abuelo.

—Sí, sí; todo antes que vivir como vivimos —continuó la niña más enérgicamente aún—. Si estás triste, dímelo para estar triste yo también; si estás enfermo y abatido, yo te cuidaré y confortaré; si somos pobres, lo seremos juntos; pero déjame que esté siempre contigo, de día y de noche; que no vea yo que estás preocupado y enfermo y no sepa por qué, pues voy a morirme de pena. Querido abuelito, dejemos esta casa mañana mismo y pidamos de puerta en puerta.

El viejo ocultó la cara entre sus manos llorando; la niña, sollozando también, le abrazó sin poder hablar más.

Esta escena y estas palabras no debían ser vistas y oídas por más oídos y ojos que los de los protagonistas de ella; pero fueron escuchadas por un espectador que, entrando sin que le vieran, se colocó detrás del viejo y, obrando según lo que él consideraba perfecta delicadeza, permaneció inmóvil, sin interrumpir la conversación con palabras o ruido. Era

Daniel Quilp en persona, que, cansado y fatigado, se sentó en una silla a la manera de un mono, actitud predilecta para él y que le permitía escuchar y ver cómodamente cuanto pasaba ante sus ojos. Al fin el anciano, mirando en aquella dirección, le vio y quedó atónito.

La niña, al ver aquella repugnante figura, lanzó un grito de espanto. Quilp no se desconcertó por aquel recibimiento y conservó su primitiva posición, sin hacer más saludo que un ligero movimiento de cabeza. Por fin el anciano pudo hablar y le preguntó cómo había llegado allí.

—Por la puerta —respondió Quilp—: no soy tan diminuto que quepa por el ojo de la cerradura. ¡Ojalá lo fuera! Quiero hablar con usted privadamente. Que no haya nadie aquí, amigo; de modo que «adiós, querida Nell».

La niña miró a su abuelo, que besándola en las mejillas le dijo que se retirara.

—¡Ay, qué rico beso! —dijo el enano relamiéndose—. ¡Y sobre el sitio más sonrosado!

Esta observación ayudó a Nell a marcharse antes. Quilp la miró socarronamente y, cuando se cerró la puerta, felicitó al viejo por tener una nieta tan linda.

El anciano respondió con una sonrisa forzada y disimuló su impaciencia; pero Quilp, que se complacía en atormentar a cualquiera que estuviese a su alcance, continuó explayándose en aquel asunto, alabando más y más los encantos de la niña.

—Pero, ¿qué es eso, amigo? —exclamó de pronto saltando de la silla y sentándose como una persona—; ¿está usted nervioso? Le juro que jamás hubiera creído que los viejos tenían la sangre tan viva. Yo creía que tenían frío siempre, y así es natural que sea. Usted está malo, por fuerza, amigo.

—Creo que sí —dijo el anciano llevándose las manos a la cabeza—. ¡Me arde! Tengo muchas veces algo a que no sé qué nombre dar.

El enano no respondió, pero observó atentamente al anciano, que dio unas vueltas por la habitación y volvió luego a sentarse, permaneciendo con la cabeza inclinada sobre el pecho algún tiempo, hasta que al fin dijo:

—Dígame usted de una vez si me ha traído más dinero.

—¡No! -—respondió Quilp.

—¡Entonces —dijo el viejo con desesperación mesándose los cabellos—, la niña y yo estamos perdidos!

—Amigo —dijo Quilp mirándole fijamente y dando palmadas sobre la mesa para atraer la atención del atontado viejo—, deje usted que hable claro y juguemos limpio; usted ya no tiene secretos para mí.

El pobre viejo le miró asustado.

—¡Qué! ¿Se sorprende usted? ¡Es natural! Pero téngalo bien entendido: sé todos sus secretos; ¡todos! Sé que las cantidades que le adelanté han ido... ¿Digo la frase?

—¡Ay! —exclamó el anciano—. Dígala usted si quiere.

—A la mesa de juego —prosiguió Quilp— en un nocturno garito. Ése era el hermoso plan que usted ideaba para restaurar su fortuna; ésa era la certísima fuente de fortuna y riqueza donde usted quería enterrar mi dinero, si yo hubiera sido tan tonto como usted cree; ésa era la mina de oro, El Dorado que usted esperaba, ¿eh?

—Sí —murmuró el anciano envolviéndole en sus abatidas miradas—; eso era, eso es y eso será hasta que deje de existir.

—¡Que me haya engañado así un miserable jugador! —dijo Quilp mirándole iracundo.

—No soy jugador —gritó el viejo con fiereza—. El cielo es testigo de que jamás jugué por amor al juego y de que cada vez que apuntaba a una carta pronunciaba dentro de mí el nombre de esa huérfana, suplicándole que me concediera la suerte; cosa que nunca hizo. ¿A quién protegía el cielo? A los que jugaban conmigo; ¡canallas que se disputaban las ganancias, despilfarrándolas después en el mal y propagando el vicio! Si yo hubiera ganado, todas mis ganancias hubieran sido para una niña pura, para endulzar su vida y hacerla feliz. Así se hubiera evitado algo de miseria, algo de pecado. En un caso así, ¿no hubiera usted creído, como yo, que tenía el derecho de ganar?

—¿Cuándo empezó usted esa locura? —preguntó el enano, subyugado un momento por la amargura y tristeza del anciano.

—¿Cuándo empecé? —preguntó éste pasándose la mano por la frente—. No recuerdo. Seguramente fue cuando comencé a notar lo poco que tenía ahorrado, el mucho tiempo que se necesitaba para ahorrar algo, lo poco que necesariamente me restaba de vida y, sobre todo, lo triste que sería dejar a mi niña expuesta a los rudos embates del mundo sin lo necesario para resistir los dolores de la pobreza. Entonces fue cuando empecé a pensar en ello.

—¿Después de haberme hecho empaquetar a su nieto embarcándole? —dijo Quilp.

—Poco después de eso. Pensé mucho en ello, y durante meses enteros no pude apartarlo de mi mente ni aun en sueños. Entonces empecé a jugar; al principio, ni buscaba ni experimentaba placer en ello. Ese afán sólo me ha producido días de ansiedad y noches de vigilia; he perdido la salud y la tranquilidad del espíritu, y se han aumentado mis penas y mi debilidad.

—Perdió usted el dinero que arriesgó al principio, y después acudió a mí. Mientras yo creía que usted aumentaba su riqueza, lo que hacía era

perderla y empobrecerse cada vez más. Así es que hemos venido a parar en que yo soy poseedor de un recibo que acredita ser míos cuantos bienes posee usted aún —dijo Quilp levantándose y mirando alrededor, como para asegurarse de que todo estaba en su sitio. Después añadió: —Pero, ¿no ha ganado usted nunca?

—¡Jamás! —repuso el anciano—. Ni siquiera recuperé lo que arriesgaba.

—Siempre he creído —prosiguió el enano— que si un hombre juega mucho, tiene necesariamente que ganar o, por lo menos, no perder.

—Y así es —gritó el viejo saliendo repentinamente de la especie de estupor que le dominaba—, así es. Yo lo he creído desde el principio; lo he sentido, y tengo la seguridad, ahora más que nunca, de que debe ser así. He soñado tres noches seguidas que ganaba una inmensa fortuna y antes jamás lo soñé, aunque lo intentaba. ¡No me abandone usted ahora que va a sonreírme la suerte! No tengo más amparo que usted. ¡Ayúdeme, pues, déjeme probar esta última esperanza!

El enano movió la cabeza encogiéndose de hombros.

—¡Quilp, bondadoso y tierno amigo, mire usted esto! —dijo el viejo sacando unas tiras de papel del bolsillo y agarrando el brazo del enano—. Mire usted estos números, resultado de largo cálculo y penosa experiencia. *Tengo* que ganar. Únicamente necesito un poco de ayuda otra vez. ¡Unas cuantas libras, por pocas que sean, Quilp!

—El último préstamo fueron sesenta —dijo el enano— y las perdió usted en una noche.

—Ya lo sé —murmuró el viejo—. Ése ha sido el peor asunto, pero entonces no había llegado aún mi época de buena suerte. ¡Considere usted, Quilp, que esa niña quedará huérfana! Si yo fuera solo, moriría con gusto; quizá anticiparía ese bien, que generalmente se considera como mal, pero ahora no puedo. Todo lo que he hecho ha sido por ella. ¡Ayúdeme usted por ella, ya que no sea por mí!

—Siento mucho decir que tengo una cita en el centro —dijo Quilp sacando su reloj con tranquilidad perfecta—; de otra manera hubiera tenido mucho gusto en acompañar a usted hasta que se tranquilizara.

—¡Pero Quilp, amigo Quilp! —murmuró el viejo agarrándolo de los faldones—. Hemos hablado muchas veces de su pobre madre; eso es quizá lo que me estremece ante la idea de la pobreza. ¡No sea usted cruel conmigo! Usted ganará más que yo. ¡No me niegue el dinero para realizar mi última esperanza!

—No puedo hacerlo —dijo el enano con inusitada política—; aunque le diré que me engañó la precaria situación en que vivían ustedes, a pesar de ser los dos solos...

—Todo era para ahorrar dinero y aumentar la fortuna de mi nieta.

—Sí, sí, ahora lo entiendo —añadió Quilp—; pero iba a decir que, engañado por esa situación, por su miseria, por la reputación que tiene usted entre los que le creen rico y las repetidas frases de que usted duplicaría o triplicaría mis préstamos, hubiera adelantado a usted lo que necesitaba, y aun ahora lo haría con una sencilla firma, si no me hubiera enterado inesperadamente de su secreto.

—¿Quién se lo ha dicho a usted? —exclamó el pobre hombre—. ¿Quién lo ha sabido a pesar de mis precauciones? ¡Dígame usted el nombre, la persona!

El enano, comprendiendo que si hablaba de Nell se descubriría todo el artificio de que se había valido y que quería tener secreto porque no le reportaba ningún bien el publicarlo, no aventuró una respuesta y se limitó a decir:

—¿Quién cree usted que ha sido?

—Sólo puede haber sido Kit; me espiaba y usted le habrá hecho hablar.

—¿Cómo ha podido usted pensar que fuera el chico? —dijo el enano con acento compasivo—. Sí, ha sido Kit. ¡Pobrecillo!

Y diciendo así, saludó amistosamente y se despidió. Se detuvo después de franquear la puerta, murmurando con extraordinaria alegría:

—¡Pobre Kit! Creo que él fue el que dijo que yo era un enano más horrible que los que enseñan en las ferias por unos céntimos. ¡Ja! ¡Ja...! ¡Pobre Kit!

Y continuó su camino riendo disimuladamente.

CAPÍTULO IX

El hogar de Kit

Daniel Quilp no entró ni salió de la tienda del anticuario sin que alguien le viera. Ese alguien, oculto en el quicio de la puerta de una casa vecina, no apartaba los ojos de la ventana donde solía sentarse Nell, retirándolos sólo de tarde en tarde para mirar el reloj de alguna tienda y volver a fijarlos aún más atentamente en el punto de observación. Cerraron las tiendas, y ya el que esperaba perdió la noción del tiempo, hasta que, después de oír sonar en una torre cercana las once y las once y media, comprendió que era inútil esperar más y se decidió a marchar sin volver siquiera la cabeza, temeroso de ceder a la tentación de quedarse más tiempo todavía.

Con paso precipitado cruzó el misterioso individuo muchas calles y callejas, hasta que llegó a una casita en la que se veía una ventana iluminada; levantó el pestillo y entró.

—¡Dios mío! —gritó una mujer saliendo precipitadamente—, ¿qué es eso? ¡Ah!, ¿eres tú, Kit?

—Sí, madre, yo soy.

—¡Qué cansado vienes, hijo mío!

—El amo no ha salido esta noche; así es que ella no se ha asomado a la ventana —dijo Kit sentándose triste y disgustado junto al fuego.

Aquella casa y aquella habitación eran de pobrísimo aspecto, pero tenían ese aire de limpieza y comodidad que puede brillar siempre en cualquier hogar de gente ordenada y trabajadora. Cerca de la chimenea se veía un robusto niño de dos o tres años, despierto y tan tranquilo como si no pensara en dormir jamás, y en una cunita, un poco más lejos, dormía un pequeñuelo. La pobre madre, a pesar de lo avanzado de la hora, trabajaba planchando afanosamente una gran cantidad de ropa. La semejanza entre la madre y los tres hijos era perfecta.

Kit empezó a enfadarse al ver a su hermano jugando y sin pensar en dormir, pero miró al chiquitín y después a su madre, que estaba trabajando sin quejarse, desde que empezó el día, y comprendió que era más noble y generoso estar de buen humor.

—Madre —dijo Kit tomando un plato con carne y pan que estaba dispuesto para él desde mucho antes—, ¡cuánto trabajas! Seguramente no hay dos como tú.

—Creo que hay muchas que tienen que trabajar más, hijo mío —dijo la señora Nubbles, y añadió—: En ese armario está la cerveza, Kit.

—Gracias, madre, por este refresco.

—¿Me has dicho que no ha salido tu amo esta noche?

—Sí, madre, ¡suerte peor!

—Por el contrario, creo que debes decir que es buena suerte, porque así no ha quedado sola la señorita Nell.

—¡Ah, había olvidado eso! —repuso Kit—. Decía que era mala suerte porque he estado esperando desde la ocho sin poder verla.

—¿Qué diría la señorita si supiera que todas las noches, cuando se cree sola sentada junto a la ventana, tú estás vigilando en la calle y que jamás vuelves a casa, por cansado que estés, hasta que tienes la certeza de que ha cerrado la casa y se ha acostado tranquilamente?

—No importa lo que dijera —dijo Kit, ruborizándose—. Como nunca lo sabrá, no podrá decir nada.

La madre siguió planchando en silencio y, al acercarse al fuego para tomar otra plancha, miró al muchacho, pero no dijo nada. Vuelta a la mesa, mientras limpiaba la plancha en un trapo, añadió:

—Ya sé yo lo que alguna gente diría.

—¡Tonterías! —repuso Kit, suponiendo lo que iba a decir su madre.

—Tengo la seguridad de que alguien diría que estabas enamorado de ella.

Kit sólo respondió a esto diciendo a su madre que se callara y haciendo figuras extrañas, con los brazos y piernas, y gestos de simpatía. No encontrando en estas demostraciones la tranquilidad que esperaba, tomó un gran bocado de pan y carne y un buen trago de cerveza, artificios que, atragantándole, hicieron que su madre cambiara de conversación, aunque sólo por un instante, porque poco después añadió:

—Hablando seriamente, Kit, porque, como puedes comprender, antes sólo era en broma, creo que obras muy bien en hacer lo que haces sin que nadie lo sepa; aunque espero que la señorita lo sabrá algún día y te lo agradecerá mucho. Verdaderamente, es cruel dejar a la pobre niña sola allí toda la noche; no me extraña que el viejo no quiera que te enteres.

—El amo no piensa que obra mal —dijo Kit— y no lo hace con intención. Estoy seguro de que si creyera que no obra bien, no lo haría por todo el dinero del mundo. No, no lo haría; le conozco bien.

—Entonces, ¿por qué lo hace sin querer que tú lo sepas? —preguntó la madre.

—Eso es lo que no sé. Seguramente no me hubiera enterado si no hubiera puesto tanto empeño en tenerlo oculto, porque precisamente lo que me hizo sospechar fue su interés en despedirme de noche mucho más pronto de lo que generalmente acostumbraba. Eso fue lo que excitó mi curiosidad. Pero, ¿qué es eso?

—¿Hay alguien en la puerta? —exclamó la madre alarmada.

—No, es alguien que viene, y con prisa —dijo Kit escuchando—. ¿Será que habrá salido el amo, después de todo? Y aún puede haberse prendido fuego a la casa.

El muchacho se quedó perplejo unos momentos sin poder moverse. Los pasos se acercaron; una mano abrió violentamente la puerta, y la niña, pálida y sin aliento, vestida apresuradamente con algunas prendas heterogéneas, se presentó en la habitación.

—¡Señorita Nell! ¿Qué pasa? —gritaron a un tiempo madre e hijo.

—¡No puedo detenerme un instante! Mi abuelo se ha puesto muy malo; le encontré desmayado en el suelo.

—Voy a buscar un médico —gritó Kit tomando su sombrero—; vuelvo enseguida.

—¡No, no! —exclamó Nell—. Hay uno ya; no hace falta nada. Es que... no te necesita ya; que no debes volver más a casa.

—¡Qué...! —murmuró Kit.

—¡Nunca más! —añadió Nell—. No me preguntes por qué, porque no lo sé. ¡Por Dios, no me lo preguntes, no te entristezcas y, sobre todo, no te enfades conmigo! Yo no tengo la culpa.

Kit la miró con los ojos desmesuradamente abiertos y abrió y cerró la boca muchas veces sin poder articular palabra.

—Se queja y trina contra ti —dijo Nell—. No sé lo que has hecho, mas espero que no sea muy malo.

—¡Yo...! —murmuró al fin Kit.

—Dice que tú eres la causa de sus males —replicó la niña con ojos llorosos—. Tan pronto te llama, como dice que no te presentes delante de él, porque se moriría al verte. Te pido por favor que no vuelvas; he venido para decírtelo, suponiendo que sería mejor que viniera yo misma que enviar a un extraño. ¡Oh, Kit! ¿Qué será lo que has hecho? ¡Tú, en quien yo confiaba tanto; casi el único amigo que tenía!

El desgraciado Kit miraba a su ama cada vez más asombrado, inmóvil y silencioso.

—He traído el sueldo de esta semana —dijo la niña dirigiéndose a la señora Nubbles y dejando sobre la mesa un paquetito— y un poquito más, porque siempre ha sido bueno y generoso conmigo. Espero que cumplirá bien en otro sitio y que no se apesadumbrará mucho por esto. Siento muchísimo separarme así de él, pero no hay más remedio; tiene que ser así. Buenas noches.

Y con las lágrimas surcando sus mejillas y temblando de pena y sobresalto por la aflicción de su amigo, la caminata que acababa de hacer y tantas y tantas sensaciones dolorosas o tiernas, la niña se dirigió a la puerta, y desapareció tan apresuradamente como había entrado.

La pobre madre, que no tenía motivos para dudar de su hijo, sino para confiar en su sinceridad y honradez, se quedó sorprendida al ver que éste no alegaba nada en su defensa. En su mente se dibujaron visiones de crímenes, robos y ausencias nocturnas, y rompió a llorar pensando si las razones que le daba, y que tan justas parecían, de sus ausencias, no serían disculpas para ocultar una conducta deshonrosa. Kit veía a su madre llorando amargamente; pero, atontado por completo, no dijo una sola palabra para consolarla. El niño pequeño despertó llorando, el mayorcito se cayó de su silla, la madre lloraba más cada vez y Kit, insensible a todo aquel ruidoso tumulto, permanecía estupefacto.

CAPÍTULO X

La fidelidad de Kit

La monótona quietud y soledad del hogar de Nell estaban destinadas a desaparecer para siempre. A la mañana siguiente, el anciano deliraba y tenía fiebre, y así pasó varias semanas en peligro de muerte. Entonces entraba y salía mucha gente en aquella casa, y en aquel continuo ir y venir,

la niña estaba más sola que nunca; sola en su alma, sola en su afecto por el que se consumía en el lecho, sola en su pena y en su cariño. Día tras día y noche tras noche se la veía junto a la cabecera del anciano, que permanecía insensible a todo, anticipándose a sus necesidades, escuchando cómo la llamaba y expresaba su ansiedad y cuidado por ella, asunto constante de sus delirios.

La casa no era ya suya; hasta la habitación donde yacía el enfermo la debían a la benevolencia de Quilp. Pocos días después de declararse la enfermedad del anciano, se posesionó del terreno con todo lo que había allí, en virtud de documentos legales que pocos entendieron y nadie se cuidó de discutir. Asegurado ya ese paso importante para Quilp, mediante la ayuda de un procurador que fue con él, procedió a instalarse en la casa, a fin de afirmar sus derechos ante cualquier eventualidad inesperada, y procuró hacer aquella morada todo lo cómoda posible para su gusto.

Por de pronto cerró la tienda, para no preocuparse del negocio en aquellos momentos, y se apropió la silla más hermosa y más horrorosa e incómoda para el procurador. Aunque la habitación que escogió para sí estaba lejos de la del enfermo, dijo que era preciso evitar el contagio con una fumigación constante y consideró prudente pasarse el día fumando. Obligó al procurador a hacer lo mismo; considerando que no era bastante aún, llamó al muchacho del almacén y le ordenó sentarse con una enorme pipa fuera de su habitación, con mandato expreso de no quitársela de los labios bajo ningún pretexto. Después de estas disposiciones, Quilp saboreó su satisfacción y dijo que se encontraba a gusto.

Tal vez el procurador hubiera estado a gusto también si no hubiera habido dos detalles en contra: el asiento de su silla, que era duro y resbaladizo, y el humo del tabaco, que le mareaba y descomponía; pero como era hechura de Quilp, y tenía mil razones para estar bien con él, trató de sonreír lo más agradablemente posible.

Quilp miró a su amigo y, viendo que le lloraban los ojos con el humo de la pipa, que temblaba y que procuraba echar el humo lo más lejos posible, se frotó las manos de gusto.

—¡Fuma, perro! —exclamó volviéndose al muchacho—. Llena la pipa otra vez y fuma hasta consumir la última brizna, si no quieres que ponga la boquilla en la lumbre y te abrase con ella la lengua.

Afortunadamente, el muchacho era capaz de fumarse un estanco entero si alguien se lo regalaba; así es que sin murmurar gran cosa, hizo lo que le mandaba su amo.

—¿Qué, Brass? —decía después el procurador—. ¿No se siente usted el Gran Turco con esta deliciosa fragancia?

El señor Brass contestó que, efectivamente, se sentía casi potentado; pero pensó para sí que el susodicho Gran Turco no era digno de envidia, por cierto.

—Ésta es la manera de librarse del contagio —decía Quilp—; así se evitan todas las calamidades de la vida. Todo el tiempo que estemos aquí, lo pasaremos fumando. ¡Fuma, perro —dirigiéndose al muchacho— o te hago tragar la pipa!

—¿Estaremos aquí mucho tiempo, señor Quilp? —preguntó el procurador cuando el enano acabó de reñir al muchacho.

—Supongo que tendremos que estar hasta que se muera ese anciano que está arriba.

—¡Ji, ji, ji! ¡Qué bueno! ¡Qué agradable va a ser esto! —dijo Brass alborozado.

—¡Fume, fume! —dijo Quilp—. ¡No se pare! Puede usted hablar fumando.

—¡Ji, ji, ji! —volvió a reír Brass mientras emprendía de nuevo la odiosa tarea—. Pero, ¿y si se pusiera bueno?

—En ese caso, estaremos hasta entonces solamente.

—¡Qué bueno es usted, señor Quilp, estando aquí hasta entonces! —dijo Brass—. Otras personas se hubieran llevado los enseres en cuanto la ley se lo permitiera; hubieran sido duras como el mármol. Otras personas hubieran...

—Otras personas no charlarían como un loro —interrumpió el enano.

—¡Ji, ji, ji! ¡Qué cosas tiene usted, señor Quilp! Es usted muy gracioso.

El centinela, que fumaba en la puerta, interrumpió la conversación diciendo, sin quitarse la pipa de los labios:

—Ahí baja la chica.

—¿La qué... perro? —dijo Quilp.

—La chica —repitió el muchacho—; ¿está usted sordo?

—¡Oh! —dijo Quilp conteniendo el aliento y respirando después ruidosamente—, ya arreglaremos después una cuentecita los dos. ¡Hay algo que te espera, amiguito! Hola, Nell, preciosa mía ¿Cómo sigue el abuelo?

—Está muy malo —respondió llorando la niña.

—¡Qué bonita eres, Nell! —dijo Quilp.

—Muy hermosa, señor, muy hermosa —añadió Brass—. ¡Encantadora!

—¿Ha venido la nena a sentarse en las rodillas del viejo Quilp o a acostarse ahí dentro en su cuartito? —dijo Quilp con el tono más amable que pudo encontrar—. ¿Qué va a hacer la linda Nell?

—¡Qué amable es con las criaturas! —dijo Brass como para sí, pero de modo que lo oyera Quilp—. ¡Da gusto oírle!

—No voy a quedarme aquí, señor Quilp —murmuró Nell—; tengo que sacar unas cuantas cosas de ese cuarto y ya no volveré a bajar más.

—¡Vaya un cuarto bonito! —dijo el enano mirando adentro cuando entró la niña—. ¡Parece un dosel! ¿Estás segura de que no volverás a utilizarlo?

—Segura —respondió la niña saliendo con unas cuantas prendas de vestir en el brazo—. ¡Nunca más, nunca!

—Esa niña es muy sensible. ¡Qué lastima! —dijo Quilp—. La camita es una monada: creo que podrá servir para mí.

El señor Brass apoyó la idea, como hubiera apoyado otra cualquiera, y el enano probó a ver si cabía en aquel lecho echándose de espaldas, siempre con la pipa en la boca. Hallándolo blando y cómodo, determinó usarlo como lecho de noche y como diván de día, y para llevar a cabo este propósito, no se levantó ya de aquella ideal camita. El procurador, que estaba muy mareado, aprovechó la ocasión para tomar un poco el aire y, una vez repuesto, volvió a emprender la tarea de fumar, hasta que se quedó dormido.

Así tomó posesión el enano de su nueva propiedad. Después, ayudado por el procurador, hizo un minucioso inventario. Afortunadamente para éste, tuvo que salir algunas horas cada día para atender a los demás negocios, aunque nunca faltó de noche. Los días pasaban, el viejo no adelantaba ni empeoraba y Quilp empezaba a impacientarse.

Nell evitaba todo motivo de conversación con el enano y huía apenas oía su voz. Vivía en un temor continuo, sin poder decir lo que la asustaba más, si los gestos de Quilp o la sonrisa de Brass, y no se atrevía a salir del cuarto de su abuelo. Únicamente de noche, tarde, en medio del silencio, se atrevía a abrir una ventana para respirar el aire puro.

Una noche que estaba más triste que de costumbre, porque su abuelo iba peor, oyó pronunciar su nombre en la calle; miró y reconoció a Kit.

—¡Señorita Nell! —dijo el muchacho muy bajito.

—¿Qué quieres? —preguntó la niña.

—Hace mucho tiempo que quiero decir a usted una cosa, pero esa gente no me deja entrar. Usted no creerá, seguramente, que yo merezco que me hayan despedido, ¿verdad, señorita?

—Tengo que creerlo, porque si no, ¿cómo es que mi abuelito está tan enfadado contigo?

—No lo sé —repuso Kit—, pero puedo decir honestamente que no he hecho nada que pueda perjudicar a usted o al amo, y siento que me echaran cuando solamente he venido a preguntar cómo seguía.

—Nunca me han dicho que has venido. No lo sabía y jamás hubiera consentido que te echaran.

—Gracias, señorita, me alegro mucho de saberlo; pero yo estaba seguro ya de ello. —Y añadió después—: ¡Qué cambio para usted, señorita!

—Sí, sí —repuso la niña.

—También él lo notará cuando se ponga bueno.

—¡Si se pone bueno alguna vez, Kit! —dijo la niña sin poder contener las lágrimas.

—Se pondrá bueno, señorita, estoy seguro. No se angustie usted, señorita Nell.

Estas palabras de consuelo, aunque pocas y sencillas, animaron a la niña, que dejó de llorar.

—Hace falta que usted le anime, señorita, para que no la vea triste; y cuando tenga usted ocasión, interceda por mí.

—Me dicen que no debo nombrarte siquiera en mucho tiempo; así es que no me atrevo. Y aunque me atreviera, ¿de qué serviría, Kit? Ahora somos muy pobres; apenas si tenemos pan que comer.

—No pretendo que me empleen ustedes otra vez. ¿Cree usted que he estado tanto tiempo a su lado únicamente por lo que ganaba? ¿Cree usted que yo vendría en esta ocasión a hablar de eso? Vengo por algo muy distinto. Si usted pudiera hacerle comprender que he sido un criado fiel, que me he portado siempre bien, quizá no se ofendería conmigo por... ofrecerle mi casa, que, aunque pobre, es mejor que ésta con toda esa gente dentro, hasta que encuentren ustedes algo mejor.

La niña no podía hablar. Kit, satisfecho por haber dicho ya lo que no sabía cómo decir, encontró la lengua más expedita y continuó:

—Tal vez será pequeña e incómoda, pero está muy limpia; aunque algo ruidoso, no hay otro patio mayor que el nuestro en la barriada. No tema usted por los niños, que son buenos. El cuartito que da a la calle, en el piso alto, es muy bonito. Procure usted hacerle aceptar, señorita Nell; no piense usted en el dinero, porque mi madre se ofendería. Dígame usted que tratará de que acepte; prométamelo, señorita.

Antes de que la niña pudiera responder a tan elocuente y sincera oferta, se abrió la puerta de la calle y Brass gritó con airada voz: «¿Quién está ahí?». Kit echó a correr. Nell, cerrando la ventana suavemente, se ocultó en su habitación.

No tardó mucho en salir también Quilp, que miró desde la acera de enfrente todas las ventanas de la casa y la calle de arriba abajo, y viendo que no había nadie, juró y perjuró que tramaban un complot contra él, que procuraban robarle y que pronto tomaría sus medidas para deshacerse de aquel asunto y volver a su hogar.

La niña, escondida, oyole vociferar y no entró en su cuarto hasta que sintió que Quilp se metía en el lecho.

La conversación que tuvo con Kit, aunque breve, dejó una grata impresión en su ánimo. Entregada a los serviles cuidados de manos mercenarias, el afectuoso corazón de la niña agradecía el consuelo de un espíritu cariñoso y leal, aunque estuviera dentro de un cuerpo tosco como el de Kit.

CAPÍTULO XI

La partida

Pasó la crisis y el anciano empezó a mejorar, recobrando, aunque muy lentamente, la conciencia de sí mismo. No se quejaba de nada. Se distraía fácilmente, parecía un niño y hallaba suficiente alegría en sentarse junto a Nell y agarrarle las manos, o besarle la frente, o jugar con sus cabellos. Dio algunos paseos en coche, siempre con Nell al lado, y aunque al principio el ruido le mareaba algo, no sentía sorpresa ni curiosidad por nada.

Un día estaba sentado en una butaca, y Nell en un taburete junto a él, cuando sintieron un golpecito en la puerta.

—¡Adelante! —dijo el anciano, seguro de que era Quilp, el amo entonces, y que, por tanto, podía entrar.

—Me alegro de ver que ya está usted bueno, vecino —dijo el enano levantando la voz para que le oyera bien—. Así, espero que arregle usted sus asuntos cuanto antes y que busque sitio donde vivir.

—Cierto, cierto —dijo el anciano—. Cuanto antes será mejor.

—Comprenderá usted que apenas me lleve los muebles será imposible habitar aquí.

—Dice usted la verdad. Y Nell, ¿qué dice? ¡Pobrecilla! ¿Qué hará ahora?

—¿De modo que lo tendrá usted en cuenta, vecino?

—Ciertamente —respondió el anciano—, no nos detendremos.

—Eso creo —dijo el enano—. He vendido ya todo lo de la tienda y no he sacado lo que esperaba, pero no ha sido mal negocio del todo. Hoy es martes. ¿Cuándo podremos hacer la mudanza? No hay prisa, pero... ¿podremos hacerla esta tarde?

—No, el viernes —dijo el anciano.

—Conforme, pero no la retrasaré ni un día más —agregó el enano— por ningún concepto.

—Bueno, lo tendré presente.

Quilp quedó sorprendido al ver la tranquilidad con que el anciano tomaba el asunto, pero le fue imposible hacer ninguna objeción y se despidió felicitándolo por su buena salud. Enseguida fue a contar a Brass todos los detalles de la entrevista.

El anciano pasó dos días indiferentes a todo, recorriendo la casa maquinalmente sin preocuparse de su próxima partida. Llegó el jueves y continuó en aquel estado apático y silencioso, pero al llegar la noche se operó en él un cambio, y empezó a llorar; llanto que aligeró su agobiado espíritu. Tratando de ponerse de rodillas, pidió a Nell, que estaba sentada junto a él, que lo perdonara.

—¡Perdonarte, abuelo! ¿De qué? —dijo Nell impidiendo que se moviera—. ¿Qué tengo que perdonarte, abuelito?

—Todo lo pasado y todo lo que te ocurra, Nell; todo lo que hice mal.

—¡No nos acordemos ya de eso, abuelo! Hablemos de otra cosa.

—¡Sí, sí! Vamos a hablar de una cosa de que hablamos hace mucho tiempo; meses o semanas, o días. ¿Qué era, nena?

—No sé lo que quieres decir, abuelo.

—Me he acordado hoy. Toda la conversación ha venido a mi mente sentado ahí. ¡Bendita seas, Nell!

—¿Por qué, abuelito?

—Por aquello que dijiste de mendigar, nena. Hablaremos bajito, porque si se enteran de nuestro proyecto esos de abajo, dirán que estoy loco y se separarán de mí. Mañana nos marcharemos.

—¡Sí, vámonos! —dijo la niña con alegría—. Vámonos, y no volvamos nunca aquí. Prefiero ir descalza por todo el mundo antes que permanecer aquí más tiempo.

—Nos iremos —dijo el anciano—; caminaremos por campos y bosques, iremos por la orilla de los ríos y confiaremos en Dios. Tú y yo volveremos a ser felices olvidando este tiempo como si no hubiera existido nunca.

—Seremos muy felices; como jamás lo hubiéramos sido aquí —murmuró la niña.

—Mañana —prosiguió el anciano— muy tempranito, sin que nos sientan, nos marcharemos sin dejar señales de adónde vamos; dejaremos todo esto, y seremos libres y felices como los pájaros. ¡Pobrecilla! Estás pálida y ojerosa: tus cuidados por mí y la falta de aire libre te han puesto así, pero mañana empezarás a recobrar los colores y la alegría.

El corazón de la niña latió impulsado por el amor y la esperanza, y no pensó en el hambre, la sed, el frío ni el sufrimiento. Solamente vio la libertad, la vuelta a la vida de unión y confianza con su abuelo, un pa-

réntesis en aquella soledad en que vivía y la salud del anciano; ninguna sombra negra enturbiada aquel horizonte de felicidad.

El anciano durmió tranquilamente algunas horas, que la niña empleó en hacer los preparativos de marcha, consistentes en recoger unas cuantas prendas de ropa de cada uno y un bastón para apoyarse, y en hacer una última visita a sus antiguas habitaciones.

¡Cuán diferente era aquella partida de lo que tantas veces pensó! Nunca pudo soñar que abandonaría su casa con tanta alegría y, sin embargo, la pena invadió su alma al ver por última vez aquellas paredes, entre las cuales tanto había sufrido.

Pensó en su cuarto; aquel cuartito donde tantas veces había orado y que tendría que dejar sin volver a verlo siquiera, porque lo ocupaba el odioso enano. Aún quedaban allí algunas cosas, pequeñeces que hubiera querido llevarse; pero era imposible. Se acordó de su pajarillo y lloró por no poder llevárselo, hasta que, sin saber cómo, se le ocurrió la idea de que tal vez iría a manos de Kit, que lo conservaría como recuerdo suyo y como prenda de gratitud. Este pensamiento la tranquilizó y pudo descansar un poco. Al fin empezó a brillar la luz del día y entonces se levantó y se atavió para el viaje.

Después despertó a su abuelo, que se preparó en pocos minutos, y dándole la mano, bajaron con cautela, temerosos de que el más ligero ruido despertara a Quilp. Al fin llegaron abajo y le oyeron roncar. Con gran trabajo descorrieron el mohoso cerrojo, pero cuando ya se creían libres, vieron que la puerta estaba cerrada con llave y que ésta había desaparecido. La niña recordó entonces que una de las enfermeras le había dicho que Quilp dejaba siempre las llaves sobre la mesa de su cuarto y, temblando, se decidió a ir a buscarlas.

La expresión horrible del semblante de Quilp paralizó de terror a Nell, pero tuvo ánimo para tomar la llave y, después de mirar una vez más aquel cuartito y aquel horroroso monstruo, se reunió con su abuelo, sin que ocurriera ningún incidente que lo impidiera. Abrieron silenciosamente la puerta y salieron a la calle.

—¿Por dónde? —preguntó la niña.

El viejo, sin saber qué decir ni qué hacer, miró primero a la niña, después a la derecha, luego a la izquierda y otra vez a la niña; luego movió la cabeza sin saber qué partido tomar. Desde aquel momento, Nell, constituyéndose en guía y protectora de su abuelo, le dio la mano y, resuelta, sin vacilar, trazó su plan. Empezaron a andar.

Era el amanecer de un día de junio: ni una nube empañaba el limpio azul del cielo, coloreado con las suaves tintas de la aurora. Las calles estaban casi desiertas aún, las casas y las tiendas, cerradas, y la saludable brisa matinal caía, como aliento de ángeles, sobre la ciudad dormida.

El viejo y la niña atravesaron tan silenciosos lugares, emocionados de placer y de esperanza. Una vez más estaban solos: todo era nuevo y agradable; nada les recordaba, a no ser por el contraste, la monótona vida que habían dejado. Torres y campanarios reflejaban el sol naciente; todo resplandecía, y el cielo, envuelto aún en las brumas matinales, miraba con plácida sonrisa todo lo que tenía debajo.

Los dos peregrinos caminaban sin saber adónde irían, mientras la ciudad iba saliendo de su sueño.

CAPÍTULO XII
Swiveller chasqueado

Daniel Quilp, de Tower Hill, y Sansom Brass, de Bevis Mark, en la ciudad de Londres, dormían inconscientes de peligro alguno, hasta que un aldabonazo dado en la puerta de la calle, repetido y elevado en sonoridad hasta parecer una batería de cañonazos, obligó a Daniel a despertarse, creyendo que había oído un ruido, pero sin pensar en molestarse para saber lo que era. Mas como seguía el ruido, haciéndose más importuno cada vez, Quilp empezó a darse cuenta de la posibilidad de que alguien llamara a la puerta y gradualmente fue recordando que era viernes, y que había mandado a su esposa que le esperara temprano.

También había despertado Brass, después de removerse en extrañas posturas, y viendo que Quilp se vestía, se apresuró a hacer lo mismo, poniéndose los zapatos antes que los calcetines, metiendo las piernas por las mangas y cometiendo otras equivocaciones propias de todo el que se viste deprisa y bajo la impresión de haberse despertado súbitamente.

Mientras el procurador se vestía, el enano lanzaba imprecaciones contra sí mismo, contra todo género humano y contra todo cuanto le rodeaba, hasta que Brass sorprendido le preguntó:

—¿Qué pasa?

—¡La llave! —dijo el enano mirándole fijamente—. ¡La llave de la puerta! Eso es lo que ocurre. ¿Sabe usted dónde está?

—¿Cómo voy a saberlo yo, señor? —repuso Brass.

—¿Que cómo va usted a saberlo? ¡Pues vaya un abogado! ¡Un idiota! Eso es lo que es usted.

No queriendo meterse en aquel momento a demostrar que la pérdida de la llave no tenía nada que ver con sus conocimientos acerca de la ley, el procurador sugirió humildemente la idea de que pudo dejársela olvidada por la noche y que seguramente estaría en la cerradura.

Quilp aseguraba lo contrario, fundándose en que se acordaba de haberla quitado, pero admitió que era posible y, gruñendo fue a la puerta, donde, como puede suponerse, estaba la llave.

Al poner la mano en la cerradura, Quilp se quedó atónito viendo que el cerrojo estaba sin correr; en aquel momento sonó otro aldabonazo más fuerte aún. El enano, exasperado y queriendo descargar su enojo sobre alguien, determinó salir de repente y administrar una corrección amable a su mujer por armar aquel escándalo tan de mañana, no dudando que era ella la que estaba allí.

Abrió la puerta de repente y cayó sobre la persona que en aquel momento volvía a levantar el llamador; pero, en vez de encontrarse con alguien que no opusiera resistencia, apenas cayó en brazos del individuo a quien había tomado por su mujer, sintió que le descargaban dos golpes en la cabeza y otros dos en el pecho, y comprendió que luchaba con alguien tan diestro como él y del cual no podía desembarazarse. Entonces, y sólo entonces, se dio cuenta Daniel de que tenía delante a Richard Swiveller, que le preguntaba si quería más mojicones.

—Hay todavía más en el depósito —dijo Swiveller en actitud amenazadora—, y se ejecutan las órdenes con prontitud. ¿Quiere usted más? No diga usted que no, si lo quiere.

—Creí que era otra persona. ¿Por qué no decía usted quién era?

—¿Por qué no lo preguntaba usted, en vez de salir como una furia? —dijo Richard.

—¿Era usted el que llamaba? —preguntó con un gruñido el enano.

—Sí, yo era —respondió Dick—. Esa señora empezaba a llamar cuando yo llegué; pero como llamaba muy despacito, he querido servirla.

Y al decir esto, Richard designaba a una señora que se mantenía a cierta distancia temblando de miedo.

—¡Ah! —murmuró el enano lanzando a su mujer una mirada felina—; ¡ya sabía yo que tú habías de tener la culpa! Y en cuanto a usted, caballero, ¿ignora que hay un enfermo en la casa y que pueden molestarle esos golpes que da? ¡Si parece que quiere usted derribar la puerta!

—¡Diablo! —murmuró Richard—. Pues eso es lo que quería; creí que se habían muerto los inquilinos.

—Supongo que habrá usted venido con algún objeto —dijo Quilp—. ¿Qué desea?

—Quiero saber cómo sigue el señor —repuso Swiveller— y hablar a Nell. Soy amigo de la familia; es decir, de uno de la familia, lo cual viene a ser lo mismo.

—Pase usted, entonces —repuso el enano—. Ahora usted, señora, pase delante.

La señora Quilp titubeó, pero su esposo insistió en que pasara delante de él y no tuvo más remedio que obedecer, sabiendo que no era por etiqueta, sino para aprovechar la ocasión de darle unos cuantos pellizcos. El señor Swiveller, que no estaba en el secreto, se sorprendió al oír algunos

ayes apagados y volvió la cabeza, pero como vio a la señora detrás de él, no hizo caso de las apariencias y pronto olvidó el caso.

—Ahora, querida esposa —dijo el enano cuando estuvieron dentro—, sube arriba y di a Nell que la esperan.

—¡Parece que está usted en su casa! —dijo Richard, que ignoraba con qué atribuciones estaba allí Quilp.

—Estoy en *mi* casa, joven —repuso el enano.

Dick reflexionaba sobre lo que querían decir estas palabra y, más aún, sobre lo que significaba la presencia de Brass en aquel lugar cuando la señora Quilp, bajando apresuradamente, dijo que estaban vacías las habitaciones.

—¿Vacías, tonta? —murmuró el enano.

—De veras, Quilp —respondió temblando la pobre mujer—. He estado en todas y no he encontrado a nadie.

—¡Eso explica el misterio de la llave! —dijo Brass con cierto énfasis dando palmadas.

Quilp, arrugando el entrecejo, miró a Brass, miró a su mujer y miró a Swiveller, pero como ninguno pudo darle explicaciones, corrió arriba, de donde pronto volvió confirmando la noticia.

—¡Vaya una manera de marcharse! ¡No decir una palabra a un amigo tan bueno y tan íntimo como yo! Es seguro que me escribirá o que dirá a Nell que escriba. Seguramente lo harán; Nell me quiere mucho.

Richard le miró atónito, con la boca abierta, y Quilp, volviéndose a Brass, le dijo que aquello no influiría para nada en la mudanza. Porque, como usted sabe —añadió—, ya sabíamos que se iban hoy, pero no tan temprano ni tan en silencio. Habrán tenido sus razones.

—¿Y adónde diablos han ido? —preguntó Dick, más sorprendido cada vez.

Quilp movió la cabeza y frunció los labios como indicando que lo sabía, pero no podía revelar el secreto.

—¿Y qué quiere usted decir al hablar de mudanza? —volvió a preguntar Richard.

—Pues que he comprado los muebles —añadió Quilp—. ¿Y qué hay con eso?

—¿Es que el viejo ha hecho fortuna y se ha retirado a vivir tranquilamente en algún sitio pintoresco, a la orilla del mar? —preguntó Dick lleno de asombro.

—Quiere guardar el secreto, a fin de no recibir las visitas de un nieto cariñoso o de los amigos del nieto —añadió el enano frotándose las manos—. Yo no digo nada; pero, ¿no es ésa la idea que cruzaba por su mente?

Richard Swiveller se quedó anonadado ante esta imprevista circunstancia que desbarataba sus proyectos. Había ido, sabiendo la enfermedad del anciano, a hacerse presente, para ir preparando a Nell, y se encontraba con que ésta, su abuelo y las riquezas habían desaparecido sin que hubiera podido dar un solo paso en su proyecto.

Daniel, por su parte, se sintió mortificado con aquella fuga, suponiendo que el viejo tenía algún dinero, y quería librarle de sus garras.

—Bueno —dijo Richard con disgusto—, supongo que es inútil mi permanencia aquí.

—Completamente —respondió Quilp.

—¿Tendrá usted la bondad de decirles que he venido?

—Ciertamente, se lo diré la primera vez que los vea —repuso Quilp.

—¿Tendrá usted la bondad de añadir que ésta es mi dirección —dijo Dick sacando una tarjeta— y que estoy en casa todas las mañanas?

—Ciertamente —volvió a decir el enano.

—Mil gracias, caballero. —Y quitándose el sombrero para saludar a la señora Quilp, salió de la tienda haciendo piruetas.

Ya habían llegado varios carros para cargar los muebles, y algunos hombres robustos y fornidos empezaban a transportarlos. Quilp mismo trabajaba con ardor y su mujer le ayudaba en aquella pesada tarea, cargando objetos y recogiendo al pasar alguna caricia de Quilp. El mismo Brass, colocado en la puerta para responder a las preguntas de los vecinos curiosos, no pudo librarse tampoco de algún saludo.

La casa estuvo pronto vacía, y Quilp, sentado como un jefe africano entre pedazos de estera, cacharros rotos y fragmentos de paja, papeles, etcétera, desayunaba tranquilamente pan, queso y cerveza, cuando observó que un muchacho miraba desde la puerta. Seguro que era Kit, aunque sólo le vio la nariz, le llamó por su nombre y entonces el muchacho entró preguntando qué quería.

—Venga usted acá, señorito. ¿De modo que tu amo y la señorita se han ido?

—¿Adónde? —preguntó Kit, mirando alrededor con sorpresa.

—¿Quieres darme a entender que no lo sabes? ¡Vamos!, dime adónde han ido.

—Yo no lo sé —respondió Kit.

—¡Vamos, basta de bromas! ¿Quieres hacerme creer que no sabes adónde han ido, saliendo esta mañana sin que nos enterásemos de ello, apenas se hizo de día?

—Pues no lo sé —murmuró el niño en el colmo de la sorpresa.

—¿No rondabas la casa como un ladrón hace unas cuantas noches? Entonces te lo dirían.

—No —respondió Kit.

—¿No? Pues, entonces, ¿qué te dijeron?; ¿qué era lo que hablabais?

Kit explicó el objeto de su visita y la proposición que había hecho a Nell.

—Entonces —dijo el enano recapacitando— supongo que irán allá.

—¿Cree usted que irán?

—Tengo la seguridad —añadió el enano—. Ahora bien, cuando vayan, quiero saberlo. ¿Me oyes? Dímelo, que ya te daré algo. Quiero hacerles un beneficio, pero no puedo mientras no sepa dónde paran.

Kit iba a decir algo no muy agradable para el enano, cuando el muchacho del almacén salió con una jaula en la mano diciendo:

—Aquí hay un pájaro; ¿qué hacemos con él?

—Torcerle el pescuezo —dijo el enano.

—No, no haga usted eso; démelo a mí —dijo Kit.

—¡Sí, como que voy a dártelo! —dijo el otro muchacho—. El amo dice que le retuerza el pescuezo y voy a hacerlo.

—¡Venga aquí el pájaro! —rugió Quilp—. Vamos a ver quién lo gana, y si no, yo mismo le retorceré el cuello.

Sin esperar más, los dos muchachos emprendieron la lucha mientras Quilp, con la jaula en la mano, los animaba a pelear con más vigor. Eran bastantes iguales en fuerzas, pero al fin Kit, dando un buen puñetazo en el pecho de su adversario, le dejó caer, y de un salto se acercó a Quilp y recogió la jaula.

Sin detenerse llegó a casa, donde su madre, alarmada al verle con la cara ensangrentada, le preguntó lo que había estado haciendo.

—He estado luchando por un pájaro y lo he ganado, eso es todo.

—¡Por un pájaro!

—Sí madre, el pájaro de la señorita Nell; aquí está. Querían matarlo delante de mí, pero no pude consentirlo. ¡Buen chasco se llevaron! Voy a colgarlo en la ventana, madre, para que vea el sol y se alegre. ¡Canta tan bien! —Y clavando un clavo en alto, colgó la jaula diciendo—: Ahora, antes de descansar voy a salir para comprar alpiste y algo bueno para ti, madre.

CAPÍTULO XIII

Un protector de Kit

Kit pasó algunos días buscando trabajo. A cualquier parte que se dirigían sus pasos, siempre se encontraba en el camino con aquella tienda donde tanto había gozado y sufrido.

Ya no podía temer un encuentro con Quilp, pues estaba vacía y cerrada; un cartelito en la puerta indicaba que estaba desalquilada, y unos

muchachos desharrapados habían tomado posesión del escalón de entrada y daban fuertes aldabonazos en la puerta, riendo al sentir el eco que los golpes producían en el interior vacío.

Kit caminaba unas veces despacio, otras, apresuradamente. De pronto vio venir por una bocacalle un grupo de jinetes que avanzaban lentamente por el lado de la sombra, pareciendo que iba a pararse en todas las puertas; pero todos avanzaron, y Kit no pudo menos de pensar mientras pasaban: «Si alguno de esos caballeros supiera que no hay nada que comer en casa hoy, tal vez se le ocurriera enviarme a algún recado para darme una propina».

Estaba fatigado de andar y andar sin encontrar nada que hacer, y se sentó en un escalón para descansar. A poco vio venir un cochecillo de dos ruedas, tirado por una jaca y guiado por un caballero anciano, junto al cual iba sentada una señora anciana también, chiquitita y hermosa. Al pasar el coche junto a Kit, éste se quitó el sombrero y saludó; el caballero le miró y detuvo el coche, con gran alegría de la jaca, que iba dando saltos.

—¿Quiere usted que tenga cuidado del coche, señor? —preguntó Kit.

—Tenemos que bajar en aquella calle; si quieres venir hasta allí, te encontrarás con algo.

Kit le dio las gracias y obedeció con alegría la indicación del caballero.

El caballito dio un bote y fue a tropezar con el poste de un farol; dio dos o tres saltos y se quedó parado, obstinándose en no querer seguir adelante. A un latigazo del amo, la jaca salió al trote, y no se paró ya hasta que llegaron a una puerta donde había una placa en la cual se leía: «Wintherden.—Notario». Allí descendió el caballero y dio la mano a la señora para que bajara también. Ambos entraron en la casa, habiendo antes recogido un gran ramo de debajo del asiento.

El sonido de voces que hablaban en un salón del piso bajo que tenía abiertas las ventanas, cerradas solamente por persianas, dio a conocer que los visitantes habían entrado en aquel salón, que sin duda era la oficina del notario.

Primero hubo saludos mutuos; después, la entrega del ramo, porque una voz dijo: «¡Qué hermosísimo! ¡Qué fragancia!».

—Lo he traído en honor de la ocasión, señor —dijo la dama.

—Una ocasión que me honra por cierto, señora —añadió el notario—. He recibido a mucha gente, señora; a mucha. Unos son ricos ahora y no se acuerdan de mí; otros vienen y me dicen: «¡Ay, señor Wintherden! En esta oficina, en este mismo sillón, he pasado las horas más gratas de mi vida». A todos los he recibido con gusto; a todos he aconsejado y ayudado; pero a ninguno le he podido asegurar un porvenir tan brillante

como al hijo de ustedes. Sus artículos son admirables. Tráigalos usted, Chuckster.

—¡Qué feliz me hace usted diciéndome eso! —respondió la dama.

—Lo digo, señora, y lo diré en alta voz, porque lo creo como hombre honrado; porque creo que desde la más alta montaña hasta el más ínfimo pajarillo, no hay nada más perfecto que un hombre bueno o una mujer honrada.

—Todo lo que el señor Wintherden diga de mí —añadió una débil vocecilla—, puedo decirlo yo de él con toda seguridad.

—Es también una feliz casualidad que ocurra precisamente el día que cumple veintiocho años. Confío, señor Garland, que podremos felicitarnos mutuamente por este suceso.

El caballero replicó que estaba seguro de ello; se dieron la mano y, cuando terminaron, el anciano dijo que, aunque él no debía decirlo, creía que no había otro hijo mejor para sus padres que Abel Garland.

—Nos casamos ya de alguna edad, señor, esperando hasta tener cierta renta, y hemos tenido la gran bendición de tener un hijo tan obediente y cariñoso siempre. ¿No tenemos motivos para estar contentos y satisfechos?

—Sin duda, señor, sin duda —respondió el notario simpatizando con el anciano—. Únicamente cuando contemplo una felicidad así, es cuando me arrepiento de haberme quedado soltero.

—Abel no es como los demás jóvenes, caballero —dijo la dama—. Se complace en nuestra compañía y está siempre con nosotros: jamás ha estado ausente un día entero. ¿Verdad, Garland?

—Cierto, querida, cierto —replicó el anciano—. Excepción hecha de cuando fue a Margate con el profesor de su colegio un sábado y volvió el lunes enfermo de tanto como se divirtieron.

—Ya sabes que no estaba acostumbrado y no pudo resistirlo —dijo la señora—, y, además, no estaba con nosotros.

—Eso era, eso —repuso la vocecilla que se había oído antes—. ¡Estaba tan triste pensando que estábamos lejos y separados por el mar!

—No es extraño —dijo el notario—, y eso habla en pro de los sentimientos de este joven. Pero vamos al asunto. Voy a estampar mi nombre al pie de esos artículos de Abel, y el señor Chuckster será testigo. Colocando mi dedo sobre este sello azul, declaro —no se alarme usted, señora, es solamente una fórmula— que los considero como míos. Abel pondrá su nombre en el otro sello, repitiendo esas mismas palabras, y quedará terminado el asunto. ¿Ven ustedes con qué facilidad se hacen estas cosas? ¡Es un chico de provecho!

Pasó un intervalo de tiempo, durante el cual se suponía que Abel escribía, y después se sintieron otra vez ruido de pasos, despedidas y apre-

tones de manos, sin faltar tampoco algunos brindis. Poco después el señor Chuckster se asomó a la puerta y dijo a Kit que los señores iban a salir.

Y salieron, efectivamente. El señor Witherden conducía a la dama con extremada cortesía, y detrás, padre e hijo tomados del brazo seguían a corta distancia. Abel era un joven de aspecto especial, vestido a la antigua; parecía tener la misma edad que su padre y se parecía mucho a él, excepto en que su padre era de fisonomía franca y abierta, y él tenía cierta timidez, rayana en el encogimiento.

Ambos esposos se colocaron en sus asientos. Abel subió a una pequeña caja que había detrás, hecha a propósito para él, y saludó sonriendo a todos, desde su madre hasta la jaca. Costó mucho trabajo obligar a ésta a ponerse en condiciones de marcha, y una vez conseguido, el anciano echó mano al bolsillo para buscar medio chelín y entregarlo a Kit.

El anciano caballero no tenía medio chelín, ni Abel, ni la dama, ni el notario, ni siquiera Chuckster, el pasante. El caballero creía que un chelín era demasiado; pero, como no había tiendas donde cambiarlo, lo dio íntegro al muchacho, diciéndole al mismo tiempo con afectuoso tono:

—Tengo que volver el lunes próximo a la misma hora. Si estás aquí, puedes ganarte otro.

—Muchas gracias, señor —respondió Kit—. Tenga usted por seguro que estaré.

El coche se puso en movimiento, y Kit, apretando su tesoro, fue a comprar ciertas cosas que hacían falta en su casa, no olvidando al maravilloso pájaro, y dándose prisa, por temor de que Nell y su abuelo llegaran a casa antes que él, idea que le ocurría siempre que estaba en la calle.

CAPÍTULO XIV

Errantes

Una sensación mezclada de angustia y esperanza agitó varias veces a la niña mientras recorrían las calles de la ciudad la mañana de su partida, creyendo ver a Kit; y aunque se hubiera alegrado mucho de poder darle las gracias por la oferta que le había hecho noches antes, descansaba cuando al llegar cerca de la persona que había creído ser Kit, veía que no era él. Tener que decirle adiós, hubiera sido insoportable para ella; su abatido corazoncito se rebelaba ante ese sacrificio.

Los dos peregrinos, unas veces tomados de la mano, otras cambiando sonrisas y miradas animadoras, prosiguieron su camino en silencio. En aquellas calles desiertas y brillantes de luz había algo solemne, no profanado por las huellas del hombre ni las necesidades de la vida.

Cruzaron calles y plazas, pasaron por barrios más pobres y llegaron a las afueras de Londres. Allí, en una hermosa pradera, se sentaron para

descansar y, sacando las provisiones que tuvieron la precaución de poner en una cestilla, hicieron un frugal almuerzo.

—Abuelito —dijo la niña saliendo de su abstracción—, parece como si se me quitara un gran peso que tenía encima de mí, para no volver a tenerlo nunca más. No volveremos allá, ¿verdad, abuelo?

—No, hija mía, nunca. Tú y yo somos libres ahora, Nell; no nos atraparán otra vez.

—¿Estás cansado, abuelo? ¿Te ha fatigado la larga caminata?

—Ya no me cansaré nunca, nena. ¡Vamos! Tenemos que ir más lejos aún, mucho más; estamos demasiado cerca para poder estar tranquilos.

La niña se lavó las manos en las frescas aguas de un estanque y refrescó sus pies antes de emprender de nuevo la marcha. Después lavó a su abuelo y lo secó con su propio vestido.

—No puedo hacer nada; parece que me abandonan las fuerzas. No te separes de mí, Nell: prométeme que no me abandonarás nunca. Te he querido siempre, y si te perdiera, ¿qué sería de mí? ¡Tendría que morirme!

Y colocando la cabeza sobre el hombro de la niña, gimió lastimeramente. Unos días antes la niña hubiera llorado también; pero entonces le consoló con palabras cariñosas, riéndose de pensar que pudieran separarse y animándole alegremente. Una vez tranquilo, se durmió como un niño.

Despertó descansado y emprendieron de nuevo el camino por hermosas carreteras rodeadas de prados y huertas, oyendo el canto de las aves y aspirando los perfumes del ambiente.

Llegaron a campo abierto; un grupo de casitas aquí y allí era lo único que interrumpía los interminables campos. Más lejos, haciendas y casas de labor; después, carretera con prados a ambos lados, y más allá, campo abierto otra vez.

Caminaron todo el día y por la noche durmieron en una pequeña posada donde alquilaban camas a los transeúntes. A la mañana siguiente emprendieron la marcha de nuevo y, aunque se sentían cansados al principio, pronto se reanimaron y siguieron animosamente adelante.

Descansaban con frecuencia algunos minutos solamente y seguían, sin haber tomado en todo el día más que un ligero desayuno. Cerca de las cinco llegaron a un grupo de cabañas; la niña se acercó, dudando si les permitirían descansar un poco y tomar leche. Tímida y temerosa de una negativa, tardó en decidirse, sin saber en cuál entrar, hasta que al fin, viendo que en una de ellas estaba sentada a la mesa toda una familia, se decidió y entraron.

Aquella familia, compuesta del matrimonio y tres robustos muchachos, los acogió con alegría apenas la niña expuso su deseo. El hijo ma-

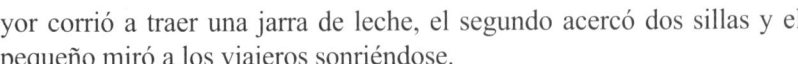

yor corrió a traer una jarra de leche, el segundo acercó dos sillas y el pequeño miró a los viajeros sonriéndose.

—¡Dios le guarde, señor! —dijo el dueño de aquella cabaña—. ¿Van muy lejos?

—Sí, señor, mucho —respondió la niña, contestando por su abuelo.

—¿Vienen de Londres?

—Sí, señor —añadió Nell.

El aldeano dijo que había estado en Londres muchas veces, pero que hacía unos treinta y dos años que no había vuelto y que seguramente habrían ocurrido en la ciudad muchos cambios.

Llegó la leche, y la niña, sacando su cesta, escogió lo mejor que en ella había para que su abuelo hiciera una comida abundante.

Los aldeanos añadieron algo, tratándolos con gran cariño y obsequiándolos lo mejor que pudieron.

Todo estaba limpio y ordenado, aunque pobre, y la niña se encontraba a gusto en medio de aquella atmósfera de amor y alegría a que estaba tan poco acostumbrada.

—¿A qué distancia estará la primera aldea o ciudad que podamos encontrar? —preguntó Nell al aldeano.

—Como cosa de unas dos leguas, pero no se irán ustedes esta noche.

—Sí, sí —dijo Nell apoyando a su abuelo, que decía:

—Tenemos que ir aprisa, sin detenernos, aunque lleguemos a medianoche.

—Es una buena tirada, caballero. Es verdad que hay una buena posada allí; pero parece que está usted tan cansado que, a menos que tenga usted mucha necesidad de llegar...

—Sí, sí, tengo mucha —murmuró el anciano.

—Tenemos que irnos —dijo Nell rindiendo su voluntad al incansable deseo de su abuelo—. Se lo agradecemos mucho, pero tenemos que marcharnos. Estoy lista, abuelo, cuando gustes.

La aldeana, que había notado que uno de los pies de la niña sangraba, no los dejó marcharse sin curárselo cuidadosamente. Nell, al ver tanto cariño y tanto cuidado, no pudo demostrar su agradecimiento más que con un «Dios se lo pague». Temiendo que sus ojos dejaran paso a un torrente de lágrimas, no se atrevió a decir más y, después de muchos saludos y algunas lágrimas de los aldeanos, se separaron para no volver a encontrarse ya.

Escasamente habrían andado un cuarto de legua despacio y penosamente, cuando sintieron detrás de ellos ruidos de ruedas y, volviéndose a mirar, vieron un carro vacío que se aproximaba apresuradamente. El carretero, una vez cerca de ellos, paró el caballo y dijo a Nell.

—¿Son ustedes los que han estado en una cabaña allá abajo?

—Sí, señor —respondió la niña.

—Me han encargado que les lleve a ustedes en mi carro, ya que llevamos el mismo camino. Deme usted la mano y suba, buen hombre.

Aquel carro, a pesar de los saltos que daba en la carretera, fue para ellos blando como un carruaje de lujo; el más delicioso paseo en carretera abierta no les hubiera gustado más, porque estaban tan cansados, que no sabían cómo hubieran podido llegar a pie. Nell, reclinándose sobre un montón de paja, se durmió inmediatamente y no despertó hasta que la súbita parada del carro y la voz del carretero diciendo que el pueblo estaba al final de una calle de árboles que se hallaba a la vista, le hicieron comprender que habían llegado.

CAPÍTULO XV

Polichinelas en el cementerio

El carretero les había indicado un atajo por el cementerio, siguiendo el cual llegarían mucho antes al pueblo, y por aquel atajo siguieron Nell y su abuelo, precisamente cuando el sol se ponía.

Al llegar al cementerio, se internaron en él, porque era mucho mejor terreno y podrían andar más cómodamente. Cuando llegaron a la iglesia, hallaron a dos hombres, que, sentados sobre la hierba, estaban tan entretenidos que no habían visto a los que se acercaban.

Los trajes y muñecos esparcidos en derredor de ellos, y especialmente una figura de arlequín que descansaba sobre una tumba, daban a entender que aquellos hombres eran saltimbanquis de esos que se exhiben en las ferias y romerías, y que, al parecer, estaban allí para reparar algunos desperfectos de sus muñecos.

Cuando los viajeros estuvieron junto a ellos, los dos hombres levantaron la cabeza y, dando una tregua a su trabajo, saludaron a la niña y al anciano e hicieron algunas observaciones sobre la semejanza del viejo con algunos muñecos.

—¡Cómo es que vienen ustedes a hacer eso aquí! —preguntó el viejo sentándose y mirando con alegría los polichinelas.

—Porque tenemos que dar una representación en la posada esta noche y no podemos sacar esos muñecos tan estropeados.

—¿No? —dijo el viejo haciendo señas a Nell para que escuchara—. ¿Y por qué no?

—Porque destruiría la ilusión y quitaría todo interés. ¿Daría usted un penique por ver a ese canciller sin peluca? Seguramente que no —dijo el hombre que hasta allí había hablado.

—¡Qué bien! —dijo el anciano atreviéndose a tocar uno de aquellos cuerpos rellenos de serrín—. ¿Va usted a enseñarlos esta noche?

—Ésa es mi intención, buen hombre, y si no me equivoco, Thomas Codlin está calculando al minuto el tiempo que hemos perdido en conversación desde que usted está aquí. No te preocupes, Thomas, que no puede ser mucho.

El señor Codlin habló entonces y, medio gruñendo, dijo:

—A mí no me importa, si no perdemos la entrada; si tú estuvieras enfrente del telón y viendo las caras del público como yo, lo conocerías mejor.

Después, arreglando los muñecos en la caja como quien los conoce bien y no les tiene consideración ninguna, sacó uno y se lo enseñó a su amigo diciéndole:

—Mira, mira qué roto está el traje de Judit. Supongo que no tendrás hilo ni aguja.

El otro movió la cabeza, contemplando dolorosamente la grave indisposición de un personaje tan principal, y declaró que no tenía medios de repararla.

La niña comprendió lo que pasaba y, queriendo ayudarlos, dijo tímidamente:

—Yo tengo hilo y agujas en mi cesta. ¿Quiero usted que lo arregle? Me parece que lo haré mejor que ustedes.

Ni aun el mismo Codlin tuvo nada que oponer a aquella proposición tan razonable. Nell, de rodillas junto a la caja, hizo un primor en el traje, dejándolo como nuevo.

Mientras estaba ocupada en la compostura, el saltimbanqui la miraba con gran interés, y cuando acabó le dio las gracias, preguntándole si iban de viaje.

—Creo que no seguiremos esta noche —dijo la niña mirando a su abuelo.

—Si quieren ustedes una posada, pueden ir a una en que paramos nosotros; es buena y barata: aquella casa blanca que se ve a lo lejos.

El viejo, a pesar de su cansancio, no hubiera tenido inconveniente en pasar la noche en el cementerio si se hubieran quedado allí sus nuevos amigos, pero como éstos se marchaban, accedió a la indicación que le habían hecho y se pusieron en marcha todos juntos; el viejo, junto a la caja de muñecos que el saltimbanqui llevaba sujeta al brazo por medio de una correa; Nell, agarrada de la mano de su abuelo, y Codlin, detrás cerrando la marcha.

Los posaderos, un matrimonio muy gordo, no tuvieron inconveniente en recibir a dos nuevos huéspedes. Alabaron la hermosura de Nell y se sintieron inmediatamente inclinados a su favor. No había más gente

que los dos titiriteros; así que la niña se alegró mucho de estar en un sitio tan tranquilo. La posadera se quedó atónita al oír que venían de Londres y tenía gran curiosidad por saber adónde iban, pero comprendiendo que aquel asunto molestaba a la niña, no insistió.

—Esos dos señores han pedido la cena para dentro de una hora. Me parece lo más prudente que ustedes cenen con ellos y, entretanto, voy a darles a probar algo muy rico; tengo la seguridad de que les sentará bien después de todo lo que han andado ustedes hoy. No, no mire usted hacia su abuelo, porque después que usted beba, le daré a él también —dijo a Nell.

Poco después todos se fueron a un establo vacío, donde iba a tener lugar la representación. Thomas Codlin, el misántropo, tomó asiento entre las cortinas que ocultaban los hilos de las figuras y, metiéndose las manos en los bolsillos, se dispuso a responder a todas las preguntas de Guignol y a pretender que era su mejor amigo.

Al terminar la representación, todos aplaudieron hasta romperse las manos y mostraron su satisfacción contribuyendo liberalmente a la colecta voluntaria que se hizo después. Nadie rio tanto ni con tanta gana como el viejo; a Nell no se la oyó, porque apenas se sentó, inclinando la cabeza sobre el hombro de su abuelo, se quedó dormida tan profundamente que fueron inútiles cuantos esfuerzos hizo el viejo para despertarla a fin de que participara en la común alegría.

La cena estaba muy buena, pero Nell estaba tan cansada, que no pudo comer, aunque no quería retirarse hasta dejar a su abuelo acostado y tranquilo.

Éste, sin preocuparse ya por nada, estaba sentado escuchando con la sonrisa en los labios todo lo que decían sus nuevos amigos, y únicamente cuando éstos se retiraron a su habitación, consintió en seguir a la niña y acostarse.

La habitación que les dieron era un desván dividido en dos compartimentos, pero como no esperaban nada mejor, la encontraron buena. El viejo estaba inquieto y suplicó a Nell que se sentara a su lado, como lo había hecho las noches anteriores; la niña obedeció, sin retirarse hasta dejarle dormido.

En su cuarto había una ventanita muy pequeña, y la niña, una vez allí, la abrió y respiró el aire en el silencio de la noche. El espectáculo de la iglesia medio derruida, de las tumbas a la luz de la luna y de los árboles que murmuraban, la pusieron más meditabunda todavía; cerró la ventana y, sentándose sobre el lecho, empezó a pensar en su vida futura.

Tenía algún dinero, pero era muy poco, y cuando se acabara, tendrían que pedir limosna. Tenía también una moneda de oro, que en un apuro le

sería de mucha utilidad; lo mejor sería esconderla y no sacarla, a menos que fuera de absoluta necesidad y no tuvieran otro recurso.

Una vez tomada esta resolución, cosió la moneda dentro del forro del vestido y se acostó más tranquila, durmiéndose profundamente.

CAPÍTULO XVI

Adelante

La brillante luz de un nuevo día, entrando por la diminuta ventana, la despertó muy temprano. La niña se asustó al hallarse entre aquellas paredes y objetos desconocidos, y creyó al pronto haber sido transportada durante el sueño desde la tienda hasta aquel sitio; unos minutos de reflexión le bastaron para recordar todo lo que había ocurrido últimamente. Saltó del lecho confiada y llena de esperanzas.

Aún era temprano. El viejo dormía y Nell salió a dar un paseo por el cementerio, andando sobre la hierba cubierta por el rocío, poniendo gran cuidado en no pisar las tumbas. De cuando en cuando se paraba a leer algunos epitafios que le llamaban la atención; uno entre todos le preocupó más que los otros: era el de un joven que había muerto a los veintitrés años, cincuenta y cinco años atrás. Unos débiles pasos le hicieron volver la cabeza y vio a una mujer, inclinada por el peso de los años, que se paraba al pie de aquella tumba, suplicándole que leyera lo que allí decía. La niña lo leyó y la anciana le dio las gracias, diciendo que hacía muchos años que tenía aquellas palabras impresas en su corazón, pero que ya no podía verlas.

—¿Es usted su madre? —preguntó la niña.

—Era mi esposo, hija mía. Te extraña, ¿verdad? No eres la primera que se sorprende. Sí, yo era su mujer; la vida no ofrece menos cambios que la muerte en muchas ocasiones.

—¿Viene usted a menudo aquí? —preguntó Nell.

—En verano suelo venir muchas veces. Hace años venía todos los días, pero eso era hace mucho tiempo ya. ¡Bendito sea Dios! Hace cincuenta y dos años que no quiero más flores que las que recojo de esta tumba: son las que más me gustan. ¡Qué vieja me voy haciendo!

La niña dejó de recoger flores y, despidiéndose de la pobre anciana, volvió a la posada, donde encontró a su abuelo vestido ya.

Poco después bajaron a almorzar y encontraron a los saltimbanquis, que recibían felicitaciones de todos por el éxito de su representación.

—¿Adónde piensan ustedes ir hoy? —preguntó a Nell el jefe de Codlin.

—Aún no lo sé, porque no lo hemos decidido todavía —respondió la niña.

—Nosotros vamos a la feria, a las carreras de caballos. Si van por ese camino, y quieren ir en compañía nuestra, podemos ir juntos. Si prefieren ir solos, díganlo ustedes con entera confianza y no volveremos a molestarlos.

—Iremos con ustedes —dijo el anciano—. Con ellos, Nell, con ellos.

La niña reflexionó un momento y, considerando que muy pronto tendría que mendigar, no podía en verdad hallar lugar más conveniente que aquél, donde iba a reunirse una gran muchedumbre; así, pues, se decidió a ir hasta allí en compañía de ellos. Dio las gracias a aquel buen hombre por su ofrecimiento y, mirando tímidamente a su compañero, dijo que irían con ellos, si no tenían inconveniente en que los acompañaran, hasta el lugar donde se efectuaban las carreras.

—¡Inconveniente! Vamos, Thomas, sé amable una vez —dijo su compañero— y di que prefieres que vengan con nosotros. ¡Di que te agrada, hombre!

—Eres demasiado atrevido, Trotter.

—Pero, ¿vienen con nosotros, sí o no?

—Que vengan —dijo Codlin—, pero podías dar a entender que les hacías un favor.

El verdadero nombre de Trotter era Harris, pero había ido convirtiéndose en el poco eufónico de Trotter con el prefijo *short* (corto), que le había sido concedido a causa de sus pequeñas piernas; mas como Short Trotter resultaba muy largo, siempre le designaban por uno solo, llamándole ya Trotter, ya Short. *[Dispénsenos el lector esta digresión, necesaria para la claridad de nuestro relato.]*

Terminó el desayuno. Codlin pidió la cuenta y, dividiendo el total en dos partes, asignó una a Nell y su abuelo, y reservó la otra para él y su compañero. Una vez pagado y en disposición de marcharse, se despidieron de los posaderos y emprendieron su viaje en unión de nuestros amigos.

Cuando llegaban a algún pueblo, Short tocaba en una trompeta fragmentos de canciones burlescas, en ese tono propio de polichinela y su esposa. Si la gente se asomaba a las ventanas, Codlin plantaba la tienda de campaña en el suelo y daba una representación tan pronto como era posible, decidiendo de su extensión y condiciones la recaudación probable que veía en perspectiva.

Así anduvieron todo el día, estando aún de camino cuando la luna empezó a brillar en el cielo. Short entretenía el tiempo con bromas y canciones, tratando de pasarlo lo mejor posible, en tanto que Codlin, cargado con la tienda de campaña, maldecía de su suerte lleno de pesar.

Se pararon a descansar junto a un poste indicador del camino y Codlin, soltando la tienda, se sentó dentro, desdeñando la compañía de los mortales y ocultándose a su vista. De pronto vieron dos sombras monstruosas que se acercaban hacia ellos por una revuelta del camino. A la vista de aquellas gigantescas sombras, que hacían un efecto terrible entre las proyecciones de los árboles, la niña se estremeció de miedo; pero Short, diciéndole que no había nada que temer, se llevó la trompa a los labios y dio un toque, que pronto fue respondido por un alegre grito.

—¿Quién va? —gritó Short en alta voz.

—¡Nosotros, Grinder y compañía! —dijeron a un tiempo dos voces estentóreas.

—Acercaos, entonces —volvió a gritar Short.

La compañía del señor Grinder consistía en un joven y una señorita subidos en zancos, y Grinder mismo, que caminaba sobre sus piernas, llevando a la espalda un tambor. Ambos jóvenes vestían traje escocés, pero como la noche estaba fresca y húmeda, el joven llevaba una manta que le llegaba hasta los tobillos y se cubría la cabeza con un sombrero de hule; la señorita iba envuelta en una capa vieja de paño, y llevaba un pañuelo atado a la cabeza. Grinder llevaba sus hermosas gorras escocesas, adornadas con plumas negras como el azabache, colocadas sobre el tambor.

—¿Vais a las carreras? —preguntó Grinder, que llegaba sin aliento—. También nosotros. —Y dio la mano a Short saludándole amistosamente.

Los jóvenes estaban muy altos para saludar según costumbre, y lo hicieron a su modo: el joven agarró el zanco derecho, y le dio unos golpecitos en la espalda; la señorita hizo sonar la pandereta que llevaba en la mano.

—¿Dónde está tu socio? —preguntó Grinder.

—Aquí estoy —dijo Codlin presentándose en el proscenio con una expresión pocas veces vista en aquel lugar—, dispuesto a ver a mi compañero asado vivo antes de marcharnos de aquí.

—No digas esas cosas en ese sitio, dedicado a cosas alegres; respeta la asociación, Thomas, aunque no respetes al socio —dijo Short.

—Respetando o no respetando, digo que no iré más allá esta noche. Si tú quieres ir más lejos, vas solo: yo iré únicamente hasta la Hostería de los Areneros. Si tú quieres venir, vienes; si no, lo dejas. Si quieres irte solo, te vas, y veremos cómo te las compones sin mí.

Y diciendo así, Codlin desapareció del escenario y se presentó inmediatamente fuera de aquel teatro ambulante, se lo echó a cuestas y empezó a andar con gran agilidad.

Como toda discusión hubiera sido inútil, Short no tuvo más remedio que despedirse de sus amigos y seguir a su compañero; parándose después junto al poste, vio cómo se alejaban aquellos titiriteros, ambulantes como él mismo. Tomando su trompeta, soltó al aire unas cuantas notas como saludo de despedida y corrió a toda prisa siguiendo a Codlin, llevando de la mano a Nell y animándola para que no se rindiera, toda vez que pronto hallarían un descanso para aquella noche. Estimulando al viejo con la misma perspectiva, consiguió que fueran aprisa para llegar pronto al parador, tanto más apreciado entonces, cuanto que la luna empezaba a ocultarse tras algunas nubes que amenazaban deshacerse en un torrente de agua.

CAPÍTULO XVII

La Hostería de los Areneros

La Hostería de los Areneros era una pequeña posada muy antigua, con una muestra que representaba a tres muchachos areneros con enormes jarros de cerveza y bolsas de oro, colocada sobre un poste al lado opuesto del camino.

Los viajeros habían visto aquel día una porción de carromatos que se dirigían hacia el pueblo donde debían verificarse las carreras; tiendas de gitanos, pabellones con útiles para jugar, mendigos y vendedores de todas clases; todos iban en la misma dirección: así que Codlin temía no hallar alojamiento en aquella posada. Este temor le hizo aligerar el paso, a pesar de la carga que llevaba, hasta que estuvo muy cerca. Allí tuvo la satisfacción de ver que sus temores eran infundados, porque el posadero estaba en pie junto al poste, mirando tranquilamente las gotas que empezaban a caer, y no había ruido de gente, toques de campanillas, ni ese eco ruidoso que indica que en una casa hay mucha gente.

—¿Está usted solo? —preguntó Codlin dejando la tienda en el suelo y limpiándose la frente.

—Solo todavía, aunque espero tener gente esta noche —dijo el posadero mirando al cielo—. ¡Eh, muchachos, que venga uno a recoger esta tienda! Dése prisa en entrar, Thomas, que dentro hay un buen fuego; cuando empezó a llover mandé que lo encendieran y da gloria verlo.

Codlin siguió al posadero y vio que no había exagerado. Un gran fuego ardía en la chimenea y una gran cacerola hervía sobre las brasas. El posadero atizó la lumbre y las llamas lamieron la cacerola, que, una vez destapada, esparció un sabroso perfume por la habitación. Codlin se estremeció ante aquel espectáculo, se sentó junto a la chimenea y sonrió preguntando débilmente:

—¿Cuándo estará eso listo?

—Pronto —respondió el posadero consultando su reloj—; a las diez y media.

—Entonces —agregó Codlin—, ve por un buen jarro de cerveza y no consientas que nadie traiga un bizcocho siquiera hasta que llegue esa hora.

El posadero fue a buscar la cerveza y pronto volvió con un enorme jarro, que calentó dentro de una vasija de zinc, hecha a propósito para esa operación, y lo presentó a Codlin cubierto de espuma en la superficie, una de las cualidades más apreciadas en la cerveza.

Tranquilizado con la bebida, Codlin pensó en sus compañeros de viaje y dijo al posadero que estuviera a la mira, porque pronto debían llegar. La lluvia caía a torrentes, azotando las ventanas, y tal era el cambio que se había operado en Codlin, que más de una vez expresó su ardiente esperanza de que no serían tan tontos que quisieran mojarse.

Al fin llegaron, calados hasta los huesos y en un lamentable estado, a pesar de que Short había cubierto a la niña con su capa lo mejor que pudo. Apenas si podían respirar: tal era la carrera que habían dado. Tan pronto como el posadero sintió los pasos, destapó la cacerola. El efecto fue instantáneo: entraron con caras animadas, aunque el agua que caía de sus ropas dejaba charcos en el suelo. Las primeras palabras de Short fueron: «Qué olor más delicioso». En una habitación bien caldeada, y cerca de un buen fuego, se olvida pronto la lluvia y el barro. Cambiaron de calzado y de trajes, y una vez secos, se acomodaron, lo mismo que antes había hecho Codlin, cerca de la chimenea, no volviendo a acordarse de sus penas anteriores sino para compararlas con el presente estado de beatífica delicia. Nell y su abuelo, restablecidos con el calorcillo y la comodidad del asiento, se durmieron apenas se sentaron.

—¿Quiénes son? —preguntó el posadero.

Short movió la cabeza dando a entender que no lo sabía.

—¿Y usted, lo sabe? —volvió a preguntar dirigiéndose a Codlin.

—Yo tampoco —replicó éste—, pero supongo que no son cosa buena.

—No son malos —añadió Short—, tengo la seguridad de ello. Voy a decir lo que me parece: que el viejo no tiene la cabeza sana.

—Si no tienes nada más nuevo que decir —dijo Codlin mirando el reloj—, lo mejor será que pensemos en la cena, sin distraernos.

—Escúchame antes, si quieres oír —insistió su amigo—. Creo además que no están acostumbrados a esta vida; no quieras hacerme creer que esa hermosa niña está acostumbrada a vagabundear como lo hace estos días.

—¿Y quién dice que lo esté? —murmuró Codlin, mirando otra vez al reloj y después a la cacerola—. ¿No pueden pensar algo más apro-

piado a las presentes circunstancias, en vez de decir cosas para contradecirlas después?

—Quisiera que te dieran de cenar, porque sé que no estaremos en paz hasta que cenes. ¿No has visto la ansiedad del viejo por ir siempre adelante, adelante? ¿No lo has notado?

—Sí. ¿Y qué? —murmuró Codlin.

—Pues que se ha escapado y ha persuadido a esa tierna y delicada niña que tanto le quiere para que le guíe y le acompañe, quién sabe adónde. Pero eso no voy a consentirlo yo.

—¡Que no vas a consentirlo! —gritó Codlin mirando de nuevo su reloj y mostrando gran impaciencia—. ¡Vivir para ver!

—No —repitió Short enfáticamente y acentuando cada palabra—, no lo consentiré. No puedo dejar que esa niña caiga en malas compañías, entre gente que está en malísimas condiciones para estar cerca de ella; así es que apenas indiquen un plan para separarse de nosotros, tomaré mis medidas para detenerlos y entregarlos a su familia, que, con toda seguridad, estará poniendo anuncios por todas las calles de Londres para reclamarlos.

—Short —dijo Codlin, que había estado impaciente hasta allí, pero que estaba más tranquilo y menos apático—, es posible que tengas muchísima razón en lo que dices. Si hay alguna gratificación —y tiene que haberla forzosamente—, acuérdate, Short, de que somos socios en todo.

Su compañero apenas si pudo indicarle con un movimiento de cabeza que estaba conforme, porque la niña despertó en aquel instante y ambos se separaron, aparentando hablar de cosas indiferentes.

Poco después se oyeron pasos extraños fuera y pronto entraron cuatro perros flacos, uno tras otro, guiados por otro viejo, achacoso y de aspecto lúgubre, que parándose cuando el último llegó a la puerta, se levantó sobre sus patas traseras y miró a sus compañeros, los cuales se pusieron inmediatamente en fila en la misma posición que el guía. Aquella jauría iba adornada con sendas mantas de colores vivos: uno de los canes llevaba una gorrita en la cabeza, atada cuidadosamente debajo de la papada, pero que se le había caído a un lado sobre la nariz y le tapaba un ojo completamente. Las mantas estaban chorreando y desteñidas, y los perros, mojados y sucios. *[Con estos detalles hemos presentado al lector los nuevos huéspedes que entraron en lu Hostería de los Areneros].*

Ni Codlin, ni Short, ni el posadero se sorprendieron lo más mínimo, comprendiendo a una que eran los perros de Jerry, y que Jerry mismo andaría cerca. La jauría se paró pacientemente mirando a la cacerola y olfateando, hasta que se presentó su amo: tomando entonces su postura natural, empezaron a dispersarse por la habitación.

Jerry, el dueño de la jauría, era un hombre alto, con patillas negras y un casaquín de terciopelo. Parecía muy amigo del hostelero y de sus huéspedes, porque los saludó a todos familiarmente. Desembarazándose de una especie de organillo que dejó sobre una silla, conservó un pequeño látigo, con el cual dirigía a su compañía; se acercó al fuego para secarse y entabló conversación con los allí reunidos.

—Supongo que tu compañía no viajará siempre en traje de etiqueta —dijo Short señalando las mantas que adornaban a los perros—, porque eso sería caro.

—No —respondió Jerry—, no es costumbre; pero han estado trabajando hoy en la calle. Traemos un guardarropa nuevo para estrenarlo en las carreras y no valía la pena quitarles esos trajes. ¡Abajo, Pedro!

Esta exclamación fue dirigida al perro que llevaba puesto el gorrito, el cual era nuevo en la compañía y no sabía bien su obligación; así que no hacía más que levantarse o sentarse a cada momento.

El posadero, entretanto, ponía la mesa; ocupación en que quiso ayudarle Codlin, colocando su propio cubierto en el sitio más conveniente y sentándose ya a la mesa.

Cuando todo estuvo listo, el posadero destapó la cacerola, acción que animó a todos los presentes, y, ayudado por una robusta criada, volcó su contenido en una gran fuente, que colocó después sobre la mesa. Se repartió pan y cerveza a todos los comensales y empezó la cena. Los perros, levantados sobre sus patas posteriores, aullaban lastimeramente, y la niña, compadecida de ellos, iba a arrojarles algunos pedazos de carne, aun antes de empezar a cenar ella misma, cuando se interpuso su amo diciendo:

—No, querida mía; no, ni una brizna. No deben recibir su alimento de otra mano que las mías. Ése —dijo señalando al guía— ha perdido hoy un perro chico y, en castigo, se quedará sin cenar.

El infortunado animal se echó inmediatamente en el suelo y movió la cola, mirando a su amo como si implorara misericordia.

—Otra vez serás más cuidadoso —dijo Jerry echando mano del organillo y sacando los registros—. Toma, toca mientras cenamos, ¡y cuidado con pararte!

El perro empezó a tocar una música triste; su amo le enseñó el látigo, se sentó en su sitio y llamó a los otros, que a la primera señal se formaron en fila como si fueran soldados.

—Ahora, caballeros, el perro que yo nombre comerá; el que no, se estará quieto. ¡Carlos!

El afortunado animal llamado así, atrapó en el aire el trozo de carne que su amo le arrojaba, sin que ningún otro osara moverse; así comieron todos a gusto del amo, en tanto que el castigado tocaba el organillo más o menos aprisa, más o menos alegremente, pero sin cesar un instante.

CAPÍTULO XVIII

Nell se decide a huir

Antes de que terminara la cena, llegaron a la hostería dos viajeros más buscando albergue. Habían caminado algunas horas y estaban calados de agua. Uno de ellos era propietario de un gigante y de una dama sin brazos ni piernas, que habían seguido adelante en un carromato; el otro era un caballero silencioso, que se ganaba la vida haciendo jugarretas con cartas y juegos de manos. El primero se llamaba Vulfin y el segundo respondía al apodo de Dulce Guillermo, apodo debido seguramente a la horrorosa expresión de su semblante. El posadero se apresuró a instalarlos y poco después se encontraban ya a sus anchas entre los demás huéspedes de la hostería.

—¿Cómo está el gigante? —preguntó Short cuando, acabada la cena, empezaron a fumar.

—Tiene ya las piernas flojas y cuando a un gigante le flojean las piernas, la gente no se preocupa de él.

—¿Para qué sirven después los gigantes viejos? —volvió a preguntar Short.

—Suelen quedarse en las compañías para cuidar de los enanos —repuso Vulfin.

—Debe de ser caro mantenerlos cuando no ganan nada.

—Sí, pero es mejor mantenerlos que despedirlos y que mendiguen. Si fuera un espectáculo corriente ver gigantes, ¿de qué serviría enseñarlos en las ferias?

—Verdaderamente —repuso Short.

—Después de todo, ellos prefieren quedarse con la compañía, y tener alojamiento y comida siempre, mejor que buscarse la vida de otro modo —añadió Vulfin—. Hará cosa de un año que uno, negro por cierto, dejó la compañía y se dedicó a llevar anuncios por Londres; esa vida no le sentaba bien y terminó muriéndose.

El dueño de los perros se mezcló en la conversación, diciendo que le recordaba y que le había conocido.

—Ya lo sé, Jerry —dijo Vulfin con intención—. Ya sé que te acuerdas y que la opinión general fue que le estaba bien empleado, porque estaba arruinándonos.

—¿Y qué hacen con los enanos cuando son viejos? —preguntó el hostelero.

—Un enano vale más cuanto más viejo es. Un enano con el cabello cano y la cara llena de arrugas no infunde sospechas de ninguna clase,

pero un gigante que tiene las piernas flojas y se tambalea, es mejor tenerlo oculto y que nadie lo vea, porque es un descrédito.

Mientras Vulfin y sus dos amigos mantenían esta conversación cerca de la chimenea, el caballero, silencioso y sentado en un rincón, practicaba sus juegos sin preocuparse de las demás personas que allí había, las cuales, por su parte, ni siquiera se fijaban en él. La pobre Nell, cansada con los episodios de aquel día, pudo persuadir al fin a su abuelo para que fueran a acostarse. Así, pues, se retiraron, dejando a la compañía reunida cerca del fuego y a los perros dormidos profundamente cerca de su amo.

Después de dar las buenas noches a su abuelo, la niña se retiró a su cuarto; pero apenas había cerrado la puerta, cuando sintió unos golpecitos: la abrió y se quedó sorprendida al ver a Thomas Codlin, al cual había dejado abajo, dormido al parecer.

—¿Qué ocurre? —preguntó Nell.

—Nada, hija mía —repuso Codlin—. Soy amigo tuyo, aunque tú tal vez no lo creas. Tu amigo soy yo, y no el otro.

—¿Qué otro? —preguntó la niña.

—Short, hija mía. Yo soy quien te quiere; yo soy franco, aunque no lo parezca.

Nell empezó a alarmarse, pensando que Codlin hablaba influido por la cerveza, y no supo qué contestar.

—Toma mi consejo —dijo Codlin— y no me preguntes por qué, pero síguelo. Mientras vengáis con nosotros, consérvate siempre lo más cerca posible de mí. Procura no separarte de nosotros y di siempre que soy tu amigo. ¿Tendrás presente todo esto y dirás siempre que soy tu amigo?

—¿Dónde tengo que decirlo y cuándo? —murmuró inocentemente la niña.

—En ningún sitio determinado; únicamente lo digo porque quiero que tengas la seguridad de que es verdad lo que te digo. No puedes comprender cuánto me intereso por ti y por el pobre señor anciano. Me parece que hay movimiento abajo. No digas nada a Short de lo que hemos hablado. Dios te guarde. Acuérdate de que Codlin es tu amigo y no Short.

Afirmando estas palabras con tono afectuoso y miradas protectoras, Thomas Codlin se marchó de puntillas, dejando a la niña muy sorprendida. Todavía estaba la niña recapacitando sobre tan extraña conducta, cuando oyó pasos otra vez de alguien que titubeaba en el pasillo y que al fin llamó a su puerta.

—¿Quién es? —preguntó Nell desde dentro.

—Soy yo, Short —dijo una voz junto al agujero de la llave—. Quiero decirte que tenemos que marchar mañana muy temprano, porque si no llegamos a los pueblos de tránsito antes que el de los perros y el jugador

de manos, no sacaremos nada. ¿Os levantaréis temprano para venir con nosotros? Ya te despertaré yo.

La niña respondió afirmativamente y oyó que se retiraba. El interés de aquellos hombres la puso en cuidado; tanto más, cuanto que recordaba haberlos visto hablar en voz baja en la cocina y su confusión cuando ella despertó. Como su fatiga era mayor que su cuidado, se durmió apenas se acostó, a pesar de su preocupación.

Short cumplió su promesa y, despertando a la niña con un golpe dado en la puerta, le rogó que se apresurara. Saltó, en efecto, del lecho y llamó al anciano tan eficazmente que ambos estuvieron listos casi antes que el mismo Short, cosa que produjo a éste gran alegría.

Después de un ligero desayuno se despidieron del posadero y abandonaron la Hostería de los Areneros. La mañana era hermosa y templada; el aire, agradable y suave, y los campos, llenos de verdura y de aromáticos perfumes, convidaban a pasear.

La niña encontró la conducta de Codlin muy diferente de la del día anterior, pues apenas se separaba de su lado, excitándola continuamente a confiar en él y no en Short. Ésta y otras observaciones ponían más y más en cuidado a la pobre niña.

Al fin, tras un penoso día, llegaron de noche a la ciudad donde debían verificarse las carreras de caballos. Allí todo era tumulto y confusión; las calles estaban llenas de gente, había una inmensa multitud de forasteros, las campanas habían sido echadas a vuelo y se veían banderas en todos los balcones y tejados.

En las posadas y fondas los criados tropezaban unos con otros; los coches y caballos no cabían en las cuadras y estaban en la calle; y el olor de las comidas producía un vapor caliente y molesto. Borrachos, vagabundos y toda clase de gente pululaba por todas partes.

En el real de la feria, mucha gente trabajaba plantando tiendas y pabellones a la luz de cabos de velas y hogueras medio encendidas, donde hervían pucheros y cafeteras; pero allí, al menos, se respiraba aire más puro y la niña se animó un poco. Después de una escasa cena, Nell y su abuelo se tendieron en un rincón de una barraca y se durmieron profundamente, a pesar del ruido que hubo toda la noche.

Ya llegaba la hora en que tenían que mendigar. La niña sólo tenía algunos céntimos para comprar pan aquella mañana; apenas despertó, salió de la barraca y fue a los campos cercanos a buscar flores para hacer algunos ramos que ofrecer después a las señoras. Al volver, y mientras hacía los ramos, despertó a su abuelo y, sentándose junto a él, le dijo en voz baja señalando a los dos hombres que dormían en otro ángulo de la tienda:

—Abuelo, no mires a esos hombres mientras te hablo y aparenta que escuchas solamente observaciones sobre el trabajo que estoy haciendo.

¿Te acuerdas de lo que me dijiste antes de salir de casa: que si supieran lo que íbamos a hacer creerían que estabas loco y nos separarían?

El abuelo la miró sorprendido, y la niña, suplicándole que no hiciera demostración alguna y que callara, prosiguió:

—Yo me acuerdo muy bien, abuelito: no es fácil que lo olvide. Pues bien, esos hombres sospechan que hemos huido de nuestra familia e intentan enviarnos allá tan pronto como puedan. Si tiemblas de ese modo, abuelo, no podremos escaparnos; esta vez, si estás tranquilo, podremos hacerlo fácilmente.

—¿Cómo? —murmuró el viejo—. ¿Cómo, querida Nell? —y añadió después—: ¿Quieren encerrarme en un cuarto frío y triste y encadenarme allí? Me darán latigazos y no me permitirán verte más, Nell.

—Otra vez estás temblando, abuelo. No te separes de mí en todo el día; no te preocupes, ni te importen esos hombres: está atento de mí únicamente, que ya encontraré yo ocasión de escaparnos. Y cuando llegue el momento, ¡cuidado con que te pares o hables palabra, y no me sigas inmediatamente! Eso es todo lo que tenía que decirte.

—¡Hola!, ¿qué estás haciendo, querida? —dijo Codlin levantándose a medias y bostezando, y después, viendo que Short dormía, añadió en un murmullo—: Acuérdate de que tu amigo es Codlin y no Short.

—Estoy haciendo ramos —respondió la niña— para venderlos en estos tres días de feria. ¿Quiere usted uno como recuerdo?

Codlin quiso levantarse para tomarlo, pero la niña se lo puso en la mano y él a su vez se lo colocó en el ojal de la casaca.

Según fue adelantando la mañana, las tiendas y barracas fueron adquiriendo un aspecto más brillante. Una fila de coches se fue extendiendo por la planicie. Los hombres que habían estado en traje de faena o de diario aparecían con sedas y plumas, con ricas libreas o con trajes de labrador. Gitanillas de negros ojos envueltas en rameados pañuelos buscaban a quién decir la buenaventura, y mujeres pálidas, delgadas y con cara de tísicas seguían a los ventrílocuos y agoreros. Los chiquillos iban de una parte a otra, metiéndose en todo, hasta entre las patas de los caballos y las ruedas de los carruajes, saliendo ilesos por milagro. Los perros bailarines, los de los zancos, la mujer sin brazos ni piernas y el gigantón, y tantos otros espectáculos con innumerables organillos y músicas, salían de los rincones y agujeros donde habían pasado la noche, presentándose libre y descaradamente ante la luz del sol.

Short condujo a su gente a lo largo del real, tocando su trompeta e imitando la voz de Polichinela; Codlin, con la tienda a cuestas, como de costumbre, no quitaba ojo a Nell y a su abuelo, que se iban quedando algo rezagados. La niña llevaba al brazo su cestilla llena de flores y algunas veces se paraba, tímida y modesta, para ofrecerlas a algunas seño-

ras que ocupaban los carruajes; pero había allí tantos pobres que pedían descaradamente, gitanas que prometían esposos y otros mil pedigüeños, que aunque muchas señoras movían la cabeza sonriéndose y otras decían a los caballeros que las acompañaban: «¡Mira qué bonita cara!», todas dejaron que la niña pasara, sin pensar que estaba cansada y desfallecida.

Solamente una señora pareció comprender a la niña: una que estaba sentada sola en un lujoso carruaje, del cual habían bajado dos jóvenes que hablaban y reían en alta voz a poca distancia, pareciendo no acordarse para nada de la señora. Ésta rechazó a una gitana que pretendía camelarla, llamó a la niña y, pidiéndole las flores, le entregó una moneda.

Muchas veces pasaron el abuelo y la niña por entre las interminables filas de coches, y muchas también funcionó Polichinela; pero los ojos de Thomas Codlin no se apartaron de la niña, a la cual le hubiera sido imposible escapar a su vigilancia.

Bien avanzado el día, Codlin colocó su tienda en un sitio conveniente. Pronto se reunieron numerosísimos espectadores, que se quedaron completamente absortos con el espectáculo. La niña y el viejo, sentados detrás del teatrillo, meditaban sobre lo que veían, cuando una fuerte risotada causada por alguna salida extemporánea de Short aludiendo a las circunstancias del día la sacó de su meditación, haciendo que se fijara en lo que ocurría a su alrededor.

Si habían de escaparse, aquél era el momento crítico. Short representaba vigorosamente una defensa golpeando a los muñecos, en la furia del combate, contra las paredes de la tienda; la gente miraba embobada y Codlin se reía huraño al advertir desde su sitio que algunas manos, introduciéndose en los bolsillos de otros, sacaban chelines y medios chelines, y los pasaban a los suyos. Aquél era el momento preciso de escapar sin ser vistos; entonces o nunca: lo aprovecharon y huyeron.

Metiéndose entre los carruajes y los grupos de gente, no pararon un solo momento para mirar atrás, y sin hacer caso de los que mandaban detener de cuando en cuando todo movimiento, llegaron con precipitado paso hasta la falda de una colina, tras la cual se encontraron en campo raso.

CAPÍTULO XIX

Kit otra vez

Día tras día, cuando Kit volvía a su casa cansado de buscar inútilmente alguna ocupación, alzaba los ojos hasta la ventana del cuartito que tanto había recomendado a Nell, esperando ver algo que indicara su presencia allí. Su deseo y la promesa de Quilp le hacían creer que iría a

pedirle asilo bajo el humilde techo que él habitaba, y de la desilusión de cada día brotaba una nueva esperanza para el siguiente.

—Creo que vendrán mañana seguramente, madre —decía Kit colgando su sombrero con aire abatido y suspirando al hablar—. Hace una semana que se fueron; seguramente, no pueden estar fuera más que una semana. ¿Eh, madre?

La madre movía la cabeza y recordaba a su hijo que hacía varios días que decía lo mismo y que, sin embargo, no venían.

—Dices la verdad, madre, como siempre; pero me parece que una semana es bastante para andar errantes, ¿no te parece?

—Demasiado, Kit, demasiado. Pero eso no quiere decir que hayan de volver necesariamente.

Kit se sintió dispuesto a enfadarse por esta contradicción; tanto más, cuanto que ya había pensado en ello y comprendía que su madre tenía razón. Pero el impulso fue momentáneo y enseguida se disipó su mal humor.

—¿Qué habrá sido de ellos, madre? No creerás que han ido hasta el mar.

—No, seguramente no habrán ido a ser marineros —dijo la madre con una sonrisa—; pero no dejo de pensar que pueden haber embarcado para irse al extranjero.

—¡No digas eso, madre! —prosiguió Kit con tono de súplica.

—Temo que ésa sea la verdad, hijo mío. Todos los vecinos lo creen así; algunos hasta saben quién los ha visto a bordo de un buque y podrían decirte el nombre del pueblo adonde han ido; cosa que yo no puedo, porque es muy difícil...

—No creo eso —replicó Kit—, no creo una sola palabra. Son un atajo de charlatanes. ¿Cómo pueden saber eso?

—Claro está que pueden equivocarse —añadió la madre—, pero yo me inclino a creerlo, porque dicen que el pobre tenía algunos ahorros en algún sitio ignorado de todos, hasta de ese hombre tan horroroso de que tú me hablas, ese que creo se llama Quilp, y que él y la niña se han ido a vivir lejos para que no se los quiten ni los molesten. Esa versión me parece bastante verosímil y digna de crédito.

Kit se rascó la cabeza apesadumbrado pero admitió que era así y fue a buscar la jaula para limpiarla y poner comida al pajarillo. Su mente fue dando vueltas, hasta que se fijó repentinamente en el caballero que le había dado un chelín y recordó que aquél era el día en que le había dicho que estuviera en el mismo sitio, y era ya casi la hora indicada. Apenas si tuvo tiempo de colgar la jaula, explicar el asunto a su madre y echar a correr precipitadamente al sitio indicado, que estaba muy lejos de su

casa. Al llegar allí, comprendió que llegaba con tiempo y se reclinó sobre un poste, esperando que aparecieran el caballero y el carruaje.

Antes de que transcurrieran unos minutos se dejó sentir un ruido de ruedas y apareció el coche con el caballero y la señora, y un ramo semejante al del día anterior. Al llegar a unos veinte pasos de la casa del notario, la jaca, engañada seguramente por una placa de acero indicadora de que allí vivía un sastre, igual a la del notario, se paró negándose a seguir, a pesar de los esfuerzos del caballero para hacerle ir adelante. Comprendiendo la inutilidad de sus arengas al animal, el caballero se bajó. En aquel instante la jaca echó a correr, sin dar tiempo a que bajara la señora, y fue a pararse delante de la casa del notario.

Kit se presentó entonces junto al animal y saludó sonriendo.

—Éste es un buen muchacho, digno de confianza, querida —dijo el anciano a su mujer, y saludándole afectuosamente, entraron en la casa, dejándole al cuidado del coche.

A poco, el señor Witherden, oliendo el ramo con insistencia, se aproximó a la ventana y le miró; después se asomó Abel y le miró también; luego aparecieron la señora y el caballero, y también miraron, y después volvieron todos otra vez y le miraron de nuevo, cosa que preocupó mucho a Kit, aunque procuró dar a entender que no lo había observado, distraído como parecía al estar acariciando a la jaca.

No hacía mucho que habían desaparecido los señores de la ventana, cuando salió Chuckster a la calle y, acercándose al muchacho, le dijo que los señores Garland le llamaban y que él cuidaría del coche mientras entraba.

Kit entró confuso en la oficina del notario, porque no tenía costumbre de estar entre personas extrañas y porque los armarios y rollos de papeles llenos de polvo le infundían gran respeto. Además, el notario era un caballero que hablaba fuerte y aprisa y le miraba fijamente; ¡a él, que llevaba un traje tan usado!

—¡Bien, muchacho! —dijo el señor Witherden—, vienes a acabar de ganarte aquel chelín, no otro, ¿eh?

—Sí, señor —dijo Kit, atreviéndose a levantar los ojos—, nunca pensé otra cosa.

—¿Vive tu padre? —preguntó el notario.

—No, señor, murió el año pasado.

—¿Y tu madre?

—Sí, señor, vive.

—¿Se ha vuelto a casar?

Kit respondió, no sin cierta indignación, que su madre era viuda con tres hijos, y que si el señor la conociera, no se le ocurriría que pudiera casarse otra vez. Al oír esta respuesta, el notario volvió a meter la nariz

en el ramo y murmuró al oído del anciano Garland que el muchacho era todo lo honrado que podía esperarse.

—Ahora —dijo éste después de hacer al muchacho algunas preguntas más— no voy a darte nada.

—Muchas gracias, señor —respondió Kit satisfecho, porque este anuncio le libraba, al parecer, de las sospechas del notario.

—Pero —continuó el anciano— tal vez necesite saber algo más de ti; así, pues, dame tus señas y las apuntaré en mi libro de notas.

Kit dijo dónde vivía y el caballero lo apuntó con lápiz. Apenas si había acabado, cuando se sintió un ruido en la calle y la señora corrió a la ventana, de donde volvió enseguida diciendo que la jaca había salido corriendo. Entonces Kit salió apresuradamente para detenerla y todos los demás le siguieron.

Parece que el señor Chuckster había estado parado en la calle, con las manos metidas en los bolsillos, gritando sin cesar a la jaca: «quieta», «so», «para», y otras cosas por el estilo, que fueron bastante para sacar de sus casillas a una jaca tan indómita.

Sin embargo, como no era mala de condición, se paró pronto y sin ayuda de nadie volvió sobre sus pasos, y se acercó a la casa, con gran admiración de todos los curiosos.

La señora subió al coche y Abel (que era a quien habían ido a buscar) ocupó su asiento, en tanto que el anciano tomó las riendas, y despidiéndose del notario y su ayudante, emprendieron la vuelta, no sin saludar cariñosamente a Kit, que los miraba parado en la calle.

CAPÍTULO XX

Diplomacia de Quilp

Kit se olvidó pronto de la jaca, del coche, de la señora, del caballero y de todo, excepto de su antiguo amo y de la señorita Nell, objeto primordial siempre de sus meditaciones. Pensando dónde podrían estar, buscando excusas para disculpar su ausencia y persuadiéndose a sí mismo de que pronto volverían, emprendió el regreso a su casa para continuar la tarea interrumpida y salir después una vez más a buscar trabajo.

Apenas llegó a la calle donde vivía, divisó otra vez a la jaca, más terca y juguetona que nunca, y al joven Abel, sentado en el coche cuidando de ella.

Aunque vio el coche, no pensó un momento en que podrían estar en su casa, hasta que, abriendo la puerta, los vio en conversación con su madre. Ante aquella inesperada visita, se quitó la gorra y saludó lo mejor que pudo, dada su confusión.

—Hemos llegado antes que tú, Christopher —dijo el señor Garland sonriendo.

—Ya lo veo, señor —murmuró Kit mirando a su madre como para pedirle una explicación de aquella visita.

—Este caballero es tan amable —respondió la madre a la muda interrogación de su hijo— que se ha molestado en venir a saber si estabas empleado y si tenías una colocación buena, y cuando le he dicho que no tienes colocación alguna, ni buena ni mala, ha sido tan bueno que...

—Necesitamos un muchacho joven en casa —dijeron a un tiempo ambos esposos—, y tal vez tú reúnas las condiciones que necesitamos.

Y empezaron a hacer tantas preguntas, que Kit perdió la lisonjera esperanza que había acariciado momentos antes.

—Como usted comprenderá, buena mujer, tenemos que ser cautos en un asunto como éste, porque somos únicamente tres en la familia, y gente muy tranquila; así que tendríamos un disgusto si después vemos que las cosas son distintas de lo que habíamos creído al principio.

La madre de Kit respondió a esto que tenía razón y encomió a su hijo, diciendo únicamente la verdad y relatando toda la historia de su difunto padre.

Cuando la madre acabó de hablar, la señora dijo que todo lo que veía y oía merecía su aprobación. Preguntando después acerca del guardarropa de Kit, le dio una cierta cantidad para hacer las reparaciones necesarias y terminaron estipulando que Kit quedaba a su servicio con el sueldo anual de seis libras esterlinas; ítem más: casa y comida en la Granja Abel, en Finchley.

Kit dio palabra de estar en su nueva casa dos días después por la mañana, y el anciano matrimonio, después de dar media corona a cada uno de los pequeñuelos, se despidió, subiendo al carruaje con el corazón satisfecho por su buena obra.

—Madre —dijo Kit entrando en la casa después de ayudar a subir al coche a sus amos—, creo que he hecho mi suerte.

—Así lo creo, hijo mío. ¡Seis libras al año!

—Tendrás un traje de señora para los domingos, madre; Jacobo y el pequeñín podrán ir al colegio. ¡Seis libras al año, madre!

—¡Hum! ¡Hum! —gruñó una voz desconocida—. ¿Qué es eso de seis libras al año? —Y Daniel Quilp apareció en la habitación, con Richard Swiveller pisándole los talones.

—¿Quién es el que iba a darte seis libras al año? —preguntó Quilp mirando fijamente por todos los rincones—. ¿Lo decía del viejo o de Nell? ¿Dónde están? ¿Por qué iban a darle ese dinero?

La buena mujer, alarmada ante la inesperada aparición de aquel monstruo, sacó al niño de la cuna y se escondió en el último rincón del

cuarto. Jacobo, sentado en su silla, le miraba fascinado, lloriqueando y gritando de miedo, y Quilp, con las manos metidas en los bolsillos, sonreía gozoso viendo la conmoción que había producido.

—No se asuste usted, señora —dijo al cabo de un rato—. Ya me conoce su hijo y sabe que no me como a nadie. Sería conveniente que se callara ese nene, no sea que se me ocurra a mí callarle. ¡Vamos, caballerito; a callar!

El pequeño Jacobo, aterrorizado, calló instantáneamente.

—¡Cuidadito con que te oiga, granuja! —dijo Quilp mirándole fijamente—. Y tú —añadió dirigiéndose a Kit—, ¿por qué no has ido a verme, como prometiste?

—¿Para qué había de ir? No tenía ningún asunto que tratar con usted.

—Oiga usted, señora —preguntó de nuevo a la madre—: ¿Cuándo ha venido el viejo: o ha enviado un recado? ¡Por última vez! ¿Está aquí? Y si no está, ¿adónde ha ido?

—No ha estado aquí, señor —respondió la buena mujer—. ¡Ojalá supiéramos dónde están, porque así estaríamos más tranquilos! Si usted es el señor Quilp, usted debe de saberlo, y eso es lo que hoy precisamente decía yo a mi hijo.

—¿Y eso es lo que dice usted también a este caballero? —preguntó Quilp contrariado señalando a Swiveller.

—Si ese caballero viene a hacer la misma pregunta, no puedo decirle otra cosa, señor, y sólo añadiré que ojalá pudiera.

Quilp había encontrado a Dick en la puerta de aquella casa y supuso que iba a hacer las mismas indagaciones que él. Al contestar Richard afirmativamente, comprendió que tenía alguna razón oculta para aquella visita y para la gran contrariedad que pareció experimentar, y determinó averiguarla. Apenas adoptó esta resolución, revistió su semblante de toda la honrada sinceridad de que era capaz y procuró simpatizar con Dick.

—Me contraría mucho esto —dijo—, pero únicamente por mi amistad e interés por ellos. Comprendo que usted tiene razones más importantes y que esta contrariedad le molesta mucho más que a mí.

—Así es —murmuró Richard.

—Lo siento mucho, mucho —prosiguió el enano—. Pero ya que somos compañeros en la adversidad, debemos serlo también en el modo de olvidar. Si usted no tiene asuntos especiales que reclamen su presencia en otro sitio, véngase conmigo: fumaremos y beberemos un delicioso licor en un restaurante cercano, a cuyo dueño aprecio mucho.

Swiveller no se hizo rogar y pronto estuvieron sentados en una taberna de aspecto desagradable y de paredes ennegrecidas por el humo de las fábricas vecinas, junto a una mesa sobre la cual había vasos y un jarro lleno de licor, que el enano calificaba de delicioso.

Echándolo en los vasos con la seguridad de una mano práctica, y mez-clándolo con una tercera parte de agua, Quilp sirvió su parte a Richard Swiveller, encendió su pipa en una bujía, se arrellanó en su silla y empezó a echar humo.

—Es bueno, ¿eh? —dijo, viendo que Richard se limpiaba los la-bios—. ¡Le lloran los ojos, hace usted gestos y no puede respirar! Es bueno, ¿eh?

—¿Bueno? —gritó Dick tirando lo que le quedaba del contenido del vaso y llenándolo de agua—. ¿Usted no querrá hacerme creer que bebe ese veneno?

—¿Que no? —repuso Quilp—. ¡No beberlo! Mire, mire; mire otra vez. ¡No beberlo!

Y se echó al coleto tres vasos seguidos de aquel espirituoso brebaje. Luego, haciendo una mueca horrorosa, chupó su pipa dos o tres veces y, tragándose el humo, volvió a arrojarlo por la nariz en densa nube. Des-pués de este hecho heroico, se acomodó en la posición que antes tenía, riendo a carcajadas.

—¡Hagamos un brindis! —exclamó Quilp ejecutando una escala so-bre la mesa—. Brindemos por alguna mujer, por alguna belleza, y vacie-mos los vasos hasta la última gota. ¡Venga su nombre!

—¿Nombre? —dijo Dick—. El de Sophy Wackles.

—¿Sophy Wackles? —gritó el enano—. ¿La señora Sophy Wackles, que será algún día la señora de Swiveller? ¡Ja, ja, ja!

—Eso se podía decir hace algunas semanas —respondió Dick—; pero no ahora. Va a inmolarse en el altar de Cheggs.

—¡Envenenaremos a Cheggs; le cortaremos las orejas! Su nombre tiene que ser Swiveller o ninguno. Brindaré otra vez por ella, y por su madre, y por su padre, por sus hermanas y hermano, por toda la gloriosa familia de Wackles. ¡Brindo por todos los Wackles! ¡Arriba; hasta las heces!

—Es usted un hombre muy alegre —dijo Richard parándose en el momento de llevarse el vaso a los labios y mirando estupefacto al ena-no—. Es usted muy alegre, pero entre todos los hombres alegres que he conocido, no he encontrado uno que pueda igualarse a usted en las peculiaridades y rarezas.

Esta cándida declaración aumentó las excentricidades de Quilp.

Richard, bebiendo, aunque sólo fuera por hacerle compañía, empezó sin darse cuenta a hacerle sus confidencias, y Quilp estuvo pronto en el secreto del plan que habían ideado Richard y Fred Trent.

—¡Eso es, eso es! —gritó Quilp—. Cuente usted con mi amistad desde este momento.

—Pero, ¿cree usted que aún hay probabilidades? —dijo Dick, sorprendido por las frases del enano.

—¿Probabilidades? —repuso éste—. Certidumbre es lo que hay; Sophy Wackles será señora de Cheggs o de quien quiera, pero no de Swiveller. ¡Mortal afortunado! Ese viejo es más rico que Rostchild. Ya veo en usted el esposo de Nell Trent, nadando en oro y plata. Cuente usted con mi ayuda para conseguirlo y lo conseguirá.

—Pero ¿cómo? —murmuró Dick.

—Hay tiempo de sobra para arreglar los detalles. Ya hablaremos despacio. Llene usted su vaso y bebamos.

El enano gozaba lo indecible pensando que aquella sería su mejor venganza y que, una vez casados, él mismo diría a Nell y a su abuelo la alhaja que tenía por marido y lo mucho que él había trabajado para proporcionársela.

CAPÍTULO XXI

Bárbara

Los dos días anteriores a aquel en que Kit debía ir a casa de sus nuevos amos, fueron de gran trabajo y preocupación para su familia. No sabemos si habrá habido algún baúl que se haya abierto y cerrado tantas veces en veinticuatro horas como el que contenía el equipo de Kit. Al fin se entregó el baúl a un carretero y ya no quedó otra cosa en qué pensar sino en dos puntos capitales: primero, si el carretero perdería el baúl, y segundo, si la madre de Kit sabría cuidar de sí misma mientras su hijo estuviera ausente.

—Vamos a ver cómo te mantienes alegre, madre, sin entristecerte porque yo no estoy en casa. Vendré a verte siempre que pueda y te escribiré con frecuencia. Cada trimestre, cuando me paguen, pediré un día de salida; entonces llevaremos a Jacobito a alguna diversión y entablará conocimiento con las ostras.

Kit reía alegremente, y como la risa es contagiosa, la madre, que hasta allí había estado grave y seria, empezó a sonreírse y pronto reía como Kit. Al ruido de la risa, despertó el pequeñuelo, que figurándose que había entre manos algo muy agradable, se puso también a reír y palmotear.

Después de tanta risa, llegó ese período que todos los jóvenes que salen a viajar alguna vez conservan en la mente: besos, abrazos y lágrimas, y Kit, a la mañana siguiente muy temprano, salió «pian pianito» para llegar a buena hora a Finchley. Debemos decir, por si alguien tiene curiosidad por saberlo, que no llevaba librea y que iba vestido con un terno de mezclilla y un chaleco color de canario, botas nuevas y lustrosas

y un sombrero tieso y brillante, que si se tocaba con los nudillos, sonaba como un tambor. En este atavío, maravillándose de que nadie se fijara en él, circunstancia que atribuía a la indiferencia de los que madrugan, llegó a Finchley.

Sin ningún acontecimiento digno de mención en el camino, llegó Kit a casa del carretero, donde, como prueba de honradez, encontró su baúl intacto y, cargándoselo a la espalda, echó a andar en dirección a la granja Abel.

Ésta era una casita preciosa y de un estilo muy original: a un extremo había un establo lo suficientemente grande para la jaca, con un cuartito encima para Kit; pájaros en bonitas jaulas y blancas cortinas adornaban las ventanas; en el jardín había muchísimas flores que perfumaban el aire con su penetrante aroma y alegraban la vista con sus lindos colores y elegante distribución. Todo en aquella casa, lo mismo dentro que fuera, era perfecto en orden y limpieza, sin que hubiera nada, ni el más mínimo detalle, fuera de su sitio.

Kit miró y admiró repetidas veces todo lo que estaba a la vista antes de decidirse a llamar, pero aun así, tuvo tiempo suficiente por hacer las anteriores observaciones, porque, a pesar de llamar varias veces, nadie acudió a la puerta. Se sentó sobre el baúl, pensando en los castillos encantados, en las princesas reclusas, en los dragones y en tantos otros seres de parecida naturaleza que había leído en los cuentos de niños que se aparecen a los jóvenes cuando van a sitios desconocidos, y ya perdía la esperanza de que se abriera la puerta de uno u otro modo, cuando ésta se abrió silenciosamente y una criadita limpia, modesta, muy arregladita y muy linda, apareció ante Kit diciéndole:

—¿Supongo que usted es Christopher?

Kit respondió, levantándose, que efectivamente era él; a lo que la joven añadió:

—Temo que habrá usted tenido que llamar varias veces, pero no podíamos oír porque estábamos recogiendo la jaca.

Kit pensó en lo que aquello significaría, pero como no podía detenerse a hacer preguntas allí, alzó de nuevo el baúl y siguió a la criada hasta la casa, donde pudo ver, por una puerta trasera, al señor Garland llevando en triunfo a la jaca, que (según luego supo) había traído revuelta a toda la familia por espacio de hora y media.

Tanto la señora como su esposo quedaron encantados del aspecto de Kit y le recibieron cariñosamente. Le llevaron al establo y a su cuarto, donde vio que todo era limpio y cómodo, como en el resto de la casa; después, al jardín, donde su amo le dijo que le enseñaría a cuidarlo y que se portaría bien con él si le daba gusto. Una vez que el señor Garland hubo dicho todo cuanto tenía que decir sobre consejos y advertencias,

y Kit hecho lo mismo sobre su gratitud y buena voluntad, la señora le tomó por su cuenta y, llamando a la criadita, cuyo nombre era Bárbara, le dio instrucciones para que le llevara a la cocina y le diera algo de comer y de beber.

Bajaron a la cocina, una cocina semejante únicamente a las que Kit había visto en las tiendas de juguetes (tan limpio y ordenado estaba todo), y allí Bárbara le sirvió, sobre una mesa tan blanca como si tuviera mantel, fiambre, pan y cerveza.

La presencia de Bárbara era un obstáculo para que Kit comiera con libertad y, sin embargo, no había en ella nada que impusiera. Era una muchachita que se ruborizaba con facilidad y que estaba tan cortada y tan sin saber qué decir o hacer como el mismo Kit.

Al cabo de un rato que éste había estado sentado, con los ojos fijos en la péndola del reloj, se le ocurrió mirar a un aparador, y allí, entre los platos y fuentes, vio el costurero y el devocionario de Bárbara. El espejito de Bárbara estaba colgado cerca de la ventana, y de un clavo detrás de la puerta pendía el sombrero de Bárbara. Después de fijarse en aquellos mudos testigos de la constante presencia de la joven en aquel lugar, sus ojos buscaron a la joven Bárbara, que, tan muda como ellos, desgranaba guisantes en un rincón, y precisamente cuando Kit admiraba sus pestañas pensando en la sencillez de su corazón de qué color serían sus ojos, ocurrió que Bárbara levantó la cabeza para mirarle y, repentinamente, ambos pares de ojos se bajaron con precipitación, mutuamente confundidos por haberse encontrado.

CAPÍTULO XXII

Un pacto

Richard Swiveller, volviendo a su casa desde el *desierto* (que tal puede llamarse al delicioso retiro escogido por Quilp) de ese estado que los hombres mal pensados consideran como símbolo de intoxicación, empezó a pensar que quizá había obrado mal haciendo a Quilp ciertas confidencias y que tal vez no era de la clase de personas a quien se pueden confiar secretos tan delicados. Dominado más y más por la borrachera, tiró al suelo su sombrero, gritando que era un desgraciado huérfano, y que si no lo hubiera sido, jamás habrían llegado las cosas a aquel estado.

—Pues déjeme usted ser su padre —dijo alguien a su lado.

Swiveller se volvió al oír aquella voz y, después de mucha observación, se hizo cargo de que la persona que le hablaba era Quilp; Quilp, que en realidad había ido junto a él todo el camino, pero a quien Dick tenía una vaga idea de haber dejado atrás hacía mucho tiempo.

—Usted ha engañado miserablemente a un pobre huérfano —dijo Swiveller solemnemente.

—¡Yo! Yo soy tu segundo padre —replicó Quilp.

—¡Usted mi padre! —exclamó Dick—. En mi sano juicio, suplico a usted que me deje solo al momento.

—¡Qué particular se ha vuelto! —dijo Quilp.

—¡Váyase, váyase! —volvió a decir Dick arrimándose a un poste y haciendo señas de despedida—. ¡Váyase usted, embustero! Algún día puede ser que sepa usted lo que es el dolor de un huérfano abandonado. ¿Se va usted o no?

El enano no hizo caso alguno de estas imprecaciones y Swiveller se adelantó con ánimo de propinarle un castigo, pero cambiando de propósito, o tal vez pensándolo mejor, le tomó una mano y le juró amistad eterna, declarando que de allí en adelante serían hermanos en todo. Volvió a decir sus secretos en alta voz, poniéndose muy triste al hablar de Nell y haciendo notar a Quilp que la causa de cuantas incoherencias pudieran observarse en su conversación era su gran afecto por ella y no el vino ni ningún otro líquido fermentado. Después, agarrándolo amigablemente del brazo, se marcharon en amor y compañía.

—Soy astuto como una zorra y fino como el coral —dijo Quilp cuando se despidieron—. Tráigame a Trent, asegurándole que soy su amigo, porque creo que desconfía algo de mí, y ustedes dos tendrán hecha su fortuna... en perspectiva.

—Eso es lo malo —repuso Dick—. La fortuna en perspectiva tarda tanto en ser real...

—Pero siempre resulta mayor de lo que parecía —dijo Quilp, oprimiéndole el brazo—. Usted no puede concebir la magnitud de esta fortuna mientras no la tenga en las manos.

—¿Cree usted que no? —preguntó Dick.

—No, estoy seguro de lo que digo —añadió el enano—. No olvide traerme a Trent, soy su amigo. ¿Por qué no he de serlo?

—No hay razón para que no lo sea usted, verdaderamente, y tal vez haya muchas para que lo sea; al menos, no hay nada de extraño en que quiera usted ser su amigo.

Con esto se separaron. Swiveller tomó el camino de su casa para dormir la borrachera y Quilp el de la suya, para dar rienda suelta a su alegría por el descubrimiento que acababa de hacer y por los sucesos que veía desarrollarse en perspectiva.

A la mañana siguiente Dick fue a ver a Fred y le contó en detalle lo que había pasado entre él y Quilp; historia que Trent oyó haciendo grandes comentarios sobre las locuras de Richard y sobre los probables motivos de la conducta de Quilp, que por cierto le sorprendía bastante,

sin poder comprender, por mucho que cavilaba, el interés del enano en el plan de ambos amigos.

Después de reflexionar todo el día sobre este asunto, consintió en acompañar a Dick por la noche a la casa del enano, el cual se mostró muy satisfecho de verle, y con extraordinaria cortesía les dijo si querían acompañarle a tomar ron.

—Creo que hace cerca de dos años que nos conocemos —dijo el enano.

—Casi tres, si no recuerdo mal —añadió Fred.

—Parece que fue ayer cuando embarcó usted para Demerara en La Mariana —continuó Quilp—. Me gusta el desorden; yo mismo fui algo desordenado hace algún tiempo.

Quilp acompañó estas frases con horrorosos gestos indicadores de antiguos correteos y calaveradas, que indignaron a la señora Jiniwin, la cual asistía a la visita con su hija, y que se creyó obligada a decir a su yerno que no debía hacer tales confesiones en presencia de su mujer. Quilp, sorprendido por tal atrevimiento, la miró con insistencia y después, empinando el vaso, bebió ceremoniosamente a su salud.

- Siempre creí que volvería usted inmediatamente, Fred —dijo Quilp dejando el vaso— ; así es que al regreso de La Mariana, no me extrañó nada encontrarme con usted, en vez de una carta diciendo que estaba arrepentido y contento en la colocación que se le había ofrecido, y me divertí mucho, mucho, con la gracia.

El joven sonrió forzadamente, manifestando que aquel tema no le era muy agradable; mas precisamente por eso Quilp prosiguió dándole vueltas al mismo asunto y añadió:

—Diré siempre que cuando una persona rica tiene dos parientes, hermano y hermana, o viceversa, que dependen de ella y adopta a uno rechazando al otro, hace mal.

El joven hizo un movimiento de impaciencia, pero Quilp prosiguió con tanta calma como si discutiera algún asunto de interés general que no afectara a ninguno de los presentes.

—Es verdad que su abuelo se fundaba en ingratitudes y extravagancias, en que le había perdonado ya repetidas veces y en cosas por el estilo, pero yo le decía que ésas eran faltas corrientes y que muchos nobles y caballeros son también unos perdidos: no quiso, sin embargo, hacerme caso y continuó siempre en su obstinación. La pequeña Nell es una niña encantadora, pero usted es su hermano, Fred; usted es su hermano a pesar de todo y el viejo no puede evitarlo.

—Lo evitaría si pudiera —añadió Fred—; pero como no podemos arreglarlo, por mucho que hablemos, lo mejor será dejar ese asunto.

—Conforme —murmuró Quilp—; yo lo he iniciado con la sola idea de demostrar a usted que soy su amigo y que siempre lo fui, aunque usted no lo crea así. Toda la frialdad ha estado de su parte, Fred; déme la mano y seamos amigos siempre.

El joven, tras un momento de vacilación, alargó su mano al enano, que la apretó un momento entre las suyas fuertemente. Una mirada que el enano dirigió al inocente Richard hizo comprender a Fred que se había hecho cargo perfectamente de la posición relativa a cada uno de ellos y determinó aprovechar su ayuda.

Quilp consideró prudente no hablar más sobre aquel asunto, a fin de que Richard no pudiera tomar algún cabo suelto que revelara al mismo tiempo a las mujeres algo que no debían saber, y propuso una partida de juego.

Jugando y bebiendo pasaron largo rato, hasta que el enano suplicó a su mujer que se retirara a descansar; la complaciente esposa salió acompañada de su madre, que estallaba de indignación. Swiveller se había dormido, y el enano, llevando a Trent al otro extremo del cuarto, sostuvo con él una conversación casi al oído.

—Es preciso decir solamente lo indispensable de nuestro digno amigo —dijo Quilp señalando al durmiente—. Es un pacto entre nosotros dos, Fred; en cuanto a éste deberá casarse con la preciosa Nell más adelante.

—Usted lleva algún fin, ¿verdad? —preguntó Fred.

—Por descontado, amigo —agregó Quilp, pensando cuán poco sospechaba Fred su verdadero intento—. Tal vez sean represalias; tal vez un capricho; pero tengo influencia bastante para favorecer y para perjudicar. ¿A qué platillo de la balanza me inclino?

—Al que me favorece —dijo Trent.

—Conforme, Fred —dijo Quilp alargando el brazo y abriendo y cerrando la mano como si soltara un gran peso—. La balanza se inclina a ese lado, pero pueden volverse las tornas; téngalo usted presente.

—¿Adónde pueden haber ido? —dijo Fred.

Quilp movió la cabeza, diciendo que era precisamente lo que hacía falta saber; pero que lo averiguaría con facilidad, y apenas lo supieran, empezarían a poner en práctica su plan, ganándose el afecto de la niña en poco tiempo; cosa no difícil, toda vez que creía pobre a su abuelo, el cual se lo había hecho creer así a los que le rodeaban.

—Yo lo he creído últimamente —dijo Trent.

—También pretendía que lo creyera yo. ¡Yo que sé lo rico que es! —añadió Quilp.

Después de algunas palabras más, volvieron junto a la mesa, y el joven, despertando a Richard, le dijo que era hora de irse. Ante tan agra-

dable noticia, Richard se levantó enseguida y, después de los cumplidos de reglamento, salieron a la calle.

Quilp, oculto en una ventana, escuchaba la conversación que ambos amigos sostenían al pasar, que por cierto era sobre la inocente esposa de Quilp y sobre el influjo maldito que podría haberla obligado a casarse con aquel monstruo miserable.

Ni Trent ni Quilp, al hacer el pacto, pensaron un momento en la felicidad de Nell o en su desgracia, y caso de pensar, se hubieran dicho que Swiveller no intentaba pegar ni matar a su mujer, sino que sería un marido bastante aceptable, después de todo.

CAPÍTULO XXIII

El maestro de escuela

Nell y su abuelo no se atrevieron a detener sus pasos al escapar del real de la feria, hasta que, de puro rendidos, no pudieron seguir adelante. Entonces se sentaron a descansar en un pequeño bosquecillo de árboles, ocultos a la vista de todos, pero oyendo el bullicio de voces, gritos y toque de tambores. Subiendo a la cima de un monte cercano, podían ver hasta las banderas y las blancas cortinillas de los puestos de la feria, pero nadie iba hacia ellos y podían descansar tranquilos.

Pasó algún tiempo antes de que la niña pudiera tranquilizar a su abuelo, que creía ver por todas partes, en las copas de los árboles, entre los arbustos, tras las montañas, gente que le perseguía. La idea de que querían encerrarlos en un sitio oscuro, separándole de Nell, le dominaba de tal modo que llegó a influir en el ánimo de la niña. El mayor mal que podía ocurrirle era que la separasen de su abuelo; y dominada por la idea de que, fueran a donde fueran, podían retenerlos y de que únicamente estarían seguros ocultándose, perdió el valor que la sostenía.

Esto no es extraño en una niña tan joven y tan poco acostumbrada a la vida que llevaban aquellos últimos días, pero la Naturaleza encierra a menudo en débiles pechos corazones nobles y esforzados; cuando la niña, mirando con ojos llorosos a su abuelo, vio lo abatido que estaba y que ella era su único apoyo, su corazón latió vigorosamente henchido de fuerza y de valor.

—Estamos a salvo, abuelo, y no tenemos nada que temer ya —le dijo animosamente.

—¡Nada que temer! —dijo el anciano—. ¡Nada que temer, si me separan de ti! No puedo fiarme de nadie, de nadie. ¡Ni siquiera de Nell!

—¡Abuelo, no digas eso! —gritó la niña—. Si ha habido alguien sincero y de buena fe en el mundo soy yo. Tengo la seguridad de que lo sabes.

—Entonces, ¿cómo puedes decirme que estamos seguros, cuando me buscan por todas partes y pueden venir aquí, y capturarnos en un momento?

—Porque sé que nadie nos ha seguido. Juzga por ti mismo abuelito; mira alrededor y ve qué tranquilo está todo. Estamos solos y podemos andar por donde nos plazca. ¿Estaba yo tan tranquila cuando nos amenazaba un peligro?

—¡Verdad, verdad! —murmuró el abuelo tomando una mano de la niña y oprimiéndosela agradecido—. Pero, ¿qué ruido es ése? —continuó, estremeciéndose.

—Un pájaro que va hacia el bosque y nos enseña el camino que debemos seguir —respondió la niña—. ¿No te acuerdas de que dijimos que iríamos por campos y bosques, por las orillas de los ríos y que seríamos muy felices? ¿Y ahora, con el sol brillando sobre nuestras cabezas, y rodeados de seres felices y alegres, estamos tristes, sentados aquí, cabizbajos y perdiendo el tiempo? ¡Mira qué sendero tan agradable! Ahí vuelve el pájaro; el mismo pájaro de antes, que se va a otro árbol y empieza a cantar. ¡Vamos, abuelo, vámonos!

Se levantaron y siguieron un caminito que conducía a través del bosque; la niña delante, imprimiendo las huellas de sus piececitos sobre el césped y canturreando para animar al viejo, que iba detrás. Se volvía unas veces, alegre, señalando los pajarillos que cantaban en las ramas de los árboles; otras se paraba para observar los reflejos del sol penetrando por entre las ramas y los troncos.

Continuando con paso tranquilo a través del bosque, la niña fue posesionándose de aquella tranquilidad que antes era solamente ficticia y el viejo dejó de mirar atrás cautelosamente, sintiendo que sus temores se desvanecían.

Al fin salieron del bosque y se encontraron en una carretera. A poco, viendo un poste que indicaba haber un pueblo cerca, resolvieron ir allá.

Anduvieron algunos kilómetros y en la falda de una loma encontraron las primeras casas de una pequeña aldea.

Más allá, hombres y niños jugaban a la pelota, mientras otros los miraban, y nuestros errantes viajeros iban de un lado para otro sin saber dónde encontrar alojamiento. Delante de una casa, en un pequeño jardincillo, vieron sentado a un anciano; pero no se atrevieron a acercarse, porque leyeron un letrero escrito con letras negras sobre fondo blanco encima de la ventana, que decía «Escuela», y, por consecuencia, debía de ser el maestro. Era un hombre pálido y de sencilla apariencia que,

sentado en medio de las flores y colmenas, fumaba una pipa delante de la puerta de la casa.

—Háblale, hija mía —murmuró el anciano al oído de la niña.

—Temo molestarle: parece que no nos ha visto —replicó tímidamente Nell—. Si esperamos un poco, tal vez mire en esta dirección.

Esperaron; pero el maestro, pensativo y silencioso, seguía fumando, sin mirar hacia donde ellos estaban. Era un hombre simpático de aspecto triste, debido tal vez a que todos los habitantes de aquel pueblo estaban divirtiéndose en el campo, y él parecía ser el único que había quedado en la aldea.

Había algo en su porte que denotaba disgusto o intranquilidad, y ese algo impedía a la niña acercarse a él, a pesar de lo cansada que estaba. Al fin el hombre se levantó y dio dos o tres paseos por el jardín; se acercó a la verja y miró al campo; después, tomando de nuevo su pipa, volvió a sentarse tan meditabundo y preocupado como antes.

Cuando nadie venía y pronto iba a hacerse de noche, Nell, llevando de la mano a su abuelo, se atrevió a acercarse. Cuando el maestro volvió a tomar su pipa y a sentarse de nuevo, hizo un ruidito como para abrir la puerta de la verja, lo que llamó la atención del anciano, el cual, moviendo la cabeza, los miró bondadosamente, aunque algo contrariado.

Nell hizo una cortesía y dijo que eran unos pobres viajeros que buscaban albergue para pasar la noche, y que pagarían gustosos en cuanto sus medios lo permitieran. El maestro la miró con seriedad, dejó a un lado la pipa y se levantó instantáneamente.

—¿Podría usted dirigirnos a algún sitio, señor? Se lo agradeceríamos tanto...

—¿Han hecho ustedes un viaje muy largo? —preguntó el maestro.

—Muy largo, sí señor —respondió la niña.

—Eres muy joven, hija mía —dijo a Nell poniendo una mano sobre su cabeza, y dirigiéndose al anciano—: ¿Es su nieta, buen amigo? —le preguntó.

—¡Ay, señor! —murmuró éste—, es el báculo de mi vejez, el consuelo de mi vida.

—Entren ustedes —dijo el maestro.

Y sin más preámbulos, los condujo al local de la escuela, que era a la vez sala y cocina, diciéndoles que podían descansar bajo su techo hasta la mañana siguiente. Antes de que acabaran de darles las gracias, extendió un blanco mantel sobre la mesa, puso platos y cubiertos, y sacando un trozo de fiambre y un jarro de cerveza, les suplicó que comieran y bebieran.

La niña miraba, fijándose en todos los detalles del local, y entre todos los objetos que adornaban las paredes, lo que más llamó su atención fue

un gran número de sentencias morales escritas en letra grande, clara y limpia.

—Una preciosa escritura, hija mía —murmuró el anciano.

—¿Lo ha hecho usted? —preguntó Nell.

No, yo no podría escribir eso ahora; otra mano, tal vez más pequeña que la tuya, lo ha hecho todo. Es un niño muy listo, más que todos sus compañeros, lo mismo en los libros que en los juegos. ¡Y cuánto me quiere! ¿Qué extraño es que le quiera yo, si es la alegría de mi vida y de mi clase? ¡Pero que él me quiera tanto a mí...!

Y el maestro se quitó los anteojos y los limpió con el pañuelo.

—Supongo que no le ocurre nada malo, señor —dijo la niña con ansiedad.

—No mucho, hijita. Creí que estaría en el campo jugando. Siempre ha sido el primero, pero no ha ido hoy. Ayer decían que deliraba, pero eso es frecuente en él. De todos modos, es mejor que no haya salido hoy, porque la humedad le perjudica.

El maestro encendió una bujía, cerró las ventanas y la puerta, y después se sentó, cayendo otra vez en profunda meditación. Poco después tomó su sombrero y dijo a Nell que si quería esperar sin acostarse hasta que volviera, pues quería ir a ver al niño. Nell accedió inmediatamente.

Poco más de media hora tardó en volver el maestro, que se sentó junto a la chimenea y guardó silencio largo rato. Al fin miró a la niña, y hablándole cariñosamente, le preguntó si quería elevar a Dios una plegaria por un niño enfermo.

—¡Mi discípulo favorito! —dijo el maestro fumando una pipa que había olvidado encender y mirando con pena las paredes de la habitación—. ¡Es una manita muy pequeña la que ha hecho todo eso y ahora se consume en su fiebre! ¡Muy pequeña, muy pequeñita...!

Después de una noche de descanso bajo el hospitalario techo, la niña se levantó, bajando enseguida a la habitación donde habían cenado la noche anterior, y como el maestro se había levantado también y había salido, procuró poner en orden todo el menaje, limpiando y arreglando aquella sala. No bien había terminado, cuando llegó el bondadoso maestro, que le dio afectuosamente las gracias, añadiendo que la mujer que le prestaba aquellos cuidados estaba al lado del niño enfermo.

La niña preguntó cómo estaba, esperando que se encontraría mejor.

—No, hija mía —murmuró el maestro—, no está mejor, y hay quien cree que está peor.

—¡Cuánto lo siento, señor! —dijo la niña.

Después le pidió permiso para preparar el desayuno, y poco después, habiendo bajado ya su abuelo, todos participaron juntos de aquella comida. El maestro, mientras desayunaban, observó que el anciano parecía estar muy fatigado y que necesariamente debía descansar.

—Si el viaje que tienen ustedes que hacer es largo —añadió—, y no les importa tardar un día más, pueden pasar otra noche aquí. Realmente, tendría un placer en ello, buen amigo.

Y viendo que el anciano, no sabiendo si aceptar o no, miraba a Nell, prosiguió:

—Me alegraré mucho de que esta niña pase aquí un día más. Si quiere usted ser caritativo con un hombre solitario y descansar al mismo tiempo, déme ese gusto; pero si su viaje apremia, prosígalo con felicidad: yo mismo iré con ustedes parte del camino antes de empezar las clases.

—¿Qué haremos, Nell? —dijo el anciano sin saber qué partido tomar—. Di lo que hemos de hacer, querida.

No fue necesario mucho para persuadir a la niña, que aceptó la invitación, diciendo que era lo mejor que podían hacer, y queriendo demostrar su agradecimiento al bondadoso maestro, empezó a ocuparse en los quehaceres de la casa. Una vez concluidos, se puso a coser junto a la ventana, mientras su abuelo paseaba por el jardín respirando el perfume de las flores y observando cómo flotaban las nubes en el espacio.

Cuando el maestro, después de poner los bancos en orden, se sentó en su sitio de costumbre, la niña, temiendo estorbar, dijo que se iría al cuartito donde había dormido; pero el maestro no lo consintió y, como parecía agradarle que permaneciera allí, Nell se quedó, prosiguiendo su labor.

—¿Tiene usted muchos alumnos, señor? —preguntó después.

—Apenas si llenan esos dos bancos —respondió el maestro moviendo la cabeza.

—¿Son listos? —volvió a preguntar la niña mirando los mapas y escritos que pendían de la pared.

—Son buenos, hija mía, pero nunca podrán llegar a hacer nada con eso —respondió con pena el maestro.

Mientras hablaba así, apareció en la puerta una cabecita rubia, y un pequeñuelo, haciendo un rústico saludo, entró y fue a ocupar su puesto en uno de los bancos; puso un libro sobre sus rodillas y, metiéndose las manos en los bolsillos, empezó a contar las chinitas que en ellos tenía, sin quitar, por supuesto, los ojos del libro que simulaba estudiar. Pronto llegó otro, y otro después, y así fueron llegando hasta una docena de muchachos o cosa así, cuya edad oscilaba entre cuatro y catorce años.

El primer puesto, el puesto de honor de la escuela, que debía ocupar el niño enfermo, estaba vacío, como vacía estaba también la primera percha. Ninguno se atrevió a violar la santidad de aquel lugar.

Pronto empezaron las clases, y entre aquel ruido propio de una escuela, el maestro procuraba en vano fijar su mente en los deberes del día y olvidar a su amiguito; pero el tedio de la rutina se lo hacía recordar más y más, y se veía claramente que estaba preocupado y distraído.

Nadie hubiera podido notarlo más pronto que aquellos holgazanes, que se atrevieron a hacer todas las cosas al revés, completamente desmoralizados, aunque cuidando de que el maestro no lo advirtiera cuando por un instante dejaba su preocupación y se hacía cargo de su deber.

—Creo que será conveniente que tengáis vacación esta tarde —dijo el maestro cuando el reloj dio las doce—, pero habéis de prometerme que no haréis ruido o, al menos, que si queréis hacerlo, os iréis lejos: fuera del pueblo, quiero decir. Tengo la seguridad de que no querréis molestar a vuestro compañero de estudios y de juego.

Hubo un murmullo general que mostró el asentimiento de toda la clase.

—No olvidéis lo que os he dicho —añadió el maestro— y lo consideraré como un favor que me hacéis. Divertíos mucho y acordaos de que tenéis una bendición: la salud. ¡Adiós a todos!

—¡Muchas gracias, señor, muchas gracias! —dijeron unas cuantas voces a un tiempo, y los muchachos salieron despacio y en silencio.

Pero brillaba el sol, cantaban los pájaros como sólo saben hacerlo en vacaciones, los árboles convidaban a subirse en ellos, la hierba invitaba a correr por ella o a sentarse a jugar. Era más de lo que los muchachos podían resistir: con un alegre salto, el grupo echó a correr gritando y riendo.

—Es natural —murmuró el maestro oyéndolos—. ¡Me alegro mucho de que no me hayan hecho caso!

Pero como es difícil complacer a todo el mundo, muchas madres, tías y abuelas en el curso de la tarde desaprobaron la conducta del maestro, procurando buscar la causa de aquella vacación. Hubo alguna que fue a dar media hora de conversación al maestro para exponerle sus quejas y, no bastando con eso, se las expuso a alguna vecina de modo que volviera a oírlas. Pero nada pudo hacer que el bondadoso maestro dijera una palabra; pasó la tarde sentado junto a la niña, más abatido que antes, pero siempre mudo y sin exhalar una queja.

Al llegar la noche, una mujer llegó apresuradamente a casa del maestro diciendo que fuera a casa de la señora West enseguida.

Iba precisamente a dar un paseo acompañando a Nell y, sin soltarla de la mano, se dirigieron los dos a casa del niño, donde un grupo de mujeres rodeaban a una anciana que lloraba amargamente.

—¿Se ha puesto peor? —preguntó el maestro acercándose a la pobre anciana.

—Se muere —murmuró aquella mujer—; ¡mi nieto se muere y usted tiene la culpa por hacerle estudiar tanto! ¿Qué voy a hacer, Dios mío?

—No diga usted que yo tengo la culpa —dijo dulcemente el maestro—. No me ofendo, no: usted se halla en un estado lamentable y no sabe lo que dice.

—¡Lo sé, lo sé! —repitió la anciana—. Sé lo que digo. Si no hubiera estado siempre con los libros en la mano, para dar gusto a usted, ahora estaría bueno y sano.

El maestro miró a las otras mujeres, como esperando hallar una palabra cariñosa, pero todas movían la cabeza, murmurando unas y otras que no sabían de qué servía estudiar tanto. Sin decir una palabra más ni dirigirles una mirada de reproche, siguió a otra habitación a la mujer que había ido a buscarle y hallaron a un niño medio vestido que yacía sobre un lecho.

Era un niño pequeño, de rizados cabellos y ojos brillantes, pero con un aspecto celestial, no terreno. El maestro se sentó a su lado, e inclinándose sobre la almohada, pronunció su nombre; el niño se levantó, fijó sus ojos en él y le echó los brazos al cuello, diciendo que era su mejor amigo.

-Siempre lo fui, al menos. ¡Dios sabe que ésa era mi intención! —dijo el pobre maestro.

—¿Quién es esa niña? —dijo el muchacho mirando a Nell—. No me atrevo a besarla, no sea que le pegue mi mal; dígale usted que me dé la mano.

La niña, sollozando, se acercó y le dio una mano, que él retuvo entre las suyas hasta que la soltó, y se tendió otra vez tranquilamente.

—¿Te acuerdas del jardín, Enrique? Tienes que ponerte bueno pronto para ir a verlo otra vez.

El niño sonrió débilmente y puso su mano sobre la cabeza de su amigo. Quiso hablar, pero no salió ningún sonido de su garganta.

Siguió un rato de silencio, durante el cual se oía a lo lejos un murmullo de muchas voces, que el viento traía y dejaba penetrar por la abierta ventana.

—¿Qué es eso? —preguntó el niño abriendo los ojos.

—Los muchachos, que juegan en el campo.

Enrique sacó un pañuelo de debajo de la almohada y trató de agitarlo sobre su cabeza, pero su brazo debilitado no pudo sostenerlo y rogó al maestro que lo agitara en la ventana.

—Átelo usted después a la persiana: alguno lo verá al pasar y pensará en mí. —Después levantó la cabeza y miró su raqueta, sus libros, su pizarra: todo estaba sobre la mesa de su cuarto; buscó a la niña y preguntó si estaba allí, porque no la veía.

Nell se acercó y tomó la mano que el niño tenía extendida sobre la colcha. Los dos amigos, maestro y discípulo, se miraron en silencio un momento y se estrecharon en un largo abrazo; después el niño, volviendo la cabeza hacia la pared, se quedó dormido.

El pobre maestro retuvo aún entre sus manos la del niño, sin poder soltarla, aunque sentía que ya era solamente la mano de un niño muerto.

CAPÍTULO XXIV

La señora del coche

Nell se retiró descorazonada del lecho mortuorio y volvió a casa del maestro, tratando de ocultar a su abuelo el motivo de su dolor y de su llanto. Enrique había muerto, dejando sola a su abuela, que lloraba su prematura separación. Una vez en su cuarto, dio rienda suelta a la pena que la embargaba, no olvidando, sin embargo, la lección que aquel suceso le ofrecía; de alegría por su salud y su libertad; de acción y de gratitud, porque aún vivía en este hermoso mundo para cuidar y amar a su abuelo, cuando tantas criaturas tan jóvenes y tan llenas de esperanza como ella morían continuamente.

Soñó después con el niño, no encerrado en su ataúd, sino jugando con los ángeles y sonriendo alegremente. El sol, esparciendo sus rayos en aquel cuartito, la despertó a la mañana siguiente, recordándole que debían despedirse del maestro y continuar de nuevo su ruta.

Con mano temblorosa quiso entregar al maestro el dinero que una señora le había dado por las flores en la feria, dándole las gracias llena de rubor al comprender cuán escasa era aquella suma; pero el maestro le rogó que la guardara y, besándola en la mejilla, volvió a su casa después de despedirlos diciéndoles:

—Buena suerte y prosperidad en el viaje. Soy un hombre viejo y solo, pero si alguna vez pasan cerca de aquí, no se olviden de la escuela de esta aldea.

—Nunca la olvidaremos, señor; como nunca dejaremos de agradecer su bondad para con nosotros —respondió la niña.

Después de decirse «adiós» muchas veces, aún volvían de cuando en cuando la cabeza, hasta que, a causa de una revuelta del camino, no pudieron verse ya.

Caminaron todo el día por campos y carreteras, rendidos de fatiga, siguiendo siempre adelante, porque no tenían otro recurso; pero con paso lento y sin ánimo. Al atardecer, llegaron a un recodo del camino que conducía a un campo de labor, y allí, junto a un seto que separaba el sembrado de la carretera, encontraron un gran carro parado, que no habían podido ver antes a causa de la situación del camino.

No era un carro sucio, estropeado y lleno de polvo; era una especie de casa sobre ruedas, con diminutas cortinillas blancas en las ventanas y persianas verdes; las paredes estaban pintadas de rojo, lo cual daba a todo el conjunto un aspecto alegre y brillante. Dos hermosos caballos, desenganchados del tiro, pastaban a corta distancia. Una señora gruesa y bonita, con un gran sombrero con lazos, estaba sentada junto a la puerta tomando té, pan y jamón; todo ello colocado sobre un tambor, exactamente igual que si fuera la mesa más cómoda del mundo.

Ocupada con su merienda, no vio a nuestros viajeros hasta que estaban cerca de ella, y suponiendo que volvían de la feria, preguntó a la niña:

—¿Quién ha ganado la copa de honor?

—¿Ganado qué, señora? —preguntó Nell.

—La copa de honor que se disputaba en las carreras el segundo día.

—¿El segundo día, señora?

—El segundo día, sí, el segundo día —repitió la señora con impaciencia—. ¿No puedes responder a una pregunta cuando te la hacen con buenos modos?

—No lo sé, señora.

—¡Que no lo sabes! —repuso la señora del coche—. Pues estabas allí, porque yo te vi con mis propios ojos.

Nell se alarmó al oír esto, pensando si aquella señora estaría en relación con Codlin y Short; pero se tranquilizó al oírla decir después:

—Por cierto que sentí mucho verte en compañía de los saltimbanquis, esos entes vulgares que sirven de mofa a la gente.

—No estaba allí por mi gusto, señora —repuso la niña—, nos habíamos perdido y aquellos hombres fueron tan buenos que nos dejaron hacer con ellos parte del camino. ¿Los conoce usted, señora?

—¡Conocerlos yo, niña! —dijo la señora con un gesto de repugnancia—. ¡Conocerlos! Eres joven y tienes poca experiencia: ésa es la única excusa que tienes para hacerme esa pregunta. ¿Tengo yo traza de ser amiga de ellos?

—No, señora, no —respondió la niña, temiendo haber cometido alguna falta grave—. Suplico a usted que me perdone.

Aunque la señora pareció haberse disgustado mucho por tal suposición, la perdonó inmediatamente, y la niña explicó que habían salido de la feria el primer día, que fueron a la aldea inmediata, donde pasaron la noche, y que deseaban saber a qué distancia se hallaba el primer pueblo.

Al oír que cerca de dos leguas, el rostro de la niña se inmutó y dos lágrimas rodaron por sus mejillas. El abuelo no exhaló una queja, pero

apoyándose sobre su bastón, suspiró anhelosamente, y pareció medir la distancia con sus penetrantes ojos.

La señora del coche se disponía a recoger los restos de su merienda, pero notando la actitud de la niña se detuvo y dijo, al tiempo que ésta se detenía:

—¿Tienes hambre?

—No mucha, pero estamos muy cansados: ¡es tan largo el camino!

—Bueno, con hambre o no, lo mejor será que tomen un poco de té. Supongo que no tendrá usted inconveniente —añadió dirigiéndose al abuelo.

Éste se quitó humildemente el sombrero y le dio las gracias. La señora los hizo subir al coche, pero como el tambor no era una mesa cómoda para dos personas, volvieron a bajar y, sentados en la hierba, participaron de todo lo que la señora había comido antes.

—Voy a hacer más té, hija mía, y podéis comer y beber todo lo que tengáis gana; no hace falta que sobre nada.

Ante la bondad y el deseo expreso de la señora, hicieron una comida abundante, en tanto que la dama daba un pequeño paseo por los alrededores.

Después se sentó en la escalerilla y llamó a su criado, que un poco más lejos terminaba su comida.

—Jorge, ¿crees que dos personas más pesarán mucho en el coche? —le dijo señalando a los dos viajeros, que se disponían a emprender de nuevo el camino.

—Algo pesarán, claro es —dijo Jorge entre dientes.

—Pero no será mucho —objetó la dama.

—Los dos juntos serían una pluma comparados con Oliverio Cromwell.

Nell, que oyó estas palabras, se sorprendió mucho al ver lo bien informado que estaba aquel hombre acerca de personajes tan antiguos como Cromwell, pero olvidó el asunto completamente al oír que la señora les decía que subieran al coche. Llena de agradecimiento, la ayudó a poner en orden todas las cosas dentro de la casita. Engancharon los caballos y el vehículo se puso en marcha, alegrando con su traqueteo el corazón de la niña.

CAPÍTULO XXV

Las figuras de cera

Cuando el coche estuvo a cierta distancia, Nell se atrevió a mirar a su alrededor para hacerse cargo de aquella morada. La mitad más lujosa,

aquella en que estaba sentada la propietaria, tenía alfombra en el suelo y un triángulo de metal y dos panderetas colgadas en la pared. En un extremo, oculto por cortinillas blancas como las de las ventanas, había una especie de camarote bastante cómodo, que servía de lecho a la dueña del vehículo, aunque se veía claramente que sólo podía entrar en él valiéndose de ciertos ejercicios gimnásticos. La otra mitad del coche servía de cocina y estaba alhajada con una chimenea cuyo tubo salía por el techo, un armario para los comestibles, varios baúles, un gran cántaro de agua y algunos utensilios de cocina y piezas de vajilla pendientes de la pared.

La dueña del coche se sentó en una ventana del lado donde pendían los instrumentos musicales, y Nell y su abuelo, junto a la de la cocina, entre las humildes cafeteras y sartenes, sin atreverse a hablar hasta que, pasado un rato, empezaron a hacer observaciones sobre el terreno que atravesaban y los objetos que se presentaban a su vista. Pronto se durmió el abuelo y entonces la señora invitó a Nell a sentarse junto a ella.

—¿Te agrada este modo de viajar, pequeña? —le preguntó.

Nell respondió que era el más agradable; a lo que la dama agregó:

—Eso consiste en la edad. A tus años, todo es agradable; hay apetito y no se conocen las penas.

La niña hizo para sí ciertas observaciones sobre este punto, aunque asintiendo, como era su deber, a lo que decía la señora, y esperó hasta que ésta le hablara otra vez.

Pero la dama guardó silencio mirando a la niña. Después, levantándose, sacó un rollo de carteles como de una vara de alto y, extendiendo en el suelo uno tan largo que llegaba de un extremo a otro del coche, dijo a Nell:

—Lee eso, niña.

Nell, poniéndose en pie, leyó una inscripción en letras negras enormes, que decía: «Figuras de cera de Jarley».

—Léelo otra vez —volvió a decir la dama.

—«Figuras de cera de Jarley» —repitió la niña.

—Ésa soy yo —dijo la señora—. Yo soy la señora Jarley.

Después extendió otro cartel, donde se leía en letras más pequeñas: «Cien figuras de tamaño natural», y otro que decía: «La mejor colección de figuras de cera que hay en el mundo». Luego sacó varios carteles más pequeños, con las inscripciones siguientes: «Ahora se exhiben»; «La única y verdadera colección Jarley»; «Única, sin rival en el mundo»; «Jarley, la delicia de la nobleza y la aristocracia»; «Bajo el patronato de la familia real». Una vez que hubo enseñado a la atónita niña aquellos estupendos anuncios, sacó cuatro ejemplares de prospectos, puestos en música, con aires populares, y otros con diálogos entre el emperador de China y una ostra, y cosas por el estilo.

Después que la niña vio y leyó estos testimonios de su importante posición en el mundo, la señora Jarley volvió a arrollarlos, los guardó cuidadosamente, se sentó de nuevo y miró triunfalmente a la niña diciendo:

—¡No vayas jamás en compañía de esos astrosos saltimbanquis!

—Nunca he visto figuras de cera. ¿Son divertidas, señora? ¿Son más bonitas que los polichinelas?

—¡Divertidas! ¡Bonitas! —gritó la señora Jarley—. Ni son divertidas, ni son bonitas; son tranquilas, clásicas, serias siempre, graves, exactamente igual que la vida real.

—¿Están aquí? —preguntó Nell, que sintió excitarse su curiosidad.

—¿Aquí, niña? ¿En qué estás pensando? ¿Dónde podrían estar guardadas en este pequeño vehículo, en que todo está a la vista? Van en vagones y las exhibiremos pasado mañana. Como tú vas al mismo pueblo, las verás; es más, creo que no podrás resistir a la tentación de verlas.

—Me parece que no iré a ese pueblo, señora —repuso Nell.

—¡No! ¿Pues adónde irás? —exclamó la señora Jarley.

—No lo sé aún; ni siquiera sé adónde vamos.

—No querrás que yo crea que vas viajando sin saber adónde vas —prosiguió la señora—. ¡Qué gente más rara! ¿De dónde vienes? Te vi en la feria como gallina en corral ajeno, como si hubieras estado allí por casualidad.

—Y así era, señora —interrumpió Nell, confusa con tantas preguntas—. Somos pobres y vamos errantes; no tenemos nada en qué ocuparnos.

—Cada vez me sorprendes más —añadió la señora después de permanecer algún tiempo tan muda como sus propias figuras—. ¿Con qué nombre os designaré? ¿No seréis mendigos?

—En verdad, señora, que no sé si somos otra cosa —murmuró la niña.

—¡Dios mío! —exclamó la señora Jarley—. ¡Nunca he visto cosa igual! ¡Quién lo hubiera pensado!

Después de esta exclamación, estuvo callada tanto tiempo que Nell empezó a pensar que se arrepentía de haberlos protegido y que habían ultrajado su dignidad de un modo irreparable. El tono que la señora empleó al romper el silencio confirmó su sospecha.

—Y, sin embargo, sabes leer, y quizás sepas escribir también.

—Sí, señora —repuso la niña, temerosa de ofenderla con esta confesión.

—¡Qué bueno es eso! —observó la señora—. ¡Yo no sé!

La niña manifestó su sorpresa con un «¿de veras?», al cual la dama no contestó. Guardó silencio por tanto tiempo que Nell, separándose de ella, se acercó a la otra ventana, donde estaba su abuelo despierto ya.

La señora salió al fin de sus meditaciones y llamó al conductor, que se acercó a la ventana donde estaba sentada, y sostuvo con él una larga conversación como si discutiera sobre algún asunto grave; después llamó a Nell y a su abuelo, y dijo a éste:

—¿Quiere usted una buena colocación para su nieta? Si acepta, puedo encontrarle una. ¿Qué dice usted?

—No puedo dejar a mi abuelo, señora.

—No puedo separarme de ella —añadió el anciano—. ¿Qué sería de mí solo?

—Me parece que tiene usted bastantes años para saber cuidarse —replicó la señora.

—No sabrá nunca —dijo la niña en un murmullo—. ¡No le hable usted con dureza! Se lo agradecemos mucho, señora —añadió en alta voz—, pero no podemos separarnos, aunque nos repartieran todas las riquezas del mundo.

La señora Jarley se quedó desconcertada al ver cómo recibían su oferta; sostuvo otra conversación con el conductor y después volvió a dirigirse al anciano:

—Si usted tiene realmente gana de trabajar, tendrá bastante que hacer ayudando a limpiar las figuras, dar los billetes y cosas por el estilo. Necesito a su nieta para enseñar las figuras al público cuando yo esté cansada. Es una oferta digna de tenerla en consideración: el trabajo es fácil y agradable; el público, selecto, y las exhibiciones tienen siempre lugar en grandes salones. Considere usted que es una oferta que tal vez no vuelva a repetirse.

Después la señora Jarley entró en detalles acerca del salario, diciendo que no podía comprometerse a nada hasta ver las condiciones de Nell y la manera como cumplía sus deberes; pero desde luego daría a ambos alojamiento y alimento sano y abundante.

Nell y su abuelo consultaron entre sí algunos momentos, mientras la dama paseaba por el estrecho recinto del coche.

—¿Y bien, niña...? —preguntó a Nell en una de las vueltas.

—Damos a usted un millón de gracias, señora —dijo la niña—, y aceptamos su oferta.

—Nunca lo sentirás, hija mía, estoy segura de ello —repuso la señora—, y una vez terminado el asunto vamos a cenar.

Entretanto, el coche iba llegando a las desiertas calles de un pueblo. A eso de medianoche, y como a aquella hora no era fácil hallar alojamiento, situaron el coche en un campo, cerca de las puertas que daban acceso al pueblo, cerca de otro que también ostentaba el nombre de Jarley, y que, habiendo descargado las figuras en el sitio donde iban a exhibirse, estaba vacío. En aquel cocherón arregló Nell un lecho para su abuelo; ella, como prueba de favor y confianza, iba a dormir con la señora en el coche de viaje.

Después de despedirse de su abuelo, volvía a aquel coche; pero la suave temperatura de la noche le sugirió la idea de detenerse un poco al aire libre. La luna brillaba en el cielo y sus rayos daban de lleno en la puerta. Nell, excitada por la curiosidad, aunque con cierto temor, se acercó a la puerta y se quedó parada contemplando aquel murallón oscuro, viejo y feo, y pensando cuántas luchas habrían ocurrido allí, cuántos crímenes ocultarían aquellas sombras, cuando de repente, como brotando del lado oscuro de la muralla, salió un hombre. Apenas apareció, fue reconocido por Nell: ¡era el horrible enano Quilp!

La niña se ocultó en un rincón y le sintió pasar junto a ella. Llevaba un palo grueso en la mano y cuando, saliendo de la sombra llegó a la puerta, se acercó a ella, miró intensamente hacia donde estaba Nell... e hizo señas a alguien.

¿A ella? No, no era a ella, santo Dios, porque en tanto que, muerta de miedo, no sabía si gritar pidiendo auxilio o salir de su escondite y huir antes de que el enano pudiera acercarse, una figura, la de un muchacho cargado con un baúl a la espalda, salió de la oscuridad.

—¡Más aprisa, granuja! —gritó Quilp mirando a la muralla—. ¡Más aprisa!

—Pesa mucho, señor —repuso el muchacho—; harto demasiado aprisa vengo, con lo que pesa.

—¡Que has venido demasiado aprisa! —exclamó Quilp—. ¿Vienes midiendo la distancia como un gusano? Ahí suenan las campanas: son las doce y media.

Se paró para escuchar y, después, volviéndose al muchacho con un aspecto tan feroz que le hizo retroceder un paso, le preguntó a qué hora pasaba por la carretera el coche que iba a Londres.

El muchacho dijo que a la una, y Quilp, lleno de rabia, exclamó:

—Entonces, hay que ir más aprisa, porque si no, llegaremos tarde.

El muchacho se apresuró cuanto pudo. Quilp iba delante y se volvía a cada momento para darle prisa. Nell no osó moverse hasta que los perdió de vista completamente; entonces corrió hacia el coche donde dormía su abuelo, como si temiera que el enano sólo con pasar cerca de él le hubiera asustado, pero el anciano dormía tranquilamente y la niña se retiró con sigilo.

Mientras se acostaba, determinó no decir nada de aquel encuentro, toda vez que allí estaban más seguros que en cualquier otra parte, porque el enano no volvería a buscarlos.

La dama patrocinada por la familia real dormía roncando pacíficamente; el lecho de la niña estaba preparado en el suelo del coche y, a poco de entrar, tuvo la satisfacción de oír que alguien quitaba la escalerilla que comunicaba con el mundo exterior. Ciertos sonidos guturales que de tiempo en tiempo se oían debajo del coche y un crujido de paja, en la misma dirección, le hicieron comprender que el conductor descansaba allí y que era un motivo más de seguridad.

A pesar de tanta protección, no pudo dormir tranquila, porque soñaba que Quilp era una de las figuras de cera o que era la señora Jarley, sin ser exactamente la misma cosa, y mil locuras más, propias de una mente extraviada.

Al llegar al coche, se quedó al fin dormida, con ese sueño tranquilo y gozoso que sucede al cansancio de una jornada muy activa.

CAPÍTULO XXVI

Preparativos de la Exposición

Cuando Nell despertó, era tan tarde que la señora Jarley estaba preparando el desayuno. Recibió las excusas de la niña con mucha tranquilidad, diciendo que no la hubiera despertado aunque hubiera dormido hasta el mediodía.

—Porque cuando uno está cansado —añadió—, lo mejor es dormir todo lo que se pueda; ésa es otra de las bendiciones de la juventud: dormir profundamente.

—¿No ha pasado usted buena noche, señora?

—Pocas veces la paso buena, hija mía —respondió la señora Jarley con cara de mártir—. Algunas veces no sé cómo puedo resistirlo.

Nell, recordando sus ronquidos, supuso que había soñado que estaba despierta; pero manifestó su sentimiento al oír que no se sentía bien. Poco después empezaron el desayuno. Luego Nell limpió y guardó la vajilla, mientras la señora se arreglaba con ánimo de dar un paseo por las calles del pueblo, y le decía:

—El coche tiene que ir para llevar las cajas y es mejor que tú vayas en él. Yo, contra mi voluntad, me veo obligada a ir a pie, porque el público lo espera así. Las personas de cierta categoría no pueden darse gusto a sí mismas. ¿Estoy bien así?

Nell respondió satisfactoriamente, y la señora Jarley, después de ponerse una porción de alfileres y de procurar verse por completo en un espejo, satisfecha ya de su atavío, emprendió majestuosamente su paseo.

El coche seguía a cierta distancia y Nell atisbaba tras las cortinillas, deseosa de ver las calles y edificios del pueblo, pero temerosa de encontrar el horrible y maldito semblante de Quilp.

Era un pueblo muy bonito, con casas de diversas clases y construcciones, y en el centro, el Ayuntamiento. Las calles estaban limpias y soleadas, pero tristes y solitarias. De cuando en cuando veían algún transeúnte que parecía no tener nada que hacer, cuyos pasos resonaban en el pavimento dejando un eco. Era como un pueblo dormido; hasta los perros estaban tumbados al sol, y las moscas, embriagadas con el azúcar de las tiendas, olvidaban que tenían alas y permanecían quietas en los rincones de los escaparates.

Al llegar al edificio de la Exposición, el coche se detuvo y Nell bajó entre un grupo de chiquillos que la contemplaban admirados, suponiendo que era también un ejemplar de la colección. Sacaron los baúles del coche y, sin pérdida de tiempo, entre todos decoraron el salón con tapices y cortinas de terciopelo. Cuando todo estuvo dispuesto, con bastante gusto por cierto, se descubrió la maravillosa colección de figuras, colocándolas sobre una plataforma elevada medio metro sobre el nivel del suelo y separada por un cordón de seda roja del resto del salón, que estaba destinado al público.

Después que Nell se extasió contemplando aquel magnífico espectáculo de damas y caballeros solos o en grupos, pero siempre con expresión de sorpresa y mirando al espacio con extraordinaria intensidad, la señora Jarley ordenó que todos, excepto Nell, salieran del salón y, sentándose en un sillón en el centro, entregó a Nell una varilla de mimbre que ella usaba siempre para designar los personajes y empezó a instruirla minuciosamente en la tarea que había de desempeñar.

—Ésta —decía la señora en tono pomposo y declamatorio cuando Nell tocaba una de las primeras figuras de la plataforma— es una infortunada dama de honor de la reina Betsy, que murió de un pinchazo en un dedo. Observen cómo salta la sangre del dedo, y la aguja con el ojo dorado, como se usaban en aquel tiempo.

La niña repetía dos o tres veces la relación, señalando con su varilla los objetos designados, y pasaban a otra figura.

—Éste es Jasper Palmerton, que tuvo catorce esposas y las mataba haciéndoles cosquillas en las plantas de los pies mientras dormían descuidadas.

Así fueron relatando los hechos principales o característicos de todos los personajes. Nell aprendió tan perfectamente la lección, que pudieron

cerrar el salón y retirarse a descansar dos horas antes de abrirlo al público; no sin que la señora Jarley manifestara su satisfacción por tan feliz resultado.

Tampoco se habían descuidado los preparativos exteriores. En aquellos momentos recorría las calles del pueblo un carro conduciendo una figura de bandido que sostenía en sus brazos a una dama en miniatura. Se repartieron prospectos por todas partes, y una vez terminados tan importantes asuntos, la infatigable dama se sentó para comer y beber a todo pasto.

CAPÍTULO XXVII

La tentación

Decididamente, la señora Jarley tenía una gran inventiva y discurrió pronto la manera de que Nell sirviera también de reclamo. Adornaron con flores artificiales el carro que conducía al bandido, y Nell, sentada dentro representando una figura decorativa, recorría el pueblo todas las mañanas arrojando prospectos, a los acordes de una trompeta y un tambor.

La belleza de la niña, unida a su distinción y timidez, produjo sensación en aquel lugar; la gente empezó a interesarse por aquella niña de ojos tan hermosos, los chiquillos se entusiasmaron con ella y, constantemente, dejaban en la puerta del pabellón donde habitaba, nueces, manzanas y muchas cosas más. Toda la gente principal del pueblo acudió a ver las figuras de cera; los personajes de más alcurnia se dieron cita allí: cada sesión era un éxito. Aunque el trabajo de Nell era pesado, encontró en la señora Jarley una persona muy considerada, que no se contentaba con darse buena vida ella, sino que trataba muy bien a todos los que la servían, y como obtenía algunas propinas de los visitantes, propinas que su dueña le dejaba por entero, y su abuelo estaba bien cuidado y ayudaba lo que podía en el trabajo, la niña estaba contenta, sin más disgusto que el producido por el encuentro de Quilp y el temor de encontrarle súbitamente alguna otra vez.

Quilp era la pesadilla continua de Nell. Dormía en el salón de las figuras y siempre, y sin poder evitarlo, encontraba un parecido entre Quilp y algunas de aquellas caras pálidas, llegando a imaginar algunas veces que el enano se movía dentro de sus vestiduras. Esta preocupación la obligaba a levantarse y encender una luz o a abrir la ventana para tranquilizarse mirando al cielo.

Entonces pensaba en su casa, en el pobre Kit, en su cariño, hasta que las lágrimas brotaban de sus ojos y lloraba y reía a un tiempo.

Otras veces sus pensamientos recaían en su abuelo y se preguntaba qué sería de ellos si él moría o si ella enfermaba. El pobre anciano tenía buena voluntad y hacía todo lo que le mandaban, alegrándose de servir para algo; pero era lo mismo que un niño, tan inocente como el más tierno infante y sin voluntad propia. Nell se entristecía tanto al verle así, que no podía menos de retirarse para llorar y elevar sus preces al cielo, a fin de que le restaurara a su condición de hombre vigoroso y consciente. Y sin embargo, aún había de sufrir más.

Una tarde que la señora no los necesitaba, Nell y su abuelo fueron a dar un paseo. Salieron fuera del pueblo, hasta llegar a unos campos algo distantes, donde se sentaron a descansar, creyendo que podrían volver fácilmente.

Llegó la puesta del sol, el cielo fue oscureciéndose y solamente los reflejos del crepúsculo, tan largos en Inglaterra en el mes de junio, iluminaban la tierra a través del denso velo que la iba envolviendo. El viento levantaba nubecillas de polvo, empezó a llover y pronto las nubes se esparcieron por el espacio; se oyó a lo lejos un trueno, brilló el relámpago y, después, en un instante reinó una completa oscuridad.

El anciano y la niña, no atreviéndose a guarecerse bajo los árboles, corrieron por la carretera, esperando hallar alguna casa donde refugiarse de la tempestad, que a cada momento aumentaba en violencia. Empapados por la lluvia y cegados por los relámpagos, seguramente hubieran pasado junto a una casa solitaria, sin haberla visto siquiera, si un hombre que estaba parado en la puerta no los hubiera invitado a entrar.

—¿Adónde iban ustedes con este tiempo?, ¿querían quedarse ciegos? —les dijo retirándose de la puerta y tapándose los ojos al sentir el resplandor de otro relámpago.

—No habíamos visto la casa, señor, hasta que oímos que nos llamaban —respondió Nell.

—No me extraña, pero lo mejor que pueden hacer es acercarse al fuego y secarse un poco. Pueden pedir lo que gusten; aunque si no quieren tomar nada, nadie los obligará. Esto es una hostería, El soldado valiente, muy conocida en estos contornos.

La noche estaba muy templada. Un gran biombo separaba la chimenea del resto de la habitación. Parecía que alguien hablaba al otro lado del biombo, sosteniendo una especie de discusión en voces más o menos destempladas.

De pronto el viejo, manifestando gran interés, murmuró al oído de la niña:

—Nell, juegan a las cartas. ¿No lo oyes?

—¡Cuidado con ese candil —dijo una voz—, que se transparentan las cartas! La tormenta te hace perder. ¡Juega! Has perdido seis chelines, Isaac.

—¿Los oyes, Nell?, ¿los oyes? —murmuró el viejo con creciente interés al oír sonar el dinero sobre la mesa.

—Jamás he visto una tormenta como ésta —dijo una voz cascada cuando cesó el ruido de un terrible trueno— desde aquella noche en que el viejo Lucas ganó tanto. Todos dijimos que tenía la suerte del diablo y yo supongo que en realidad le ayudaba Satanás.

—¿Oyes lo que dicen, Nell? —preguntó el viejo.

La niña, alarmada, notó el cambio que se operaba en su abuelo: tenía el rostro encendido, los ojos saltones, los dientes apretados, su respiración era anhelante y apoyaba una mano sobre el brazo de Nell, temblando tan violentamente que la hizo estremecerse bajo su impulso.

—Sé testigo, hija mía, de que yo siempre dije que la suerte viene al fin; yo lo sabía, lo soñaba, sentía que tenía que ser así. ¿Qué dinero tienes, Nell? ¡Dámelo!

—No, no, abuelo; deja que lo guarde —dijo asustada la niña—. Vámonos de aquí. ¿Qué importa la lluvia? ¡Vámonos, por favor!

—¡Dámelo, te digo! — repitió el viejo iracundo—. No llores, Nell, no he querido disgustarte. Lo quiero por tu bien. Te he causado mucho daño, pero voy a darte la felicidad. ¿Dónde está el dinero? Tú tenías ayer algunas monedas.

—No te lo doy, abuelo, no te lo doy. Antes lo tiro que dártelo pero es mejor que lo guardemos. ¡Vámonos, vámonos de aquí!

—¡Dame ese dinero! —volvió a repetir el viejo con insistencia—. ¡Lo quiero!

La niña sacó un pequeño portamonedas del bolsillo y el viejo se lo arrebató precipitadamente, corriendo al otro lado del biombo. Fue imposible detenerle y la temblorosa niña corrió tras él.

Los que antes hablaban eran dos hombres de siniestro aspecto, que jugaban apuntando sobre el mismo biombo las pérdidas y ganancias.

—¡Cómo, caballero! —dijo el llamado Isaac volviéndose al ver al anciano—. ¿Es usted amigo nuestro? Este lado del biombo es privado.

—Espero no haber ofendido a ustedes con mi presencia.

—¡Voto a bríos! ¡Que si nos ofende usted presentándose sin ceremonia donde un par de caballeros se entretienen particularmente!

—No era mi intención ofender —añadió el viejo—: pensé que...

—Pues no tiene usted derecho a pensar nada. Un hombre a su edad, no debe pensar en estas cosas —murmuró Isaac.

—¡No seas animal! —dijo el otro jugador, que era un hombre gordo, levantando la cabeza por primera vez—. ¿No puedes dejarle hablar?

El posadero, que seguramente había estado esperando a que el hombre gordo hablara, para saber a qué atenerse, metió baza en el asunto diciendo:

—Seguramente, puedes dejar que hable, Isaac.

—¡Claro que puedo, Groves! —añadió Isaac en el mismo tono.

El gordo, que había estado fijándose en el viejo, añadió:

—Tal vez este caballero pensara preguntarnos cortésmente si podía tomar parte en nuestro juego.

—Eso pensaba —repuso el anciano—, eso pienso y eso es lo que deseo.

—¡Ah! Si eso es lo que el señor deseaba, le suplico me dispense. ¿Es ése el portamonedas del señor? Es muy bonito: algo ligero —dijo Isaac echándolo por alto y asiéndolo con destreza—, pero bastante para entretener a un caballero una media hora o cosa así.

—Haremos una partida de cuatro. Juega tú, Groves, para ser el cuarto —dijo el gordo.

El posadero se acercó a la mesa y ocupó su sitio como quien está acostumbrado a tales contingencias. La niña, presa de mortal congoja, suplicó una vez más a su abuelo que se retirara.

—No, Nell, nuestra felicidad está en el juego: hay que empezar por poco. Aquí hay poco que ganar, pero ya irá viniendo.

—¡Dios nos proteja! —exclamó la niña—. ¿Qué mala estrella nos traería aquí?

—Calla, nena, no hay que ahuyentar a la suerte. Siéntate y mira, mira quiénes son ellos, y quién eres tú. Yo juego por ti. ¿Quién debe ganar?

—Parece que el señor ha cambiado de parecer —dijo Isaac—. Lo siento, pero él sabe lo que le conviene. Quien no se aventura, no pasa la mar.

—¡No, no! —repuso el anciano—. Pienso lo mismo; nadie está más ansioso de empezar que yo.

Hablando así acercó una silla a la mesa; los otros tres se apretaron un poco y empezó el juego.

La niña observaba con mortal ansiedad los progresos del juego. Preocupada con la desesperada pasión que dominaba tan fatalmente a su abuelo, no le importaba que ganara o perdiera, y viéndole exaltado por alguna pequeña ganancia o abatido si perdía, nervioso, febril, se decía a sí misma si no hubiera sido mejor verle muerto. Y, sin embargo, ella era la causa inocente de aquella tortura. Aquel viejo, jugando con insaciable sed de ganancia, no abrigaba un solo pensamiento egoísta: todo era por ella.

La tormenta duró más de tres horas. Los relámpagos habían ido desapareciendo, pero el juego seguía y la presencia de la niña había sido olvidada.

CAPÍTULO XXVIII

La moneda de Nell

Al fin el juego tocó a su término, siendo Isaac el único ganancioso que recogió su botín con la prosopopeya del hombre que ha hecho el propósito de ganar sin mostrar sorpresa ni alegría.

El bolsillo de Nell estaba vacío, pero el viajero aún continuaba jugando solo. Estaba completamente absorto en esta ocupación, cuando Nell, acercándose a él, le dijo que era casi medianoche.

—¡Mira lo que es la pobreza, Nell! —dijo el anciano señalando las cartas que tenía sobre la mesa—. Si hubiera seguido jugando, habría ganado. ¡Míralo; míralo!

—Deja eso —repuso la niña—. Procura olvidarlo.

—¡Olvidarlo! —exclamó el abuelo mirando a Nell cara a cara—. ¡Olvidarlo! ¿Cómo seremos ricos, entonces? Todo lo bueno ha de obtenerse con ansiedad y cuidado. Vamos: estoy pronto.

—¿Sabe usted qué hora es? —dijo el posadero, que fumaba con sus amigos—. Más de las doce.

—Es muy tarde —dijo la niña—. Siento que no nos hayamos ido antes. ¿Qué pensarán de nosotros? Seguramente, darán las dos antes de que lleguemos. ¿Cuánto costará pasar la noche aquí? —preguntó al posadero.

—Dos camas buenas, chelín y medio; cena con cerveza, un chelín; total, media corona —repuso el hostelero.

Nell tenía aún la moneda de oro cosida en el vestido y, cuando consideró lo tarde que era, decidió quedarse allí, con ánimo de emprender la vuelta por la mañana, alegando para justificar el retraso que la tempestad les impidió volver a tiempo; dijo a su abuelo que le quedaba aún dinero para sufragar aquellos gastos y que debía, por tanto, acostarse.

—¡Si yo hubiera tenido ese dinero hace un rato! —murmuró el viejo.

—Hemos decidido quedarnos, señor —dijo Nell al hostelero, y el buen hombre, en vista de ello, preparó una cena, que comieron con gran apetito la niña y el viejo.

Como pensaba que partirían muy temprano, Nell siguió al posadero una de las veces que salió de la habitación y sacando la moneda se la dio para que la cambiara. Al volver al sitio donde cenaron, le pareció ver alguien que se retiraba e inmediatamente concibió la sospecha de que habían estado espiándola, aunque no pudo comprender quién, puesto

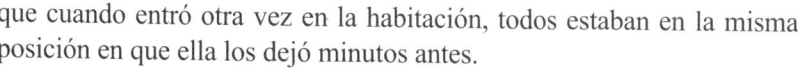
que cuando entró otra vez en la habitación, todos estaban en la misma posición en que ella los dejó minutos antes.

Una joven fue después para conducirlos a su habitación, y abuelo y nieta se despidieron de la compañía, retirándose a dormir después de encargar a la joven que los despertara muy temprano.

Cuando la niña se quedó sola, no se sentía a gusto; no podía olvidar la figura que había visto abajo espiándola. Todos los hombres tenían mala cara: tal vez vivían matando y robando a los viajeros. Después pensaba en su abuelo y en su pasión por el juego. Más tarde le ocurría pensar lo que la señora Jarley creería. ¿Los perdonaría a la mañana siguiente recibiéndolos de nuevo? ¿Por qué se habían detenido allí? Hubiera sido mucho mejor no haberse parado.

Al fin el sueño la rindió; un sueño intranquilo, turbado por innumerables pesadillas; después sintió una pesada somnolencia...; y de pronto le pareció que la figura del pasillo entraba en su cuarto andando a gatas.

¡Sí, allí estaba aquella figura!

La niña, antes de acostarse, había descorrido un poco la cortina, a fin de ver la luz del día cuando amaneciera, y allí, entre la cama y la ventana, se movía silenciosamente. La niña no pudo articular palabra, ni moverse; el terror la había paralizado y permaneció inmóvil observando.

La figura, con mucho sigilo, llegó hasta la cabecera de la cama y su aliento rozó la cara de Nell; después volvió a la ventana y la niña sintió ruido de monedas. Otra vez volvió la figura, tan silenciosa como antes; dejó junto al lecho las ropas que había tomado y luego, andando otra vez a gatas, desapareció.

El primer impulso de la niña fue huir de su cuarto para no estar sola. Salió al pasillo, y allí, al final, estaba aún la figura. Muerta de miedo, sin poder adelantar ni retroceder, permaneció inmóvil en el pasillo.

A poco se movió la figura, y la niña, involuntariamente, hizo lo mismo, dominada por la idea de que si podía llegar al cuarto de su abuelo estaría segura. La figura seguía adelante y al llegar donde dormía el anciano, entró allí. Nell concibió súbitamente la idea de que podía matar a su abuelo y corriendo llegó hasta aquel cuarto; se paró en la puerta y, al resplandor de una bujía que estaba encendida, vio que la figura se movía en la habitación. Muda y casi sin sentido, siguió mirando por la entreabierta puerta, sin saber lo que hacía, pero con el ardiente deseo de proteger a su abuelo. Se dominó, recobró algo el perdido valor y, adelantándose, escudriñó la habitación.

Un espectáculo raro se ofreció a su vista.

La cama estaba intacta: nadie había dormido, ni dormía aún allí, y el anciano, el único ser vivo que había en aquel cuarto, con el semblante

coloreado por el ansia que hacía brillar sus ojos, contaba el dinero que había robado a Nell con sus propias manos momentos antes.

Nell se retiró, volviendo a su cuarto con paso vacilante. El terror que antes había sentido no era nada comparado con el que experimentaba entonces. Ningún ladrón extraño, ningún huésped traidor, ningún bandido, por audaz y cruel que hubiera sido, podría haber despertado en su pecho la mitad del espanto que le había producido el descubrimiento de su nocturno visitante. El anciano, entrando en su cuarto como un ladrón cuando la creía dormida y robándole lo poco que tenía, era peor y mucho más terrible que todo lo que su acalorada imaginación pudiera sugerirle. ¿Y si volvía? Tal vez creyera que aún quedaba algo escondido y volviera a buscarlo. No había cerrojos ni llaves en aquel cuarto. Volver al lecho era imposible. Se sentó y escuchó. Su imaginación la hizo creer que la puerta se abría y no pudo más. Era mejor ir al cuarto de su abuelo y salir de una vez de aquel suplicio. Sería un consuelo oír su voz, verle si dormía. No tenía miedo de su abuelo; aquella espantosa pesadilla tenía que desvanecerse. Volvió al cuarto del anciano: la luz seguía encendida; la puerta, según la dejó ella momentos antes.

Nell llevaba una palmatoria en la mano, a fin de decir que no podía dormir y que iba a ver si estaba despierto; miró dentro de la habitación y lo vio en el lecho; esto le dio ánimos y entró.

El anciano dormía profundamente: su semblante no expresaba pasión alguna; ni avaricia, ni ansiedad, ni apetito desordenado; todo era dulzura, tranquilidad y paz. No existía el jugador, ni siquiera su sombra; no era ni aun el hombre cansado y abatido que desfallecía por el camino: era su abuelo querido, su inofensivo compañero, su cariñoso abuelo.

Al contemplar aquellas facciones serenas, no tuvo miedo; pero la invadió un pesar profundo y se deshizo en lágrimas, que fueron un consuelo para su embargado corazón.

—¡Dios le bendiga! —murmuró la niña besando sus pálidas mejillas—. Comprendo perfectamente que si nos encontraran nos separarían y le encerrarían en algún lugar privado de luz, de sol y de aire. Yo soy su único amparo. ¡Que el Señor tenga piedad de nosotros!

Encendiendo de nuevo su bujía, se retiró tan silenciosamente como había venido y, llegando a su cuarto otra vez, se sentó, pasando así el resto de aquella noche larga y penosa.

CAPÍTULO XXIX

La señorita Montflater y sus educandas

Nell se quedó dormida al clarear el alba, pero no durmió largo rato, porque la criada, recordando su advertencia, llamó a la puerta muy tem-

prano. Una vez despierta, buscó su bolsillo y halló que no tenía ni un cuarto; todo el cambio que el posadero le dio, había desaparecido.

El abuelo se vistió pronto y pocos minutos después estaban en la calle. Nell observó que su abuelo la miraba disimuladamente, esperando sin duda que le dijera algo sobre el dinero, y a fin de que no sospechara que sabía la verdad, le dijo con voz trémula apenas habían andado algunos pasos en silencio:

—Abuelo, ¿crees que la gente que había en la posada era honrada?

—¿Por qué no? —repuso el anciano temblando—. Sí, los creo honrados; al menos, jugaron legalmente.

—Voy a decirte por qué. Me han quitado el dinero de mi propio cuarto esta noche. Quizá me lo quitarían en broma.

—¡En broma! —repuso el viejo, más y más alterado—. El que quita dinero, lo hace para guardarlo.

—Entonces, me lo han robado, abuelito —exclamó la niña, viendo desvanecerse su esperanza de recobrarlo.

—¿Y no tienes más, querida? —preguntó el abuelo—. ¿Te han quitado hasta el último céntimo? ¿No han dejado nada?

—¡Nada! —respondió la niña.

—Entonces, tenemos que ganar más; trabajar, hacer algo. No te preocupes de esa pérdida: será mejor no hablar de ello y quizá podamos recobrarlo. No preguntes cómo, pero tal vez ganemos eso y mucho más.

—No digas nada a nadie —continuó el viejo, viendo que Nell lloraba amargamente—. Todas las pérdidas del mundo no valen tanto como tus lágrimas, hija mía. No llores más y deja esa idea, sin preocuparte por ello; aunque hubiera sido mayor la pérdida.

—Bueno —respondió Nell—, no lloraré; pero escucha lo que voy a decirte, abuelo. No pienses más en ganancias o pérdidas y no desees más fortuna que la que podamos hacer juntos.

—Vamos juntos, hija mía, tu imagen santifica el juego.

—¿No hemos estado tranquilos desde que olvidaste esos cuidados y emprendimos este viaje, a pesar de no tener casa ni hogar?

—Dices la verdad —murmuró el viejo—. No debo jugar, pero puedo hacer tu fortuna y la haré.

—Recuerda los días felices que hemos pasado, abuelo, libres de miserias y de penas. Si teníamos hambre o sed, una vez satisfecha nuestra necesidad, hemos dormido perfectamente. Recuerda cuántas cosas bonitas hemos visto y cuán contentos hemos estado. ¿Y a qué obedece todo este cambio?

El viejo hizo un movimiento con la mano y le dijo que no hablara más, le dio un beso y siguieron caminando en silencio.

Cuando llegaron al lugar donde estaba instalada la maravillosa colección, supieron que la señora Jarley dormía aún y que, aunque los esperó intranquila hasta las once, se acostó, suponiendo que la tormenta no los habría dejado volver, y que se habrían refugiado en algún sitio para pasar la noche. Nell arregló el salón y puso todo en orden, teniendo la satisfacción de estar peinada y limpia antes de que la protegida de la familia real bajara a almorzar.

—Tendrás que llevar unos cuantos programas al colegio de la señora Montflater y ver el efecto que hacen. Pocas son las alumnas que han venido todavía y estoy segura de que todas vendrían si lo supieran —dijo la señora Jarley, poniendo ella misma un sombrero a Nell, declarando que honraba a su dueña (tan linda y arregladita estaba) y dándole instrucciones sobre lo que había de decir y hacer.

Apenas se acercó Nell a la puerta del colegio, notó que ésta se abría y que salía de la casa una larga fila de señoritas, de dos en dos, con libros abiertos en las manos y alguna sombrilla que otra. Tras aquella procesión apareció la señorita Montflater, que era la directora, entre dos profesoras que, aunque se odiaban mutuamente, parecían adorar a su principal.

Nell se quedó parada y con los ojos bajos hasta que pasaron todas las educandas, y cuando llegó la directora, hizo una cortesía y le entregó el paquete.

—¿Tú eres la niña de la Exposición de figuras de cera? —preguntó la señorita Montflater.

—Sí, señora —respondió Nell, que en un momento fue rodeada por las educandas, que la miraban con sorpresa.

—¿Y no crees que es muy malo estar empleada en esos espectáculos? —prosiguió la profesora.

La pobre Nell, que nunca lo había considerado desde ese punto de vista, se quedó confusa, sin saber qué decir y ruborizándose al ver que era el centro de todas las miradas.

—¿No sabes que es muy malo que te entretengas en ser una charlatana únicamente, cuando podías estar ocupada en alguna fábrica o en algún taller, ganando honrada e independientemente la vida, con un sueldo de tres o cuatro chelines a la semana?

Aquí la directora enristró una serie de máximas y rimas, algunas de su propia cosecha, y hasta improvisadas en el momento, que fueron recibidas con grandes aplausos por todas las educandas y las dos profesoras, que no habían podido apreciar hasta entonces las condiciones poéticas de la señorita Montflater.

Alguien notó que Nell estaba llorando y todas las miradas se dirigieron hacia ella. Nell lloraba, ciertamente, y tuvo necesidad de sacar el pañuelo para limpiarse las lágrimas; pero antes de que hubiera podido

llevarlo a los ojos, se le cayó de entre las manos. Una joven de unos dieciséis años se apresuró a recogerlo.

—Ha sido Eduarda —exclamó una de las profesoras. Todas admitieron que había sido Eduarda, y ella misma no lo negó.

La señorita Montflater se dirigió a Eduarda, diciéndole con tono severo:

—Es cosa particular el efecto que te inspira la gente vulgar y parece mentira que hagas tan poco caso de mis advertencias.

—No lo he hecho a propósito, señora —respondió una voz dulce—, ha sido un impulso momentáneo.

—Me sorprende que te atrevas a decirme eso. Siempre que encuentras a alguna persona de baja condición, sientes impulso de aproximarte a ella y hasta de ayudarla.

—Debías saber, Eduarda —añadió una de las profesoras—, que aunque sólo sea por el decoro y buen nombre de este establecimiento, no se te debe consentir que contestes así a tus superiores. Si tú no tienes la suficiente dignidad para retirarte de una vocera, debes hacerlo por las demás señoritas presentes, que se estiman en lo que valen.

Eduarda era pobre y huérfana; la enseñaban y la mantenían a cambio de que ella a su vez enseñara a otras lo que aprendía y nadie la consideraba; ni profesoras ni alumnas, ni aun las mismas criadas.

Pero, ¿a qué obedecía la súbita ira de la señorita Montflater en aquella ocasión? Una acción tan sencilla como recoger y entregar un pañuelo, había levantado una tempestad. Era que el ojito derecho de la directora, la gloria de la escuela, la hija de un marqués que honraba con su presencia el establecimiento, por un capricho de la Naturaleza, era fea y torpe, en tanto que Eduarda, la pobre huérfana educada de balde, era hermosa, tenía talento y ganaba de hecho todos los premios. De aquí que la menor acción, el más mínimo movimiento de la joven irritara a la señorita Montflater hasta el punto que hemos visto.

—Retírate a tu cuarto, Eduarda, y no salgas sin mi permiso —dijo la directora—. Y en cuanto a ti —añadió dirigiéndose a Nell—, dile a tu ama que si tiene la libertad de volver a enviarte por aquí, me dirigiré a las autoridades para que la amonesten, y tú misma, si te atreves a volver, sufrirás un castigo. ¡En marcha, señoritas!

La procesión, de dos en dos, con sus libros y sombrillas, siguió adelante, y la señorita Montflater, llamando a la hija del marqués para que paseara a su lado y poder así tranquilizar su ofendida dignidad, se separó de las dos profesoras, dejando que ambas fueran juntas y se odiaran un poco más, viéndose obligadas a hacerse mutua compañía.

CAPÍTULO XXX

Clausura de la Exposición

El disgusto y la rabia de la señora Jarley cuando supo la amenaza de la directora Montflater, no tuvo límites. ¡Ella, la protegida de la familia real, la delicia de la nobleza y la aristocracia, verse expuesta a la vergüenza pública y a las burlas de los chiquillos!

Ideó mil medios de vengarse y de hacer pagar caro a aquella señorita sus atrevidas palabras; pero pensándolo mejor, y tranquilizándose después de algunas consultas con Jorge, el conductor de su vehículo, procuró consolar a Nell con frases cariñosas, pidiéndole como un favor personal que pensara lo que pensara acerca de la Montflater, no hiciera más que burlarse de ella toda la vida.

Así terminó la ira de la señora Jarley. El disgusto de Nell fue más profundo, y la impresión que le produjo no desapareció tan pronto, porque se unía a otros motivos de mayor ansiedad. Aquella tarde, como ella temía, su abuelo desapareció, no volviendo hasta bien entrada la noche. Cansada como estaba, abatida en su ánimo, esperó a que volviera, contando los minutos. Y cuando llegó, sin un cuarto, triste, pero altanero aún, sus primeras palabras fueron.

—¡Búscame dinero: lo necesito, Nell! Te será devuelto triplicado, pero todo el dinero que llegue a tus manos, tienes que dármelo, nena. No para mí (ten presente eso), sino para ti, para usarlo en beneficio tuyo.

¿Qué otra cosa podría hacer aquella desventurada niña sino entregar a su abuelo cuanto tenía, a fin de evitar que robara a su bienhechora? La lucha que sostuvo fue grande. Si lo decía, considerarían loco a su abuelo; si no le daba dinero, lo buscaría él mismo; si se lo daba, ella misma alimentaba aquella locura, que seguiría creciendo así, sin esperanza de curación.

Torturada por esta lucha, cuando el viejo estaba ausente, y temiendo que saliera cuando estaba a su lado, su corazón se iba oprimiendo más y volvían a embargarla las anteriores tristezas, aumentadas con dudas y temores que la atormentaban hasta en sueños.

En medio de su aflicción, pensaba muchas veces en aquella hermosa y dulce joven que apenas había visto, pero cuya simpatía había podido apreciar. Si tuviera una amiga así a quien poder confiar sus penas, se tranquilizaría; pero había una distancia tan grande entre aquella señorita y ella, la humilde narradora de la Exposición, que la señora amistad era un imposible.

Llegaron las vacaciones. Todas las señoritas marcharon a sus casas y la directora se fue a Londres; de Eduarda nadie dijo una palabra. Nell no sabía si había ido a casa de algunos amigos o si permanecía en la escuela.

Una tarde, cuando volvía de dar un paseo, pasó por una fonda donde paraban las diligencias, y allí, abrazando a una preciosa niña que bajaba de un coche, estaba Eduarda.

Aquella niña era su hermana, a la cual no había visto hacía más de cinco años y cuya visita le costaba grandes sacrificios; pero su amante corazón ansiaba tener a su lado unos días a aquel ser tan querido, a quien no se cansaba de besar.

Cuando ambas hermanas se tranquilizaron, tomadas de la mano echaron a andar hacia la casa de una antigua criada, donde Eduarda había alquilado un cuarto para su hermanita.

Nell no pudo resistir el deseo de seguirlas a algunos pasos de distancia y oyó los planes de ambas hermanas para aquellos días. Cuando llegó la noche, sola en su lecho, los ojos de Nell se cuajaron de lágrimas pensando en las dos hermanas y en la separación que seguiría a aquellos venturosos días.

Siempre que Nell podía salir, iba a donde creía encontrar a las dos hermanas; a cierta distancia las seguía si paseaban y se sentaba si ellas lo hacían, deleitándose sólo con la idea de estar tan cerca de ellas. Por la noche paseaban junto a las márgenes del río, y allí Nell, cerca de ellas, hallaba gran consuelo en verlas y oírlas, sin que ninguna de las hermanas se fijara en aquella niña solitaria y triste.

Producto de su imaginación excitada, sentía un consuelo tan grande como si les confiara sus penas y obtuviera de ellas los consuelos que anhelaba su atribulado corazón.

Una noche, al volver a casa, Nell se encontró con que la señora Jarley había dispuesto terminar las sesiones, según rezaba un cartel, cerrando la Exposición al día siguiente.

—¿Nos iremos de aquí enseguida, señora? —preguntó Nell.

—Mira, niña —respondió la señora Jarley sacando otro cartel—; lee y entérate; porque ahora que se han cerrado los colegios y la gente rica se va a veranear, tenemos que acudir al público de otra clase, y ése necesita que le estimulen.

Nell leyó el cartel, que decía así:

«A causa del numeroso público que solicita ver la Exposición, volverá a abrirse mañana, continuando abierta ocho días más».

Al día siguiente la señora Jarley se instaló tras una mesa muy decorada y ordenó que se abrieran las puertas para que pasara el público, pero aunque éste, parado ante el pabellón, parecía interesarse en general por la señora Jarley, no hizo ningún movimiento que manifestara intención de sacar del bolsillo los sesenta céntimos que costaba la entrada. Fue aumentando el gentío hasta obstruir el paso, pero fueron tan pocas personas

las que se decidieron a entrar, que la caja aumentó poco y la señora Jarley sufrió una decepción.

CAPÍTULO XXXI
Sally Brass

El curso de esta historia requiere que entremos en algunos detalles relacionados con la economía doméstica de Sansón Brass, y como ningún momento es más oportuno que éste, llevaremos de un salto al lector a Bevis Mark, introduciéndole en una casa pequeña y oscura, residencia de dicho procurador, y que ostentaba dos placas en la puerta. En una se leía: «Brass, procurador»; en la otra: «Se ceden habitaciones».

En una salida del piso bajo, una mesa desvencijada atestada de papeles amarillos y desgastados por el continuo roce del bolsillo, un par de banquetas a ambos lados de la mesa y un viejo sillón de baqueta colocado junto a la chimenea y que parecía extender sus brazos, que habían sido hollados por muchos clientes; una caja de hierro de segunda mano, donde encerraba declaraciones y otros papeles importantes; dos o tres libros de texto, un tintero de barro, una salvadera y una alfombra bastante deslucida, atestiguaban que aquella sala era el bufete de Brass. Unas cortinas descoloridas por el sol, un denso velo de humo extendido por las paredes y el techo, mucho polvo y algunas telarañas, componían el menaje y decorado de aquella habitación.

Dos ejemplares de naturaleza animal terminaban el conjunto: uno era Sansón Brass, antiguo conocido del lector; el otro era su pasante, ayudante, secretario, administrador, confidente y criticón, todo en una pieza: era la señorita Brass, hermana del procurador, una especie de amazona de la ley, y a la cual no podemos dejar de describir.

Tenía unos treinta y cinco años, una figura delgada y huesuda y un continente resuelto, que si inspiraba afecto de algún admirador, le mantenía también a respetuosa distancia. Cuantas personas se acercaban a ella, quedaban atemorizadas ante su porte. Tenía tal semejanza con su hermano, que si se le hubiera ocurrido la loca idea de vestirse de hombre, nadie hubiera podido decir cuál de los dos era Sansón; tanto más, cuanto que ostentaba bajo el labio inferior cierta prominencia que alguien habría podido tomar por barba, pero que en realidad sólo eran las pestañas, que faltaban en su debido sitio. Su tez era verdosa; su voz, gruesa y rica en tonalidad, una vez oída, era difícil de olvidar. Generalmente usaba un traje del color de las cortinas, abrochado hasta el cuello, creyendo sin duda que la fealdad y sencillez eran el alma de la elegancia. No llevaba cintas en parte alguna, excepto en la cabeza, donde una corbata de gasa oscura se entrelazaba formando una especie de toca de pésimo gusto.

Así era la señorita Brass en su físico. En la inteligencia, era un ser superior. Estuvo dedicada desde su más tierna juventud al estudio de las leyes, no concretándose a la teoría, sino practicando hábilmente todos los menesteres de la oficina, desde la copia perfecta de documentos y expedientes hasta el corte de una pluma. Es imposible comprender cómo semejante maravilla permanecía soltera.

Una mañana, Sansón Brass, sentado en su banqueta, escribía nerviosamente una copia de un proceso, y la señorita Sally, sentada en la suya, cortaba una pluma destinada a extender una factura, que era su ocupación favorita. Largo rato estuvieron en silencio, hasta que la señorita lo rompió diciendo:

—¿Vas concluyendo, Samy? —en los dulces y femeninos labios de Sally, Sansón se convertía en Samy, y todas las cosas adquirían una expresión suave.

—No —respondió su hermano—, si me hubieras ayudado a tiempo, ya estaría hecho.

—¿De veras? —añadió Sally—. ¿Necesitas mi ayuda? ¿Pues no dices que vas a tomar un escribiente?

—Voy a tomarlo, porque quiero; para darme gusto, provocativa pécora —dijo Brass poniéndose la pluma en los labios y mirando a su hermana con rencor—. ¿Por qué me fastidias tanto con el escribiente?

Debemos observar aquí que las frases despreciativas que usaba Brass al hablar a su hermana eran naturales en él, que la consideraba como si fuera de su propio sexo y que a ella le hacían el mismo efecto que si la llamara ángel.

—Lo que digo es que, si fuéramos a tomar escribientes porque los clientes lo desean, podíamos cerrar la oficina y dejar el oficio —dijo la señorita, que en nada hallaba más placer que en irritar a su hermano.

—¿Tenemos muchos clientes como el que lo desea? ¡Contéstame! —repuso Brass.

—Mira —prosiguió, viendo que su hermana guardaba silencio—, mira el registro de facturas; señor Daniel Quilp; señor Daniel Quilp; señor Daniel Quilp por todas partes —añadió repasando las hojas—. ¿Puedo rehusar al escribiente que me proporciona diciéndome: «éste es el hombre que usted necesita», y perder tal cliente?

La señorita Sally no se dignó contestar; sonrió levemente y siguió con su trabajo.

—Ya sé lo que es —continuó Brass—: temes no poder meter la nariz en todos los asuntos, como has hecho hasta aquí. ¿Crees que no lo entiendo?

—Supongo que no podrás trabajar mucho sin mí —respondió la hermana—. ¡No me provoques, Samy, y ten cuidado con lo que haces!

Sansón Brass, que en realidad temía a su hermana, se inclinó más sobre su trabajo y, sin responder, escuchaba cómo proseguía ésta:

—Si yo dispusiera que ese escribiente no viniera, no vendría de ningún modo. Eso ya lo sabes; así, pues, no digas necedades.

Brass oyó estas observaciones con gran mansedumbre, pensando para sí que la señorita haría mejor compañera si no procurara fastidiarle tanto.

De repente desapareció la luz que entraba por la ventana, como si alguna persona la obstruyera, y cuando ambos hermanos miraron, se hallaron con Quilp que, acaballado en el antepecho, preguntaba:

—¿Hay alguien en casa? ¿Por dónde anda el diablo? Brass, ¿vas a ganar algún premio?

—¡Qué gracia! —murmuró el procurador—. ¡Qué excentricidad! ¡Siempre de buen humor!

—¿Es usted, mi querida Sally —prosiguió el enano, mirando a la hermosa—, o es la Justicia con los ojos vendados y sin la balanza ni la espada?, ¿o es el potente brazo de la Ley, la virgen de Bevis?

—¡Qué hombre más original! —repuso Brass—. A fe mía que es lo más extraordinario que he visto.

—Abra usted la puerta —dijo Quilp—, que le traigo aquí... ¡Vaya un escribiente a propósito para usted, Brass! ¡Es un tesoro! Abra pronto, porque si hay algún otro bufete cerca, puede ser que entre en él y no pierdan la ocasión de emplearle.

Probablemente, la pérdida de aquel escribiente importaría un bledo al señor Brass; pero fingiendo gran interés, se levantó, fue a la puerta, e introdujo a su cliente, que llevaba de la mano nada menos que a un personaje tan interesante como Richard Swiveller.

—Ésa es ella —dijo Quilp parándose y mirando a la señorita—. Ésa es la mujer con quien yo debía haberme casado: es la hermosísima Sara; la mujer que tiene todos los encantos de su sexo, sin tener ninguna de sus debilidades. ¡Oh Sara, Sara! Dura como el metal cuyo nombre lleva, ¿por qué no dejar el de Brass y tomar otro apellido?

—No siga usted desbarrando, señor Quilp —murmuró la señorita Sally con áspera sonrisa—. ¿No le da a usted vergüenza decir esas cosas delante de un joven extraño?

—Este joven extraño —continuó Quilp— es lo bastante sensible para entenderme. Es el señor Swiveller, íntimo amigo mío; un caballero de muy buena familia y grandes esperanzas, pero que, debido a ciertas circunstancias de la vida, tiene que contentarse por ahora con la humilde condición de escribiente, no muy envidiable por cierto. ¡Pero qué deliciosa atmósfera!

Esta exclamación era sólo en sentido simbólico: la atmósfera real de aquella habitación estaba tan cargada que Richard estornudó dos o tres veces y miró con incredulidad al odioso enano.

—Me alegro mucho, señor Quilp, el señor Swiveller es verdaderamente afortunado teniendo un amigo como usted —dijo el procurador.

—Supongo —dijo el enano volviéndose hacia Brass— que este señor entrará en funciones cuanto antes. El lunes por la mañana.

—Ahora mismo, si quiere; sin ninguna duda —repuso Sansón.

—La señorita Sally le enseñará el delicioso estudio de las leyes —dijo Quilp—; será su guía, su amiga, su compañera. Ocupado en este estudio con la señorita Sally, los días pasarán volando.

—¡Qué bien habla! —dijo Brass—. ¡Es una delicia oírle!

—¿Dónde se sentará el señor Swiveller? —preguntó Quilp.

—Compraremos otra banqueta —repuso Brass—. Como no teníamos idea de tener un escribiente hasta que usted fue tan amable que nos lo propuso, y el recinto es tan pequeño, no hay otra; pero compraremos una de segunda mano. Entretanto, si el señor quiere, puede ocupar mi sitio y empezar haciendo una copia bien hecha de este mandamiento de expulsión. Probablemente, estaré fuera de casa toda la mañana.

—Saldremos juntos —dijo Quilp—: tengo que hablar con usted sobre diversos asuntos de negocios. ¿Puede concederme un ratito para conversar acerca de ellos?

—¿Me pregunta usted si tengo tiempo para escucharle? ¡Usted bromea, señor! Tendría que estar excesivamente ocupado para no poder atenderle. No hay muchas personas que puedan aprovechar las enseñanzas y observaciones del señor Quilp; por consiguiente, sería imperdonable que yo desperdiciara la ocasión que se me ofrece.

El enano miró a su amigo sarcásticamente, se volvió para decir adiós a la señorita Sally, se despidió de Dick con un ligero movimiento de cabeza y salió con el procurador, que iba orgulloso de acompañar a su cliente.

Dick permaneció en el escritorio en completo estado de estupefacción, mirando a la arrogante Sally como si fuera un bicharraco y pensando de dónde habría salido aquella horrorosa mujer. Cuando el enano estuvo en la calle montó otra vez en el antepecho de la ventana y miró dentro de la habitación con ojos malignos, chispeantes y burlones.

La señorita Brass, ocupada como estaba con el libro de facturas, no advirtió el estupor de Dick, que la miraba de pies a cabeza con perplejidad estúpida, preguntándose cómo habría venido a estar en compañía de aquel monstruo, no sabiendo si dormía o si estaba despierto. Al fin dio un gran suspiro y, volviendo a la realidad, se quitó el abrigo, lo dobló, se

puso una chaquetilla azul y, sin poder dejar de mirarla, se dejó caer sobre la banqueta de Brass profundamente consternado.

Antes de poder empezar a escribir, aún levantó Dick la cabeza dos veces más, fascinado completamente por aquella señorita. Poco a poco se fue apoderando de él un irresistible deseo de arrancarle de la cabeza aquella odiosa toca. Tomó una regla larga que había sobre la mesa y empezó a jugar con ella; en uno de los movimientos hizo saltar la maldita cofia, sin que la inconsciente doncella, que seguía escribiendo y completamente absorta en su trabajo, levantara siquiera los ojos.

Empezó a tranquilizarse. Escribió y escribió desesperadamente; después volvió a tomar la regla y alzó la cofia del suelo, le dio unas cuantas vueltas en el aire y la tiró a un rincón con ademán despreciativo.

Así pudo llegar el señor Swiveller a tranquilizarse por completo y escribir media docena de renglones sin volver a tomar la regla.

CAPÍTULO XXXII

El caballero misterioso

Después de unas dos horas de constante aplicación, la señorita Brass terminó su trabajo, limpió la pluma en el traje verde y tomó un polvito de una tabaquera que llevaba en el bolsillo. Luego se levantó de su banqueta, ató los papeles con un trozo de balduque y, poniéndose el rollo bajo el brazo, salió de la oficina.

Dick había escasamente dado un salto y empezado a danzar, en su alegría por verse solo, cuando se abrió la puerta, reapareciendo la cabeza de Sally.

—Voy a salir —dijo.

—Perfectamente, señora —dijo Dick, añadiendo para sí—, y no se dé usted prisa en volver.

—Si alguien viniera para algún asunto de la oficina, tome usted el recado y diga que el señor que entiende en la materia no está en este momento.

—Lo haré así, señora.

—No tardaré mucho —dijo la señorita Brass saliendo.

—Lo siento mucho, señora —añadió Dick cuando oyó cerrar la puerta—. Me alegraría de que encontrara a alguien que la entretuviera; si la pillara un coche, aunque sin hacerle mucho daño, sería mejor.

Después de manifestar este agradable deseo, con suma gravedad se sentó y empezó a meditar.

¡Conque soy el escribiente de Brass y escribiente de la hermana de Brass; escribiente de un dragón femenino! ¡Muy bueno, muy bueno!

Quilp me ofrece esta plaza, asegurando que no la perderé; Fred apoya lo que Quilp dice, y me insta a que la acepte. Mi tía cesa en sus remesas y me escribe diciendo que ha vuelto a hacer otro testamento. ¡Sin dinero, sin crédito, sin la ayuda de Fred, que parece haber sentado de repente la cabeza, y con un apremio para que me mude de casa! ¡Dos, tres, cuatro, seis golpes! ¡Es imposible resistirlos! Pero, a pesar de todo, seguiré en mis tonos y veremos quién se cansa antes.

Tomando posesión de la oficina, abrió la ventana y se asomó a ella. Pasó un chico con cerveza y le hizo servirle medio cuartillo; después llegaron tres o cuatro muchachos que hacían recados a varios procuradores y abogados, y los recibió y despachó como si estuviera ya ducho en el asunto. Terminadas todas estas interrupciones, se sentó en su sitio, poniéndose a hacer caricaturas de la señorita Brass y silbando entretanto.

De repente paró un coche a la puerta y un repiqueteo anunció que la visita era para Brass. Como Swiveller, que no tenía que ocuparse más que en los asuntos de la oficina, no hizo caso de la puerta, aunque sabía que no había nadie en casa.

En esto, sin embargo, se equivocaba Dick, porque después de repetirse los golpes varias veces, la puerta se abrió y alguien con paso pesado subió la escalera y entró en la habitación de encima de la oficina. Swiveller estaba pensando si sería alguna hermana gemela del dragón, cuando sintió tocar a la puerta con los nudillos.

—¡Adelante! —dijo Dick, añadiendo para sí—: Si hay muchos clientes, el asunto se complicará.

—Dispense usted, señor —dijo una vocecita delante de la puerta—, ¿quiere usted enseñar el cuarto que se alquila?

Dick miró y halló a una niña vestida con un delantal que le llegaba hasta los pies, y que quedó tan sorprendida al ver a Dick, como Dick al verla a ella.

—No tengo nada que ver con ese asunto, que vuelvan otra vez —dijo el flamante empleado.

—Haga usted el favor de venir, señor —volvió a decir la niña—. Cuesta dieciocho chelines a la semana, la ropa aparte, y fuego en invierno por chelín y medio diario.

—¿Por qué no lo enseñas tú, que lo sabes mejor que yo?

—La señorita Sally dijo que no lo enseñara yo, porque la gente, al verme tan pequeña, creería que no iban a servirla bien.

—Pero lo verán después —añadió Dick.

—Sí, pero después que lo tomen por quince días no lo van a dejar, porque a nadie le agrada mudarse todos los días.

—¿Eres la cocinera acaso? —preguntó Dick levantándose.

—Sí —dijo la niña—, yo guiso, soy doncella y hago todo el trabajo de la casa.

«Supongo que entre Brass, el dragón y yo hacemos la parte más sucia», pensó Richard. Después, poniéndose la pluma en la oreja, como símbolo de su importancia en la casa, se apresuró a recibir al presunto inquilino.

—Creo que usted desea ver esta habitación, caballero. Es muy linda; se ve desde la ventana toda la calle y está muy cerca... de la primera esquina.

—¿Cuánto renta? —preguntó el caballero.

—Una libra semanal —dijo Richard aumentando lo estipulado.

—La tomo.

—Las botas y la ropa son aparte —añadió Dick—; el fuego en invierno...

—¡Conforme, conforme! —prosiguió el caballero.

—Hay que pagar quince días adelantados.

—¡Quince días! —exclamó el caballero mirando a Dick de pies a cabeza—. Pienso vivir dos años. Tome, tome diez libras a cuenta y asunto terminado.

—Tenga usted presente, señor, que yo no soy Brass —repuso Richard.

—¡Brass! ¡Brass! ¿Y quién dice que lo sea usted? ¿Quién es Brass?

—El dueño de esta casa —dijo Dick.

—Me alegro mucho. Es un hombre propio de curial. ¡Cochero —dijo asomándose a una ventana—, puede usted irse! Y usted, lo mismo —añadió dirigiéndose a Richard.

Éste quedó tan confuso ante aquel extraño inquilino, que le miró lo mismo que la señorita Sally, circunstancia que no afectó en lo más mínimo al caballero; el cual procedió a quitarse el tapabocas, las botas y toda la ropa, que fue doblando prenda por prenda y metiéndola en el baúl, que ya antes había subido un mozo. Echó los transparentes de las ventanas, corrió las cortinas de la cama, dio cuerda al reloj y con toda la comodidad posible se metió bonitamente en la cama.

—Llévese usted ese billete y que no me llamen ni entre nadie aquí hasta que yo avise —fueron sus últimas palabras.

—¡Pues vaya una casita rara! —dijo Richard entrando en la oficina con el billete de diez libras en la mano—. Dragonas en el negocio trabajando como hombres; cocineritas de una vara de altura que salen, al parecer, de debajo de la tierra; gente extraña que llega y se mete en la cama en medio del día sin pedir permiso a nadie. Si fuera uno de esos hombres que se echan a dormir y duermen por espacio de dos años, me

habría lucido. Espero que Brass no se ofenda. Si se ofende lo sentiré, pero después de todo, no tengo nada que ver en el asunto.

CAPÍTULO XXXIII

El durmiente

Cuando el señor Brass volvió a su casa, quedó muy satisfecho de la noticia que le dio su escribiente, y en particular con el billete de diez libras, que miró y remiró hasta convencerse de que era genuinamente auténtico. Se puso de magnífico humor, llevando su liberalidad y condescendencia hasta invitar a Richard a tomar un ponche en ese período indefinido que solemos denominar «un día de éstos» y reconocer que tenía extraordinaria aptitud para los negocios.

En cambio, la señorita Sally mostró gran disgusto, diciendo que, al ver el gran deseo que tenía de alojarse allí, podía habérsele pedido al extraño inquilino doble o triple cantidad. Ni una ni otra opinión hicieron mella en el ánimo de Dick, que con indiferencia completa siguió trabajando.

Al día siguiente Swiveller encontró una banqueta dispuesta para él, pero como tenía una pata más corta que las otras, discutieron unos instantes la manera de arreglarla, cosa que hizo levantar la cabeza a Sally, que trabajaba afanosamente, diciendo al mismo tiempo:

—¿Quieren ustedes callarse? ¿Cómo voy a trabajar con tanta conversación? Y tú, Samy, déjale que trabaje —señalando a Dick con las barbas de la pluma—. Seguramente no hará más de lo que pueda.

El procurador se sintió inclinado a responder una inconveniencia, pero calló por consideración y siguió escribiendo largo tiempo en silencio, de tal modo que Richard se quedó medio dormido varias veces y escribió una porción de palabras en caracteres muy extraños, hasta que la señorita rompió el silencio expresando su opinión de que el señor Swiveller «la había hecho buena».

—¿Hecho qué? —preguntó Richard.

—¿No sabe usted que el huésped no se ha levantado todavía, ni ha dado señales de vida desde que se acostó ayer tarde?

—Creo que puede dormir en paz y tranquilidad sus diez horas, si le place, señora —repuso Dick.

—Es que empiezo a creer que no va a despertar nunca —observó Sally.

—Es raro, sí —repuso Brass—. Swiveller, usted tendrá presente que ese señor entregó diez libras como parte de la renta de dos años de alquiler del cuarto. Para el caso de que le hubiera ocurrido ahorcarse o cosa

por el estilo, sería mejor que lo anotara usted; en un caso así, todas las precauciones son pocas.

Richard escribió un pequeño memorándum y lo entregó al procurador, que lo aprobó diciendo:

—¡Perfectamente! Pero ¿está usted seguro de que ese caballero no dijo más?

—Ni una palabra, señor.

—Recuerde bien. ¿No dijo, por ejemplo, que era forastero en Londres; que no podía dar sus referencias, aunque comprendía que nuestro deber era exigirlas, o que si le ocurría algún accidente, su baúl y cuanto contuviera quedaría a mi disposición en recompensa de las molestias que ocasionara?

—No, señor —dijo Richard.

—Entonces, señor Swiveller, sólo le diré que ha errado la vocación y que nunca podrá ser buen curial.

—No, aunque viva mil años no lo será —agregó la señorita Sally—. Después ambos hermanos tomaron un polvito de rapé y se quedaron absortos en profunda meditación.

Siglos le parecieron a Richard las horas que faltaban para la hora de comer. Apenas sintió la primera campanada, desapareció para no volver hasta pasadas las dos. Cuando volvió, la oficina quedó impregnada como por magia de un fuerte olor a limonada.

—Aún no ha despertado ese hombre —fueron las primeras palabras de Brass—. Con nada se despierta. ¿Qué haremos?

—Dejarle dormir —observó Richard.

—¡Pero si hace veintiséis horas que duerme! Hemos arrastrado baúles encima de su cuarto, hemos dado aldabonazos muy fuertes en la puerta de la calle y nada, no se despierta.

—Tal vez si uno subiera al tejado y se descolgara en su cuarto por la chimenea... —dijo Dick.

—Sí: eso sería excelente, pero hace falta uno que lo haga. Si hubiera alguien lo bastante generoso...

Como Richard no se dio por aludido, Brass le invitó a subir para examinar el terreno y, aplicando un ojo a la cerradura, murmuró:

—Sólo puedo ver las cortinas del lecho. ¿Es un hombre fuerte?

—Mucho —respondió Richard.

—Entonces sería una cosa muy desagradable que saliera de repente —murmuró Brass, y añadió a voces —: ¡Fuera de aquí, abandonen ustedes la escalera! Soy el amo de mi casa y no me asusta nadie; pero hay que respetar las leyes de la hospitalidad. ¡Hala!, ¡hala!

En tanto que Brass, sin dejar de mirar por el ojo de la llave, pronunciaba estas frases con ánimo de atraer la atención del huésped y la

señorita tocaba apresuradamente la campanilla, Richard, subido sobre su banqueta a fin de que si el hombre salía enfurecido no le viera, repiqueteó una ruidosa marcha en los paños superiores de la puerta dando golpes con la regla. Entusiasmado con su invención, fue acentuando el concierto hasta apagar el sonido de la campanilla, y la criadita, que estaba parada en la escalera esperando órdenes, tuvo que taparse las orejas.

De repente se abrió violentamente la puerta; la criadita se escondió en la cueva, Sally echó a correr a su cuarto y Brass, que tenía fama de valiente, no paró hasta llegar a la calle próxima, donde, al ver que nadie le seguía, se metió las manos en los bolsillos y empezó a silbar.

Entretanto, Swiveller, estrechándose todo lo posible contra la pared, miró atentamente al caballero que, parado en la puerta con las botas en la mano como para tirárselas a alguno, juraba y perjuraba horriblemente. Gruñendo venganza se volvía dentro del cuarto, cuando se fijó en Richard y le dijo:

—¿Era usted el que metía ese horroroso ruido?

—Únicamente ayudaba, señor —contestó Richard mostrando la regla.

—¿Y cómo se atrevían ustedes a molestarme así?

Richard manifestó que no era extraño, dado que había estado durmiendo veintiséis horas seguidas, que estuvieran alarmados, temiendo que le hubiese ocurrido algún accidente, y, además, no podía consentir que un hombre sólo pagase por dormir como uno y durmiera como dos.

—Verdad, verdad —murmuró el huésped, y en vez de enfadarse con Swiveller, se puso a mirarle con socarronería acabando por decir en respuesta a las observaciones de Dick, suplicándole que no lo hiciera más:

—Entre, entre, granuja.

Richard le siguió, entrando tras él en su cuarto, sin abandonar la regla para prevenir el caso de encontrarse con alguna sorpresa; precaución de que se alegró cuando vio que el caballero, sin dar explicación de ningún género, cerró la puerta y dio dos vueltas a la llave.

El huésped abrió su baúl, sacó una especie de caja con patas que brillaba como si fuera de plata, y que tenía varios compartimentos, y en uno echó café, en otro puso un huevo, en otro una chuleta y en otro agua. Colocó debajo una lamparilla de espíritu y, con gran admiración de Dick, en pocos minutos estuvo hecho el desayuno.

—Agua caliente —dijo, ofreciendo a Richard lo que iba diciendo—, ron muy bueno, azúcar y un vaso; mézclelo usted mismo pronto y beba.

El huésped, sin hacer caso de la sorpresa de Richard y como hombre acostumbrado a hacer tales milagros sin darles importancia, se puso tranquilamente a desayunar.

—El amo de esta casa es un curial, ¿verdad? —preguntó de pronto.

Richard asintió con un movimiento de cabeza.

—¿Y la señora, qué es?

—Un dragón —murmuró Dick.

El caballero no manifestó sorpresa y volvió a preguntar:

—¿Mujer o hermana?

—Hermana —añadió Richard.

—Tanto mejor; así puede desprenderse de ella cuando quiera.

Después de un rato de silencio, el caballero prosiguió:

—Quiero obrar a mi antojo; acostarme cuando quiera, levantarme cuando me acomode y entrar y salir cuando me plazca: que no me pregunten ni me espíen. En esto las criadas son el demonio; aquí sólo hay una.

—Y muy pequeña, por cierto —agregó Dick.

—Por eso me conviene la casa —prosiguió el huésped—: quiero que sepan cómo pienso. Si me molestan, perderán un buen huésped. ¡Buenos días!

—Dispense usted —dijo Richard parándose junto a la puerta que el caballero tenía abierta para que saliera—. ¿Y el nombre?

—¿Qué nombre? —preguntó el huésped.

—El suyo, para el caso de que vengan cartas o paquetes.

—Nunca tengo correspondencia.

—Por si vienen visitas.

—No recibo visitas.

—Si ocurre alguna equivocación no será culpa mía, señor.

—No culparé a nadie —dijo el huésped, con tal irascibilidad que Richard se encontró repentinamente en la escalera oyendo cerrar la puerta con violencia tras de sí.

Los hermanos Brass habían estado acechando por el ojo de la llave, sin poder oír ni ver nada, porque habían pasado el tiempo altercando sobre quién había de mirar, y, cuando Swiveller salió, corrieron a la oficina para oír el relato de los sucesos.

Richard hizo una relación más brillante que verídica de los deseos del caballero, declarando que tenía un repuesto de vinos y manjares de todas clases; que había asado un magnífico solomillo en dos minutos y que sólo con pestañear, había hecho hervir agua: hechos de los cuales infería que era un gran químico o un alquimista, o ambas cosas a la vez, y que su estancia en aquella casa reportaría en su día un gran honor al nombre de Brass y a la historia del barrio.

CAPÍTULO XXXIV

Un misterio

Como el caballero misterioso, aun después de estar algunas semanas en la casa, no quería entenderse con nadie más que con Richard y pa-

gaba todo adelantado, daba poco trabajo, no hacía ruido y se levantaba temprano, Dick llegó a ocupar un puesto importante en la familia: el de intermediario entre ellos y el misterioso inquilino, a quien nadie osaba acercarse.

Si ha de decirse la verdad, tampoco recibía muy bien a Dick; pero como éste volvía siempre citando frases en que le llamaba amigo, compañero, etcétera, todo en el tono más familiar y confidencial, mi Sansón ni Sally dudaron un momento de su veracidad.

Por otra parte, Dick había hallado favor en el ánimo de Sally. Educada y criada entre leyes, pues su padre había sido un abogado y al morir la confió a los cuidados de su hijo Sansón, no había tenido más amigos ni relaciones que las propias de la profesión. Era un alma inocente, y cuando fue observando a Dick, cuyas cualidades alegraban aquel triste bufete, quedó prendada de ellas. Dick cantaba de cuando en cuando trozos de ópera, de zarzuelas, de cuplés, de todo; hacía juegos de manos de todas clases y descripciones que en ausencia del señor Brass arrojaban de la oficina el tedio y el fastidio.

Sally descubrió estas cualidades por casualidad e instó a Dick para que no se contuviera en su presencia, cosa que él tuvo bien en cuenta; de aquí nació gran amistad entre ambos. Swiveller empezó a considerarla lo mismo que su hermano, como si fuera otro escribiente, y muchas veces consiguió que le escribiera lo que él debía hacer, servicios que agradecía dándole una palmadita en la espalda o diciéndole que era un compañero endemoniado, un perro fiel y otras lindezas por el estilo, que la señorita Sally recibía con completa satisfacción.

Una cosa preocupaba a Dick: la estancia de la criadita en aquella casa. No salía nunca, no entraba jamás en la oficina, no se asomaba a ninguna ventana, nadie hablaba de ella, nadie iba a verla; parecía habitar bajo tierra y salir a la superficie únicamente cuando sonaba la campanilla de la habitación del misterioso huésped. Entonces acudía allí, desapareciendo otra vez inmediatamente.

—Sería inútil preguntar a la señorita Brass; tengo la seguridad de que terminaría nuestra amistad —se decía Dick a sí mismo—. Daría cualquier cosa, si la tuviera, por saber lo que hace esa niña y dónde la ocultan.

Poco después la señorita Sally se limpió la pluma en el vestido y abandonó su asiento, diciendo que iba a comer. Unos momentos después Richard observó que bajaba por una escalerilla a la cueva.

—¡Ah, caramba! —exclamó—, va a dar de comer a la criadita. ¡Ahora o nunca!

Mirando por la barandilla apenas hubo desaparecido la señorita en aquella oscuridad, buscó a tientas el camino y llegó a una puerta que Sally acababa de atravesar llevando en la mano un pedazo de pierna de

carnero. Era un lugar triste y oscuro, húmedo y bajo de techo; la chimenea donde se guisaba estaba rellena de ladrillos a fin de que sólo pudiera consumir una escasa cantidad de carbón. Todo estaba cerrado con llave: el carbón, las velas, la sal, la manteca; todo, en una palabra. Un camaleón se hubiera muerto allí desesperado.

La pequeña, en presencia de la señorita, bajaba humildemente la cabeza.

—¿Estás ahí? —preguntó ésta.

—Sí, señora —respondió la niña con voz apagada.

La señorita sacó una llave del bolsillo y abrió una despensa, sacando un plato de patatas más duras que piedras y lo dejó sobre la mesa, diciendo a la criadita que fuera comiendo. Después, afilando bien el trinchante, cortó dos delgadísimas rebanadas de carne y, sosteniéndolas en la punta del tenedor, las enseñó a la niña diciendo:

—¿Ves esto?

La muchacha, que con el hambre que tenía hubiera visto cualquier cosa, respondió que sí y la señorita Sally las dejó en el plato diciendo:

—Entonces, ten cuidadito con decir a nadie que aquí no te dan carne. ¡Come!

La infeliz criatura hizo lo que le mandaban; luego la señorita le preguntó si quería más y, como la niña estaba segura de que era pura fórmula, respondió que no.

—Has comido carne —repuso la señorita Sally resumiendo los hechos—, has tenido toda la que podías comer; te preguntan si quieres más y dices que no. Tenlo presente y no te quejes diciendo que no te dan lo que necesitas.

Con estas palabras, la señorita guardó la carne, cerró la despensa y se quedó observando a la niña hasta que terminó su ración de patatas.

La señorita Brass tenía seguramente algún motivo de queja contra aquella niña, porque no podía estar cerca de ella sin darle algún golpe con la hoja del cuchillo en la cabeza, en la espalda o en algún otro sitio, y cuando ya se retiraba, con gran sorpresa de Richard, volvió y le dio una paliza. La pobre niña gimió de un modo como si temiera levantar la voz y la señorita, tomando un polvo de rapé, subió la escalera, precisamente cuando Richard llegaba al bufete.

FIN DE «LA ODISEA DE NELL»

SEGUNDA PARTE

El descanso tras la lucha

CAPÍTULO PRIMERO

Polichinelas en Bevis Mark

Entre otras rarezas de que cada día daba alguna muestra, el caballero misterioso tenía la de ser muy aficionado a los polichinelas, tomando un gran interés en sus representaciones.

Si alguna vez llegaba a Bevis Mark el sonido de la trompeta anunciadora de que los saltimbanquis pasaban cerca, se vestía apresuradamente, echaba a correr hacia el sitio donde oía el sonido y pronto volvía con la tienda y sus propietarios frente a casa del señor Brass. El caballero subía a instalarse cómodamente en una ventana y empezaba la función con todo el acompañamiento de tambores y gritos. Estos espectáculos hicieron una revolución en la tranquila barriada de Bevis Mark y la quietud huyó de aquellos lugares.

Nadie, sin embargo, se disgustó tanto como el mismo Sansón, que empleó todos los medios posibles para alejar a aquellos molestos saltimbanquis, aunque sin ofender a un inquilino tan estimable.

—Hace dos días que no hemos tenido por aquí a los saltimbanquis —decía Brass una tarde—: espero que no vuelvan.

—¿Por qué? —murmuró Sally—. ¿Te perjudican?

—¿Que si me perjudican? —replicó Sansón—. Pues qué, ¿es una cosa agradable estar oyéndolos continuamente, distrayéndonos y haciendo que uno rechine los dientes desesperado? ¿No es un inmenso perjuicio tener la calle interceptada con una pandilla de granujas que deben de tener la garganta de..., de...?

—*Brass!* (bronce) —exclamó Swiveller.

—Eso es, de bronce —prosiguió el procurador, mirando a Richard para cerciorarse de que no había dicho aquella palabra con mala intención—. ¿No es perjudicial eso?

Sansón paró aquí su invectiva, escuchó un lejano sonido y, apoyando la cabeza en la palma de la mano, con los ojos fijos en el techo exclamó:

—¡Ahí viene uno!

La ventana del caballero misterioso se abrió al momento.

—¡Ahí viene otro! —dijo Brass estupefacto al oír otro sonido.

El caballero bajó de un salto y se lanzó a la calle, dispuesto a hacerlos parar allí. Swiveller, a quien aquel espectáculo divertía mucho, porque le impedía trabajar, y Sally, para quien aquel movimiento era una inusitada fiesta, tomaron posiciones en la ventana, estableciéndose lo más cómodamente posible, dentro de las circunstancias.

Se dio una representación entera, que retuvo a los espectadores encadenados hasta el fin; al terminar, todos sentían esa sensación que sigue a un período de atención sostenida, cuando el huésped, como de costumbre, dijo a los saltimbanquis que subieran a su cuarto.

—¡Los dos! —exclamó, viendo que solamente uno, pequeño y redondito, se disponía a aceptar la invitación—. Suban los dos, que quiero hablar con ambos.

—Ven, Thomas —dijo el hombrecillo.

—No soy aficionado a hablar —dijo el otro—, díselo así. ¿Para qué tengo que ir y hablar, si no tengo nada que decir?

—¿No ves que ese hombre tiene allí una botella y unos vasos? —dijo el otro con insistencia—. ¿Qué esperas? ¿Crees que el señor ese va a llamarnos otra vez? ¡No tienes pizca de educación!

Con estas observaciones, el hombre meláncolico, que no era otro que Thomas Codlin, pasó delante de su amigo y compañero, Short o Trotter, y corrió hasta llegar a la habitación del caballero.

—Bueno, amigos míos, lo han hecho ustedes muy bien. Qué, ¿quieren tomar algo? Tengan la bondad de cerrar la puerta.

El caballero señaló dos sillas, expresando con un significativo movimiento de cabeza su deseo de que se sentaran. Los señores Codlin y Short, después de mirarse mutuamente dudosos e indecisos, concluyeron por sentarse en el borde de las sillas que les habían sido indicadas, en tanto que el caballero llenaba un par de vasos y los invitaba a beber con suma cortesía.

—Están ustedes bien tostados por el sol —dijo el caballero—. ¿Han viajado mucho?

Short hizo un signo afirmativo y sonrió. Codlin hizo un gesto igual, corroborando el aserto de su locuaz compañero con una especie de gruñido.

—¿En ferias, carreras de caballos, mercados y cosas por el estilo, supongo? —prosiguió el misterioso caballero.

—Sí, señor —dijo Short—, hemos recorrido casi todo el oeste de Inglaterra.

—He hablado con hombres de la profesión de ustedes que habían recorrido el norte, el este y el sur; pero no había encontrado uno que viniera del oeste.

—Nosotros hacemos nuestra ruta por esa parte generalmente en verano, aunque hay muchos días lluviosos, en los cuales no ganamos nada.

—Voy a llenar los vasos otra vez.

—Muchas gracias, señor —dijo Codlin interviniendo en la conversación, que hasta entonces había llevado Short—. Yo sufro mucho en esos sitios, pero nunca me quejo. Short puede quejarse todo lo que quiere, pero si me quejo yo...

—Codlin vale mucho —dijo Short mirándole de soslayo—, pero a veces se duerme. Acuérdate de la última feria donde estuvimos.

—¿Cuándo cesarás de mortificarme? —murmuró Codlin—. Estaba atendiendo mi negocio y no podía mirar a veinticinco sitios al mismo tiempo. Si yo no serví para cuidar de un viejo y una niña, tampoco tú; así, no tenemos nada que echarnos en cara.

—Vale más que no hablemos de eso, Thomas —dijo Short—. Creo que no interesa por ningún concepto a este caballero.

—Entonces, no debías tú haberlo traído a cuento —añadió Codlin—, y suplico a este señor que nos dispense por obligarle a escuchar nuestras querellas.

El caballero había estado escuchando con perfecta tranquilidad cuanto decían los saltimbanquis, como si esperara la oportunidad de preguntar algo, o de encauzar la conversación otra vez hacia el asunto anterior. Pero cuando llegaron al punto en que Short acusaba a Codlin de dormilón, mostró en la discusión un interés creciente, que fue aumentando hasta llegar al máximo.

—Ustedes son los dos hombres que yo necesito —dijo—; los dos hombres que he estado buscando sin poder encontrarlos. ¿Dónde están ese viejo y esa niña de que han hablado?

—Señor... —murmuró Short mirando a su amigo y titubeando.

—Sí, ese viejo y esa niña que viajaban con ustedes, ¿dónde están? Si hablan y lo dicen, tengan la seguridad de que no perderán ustedes nada; al contrario, tendrán más de lo que pueden esperar. Han dicho ustedes que los perdieron de vista en las carreras, según he podido entender. Sabemos su ruta hasta allí, pero nada más; allí parecen perderse. ¿No tienen ustedes algún dato, algo que sirva de clave para encontrarlos?

—¿No te dije siempre —dijo Short mirando con asombro a su amigo— que seguramente andarían indagando su paradero?

—¿Y no dije yo —repuso Codlin— que aquella hermosa niña era la criatura más interesante que jamás había yo visto? ¿No te dije varias veces que la quería y que no sabría dónde ponerla? ¡Preciosa criatura! Parece que la estoy oyendo: «Codlin es mi amigo, Short no», mientras una lágrima de gratitud se escapaba de sus ojos.

Al decir esto, Codlin se limpió los ojos con la manga de su chaqueta y movió la cabeza con aire de pena, dejando que el caballero supusiera que desde que había desaparecido la joven había perdido su felicidad.

—¡Dios mío! —murmuró el caballero—, ¿habré encontrado al fin a estos hombres para saber únicamente que no pueden darme ningún dato? ¡Hubiera sido mucho mejor seguir viviendo con la esperanza de encontrarlos, que haberlos hallado y ver destruidas mis esperanzas de un golpe!

—Espere usted —dijo Short—, un hombre llamado Jerry... ¿Tú conoces a Jerry, Thomas?

—¡No me hables de él! ¿Qué me importa a mí Jerry cuando pienso en mi preciosa niña? «Codlin es mi amigo», decía; «Codlin, no Short».

—Un hombre que se llama Jerry —continuó Short dirigiéndose al caballero—, que tiene una colección de perros, me dijo incidentalmente que había visto a la niña y a su abuelo en algo así como una colección de figuras de cera que por casualidad vio transportar de un lado a otro. Como habían huido de nosotros, y él los vio por el campo, ni traté de buscarlos ni pregunté más. Pero si usted quiere, puedo averiguarlo.

—¿Está en Londres ese hombre? —dijo con impaciencia el caballero—. ¡Dígamelo pronto!

—No, no está hoy; pero estará mañana, porque se aloja en nuestra casa —repuso Short con rapidez.

—Tráigamelo usted —dijo el misterioso caballero—. Aquí hay una guinea: si por medio de ustedes encuentro a esa gente, esta guinea será el principio de veinte más. Vuelvan mañana y no hablen con nadie de este asunto; cosa que creo inútil advertir, porque ya cuidarán de callarse por su propia cuenta. Denme las señas de su casa y retírense ustedes.

Los dos hombres dieron las señas pedidas y se marcharon seguidos de la turba que los esperaba en la puerta. El caballero misterioso pasó dos horas en mortal agitación, paseando arriba y abajo por su habitación sobre las curiosas cabezas de Richard Swiveller y Sally Brass.

CAPÍTULO II

Pesquisas

En tanto que se desarrollaban los sucesos narrados anteriormente, Kit, en la granja Abel, en Fichley, se captaba la voluntad de los señores Garland, de su hijo, de Bárbara y de la jaca, llegando a encontrarse tan a gusto como en su propia casa. Esto no quiere decir que olvidara a su familia y aquella humilde casita donde vivían su madre y sus hermanos. Jamás hubo una madre más alabada por su hijo que la de Kit, que nunca se cansaba de contar a Bárbara las bondades de su madre y las gracias y tra-

vesuras de Jacobito. Y en cuanto a su casa, sabía la pobreza que reinaba en ella, comprendía cuán diferente era de la de sus amos y, sin embargo, pensaba en ella gustoso, viéndola en su mente como un paraíso. Con toda la frecuencia posible, según la liberalidad del señor Garland, enviaba a su madre algún que otro chelín; algunas veces, cuando le enviaban cerca, tenía el placer de hacer una escapada para dar un abrazo a aquella madre adorada y a sus hermanitos, siendo la admiración de todos los vecinos, que oían embebecidos la descripción que de la granja, de sus maravillas y magnificencias hacía el buen muchacho.

Aunque gozaba del favor de todos los habitantes de la granja, quien más le distinguía con una predilección notoria era la obstinada jaca, que en sus manos llegó a convertirse en el animal más manso y tranquilo del mundo. Verdad es que a medida que obedecía a Kit se hacía más desobediente e indómita respecto de los demás y que aun guiada por él, solía ponerse juguetona y dar botes, pero Kit logró persuadir de tal modo a la señora de que sólo su genio alegre era lo que la ponía tan juguetona, que si hubiera volcado el coche, hubiera tenido la seguridad de que lo había hecho con la mejor intención del mundo.

Kit llegó a ser una maravilla completa en todos los asuntos relacionados con el establo; un jardinero bastante bueno, un auxiliar muy útil en la casa y un servidor indispensable para Abel, que cada día le daba nuevas pruebas de confianza y aprecio. El notario Witherden le consideraba mucho y hasta Chuckster, el pasante, se dignaba saludarle con aire de agrado y protección.

Una mañana, como de costumbre, Kit enganchó el coche y condujo a Abel a casa del notario. Se disponía a retirarse con el coche, cuando oyó que Chuckster le llamó, diciéndole que le necesitaban en la oficina.

—¿Ha olvidado algo el señorito Abel? —preguntó Kit bajando del pescante.

—No me preguntes —dijo el pasante—, entra y lo verás.

Kit se limpió cuidadosamente los zapatos y llamó a la puerta, que fue abierta instantáneamente por el notario en persona.

—Entra, Christopher, entra —dijo el notario. Y después, dirigiéndose a un caballero de cierta edad, grueso y bajo, que estaba en la habitación, añadió—: Éste es el joven. Los señores Garland, clientes míos, quedaron prendados de él en mi misma puerta. Tengo mis razones para creer que es un buen muchacho y que puede usted creer cuanto le diga. Voy a presentarle a su amo, el señor Abel Garland, un joven escritor muy notable, que trabaja en mi bufete, y amigo particular mío, caballero.

—Para servir a usted — dijo el caballero desconocido.

—Igualmente, caballero —murmuró Abel con dulzura—. ¿Deseaba usted hablar con Christopher?

—Sí, si usted me lo permite.

—Con mucho gusto, caballero.

—El asunto que me trae aquí no es un secreto; al menos, no debe serlo *aquí* —añadió el caballero desconocido, viendo que Abel y el notario se disponían a retirarse—. Se refiere a un comerciante de antigüedades a quien este joven servía y que me interesa mucho encontrar. He estado muchos años ausente de esta ciudad y soy rudo y poco cortés en mis maneras, mas espero que ustedes me dispensarán, caballeros.

—Nada tenemos que dispensar, señor —replicaron a una Abel y el notario.

—He hecho muchas indagaciones en el barrio donde vivió dicho señor, y allí he sabido que este joven le servía; encontré la casa donde vive su madre, y esta señora me encaminó aquí, como el sitio más a propósito para adquirir noticias suyas. Ésta es la causa de mi presencia aquí esta mañana.

—Me alegro mucho de que esa causa me ofrezca la oportunidad de verme honrado con su visita —dijo el notario.

—Caballero, habla usted como un hombre de mundo; pero creo que vale usted mucho más —repuso el desconocido—, así que no se moleste en dirigirme cumplidos.

—¡Hum! —tosió el notario—, es usted muy llano, señor.

—Soy llano en todo; en mi conversación y en mis hechos. Si usted halla ofensa en mi trato, ya tendremos ocasión de buscar excusas.

El notario parecía algo desconcertado por la manera como aquel hombre conducía la conversación; Kit le miraba atónito y con la boca abierta, pensando en el modo como le hablaría a él, cuando hablaba así nada menos que a un notario. Sin embargo, no mostró dureza al dirigirse al muchacho, diciéndole apresuradamente:

—Espero que no me harás la injuria de creer que hago estas pesquisas con otro objeto que el de servir y ayudar a los que busco. Te suplico que no lo dudes y que confíes en mi palabra. El caso es, caballeros —prosiguió, dirigiéndose al notario y a Abel—, que me encuentro en una posición penosa e inesperada. Me encuentro detenido, completamente paralizado en mis averiguaciones por un misterio que no puedo penetrar. Vine a esta ciudad con un objeto que me interesa mucho, esperando no encontrar obstáculos ni dificultades en mi camino; pero todos los esfuerzos que hago sirven únicamente para envolverme más en las tinieblas: casi no me atrevo a seguir adelante, por temor de que los que busco con tanta ansiedad se alejen aún más. Aseguro a ustedes que si pudieran darme alguna luz en el asunto, no les pesaría; antes estarían contentos si pudieran comprender cuánto la necesito y qué peso tan grande me quitarían de encima.

La sencillez de esta confidencia tocó el corazón del notario, que contestó en el mismo tono diciendo que lo comprendía y que haría cuanto estuviera en su mano para ayudarle.

El desconocido empezó a hacer preguntas a Kit acerca de su antiguo amo, de la niña, de sus costumbres, su soledad y su aislamiento. Las ausencias nocturnas del anciano, la soledad de la niña en aquellas ocasiones, la enfermedad del anciano, su desaparición súbita, Quilp y sus rarezas; todo fue asunto de preguntas, respuestas, discusión y comentarios. Finalmente Kit informó al caballero de que la tienda estaba desalquilada y que un cartel pegado en la puerta decía que los que solicitaran verla acudieran a Sansón Brass, procurador en Bevis Mark, que tal vez podría darle más informes.

—A mí no; no pudo solicitar ver la tienda, porque precisamente vivo en casa de Brass —repuso el caballero.

—¿Vive usted en casa de Brass el procurador? —exclamó el señor Witherden con gran sorpresa, porque le conocía perfectamente.

—¡Ay! —fue la respuesta—. Llegué allí hace unos días, principalmente porque había visto el anuncio de la tienda. Me importa poco el sitio donde había de vivir y creía que tendría más facilidad para obtener informes allí que en parte alguna. Sí, vivo en casa de Brass, cosa que supongo hable poco en mi favor, ¿verdad?

—Eso es cuestión de apreciación —dijo el notario—: su honradez en los negocios es dudosa.

—¿Dudosa? —repuso el otro—. Me alegro mucho de saber que hay duda; yo creí que eso estaba decidido ya hace mucho tiempo. ¿Podría hablar unos minutos privadamente con usted?

El señor Witherden asintió y ambos entraron en otra habitación, en la que permanecieron cosa de un cuarto de hora; después volvieron al bufete, pareciendo hallarse en muy buena armonía.

—No quiero detenerte más —dijo el caballero grueso poniendo una corona en la mano de Kit y mirando al notario—. ¡Pronto te necesitaré! Por supuesto, de este asunto no digas una palabra a nadie, excepción hecha de tus amos.

—Mi madre se alegraría de saber...

—¿Saber qué?

—Lo que se refiere a la señorita Nell, si no había de perjudicarla.

—¿Se alegraría? En ese caso, puedes decírselo, si sabe guardar el secreto. ¡Pero ten cuidado; ni una palabra a nadie más! ¡Cuidado con olvidarlo!

—Descuide usted, señor —repuso Kit—. No lo diré a nadie. Muchas gracias, señor, y buenos días.

Pero ocurrió que el caballero, en su afán de insistir con Kit para que no dijera a nadie lo que había pasado entre ellos, fue con él hasta la puerta para repetirle la advertencia, y precisamente entonces Swiveller, que estaba parado en la calle, levantó los ojos y vio juntos a Kit y al caballero misterioso.

Fue una casualidad, que ocurrió del modo siguiente: Richard iba a un recado de Brass, que era socio de un casino al cual asistía también Chuckster, y al verle parado en la calle, cruzó a la acera de enfrente y se detuvo para hablar con él. En una de las veces que levantó la vista, hallo al huésped de Bevis Mark en conversación seria con Christopher Nubbles.

—¡Hola! —dijo Richard—. ¿Quién es ése?

—Uno que vino esta mañana a ver a mi principal —respondió Chuckster—. Es lo único que sé de él.

—Pero, al menos, sabrá usted su nombre —prosiguió Dick.

—Pues no lo sé tampoco. Lo único que sé es que por causa de él estoy aquí parado hace veinte minutos, por lo cual le aborrezco con odio mortal y le perseguiría hasta los confines de la eternidad, si tuviera tiempo para ello.

Entretanto, el objeto de esta conversación entró de nuevo en la casa sin que Richard lo notara y Kit llegó hasta allí, siendo interrogado por Swiveller con el mismo éxito.

—Es un caballero muy amable —dijo Kit—; eso es todo lo que sé de él.

Esta respuesta excitó la ira de Chuckster, que se desató en indirectas, y Dick, después de unos momentos de silencio, preguntó a Kit adónde iba. Al saberlo, dijo que precisamente aquél era su camino, así que le agradecería le dejara subir al coche. Kit hubiera rehusado seguramente, pero Swiveller, sin esperar su venia, se había instalado ya junto a él; no tuvo, pues, más remedio que fustigar a la jaca y salir a galope, para evitar despedidas entre Chuckster y su consocio.

Como la jaca estaba cansada de esperar, y Richard fue todo el camino animándola para que anduviera, apenas si pudieron hablar por el camino; únicamente al llegar a la casa fue cuando aquél habló, diciendo a Kit:

—Es un trabajo duro, ¿eh? ¿Quieres tomar cerveza?

Kit declinó la invitación, pero después consintió y ambos se encaminaron a una cervecería próxima.

—Beberemos a la salud de nuestro amigo sin nombre —dijo Dick levantando la espumosa copa—, ese que hablaba contigo esta mañana, ¿sabes? Yo le conozco; es un buen hombre, muy excéntrico y... ¡sin nombre!

Kit brindó también.

—Vive en mi casa —prosiguió Richard—; es decir, en casa del funcionario de quien soy una especie de socio cooperativo. Es un individuo que no se clarea fácilmente, pero le queremos, le queremos.

—Tengo que marcharme, señor, si usted no dispone otra cosa —dijo Kit levantándose.

—No tengas prisa, Christopher —repuso el anfitrión—. Vamos a brindar por tu madre.

—Muchas gracias, señor.

—Tu madre es una mujer excelente, Christopher —dijo Richard—, una buena madre; tenemos que obligarle a que haga algo por tu madre. ¿La conoce?

Kit movió la cabeza y, mirando a hurtadillas al curioso, le dio las gracias y se marchó sin añadir una palabra más.

—¡Uf! —dijo Richard sorprendido—: ¡qué raro es esto! Todo lo que se refiere a la casa Brass son misterios. ¡Pero hay que callar! Hasta ahora he hecho confianza con todo el mundo, pero de aquí en adelante procuraré manejarme solo. ¡Es raro... muy raro!

Después de abismarse en reflexión profunda unos minutos, levantó la cabeza y bebió otra copa de cerveza, y llamando después al muchacho que le había servido, le dio unos cuantos consejos sobre la templanza, le encargó que llevara el servicio al mostrador y, metiéndose las manos en los bolsillos, sorprendido todavía, desapareció entre los transeúntes.

CAPÍTULO III

Vacaciones

Aunque Kit tuvo que esperar largo rato a Abel aquella tarde, no fue a ver a su madre, no queriendo anticipar la alegría del día siguiente. Porque el día siguiente era el gran día, el más esperado en aquella época de su vida; era el día en que debía cobrar el primer trimestre, una cuarta parte del sueldo anual de seis libras, que sumaba la respetable cantidad de treinta chelines. Aquel día siguiente tendría media vacación, podría divertirse y Jacobito sabría lo que eran ostras e iría al circo.

Todo contribuía a hacer el día más solemne; sus amos declararon que no le descontarían nada por lo que le adelantaron para su equipo, antes bien, lo considerarían como un regalo que le habían hecho; el caballero desconocido le había dado una corona, añadiendo así cinco chelines a aquella pequeña fortuna; sabía que alguien buscaba y seguía la pista con verdadero interés para favorecer a la señorita Nell. Además, era también el día de cobranza de Bárbara; ésta tendría media vacación, lo mismo que Kit, y la madre de Bárbara iba a ser de la partida, yendo todos a tomar té con la madre de Kit y entablar amistad mutuamente.

¡Qué contentos se pusieron! ¡Con qué gusto firmaron su recibo cuando el señor Garland, poniéndoles el dinero en la mano, les manifestó individualmente su satisfacción!

Y después la madre de Bárbara, ¡qué satisfecha se mostró de ver a Kit y cómo alabó sus buenas cualidades!

La madre de Kit, por su parte, los recibió espléndidamente. Los pequeños fueron muy buenos, todo fue a las mil maravillas y antes de cinco minutos todos eran tan amigos como si se conocieran de toda la vida.

—Las dos somos viudas —dijo la madre de Bárbara—. Era forzoso que nos conociéramos.

—No tengo ninguna duda —añadió la señora Nubbles—. ¡La lástima es que no nos hayamos conocido antes!

Así continuaron en agradable conversación hasta que llegó la hora de pensar en la función, para la cual tenían que hacer grandes preparativos de chales y sombreros, sin contar con un pañuelo lleno de naranjas y otro lleno de manzanas, que requerían algún tiempo antes de quedar perfectamente atados, dada la tendencia que tenían aquellas frutas a rodar por la mesa. Al fin todo estuvo listo y marcharon con gran prisa.

Llegaron al teatro y, dos minutos después, antes de que se abriera la puerta, medio aplastaron a Jacobito: el pequeño recibió algunas contusiones, la madre de Bárbara perdió el paraguas, y Kit dio un golpe en la cabeza a un hombre con el lío de manzanas porque había empujado a las madres con inusitada violencia, y le armó una trifulca. Una vez sentados, confesando que no podían haber encontrado mejores puestos ni aun escogiéndolos consideraron todo lo sucedido como parte esencial de la fiesta.

La madre de Kit había hablado incidentalmente de Nell cuando tomaban el té, y Bárbara, en medio del interés que el circo despertaba en ella con los diversos espectáculos que se ofrecían a su vista y que tan pronto la hacían reír como quedarse suspensa, no podía alejar de su mente a la niña.

—Esa Nell, ¿es tan bonita como la señora que salta las cintas?

—¿Tanto como ésa? —dijo Kit—. ¡Es doble bonita!

—¡Ay, Christopher! Yo creo que esa señora es la criatura más hermosa del mundo —dijo Bárbara.

—¡Qué tontuna! —observó Kit—. Es bonita, no lo niego, pero recuerda lo pintada y compuesta que está. Tú eres mucho más bonita que ella, Bárbara.

—¡Christopher! —dijo Bárbara ruborizándose.

—Sí, hija mía, y lo mismo tu madre.

¡Pobre Bárbara!

El circo no fue nada en relación con lo que gozaron después en un despacho de ostras. Entraron en un reservado y pidieron tres docenas de

ostras de las mayores que hubiera. Kit indicó al camarero que anduviera listo y, cumpliendo el encargo, pronto estuvo de vuelta con pan tierno, manteca fresca y ostras enormes; todo acompañado de un gran jarro de cerveza.

Empezaron a cenar con buen apetito, excepto Bárbara, que declaró que sólo podría comer dos, aunque a fuerza de ruegos pudo llegar hasta cuatro. La nota más saliente de la noche fue Jacobito, que comió ostras como si hubiera nacido sólo para ese oficio y después se entretuvo chupando las conchas. El pequeñín no cerró los ojos en toda la noche, pero estuvo muy quieto, tratando de meterse una naranja entera en la boca y mirando las luces atentamente. En suma, jamás hubo una cena más alegre. Cuando Kit, pidiendo un vaso de algo caliente para terminar, propuso brindar por los señores Garland, difícilmente se hubieran encontrado en el mundo seis personas más felices que aquéllas.

Pero como toda felicidad tiene su término, y como era ya tarde, convinieron en que iba siendo hora de retirarse; así que, después de acompañar a Bárbara y su madre a casa de unos amigos, donde iban a pasar la noche, y de haber hecho grandes planes para el próximo trimestre, citándose para volver a Finchley muy tempranito, Kit y su madre, tomando en brazos a los pequeños, se volvieron alegremente a su casa.

CAPÍTULO IV

Preparando el viaje

A la mañana siguiente Kit despertó con esa sensación de cansancio que sigue a un día de diversión y ya no sentía tanto placer al pensar en el próximo trimestre.

Apenas los resplandores del sol saliente le indicaron que era tiempo de partir para empezar de nuevo sus diarias obligaciones, salió para encontrar a Bárbara y a su madre en el sitio designado de antemano, teniendo cuidado de no despertar a su familia, no sin haber entregado a su madre todo el dinero que le quedaba.

Llegaron a Finchley tan a tiempo, que Kit pudo limpiar perfectamente el caballo y Bárbara ocuparse en los asuntos culinarios antes que los señores bajaran a desayunar; puntualidad que éstos supieron apreciar. A la hora fijada, o mejor aún, al minuto, pues toda la familia era el orden y la puntualidad personificados, Abel salió para tomar el coche que pasaba para Londres, pues Kit tenía que ayudar al señor Garland en un trabajo de jardinería.

—De modo que has hallado un nuevo amigo, ¿eh, Kit? Eso me ha dicho Abel —dijo el anciano.

—Sí, señor, y se portó muy bien conmigo, por cierto.

—Me alegro mucho de oírlo —dijo el caballero con una sonrisa—, pero creo que está dispuesto a portarse mejor aún, Christopher.

—¿De veras, señor? Es muy bondadoso al pensar así, pero yo nada he hecho que merezca su atención —repuso Kit.

—Parece que tiene gran deseo de tomarte a su servicio —prosiguió el caballero—. ¡Ten cuidado no te caigas de esa escalera! —añadió, viendo que Kit vacilaba al clavar un clavo, subido en los últimos travesaños de una escalera de mano.

—¿Tomarme a su servicio? —exclamó Kit sorprendido—. Supongo que no lo dice de veras.

—Sí, sí, lo dice formalmente; así, al menos, lo ha dicho Abel.

—¡Nunca he oído cosa igual! —observó Kit mirando a su amo—. Y por cierto que me sorprende mucho.

—Mira, Christopher, éste es un asunto que te interesa mucho y debes pensarlo —continuó el señor Garland—. Ese caballero puede darte más sueldo que yo. No creo que te trate con más cariño y confianza, no, seguramente no; pero sí que pague mejor tus servicios.

—Bueno —repuso Kit—, ¿qué importa eso?

—Déjame continuar —repuso el anciano—, no es eso todo. Ese caballero sabe que fuiste un criado fiel cuando servías a tus últimos amos, y si, como es su deseo, llega a encontrarlos, seguramente tendrás tu recompensa. Además, tendrías así el placer de reunirte con esos amos a quienes tanto quieres. Tienes que considerarlo todo, Kit, y no tomar ninguna decisión sin pensarlo bien.

Kit sintió un vértigo, un dolor momentáneo; pensando continuar en la resolución que había tomado ya, comprendió que así renunciaba a la realización de sus acariciadas esperanzas, pero su vacilación sólo duró un instante y respondió a su amo:

—Ese señor no tiene derecho alguno para creer que yo voy a dejar a mis señores por irme con él. ¿Cree que soy tonto?

—Tal vez lo creerá más si rehúsas su oferta, Christopher —repuso gravemente el señor Garland.

—Pues dejadle que lo crea. Después de todo, a mí me importa poco lo que crea o deje de creer. Estoy seguro de que sería una locura dejar a unos amos tan cariñosos, tan buenos, que me recogieron en la calle pobre y hambriento (más pobre y desvalido de lo que usted puede pensar, señor), para irme con otro amo, sea quien fuere. Si la señorita Nell apareciera y me necesitara, entonces tal vez pediría a usted permiso para que me dejara verla de cuando en cuando y servirla en lo que pudiera, después de cumplir aquí mis obligaciones. Si aparece, sé que será rica, como decía siempre su abuelo; así, pues, tampoco me necesitará. No, no, no me necesitará —añadió Kit moviendo la cabeza con aire

triste—, ¡y bien sabe Dios que me alegraría de que así fuera! Aunque yo la serviría de rodillas.

Kit siguió expresando el agradecimiento que sentía por sus amos con frases muy elocuentes, y no sabemos cuánto hubiera tardado en bajar de la escalera, si no se hubiera presentado Bárbara diciendo que habían llevado una carta de la oficina, que puso en manos de su amo.

—Di al mensajero que entre, Bárbara —dijo el anciano después de leerla, y volviéndose a Kit, añadió—: Veo que no te sientes inclinado a dejarnos y para nosotros sería una verdadera pena separarnos de ti, pero si ese caballero te necesita una hora o cosa así de cuando en cuando, tendremos mucho gusto en concedérselo y esperamos que accedas a sus deseos. Aquí viene el pasante. ¿Cómo está usted, caballero?

Este saludo se dirigía a Chuckster, que respondió alabando las bellezas del país y los encantos de aquella casa, y suplicando le dejaran llevarse a Kit, como decía la carta, a cuyo fin tenía un coche esperando a la puerta.

El señor Garland consintió y propuso a Chuckster tomar un refresco antes de partir.

Cuando llegaron a casa del notario, Kit entró directamente en la oficina, donde Abel le invitó a sentarse para esperar al caballero que deseaba verle, porque había salido y quizá tardaría; predicción que se cumplió, porque Kit comió, tomó el té y se durmió varias veces antes de que aquel misterioso personaje apareciera. Al fin llegó apresuradamente y se encerró en una habitación con el notario; después llamaron a Abel y continuaron la conversación. Ya Kit empezaba a preguntarse para qué le necesitarían, cuando le avisaron que entrase también él.

—Christopher, he encontrado a tus amos —le dijo el caballero apenas entró.

—¿Dónde están, señor? —preguntó Kit con los ojos húmedos y brillantes de alegría—. ¿Cómo están? ¿Están lejos de aquí?

—Muy lejos —repuso el caballero moviendo la cabeza—, pero me voy esta noche para traerlos y quiero que tú vengas conmigo.

—¿Yo, señor? —exclamó Kit lleno de sorpresa y alegría.

—El lugar donde me ha dicho el hombre de los perros que los vio está a unas quince leguas de distancia, ¿no es eso? —dijo mirando al notario como interrogándole.

—De quince a veinte —repuso éste.

—¡Uf! Si viajo toda la noche, llegaré allí mañana tempranito; pero la cuestión es que, como no me conocen, y la niña teme que quieran dar caza a su abuelo para encerrarle, necesito llevar a este muchacho, a quien conocen, para que pueda ser testigo de mi benévola intención.

—Sí, sí —dijo el notario—, es preciso que vayas, Christopher.

—Dispensen ustedes, señores —exclamó Kit, que había escuchado en silencio esta relación—, pero temo que si ésa es la única razón, mi ida produciría probablemente un efecto contraproducente. La señorita Nell me conoce y confiaría en mí, pero su abuelo no quería verme delante de sí antes de su enfermedad. Yo no sé por qué, ni nadie lo sabe; pero la señorita me dijo que no tratara de verle jamás. Temo que si voy, toda la molestia que usted se toma resultará inútil. Daría cuanto poseo por ir, pero es mucho mejor que no vaya.

—¡Otra dificultad! —exclamó el impetuoso caballero—. ¿Ha habido alguien que encuentre más contrariedades que yo? ¿Hay alguien que los conozca y en quien ellos tengan confianza?

—¿Hay alguien, Christopher? —le preguntó el notario.

—Nadie señor, excepto mi madre —respondió Kit.

—¿La conocen ellos? —preguntó el caballero misterioso.

—¡Conocerla! Claro que sí, señor: ella era la que iba con mucha frecuencia para hacer los recados y la querían tanto como a mí. Desde que desaparecieron, está esperando el día que vayan a su casa.

—¿Y dónde diablos está esa mujer? —dijo el caballero con impaciencia tomando su sombrero—. ¿Por qué no ha venido? ¿Cómo es que no está aquí cuando la necesitan?

Y el caballero se disponía a echar a correr para obligar por fuerza a la madre de Kit a entrar en una silla de postas y llevársela, pero Abel y el notario le impidieron llevar a cabo tan violenta resolución, persuadiéndole de que podía preguntar a Kit si estaría dispuesta a emprender un viaje tan rápido.

Esta pregunta dio origen a dudas en Kit, a violentas demostraciones en el caballero y a discursos tranquilizadores por parte de Abel y del notario.

Al fin Kit prometió que su madre estaría pronta dentro de dos horas para emprender la expedición y salió escapado, a fin de tomar sus medidas para el exacto cumplimiento de aquella promesa.

Marchó aprisa por calles populosas, por callejones extraviados, por plazas y sitios solitarios, hasta llegar, como siempre que iba por aquellos barrios, a la tienda de antigüedades. Observó su aspecto triste y estropeado, sus cristales rotos, las telarañas que abundaban por todas partes, sin saber cómo había llegado allí, y después de unos minutos emprendió el camino de su casa.

—¿Y si no estuviera mi madre allí? —pensó según iba llegando—. Si no la encontrara, el buen caballero se pondría hecho una furia. ¡Y no veo luz! ¡Y está cerrada la puerta!

Llamó dos veces y al fin se asomó una vecina, la cual le dijo que su madre estaba en una iglesia a la que solía ir algunas noches.

—Haga usted el favor de decirme dónde está, porque necesito verla inmediatamente.

No fue asunto fácil, porque ninguna de las vecinas sabía bien el camino; al fin hubo una que pudo dirigirle y echó a correr como alma que lleva el diablo.

La iglesia era pequeña: sillas y bancos esparcidos por el centro estaban ocupados por algunas personas que dormitaban, sin oír el largo y pesado sermón que un eclesiástico predicaba. Allí estaba la madre de Kit pudiendo a duras penas tener los ojos abiertos después de la vigilia de la noche anterior. El pequeño dormía en sus brazos y Jacobito, a su lado, tan pronto dormía como despertaba sobresaltado, creyendo que el predicador le reñía por dormir.

—Ya estoy aquí —se dijo Kit—; pero ¿cómo voy a persuadirla para que salga? ¡No se despierta y el reloj sigue corriendo!

Mirando de un lado a otro, sus ojos se fijaron en una silla colocada frente a la Epístola, y allí sentado estaba Quilp, que, aunque no había notado su presencia ni la de su madre, llamó la atención de Kit, que se quedó absorto mirándole.

Al fin se decidió a obrar y, acercándose a su madre, tomó al niño de entre sus brazos sin decir una palabra.

—¡Chist! —dijo luego—. Sal conmigo, que tengo que decirte una cosa.

—¿Dónde estoy? —preguntó la madre.

—En esta bendita iglesia —respondió Kit con mimo.

—Bendita. Verdaderamente no sabes cuán bien me siento estando aquí.

—Sí, madre, ya lo sé; pero vámonos sin meter ruido.

—¡Detente, Satanás, detente! —gritaba el predicador precisamente cuando Kit quería salir.

—¿Ves cómo el sacerdote dice que te detengas? —dijo la madre.

—¡Detente —seguía gritando el cura—, no tientes a la mujer para que te siga! Lleva en el brazo una tierna ovejuela...

Kit era el muchacho más condescendiente del Universo, pero le faltó poco para increpar al predicador. Al fin consiguió llevarse a su madre; en el camino hacia su casa le explicó lo que había pasado en casa del notario y lo que el caballero misterioso esperaba de ella.

La madre encontró muchos inconvenientes para emprender el viaje: no tenía ropa, no podía dejar solos a los niños y otras mil dificultades, pero Kit las obvió todas y unos minutos después de la hora marcada llegó con su madre a casa del notario, donde una silla de postas esperaba ya a la puerta.

—¡Perfectamente! —exclamó el caballero—. Señora, esté usted tranquila, no le faltará nada. ¿Dónde está el baúl con la ropa y demás cosas que hemos de llevar para los fugitivos?

—Aquí. Tómalo, Christopher, y ponlo en el coche —dijo el notario.

El caballero, dando el brazo a la madre de Kit, la llevó al coche con tanta cortesía como si hubiera sido una dama de rango y se sentó a su lado.

El coche se puso en movimiento y la señora Nubbles, asomada a una ventanilla, encargaba a su hijo que cuidara de los pequeños.

Kit, parado en medio de la calle, miraba con lágrimas aquella partida. No lloraba por los que se iban, sino por los que volverían. Marcharon a pie —pensaba— sin que nadie los despidiera, pero volverán en ese lujoso carruaje y en compañía de un caballero rico. ¡Se acabaron todas sus penas!

Lo que pensaría después, no lo sabemos; pero tardó tanto tiempo en entrar en casa del notario, que éste y Abel salieron a buscarle.

CAPÍTULO V
La huida

Dejemos a Kit meditabundo y absorto, y volvamos al encuentro de Nell, tomando el hilo de esta verídica narración en el punto que la dejamos en el volumen anterior.

En uno de aquellos paseos en que seguía a cierta distancia a Eduarda y a su hermana, paseos que hasta allí habían constituido su único placer, la luz desapareció entre sombras y el día se convirtió en noche. Las hermanas se retiraron y volvió a quedar sola. Sentada en un banco en medio de la quietud de la noche, reflexionaba sobre su vida pasada y presente, y se preguntaba lo que sería la futura. Una separación paulatina iba teniendo lugar entre Nell y su abuelo: todas las noches, y aun a veces de día, el viejo se ausentaba, dejando a la niña sola, evadía sus preguntas y aun, a veces, su misma presencia; pero sus peticiones de dinero y su agobiado semblante indicaban a Nell algo muy doloroso para la pobre niña.

Sobre todo esto meditaba el día, o por mejor decir, la noche de que venimos hablando, cuando sintió sonar en la torre de la iglesia vecina unas campanadas que anunciaban que eran las nueve. Se levantó y emprendió la vuelta al pueblo.

Pasando por un rústico puentecillo de madera que conducía a un prado, vio de repente un resplandor muy vivo y, fijándose más, descubrió algo que le pareció un campamento de gitanos que habían encendido fuego y se hallaban sentados o tendidos a su alrededor. Esto no alteró su ruta, porque era tan pobre que nada temía, pero apresuró el paso.

Un tímido movimiento de curiosidad la impulsó a mirar hacia el fuego, y una silueta que percibió interpuesta la obligó a detenerse instantáneamente; pero suponiendo que no era la persona que en un principio creyó reconocer, siguió adelante. El sonido de voces que le parecieron muy familiares, aunque no podía distinguir claramente lo que hablaban, hizo que volviera la cabeza; la persona que antes creyó reconocer estando sentada, estaba entonces en pie, encorvada y apoyada en un bastón. Efectivamente, era su abuelo.

El primer impulso de la niña fue llamarle; después pensó cómo y con quién estaría allí, y por último sintió vivísimo deseo de saber a qué había ido. Se fue acercando a la lumbre y, parada entre los árboles, pudo ver y oír sin peligro de que la observaran.

Allí no había mujeres ni niños, como ella había visto en otros campamentos gitanos; únicamente había un hombre de estatura atlética que, con los brazos cruzados y recostado sobre un árbol, ya miraba al fuego, ya a un grupo de tres hombres que estaban cerca, mostrando gran interés por enterarse de su conversación. En éstos reconoció a su abuelo y a los dos jugadores que había en la hostería en la memorable noche de la tormenta.

—¿Adónde va usted? —decía el hombre gordo al anciano—. Parece que tiene mucha prisa. Váyase, váyase si quiere; usted sabe lo que debe hacer.

—Ustedes me hacen pobre, me explotan y se burlan de mí —exclamó el anciano—; entre los dos van a volverme loco.

La actitud irresoluta y débil del viejo entristeció a la niña, pero continuó escuchando y fijándose cuidadosamente en todos los gestos.

—¡Voto a Satanás! ¿Qué quiere usted decir? —dijo el gordo abandonando la posición que tenía, tumbado en el suelo, y levantando la cabeza—. ¿Qué hacemos a usted pobre? Usted sí que nos empobrecería a nosotros si pudiera. Eso es lo que ocurre con estos jugadores quejumbrosos y mezquinos. Si pierden, son mártires; pero cuando ganan no consideran que los demás lo son. En cuanto a explotarle, ¿qué quiere usted decir con ese lenguaje tan soez?

Cambió con su compañero y con el gitano algunas miradas que daban a entender que los tres estaban de acuerdo con algún propósito incomprensible para Nell.

El viejo miró al que antes le hablaba, diciéndole:

—¿Por qué usa usted tanta violencia conmigo? No diga usted que no me explotan.

—No, aquí somos caballeros honrados —añadió el otro haciendo intención de terminar la frase de un modo más demostrativo.

—No le trates con dureza, Jowl —dijo Isaac—. Siente mucho haberte ofendido y desea que continúes con lo que decías antes.

—Lo desea, ¿eh? —repuso el otro.

—¡Ay! —murmuró el viejo vacilando—. Siga usted, siga, es inútil oponerme; siga usted.

—Entonces, prosigo —dijo Jowl— donde quedé cuando se levantó usted tan repentinamente. Si tiene la persuasión de que la suerte va a cambiar, como seguramente tiene que ser, y no tiene usted medios para seguir jugando, aprovéchese de lo que parece puesto de propósito a su alcance. Es decir, tómelo usted a cuenta y cuando pueda lo devolverá.

—Ciertamente —añadió Isaac—, si esa buena señora de las figuras tiene dinero, lo guarda en una caja cuando se acuesta y no cierra su puerta por temor a un fuego, la cosa es muy sencilla; es providencial, podríamos decir. Todos los días van y vienen personas extrañas. ¿Qué cosa más natural que esconderse bajo el lecho de esa señora? Eso es muy fácil hacerlo; las sospechas recaerán sobre cualquiera antes que sobre usted. Le daré el desquite hasta el último céntimo que traiga, sea cualquiera la cantidad.

—¿Tanto tienes? —preguntó Isaac—. ¿Es bastante fuerte la banca?

—¿Fuerte? Dame esa caja oculta entre las mantas —añadió dirigiéndose al gitano, el cual volvió a poco trayendo una caja de caudales, que Jowl abrió con una llave que sacó del bolsillo.

—¿Ven ustedes? —dijo levantando montones de monedas y dejándolas caer poco a poco—. Caen como agua. ¿Oyen su sonido? Pues no hables de banca, Isaac, hasta que la tengas tú.

Isaac protestó, diciendo que él jamás había puesto en duda el crédito de un caballero tan leal en sus tratos como el señor Jowl y que su único deseo y el objeto de su conversación había sido ver aquella riqueza.

Así continuó aquella conversación, que tanto excitaba al viejo, hasta que concluyó por dar su palabra de llevar el dinero al día siguiente.

—¿Y por qué no esta noche? —preguntó Jowl.

—Porque es muy tarde y estaría excitado —dijo el anciano—. Tengo que hacerlo con tranquilidad. ¡Mañana!

—Sea mañana, entonces —replicó Jowl—. Vamos a beber a la salud de este buen hombre.

El gitano sacó tres vasitos y los llenó de aguardiente hasta los bordes. El viejo se volvió y murmuró algo mientras bebía. Nell creyó oír su propio nombre unido a una ferviente plegaria que pareció expresada como una súplica de agonía.

—¡Dios tenga misericordia de nosotros y nos ayude en este trance! —murmuró la niña—. ¿Qué haré para salvarle?

La conversación en voz baja continuó aún algunos minutos y, después, el viejo, despidiéndose de aquellos malvados, se retiró.

Éstos le observaron y, cuando estuvo lejos, cuando se perdió entre las sombras de la distante carretera, se miraron uno a otro y soltaron una carcajada.

—Ha necesitado más exhortación de lo que yo creía —dijo Jowl—, pero al fin es nuestro. Hace tres semanas que andamos tras eso. ¿Cuánto crees que traerá?

—Lo que quiera que sea, ya sabes que hemos de ir a medias —contestó Isaac.

El otro asintió, añadiendo:

—Tenemos que despachar pronto el asunto y marcharnos, porque sino sospecharán de nosotros.

Isaac y el gitano manifestaron su conformidad, y se divirtieron un poco a costa del viejo en una jerga que la niña no entendía; así, pues, procurando no ser vista, emprendió la vuelta y, lacerada en cuerpo y alma por los espinos y matorrales del camino y por los dolores morales que sufría, se arrojó en su lecho apenas llegó a casa.

La primera idea que cruzó por su mente fue huir; huir inmediatamente, alejándose de aquellos lugares, pues prefería morir de hambre en medio del camino, antes que consentir que su abuelo sucumbiera a tan terrible tentación. Después se acordó de que el robo debía cometerse al día siguiente y que, por tanto, tenía tiempo de pensar y resolver lo que había de hacer. Poco después se sintió acometida de un temor horrible, pensando que nada impedía que el hecho se verificara en aquel momento, y ya creía oír en el silencio de la noche gritos agudos. ¡Quién sabe lo que su abuelo sería capaz de hacer si se veía pillado *in fraganti* y sólo tenía que luchar con una mujer! Era imposible sufrir aquel tormento. Corrió al lugar donde se guardaba el dinero, abrió la puerta y miró. ¡Dios sea loado! No estaba allí su abuelo y la dama dormía tranquilamente.

Volvió a su cuarto y procuró dormir; pero, ¿quién podía dormir con aquellos temores? Cada vez la acosaban más, hasta que al fin, loca y con el cabello en desorden, corrió junto al lecho del anciano, le agarró por las muñecas y le despertó.

—¿Qué es eso? —gritó el anciano levantándose sobresaltado y fijándose en aquel semblante cadavérico.

—He tenido un sueño horrible —dijo la niña con una energía que sólo podía darle el terror—, ¡un sueño horrible! Ya lo he soñado otra vez. He soñado con hombres viejos como tú, abuelo, que entraban a oscuras, de noche, en una habitación y robaban a personas que dormían.

El viejo tembló, juntando las manos en actitud de ruego.

—No, no me ruegues a mí —murmuró la niña—, ruega al cielo para que nos salve de ese peligro. Esos sueños son realidades. Yo no puedo

dormir, no puedo permanecer aquí y no puedo dejarte solo bajo el techo donde abrigo tales temores. Levántate y huyamos.

El abuelo la miró como si fuera un espíritu y tembló más aún.

—No hay tiempo que perder, no quiero perder un minuto —dijo Nell—. Levántate y vámonos. ¡Vámonos!

—¿Ahora? —murmuró el viejo.

—Sí, ahora mismo; mañana sería tarde. El sueño puede repetirse; únicamente la huida puede salvarnos. ¡Levántate!

El anciano saltó del lecho con la frente inundada de sudor e inclinándose ante la niña como si fuera un ángel enviado para conducirle a donde quisiera, se dispuso a seguirla. Ella le tomó la mano y salió delante.

Al pasar junto a la puerta de la habitación donde él intentaba robar, la niña tembló y miró al abuelo. Se asustó al ver su semblante lívido y su mirada avergonzada.

Nell, llevando siempre a su abuelo como si temiera separarse de él un momento, entró en su propio cuarto, recogió su hatillo y su cesta, y entregó al anciano un zurrón, que éste se sujetó a la espalda con una correa, le dio el bastón y salieron.

Con paso precipitado y sin mirar atrás una vez siquiera, atravesaron varias calles, llegaron a una colina coronada por un antiguo castillo y ascendieron por ella penosamente. Al llegar junto a los muros del ruinoso edificio, la luna brilló en todo su esplendor; desde aquel venerable lugar engalanado con yedras, musgos y plantas trepadoras, la niña miró al pueblo que dormía hundido en las sombras del valle; al río, que murmuraba en su serpenteante y plateado curso, y soltando la mano que aún retenía entre las suyas, se arrojó al cuello del anciano deshecha en lágrimas.

CAPÍTULO VI

Por agua

Pasada aquella debilidad momentánea, la niña se afirmó en la resolución que la había sostenido hasta allí, tratando de conservar en su mente la idea de que huían de la desgracia y del crimen, y de que el buen nombre de su abuelo dependía únicamente de su firmeza, sin que ni una palabra, ni un consejo, ni una mano amiga vinieran en su auxilio. Animó a su abuelo a seguir adelante y no volvió más la cabeza.

Mientras el anciano, subyugado y abatido, parecía doblegarse ante ella como si estuviera en presencia de un ser superior, la niña experimentaba una sensación nueva que la elevaba, inspirándole una energía y una confianza en sí misma que jamás había sentido antes. Todo el peso, toda la responsabilidad de la vida había caído sobre ella y, por lo tanto, ella era la que debía pensar y obrar por los dos.

—Le he salvado —pensaba—, y lo recordaré en todos los peligros y en todas las penas.

La noche seguía avanzando: desapareció la luna, las estrellas fueron ocultando su brillo y los resplandores del alba aparecieron poco a poco. Después salió el sol, desvaneció las neblinas y animó el mundo con sus fulgores. Cuando sus rayos empezaron a calentar la tierra, se sentaron en las márgenes de un río y se quedaron dormidos, sin que Nell soltara el brazo de su abuelo.

Un confuso rumor de voces, oído en sueños, despertó a la niña, que se encontró con un hombre parado junto a ellos y otros dos en una barca, que parecían sorprendidos de verlos allí.

—¿Qué es esto? —decía uno.

—Dormíamos, señor; hemos andado toda la noche —dijo Nell.

—¡Vaya un par de sujetos a propósito para andar toda la noche! Uno es algo viejo para eso, y la otra, demasiado joven. ¿Y adónde van ustedes?

Nell titubeó y señaló al azar hacia occidente, a lo que el hombre preguntó si quería decir a un cierto pueblo que nombró. Nell, para evitar más preguntas, respondió que sí.

—¿De dónde vienen ustedes? —fue la pregunta siguiente, y como ésta era más fácil de contestar, Nell dio el nombre de la aldea donde habían encontrado al bondadoso maestro de escuela, suponiendo que allí cesarían las preguntas.

—Supusimos que alguien había molestado y robado a ustedes, eso es todo. Buenos días.

Devolviéndoles el saludo y sintiéndose libre de un peso, Nell observó cómo subía el hombre sobre uno de los caballos que tiraban de la barca y que ésta emprendía la marcha. No había ido muy lejos cuando se paró otra vez la barca e hicieron señas a la niña.

—¿Me llamaban ustedes? —dijo Nell corriendo hacia ellos.

— Pueden venirse con nosotros si quieren —dijo uno de los de la barca—, vamos al mismo sitio.

La niña titubeó un momento, pero pensando que los hombres con quienes había visto a su abuelo podían perseguirlos, en su afán de apoderarse del botín que esperaban, decidió marchar en la barca, para hacerles perder todo rastro de ellos. Aceptó, pues, la oferta y acercando otra vez la barca a la orilla, subieron a bordo y se deslizaron por el río.

Llegaron a una especie de muelles y Nell supo allí que no llegarían hasta el día siguiente al punto a donde iban; así es que como no llevaban provisiones de boca, tenían que proveerse de ellas allí. Como tenía muy poco dinero, no se atrevió a comprar más que pan y un poco de queso. Después de una media hora, la barca emprendió de nuevo su camino.

Nell pasó ratos desagradables oyendo cómo aquellos hombres toscos reñían entre sí por cualquier cosa; a veces hasta disputaban por quién ofrecería un vaso de cerveza, pero con ella eran corteses en sumo grado y la trataban con gran respeto.

Se hizo de noche otra vez y, aunque la niña tenía frío, sus sentimientos respecto de su abuelo la sostenían contenta, pensando que dormía a su lado y que el crimen a que la había impulsado su locura no se había cometido. Éste era su gran consuelo en medio de aquellas molestias.

Llegó después un momento en que uno de ellos, borrachos ya, le pidió que hiciera el favor de cantar.

—Tiene usted unos ojos muy bonitos, una voz preciosa y una memoria muy buena. Las dos primeras cualidades están a la vista; la tercera me la figuro yo. Conque cante, cante alguna canción.

—Creo que no sé ninguna, señor —respondió la niña.

—¿Que no? Lo menos sabe usted cuarenta —dijo el hombre en un tono tan grave que no admitía réplica—. Sé que sabe usted cuarenta. Venga una, la más bonita, y ahora mismo.

Nell, para evitar las consecuencias de irritar a su nuevo amigo, tuvo que cantar algunas canciones que aprendió en tiempos más felices. Pronto se unieron a la suya las voces de los demás tripulantes, formando así un coro cuyas discordantes notas despertaron a más de un soñoliento campesino.

Llegó la mañana y empezó a llover. La niña no podía sufrir el vapor del camarote y la cubrieron con unos sacos embreados que la preservaran de la humedad. Todo el día estuvo lloviendo; la lluvia adquirió tal intensidad, que por la tarde diluviaba torrencialmente.

Por fin la barca atracó en un muelle y los hombres se ocuparon inmediatamente en sus asuntos. La niña y su abuelo, después de esperar en vano para darles las gracias y preguntarles por dónde irían, saltando a tierra y pasando por un callejón sucio y estrecho, llegaron a una calle populosa. Entre el ruidoso tumulto y la lluvia se detuvieron tan confusos y sorprendidos como si hubieran vivido mil años antes y acabaran de resucitar milagrosamente.

CAPÍTULO VII

Por tierra y por fuego

La masa de gente circulaba en dos direcciones opuestas, sin dar muestras de cansancio, sin cesar un momento, ocupada con sus asuntos individuales; sin preocuparse de coches, ni de carros cargados, ni de los caballos que resbalaban sobre el pavimento, ni del choque del agua en los cristales y paraguas, ni de los mil confusos ruidos que son pro-

pios de las calles de mucho movimiento en tanto que nuestros dos viajeros, asombrados y estupefactos por la prisa que todos revelaban, y de la que, sin embargo, no participaban ellos, se asemejaban a náufragos que, llevados por las olas del poderoso océano, se cansaran de ver agua por todas partes, sin poder obtener una sola gota para refrescar sus ardorosas fauces.

Para guardarse de la lluvia se guarecieron bajo el quicio de una puerta, desde el cual observaron a cuantos pasaban; pero nadie pareció fijarse en ellos, ni a nadie se atrevieron a acudir en demanda de auxilio. Transcurrido algún tiempo dejaron aquel lugar de refugio y se mezclaron con los transeúntes.

Atardeció. El movimiento disminuyó y fueron sintiéndose más y más solos al ver que la noche avanzaba rápidamente. La pobre Nell, temblando a causa del frío y de la humedad, enferma de debilidad y abatimiento, necesitó toda su fuerza de voluntad para seguir adelante, teniendo además que oír las quejas de su abuelo, que le reprochaba el haber abandonado a la señora Jarley y la instaba para volver allá.

No teniendo un cuarto y sin saber qué resolución tomar, volvieron al muelle, esperando que les permitieran dormir en la barca donde habían hecho el viaje; pero hallaron la puerta cerrada y unos perros que ladraban furiosamente los obligaron a retirarse.

—Tenemos que dormir al aire libre —exclamó la niña con débil voz—; mañana trataremos de ir a algún sitio tranquilo donde ganar el sustento trabajando humildemente.

—¿Por qué me has traído aquí? ¡No puedo sufrir esto! Estábamos tan tranquilos... ¿Por qué me obligaste a abandonar nuestra colocación? —rugió el viejo iracundo.

—Porque no quería volver a tener aquel mal sueño de que te hablé, abuelo, y que si no vivimos entre gente muy pobre, vendrá otra vez —respondió la niña casi llorando—. Mírame, abuelo, yo también sufro; pero si tú no te quejas, no exhalaré un lamento.

—¡Pobre, infeliz niña! —exclamó el anciano fijándose en aquel pálido semblante, en aquel traje sucio y estropeado, en aquellos pies doloridos y destrozados—. ¡Para esto he perdido mi felicidad y todo lo que tenía!

—Si estuviéramos en el campo —murmuró la niña—, buscaríamos un árbol copudo y dormiríamos bajo sus ramas, pero pronto estaremos allí. Entretanto debemos alegrarnos de estar en un sitio tan populoso, porque si alguien nos persigue aquí perderá todo rastro de nosotros. Eso es un consuelo, en medio de todo. Mira, abuelito, allí hay un escalón alto, en aquella puerta oscura. Está seco y no hace frío, porque el viento no da en él, pero... ¿qué es eso? —y lanzó un grito al ver una forma negra

que salió de repente del lugar donde iban a refugiarse y se quedó parada mirándolos.

—Vuelvan a hablar —dijo la sombra—, creo conocer esa voz.

—No, señor —respondió la niña—. Somos forasteros, y como no tenemos dinero para pagar por recogernos en algún sitio, íbamos a guarecernos aquí.

Había una lámpara lo bastante cerca para ver la miseria de aquel lugar. La persona que había salido de la sombra llevó a la niña y a su abuelo bajo aquella luz, como si quisiera demostrarles que no tenía interés en ocultarse ni quería pillarlos de sorpresa. Era un hombre de mal aspecto y vestido miserablemente, pero la expresión de su rostro no era dura ni feroz.

—¿Cómo han pensando ustedes en refugiarse ahí? —dijo—, o mejor aún, ¿cómo es que a estas horas andan buscando un refugio?

—Únicamente nuestras desgracias tienen la culpa de todo —murmuró el anciano.

—¿No ve usted cuán mojada y débil está esta niña? Las calles frías y húmedas no son el mejor sitio para ella.

—Lo sé perfectamente, pero no puedo hacer otra cosa.

El hombre miró otra vez a Nell y tocó su traje, que goteaba por todos los pliegues, y después de unos momentos dijo:

—Puedo dar a ustedes un poco de calor, nada más. Vivo en esa casa —señalando a la puerta de donde había salido—, pero se está mejor dentro que fuera. El fuego está en un lugar molesto, pero pueden pasar la noche cerca de él y en salvo, si quieren confiar en mí. ¿Ven aquella luz?

Ambos levantaron los ojos y vieron un ligero resplandor en el cielo, débil reflejo de un fuego distante.

—No está lejos —dijo el hombre—. ¿Quieren que los lleve allá? Ustedes iban a dormir sobre ladrillos y yo puedo proporcionarles un lecho de ceniza caliente.

Y sin esperar otra respuesta que la alegría que vio en los ojos de Nell, la tomó en brazos y dijo al anciano que le siguiera. Así caminaron cerca de un cuarto de hora por un sitio que, al parecer, era el más pobre y miserable de la ciudad, teniendo cuidado de salvar una porción de obstáculos que hallaron a su paso. Ya habían perdido la pista del camino por donde habían ido y no vislumbraban el reflejo de la luz en el cielo, cuando de repente la vieron salir por la chimenea de un edificio junto al cual se encontraban.

—Aquí es —dijo el hombre soltando a Nell y dándole la mano—. No tengan miedo, nadie les hará daño.

Necesitaron confiar mucho en esta seguridad para entrar y, una vez dentro, volvieron a alarmarse ante el espectáculo que se presentó a su

vista. Era una fundición de lingotes de hierro y acero, donde se oía un ruido insoportable. Hombres como gigantes manejaban enormes martillos, otros cuidaban de alimentar los hornos encendidos y otros, echados sobre montones de carbón o cenizas, dormían o descansaban del trabajo.

Por entre aquel extraño espectáculo, y en medio de ensordecedores ruidos, la niña y el viejo, guiados por su nuevo amigo, llegaron a un sitio oscuro donde ardía un horno noche y día. El hombre que había estado cuidando del fuego se retiró, y entonces el desconocido, extendiendo la capa de Nell sobre un montón de cenizas, y mostrándole el sitio donde podía colgar las demás prendas para que secaran, les indicó un lugar donde podían tenderse y dormir. Después él se tumbó delante de la puerta del horno.

La fatiga y el calorcillo hicieron dormirse pronto a la niña, sin que aquel estrepitoso ruido sonara en sus oídos más que como un agradable sonido, y con sus manos enlazadas en las de su abuelo, que dormía cerca de ella, se durmió y soñó.

Al despertar vio que alguien había extendido algunas ropas entre ella y el fuego para protegerla del calor, y mirando a su desconocido amigo, observó que continuaba en la posición que antes tenía. Miraba atentamente al fuego y tan quieto, que por un momento creyó que había muerto. Levantándose con precaución y acercándose a él, se atrevió a murmurar en su oído algunas palabras.

—¿Está usted, enfermo? —le dijo—. Todos están trabajando y usted está tan inmóvil...

—No se preocupan de mí, conocen mi genio. Se ríen de mí, pero no me molestan. Éste es mi amigo.

—¿El fuego? —preguntó la niña.

—Está encendido desde que nací, toda la noche la pasamos pensando y hablando juntos.

La niña le miró sorprendida, pero el hombre, mirando otra vez al fuego, murmuraba por lo bajo:

—Para mí es como un libro, el único libro que he leído jamás, y me cuenta muchas historias. Es como una música: conocería su voz entre mil; también veo en él figuras, diferentes caras y diversas escenas. El fuego me recuerda toda mi vida. Estaba exactamente igual cuando yo era niño y rondaba por aquí hasta que me dormía. Aquí murió mi padre, le vi caer ahí, precisamente donde arden esas cenizas. Cuando los encontré a ustedes esta noche en la calle, me acordé de mí mismo tal como yo era cuando mi padre murió y quedé solo, porque mi madre había muerto al nacer yo y eso fue lo que me inspiró la idea de que vinieran aquí. Cuando los he visto a ustedes durmiendo junto al fuego, me acorde otra vez, pero ha dormido usted poco. ¡Échese otra vez, échese!

Así diciendo la llevó otra vez a la ceniza y la cubrió con las ropas que la envolvían cuando despertó, y volviéndose junto al fuego, echó carbón y permaneció inmóvil como una estatua. La niña continuó observándole algún tiempo, pero al fin cedió a la somnolencia que se apoderaba de ella y se durmió tan tranquilamente como si hubiera estado en un palacio encantado y sobre un lecho de pluma.

Cuando despertó, el sol entraba por las ventanas, iluminando con su alegre luz aquel tenebroso lugar, que, por lo demás, continuaba exactamente igual que de noche.

Participaron del desayuno de su amigo (una escasa ración de café y pan moreno) y después trataron de averiguar dónde había alguna aldea separada de todo lugar concurrido.

—Conozco poco el país, porque rara vez salimos de aquí, pero sé que hay sitios como el que ustedes buscan.

—¿Lejos de aquí? —preguntó Nell.

—Seguramente. ¿Puede haber algo fresco y frondoso cerca de nosotros? Toda la carretera está iluminada con fuegos como el nuestro; es una carretera negra, muy rara, que seguramente asustaría a cualquiera de noche.

—Estamos aquí y tenemos que seguir adelante —dijo la niña, viendo que su abuelo escuchaba atentamente.

—Gente ruda, caminos que no se han hecho para esos piececitos, mal camino. ¿No pueden volver atrás, hija mía?

—No —respondió Nell—. Si usted puede encaminarnos, hágalo; si no, no trate de hacernos cambiar de propósito. Usted no puede comprender el peligro de que huimos, ni cuánta razón nos asiste para hacerlo así; si lo supiera, estoy segura de que no trataría de detenernos.

—¡Dios no lo quiera, si es así! —exclamó su desconocido protector paseando sus miradas desde la niña a su abuelo, que con la cabeza inclinada no separaba los ojos del suelo—. Enseñaré a ustedes el camino desde la puerta, lo mejor que pueda. ¡Ojalá que pudiera hacer más!

Luego les enseñó el sitio por donde podían salir de la ciudad y la carretera que debían seguir, entreteniéndose tanto en su explicación, que la niña, bendiciéndole fervorosamente, echó a andar sin pararse a oír más.

No había llegado a la primera esquina cuando su protector llegó a ellos corriendo y, tomando una mano de Nell, dejó en ella dos monedas sucias y mohosas. Eran sólo dos monedas de cobre, pero seguramente parecerían de oro al ángel guardián que presenciara aquella escena.

Y así se separaron: la niña para llevar su sagrada carga lejos de la culpa y la vergüenza; el obrero, para encontrar un nuevo interés en sus cenizas y leer una historia nueva en el fuego.

CAPÍTULO VIII

Llega el socorro

En ninguno de los viajes anteriores habían deseado nuestros viajeros campos y aire libre tan ardientemente como entonces, cuando el ruido, el humo y el vapor de la gran ciudad industrial los ahogaba, y parecía hacer imposible la salida de aquel lugar.

—Dijo que teníamos que pasar dos días y dos noches antes de salir de estos lugares —pensaba Nell—. ¡Oh! Si llegamos otra vez al campo, si salimos de estos horribles sitios, aunque sólo sea para morir, daré gracias a Dios con todo mi corazón.

Sin otro recurso que las dos monedas de su protector, y sin más estímulo que el que le presentaba su propio corazón, la niña se propuso proseguir su viaje valerosamente.

—Tendremos que ir hoy muy despacio, abuelito —dijo cuando iban penosamente por las calles de la ciudad—, tengo los pies destrozados y me duele todo el cuerpo a causa de la humedad que tomé ayer. Vi que nuestro protector nos miraba y seguramente contó con mi estado cuando dijo lo que tardaríamos en el camino.

—¿Y no habrá otro sitio por donde ir? —dijo el anciano.

—Cuando salgamos de aquí, hallaremos lugares preciosos y viviremos en paz, sin tentaciones que nos induzcan al mal, pero hay que sufrir esto.

La niña andaba con más dificultad de lo que quería dar a entender a su abuelo, porque a cada paso que daba aumentaban sus dolores, pero no exhalaba una queja, y aunque el avance fue muy lento, fue avance al fin.

¡Pero cuántas penas y cuántos dolores! Pasaron dos días con un pedazo de pan y durmiendo al raso. La niña tuvo que sentarse para descansar muchas veces, porque sus pies se negaban a sostenerla.

Al llegar la tarde del segundo día, el anciano se quejó de hambre, la niña se acercó a una de la chozas que bordeaban el camino y llamó a la puerta.

—¿Qué quieres? —preguntó un hombre flaco asomándose.

—¡Una limosna, un pedazo de pan!

—¿Ves eso? —preguntó el hombre con voz ronca—. Es un niño muerto. Hace tres meses que nos encontramos sin trabajo más de quinientos hombres. Ése es mi hijo; el tercero que se me muere, y... es el último. ¿Crees que tengo pan que darte?

La niña se separó de la puerta e impelida por su gran necesidad, llamó a otra, que cediendo a la ligera presión de su mano, se abrió repentinamente. Dos mujeres disputaban dentro y hablaban también de su miseria;

la niña comprendió que aquel lugar era semejante al anterior, y huyó de allí llevándose al abuelo de la mano.

Muerta de debilidad, con agudísimos dolores que no le permitían andar, siguió adelante, prometiéndose sostenerse mientras tuviera un resto de energía. Por la tarde llegaron, al fin, a otra ciudad.

En el estado que se encontraban, era imposible sufrir la atmósfera de las calles. Mendigaron humildemente en algunas casas, pero fueron rechazados. Procuraron salir de allí lo más pronto posible y ver si en alguna casa solidaria de las afueras tenían compasión de ellos.

Llegaban ya a la última calle de la ciudad. La niña sentía que sus fuerzas se agotaban y que muy pronto le sería imposible seguir adelante, pero de repente apareció a cierta distancia de ellos un viajero que con una ligera maletilla sujeta a la espalda con una correa y apoyándose en un bastón, leía un libro, sin fijarse por dónde iba. Un rayo de esperanza iluminó el semblante de la niña, que, haciendo un esfuerzo supremo, trató de alcanzar al viajero y con voz desfallecida imploró su auxilio.

El viajero volvió la cabeza; la niña, uniendo las manos en actitud suplicante, lanzó un grito y cayó desmayada.

Era el pobre maestro de escuela, que, al reconocer a la niña, quedó tan sorprendido como ésta al ver que era él. Ante aquel inesperado encuentro, quedó silencioso y confundido, sin pensar siquiera en levantarla del suelo. Pero su confusión duró solamente un instante: arrojó el libro y el bastón, y poniéndose de rodillas en el suelo, procuró hacer que la niña volviera en sí por cuantos medios estuvieron a su alcance. El abuelo, sollozando y mesándose los cabellos, le pedía que hablara, que le dijera una sola frase, pero la niña continuaba insensible.

—Está completamente desfallecida —dijo el maestro fijándose en el semblante de la niña—; la ha hecho usted andar demasiado, amigo mío.

—¡Se muere de hambre! —murmuró el viejo—, hasta ahora no había podido comprender lo débil y enferma que estaba.

Mirando al anciano con lástima y reproche al mismo tiempo, y suplicándole que le siguiera, el maestro tomó en sus brazos a la niña y echó a andar apresuradamente hasta llegar a una hostería cercana, donde, sin reparar en nadie, penetró hasta la cocina y depositó su preciosa carga en una silla cerca del fuego.

Todos los concurrentes, que sorprendidos al ver aquel triste convoy se habían levantado y los habían seguido, hicieron lo que se suele hacer en tales casos, hablaron, expusieron varios remedios y se movieron de un lado para otro, hasta que llegó la hostelera con un poco de agua caliente y aguardiente, seguida de una criada con sales y otros reactivos que, administrados concienzudamente, hicieron que la niña se recobrara hasta el punto de poder dar las gracias con un débil murmullo a sus buenos

protectores y alargar su mano al bondadoso maestro, que cerca de ella la contemplaba con ansiedad. Después las mujeres la colocaron en un lecho, la cubrieron perfectamente para que entrara en calor y enviaron a buscar un médico.

El sabio galeno, sacando su reloj, le tomó el pulso y ordenó que le dieran cada media hora una cucharada de agua y aguardiente muy caliente, que le envolvieran los pies en una bayeta, caliente también, y que le dieran para cenar algo ligero, así como un alón de gallina, un buen vaso de vino y el pan correspondiente, cosas todas que deleitaron a la hostelera, porque era precisamente lo que ella había hecho y dispuesto hasta allí.

Mientras preparaban la cena, la niña durmió tranquila con un sueño reparador. Al servírsela, manifestó disgusto por no tener allí a su abuelo; entonces le hicieron entrar y cenó con ella. Después arreglaron una cama para el anciano en un cuarto junto al de Nell y ambos durmieron tranquilamente toda la noche.

Entretanto, la posadera acosaba a preguntas al pobre maestro, que podía satisfacer mal su curiosidad, toda vez que él mismo no sabía mucho de aquellos seres abandonados y errantes.

Después dio las gracias a aquella buena mujer, suplicándole que los atendiera bien por la mañana, que él lo pagaría todo, y se fue a acostar, cosa que pronto hicieron también todos los allí reunidos.

A la mañana siguiente, la niña estaba mejor, pero tan débil que necesitaba al menos un día de reposo antes de seguir el viaje. El maestro dijo que aquella detención no contrariaba sus planes y se detuvo también.

Por la tarde, cuando la niña pudo sentarse un poco en el lecho, el maestro entró en su cuarto a hacerle una visita y manifestarle su simpatía.

—En medio de tantas bondades —dijo Nell—, soy desgraciada pensando la carga que somos para usted. No sé cómo darle las gracias, pues sin su ayuda hubiera muerto en el camino y mi abuelo estaría solo.

—Es mejor que no hablemos de morir, y en cuanto a la carga, he hecho fortuna desde que estuvisteis en mi casa.

—¿De veras? —exclamó la niña rebosando de alegría.

—Sí —murmuró su amigo—. Me han nombrado maestro de un pueblo bastante lejos de aquí y de la aldea donde estaba antes, con el sueldo de treinta y cinco libras anuales.

—¡Cuánto me alegro! —exclamó Nell—. Le felicito con toda mi alma.

—Ahora voy allá —continuó el maestro—. Me pagan la diligencia y todos los gastos de viaje, pero como tenía tiempo de sobra para llegar, decidí ir a pie, a fin de pasear por el campo. Ahora me alegro mucho de haberlo hecho así.

—Nosotros somos los que debemos alegrarnos —contestó Nell.

—Sí, sí, seguramente —añadió el maestro moviéndose inquieto en su silla—. Pero tú, ¿adónde vas?, ¿de dónde vienes?, ¿qué has hecho desde que saliste de mi aldea? ¡Por favor, dímelo todo! Conozco muy poco el mundo para poder dar consejos; tal vez tú pudieras dármelos a mí mejor, pero soy sincero y sabes que desde que murió aquel niño que era todo mi amor, todo mi cariño, sólo tú tienes mis simpatías, tú eres el legado que el pobre Enrique me dejó al morir.

La bondadosa franqueza del buen maestro, su afectuosa seriedad y la sinceridad que había en sus palabras, inspiraron confianza a la niña, que le contó toda su vida, toda su historia. No tenían parientes ni amigos, ella había huido con su abuelo para librarle de una casa de locos y de todas las desgracias que tanto temía, aún entonces huía otra vez para librarle de sí mismo, buscando un asilo en algún lugar remoto y primitivo, donde no pudiera caer otra vez en aquella tentación tan temida.

El maestro la oía atónito.

—Esta niña —pensaba— ha luchado heroicamente contra todos los peligros, contra la pobreza y el sufrimiento, sostenida únicamente por la conciencia de que obra rectamente. Y, sin embargo, heroísmos así se encuentran en el mundo: ¿por qué me sorprendo al oír la historia de esta niña?

No nos importa lo que siguió pensando o pudo decir el maestro, pero sí saber que inmediatamente decidió que Nell y su abuelo irían con él al pueblo adonde iba empleado, y que allí les buscaría alguna ocupación humilde para atender a su subsistencia.

—Lo conseguiremos —decía el maestro muy animado—, es un fin demasiado noble para no conseguirlo.

Arreglaron el viaje para la noche siguiente, a fin de poder tomar una diligencia que pasaba por allí llevando telones y vestuario de teatro. El conductor, por una pequeña remuneración, colocó a Nell dentro, bastante cómodamente, entre los baúles y envoltorios, y dejó subir a los dos hombres y sentarse a su lado. Aquél fue un viaje delicioso. Un sueño largo y reposado por la noche y un despertar en el campo, oyendo los pájaros y aspirando los deliciosos perfumes que tanto ansiaba la pobre niña. Después, la entrada en otra ciudad, las calles populosas, el tráfico diario; todo sin molestias, descansados y sin sentir fatiga. Nunca hubiera podido creer la niña que un viaje en diligencia eran tan delicioso.

A veces bajaba del coche y andaba algunos kilómetros o bien, obligando al maestro o a su abuelo a entrar dentro y ocupar su puesto, se sentaba junto al conductor y contemplaba a su sabor el paisaje. Así prosiguieron el viaje hasta llegar a una gran ciudad, donde se detuvieron para pasar la noche. Después salieron al campo otra vez y pronto estuvieron cerca del punto de destino.

Antes de entrar en el pueblo, el maestro quiso que hicieran noche en una posada de las cercanías a fin de estar limpios y descansados antes de presentarse a las autoridades.

A la mañana siguiente fueron al pueblo, y el maestro condujo a Nell y al anciano a una hostería para que le esperaran allí, mientras él iba a ver al alcalde y a buscar alojamiento.

La niña, sentada en la puerta, admiraba los alrededores del pueblo, las ruinas, el campo... y su alma, contenta y agradecida, se expandía en acción de gracias a Dios, que le concedía al fin un lugar de refugio y de descanso.

CAPÍTULO IX

Chasqueados

La madre de Kit y el caballero misterioso, de quien hace tiempo no sabemos nada, salieron bien pronto de Londres conducidos en una magnífica silla de postas tirada por cuatro briosos caballos.

La pobre mujer, preocupada por sus hijos, iba como si fuera a un funeral, pero procuraba parecer tranquila e indiferente a todo.

Esto hubiera sido imposible para cualquier persona, a menos que sus nervios fueran de acero, porque el caballero era un torbellino, no pasaba dos minutos en la misma posición, estiraba las piernas, movía los brazos y se asomaba tan pronto a una ventanilla como a otra, cerrando después los cristales estrepitosamente. De cuando en cuando sacaba del bolsillo un objeto que encendía de repente, miraba al reloj y después tiraba la mecha encendida, sin preocuparse del efecto que podía producir. Hizo, en una palabra, tales extravagancias, que la pobre mujer, asustada, no podía pegar los ojos: iba con el alma en un hilo y pensando que se convertiría en tostón antes de volver a ver a sus hijos.

—¿Va usted cómoda? —decía alguna vez el caballero parándose de repente en uno de sus remolinos.

—Sí, señor, muchas gracias —le contestaba.

—¿De veras? ¿No tiene usted frío? ¿No le molesta nada?

—Sí, un poco el frío, solamente eso —decía la pobre mujer, por decir algo.

—¡Ya me lo figuraba yo! —decía el caballero bajando uno de los cristales delanteros—. Necesita usted algo que la entone. Pare usted en la posada más próxima —decía al conductor gritando—, y pida un vaso de aguardiente y agua bien caliente.

Era inútil que la señora Nubbles protestara que no necesitaba nada. El caballero era inexorable y, cuando agotaba todos los recursos que le

obligaban a moverse, ocurría invariablemente que la madre de Kit necesitaba beber algo que la entonara.

Así, viajaron hasta medianoche, hora en que bajaron a cenar. El caballero pidió de todo lo más apetitoso que había en la casa, y como la madre de Kit no comía de todo a un tiempo ni toda la cantidad que le servía, se le puso en la cabeza que estaba enferma.

—Usted está enferma —le decía, sin hacer otra cosa que pasearse arriba y abajo por la habitación.

—Va usted a desmayarse.

—Muchas gracias, señor, estoy perfectamente.

—No, señora, no, sé positivamente que no está usted bien. ¿Cuántos hijos tiene usted, señora?

—Kit y dos más pequeños.

—¿Niños todos?

—Sí, señor.

—Yo seré su padrino.

—¡Pero si ya están bautizados!

—Pues bautícelos usted otra vez, señora. Tiene que tomar un poco de vino generoso.

—No podré beber ni una gota, señor.

—Pues tiene usted que beberlo, porque lo necesita. Debí haber pensado antes en ello.

Y agitó apresuradamente el tirador de la campanilla, pidiendo el vino tan impetuosamente como si fuera para socorrer a uno que se ahogara; después hizo que la pobre mujer bebiera cierta cantidad y la obligó a seguir cenando. Pero sin darse cuenta de ello, se quedó dormida a los pocos minutos, sueño que le duró hasta bien entrado el día, cuando ya el coche rodaba por el pavimento de las calles de un pueblo.

—Éste es el sitio —exclamó el caballero bajando todas las ventanillas del coche y gritando al conductor—: ¡Llévenos a la exposición de figuras de cera!

Fustigando a los caballos, que salieron al trote largo, llegaron pronto a un edificio delante del cual había un grupo de gente y allí pararon.

—¿Qué es esto? —preguntó el caballero sacando la cabeza por la ventanilla— ¿Ocurre algo aquí?

—¡Una boda, señor, una boda! —gritaron varias voces a un tiempo.

El caballero misterioso, disgustado al verse blanco de las miradas de todo el grupo, descendió ayudado por uno de los postillones e hizo descender después a la madre de Kit, lo cual hizo que la gente volviera a gritar: «¡Otra boda!», y alborotaran con vivas y hurras.

—¡El mundo se ha vuelto loco! —dijo el caballero atravesando por entre la multitud con su supuesta esposa—. Espérese un poco aquí, mientras llamo.

Al aldabonazo respondió un hombre muy emperejilado, que se asomó a una ventana y después abrió la puerta, preguntando qué deseaban.

—¿Quién se ha casado aquí hoy? —preguntó el caballero.

—¡Yo! —respondió aquel hombre.

—¡Usted! ¿Y con quién?

—¿Con qué derecho me hace usted esa pregunta? —exclamó el novio mirándole de pies a cabeza.

—¿Con qué derecho? —murmuró el caballero agarrando del brazo a la madre de Kit, por temor de que se escapara—. Con uno que usted no puede comprender. ¿Dónde está la niña que tienen aquí? Se llama Nell, ¿dónde está?

Al oír esta pregunta, alguien que estaba en una habitación próxima lanzó un grito, y una señora gruesa vestida de blanco salió a la puerta y se apoyó en el brazo del novio.

—¡Que dónde está! —gritó esta señora—. Eso es lo que yo pregunto: ¿Qué noticias me trae usted de ella? ¿Qué le ha ocurrido?

El caballero dio un salto y se quedó mirando a la señora, que hasta allí había sido Jarley, pero que aquella mañana había dado su mano a Jorge, el conductor. Al fin, saliendo de su estupor, dijo con furia:

—Pregunto a usted dónde está, ¿qué es lo que quiere usted decir?

—¡Oh, señor! —exclamó la novia—. Si viene usted a favorecerla, ¿por qué no ha venido una semana antes?

—¿Pero no... se habrá muerto? —exclamó el caballero palideciendo densamente.

—No, no es tan malo como eso.

—¡Alabado sea Dios! —murmuró el caballero—. Suplico a usted que me deje entrar.

Ambos esposos se retiraron para dejarle entrar y después cerraron la puerta.

—Aquí tienen ustedes una persona que ama más a esos dos seres que a su propia vida —dijo el caballero profundamente afectado— y, sin embargo, no me conocían, pero si alguno de los dos está aquí esta buena señora podrá verlos. Si ustedes dudan de mí y por eso me los niegan, juzguen de mis intenciones si reconocen a esta señora como a su mejor amiga.

—Siempre dije yo que aquella niña no era una niña vulgar —exclamó la señora—, pero siento en el alma no poder ayudar a usted, caballero. Hemos hecho de nuestra parte todo lo que hemos podido y todo ha sido inútil.

Después contaron todo lo que sabían de Nell y de su abuelo, al cual consideraban trastornado, desde su primer encuentro hasta el momento en que habían desaparecido sin dejar rastro alguno, y todos los comentarios que habían hecho sobre esta desaparición, como igualmente las gestiones que hicieron, aunque inútilmente, para encontrarlos.

El caballero lo escuchó todo con el aire de un hombre abatido y desesperado por el dolor y el desengaño. Cuando hablaron del anciano, pareció afectarse profundamente, hasta el punto de derramar lágrimas.

Después el caballero manifestó que estaba perfectamente convencido de que le decían la verdad y les ofreció un presente por sus cuidados con la desvalida niña, presente que ellos se negaron a aceptar, y el caballero y la madre de Kit se instalaron de nuevo en el coche, que los condujo a una hostería.

Ya se había esparcido por el pueblo el rumor de que la niña que narraba las historias de las figuras era hija de gente rica, que había sido robada en la infancia y que su padre, aquel caballero que no podían decir si era príncipe, duque o barón, la buscaba con afán; todo el pueblo salió a ver, aunque sólo fuera de lejos, a aquel personaje que iba en coche de cuatro caballos.

¡Cuánto hubiera dado por saber, y cuántas penas se hubiera evitado si hubiera podido saberlo, que el abuelo y la niña estaban sentados en aquel instante a la entrada de otro pueblo, esperando con impaciencia la vuelta del maestro!

CAPÍTULO X

Un encuentro desagradable

Al llegar a la hostería, el caballero bajó del coche y dando la mano a la madre de Kit, la ayudó a descender. Así atravesaron por entre la multitud de curiosos que, ávidos de emociones, los contemplaban a su sabor.

Pidieron habitaciones y un criado los condujo a una que se hallaba próxima.

—¿Le gustará esa habitación al caballero? —se oyó decir junto a una puertecilla que había al pie de la escalera, al mismo tiempo que asomaba por ella una cabeza—. Tenga usted la bondad de entrar, haga usted ese favor, caballero.

—¡Dios mío! —exclamó la madre de Kit—, ¡en buen sitio nos hemos metido!

Y tenía razón la pobre mujer, porque la persona que así los invitaba era nada menos que Daniel Quilp. La puertecilla por la cual había asomado la cabeza era la puerta de la cueva y parecía un espíritu maligno saliendo de debajo de la tierra para emprender alguna obra infernal.

—¿Quiere usted hacerme el honor de pasar adelante? —dijo el enano introduciéndose en la habitación.

—Prefiero estar solo.

—¡Perfectamente! —murmuró Quilp desapareciendo por la cueva.

—¿Cómo puede ser esto? —exclamó la madre de Kit—. Anoche mismo estaba ese hombre en la iglesia donde estuve yo y allí le dejé.

—¿De veras? —preguntó el caballero, y dirigiéndose a un mozo aña-dió—: ¿Cuándo ha venido ese hombre?

—Esta mañana, señor, en el coche correo.

—¿Y cuándo se va?

—No lo sé, señor. Cuando la criada le preguntó hace poco si dormiría aquí, se burló de ella y después quiso besarla.

—Dígale usted que venga, me gustará hablar con él. Dígale que ven-ga enseguida.

—Para serviros, señor —dijo el enano—. He encontrado al criado a la mitad del camino, porque venía ya, suponiendo que se dignaría usted recibirme. Espero que estará usted bien.

El enano aguardó la respuesta algún tiempo, pero como no la recibía, se volvió hacia la señora Nubbles.

—¡La madre de Christopher! —dijo—, la señora más digna y más amable, ¡y con un hijo tan bueno! ¿Cómo está toda la familia menuda?

—¡Señor Quilp! —exclamó el caballero.

El enano, aplicando el oído, escuchó atentamente.

—Ya nos hemos encontrado otra vez antes de ahora.

—Ciertamente —dijo Quilp en un movimiento de cabeza—, he te-nido ese honor y ese placer. No es cosa para olvidarla pronto, no señor.

—Recordará usted que el día que llegué a Londres y hallé vacía la casa adonde me dirigía, un vecino me encaminó a usted y allá fui direc-tamente sin pararme a descansar un momento.

—Medida seria y vigorosa, pero algo precipitada —dijo el enano imitando a Sansón Brass.

—Encontré que estaba usted en posesión de todo lo que pertenecía a otro hombre, y que ese hombre, que hasta allí todos habían tenido por rico, estaba en la miseria y había sido arrojado de su hogar.

—Teníamos autorización para ello, caballero, teníamos autorización. En cuanto a ser arrojado, no es eso precisamente: se fue por su propia voluntad, desapareció de noche, señor.

—No importa —dijo el caballero misterioso—, la cuestión es que se fue.

—Sí, se fue —dijo Quilp con su exasperante circunspección—. No hay duda de que se fue, la cuestión es adónde. Ésa es la incógnita.

—¿Qué he de pensar de usted, que habiendo rehusado darme ningún dato entonces escudándose con una porción de mentiras y evasivas, anda ahora siguiéndome los pasos? —exclamó el caballero mirándole severamente.

—¡Yo seguir sus pasos! —exclamó Quilp.

—¿Que no? —repuso el caballero exasperado—. ¿No estaba usted anoche a una larga distancia de aquí?

—¿Y qué? ¿No estaban ustedes allí también? —dijo Quilp completamente tranquilo—. También yo podría decir que ustedes son los que siguen mis pasos.

—Dígame usted, en nombre del cielo —dijo el desgraciado caballero—, si sabe el objeto que me trae aquí y si puede iluminarme en algo. Dígame si tiene alguna razón especial para hacer este viaje.

—Usted cree que yo soy brujo —repuso Quilp encogiéndose de hombros—. Si lo fuera, procuraría hacer mi suerte y la haría.

—Veo que hemos hablado bastante —dijo el caballero recostándose sobre el sofá—. Tenga usted la bondad de retirarse.

—Con mucho gusto, señor —repuso Quilp—, con mucho gusto. Deseo a ustedes un feliz viaje... *de vuelta*. ¡Ejem!

El enano se retiró haciendo gestos horrorosos y cerró tras sí la puerta.

Una vez en su cuarto, se sentó tranquilamente, cruzó una pierna sobre la otra y empezó a repasar en su mente las circunstancias que le habían llevado allí.

Pasando por casa de Sansón Brass el día anterior, cuando el caballero misterioso estaba ausente, tuvo una conversación con Swiveller, quedando así enterado de los pasos de dicho señor y de su entrevista con Kit, e inmediatamente fue a ver a la madre, suponiendo que podría enterarle del asunto que traían los dos, pero como según sabemos ya, esta señora había ido a una iglesia, la vecina que enteró a Kit le informó primero a él y allí marchó, a fin de hablar con ella cuando saliera.

Listo como un lince, se enteró de todo apenas llegó Kit; siguiéndolos a cierta distancia, vio el carruaje y oyó la dirección que el caballero daba al conductor y, sabiendo que un coche correo salía a poco para el mismo sitio, saltó al cupé y tomó asiento en él.

—¡Conque a mí no se me hace caso y Kit es el confidente! —seguía murmurando, mientras se mordía las uñas despiadadamente—. ¿Si creerán que no tengo medios de encerrar a ese buen hipócrita tras los barrotes de una cárcel? Lo primero es encontrar a los fugitivos, después veremos. ¡Aborrezco a toda esa gente virtuosa, a todos, uno por uno!

El enano no quería absolutamente a nadie en el mundo y odiaba al anciano y a la niña en particular porque le habían engañado y eludido su vigilancia.

Pocos momentos después cambió de alojamiento y procuró hacer averiguaciones para descubrir el lugar donde se ocultaban, pero todo fue inútil: no pudo obtener el menor rastro de ellos.

Dejaron la ciudad saliendo de noche y nadie los había visto, nadie los había encontrado, ningún conductor de carruajes, diligencias o carros había visto ni oído a tales viajeros. Comprendiendo la inutilidad de sus gestiones, dejó el encargo a dos o tres personas de dudosa conducta de aquella localidad, prometiéndoles una buena recompensa si podían darle alguna noticia, y se volvió a Londres en la diligencia del día siguiente.

Cuando subió al cupé, el enano tuvo una satisfacción al ver que dentro iba la madre de Kit, circunstancia que sirvió para que la pobre mujer no tuviera tampoco un viaje tranquilo. Tan pronto se asomaba a una ventanilla haciendo visajes, como saltaba al suelo y abriendo la portezuela, mostraba su horrible semblante con una sardónica sonrisa.

Kit, que salió al encuentro de la diligencia para esperar a su madre, quedó sorprendido al ver al enano, que, asomándose por detrás del conductor, parecía un espíritu maligno, incógnito a la vista de todos excepto a la suya.

—¿Cómo estás, Christopher? —gruñó el enano desde el cupé—. Aquí todos bien, tu madre viene dentro.

—¿Cómo es que está ese hombre ahí, madre? —preguntó Kit.

—No lo sé, hijo, lo único que sé es que ha estado atacándome los nervios todo el día. Pero no le digas una palabra, hijo, porque es muy malo; ahora mismo está mirándonos y guiñando los ojos ferozmente.

A pesar de lo que su madre le decía, Kit se volvió a mirar a Quilp y le encontró contemplando tranquilamente las estrellas, pero no por eso dejó de dirigirle la palabra diciéndole:

—Espero que dejará usted a mi madre en paz, creo que debería usted avergonzarse de molestar a una pobre mujer, que tiene bastantes penas sin que usted la martirice, ¡monstruo!

—¡Monstruo! —murmuró Quilp para sí con una sonrisa—. Soy el enano más horrible que se podría enseñar por un penique. ¡Soy un monstruo! ¡Bueno, bueno!

—Si vuelve usted a molestarla —continuó Kit—, me veré obligado a pegarle —y sin esperar la respuesta del enano, que por otra parte, no dijo nada, dio el brazo a su madre y echaron a andar todo lo aprisa que pudieron.

Quilp, con semblante tranquilo y silbando alegremente, emprendió el camino de su casa. Al llegar cerca, le pareció ver que las ventanas estaban más iluminadas que de costumbre, y acercándose sigilosamente, le pareció oír murmullo de voces, entre las cuales se oían algunas de hombre.

—¿Qué es eso? —murmuró el celoso enano—. ¿Reciben visitas mientras yo estoy ausente?

Buscó la llave de su casa que siempre llevaba en el bolsillo, pero no la tenía; así pues, no tuvo más remedio que llamar. Después de hacerlo dos veces muy suavemente, para no alarmar a la reunión, sintió que abrían. Era el muchacho del almacén del muelle, que apenas abrió, se encontró arrastrado a la calle por el enano, que le preguntaba:

—¿Quién está arriba? ¡Dímelo y no chilles, porque te ahogo!

El muchacho indicó la ventana con un gesto tan animado, que su amo asintió tentación de cumplir su amenaza, pero el muchacho, dando un salto, se escondió detrás de un poste y su amo tuvo que ir hasta allí.

—¿Quieres responderme? —le dijo—. ¿Qué pasa ahí arriba?

—¡Si no deja usted que uno hable...! ¡Ja, ja, ja! Creen que se ha muerto usted. ¡Ja, ja, ja!

—¡Muerto! —exclamó Quilp con una horrible sonrisa—. No. Pero, ¿lo creen así realmente?

—Creen que se ha ahogado usted. Como la última vez que le vieron fue a la orilla del muelle y después no le habíamos oído ni visto más, creíamos que se habría usted ahogado.

La perspectiva de poder espiar vivo a aquellos que le creían muerto causó un verdadero placer al enano.

—No digas una palabra de esto —dijo a su dependiente yendo de puntillas hacia la puerta y entrando sin meter ruido—. ¡Conque ahogado!, ¿eh?

Y subiendo sigilosamente, penetró en su alcoba, desde la cual podía ver y oír perfectamente todo lo que pasaba en la sala.

Allí estaba el señor Brass sentado junto a una mesa, donde había papel, pluma y tinta, y una botella de ron, del que él guardaba para sí, del propio Jamaica. Cerca de él estaba la señora Jiniwin, con un vaso de ponche delante, y un poco más lejos, la señora Quilp, su propia mujer, que aunque parecía muy triste también tenía su vaso de ponche y se mecía en una butaca lánguidamente. Completaban la reunión dos marineros, provistos cada uno de su vaso correspondiente.

—¡Si pudiera echar veneno en el vaso de esa vieja, moriría contento! —murmuró el enano.

—¡Ah! —dijo Brass rompiendo el silencio con un suspiro—. ¡Quién sabe si aun ahora mismo nos estará observando por alguna rendija desde cualquier sitio, y observando con sus miradas escudriñadoras! Casi me parece ver sus ojos en el fondo de este vaso —añadió volviendo a beber—. Nunca le veremos otra vez, pero la vida es así: un momento aquí y el próximo allá, en la tumba silenciosa. ¡Y pensar que yo estoy bebiéndome su propio ron! —añadió empinando el vaso—. ¡Parece un sueño!

Acercó el vaso a la señora Jiniwin, con idea, seguramente, de que se lo llenara otra vez, y volviéndose hacia los marineros añadió:

—¿Han sido también hoy inútiles las pesquisas?

—Completamente, señor —dijeron éstos.

—¡Qué lástima! —exclamó Brass—. ¡Sería un consuelo tan grande tener su cuerpo!

—Seguramente —añadió la señora Jiniwin—. Si se encontrara, estaríamos completamente tranquilos.

—Respecto al anuncio dando sus señas personales —prosiguió Brass—, ¿qué decimos? Cabeza grande, cuerpo pequeño, piernas torcidas...

—¡Muy torcidas! —interrumpió la señora Jiniwin.

—No hace falta, señora, está en un sitio donde eso es de poca importancia. Nos contentaremos con que sean *torcidas* únicamente.

—Creí que usted quería decir la verdad, sencillamente por eso lo decía —murmuró la señora Jiniwin.

—¡Cuánto te quiero, buena madre! —murmuró Quilp para sí.

El procurador y la suegra continuaron discutiendo las señas personales del enano, hasta que llegó el turno a la nariz.

—¡Chata! —dijo la señora Jiniwin.

—¡Aguileña! —gritó Quilp asomando la cabeza y enseñando la nariz—. ¿Llaman ustedes chato a esto? ¡Aguileña, y muy aguileña!

—¡Magnífico! —gritó Brass maquinalmente—. ¡Espléndido! ¡Qué hombre tan original! ¡Tiene un don especial para sorprender a la gente!

Quilp no prestó oído a estos cumplidos, ni al susto que el pobre procurador iba dominando, ni a los gritos de su mujer, ni a su suegra, ni al desmayo de aquélla, ni a la huida de ésta; fue a la mesa y tomando el vaso apuró su contenido. Después hizo lo mismo con las botellas, hasta que las agotó todas.

—¡Qué bueno! —exclamó el procurador recobrando su presencia de ánimo—. No hay otro hombre capaz de presentarse así. ¡Qué buen humor tiene siempre!

—¡Buenas noches! —murmuró el enano moviendo la cabeza significativamente.

—¡Buenas noches, señor! —añadió Brass yendo hacia la puerta—. Me agrada verle otra vez.

Apenas desapareció Brass, Quilp se acercó a los dos marineros, que le contemplaban con la boca abierta.

—¿Han estado ustedes buscándome hoy en el río?

—Y ayer, señor.

—¡Cuánto trabajo se han tomado ustedes por mí! ¡Muchas gracias, amigos! ¡Buenas noches!

Los dos hombres, sin atreverse a murmurar, salieron de la habitación y Quilp, cerrando la puerta, quedose mirando a su mujer, que seguía desmayada, como si fuera presa de un mal sueño.

CAPÍTULO XI

Quilp en su retiro

Cuando la señora Quilp salió de su desmayo, rompió en lágrimas y permaneció silenciosa escuchando los reproches de su amo y señor.

La alegría de haber producido un gran disgusto y la botella de Jamaica que el enano colocó a su lado, amenguaron paulatinamente su ira y le inspiraron el espíritu sarcástico tan frecuente en él.

—¿Conque creías que había muerto? —dijo Quilp—, ¿creías que eras viuda? ¡Ja, ja, ja!

—Lo siento mucho, Quilp —dijo la pobre mujer—, lo siento tanto...

—¿Quién lo duda? —interrumpió el enano—, ¿quién duda que lo sientas *mucho?*

—No quiero decir que siento que estés vivo y sano, Quilp, sino que me hicieran creer que no existías. Me alegro mucho de verte otra vez, créelo, Quilp.

Aunque parezca extraño, la pobre mujer era sincera y se alegraba de que su marido viviera aún, cosa que no hizo mella en el ánimo del enano, antes bien, le excitó hasta el punto de querer sacarle los ojos.

—¿Por qué has estado ausente tanto tiempo sin avisarme? —exclamó sollozando la desgraciada Betsy—. ¿Cómo puedes ser tan cruel, Quilp?

—¿Que cómo puedo ser tan cruel? Pues porque me da la gana. Seré cruel cuando quiera. Y me voy otra vez.

—¡Otra vez!

—¡Sí, sí, otra vez! Me voy ahora mismo a donde se me antoje, al muelle, al almacén, y haré vida de soltero, dejándote gozar las dulzuras de la viudez.

—Eso no lo dirás seriamente, Quilp —exclamó su esposa sollozando.

—¿Que no? Ahora mismo me voy al almacén, me establezco allí, ¡y cuidadito con que te presentes a horas inconvenientes, porque te trago! Pero me tendrás siempre cerca de ti, observándote como si fuera una culebra. ¡Thomas, Thomas!

—¡Aquí estoy, señor! —gritó el muchacho desde la calle.

—Pues sigue ahí hasta que te avise para que lleves mi maleta. A empaquetarla, señora mía. Despierta a tu madre para que te ayude, ¡despiértala! ¡Pronto! ¡Pronto!

La señora Jiniwin, asustada por aquellos gritos, apareció en la puerta a medio vestir, y ambas, madre e hija, obedecieron sumisas y en silencio

las órdenes del odioso enano, que prolongó todo cuanto pudo la tarea del equipaje, empaquetando y desempaquetando los mismos objetos diferentes veces. Por fin cerró la maleta y, sin decir una palabra a las pobres mujeres, la entregó a Thomas y emprendió el camino del muelle, adonde llegó entre tres y cuatro de la mañana.

—¡Perfectamente arreglado! —murmuró Quilp cuando llegó a su despacho y abrió la puerta con una llave que llevaba siempre en el bolsillo—. ¡Perfectamente! Llámame a las ocho, perro.

Y sin más explicaciones, tomó la maleta, cerró la puerta en las narices de Thomas y, saltando al escritorio, se quedó dormido profundamente.

A la mañana siguiente dio instrucciones a Thomas para que encendiera lumbre en el patio y preparara café para desayunar, y dándole dinero, le encargó que hiciera provisión de pan, manteca, azúcar, arenques y otros comestibles, con lo cual en pocos minutos quedó dispuesta una sustanciosa comida. El enano se regaló admirablemente, revelando gran satisfacción por aquel modo de vivir, semejante al de los gitanos, y que proyectaba hacer desde hacía algún tiempo tan pronto como tuviera ocasión para ello, a fin de no estar sujeto por los lazos del matrimonio, y tener en un estado de continua agitación y sobresalto a las dos pobres mujeres.

Procurando tener cierta comodidad en el escritorio, salió a comprar una hamaca, dio orden de que abrieran un agujero en el techo para que saliera el humo y, una vez cumplidos estos requisitos, colgó la hamaca y se tendió en ella con inefable delicia.

—Me parezco a Robinsón Crusoe: tengo una casa en el campo, en lugar solitario donde puedo estar libre y sin espías de ninguna clase. No hay cerca de mí más que ratas y entre esa gente estaré como el pez en el agua. Buscaré un muchacho parecido a Christopher y le envenenaré. ¡Ja, ja, ja! Todo es negocio. Hay que atender al negocio, aun en medio de los placeres.

Poco después, encargando a Thomas que le esperara, entró en un bote y, cruzando el río, saltó a tierra y fue a un restaurante de Bebis Mark, donde sabía que encontraría a Swiveller, el cual precisamente entonces empezaba a comer.

—¡Dick! —exclamó el enano asomándose a la puerta—. ¡Mi discípulo, mi amigo, la niña de mis ojos!

—¡Hola!, ¿está usted ahí? ¿Cómo está usted?

—¿Cómo está Dick? —volvió a decir Quilp—. ¿Cómo está el espejo, la flor de los pasantes?

—Algo disgustado, amigo —contestó Swiveller—, deseando salirme del queso.

—¿Qué es ello? —preguntó el enano avanzando.

—¿No le trata bien Sally? De todas las muchachas hermosas, ninguna como... ¿Eh, Dick?

—Ciertamente que no, no hay ninguna como ella —exclamó Dick comiendo con gravedad—. Es un tormento en la vida privada.

—Usted no sabe lo que dice —murmuró Quilp acercando una silla a la mesa—. ¿Qué pasa?

—No me sientan bien las leyes —añadió Dick—, hay poco líquido y mucho encierro. He pensado escaparme.

—¿Y adónde iría usted, Richard? —le dijo el enano.

—No lo sé —murmuró Dick—. Me gustaría que escasearan los gatos.

Quilp miró sorprendido a Richard esperando una explicación, pero éste, cruzándose de brazos, se quedó mirando al fuego hasta que, saliendo de su mutismo, añadió:

—¿Quiere usted un pedazo de pastel? Le gustará seguramente, porque es obra suya.

—¿Qué quiere usted decir? —dijo Quilp.

Swiveller respondió sacando del bolsillo un paquetito grasiento, y desenvolviéndolo lentamente, sacó una rebanada de *plum cake* muy poco digerible al placer y adornada por fuera con una pasta de azúcar blanco de dos centímetros de espesor.

—¿Qué creerá usted que es esto? —preguntó Richard.

—Parece tarta de boda —murmuró Quilp.

—¿Y a quién creerá usted que pertenecía? —añadió Richard frotándose la nariz con la pasta con perfecta calma.

—No a...

—Sí —añadió Dick—, no hace falta decir su nombre, toda vez que ya se llama Cheggs, Sophy Cheggs. Espero que usted esté satisfecho y que Fred lo esté igualmente. Entre ustedes dos han hecho la cosa y espero que saldrá a su gusto. ¿Éste era el triunfo que yo iba a obtener?

Ocultando la alegría que le producía el disgusto de su amigo, Quilp pidió una botella de vino, medio por el cual obtuvo de Dick la relación completa de todos los detalles del suceso.

—Y a propósito —añadió—, hace un rato habló usted con Fred. ¿Dónde está?

Swiveller explicó que había aceptado un empleo y que en aquel momento estaba ausente por asuntos profesionales.

—Es una lástima, porque he venido exclusivamente para preguntar a usted por él. Se me ha ocurrido la idea de que tal vez le conozca el misterioso huésped de Brass.

—No, no le conoce —exclamó Richard moviendo la cabeza.

—Ya, ya sé que nunca lo ha visto; pero si lo viera, si le presentáramos debidamente, tal vez le agradaría tanto como encontrar a Nell y a su abuelo. Quizá haría así su fortuna y usted podría participar de ella.

—Pero el caso es que ya se han visto y han sido presentados.

—¡Sí! ¿Quién los presentó?

—Yo —murmuró Dick algo confuso—. Fred me lo indicó.

—¿Y qué ocurrió?

—Que mi misterioso amigo, en vez de deshacerse en lágrimas cuando supo quién era Fred y abrazarle cariñosamente, se puso muy enfadado y le dirigió una serie de insultos, diciendo que él tenía en parte la culpa de que Nell y su abuelo estuvieran arruinados; en una palabra, casi puedo decir que nos echó de su cuarto.

—¡Qué raro! —dijo el enano pensativo.

—Eso mismo dijimos nosotros, pero es la pura verdad —continuó Richard.

Con esto terminó el enano la conversación y emprendió de nuevo el camino de su escritorio diciendo para sí: «¡Conque ya se han visto! El tal Richard quiere jugar conmigo, pero soy más listo que él. No tiene que abandonar las leyes por ahora; le necesito ahí. Puede ser que me convenga alguna vez descubrir al caballero misterioso sus planes acerca de Nell; pero, por ahora, tenemos que continuar siendo buenos amigos».

Quilp pasó la tarde y parte de la noche bebiendo y fumando, hasta que se tendió en la hamaca, donde se durmió satisfecho.

Cuando despertó por la mañana, la primera cosa que vieron sus ojos fue a su mujer sentada en el escritorio; al verla, lanzó un grito que asustó a la pobre señora.

—¿Qué buscas? —le preguntó—. ¡Me he muerto!

—Vuelve a casa, Daniel; eso no ocurrirá otra vez. Nuestro propio cuidado nos hizo creer todo lo malo.

—¿Vuestro cuidado os lo hizo creer? ¡Bueno! Iré a casa cuando se me antoje y me marcharé cuando tenga gana. Puedes irte.

La señora Quilp hizo un movimiento de ruego.

—¡Te he dicho que no! —gritó el enano—. ¡Y como te atrevas a venir aquí sin que te llame, tendré un perro que te ladre y te muerda; tendré cañones que se disparen cuando te acerques y te hagan pedazos! ¿Te vas?

—¡Vuelve, Daniel! —Se atrevió aún a decir otra vez la pobre mujer.

—No —rugió Quilp—, no iré hasta que quiera, por mi propia voluntad. Entonces volveré cuando me parezca, sin dar cuenta a nadie de mis idas y venidas. Allí está la puerta. ¿Te vas?

Quilp dijo esta última frase con tal energía, que la pobre mujer salió como una flecha. Su digno señor estiró el cuello para seguirla con la vista

hasta que salió al muelle y, después, satisfecho de haber asegurado su soledad en aquel retiro, lanzó una carcajada y se dispuso a dormir otra vez.

Acompañado de lluvia, barro, humedad, humo, suciedad y ratas, durmió hasta mediodía; luego llamó al muchacho para que le ayudara a vestirse y le subiera el almuerzo; poco después se encaminó de nuevo a Bevis Mark.

La visita no era para Swiveller, sino para Sansón; pero ni uno ni otro estaban en casa, hecho que se hacía notorio a los clientes sujetando a la campanilla un papel escrito que atestiguaba que dentro de una hora estarían en casa. Tampoco estaba la interesante Sally; pero, no obstante, Quilp llamó a la puerta, suponiendo que habría alguna criada en casa.

Pasado un largo rato se abrió la puerta y una débil vocecita murmuró a su lado:

—Tenga usted la bondad de dejar una tarjeta o un recado.

—Escribiré una esquela —dijo el enano entrando en la oficina—; cuida de que tu amo la reciba apenas llegue a casa.

Cuando Quilp doblaba la esquela notó que la criada le miraba asombrada moviendo los labios.

—¿Te tratan mal aquí? ¿Es tirana tu señora? —le preguntó Quilp con cierta ternura.

La niña movió la cabeza afirmativamente y con una timidez tan especial que sorprendió a Quilp.

—¿De dónde viniste? —añadió éste.

—No lo sé.

—¿Cómo te llamas?

—De ningún modo.

—¡Qué tontería! ¿Cómo te llama tu señora cuando te necesita?

—Diablillo —murmuró la niña.

Quilp, sin preguntar más, permaneció un rato en silencio tapándose la cara con las manos y riéndose con toda su alma. Después entregó la carta a la niña y se retiró apresuradamente.

La carta contenía una invitación para que el señor y la señorita Brass fueran a tomar un refrigerio en compañía de Quilp a un restaurante de verano situado a corta distancia del muelle. El tiempo no era muy a propósito para aquel establecimiento, cuyo techado era de apretado ramaje únicamente y, además, estaba muy cerca del Támesis, pero Quilp explicó a Brass que lo había escogido porque sabía cuán amante era de la Naturaleza y aquello era un retiro encantador, casi primitivo.

—Es hermosísimo realmente, señor, muy delicioso y con una temperatura agradabilísima —exclamó Brass castañeteando los dientes de frío.

—Tal vez sea un poco húmedo —añadió el enano.

—No, señor, lo preciso solamente para refrescar la temperatura —dijo Brass.

—Y a Sally, ¿le gusta? —preguntó el complacido enano.

—Le gustará más después de tomar té —dijo la señorita—; así que venga pronto y no nos haga esperar.

—¡Dulce Sally! ¡Encantadora, simpática Sally! —exclamó Quilp alargando los brazos como si fuera a abrazarla.

—¡Es un hombre muy original! —murmuraba Brass—. ¡Es un perfecto trovador!

El pobre Sansón seguía la conversación de un modo distraído, como si no le importara nada, porque tenía un catarro fuerte y se había visto muy afectado por la humedad al ir allí: así, pues, hubiera hecho gustoso hasta algún sacrificio pecuniario con tal de poder trasladarse a una habitación resguardada de la humedad y con un buen fuego, pero como Quilp se la tenía guardada desde la escena que presenció en su casa, le observaba con inefable delicia, sintiendo un placer más grande que el que hubiera podido proporcionarle el más suntuoso banquete.

Lo raro del caso es que la señorita Sally, que por su parte hubiera echado a correr de aquel lugar prefiriendo no participar del té, se sintió contenta también apenas notó el disgusto de su hermano. Aunque la lluvia, penetrando por entre el ramaje, caía sobre su cabeza, no exhaló una queja y presidió el convite con imperturbable serenidad.

Después de terminar aquel festín, Quilp recobró su acostumbrada expresión y acercándose a Sansón y tocándole en un brazo le dijo:

—Deseo hablar privadamente con ustedes antes de marcharnos. Sally, escuche un momento. No necesitamos documentos —añadió, viendo que Brass sacaba una cartera del bolsillo—. Hay un muchacho que se llama Kit...

La señorita hizo un signo afirmativo dando a entender que le conocía.

—¡Kit! —murmuró Brass—. He oído ese nombre, pero no recuerdo a quién pertenece.

—Es usted más bobo que una tortuga y más torpe que un rinoceronte.

—Yo le conozco y basta —exclamó Sally, interviniendo en la cuestión.

—Siempre Sally es más lista que usted, Sansón —añadió el enano—. No me gusta Kit, Sally.

—Ni a mí —añadió ésta.

—Ni a mí —dijo también Sansón.

—¡Perfectamente! —exclamó Quilp—. Ya tenemos adelantada la mitad del camino. Tengo con él una cuentecita que quiero saldar.

—Eso basta, señor —dijo el procurador.

—No, no basta —repuso Quilp—. ¿Quiere usted seguir oyéndome? Además de esa cuenta antigua, me amenaza constantemente y no me deja llegar a un fin que sería la riqueza para todos nosotros. Por todo eso y mucho más, le aborrezco mortalmente. Ustedes conocen al muchacho y pueden adivinar el resto. Busquen la manera de quitarle de mi camino y pónganla en práctica. ¿Lo harán?

—Se hará, señor —repuso Brass.

—Déme la mano, y usted Sally... en usted confío mucho más que en él.

No se habló ni una palabra más del asunto, objeto único de aquel convite, y todos se retiraron de aquel delicioso retiro, según Quilp: Sally, sosteniendo a su hermano, que caminaba con dificultad, y Quilp, solo, con apresurado paso, hacia su solitario escritorio, donde, tendiéndose en su hamaca, dormía tranquilamente pocos minutos después.

CAPÍTULO XII

Nuevos amigos

Largo rato llevaban esperando Nell y su abuelo, cuando apareció el maestro, muy satisfecho, llevando en la mano un manojo de llaves mohosas.

—¿Ven ustedes aquellas dos casitas antiguas y ruinosas? —preguntó acercándose a ellos.

—Sí – respondió Nell—, he estado mirándolas mucho tiempo; me gustan mucho.

—Pues aún te gustarán más cuando sepas algo que te diré después.

Y tomando a Nell de la mano, el maestro, radiante de satisfacción, los condujo al lugar indicado. Después de probar varias llaves, encontraron una que abrió una de las puertas y penetraron en una habitación abovedada que en tiempos antiguos había sido preciosamente decorada, según lo atestiguaban los restos de ornamentación que aún quedaban. Todo tenía allí ese aire solemne propio de las cosas que han resistido a la acción del tiempo.

—Es una casa hermosísima —dijo la niña a media voz, subyugada por aquel encanto.

—Un lugar muy pacífico —añadió el maestro—; temí que no te gustara, Nell.

—¡Oh, sí! —exclamó la niña—. Es un lugar hermoso para vivir y prepararse para la muerte.

Se apoderó de ella una emoción tan intensa que le fue imposible continuar y sólo débiles murmullos salieron de su boca.

—Un sitio hermosísimo para vivir y prepararse para la vida, procurando recobrar la salud física y moral —añadió el maestro—; porque esta casa va a ser tuya, Nell.

—¡Mía! —exclamó la niña.

—Sí —repuso el maestro—, y espero que puedas vivir en ella muchos años. Yo estaré cerca, en la casa contigua; pero ésta es para ti y para tu abuelo.

El maestro les explicó que aquella casa estuvo habitada mucho tiempo por una persona casi centenaria que hacía poco había muerto. Como aquella persona tenía el encargo de abrir y cerrar la iglesia cercana, limpiarla y enseñarla a los forasteros cuando quisieran verla, y aún no había solicitado nadie su empleo, podría ser para ellos. El sueldo era escaso, pero lo suficiente para vivir en aquel pueblo tan retirado.

Si reunimos nuestros fondos viviremos espléndidamente —añadió el maestro.

—¡Que Dios le dé a usted todo el bien que merece, señor! —murmuró Nell.

—Que así sea, hija mía, y que nos proteja a todos en nuestra tranquila vida. Pero ahora tenemos que dar un vistazo a *mi* casa. ¡Vamos!

La casa contigua era muy semejante, pero más pequeña y peor alhajada, viéndose a simple vista que la otra era la que correspondía de derecho al maestro; pero que éste, en su cuidado y atención por ellos, les había cedido la mejor.

Como ambas casas tenían enseres indispensables y una buena provisión de leña, pronto estuvieron arregladas con todo el cuidado y comodidad que permitió el tiempo empleado.

Encendieron las chimeneas y barrieron y limpiaron las habitaciones. Algunos vecinos, enterados de que había llegado el nuevo maestro, le enviaron algunos regalos de los más necesarios en casos semejantes. Cenaron en la que podemos llamar casa de la niña, y cuando concluyeron, sentados junto al fuego, discutieron sus planes futuros. Después elevaron sus preces al Altísimo llenos de gratitud y reverencia, y se separaron, para dormir cada uno en su casa.

Una vez acostado el anciano, cuando todo ruido hubo cesado, Nell volvió junto a las amortiguadas ascuas y se entregó a la meditación. Gradualmente se había ido operando en ella un cambio: iba espiritualizándose, podríamos decir, sin que nadie notara que al mismo tiempo que se alteraba la salud de su cuerpo, se alteraba también su mente.

Se acostó y soñó con el pobre Enrique, con Eduarda y con su hermana; todos, como si salieran del sepulcro, la llamaban, desvaneciéndose después poco a poco en la penumbra.

Llegó el día siguiente y con él la vuelta a los quehaceres domésticos, la alegría y la tranquilidad de estar instalados ya en un asilo seguro. Trabajaron afanosamente toda la mañana, a fin de poder pasear por la tarde y hacer una visita al rector de la iglesia.

Éste era un verdadero pastor de aldea, anciano sencillo, poco acostumbrado a las cosas del mundo y procurando siempre el bien de las almas confiadas a su cuidado. Recibió perfectamente a sus visitantes y enseguida se interesó por Nell, preguntándole su edad, su nombre, el sitio donde había nacido y todas las circunstancias de su vida.

Ya el maestro le había contado su historia, añadiendo que no tenían parientes ni amigos y que él la quería como si fuese su propia hija.

—Bueno, bueno —dijo el rector—, accedo al deseo de ustedes, aunque me parece muy joven esta niña.

—La adversidad y las penas la han hecho superior a sus años, señor.

—Dios la ayudará dándole descanso y el olvido de sus penas —dijo el anciano rector—, pero una iglesia antigua es un lugar triste para una niña, hija mía.

—No, señor, no, yo no lo considero así; prefiero el retiro y la soledad —repuso Nell.

Después de algunas otras palabras cariñosas y de concederles el empleo de guardianes de la iglesia, como solicitaban, el rector los despidió deseándoles mucha suerte y asegurándoles su paternal amistad.

Hacía poco tiempo que estaban en casa hablando y comentando los acontecimientos que los habían llevado a tan feliz resultado, cuando llegó una visita.

Era otro caballero, anciano también, amigo del rector y que vivía con él hacía quince años. Era el espíritu más activo del pueblo, el que arreglaba todos los disgustos y rozamientos que pudieran tener los feligreses entre sí, el que disponía las fiestas, el que ayudaba a los pobres y hacía todas las limosnas, ya en nombre del rector, ya en el suyo propio. Era el mediador, el consolador, el amigo de todo el pueblo en general; no había un solo individuo que no atendiera sus consejos o que no le recibiera en su casa como la bendición de Dios. Nadie se preocupaba de su nombre: los que lo sabían, lo habían olvidado, y todos le conocían por el sobrenombre de «el doctor», sobrenombre que le habían dado al principio los que sabían que había hecho una carrera universitaria. Como el nombre le gustó, lo aceptó sin discusiones, y para todo el mundo había sido y era siempre «el doctor». Ahora podemos añadir que él fue quien había enviado las provisiones de carbón, leña y algunas otras cosas que nuestros amigos encontraron en su nueva morada.

El doctor —pues seguiremos dándole también nosotros este nombre— levantó el picaporte, se detuvo un momento en la puerta y después entró resueltamente, como quien conoce bien el sitio.

—¿Usted es el señor Marton, el nuevo maestro? —preguntó dirigiéndose al bondadoso amigo de Nell.

—Servidor de usted, caballero.

—Me alegro mucho de verle; tenemos de usted las mejores referencias. Ayer pensé salir a su encuentro por el camino, pero tuve que llevar un recadito de una pobre mujer enferma, a su hija, que está sirviendo a cierta distancia de aquí, y acabo de volver ahora. Ya sé que esta niña es la nueva guardiana de la iglesia. Me felicito de tener entre nosotros a un maestro que sabe cumplir sus deberes de humanidad hasta ese punto, buen amigo.

—Ha estado enferma hace muy poco tiempo, señor —dijo el maestro, notando que el recién venido miraba a Nell algo sorprendido.

—Sí, sí, ya lo veo —dijo éste—; ha habido sufrimientos físicos y morales.

—Ésa es la verdad, señor —murmuró el maestro.

El doctor miró al abuelo, después miró otra vez a la niña y le estrechó una mano, diciendo:

—Serás más feliz aquí, hija mía; al menos, haremos todo lo posible para que lo seas. ¡Qué bien arreglado está esto! Supongo que será obra de tus manos, pequeña.

—Sí, señor —repuso tímidamente la niña.

—Podremos hacer aquí algunas mejoras —continuó el doctor—, no con lo que hay, sino añadiendo algo. Veamos, veamos lo que hay. —Y seguido de Nell penetró en las demás habitaciones y después, en casa del maestro.

En ambas casas faltaban ciertos pequeños detalles y objetos, que el doctor se encargó de enviar de un repuesto de desecho que, según dijo, tenía en casa para casos análogos; repuesto que debía de ser muy amplio y variado, porque abrazaba los objetos más diversos que puedan imaginarse.

Los enseres llegaron sin pérdida de tiempo, porque el doctor, pidiendo que le concedieran unos momentos, volvió cargado de rinconeras, alfombras, mantas y una porción de cosas por el estilo, y seguido de un muchacho que iba cargado igualmente. Puesto todo amontonado en el suelo, escogieron y fueron colocando cada cosa en el sitio que la requería, después de mirarla y admirarla, dirigido todo por el doctor, que, según la actividad y el entusiasmo que desplegaba, parecía deleitarse en tal ocupación. Cuando terminó aquella tarea, encargó al muchacho que había ido con él que llevara a sus condiscípulos para presentarlos a su nuevo maestro.

—Son buenos muchachos, Marton; todo lo bueno que puede pedirse, aunque no quiero que sepan que pienso así, porque sería perjudicial —añadió el doctor dirigiéndose al nuevo maestro cuando se marchó el muchacho.

Pronto estuvo éste de vuelta guiando una larga fila de muchachos grandes y chicos, que, presentados por el doctor en la puerta fueron haciendo sucesivamente una serie de reverencias y cumplidos, tales como quitarse la gorra y reducirla al menor espacio posible dentro del puño, y hacer toda clase de saludos; cosa que satisfizo evidentemente al doctor, toda vez que manifestó su aprobación con muchas sonrisas y movimientos de cabeza. En realidad, no ocultó su aprobación tan escrupulosamente como había querido dar a entender al maestro, puesto que hizo una serie de observaciones en voz baja, como murmurando, pero que fueron oídas perfectamente por todos.

—Señor maestro, el primer muchacho es Juan Orven —decía el doctor—; un buen chico, franco y noblote, pero muy precipitado, muy juguetón, ligero de carácter, capaz de romperse la cabeza a cachetes, con lo cual siempre tiene a sus padres sobresaltados. Y aquí para entre nosotros, diré a usted que cuando le vea jugando, no podrá menos de admirarle, porque juega con toda el alma.

Juan Orven se retiró a un lado y tocó el turno de la presentación a otro muchacho.

—Mire usted ese otro muchacho, señor, ése es Richard Evans, un chico muy apto para el estudio y con un memorión prodigioso. Tiene mucho talento, además de muy buen oído y una voz preciosa; canta en el coro de la iglesia y es uno de los mejores chicos del pueblo. Pero, a pesar de todo, acabará mal y tengo la seguridad de que no morirá en su lecho, porque se duerme en los sermones; aunque, a decir verdad, señor Marton, debo manifestarle que yo a su edad hacía exactamente lo mismo, porque no podía evitarlo.

Edificado por tan terrible amenaza, se retiró el aventajado alumno y el doctor designó a otro que era muy aficionado a la natación, añadiendo que su afición le hizo salvar a un perro que se ahogaba con el peso del collar y la cadena, en tanto que su amo, un pobre ciego, se retorcía las manos desesperadamente lamentando la pérdida de su guía y amigo.

—Apenas lo oí —añadió el doctor— le envié dos libras, pero no se lo diga usted de ningún modo, porque él no tiene la menor idea de que fui yo.

Así continuó haciendo notar las virtudes y los defectos de cada uno de los alumnos; después los despidió, persuadido de que su seriedad les serviría de correctivo, dándoles un regalito a cada uno y encargándoles que se fueran derechos a casa, sin saltar las vallas ni irse por los campos;

orden que, según dijo el maestro en el tono que había empleado hasta allí para los apartes, no hubiera podido obedecer él cuando era muchacho, aun cuando le hubiera ido en ello la vida.

Una vez recibidas tantas pruebas de la bondad del doctor, el maestro se separó de él considerándose el ser más feliz del mundo. Las ventanas de las dos casitas se iluminaron también aquella noche con los brillantes resplandores de un vivo fuego, y el rector y su amigo, pasando por allí al volver de su paseo a la caída de la tarde, hablaron de la linda niña y miraron al cementerio dando un suspiro.

CAPÍTULO XIII

La iglesia

Nell se levantó temprano y, una vez cumplidos todos sus quehaceres domésticos, descolgó de un clavo un manojo de llaves que el doctor le entregara el día anterior y se fue sola a visitar la iglesia.

El cielo estaba limpio y sereno; el aire, puro, perfumado con los aromas que se desprendían de las recién caídas hojas; un arroyuelo murmuraba con ritmo quejumbroso, y en las tumbas del cementerio que rodeaba la iglesia brillaban las gotas de rocío como lágrimas derramadas sobre los muertos por los espíritus buenos.

Algunos pequeñuelos jugaban al escondite entre las tumbas riendo y gritando. Sobre una recién cubierta habían dejado a un chiquitín de mantillas, que dormía como si estuviera en un lecho de flores. Nell se acercó y preguntó quién estaba enterrado en aquella sepultura. Un niño le dijo que no se llamaba así, que era un jardín y que allí dormía su hermano, añadiendo que era el jardín más verde y frondoso de todos, y que acudían a él los pájaros, porque su hermano los quería mucho; después miró a Nell un momento, sonriéndose, y se arrodilló para acariciar y besar el césped, corriendo luego otra vez alegremente.

Nell, pasando junto a la iglesia, abrió la verja del cementerio y fue a internarse en el pueblo. Un sepulturero anciano a quien habían visitado el día anterior, tomaba el fresco apoyado en una muleta en la puerta de su casa y saludó a la niña al verla pasar.

—¿Está usted mejor? —preguntó ésta parándose.

—Sí, hija mía, afortunadamente estoy mucho mejor hoy.

—Pronto estará usted bien del todo.

— Así lo espero, con la ayuda de Dios y un poquito de paciencia. Pero entra, entra un poco y descansarás.

Y el viejo, con gran dificultad y cojeando, guio a la niña dentro de su casita.

—Sólo hay una habitación abajo. Hace mucho tiempo que no puedo subir escaleras, pero creo que el verano que viene podré.

Nell se sorprendió oyendo hablar del futuro con tanta tranquilidad a un hombre tan achacoso y tan viejo. Después, recorriendo con una mirada toda la habitación, se fijó en una porción de herramientas que pendían de la pared; el viejo, notándolo, sonrió y le dijo:

—¿Crees que hago uso de todo eso para abrir las sepulturas?

—Eso estaba pensando, precisamente.

—Y pensabas bien, pero sirven además para otros trabajos. Soy jardinero, y cavo la tierra también para plantar seres que no se disgregan y desaparecen, sino que en ella viven y crecen. ¿Ves aquel azadón que está colgado en el centro?

—¿Aquél tan mellado y tan viejo? Sí.

—Ése es el azadón de sepulturero; como ves, está bien usado. Aunque el pueblo es sano, ha trabajado mucho, y si pudiera hablar, contaría todo lo que hemos hecho entre los dos. Yo tengo mala memoria y todo lo olvido.

—¿Y hay árboles y arbustos que crecen y viven, plantados también por usted? —dijo la niña.

—Ah, si, árboles altos y copudos, pero que no son tan ajenos a la labor de un sepulcro como tú crees.

—¿No?

—No, en mi mente y en mis recuerdos —murmuró el viejo—. Supongamos que planto un árbol para un hombre que después muere; pues ese árbol siempre me recuerda a su dueño, y cuando veo su extensa sombra, recuerdo cómo era en vida de aquel hombre y pienso en mi otra obra, pudiendo decir perfectamente cuántos años hace que cavé su sepultura.

—¿Pero también a veces le recordará a alguna persona viva?

—Sí, pero por cada uno que vive, hay veinte muertos relacionados con él: mujer, marido, padres, hermanos, hijos, amigos...; veinte lo menos. No es extraño que el azadón del sepulturero se melle y se ponga viejo; pronto necesitará uno nuevo.

La niña le miró, creyendo que bromeaba, dada su edad y sus achaques; pero el viejo hablaba seriamente.

—¡Ah! —continuó éste tras un breve silencio—. La gente no acaba de aprender nunca; sólo los que removemos la tierra pensamos así. ¿Y has estado ya en la iglesia, hija mía?

—Allí voy ahora precisamente —dijo Nell.

—Pues allí, debajo del campanario, hay un pozo muy oscuro y profundo, donde repercuten todos los sonidos, y del cual ha ido desapareciendo el agua poco a poco, hasta el punto de que, a pesar de su profundidad, no se puede ya sacar agua. Si se suelta el cubo, aunque se deslíe toda

la cuerda, sólo se oye un golpe en tierra seca y dura, con un sonido tan lejano y lúgubre, que se muere uno de angustia y da un salto, temeroso de caer dentro.

—Será un lugar terrible de noche —exclamó la niña, que escuchaba con gran interés las palabras del sepulturero y le parecía hallarse ya en el mismo borde del pozo.

—Es únicamente una tumba —dijo el anciano—, nada más. ¿Y quién de nosotros puede extrañarse de que nuestra vida vaya disminuyendo paulatinamente y acabe por extinguirse? ¡Nadie!

—¿Es usted muy viejo? —exclamó la niña involuntariamente.

—El verano próximo cumpliré setenta y un años.

—¿Y todavía trabaja usted cuando está bueno?

—¿Que si trabajo? ¡Pues claro, hijita! Ya verás mi jardín. Mira por aquella ventana: ese huertecillo lo he plantado y arreglado con mis propias manos; dentro de un año apenas si podrá verse el cielo, tan apretadas estarán sus ramas. En invierno trabajo también de noche —y abriendo un armario, sacó unas cajas de madera tallada de un modo tosco, pero con cierta originalidad—. Algunas personas aficionadas a la Historia o a las antigüedades y a todo lo que pertenece a ellas, gustan de llevarse algún recuerdo de las iglesias o las ruinas que visitan. Yo hago esto con pedazos de roble que encuentro o con restos de ataúdes que han podido conservarse en alguna bóveda. Mira: ésta es de esa clase y tiene cantoneras de metal con inscripciones que serían muy difíciles de leer ahora, por lo borradas que están. En esta época tengo poco surtido, pero el verano próximo estará lleno el armario.

La niña admiró y alabó aquel trabajo, y poco después emprendió la vuelta meditando sobre todo lo que había oído y diciéndose que el sepulturero era el tipo de la loca Humanidad, puesto que, a la edad que tenía, vivía planeando y pensando en el año venidero, achaque propio de la naturaleza humana.

Así llegó a la iglesia y, buscando una llave que tenía un rótulo escrito en pergamino, abrió y entró, sintiendo resonar sus pasos y el eco que produjo el ruido de la llave al cerrar, por todos los ámbitos del edificio.

Era una iglesia notable por su antigüedad y de gran mérito artístico. Parte de ella había sido una capilla particular, y de aquí que se encontraran allí diversas efigies de guerreros yacentes sobre lechos de piedra, revestidos de todas sus armas según las habían usado en vida. Aquellas esculturas antiguas y más o menos destrozadas, conservaban aún su forma y carácter primitivo, demostrando así que las obras del hombre subsisten generalmente mucho más que el hombre mismo.

La niña se sentó entre aquellas graníticas tumbas y meditó unos momentos sobre la inestabilidad de las cosas terrenas, sintiendo que sería agradable dormir el sueño eterno en aquel lugar tan tranquilo.

Después, saliendo de la capilla, se dirigió a una puertecilla que daba acceso a una escalera por donde se subía a la torre y, ascendiendo por ella, llegó arriba a tiempo de admirar la esplendidez de una radiante salida del sol y un magnífico panorama donde todo era hermoso, todo feliz; el cielo azul, el campo frondoso y verde, los ganados pastando, el humo de las chimeneas saliendo de entre los árboles, los niños jugando; el contraste era notorio: parecía la vida después de la muerte. Y, sin embargo, se estaba más cerca del cielo.

Cuando salió al pórtico de la iglesia y cerró la puerta, los niños se iban ya, y al pasar por la escuela sintió un ruido de voces que indicaban que su protector había empezado sus tareas profesionales de aquel día.

Dos veces más volvió a la capilla de la iglesia aquella tarde, ensimismándose en las mismas meditaciones de la mañana; se hizo de noche y allí siguió sin temor ninguno, como encadenada en aquel recinto, hasta que fueron a buscarla y la llevaron a casa. Parecía feliz; pero cuando el maestro al despedirse se inclinó para besarla, creyó sentir que una lágrima rodaba por sus mejillas.

CAPÍTULO XIV

El jardín de Nell

La antigua iglesia ofrecía al doctor, a pesar de sus múltiples ocupaciones, una fuente continua de interés y distracción, pues estaba haciendo un estudio concienzudo de su historia y sus curiosidades. Muchos días de verano entre sus muros y muchas noches de invierno sentado junto al fuego de la rectoría, podía vérsele escribiendo, ya continuando, ya añadiendo un cuento o una leyenda a su magnífica historia de aquella iglesia. De labios de semejante maestro oyó la niña todas las tradiciones verídicas o imaginarias de los personajes enterrados en la capilla, que fue pareciéndole más sagrada, más llena de virtud y santidad. Era otro mundo, donde no había pecado, ni pena; un lugar de reposo, tranquilo, donde no entraba el mal.

El doctor, después de relatarle cuanto sabía, la llevó a la cripta y le dijo cómo la iluminaban en tiempo de los monjes con lámparas pendientes del techo e incensarios que se balanceaban esparciendo odoríficos perfumes; cómo se arrodillaron allí damas y caballeros vestidos con magníficas telas y alhajas, rezando con sus preciosos rosarios. Después volvieron a subir y le enseñaba las galerías y claustros donde las monjas

habían aparecido un momento tras las celosías, escuchando las plegarias que se elevaban en la iglesia y uniendo a ellas las suyas.

La niña conservaba en su mente todo cuando el doctor le decía y, a veces, cuando despertaba de noche, en medio de sus sueños se asomaba a la ventana y miraba a la iglesia vieja y oscura, esperando hallarla iluminada y oír sonidos de voces acompañados por la música del órgano.

Pronto estuvo curado el sepulturero y pudo salir al campo y hacer su vida ordinaria, y él también enseñó a la niña muchas cosas, aunque de un orden diverso. Aún no podía trabajar, pero un día que hubo que abrir una sepultura fue a inspeccionar el trabajo que hacía un hombre algo más viejo que él, pero más ágil y activo, llevando consigo a la niña.

—No había oído decir que hubiera muerto nadie —dijo Nell.

—Vivía en otra aldea, hija mía —dijo el viejo cuando se acercaron—, a un cuarto de legua de aquí.

—¿Era joven?

—Sí —repuso el sepulturero—, tendría unos sesenta y cuatro años. ¿Verdad, David?

Éste, que estaba cavando afanosamente y que además era sordo, no oyó la pregunta, y el sepulturero, que no podía alcanzarle con la muleta, le arrojó un puñado de tierra a la espalda.

—¿Qué pasa? —gritó David incorporándose.

—¿Cuántos años tenía Betty Morgan?

—¿Betty Morgan? —repitió David.

—Sí —gritó el sepulturero, añadiendo en un tono medio irritado, medio compasivo—: te estás quedando muy sordo, David.

El viejo, soltando el azadón, se puso a cavilar sobre los años que podría tener Betty Morgan.

—Creo que eran setenta y nueve. Sí, porque recuerdo que tenía casi los mismos que nosotros. Tenía setenta y nueve.

—¿Estás seguro de no equivocarte, David? —preguntó el sepulturero muy emocionado.

—¿Qué? —murmuró el viejo—. No he oído.

—¡Está completamente sordo! —dijo el sepulturero; y gritó más fuerte aún—: ¡Que si estás seguro de que era esa su edad!

—Completamente —repuso David—. ¿Por qué no he de estarlo?

—Está muy sordo y creo que se va volviendo tonto —se dijo el sepulturero como si hablara consigo mismo.

La niña no podía comprender por qué hablaba así el sepulturero, toda vez que David parecía tan listo como él y era mucho más robusto, pero como aquél no dijo más sobre el asunto, pronto lo olvidó y habló de otra cosa.

—Me decía usted que plantaba árboles y flores. ¿Los planta usted aquí?

—¿Aquí, en el cementerio? No, hija mía.

—He visto algunas flores tan bonitas —dijo la niña—, que creí estarían cuidadas por usted, aunque en realidad no están muy lozanas.

—Crecen según la voluntad de Dios, Nell, y Él dispone que un cementerio no sea nunca un vergel.

—No le entiendo a usted.

—Las flores indican las tumbas de personas que tienen seres que los aman aún.

—¡Eso es! —exclamó la niña—, y me alegro mucho de que sea así.

—¡Ay! —añadió el viejo—. Míralas, mira cómo inclinan sus tallos marchitos y agostados. ¿Sabes por qué?

—No —repuso la niña.

—Porque el recuerdo de los que yacen ahí debajo pasa pronto. Al principio cuidan la tumba diariamente, a todas horas; después vienen con menos frecuencia, una vez a la semana o al mes; luego, en períodos irregulares, hasta que al fin no vienen nunca. Por eso las flores se amustian y las plantas florecen pobremente.

—Siento mucho oír eso —murmuro la niña.

—Eso dice la gente caritativa y buena cuando viene a visitar las tumbas, pero yo digo otra cosa.

—Quizá los que viven piensen que sus muertos están en el cielo y no en la tumba —añadió Nell.

—Puede ser que sea eso —repuso el viejo.

La niña pensó que, fuera o no fuera así, aquél sería su jardín de allí en adelante; ella tendría cuidado de las flores: la tarea sería muy agradable para ella.

El sepulturero no se fijó en la humedad y brillantez de los ojos de Nell, preocupado con algo que al parecer la inquieta mucho y que puso en claro cuando David volvió a pasar junto a él poco después.

—He estado pensando, David, que Betty debía de ser mucho más vieja que tú y que yo; no tienes más que ver que parecíamos muchachos al lado suyo.

—Ciertamente —añadió David—, era más vieja: lo menos tenía cinco años más.

—¿Cinco? —repuso el sepulturero—. ¡Diez! Me acuerdo de la edad de su hija cuando murió, y ella tenía muchos años ya.

Después de dejar dilucidado tan importante asunto, el sepulturero se dispuso a marcharse de allí en compañía de David.

La niña se dirigió a otro lado del cementerio, y allí, sentada sobre una tumba, la encontró el maestro.

—¿Nell aquí? —exclamó el buen hombre sorprendido cerrando el libro que leía—. Me gusta mucho verte tomando el sol y el aire; temí que estuvieras en la iglesia, como de costumbre.

—¿Temió usted? —observó la niña—. Pues qué, ¿no es un sitio santo?

—Sí —repuso el maestro—, pero tienes que alegrarte algunas veces. Sí, no me mires así, ni sonrías tan tristemente.

—Si usted pudiera ver mi corazón, no diría que sonrío con tristeza. No hay una criatura en la tierra que sea más feliz que yo ahora. Solamente tengo una pena.

—¿Cuál, hija mía? —preguntó el maestro.

—Saber que los que mueren son olvidados muy pronto. Mire usted todas esas flores secas y mustias.

—Pero, ¿tú crees que una tumba abandonada, que una planta seca o una flor mustia indican descuido y olvido? ¿Crees que no hay acciones, hechos, que recuerden mejor a los muertos queridos que todo esto que nos rodea? ¡Nell, Nell! Hay mucha gente en el mundo que ahora mismo está trabajando pero cuyo pensamiento está al lado de esas tumbas, por muy olvidadas que parezcan estar.

—No me diga usted más —repuso la niña instantáneamente—. Lo creo, lo siento así. ¿Cómo he podido olvidarlo conociéndole a usted?

—No hay nada bueno que desaparezca; todo el bien permanece; no se olvida del todo. Un muerto querido permanece siempre en la mente y en el corazón de los que le amaron en vida. No se suma un ángel más a las huestes celestiales sin que su memoria viva en los que le amaron eternamente.

—Sí —murmuró la niña—, tiene usted razón, y no puede figurarse el gran consuelo que me ha dado con sus palabras.

El maestro no respondió; tenía el corazón henchido de pena y no pudo hacer otra cosa que inclinar la cabeza en silencio.

Poco después llegó el abuelo de Nell, y todos caminaron juntos, hasta que el maestro se separó de ellos por ser la hora de empezar sus clases.

—Éste es un buen hombre, Nell —dijo el abuelo mirándole según se alejaba—. ¡Ése sí que no nos hará daño nunca! Al fin estamos a salvo aquí; nunca nos iremos, ¿verdad?

La niña movió la cabeza sonriendo.

—Necesitas descansar, nena. Estás muy pálida, no eres la que eras hace algunas semanas. Éste es un lugar tranquilo; aquí no hay malos sueños, ni frío, ni humedad, ni el hambre con todos sus horrores. Olvidemos todo lo pasado y aún podemos ser felices.

—¡Gracias, Dios mío —murmuró la niña para sí—, por este cambio!

—Tendré mucha paciencia —añadió el viejo—; seré muy humilde, muy obediente, si quieres que estemos aquí. ¡Pero no huyas de mí; déjame estar contigo, Nell!

—¿Yo huir de ti, abuelo? ¿Cómo puedes decir eso? Mira: haremos aquí nuestro jardín; desde mañana trabajaremos juntos, y haremos aquí un vergel.

—¡Buena idea! —exclamó el abuelo—; pero no lo olvides, nena. Empezaremos mañana.

No podemos dar una idea de la alegría del viejo al día siguiente, cuando empezaron a limpiar el cementerio de ortigas y malas hierbas, sacudieron el césped y arreglaron las plantas y arbustos lo mejor que pudieron. Ambos trabajaban con afán, cuando la niña, levantando la cabeza, vio al doctor que, sentado cerca de ellos, los observaba en silencio.

—¡Hermosa obra de caridad! —murmuró el doctor devolviendo a Nell el saludo que ella le hacía—. ¿Han hecho ustedes todo eso esta mañana?

—Es muy poco, señor —repuso la niña bajando los ojos—, comparado con lo que pensamos hacer.

—¡Buena obra, buena obra! —repetía el anciano.

—Pero ¿se cuidan ustedes solamente de las sepulturas de los niños y de los jóvenes?

—Ya haremos lo mismo con las demás cuando terminemos con éstas, señor —respondió Nell volviendo la cabeza y hablando en voz baja.

Era un incidente sin importancia, que podría ser completamente accidental o resultado de la simpatía que Nell sentía por la juventud, pero pareció afectar a su abuelo, que no se había fijado antes de ello, y mirando a las tumbas y después a Nell, la llamó a su lado y le pidió que cesara en el trabajo y fuera a descansar. Algo que parecía haber olvidado hacía mucho tiempo acudió a su mente, y no desapareció como otras veces, sino que volvió con insistencia. Una vez, estando trabajando, la niña observó que su abuelo la miraba como si quisiera resolver alguna duda y le preguntó lo que deseaba, pero el anciano acariciándola le respondió que solamente quería que se fuera fortificando y que pronto pudiera ser una mujer perfecta.

Desde aquel día el viejo tuvo una admirable solicitud para Nell; solicitud que no se alteró un instante: nunca olvidó el cariño y la condición de la niña, comprendiendo al fin todo lo que ésta había sufrido por él y lo mucho que le debía. Nunca más se cuidó de sí mismo antes que de la tierna niña, ni dejó que una idea egoísta apartara su pensamiento del dulce objeto de sus cuidados.

La seguía a todas partes, hasta que, cansada ya y apoyada en su brazo, se sentaban en algún camino o volvían a casa y descansaban junto a la

chimenea; poco a poco fue encargándose de aquellas tareas caseras que eran más pesadas o rudas; se levantaba de noche para oír cómo respiraba la niña mientras dormía, y a veces pasaba horas enteras junto al hecho observándola.

Algunas semanas más tarde hubo días en que Nell, exhausta, sin fuerzas, aunque con poca fatiga, pasaba las veladas recostada en un sofá cerca del fuego; el maestro llevaba libros y leía en alta voz, y pocas noches pasaban sin que fuera también el doctor y leyera cuando el maestro se cansaba. El viejo escuchaba sin cuidarse de lo que oía; con los ojos fijos en su nieta, si ella sonreía o se animaba al oír alguna historia, decía que era muy buena e inmediatamente simpatizaba con el libro. Cuando el doctor contaba algún cuento que agradaba a la niña, el viejo procuraba retenerlo, y aun a veces salía con él a la calle para que volviera a contárselo, para aprenderlo, a fin de obtener una sonrisa de Nell cuando se lo repitiera.

Afortunadamente, estas veladas no se repetían con frecuencia; la niña ansiaba el aire libre y prefería a todo pasear por su jardín. También iba mucha gente a visitar la iglesia, y como Nell siempre añadía un encanto a tan interesante monumento histórico, todos los días acudían algunos visitantes. El viejo se iba detrás de ellos, tratando de oír todo lo que podrían decir de la niña, y como siempre la alababan, encomiando su belleza y su formalidad, estaba orgulloso de su nieta. Pero, ¿qué era aquello que frecuentemente añadían, que le oprimía el corazón, le hacía sollozar y hasta llorar muchas veces oculto en algún rincón? Hasta los extraños, los que no tenían por ella más interés que el del momento, que se iban y lo olvidaban todo al día siguiente, la veían y la compadecían, y murmuraban, al retirarse. Toda la gente del pueblo quería a Nell, y todos mostraban el mismo sentimiento de cariño y amargura cuando hablaban de ella, y de ternura y compasión al dirigirle la palabra, sentimiento que iba en aumento cada día; hasta los chicos de la escuela, ligeros y aturdidos como eran, la querían tiernamente, lamentándose si no la encontraban al paso al ir a la clase, aunque jamás le hablaban si ella no les dirigía la palabra. Algo había en la niña que les infundía respeto y la hacía superior a ellos.

Llegaba el domingo, y todos los que iban a la iglesia, bien al entrar, bien al salir, hablaban con Nell y se interesaban por ella; algunos la llevaban un regalito, otros la hablaban cariñosamente.

Los niños eran sus favoritos, y entre ellos el predilecto era aquel a quien habló en el cementerio el primer día que fue. Muchas veces le sentaba a su lado en la iglesia o le subía a la torre; el niño se complacía ayudándola, aunque sólo fuera con la intención, y pronto fueron buenos amigos.

Un día el niño llegó a ella corriendo, con los ojos llenos de lágrimas después de contemplarla un instante, y la abrazó apasionadamente.

—¿Qué pasa? —preguntó Nell acariciándole.

—¡No quiero que vayas allí, Nell! ¡No quiero, no! —gritó el niño abrazándola más fuerte.

La niña le miró sorprendida y, separando los rizos que le cubrían la frente, le besó, preguntándole qué era lo que quería decir.

—No puedes irte, Nell, porque no podremos vernos ya. Los que se van, no vienen a jugar, ni hablan con nosotros. ¡Quédate aquí, así estás mejor!

—No te entiendo —dijo Nell—, ¿qué quieres decir?

—Todos dicen que serás un ángel, que te irás al cielo antes que los pájaros canten otra vez. Pero tú no quieres irte, ¿verdad? No nos dejes, Nell, aunque el cielo es tan bonito, ¡no quieras irte!

La niña inclinó la cabeza y ocultó el rostro entre las manos.

—No puedes sufrir esa idea siquiera, ¿verdad, Nell? —exclamó el niño llorando—. No te irás, porque sabes lo tristes que nos quedaremos. Querida Nell, dime que estarás siempre con nosotros. ¡Dímelo, rica, dímelo!

Y la tierna criatura cayó de rodillas delante de Nell llorando amargamente, en tanto que decía:

—¡Mírame Nell, dime que no te irás y no lloraré más, porque sé que todos se equivocarán! ¿No me respondes, Nell?

La niña continuaba inmóvil y silenciosa, sólo un sollozo rompía de cuando en cuando aquel silencio.

—No puedes irte, Nell —continuaba el niño—, porque no serías feliz sabiendo que todos llorábamos por ti.

La pobre niña separó al fin las manos de su rostro y abrazó al niño. Ambos lloraron silenciosamente, hasta que ella prometió sonriendo que no se iría, que estaría allí y que sería su amiga mientras Dios lo permitiera. El niño batió palmas de alegría y le dio las gracias con toda la efusión de su infantil corazoncito, y cuando Nell le suplicó que no dijera a nadie la escena que acababa de tener lugar entre ellos, lo prometió solemnemente.

Pero la confianza del niño en las seguridades de Nell no era completa; muy a menudo iba a la puerta de su casa y la llamaba para tener la certidumbre de que estaba allí. Apenas salía Nell, era su compañero todo el camino, sin acordarse para nada de los niños que le esperaban para jugar.

—Es un niño muy cariñoso —decía a Nell pocos días después el sepulturero—; siente mucho y es muy serio, aunque también sabe alegrarse cuando llega el caso. Juraría que ambos habéis estado oyendo el sonido del pozo.

—No, por cierto —respondió la niña—; me da miedo acercarme a él y voy pocas veces por ese lado de la iglesia.

—Ven conmigo —dijo el viejo—, yo lo conozco bien desde niño.

Por una estrecha escalera descendieron a la cripta y se pararon entre los macizos arcos, en un sitio sombrío, donde se percibía un olor penetrante de almizcle.

—Aquí es —murmuró el viejo—. Dame la mano mientras lo destapas, no sea que te caigas dentro; yo no puedo agacharme para quitar la tapa, porque me lo impide el reúma.

—¡Qué sitio más triste y sombrío! —dijo la niña.

—Mira hacia abajo —dijo el sepulturero.

La niña obedeció, diciendo luego:

—¡Parece una tumba!

—Yo creo que lo abrieron para hacer más triste este lugar y que los monjes fueran más religiosos. Pronto lo taparán, construyendo encima; dicen que lo harán para la primavera próxima.

—Los pájaros cantan en la primavera —pensó la niña aquella tarde cuando, asomada a la ventana, contemplaba la puesta del sol—. ¡Primavera: estación feliz, hermosa y bendita!

CAPÍTULO XV
Alegrías de Brass

Dos días después del convite que dio Quilp a los hermanos Brass en el *Desierto*, entró Richard Swiveller en el bufete y, quitándose el sombrero, sacó un trozo de crespón negro del bolsillo, lo colocó alrededor de la cinta de aquél y se lo puso otra vez, después de admirar el efecto de la banda de luto. Después, metiéndose las manos en los bolsillos, empezó a pasear por la oficina.

—Siempre me pasa lo mismo —decía—; desde que era niño, todas mis esperanzas se han desvanecido: basta que haya querido a una mujer para que se casara con otro. Pero así es la vida y hay que conformarse. ¡Sí, sí —añadió quitándose el sombrero y mirándolo otra vez—; llevaré luto, llevaré este emblema de la perfidia de una mujer, de una ingrata que me obliga a aborrecer a todo el sexo! ¡Ja, ja, ja!

No habían terminado aún los ecos de su hilaridad, cuando sonó la campanilla de la oficina y Swiveller, abriendo apresuradamente la puerta, se encontró con el simpático rostro del señor Chuckster, su amigo y consocio en el *Glorioso Apolo*.

—¡Bien tempranito ha venido usted a esta maldita casa! —dijo el recién llegado.

—¡Algo, algo! —repuso Dick.

—¿Algo? —añadió Chuckster con el aire burlón que tan bien sentaba a sus facciones—. ¡Ya lo creo! ¿No sabe usted, querido amigo, la hora que es? Pues únicamente las nueve y media de la mañana.

—¿No quiere usted entrar? —preguntole Dick—. Estoy solo, Swiveller, solo. —Y haciendo una reverencia, hizo entrar a Chuckster; ambos pasearon dos o tres veces por la habitación saludándose cómicamente.

—¿Y cómo vamos, querido amigo? —dijo Chuckster sentándose y hablando en serio—. He tenido que venir por este sitio para asuntos privados y no he querido pasar sin verle aunque suponía que no le encontraría. ¡Es tan pronto!

Después Chuckster aludió al misterioso huésped, mostrándose ofendido por la amistad que había entablado con su compañero, el simpático e ilustrado pasante Abel Garland, y así pasaron un rato charlando y tomando rapé.

—Y no contento con estar en tan buena armonía con el joven escritor —continuó Chuckster tras una pausa—, ha hecho gran amistad con sus padres y hasta con el jovenzuelo que los sirve, el cual está constantemente yendo y viniendo de su casa a la oficina. Me disgusta tanto ese asunto, que si no fuera por el afecto que tengo a la casa y porque sé que el notario no podría pasarse sin mí, le dejaría plantado. No tendría otro remedio.

Richard, simpatizando con su amigo, atizó el fuego de la chimenea, pero no dijo ni una palabra.

—En cuanto al joven lacayuelo —prosiguió Chuckster—, proféticamente aseguro que acabará mal. Los de nuestra profesión conocemos algo el corazón humano, y el muchacho que volvió para acabar de ganarse un chelín, tiene necesariamente que manifestarse algún día tal cual es, en su verdadero aspecto. No tiene más remedio que ser un ladronzuelo vulgar.

Seguramente Chuckster hubiera continuado en el mismo tema hasta quién sabe cuándo, si no se hubiera oído en la puerta un golpecito que pareció anunciar la llegada de algún cliente. Después del obligado «adelante» de Swiveller, se abrió aquélla, dando paso nada menos que al mismo Kit, que había sido hasta allí tema principal de la conversación de Chuckster.

Éste, al oír llamar a la puerta, había tomado una actitud de suprema mansedumbre, se rehizo y miró envalentonado al que así se atrevía a interrumpir su conversación. Swiveller le miró con altivez y esperó sin hablar hasta que Kit, atónito por tal recibimiento, se atrevió a preguntar si el caballero estaba en casa.

Antes de que Richard pudiera responder, Chuckster protestó indignado contra aquella manera de preguntar tan poco respetuosa, porque estando allí dos caballeros, no podían saber a cuál de ambos se dirigía;

por tanto, debía haber dicho su nombre, aunque él no dudaba de que la pregunta se refería al propio Chuckster y él no era hombre con quien se jugara.

—Me refiero al caballero que vive arriba —dijo Kit dirigiéndose a Swiveller—. ¿Está en casa?

—¿Para qué le necesitas? —preguntó Richard.

—Porque si está, tengo que entregarle una carta.

—¿De quién? —volvió a preguntar Richard.

—Del señor Garland.

—¡Ah! —repuso Dick con suma amabilidad—. Puedes dármela, y si esperas la respuesta, puedes aguardar en el pasillo.

—Muchas gracias —repuso Kit—, pero tengo que entregarla en propia mano.

La audacia de esta respuesta molestó tanto a Chuckster, considerando ofendida la dignidad de su amigo, que si no le hubiera detenido la consideración de estar en casa ajena, hubiera aniquilado inmediatamente a tan atrevido criado. Swiveller, aunque no tan excitado como su amigo por aquel asunto, no sabía qué hacer, cuando el caballero misterioso puso término a la escena gritando desde la escalera con estentórea voz:

—¿No ha entrado alguien preguntando por mí?

—¡Sí, señor, sí! —repuso Dick.

—¿Y dónde está? —rugió el caballero.

—Aquí —repuso Dick—. ¡Tú, chico! —exclamó dirigiéndose a Kit—, ¿estás sordo? ¿No oyes que te dicen que subas?

Kit, considerando inútil entrar en explicaciones, se apresuró a subir, dejando a los dos socios del *Glorioso Apolo* mirándose en silencio.

—¡No lo decía yo! —murmuró Chuckster—. ¿Qué piensa usted de todo eso?

Swiveller, que no era malo por naturaleza y no veía en la conducta de Kit ninguna villanía, apenas sabía qué responder a su amigo. La llegada de Sansón y su hermana puso término a su perplejidad, apresurando el término de la visita de Chuckster.

—Y bien, señor Swiveller —dijo Brass—, ¿cómo está usted hoy? Alegre y satisfecho, ¿eh?

—Bastante bien, señor — respondió Richard.

—Bueno, entonces estaremos hoy tan contentos como las alondras. Este mundo es hermoso y da gusto vivir en él. Es cierto que hay gente mala, pero si no la hubiera, ¿para qué servirían los abogados buenos? ¿Ha habido hoy correo, Swiveller?

—No, señor —repuso éste.

—Bueno, no importa —observó Brass—. Si hoy hay poco que hacer, mañana habrá más. Un espíritu satisfecho siempre alegra la existencia, Swiveller. ¿Ha venido alguien?

—Únicamente mi amigo —dijo Richard— y alguien para ver al huésped de arriba, que aún está con él.

—¿Quién ha venido a visitar a ese misterioso caballero? Supongo que no será una dama —prosiguió Brass.

—Es un joven algo relacionado con la notaría del señor Witherden; le llaman Kit, según tengo entendido —dijo Richard.

—¡Kit! ¡Vaya un nombre raro! —dijo Brass—. Parece algo destinado a perderse en el vacío. ¡Ja, ja, ja! ¿Conque está Kit arriba? ¡Oh, oh!

Dick miró a la señorita Sally, sorprendido al ver que no trataba de acallar la excesiva alegría de su hermano; pero como vio que, lejos de eso, parecía estar conforme con ella, supuso que habrían engañado a alguien entre los dos y que acababan de recibir el pago.

—¿Sería usted tan amable, Swiveller, que quiera llegarse con esta carta a Peckham Rye? No hay respuesta, pero es una cosa especial y deseo que vaya a la mano. Cargue usted a la oficina los gastos de coche y aproveche el tiempo que le sobre de la hora para dar paseo. ¡Ja, ja!

Richard dobló la chaquetilla que usaba en la oficina, se puso la americana y el sombrero, tomó la carta y salió. Tan pronto como desapareció Dick, Sally se levantó y, saludando dulcemente a su hermano, se retiró también.

Apenas se quedó solo, Sansón abrió de par en par la puerta de la oficina, estableciéndose en el escritorio opuesto a ella, a fin de poder ver a cualquiera que pasara por la escalera, y empezó a escribir con gran interés, tarareando por lo bajo diversos retazos de música.

Largo rato estuvo el procurador de Bevis Mark sentado, escribiendo y cantando, deteniéndose para escuchar algunas veces y prosiguiendo después su tarea. Una de las veces que la interrumpió para escuchar, oyó que se abría la habitación del huésped, que se cerraba después y que alguien bajaba la escalera; entonces dejó la escritura, se quedó con la pluma en la mano, subió el tono de sus melodías llevando el compás como si estuviera absorto en la música y sonriendo de un modo angelical.

Cuando Kit llegó ante la puerta, Brass cesó en su canto y, sin dejar de sonreír, le hizo señas de que se detuviera.

—¿Cómo está usted, Kit? —le dijo el procurador del modo más afectuoso.

Kit, algo avergonzado, respondió cortésmente y, poniendo una mano en la cerradura, se disponía a retirarse, cuando Brass le invitó a entrar amigablemente.

—No se vaya usted aún, Kit, deténgase un poco aquí, si no tiene inconveniente —dijo el procurador con algo de misterio en el tono de voz—. Cuando le veo a usted, me acuerdo de la casita más dulce y linda que he visto en mi vida, y de las veces que iba usted a la tienda cuando estábamos allí. ¡Ah, Kit, las personas que tenemos cierta profesión, tenemos que cumplir penosos deberes algunas veces y no somos dignos de envidia! No, ciertamente.

—Yo no los envidio, señor —dijo Kit—, y no soy el llamado a juzgar en ese asunto.

—El único consuelo que nos queda —prosiguió Sansón—, es que, aunque no podemos hacer cambiar el viento, podemos disminuir sus efectos. En esa precisa ocasión a que he aludido, sostuve una ruda batalla con el señor Quilp, un hombre duro, pidiéndole que fuera indulgente. Pude perder el cliente, pero me inspiró la virtud y gané el pleito.

—No es tan malo como creía —pensó el bueno de Kit cuando el procurador hizo una pausa, como si quisiera dominar una dolorosa emoción.

—Yo le admiro a usted Kit —continuó Brass emocionado—. He visto bastante bien su conducta en aquellos días para respetarle, por humilde que sea la posición que ocupa en el mundo y la fortuna que le tocó en suerte. Nunca miro el traje, sino el corazón que late debajo. El traje es solamente la jaula que lo aprisiona, pero el corazón es el ave. ¡Y cuántas de ésas se ocupan sólo en picotear al prójimo a través de sus lujosos alambres!

Esta figura poética, dicha con la entonación y mansedumbre de un humilde ermitaño a quien sólo faltara el tosco sayal para completar el efecto, entusiasmó a Kit.

—¡Bueno, bueno! —siguió Sansón, sonriendo como los hombres de bien cuando lamentan su debilidad o la de su prójimo—. Eso es claro como el agua. Puede usted tomar eso si gusta —y Sansón señalaba dos medias coronas que había sobre el escritorio.

Kit miró las monedas, después a Sansón y titubeó sin tomarlas.

—Son para usted.

—¿De quién?

—No importa de quién —dijo el procurador—. Pueden ser mías, si así le parece bien. Tenemos amigos excéntricos que pueden oír, Kit, y no es conveniente preguntar o hablar demasiado, ¿comprende usted? Puede usted tomarlo, eso basta. Y aquí para entre los dos, supongo que no serán las últimas que reciba usted por el mismo conducto. Espero que no. ¡Adiós, Kit, adiós!

Dándole las gracias y reprochándose el haber sospechado de quien en la primera conversación se había mostrado tan distinto de lo que él suponía, Kit tomó el dinero y emprendió la vuelta a su casa. El señor

Brass permaneció junto al fuego, ejercitándose simultáneamente en los ejercicios vocales y en la angelical sonrisa que antes había ensayado con tanto éxito.

—¿Puedo entrar? —dijo Sally asomándose a la puerta.

—¡Sí, sí, entra! —contestó su hermano.

—¡Ejem! —tosió la señorita a modo de interrogación.

—¡Hecho! —murmuró Sansón—. Me atrevería a decir que es como si estuviera hecho ya.

CAPÍTULO XVI

Sospechas

La suposición de Chuckster no dejaba de tener cierto fundamento. Una amistad sincera y leal unió al caballero misterioso con los seño-res Garland, estableciéndose pronto una intimidad entre ellos. Un ligero ataque, consecuencia probable de aquel terrible viaje y del desengaño subsiguiente, dio origen a frecuente correspondencia; de tal modo, que uno de los moradores de la granja Abel, en Fuschley, iba casi diariamente a Bevis Mark.

Como la jaca no se dejaba guiar por otro que no fuera Kit, ocurría que, ya fuera Abel ya su padre el que iba a hacer la visita, Kit era siempre de la partida, y Kit el mensajero que llevaba la correspondencia cuando no había visita. Ocurrió, pues, que cuando el caballero se puso enfermo, Kit iba a Bebis Mark todas las mañanas con la misma regularidad que un cartero.

Sansón, que indudablemente tenía sus razones para esperarle, apren-dió pronto a distinguir el ruido de las ruedas y los botes de la jaca tan pronto como doblaban la esquina, y apenas lo sentía dejaba la pluma con la mayor alegría y se frotaba las manos diciendo a Richard:

—¡Ahí está ya la jaquita! ¡Qué animal más inteligente! ¡Y qué dócil!

Dick respondía alguna frase de cajón y Brass se subía sobre un ta-burete para mirar a la calle desde cierta altura, a fin de ver quién iba en el coche.

—Ahí viene hoy el señor anciano Swiveller. ¡Qué hombre más agra-dable y simpático, y qué buen humor tiene siempre! Es un hombre que honra al género humano.

Después que el señor Garland descendía del coche y subía a visitar al huésped, Sansón saludaba a Kit desde la ventana; algunas veces salía hasta la calle y sostenía con él conversaciones como la que sigue:

—¡Qué hermoso animal! ¡Qué manso!

Kit acariciaba a la jaca pasándole la mano por el lomo y aseguraba a Sansón que encontraría pocos animales como ella.

—Es hermoso —respondió éste— y tiene un instinto sorprendente.

—¡Magnífico! —respondía Kit—. Comprende mejor que un cristiano todo lo que usted dice.

—¿De veras? —preguntaba Brass, que había oído la misma frase a la misma persona y en el mismo sitio una docena de veces, lo cual no impedía que se quedara atónito exclamando—: ¡es maravilloso!

—Poco pensé yo —se decía Kit, cautivado por el interés que el procurador mostraba por el animal— que seríamos tan amigos cuando lo vi por primera vez.

—¡Ah, Christopher! —proseguía Brass—, la honradez es la mejor norma de vida. Hoy he perdido yo cuarenta y cinco libras por ser honrado, pero al fin redundará en ganancia, estoy seguro de ello. Por eso, en vez de entristecerme, estoy contento.

Kit se complacía tanto con semejante conversación, que muchas veces estaba hablando aún cuando aparecía de nuevo el señor Garland; Sansón le ayudaba a entrar en el coche con muestra de afecto y le saludaba cortésmente. Una vez que el coche desaparecía, Sansón y su hermana, que generalmente se asomaba también, cambiaban una extraña sonrisa, no muy placentera por cierto, y volvían a la sociedad de Richard Swiveller, que durante su ausencia había ensayado varios ejercicios de pantomima, en tanto que el escrito confiado a su pluma estaba lleno de raspaduras y tachones.

Cuando Kit iba solo, el procurador recordaba que tenía algún encargo para Swiveller en sitios algo lejanos siempre, de los cuales tenía necesariamente que volver al cabo de dos o tres horas cuando menos; tanto más, cuanto que el señor Swiveller no se distinguía por su prontitud en volver cuando salía a la calle. Sally se retiraba enseguida, y el procurador, invitando a Kit para que entrara en el bufete, le entretenía con una conversación moral o agradable para el muchacho, entregándole después alguna moneda. Ocurría esto con tanta frecuencia, que Kit, creyendo que provenía del caballero misterioso, que por otra parte había recompensado liberalmente a su madre por las molestias del viaje, no sabía alabar bastante su generosidad y compraba regalitos para su madre y hermanos, y hasta para Bárbara.

Mientras en la oficina ocurrían los sucesos que acabamos de relatar, Richard, que se quedaba solo con mucha frecuencia, empezó a notar que tenía poco que hacer y mucho tiempo de sobra, y a fin de evitar que sus facultades se enmohecieran, llevó una baraja a la oficina y se entretenía en jugar a los naipes con un ser imaginario, cruzando con él cantidades y apuestas enormes.

Como estas partidas eran muy silenciosas, a pesar de los grandes intereses que se aventuraban en ellas, Swiveller creyó oír algunas veces un ligero ronquido o respiración difícil cerca de la puerta, y después de mucha cavilación empezó a pensar que debía de proceder de la criadita, que estaba siempre constipada. Una noche que observó atentamente, pudo percibir un ojo que miraba por la cerradura, y no dudando ya de que su sospecha era cierta, fue sigilosamente hasta la puerta y la abrió rápidamente, sin dar tiempo a la niña para poder retirarse.

—No intentaba perjudicarle a usted, señor, créame —murmuró la niña—. ¡Estoy tan triste abajo! Le suplico que no se lo diga usted a nadie.

—¿Quieres decir que mirabas por la cerradura solamente para distraerte?

—Sí, señor, le aseguro a usted que era únicamente por eso.

—¿Y cuánto tiempo hace que te entretienes así?

—Hace mucho, señor, mucho antes de que empezara usted a jugar a las cartas.

—Bueno, pues entra. No se lo diré a nadie y te enseñaré a jugar.

—No me atrevo, señor; la señorita Sally me mataría si lo supiera.

—¿Tienes lumbre abajo?

—Muy poca, señor, unas ascuas solamente —murmuró la niña.

—Como la señorita Sally no puede matarme a mí aunque me encuentre allí, bajaré contigo —respondió Richard metiendo las cartas en su bolsillo.

—Pero, ¡qué delgada eres! —prosiguió—. ¿Por qué no tratas de ponerte más gruesa?

—No es culpa mía, señor.

—Podrías comer pan y carne —replicó Dick sentándose—. Y cerveza. ¿La has bebido alguna vez?

—Una vez bebí un sorbito.

—¡Vaya una rareza! ¡No haber probado nunca la cerveza! ¿Cuántos años tienes?

—No lo sé.

Richard abrió desmesuradamente los ojos y meditó unos momentos; después, encargando a la niña que tuviera cuidado de responder si alguien llamaba a la puerta, salió apresuradamente.

Pronto estuvo de vuelta, acompañado de un muchacho que llevaba en una mano un plato con pan y carne, y en la otra, un gran jarro lleno de algo que olía muy bien.

Richard lo tomó al llegar a la puerta, encargando a la niña que cerrara bien para evitar sorpresas, y bajó a la cocina seguido de ella.

—Vamos —dijo Richard poniéndole delante el plato—, cómete eso y después jugaremos.

La niña no necesitó una segunda invitación y pronto vació el plato.

—Ahora, bebe de eso —añadió Dick entregándole el jarro—, pero con moderación, porque no estás acostumbrada y podría hacerte daño.

—¡Qué bueno es! —exclamó la niña regocijada, después de beber.

Esta observación agradó sobremanera a Dick, que agarrando a su vez el jarro, bebió un gran trago. Después se aplicó a instruir a la niña en el juego, cosa que pronto aprendió, porque era lista.

—Ahora —dijo Richard poniendo dos medios chelines en un plato y atizando la bujía que iluminaba la reducida estancia, después de barajar y cortar las cartas—, ésta es la apuesta. Si ganas, serán para ti; si gano yo, serán para mí. Para entendernos mejor y que parezca un juego de veras, te llamaré Marquesa, ¿oyes?

La criadita asintió con un movimiento de cabeza.

—Vamos, Marquesa, empieza a jugar.

La Marquesa, sosteniendo las cartas muy apretadas con ambas manos, pensó por cuál empezaría, y Dick, tomando el aire alegre y elegante que la sociedad de una marquesa requería, bebió otro traguito y esperó su turno.

Swiveller y la Marquesa jugaron varias partidas, hasta que la pérdida de tres medios chelines, la disminución del líquido y las campanadas del reloj indicando que eran las diez, hicieron comprender al caballero que el tiempo volaba y que sería conveniente marcharse antes de que Sansón y su hermana volvieran.

—Por tanto, Marquesa —añadió Richard gravemente—, solicito el permiso de vuestra señoría para guardarme las cartas y beberme el resto de esta cerveza a vuestra salud, suplicando me dispense por tener el sombrero puesto, porque este palacio es húmedo y el mármol de sus suelos y paredes, muy frío, y retirarme después.

La criadita asintió de nuevo sin hablar una palabra.

—¿Dices que van muchas veces al teatro y que te dejan sola?

—Sí, señor; eso creo, al menos, porque la señorita Sally es muy aficionada.

Ya iba Richard a retirarse, cuando pensó que sería conveniente charlar un rato con la niña, cuya lengua se había puesto algo expedita con la cerveza, no desperdiciando aquella oportunidad que se le presentaba de enterarse de algunas cosas.

—A veces van a ver al señor Quilp —contestó la niña a otra pregunta de Dick—, porque el señor no sabe hacer nada solo: siempre pide consejo a la señorita.

—Supongo —prosiguió Dick— que hablan y se consultan en todos sus asuntos, y que se habrán ocupado mucho de mí, ¿eh, Marquesa? ¿Para bien? ¿En buen sentido?

Ésta volvió a sus movimientos afirmativos.

—¡Uf! —murmuró Richard—. ¿Será un abuso de confianza, Marquesa, pediros que me contéis lo que dicen de este humilde servidor que ahora tiene el honor de...?

—La señorita dice que es usted muy original y muy divertido.

—Eso no es decir una inconveniencia, Marquesa; la alegría y la gracia no son cualidades que degradan.

—Pero es que también dice que no se puede tener confianza en usted.

—Hay muchas personas que han hecho la misma observación, especialmente mercaderes y comerciantes. ¿Supongo que el señor Brass será de la misma opinión?

La niña afirmó que era aun más severo que su hermana en el asunto.

—Pero, ¡por Dios, no diga usted nada, porque me pegarán después hasta matarme! —exclamó luego, pesarosa de haber hablado tanto.

—Marquesa —dijo Richard—, la palabra de un caballero es sagrada. Soy tu amigo y espero que pasemos muchos ratos en este hermoso salón. Pero se me ocurre —añadió parándose en el camino hacia la puerta y volviéndose a la criadita que le seguía con la bujía encendida— que has debido de mirar y oír mucho por las cerraduras para saber todo eso.

—Únicamente quería saber dónde guardaban la llave de la despensa, eso era todo. Y si lo hubiera sabido, no habría sacado mucho, únicamente lo indispensable para mitigar el hambre.

—Entonces, ¿no sabes aún dónde la guardan? —dijo Dick—. Pero, ¡claro es que no, porque, en ese caso, estarías más gruesa! Adiós, Marquesa, hasta la vista, y no olvides pasar la cadena.

Richard, comprendiendo que había bebido bastante, emprendió el camino derecho hacia su casa y empezó a desnudarse, meditando entretanto unas veces sobre la Marquesa y los misterios que la rodeaban; otras, sobre Sophy y hasta sobre la pobre Nell, hasta que logró dormirse después de dar muchas vueltas en la cama pensando en Quilp, en Brass, en Sally y en el caballero misterioso.

A la mañana siguiente despertó fresco y animado, y después de recibir una esquelita de su patrona intimidándole para que buscara otro alojamiento, fue a Bevis Mark, donde la hermosa Sally estaba ya en su escritorio, radiante y esplendorosa como la virgínea luz de la luna.

Swiveller reveló su presencia con un saludo y se sentó en su sitio de costumbre.

—Dígame —exclamó de pronto la señorita Sally rompiendo el silencio—, ¿ha visto usted esta mañana un lapicero de plata?

—No he encontrado ninguno en la calle. En un escaparate vi uno muy grueso en unión de un cortaplumas y un mondadientes, pero como estaban entretenidos en conversación, seguí adelante.

—Seriamente —continuó Sally—, ¿lo ha visto usted aquí o no?

—¡Qué simpleza tan grande! ¿Cómo puedo haberlo visto, si acabo de llegar en este momento?

—Simpleza o no, lo único que sé es que no puedo encontrarlo; habrá desaparecido algún día que lo haya olvidado sobre la mesa.

«Espero que la Marquesa no habrá entrado aquí», pensó Richard.

—También había un cortaplumas igual —prosiguió Sally—; era regalo de mi padre y también ha desaparecido. Supongo que usted no echará nada de menos.

Richard, después de registrar sus bolsillos y convencerse de que todo estaba en su sitio, respondió que no le faltaba nada.

—Es una cosa muy desagradable, Dick; pero, en confianza y sin que Sammy se entere, porque no acabaría de hablar nunca de ello, le diré que también ha desaparecido dinero de la oficina. Yo he notado la falta de tres medias coronas en diversas ocasiones.

—¿Es cierto eso? —preguntó Dick—. Tenga usted cuidado con lo que dice, porque es un asunto muy serio. ¿Está usted segura? ¿No habrá alguna equivocación?

—No, no hay ninguna equivocación, así es —repuso Sally con énfasis.

«No puede haber sido nadie más que la Marquesa», pensó Richard soltando la pluma. «¡Buena la espera!».

Mientras más pensaba, más seguro le parecía que aquella infeliz criatura, medio muerta de hambre, se había visto obligada por la necesidad a hurtar lo que encontró a su alcance. Y lo sintió tanto, le molestaba de tal modo la idea de que aquella acción tan grave enturbiara la pureza de su amistad, que deseó mejor saber que la Marquesa era inocente, con más ardor que recibir cincuenta libras de regalo.

En tanto que absorto meditaba en el asunto, Sally movía la cabeza con aire de misterio y duda, cuando se oyó la voz de Sansón entonando una escala en el corredor y en un instante apareció en la puerta tranquilo y sonriente.

—Buenos días, Richard. Dispuesto ya a trabajar, ¿eh?, después de un sueño refrigerante y reparador. Henos aquí levantándonos con el sol para emprender las tareas ordinarias. ¡Qué reflexión más consoladora!

Mientras hablaba así, ostentaba en la mano un billete de veinticinco libras y lo examinaba al trasluz.

Richard le oía sin entusiasmarse por aquel aluvión de palabras huecas, cosa que llamó la atención de Brass, el cual, volviendo la cabeza, se fijó en su abatido semblante.

—¿Qué le pasa a usted? Es preciso estar contento para trabajar bien, es preciso estar...

La casta Sara lanzó un profundo suspiro.

—¡Dios mío! —exclamó Sansón—, ¿también tú? ¿Qué pasa señor Swiveller? ¿Qué pasa aquí?

Dick miró a Sally y vio que le hacía señas para que pusiera a su hermana al corriente de lo que pasaba, y como su posición tampoco era muy agradable hasta que se aclarara el asunto, lo hizo así, ayudado de Sally, que corroboró cuanto él decía.

Una viva contrariedad nubló el semblante de Sansón, que, en vez de romper en gritos, como Sally esperaba, fue de puntillas a la puerta, la abrió, miró fuera, después la cerró silenciosamente, volvió de puntillas otra vez y dijo hablando muy bajito:

—Es una cosa penosa y molesta para todos; una cosa extraordinaria, Richard. Pero el caso es que yo también he notado la falta de algunas cantidades pequeñas que dejé en el cajón de la mesa últimamente. No he hecho mención de ello, esperando que la casualidad me permitiera descubrir al delincuente, pero no ha sido así. Éste es un asunto penoso, señores.

Al hablar así, Sansón dejó el billete que tenía en la mano entre unos papeles que había sobre la mesa, distraídamente, y se metió las manos en los bolsillos. Richard lo observó y le suplicó que lo guardara.

—No, amigo mío, no —replicó Brass emocionado—; no lo recojo, lo dejo ahí. Recogerlo, sería manifestar que dudo de usted, cuando, por el contrario, tengo ilimitada confianza. Lo dejaremos ahí, si usted no tiene inconveniente.

Richard agradeció mucho la confianza, merecida por cierto, que el procurador le dispensaba en aquellas penosas circunstancias y se sumió en profunda meditación, lo mismo que los hermanos Brass, temiendo oír a cada momento imputar el robo a la Marquesa e incapaz de destruir la convicción que tenía de que ella era la culpable.

Después de unos momentos de reflexión, Sally dio un puñetazo en la mesa exclamando:

—¡Ya sé quién ha sido!

—¿Quién? —preguntó Brass—. ¡Dilo pronto!

—¡Qué! ¿No ha habido una persona yendo y viniendo continuamente aquí durante estas últimas semanas? ¿No ha estado esa persona sola algunas veces, gracias a ti? ¡Pues dime ahora que ése no es el ladrón!

—¿Quién es esa persona? —exclamó Brass iracundo.

—Ese que llaman Kit.

—¿El criado del señor Garland?

—Ese mismo.

—¡Nunca! —exclamó Brass—. No puede ser; no lo creeré, aunque me lo juren. ¡Nunca!

—Pues te aseguro que ése es el ladrón —volvió a decir su hermana tomando tranquilamente un polvo de rapé.

—Pues yo te aseguro que no es ése. ¿Cómo te atreves a hacer tal imputación? ¿No sabes que es el muchacho más honrado que existe y que su conducta es intachable? ¡Adelante, adelante!

Estas últimas palabras se dirigían a una persona que llamaba a la puerta de la oficina y que resultó ser el mismo Kit en persona.

—¿Hacen el favor de decirme si está arriba el caballero?

—Sí, Kit —repuso Brass, rojo aún de indignación—, allí está. Me alegro mucho de verle a usted y le suplico que tenga la bondad de entrar cuando baje.

—¡Ese muchacho un ladrón! —murmuró Brass apenas se retiró Kit—; es imposible, con ese semblante franco y abierto. Le confiaría todo el oro del mundo sin cuidado alguno. Señor Swiveller, le suplico tenga la bondad de ir a casa de Brass y Compañía, en Broad Streed, y preguntar si ha recibido un aviso para acudir a una reunión en casa de Painter.

—¡Kit un ladrón! —siguió murmurando—. Sería menester ser ciego y sordo para creer eso. —Y mirando a Sally con ira, echó la cabeza sobre su escritorio como si quisiera aplastar el mundo con su peso.

CAPÍTULO XVII

La acusación

Cuando Kit bajó de la habitación del caballero misterioso un cuarto de hora después, Sansón Brass estaba solo en su oficina; pero no estaba sentado en el escritorio, ni cantaba como de costumbre. Estaba delante de la chimenea, de espaldas al fuego y con un aspecto tan extraño, que Kit supuso que se había puesto malo de repente.

—¿Le ocurre a usted algo, señor? —le preguntó.

—¿Algo? —exclamó Brass—. ¿Que si me ocurre algo? ¿Por qué me hace usted esa pregunta?

—Está usted tan pálido que no parece el mismo.

—¡Pse! ¡Mera imaginación! —exclamó Brass agachándose para remover las ascuas—. Nunca he estado mejor en mi vida, Kit, ni tan contento. ¡Ja, ja! ¿Cómo está nuestro amigo, el vecino de arriba?

—Mucho mejor —repuso Kit.

—Me alegro mucho de oírlo —dijo Brass—; es decir, doy gracias a Dios, porque es un excelente caballero, digno, liberal y generoso. ¡Da tan poco trabajo! ¡Es un huésped admirable! ¿Y el señor Garland? Supongo

que está bien, Kit. ¿Y la jaca, mi amiga? Mi amiga particular, como usted sabe.

Kit hizo una relación satisfactoria de la familia de la granja Abel, y Sansón, diciéndole que se acercara, le tomó por la solapa de la chaqueta diciéndole:

—Estoy pensando, Kit, que yo podría hacer algo por su madre. Porque usted tiene madre, ¿verdad? Usted me lo dijo, si no recuerdo mal.

—Sí, señor, la tengo y se lo dije a usted.

—Creo que es viuda y muy trabajadora.

—No creo que exista una mujer más laboriosa, ni una madre mejor.

—Eso es una cosa que toca al corazón; una pobre mujer luchando y trabajando para sacar adelante a sus hijitos es un delicioso cuadro de la bondad humana. Deje usted el sombrero, Kit.

—Muchas gracias, señor, tengo que marcharme inmediatamente.

—Déjelo usted mientras habla un momento —dijo Brass recogiéndolo y revolviendo los papeles sobre la mesa, a fin de encontrar un sitio donde dejarlo—. Estaba acordándome de que tenemos casas para alquilar y necesitamos que cuiden de ellas gentes que muchas veces son personas en las cuales no se puede confiar. No hay nada que nos impida entregar esas plazas a quien queramos, teniendo, además, el placer de hacer una acción buena al mismo tiempo.

Brass, según hablaba, removía los papeles como buscando algo y cambiaba de sitio el sombrero.

—No sé cómo dar a usted las gracias, señor —repuso Kit lleno de alegría.

—Entonces —dijo Brass súbitamente volviéndose hacia Kit y acercándose a él con una sonrisa tan repulsiva que el muchacho, a pesar de su gratitud, retrocedió unos pasos sorprendido—, entonces es cosa hecha.

Kit le miró asombrado.

—Hecho, está hecho ya —añadió Sansón restregándose las manos—. Ya lo verá usted, Kit, ya lo verá. ¡Pero cómo tarda Swiveller! ¡Es el único para hacer un recado! ¿Querría usted hacerme el favor de quedarse un momento aquí, por si viene alguien mientras voy arriba? Es cuestión de un minuto y tardaré solamente el tiempo indispensable.

El señor Brass salió de la oficina, volviendo unos momentos después, al tiempo que también llegaba Dick, y cuando Kit salía presuroso, a fin de recobrar el tiempo perdido, la señorita apareció en el umbral de la puerta al mismo tiempo.

—Ahí va tu protegido, Samy.

—Sí, mi protegido, si quieres designarle así. Un muchacho honrado si los hay, Richard, ¡un hombre digno!

—¡Ejem! —tosió la señora.

—Y te diré —añadió Sansón iracundo— que estoy tan seguro de su honradez, que pondría las manos en el fuego. ¿No va a acabarse esto nunca? ¿Voy a estar fastidiado por tus ridículas sospechas? No tienes en nada el verdadero mérito. Si sigues así, puede ser que sospeche de tu honradez antes que de la suya.

Sally, sacando su tabaquera, miró atónita a su hermano.

—¡Me vuelve loco, señor! ¡Esta mujer me vuelve loco! Marearme y aburrirme constituye parte de su naturaleza, creo que lo tiene en la masa de la sangre. Pero no importa, he hecho lo que pensaba y he demostrado mi confianza en el muchacho dejándole solo en la oficina. ¡Ja, ja! ¡Víbora!

La hermosa virgen volvió a sacar su tabaquera, tomó un polvito y, guardándose otra vez la caja en el bolsillo, miró a su hermano completamente tranquila.

—Tiene mi confianza completa —murmuraba—, y continuará teniéndola siempre. Es... ¡Cómo! ¿Dónde está el...?

—¿Qué ha perdido usted? —exclamó Dick.

—¡Dios mío! —exclamó Brass revolviendo todos sus bolsillos uno tras otro y buscando sobre la mesa, debajo y por todas partes—. ¡El billete de veinticinco libras! ¿Dónde puede estar? Yo lo dejé aquí, aquí mismo.

—¿Qué? —rugió la señora Sally levantándose y dejando caer al suelo una porción de papeles—. ¿Perdido? ¡Veremos quién tiene razón ahora! Pero, ¿qué importan veinticinco libras? Eso no es nada. Es honrado, ¿saben ustedes? Muy honrado, y no es posible sospechar de él. ¡No le acusen, no!

—Pero, ¿no se encuentra? —preguntó Richard pálido y tembloroso.

—No, señor, no lo encuentro —repitió Brass—. ¡Mal asunto es éste! ¿Qué haremos?

—No correr a atrapar al ladrón —dijo Sally tomando otro polvito—, ¡de ninguna manera! Darle tiempo para que lo esconda. ¡Sería una crueldad reconocer que es culpable!

Swiveller y Brass se miraron confundidos y, después, como movidos por un resorte, tomaron maquinalmente los sombreros y se echaron a la calle, corriendo sin cuidarse de los obstáculos que hallaban a su paso como si les fuera en ello la vida.

Kit, que también había ido corriendo, aunque no tanto, les llevaba una gran delantera; pero al fin fue alcanzado en un momento en que se había detenido para tomar alimento.

—¡Deténgase usted! —gritó Sansón poniéndole una mano en el hombro, en tanto que Dick, sujetándole por el otro, decía—: ¡No tan ligero, caballero! ¿Tiene usted mucha prisa?

—Sí, señor, la tengo —dijo Kit mirando sorprendido a ambos caballeros.

—No sé qué pensar. No puedo creerlo, pero se ha perdido en mi oficina un objeto de valor. ¿Supongo que usted no sabe lo que es? —dijo Brass.

—¿Qué dice usted, señor Brass? —exclamó Kit temblando de pies a cabeza—. No supondrá usted...

—¡No, no! —repuso Brass prontamente—, ¡no supongo nada! No diga usted que yo he dicho que usted ha sido. Espero que no tendrá inconveniente en volver conmigo a la oficina.

—Ciertamente que no —murmuró Kit—. ¿Por qué había de tenerlo?

—¡Claro está! —repuso Brass—. ¿Por qué? Si usted supiera la lucha que he sostenido esta mañana por defender su inocencia, me compadecería.

—Estoy seguro de que sentirá usted haber sospechado de mí —dijo Kit—. ¡Vamos, vamos pronto!

—Seguramente; cuanto más aprisa, mejor. Richard, tenga usted la bondad de agarrarle del brazo izquierdo, yo le agarraré del derecho; porque aunque tres personas juntas andan mal, en las presentes circunstancias no hay otro remedio.

Kit cambió de color al verse sujeto así y quiso rebelarse, pero comprendiendo que sería peor, se sometió y llorando de vergüenza se dejó conducir. Durante el camino, Richard, a quien aquella situación molestaba mucho, murmuró en su oído que si confesaba su culpa, prometiendo que no volvería otra vez a hacerlo, no le castigarían; pero Kit rechazó indignado la proposición, y así llegó hasta la presencia de la encantadora Sara, que inmediatamente tuvo la precaución de cerrar la puerta.

—Como éste es un asunto muy delicado, Christopher, espero que no tendrá usted ningún inconveniente en que le registremos.

—¡Que me registren! —exclamó Kit levantando orgullosamente los brazos—, pero tengo la seguridad de que lo sentirá usted todos los días de su vida.

—Es un asunto penoso —dijo Brass revolviendo los bolsillos de Kit, de donde sacó una heterogénea colección de objetos—. Supongo que no hará falta registrar los forros, estoy satisfecho. ¡Ah! Richard, registre usted el sombrero.

—Aquí hay un pañuelo —repuso Dick.

—Eso no es malo ni perjudicial; creo que es saludable, según dicen, llevar un pañuelo en el sombrero.

Una exclamación que lanzaron a un tiempo Dick, Sally y el mismo Kit cortó la palabra al procurador. Volvió la cabeza y vio a Dick parado con el billete en la mano.

—¿Estaba en el sombrero? —gritó Brass.

—¡Debajo del pañuelo, escondido en el forro! —murmuró Dick, anonadado por el descubrimiento.

El procurador miró a Dick, miró a Sally, miró al techo y a todas partes, excepto a Kit, que se había quedado completamente inmóvil y estupefacto.

—¿Qué es esto? —murmuró enlazando las manos—. ¿Es que el mundo se sale de su eje o que hay una revolución sideral en los espacios? ¡Precisamente la persona de quien menos lo hubiera creído, a quien yo iba a beneficiar todo lo posible, a quien aprecio tanto, que aun ahora mismo dejaríale marchar con gran satisfacción! Pero soy un abogado y tengo que hacer cumplir las leyes de mi país. Sally, hermana mía, perdóname. Richard, tenga usted la bondad de llamar enseguida a un guardia.

Pronto volvió Dick, seguido del funcionario público, que oyó toda la acusación de Kit con completa indiferencia profesional y se encargó de su custodia.

—Será mejor que vayamos al juzgado inmediatamente —indicó el guardia—, pero es preciso que usted venga conmigo —dirigiéndose a Brass—, y la... —aquí miró a Sally, no atreviéndose a calificarla, porque no podía saber si era un grifo o algún otro monstruo fabuloso.

—La señora, ¿eh? —añadió Sansón.

—Sí, sí, la señora —murmuró el guardia—. Y también el joven que encontró el billete.

—Richard, amigo mío —dijo Brass con dolorido acento—, es una triste necesidad, pero la ley lo exige.

—Pueden ustedes hacer uso de un coche, si lo tienen por conveniente —añadió el guardia.

—Oiga usted una palabra antes, señor —exclamó Kit levantando los ojos como si implorara misericordia—. Soy tan inocente como cualquiera de los presentes. ¡No soy un ladrón! Señor Brass, creo que usted me conoce mejor y no debe creer que soy culpable.

—Sí —repuso Brass—, juro que hasta hace unos minutos tenía confianza completa en este joven y que le hubiera confiado cuanto tenía. Sara, hija mía, oigo el coche ya; ponte el sombrero y vámonos. Va a ser un paseo bien triste, por cierto; parecerá un funeral.

—Señor Brass —murmuró Kit—, hágame usted un favor: le suplico que me lleven antes a la notaría del señor Witherden, pues allí está mi amo. ¡Por amor de Dios, lléveme allí primero!

—Bien, no sé si podremos hacerlo —exclamó Brass, que tal vez tuviera sus razones para desear hallarse lo más lejos posible de la vista del notario—. ¿Tendremos tiempo, guardia?

Éste repuso que si iban enseguida, tendrían tiempo; pero que si se detenían, sería necesario ir directamente al juzgado.

Al fin se decidieron a entrar en el coche que Richard había ido a buscar y entraron todos, llevando aún sujeto a Kit, que, asomado a la ventanilla, parecía esperar la aparición de algún fenómeno que pudiera explicarle si lo que le pasaba era realidad o sueño.

Mas, ¡ah!, todo era real; la misma sucesión de calles y plazas, los mismos grupos de gente cruzando el pavimento en diversas direcciones, el mismo movimiento de carros y coches, los mismos objetos en los escaparates; una regularidad, en fin, en el ruido y la prisa, impropia de su sueño. La historia era verdad: le acusaban de robo y habían encontrado el billete en su poder, aunque él era inocente de hecho e intención, y le llevaban detenido y prisionero.

Absorto en estos pensamientos, imaginando el disgusto de su madre y de sus hermanos, desanimado y sin fijarse en nada ya según se iban acercando a casa del notario, vio de repente, como aparecido por un conjuro mágico, el horrible semblante de Quilp asomado a la ventana de una taberna. Al verle, mandó Brass detener el coche, y el enano, quitándose el sombrero, saludó con una ridícula y grotesca cortesía.

—¡Tanto bueno por aquí! ¿Dónde van ustedes todos: la interesante Sally, Dick el agradable y Kit, el honrado Kit?

—¡Ah, señor! —murmuró Brass—. ¡Ya no creeré más en la honradez!

—¿Por qué no, plaga de letrados, por qué no? —preguntó Quilp.

—Se ha perdido un billete en la oficina y lo encontramos en su sombrero. Se quedó solo unos momentos. La cadena de sucesos está completa; no hay un solo eslabón suelto.

—¡Cómo! —exclamó el enano sacando medio cuerpo fuera de la ventana—. ¿Kit ladrón? ¡Ja, ja, ja! ¡Es el ladrón más feo que puede verse y hasta se podría pagar algo por verle! ¿Eh, Kit? Han tenido ocasión de atraparle antes de que tuviera oportunidad de pegarme. ¿Eh, Kit, eh?

El enano rompió a reír a carcajadas y después prosiguió:

—¿Conque hemos venido a parar en eso, Kit? ¡Ja, ja, ja! ¡Qué desencanto para Jacobito y para tu cariñosa madre! Adiós, Kit, adiós. Mis recuerdos a los Garland, la amable señora y el buen caballero. Mis bendiciones sean contigo, Kit, con ellos y con todo el género humano.

Apenas desapareció el coche, Quilp se tumbó en el suelo en un éxtasis de alegría.

Al llegar a casa del señor Witherden, Brass se bajó del pescante y, abriendo la puerta del coche, con melancólica expresión dijo a su hermana que sería conveniente que entraran ellos solos primero, a fin de preparar a aquella buena gente para el doloroso espectáculo que los espe-

raba, y así entraron en la oficina del notario ambos hermanos del brazo y seguidos de Richard.

El notario, en pie junto a la chimenea, departía con Abel y su padre, y Chuckster, sentado en un escritorio, escribía, sin olvidarse de oír y recoger todo lo que pudiera de aquella conversación.

Brass observó todo esto a través de la puerta de cristales, antes de entrar, y al abrirla notó que el notario le reconocía. Dirigiose a él y, quitándose el sombrero, le dijo:

—Señor, me llamó Brass; soy procurador de Bevis Mark y he tenido ya el honor y el placer de estar en relación con usted en algunos asuntos de testamentaría. ¿Cómo está usted, caballero?

—Mi pasante le atenderá a usted, señor Brass, sea cualquiera el asunto que le traiga —dijo el notario, continuando su conversación con los dos caballeros.

—Muchas gracias, señor —repuso Brass—. Tengo el gusto de presentarle a mi hermana, una colega de tanto valor en una oficina como cualquiera de nosotros. Señor Swiveller, tenga usted la bondad de acercarse. No, señor Witherden —continuó Brass, interponiéndose entre éste y la puerta de su gabinete particular, hacia donde se dirigía aquél—, tengo que hablar dos palabras con usted y le suplico tenga la bondad de oírme.

—Señor Brass —exclamó el notario con tono decidido—, estoy ocupado con estos señores. Si usted se dirige al señor Chuckster, le atenderá lo mismo que si fuera yo.

—Caballeros —dijo Brass dirigiéndose a los Garland, padre e hijo—, apelo a ustedes. Soy un letrado y sostengo mi título mediante el pago anual de doce libras esterlinas. No soy actor, escritor, músico o artista que vienen a pleitear por derechos que las leyes de su país no reconocen. Soy un caballero y apelo a ustedes, ¿es esto legal? Realmente, caballeros...

—Tenga usted la bondad de explicarse brevemente, señor Brass —dijo el notario.

—Sí, voy a hacerlo, señor Witherden. Pronto sabrá usted lo que tengo que decirle. Creo que uno de estos caballeros se llama Garland...

—Los dos —respondió el notario.

—¡Tanto mejor, tanto mejor! —repuso Brass—. Celebro la ocasión que me permite conocer a ambos señores, aunque es muy penosa para mí. ¿Uno de ustedes tiene un criado llamado Kit?

—Los dos —repuso el notario.

—¿Dos Kit? —dijo Brass sonriendo—. ¡Es curioso!

—Un Kit solamente, señor —repuso el notario enfadado—, que está al servicio de ambos señores. ¿Qué le ocurre?

—Únicamente que ese joven, en quien yo tenía una confianza ilimitada y a quien consideraba por su honradez igual a mí, ha cometido un robo en mi oficina esta mañana y ha sido pillado casi en el hecho.

—Debe de haber alguna falsedad en eso —exclamó el notario.

—¡Es imposible! —dijo Abel.

—¡No creo una sola palabra de esa historia! —añadió el anciano Garland. Brass miró de un lado a otro y repuso:

—Señor Witherden, sus palabras son una injuria, y si yo fuera un hombre ruin, procedería contra usted. Respeto las calurosas expresiones de estos dos señores y siento ser el mensajero de tan desagradables noticias. Seguramente no me hubiera colocado yo mismo en esta situación tan violenta, si el mismo joven no me hubiera suplicado que le trajéramos aquí antes de nada. Señor Chuckster, tenga usted la amabilidad de decir al guardia que espera fuera que pueden entrar.

Al oír estas palabras, los tres caballeros se miraron atónitos; Chuckster descendió de su sitial con la excitación de un profeta que anuncia de antemano lo que ha de ocurrir y abrió la puerta para que entrara el desgraciado preso.

Cuando Kit entró, e inspirado por la ruda elocuencia de la verdad puso al cielo por testigo de su inocencia y su ignorancia acerca de cómo se encontraba el billete en su poder. La escena fue terrible. Todos hablaban sin entenderse, antes de exponer las circunstancias; todos callaron como muertos después de expuestas, y los tres amigos cambiaron miradas de duda y de sorpresa.

—¿No habrá ocurrido que el billete penetrara en el sombrero casualmente, removiendo papeles sobre la mesa o por otro accidente cualquiera? —preguntó el notario.

Se demostró que esto era completamente imposible, y Richard, aunque a disgusto, probó que la disposición en que se encontró el billete hacía imposible la suposición de un accidente casual y que fue ocultado a propósito.

—Es un asunto muy lamentable. Cuando llegue el caso, recomendaré al tribunal que sea benévolo con él, en atención a su honradez anterior. Es verdad que antes he notado la falta de ciertas sumas, pero nada hace suponer que él las tomara.

—Supongo —dijo el guardia— que alguno de estos señores sabrá si el acusado tenía más abundancia de dinero estos últimos días que en épocas anteriores.

—Sí —repuso el señor Garland—, tenía dinero, pero siempre me dijo que se lo daba el señor Brass en persona.

—Eso es la verdad —exclamó Kit—, y nadie se atreverá a negarlo.

—¿Yo? —dijo Brass mirando a todos con expresión de sorpresa.

—Sí, señor —prosiguió Kit—, las medias coronas que usted me daba, dejándome entender que procedían de su huésped.

—¡Dios mío! —exclamó Brass—. ¡Esto es peor de lo que yo creía!

—Pues qué, ¿no le daba usted dinero como mediador de alguien? —preguntó el anciano Garland con gran ansiedad.

—¡Yo darle dinero! —repuso Sansón—. ¡Eso es mucho descaro ya! ¡Guardia, será mejor que nos retiremos!

—¡Cómo! —gritó Kit—. ¿Quiere usted negar que me lo daba? ¡Por Dios, que alguien le pregunte si es verdad o no!

—¿Se lo daba usted, Brass? —dijo el notario.

—No es ésa la mejor manera de mitigar su pena. Si usted tiene algún interés por él, debe aconsejarle que busque otro recurso. ¡Que si yo se lo daba! No por cierto, nunca se lo di.

—Señores —exclamó Kit, comprendiendo repentinamente lo que pasaba—, señor Garland, señorito Abel, señor Witherden, a todos ustedes juro que me lo daba. Yo no sé lo que he hecho para ofenderle, pero lo cierto es que han tramado una conjura para perderme; no duden ustedes de que es una trama, y resulte de ello lo que quiera, juraré siempre, hasta exhalar mi último aliento, que ese señor puso por su propia mano el billete dentro de mi sombrero. Miren ustedes cómo se inmuta. Si aquí hay algún culpable, no soy yo, sino él.

—Ya lo oyen ustedes, señores —dijo Brass sonriendo—, ya lo oyen ustedes. Ya ven lo feo que se pone el asunto. ¿Es un caso de traición o meramente un hecho vulgar? Tal vez, si no lo hubiera dicho delante de ustedes, habrían creído que es verdad lo que dice.

Con tan pacífica observación refutó el procurador el borrón que Kit parecía haber arrojado sobre él, pero la virtuosa Sara, movida por un sentimiento más fuerte, o siendo quizá más celosa del honor de su familia, se arrojó sobre Kit hecha una furia, sin que nadie se diera cuenta, excepto el guardia que, comprendiendo su intención, retiró a Kit tan oportunamente que toda la ira de la señorita Brass fue a caer sobre Chuckster, antes que nadie lo advirtiera.

El guardia, comprendiendo que el prisionero peligraba y que sería más digno de la justicia conducirle ante el juez, se lo llevó al coche sin más preámbulos, añadiendo que no consentiría que fuera dentro la señorita, la cual no tuvo más remedio que cambiar de sitio con su hermano y subir al pescante. Una vez terminadas todas las discusiones, el coche emprendió el camino del juzgado a toda prisa, seguido por otro carruaje donde iban el notario y sus dos amigos. En la oficina quedó sólo Chuckster, profundamente indignado, porque no podía añadir su testimonio a la acusación de Kit.

En el juzgado encontraron al caballero misterioso, que los esperaba impaciente; pero cincuenta caballeros misteriosos no hubieran sido bastantes para salvar al pobre Kit, que media hora después fue encarcelado, si bien un oficial le aseguró amistosamente que no debía abatirse, porque pronto se vería la causa y, probablemente, sería enviado con toda comodidad a otro sitio antes de quince días.

CAPÍTULO XVIII

Kit en la cárcel

Digan lo que quieran los moralistas y los filósofos, sería cuestionable asegurar si un verdadero culpable sentiría la mitad de la vergüenza y el dolor que sintió Kit aquella noche, a pesar de ser inocente, pensando que sus amigos podrían creerle culpable, que los señores Garland le considerarían como un monstruo de ingratitud, que Bárbara pensaría en él como un ser vil y miserable, que la jaca se creería olvidada y que hasta su propia madre cedería tal vez ante las apariencias que le condenaban y le creería ladrón como los otros. Pasó una noche horrible, sin poder dormir, paseando por la estrecha celda, presa de la desesperación más profunda, y cuando empezaba a tranquilizarse, acudió a su mente otra idea no menos angustiosa. La niña, la estrella esplendorosa de su triste vida, aquella que siempre se le aparecía como una hermosa visión que había hecho de la parte más miserable de su vida la más feliz y mejor, que había sido siempre tan buena, tan amable, tan considerada, ¿qué pensaría si se enteraba de todo? Al ocurrírsele esta idea, le pareció que las paredes de la celda se separaban y daban paso a otra estancia, lejos de allí, donde estaban el viejo, la niña, la chimenea, la mesa con la cena y todos los detalles que había en la trastienda donde habitaron. Todo estaba igual que en otro tiempo y Nell misma se reía como solía hacerlo charlando alegremente. Al llegar aquí, el desgraciado Kit no pudo resistir más y se arrojó sobre el pobre y mísero lecho llorando amargamente.

Fue una noche inmensamente larga, pero al fin llegó la mañana y, desvanecida toda ilusión, se encontró en una celda fría, oscura y triste, ni más ni menos que otra celda cualquiera.

Lo único que servía de lenitivo a su pena era la soledad en que se hallaba. Podía acostarse, levantarse y hacer lo que quisiera, sin que nadie le mirara; tenía libertad para pasear por un patio pequeño a ciertas horas, y el carcelero le dijo que todos los días había una hora destinada a recibir visitas y que si alguien preguntaba por él irían a llamarle. Después de darle esta noticia y una escudilla con el almuerzo, el hombre cerró la celda y fue a otra, y después, a otra y otras, para repetir la misma operación.

El carcelero le dio a entender que estaba detenido en un sitio separado de lo que se consideraba como la verdadera cárcel, en gracia de su conducta hasta allí y porque era la primera vez que visitaba el establecimiento. Kit, agradeciéndolo mucho, se sentó y se puso a leer atentamente un catecismo, aunque lo sabía de memoria desde niño, hasta que le sacó de su abstracción el ruido de la llave, que entraba otra vez en la cerradura.

—¡Vamos —dijo el guardián—, véngase conmigo!

—¿Adónde, señor? —preguntó Kit.

—Visitas —respondió brevemente el guardián, y llevándole por una porción de intrincados y laberínticos pasillos y fuertes y seguras puertas, le dejó junto a una reja y se marchó. Cuatro a cinco pies más lejos había otra reja igual, y otra y otra más, colocadas a la misma distancia, y varios guardianes sentados en el corredor leían algún periódico. Detrás de las rejas estaban los visitantes. Kit vio entre ellos a su madre con el niño pequeño en brazos, a la madre de Bárbara y al pobre Jacobito, que miraba a los barrotes de la reja con la misma fijeza que si esperara la salida de alguna ave voladora. Pero cuando vio que quien salía era su hermano, y que al querer abrazarle tropezaba con los barrotes de la reja, rompió a llorar de un modo tan lastimero que partía el corazón; su madre y la madre de Bárbara, que habían estado conteniéndose, no pudieron resistir y lloraron también, y el mismo Kit, completamente emocionado, hizo lo mismo, sin que ninguno de los cuatro pudiera articular una sola palabra.

El guardián, después de leer tranquilamente el periódico, notó que alguien lloraba y, mirando sorprendido, dijo a las madres:

—Señoras, les aconsejaría que no llorasen, porque es perder el tiempo, y que no dejen que ese niño meta tanto ruido, porque es contrario a las reglas de la casa.

—Soy su madre, señor —exclamó la señora Nubbles saludando humildemente—, y éste es su hermanito. ¡Ay, Dios mío!

—Bueno —dijo el carcelero—, no podemos evitarlo; pero es conveniente no hacer ruido, porque hay más personas en el rastrillo.

Y siguió leyendo, sin preocuparse de culpables o inocentes. Consideraba el mal como una enfermedad, lo mismo que la erisipela o las calenturas: unos lo tenían, otros no. Eso era todo.

—¡Ay, hijo mío! —exclamó la señora Nubbles abrazando a Kit después de entregar al pequeñín a la madre de Bárbara—, ¡que te vea yo aquí!

—Supongo que no creerás que yo he hecho eso de que me acusan —dijo Kit con voz ahogada.

—¿Creerlo yo; yo, que sé que jamás has dicho una mentira, ni cometido una mala acción desde que naciste? ¡No, no lo creeré nunca, Kit!

—Entonces —exclamó Kit agarrándose a los barrotes con una fuerza tal que los hizo oscilar—, soy feliz y puedo soportarlo. Venga lo que vi-

niere, siempre habrá en mi copa una gota de alegría; saber que mi madre no duda de mí.

Después todos volvieron a llorar, aunque procurando hacer el menor ruido posible, pensando que Kit estaba encerrado y no podía salir ni tomar el aire, quién sabía por cuánto tiempo. Después la madre se dirigió al guardián diciéndole:

—Le he traído una cosita de comer, ¿puedo dárselo?

—Sí, sí, señora, puede comerlo; pero démelo usted cuando se vaya, y yo tendré cuidado de entregárselo.

—Dispense usted, señor, soy su madre y tendría una gran alegría viendo cómo se lo comía aquí. Supongo que usted también tendrá madre y no le extrañará mi deseo.

El guardián la miró como sorprendido por aquella petición, pero dejando el periódico sobre la silla, fue adonde estaba la madre de Kit, inspeccionó la cesta, se la dio al preso diciéndole que podía comer y se volvió otra vez a su sitio.

Kit, aunque con poco apetito, comió por dar gusto a su madre y entretanto preguntó por todos sus amigos, sabiendo así que Abel mismo era el que había dado la noticia a su madre, con toda la delicadeza posible, pero sin dar a entender por ningún concepto que creía o no en su culpabilidad. Después Kit, armándose de valor, iba a preguntar a la madre de Bárbara si ésta le creía culpable, cuando el guardián anunció que era hora de terminar la visita e inmediatamente condujeron a Kit a su celda otra vez. Cuando cruzaban el patio llevando en el brazo la cesta que su madre le dejó, un empleado le gritó para que se detuvieran y se acercó a ellos con una botella de cerveza en la mano.

—¿Es éste Christopher Nubbles, el que ingresó anoche acusado de robo? —preguntó aquel hombre.

Su camarada respondió que aquél era el sujeto en cuestión, y entonces el de la botella se la entregó a Christopher, diciéndole:

—Aquí tienes esta cerveza. ¿De qué te asombras? No tienes que pagar nada por ella, ni convidar siquiera.

—Dispense usted —murmuró Kit—, ¿quién la envía?

—Un amigo tuyo —dijo el empleado—. Dice que la recibirás diariamente, y así será, por cierto, si él la paga.

—¡Un amigo! —murmuró Kit.

—¡Parece que estás en Babia! —añadió el hombre—. Lee esta carta y te enterarás de todo.

Kit la tomó y, una vez encerrado en su celda, leyó lo que sigue:

«Beba de esa copa y verá que es un remedio para los males de la Humanidad. Entrego a usted el néctar que brotó para Elena; su copa fue

ficticia; la de usted es real y de la marca Barlay y Compañía. Si alguna vez no se la entregan, quéjese usted al director. Suyo Afftmo. R. S.».

—¡R. S.! —se dijo Kit después de reflexionar—. Debe de ser, sin duda, el señor Richard Swiveller. Es muy bueno acordándose de mí y se lo agradezco con toda el alma.

CAPÍTULO XIX

Una visita para Quilp

Una débil luz, titilando a través de los cristales de las ventanas del escritorio de Quilp, en el muelle, como una lucecilla roja entre la niebla, indicó a Brass que su estimado cliente estaba en casa y que, probablemente, esperaba con su acostumbrada paciencia y dulzura de genio el cumplimiento de la promesa que llevaba al procurador hacia sus hermosos dominios.

—¡Vaya un sitio bueno para pasear de noche y a oscuras! —murmuró Sansón, tropezando por vigésima vez con un canto y cojeando por el dolor—. Creo que los chiquillos remueven diariamente las piedras, con el propósito de que cualquier cristiano se rompa el alma, a no ser que lo haga el simpático Quilp en persona, cosa que no tendría nada de extraño. No me gusta venir por aquí sin Sally: ella sirve para protegerme mejor que doce hombres juntos.

Mientras hablaba así, Brass llegó junto al despacho y, poniéndose en puntillas, procuró observar lo que pasaba dentro, murmurando al mismo tiempo:

—¿Qué diablos estará haciendo? Supongo que bebiendo, poniéndose más fiero y furioso cada vez. Siempre tengo miedo de venir solo cuando la cuenta es algo larga; tengo la seguridad de que no le importaría nada ahogarme y tirarme al río después, cuando la corriente fuera impetuosa. Lo haría igual que si aplastara una rata, y hasta puede ser que se le ocurra como una broma. ¡Calle! ¿Pues no está cantando? ¡Vaya una imprudencia, cantar un trozo de sumario! —exclamó después de oír que Quilp entonaba varias veces el mismo trozo y acababa siempre soltando una carcajada—. ¡Muy imprudente! ¡Ojalá que quedara mudo, sordo y ciego! ¡Ojalá se muriera! —volvió a exclamar, oyendo que el canto empezaba de nuevo.

Después de manifestar esos deseos encaminados al bienestar de su amigo, procuró dar a su semblante su habitual expresión, y esperando que el canto terminara otra vez, se acercó a la puerta y llamó.

—¡Adelante! —gritó el enano.

—¿Cómo está usted esta noche, señor? —murmuró Brass asomándose por una rendija y sin atreverse a entrar.

—¡Entre usted —gritó Quilp— y no se pare ahí estirando el cuello y enseñando los dientes! ¡Entre usted, testigo falso, conspirador y embustero, entre usted!

—Está del mejor humor posible —exclamó Brass cerrando la puerta—, está en vena cómica. Pero, ¿no será eso algo perjudicial, señor?

—¿El qué? —preguntó Quilp—, dígame el qué, Judas.

—¡Me llama Judas! —gritó Brass—. ¡Vaya una broma! Está de magnífico humor hoy. ¡Judas! ¡Qué bueno es eso! ¡Ja, ja, ja!

Y Sansón, mientras hablaba así, se frotaba las manos mirando sorprendido un gran mascarón de proa que ocupaba toda la pared junto a la chimenea, semejante a un ídolo horrible expuesto a la adoración del enano: el traje y los adornos daban idea de que era la efigie de algún famoso almirante; pero sin aquellos aditamentos hubiera podido creerse que era solamente la de alguna sirena distinguida o algún monstruo marino. Llegaba desde el suelo hasta el techo, a pesar de haberle cortado la mitad, y parecía reducir todos los demás objetos de la habitación a las dimensiones de pigmeos.

—¿Lo conoce usted? —dijo el enano, observando las miradas de Sansón— ¿Encuentra usted la semejanza?

—No, señor: por más que lo miro no veo nada. Algo en la sonrisa parece querer recordarme... Pero no, no veo claro.

Sansón no podía pensar a qué o a quién podría parecerse aquel figurón, si sería a algún amigo o a algún enemigo; pero pronto salió de dudas, porque Quilp, tomando un gancho largo que le servía para escarbar la chimenea, le hizo una marca en la nariz diciendo:

—Es Kit, su imagen, su retrato; él mismo, en una palabra. ¡Es el modelo exacto de ese perro! —añadió, dándole golpes a diestro y siniestro.

—Es la pura verdad. ¡Buena idea! —exclamó Brass—. Es su propio retrato.

—Siéntese usted —dijo el enano—. Lo compré ayer. He estado pinchándole, clavándole tenedores en los ojos y grabando mi nombre por todas partes con un cortaplumas; después pienso quemarlo.

—¡Ja, ja! ¡Es una buena diversión! —dijo Brass.

—Venga usted acá, Brass. ¿Qué era lo que me decía usted antes que era perjudicial?

—Nada, señor, nada. Creí que la canción que usted entonaba tal vez sería...

—Sí —repuso Quilp—, ¿que sería qué?

—Algo perjudicial, porque en los asuntos de la ley lo mejor es no hacer alusión alguna a combinaciones de amigos.

—¿Qué quiere usted decir? —repuso el enano.

—Que hay que ser muy cautos, muy prudentes. No sé si interpretará usted bien el sentido de mis palabras...

—¡Interpretar bien el sentido de sus palabras! ¿Qué quiere usted decir al hablar de combinaciones? ¿He combinado yo algo con usted? ¿Sé yo siquiera lo que usted trama o dispone?

—No, señor, no; de ninguna manera —murmuró Brass.

—Si me mira usted así, haciendo tantos gestos —dijo el enano mirando por la habitación como si buscara el hierro ganchudo—, voy a hacer cambiar esa expresión de mono que tiene usted en el rostro.

—No se salga usted de la cuestión, señor, se lo suplico —exclamó Brass alarmado—. Tiene usted razón, yo no debí mencionar ese asunto, señor; es mucho mejor callar. Cambiaremos de conversación, si usted gusta. Según me dijo Sally, deseaba usted saber algo sobre nuestro huésped. Aún no ha vuelto.

—¿No? —exclamó Quilp encendiendo ron en un platillo y observándolo, a fin de evitar que se desbordara al hervir—. ¿Por qué no?

—Porque —repuso Brass— el... ¡Dios mío, señor Quilp!

—¿Qué pasa? —dijo éste deteniéndose en el momento de llevarse el platillo a los labios.

—Que ha olvidado usted el agua —dijo Brass—. Dispénseme, señor; pero eso está ardiendo.

Quilp sin responder palabra a tanta atención, se llevó el platillo a los labios y bebió deliberadamente toda la cantidad contenida en él, sin vacilar un momento; después de beber aquel tónico hirviente amenazó con el puño al almirante y ordenó a Brass que continuara.

—Pero antes —dijo con su acostumbrado gesto— tome usted una gotita, es muy agradable bien caliente.

—Si puedo obtener un poco de agua con facilidad, aceptaré gustoso, señor —repuso Sansón.

—Aquí no hay agua —dijo el enano—. ¡Agua, para los abogados! ¡Plomo fundido y guijarros machacados son ustedes capaces de tragar! Eso es lo que hay que darles, ¿eh, Brass?

—¡Ja, ja, ja! ¡Qué ocurrencia! ¡Es usted delicioso! —murmuró Sansón.

—Beba usted eso —dijo el enano, que había vuelto a calentar ron. Bébalo todo y no deje una gota, aunque le abrase la garganta.

El desgraciado Sansón procuró beber poco a poco aquel líquido casi hirviendo. Las lágrimas rodaron por sus mejillas, un color rojizo se extendió por sus pupilas y le acometió un violento acceso de tos, a pesar de lo cual se le oía murmurar con la constancia de un mártir:

—¡Está muy bueno! ¡Delicioso!

Mientras soportaba tan indecible agonía, el enano volvió a renovar su interrumpida conversación, añadiendo:

—Y bien, ¿qué era lo que me decía usted de su huésped?

—Que aún está en casa de los Garland; únicamente ha venido a casa un día desde que empezó la causa, y dijo al señor Swiveller que desde que había ocurrido aquello le era insoportable vivir allí y que le parecía ser en cierto modo el causante de la desgracia. Era un huésped excelente, señor, y espero que no le perdamos.

—¡Bah! —exclamó el enano—. Usted sólo se ocupa de sí mismo. ¿Por qué no ahorra y economiza?

—¿Cómo, señor? Creo que Sara economiza ya más de lo que puede. ¿En qué voy a economizar yo?

—Busque usted bien; échese sus cuentas. ¿No tiene usted un escribiente?

—Que usted me recomendó y del cual estoy muy satisfecho.

—Puede usted despedirle; ahí tiene usted un modo de ahorrarse algo.

—¿Despedir al señor Swiveller? —murmuró Sansón.

—Pues ¿qué?, ¿tiene usted algún otro escribiente para que así se sorprenda? —repuso el enano—. Claro que me refiero a ése.

—¡Palabra de honor que no esperaba eso!

—¿Cómo iba usted a esperarlo, cuando no se me había ocurrido a mí? ¿No le he dicho a usted muchas veces que se lo recomendaba a fin de poder vigilarle y saber dónde estaba, y que yo tenía un plan, una idea en la cabeza, cuya esencia era que la niña aquella y su abuelo, que parecen ocultos en el centro de la tierra, fueran en realidad más pobres que las ratas, en tanto que Richard y su amigo los creían ricos?

—Lo sabía, lo sabía —repuso Brass.

—¿Y olvida usted —continuó Quilp— que no son pobres, que ahora, con ese hombre que los busca, son ricos?

—Comprendo, señor, comprendo.

—Pues, entonces, ¿para qué diablos quiero yo que tenga usted allí a ese muchacho, que a mí no me sirve para nada, ni a usted tampoco?

—He oído decir a Sara muchas veces que no servía para nada, que no podía tenerse confianza en él y que todo lo hacía mal, pero le he conservado por deferencia a usted.

—Hay que ser prácticos, Brass, muy prácticos. Le aborrezco y le he aborrecido siempre por varias razones, y como no necesito servirme de él más, puede ahogarse, ahorcarse o irse al diablo.

—¿Y cuándo desea usted que emprenda ese viaje, señor?

—Tan pronto como termine la vista de la causa.

—Se hará, señor, se hará por encima de todo. ¿Tiene usted algún otro deseo, hay alguna otra cosa en que pueda servirle? —dijo Brass.

—Nada más —repuso el enano tomando otra vez el platillo—. Vamos a beber a la salud de Sara.

—Si pudiéramos hacerlo con algo que no estuviera tan caliente, sería mucho mejor. Creo que agradecería más el honor con algo más fresco.

Quilp hizo oídos de mercader a esta advertencia, y Brass, que ya no estaba muy seguro, rodó por el suelo apenas tomó la segunda dosis. Poco después se levantó como si despertara de un sueño y, viendo al enano tendido en su hamaca y fumando tranquilamente, se despidió diciendo que era hora de irse.

—¿No quiere usted pasar aquí la noche? —dijo Quilp—. Me alegraría de tener un compañero tan agradable.

—No puedo, señor —dijo Brass, que se ahogaba en aquella densa atmósfera—. Si fuera usted tan amable que me prestara una luz para ver por dónde voy a cruzar el patio...

—Seguramente —dijo Quilp saltando de su hamaca y tomando una linterna, que era la única luz que alumbraba aquella estancia—. Tenga usted cuidado por dónde pisa, querido amigo, porque hay muchos clavos de punta. Por allí hay un perro que anoche mordió a un hombre y anteanoche, a una mujer; el jueves pasado mató a un niño, pero fue jugando. No se acerque usted a él.

—¿A qué lado está? —dijo Brass lleno de espanto.

—A la derecha, pero algunas veces se esconde a la izquierda esperando su presa. No puede asegurarse nunca dónde anda. Cuídese usted, que no le perdonaré nunca si le ocurre algo. ¡Se apagó la luz, pero no importa; usted sabe bien el camino, que es todo seguido!

Quilp había escondido la linterna, ocultando la parte iluminada entre sus ropas, y se quedó parado, sin poder contener su alegría al oír los golpes que el procurador se daba con alguna piedra y hasta las caídas que sufría de cuando en cuando.

Al fin logró salir del recinto, y el enano, entrando en su cuarto, saltó una vez más sobre la hamaca para fumar y dormir tranquilamente.

CAPÍTULO XX

La causa y el veredicto

El oficial que había asegurado a Kit en la cárcel que no tardaría mucho en verse la causa, no se equivocó mucho en su afirmación. Ocho días después empezaron las sesiones, y a los dos días de empezadas citaron a Christopher Nubbles para que confesara ante el Gran Tribunal si era o no era culpable de haber robado en la oficina del procurador Sansón Brass un billete del Banco de Inglaterra por el valor de veinticinco libras, con-

traviniendo así los estatutos de la Ley y turbando la paz, la dignidad y la corona del soberano señor y rey.

Christopher, en voz baja y temblorosa, declaró que no era culpable.

Dos miembros del tribunal se manifestaron en contra y otro en favor del procesado, y se dio entrada a los testigos.

El primero que entró fue Brass, animado y tranquilo, saludando al fiscal como si le hubiera visto antes y quisiera darle a entender que le preguntara bien; cosa que el fiscal hizo, recogiendo todos los datos que dio el procurador.

Sara se presentó después, confirmando más enérgicamente aún cuanto dijo ante su hermano.

Swiveller, pues él era el que seguía, iba, según alguien dijo al fiscal, dispuesto a favorecer al procesado; así es que aquél procuró estrecharle todo lo posible.

—Señor Swiveller —le dijo cuando Dick terminó su relato procurando ceñirse a la verdad y en favor de Kit—. ¿Dónde comió usted ayer? ¿Cerca de aquí?

—Sí, señor, muy cerca.

—¿Sólo o convidó usted a alguien?

—Sí, señor, sí; convidé a alguien.

—Escuche usted bien y fíjese, señor Swiveller. Usted vino ayer aquí esperando que empezara el juicio, comió usted cerca y convidó usted a alguien. ¿Era por casualidad un hermano del procesado? Diga usted sí o no.

—Sí, era, pero...

—¡Vaya testigo que es usted!

El fiscal, no sabiendo cómo continuar, se sentó y Richard se retiró. Juez, jurados y público le veían moverse de un lado para otro acompañado de un muchacho envuelto en un chal, que no era otro que Jacobito, y aunque no podían sospechar la verdad, había algo que les hacía dudar.

Entró luego el señor Garland, que relató cómo tomó a Kit a su servicio sin más informes que los de su madre y sabiendo que había sido despedido sin saber por qué por su anterior amo.

—Pues no revela usted mucha discreción, a pesar de sus años, tomando gente a su servicio sin informes, señor Garland.

El jurado pensó lo mismo y declaró culpable a Kit, que, aunque protestó de su inocencia, fue llevado al calabozo sin cuidarse de sus palabras.

La madre de Kit, acompañada de la de Bárbara, que no sabía hacer otra cosa que llorar, esperaba en el rastrillo para despedirse de su hijo, y el guardián que permitió a Kit que comiera allí, le dijo que aunque creía que le condenaran a trabajos forzados por muchos años, aún podría demostrar su inocencia. Le extrañó que hubiera cometido aquel robo, pero la madre aseguraba que no lo cometió, y el buen hombre, encogién-

dose de hombros, murmuró que para el caso ya era igual que lo hubiera cometido o no.

Llegó Kit y se despidió de su madre pidiéndole que se cuidara mucho.

—Dios nos deparará un buen amigo, madre mía —añadió—, y no ha de tardar mucho. Yo espero volver pronto, porque más o menos pronto se probará mi inocencia. Cuenta siempre a los niños cómo ha sido todo, porque si creen otra cosa me apesadumbraré mucho, aunque esté a muchas leguas de distancia. ¡Oh!, ¿no hay una buena alma que socorra a esta pobre mujer? —exclamó Kit, sintiendo que su madre se desmayaba.

Llegó Swiveller abriéndose paso entre la gente, la tomó en brazos, saludó a Kit, dijo a la madre de Bárbara que la siguiera y, entrando en un coche que estaba a la puerta, la llevó a su casa y esperó allí hasta que recobró el conocimiento. Después, no teniendo dinero para pagar al cochero, volvió a Bevis Mark en coche y dijo al auriga que esperara a la puerta mientras entraba a cambiarse.

—¡Hola, Richard! —le dijo Brass cariñosamente—. ¡Buenas noches!

Monstruosa como parecía la acusación de Kit cuando la hizo, no le pareció entonces lo mismo a Dick y sospechó que su afable principal era capaz de una villanía. Tal vez estuviera influido por las escenas que acababa de presenciar; pero, fuera lo que quisiera, la sospecha era grande y se atrevió a exponer a Sansón en pocas palabras el objeto que le llevaba allí.

—¿Dinero? —dijo Brass sacando el portamonedas—. Ciertamente, señor Swiveller, ciertamente. Todos tenemos que vivir. ¿Tiene usted cambio de un billete de cinco libras?

—No —repuso Richard.

—No importa —prosiguió el procurador—, aquí tengo precisamente la suma justa. Me alegro mucho de poder servirle, señor Swiveller...

Richard, que estaba ya casi en la puerta, se volvió.

—No necesita usted molestarse en volver por aquí —añadió Brass.

—¿Cómo?

—Sí, señor, un hombre del talento de usted no debe oscurecerse aquí en esta vida rutinaria y triste; el ejército, el teatro, cualquier cosa sentaría mejor a sus facultades, y haría de usted un genio. Espero, sin embargo, que vendrá de cuando en cuando a visitarnos. Sara se alegrará mucho, porque siente que nos abandone, pero le satisface el cumplimiento de su deber para con el prójimo. Supongo que encontrará usted la cuenta exacta. Hay un cristal roto, pero no estipulamos nada para esos casos, así es que lo dejaremos. Cuando nos separamos de los amigos, debemos separarnos generosamente; ése es uno de los placeres de la amistad.

Richard no contestó nada a aquella sarta de palabras. Recogió la chaquetilla que se ponía para trabajar y la hizo una pelota, mirando a Brass como si tuviera intención de tirársela; pero poniéndosela debajo del bra-

zo, salió en silencio de la oficina. Después de cerrar la puerta, volvió a abrirla, miró dentro de la habitación unos minutos con la misma gravedad y, saludando con un movimiento de cabeza, desapareció.

Pagó al cochero y volvió la espalda a Bevis Mark, con grandes proyectos para socorrer a la madre de Kit y favorecer a éste.

Pero la vida de los caballeros como Richard es muy precaria y, además, aquella misma noche fue atacado de una enfermedad grave, que le hizo pasar muchos días con una intensa fiebre.

CAPÍTULO XXI

Richard enfermo

El desgraciado Richard yacía en el lecho consumiéndose en una intensa fiebre. No podía descansar en ninguna postura, ya que sentía una sed que le abrasaba y no podía mitigarse con nada; una ansiedad mortal embargaba su mente y, presa de horribles pesadillas, aunque no estuviera completamente dormido, veía fantasmas por todas partes, sintiendo todos los terrores de una conciencia negra. Al fin, tratando de luchar y levantarse, le pareció sentirse presa de varios espíritus malos y cayó otra vez en su sueño profundo, pero sin volver a soñar ya.

Despertó de aquel sueño con una sensación de bienestar más agradable aún que el mismo sueño y fue recordando y dándose cuenta poco a poco de los sufrimientos experimentados hasta allí, pero se sentía feliz e indiferente sin preocuparse de lo que sería de él y volvió a caer en un ligero sopor, del cual le sacó una tosecilla. Sorprendido al ver que no estaba solo en la habitación supuso que habría dejado la puerta abierta cuando se acostó y que alguien habría entrado, pero como su imaginación estaba muy débil, empezó a divagar y le pareció que la colcha que cubría su cama era un campo verde salpicado de flores y otras locuras por el estilo. Otra vez volvió a oírse la tos y el campo volvió a ser colcha, y Richard, separando las cortinas del lecho, miró para ver quién tosía.

Era su misma habitación, alumbrada por una bujía, pero con una porción de frascos, vasos y demás enseres que suelen verse en el cuarto de un enfermo, todo muy limpio y arreglado, pero todo diferente de lo que era cuando se acostó. La atmósfera estaba impregnada de olores penetrantes y agradables; el suelo, limpio; la... Pero, ¿qué era aquello? ¿La Marquesa allí?

Sí, allí estaba, jugando a la baraja junto a una mesa y tosiendo, aunque tratando de contenerse para no molestarle.

Swiveller la contempló un instante y, no pudiendo sostener más tiempo la cortina, la dejó caer y permaneció en su posición anterior, reclinado sobre la almohada.

«¡Estoy soñando! ¡No puede ser otra cosa!», se dijo Richard. «Cuando me acosté, mis manos estaban gruesas y ahora se puede ver la luz a través de ellas. Si no sueño, es que por arte mágica me han llevado a la Arabia y aún estoy allí, pero no dudo de que estoy soñando».

La criadita volvió a toser.

«Lo más notable es esa tos», pensó Richard. «Nunca he oído toser tan de veras en sueños y aún no sé si he soñado eso alguna vez. ¡Otra vez la tos, otra! ¡Pues vaya un sueño raro!».

Swiveller se pellizcó un brazo para ver si estaba despierto o dormido.

«¡Esto es más raro aún! Cuando me acosté estaba gordo y ahora estoy en los huesos», murmuró para sí.

Volvió a levantar la cortinilla del lecho y se convenció de que no dormía ni soñaba, pero en ese caso, no podía ser otra cosa sino que estaba bajo el influjo de algún encanto.

«Estoy en Damasco o en El Cairo; la Marquesa es un genio que habrá hecho alguna apuesta sobre quién es el hombre más apuesto del mundo y me habrá traído aquí para que me vean y decidan».

Esta suposición no le satisfizo, sin embargo, y siguió contemplando a la Marquesa, que poco después hizo una mala jugada, y entonces Richard gritó en alta voz:

—¡Que vas a perder ese juego!

La Marquesa se levantó y palmoteó.

«¡Sigue el encanto!», pensó Richard. «En Arabia siempre dan palmadas en lugar de tocar campanillas o timbres. Ahora vendrá un centenar de esclavos negros».

Pero no entró ni uno solo y resultó que la Marquesa había palmoteado únicamente de alegría, porque después se rio a carcajadas, luego lloró y, por último, dijo, no en árabe, sino en inglés, que se alegraba tanto, que no sabía qué hacer de pura alegría.

—Marquesa —dijo Richard con débil voz—, haz el favor de acercarte y ten la bondad de decirme dónde están mi voz y mis carnes.

La Marquesa movió la cabeza y volvió a llorar.

—Todo lo que me rodea empieza a hacerme sospechar que he estado enfermo —dijo Richard, empezando al fin a comprender la verdad.

—Y lo ha estado usted —repuso la criadita limpiándose los ojos—; ha dicho muchísimas tonterías.

—¿He estado muy enfermo? —preguntó Dick.

—Casi muerto —murmuró la niña—. Nunca creí que se pondría usted bueno. ¡Gracias a Dios que ha sido así!

Richard se quedó silencioso largo rato; después volvió a hablar, preguntando cuánto tiempo había estado enfermo.

—Mañana hará tres semanas —repuso la niña.

Richard, sorprendido, volvió a callar, para meditar sobre lo que le había dicho la niña; ésta arregló las ropas del lecho y, al tocarle las manos y la frente y ver que estaban frescas, lloró de alegría y después preparó té y una tostada.

Richard la contemplaba atónito y agradecido, atribuyendo su estancia allí a la bondad de Sara Brass, a la cual no sabía cómo agradecer aquella merced. La niña preparó la merienda en una bandeja, le arregló las almohadas para que pudiera incorporarse y después que Richard hubo comido con relativo apetito, recogió todas las cosas, arregló otra vez el lecho, puso en orden la habitación y, sentándose junto a la mesa, se dispuso a merendar ella también.

—Marquesa —exclamó Richard—, ¿cómo está la señorita Sally?

La niña manifestó en su semblante tal expresión de sorpresa y miedo, que Dick no pudo menos de decirle:

—Pues qué, ¿hace mucho que no la ves?

—¡Verla! —exclamó la niña espantada—. ¡Si me he escapado!

Richard tuvo que acostarse otra vez y permaneció así cinco minutos; después, incorporándose de nuevo, preguntó:

¿Y dónde vives, Marquesa?

—¿Dónde? Aquí.

—¡Oh! —exclamó Richard, sin poder añadir una palabra más y cayendo sobre el lecho como herido por una bala. Inmóvil y privado del uso de la palabra, permaneció así hasta que la niña concluyó su merienda, guardó todo el servicio en su sitio y preparó la chimenea; después, haciéndole señas para que se sentara a su lado, y medio recostado entre almohadas, emprendió la siguiente conversación:

—¿De modo que te has escapado?

—Sí —respondió la Marquesa—, y han puesto anuncios en los periódicos buscándome.

—¿Y cómo viniste aquí?

—Porque cuando usted se marchó, no quedaba ya nadie que fuera cariñoso conmigo, porque el huésped no volvía. Yo no sabía dónde encontrar a usted o al señor misterioso, pero una mañana, cuando estaba...

—Mirando por el ojo de la llave —interrumpió Richard, notando que titubeaba.

—Bueno, sí... Oí que alguien decía que vivía aquí, que usted se alojaba en su casa y que estaba usted muy enfermo, sin tener a nadie que le cuidara. El señor y la señorita respondieron que ellos no tenían nada que ver en el asunto y la señora se marchó dando un portazo. Aquella misma noche me marché; vine aquí diciendo que usted era mi hermano, me creyeron y aquí estoy desde entonces.

—¡Esta pobre Marquesa ha estado sufriendo tanto por mí...! —murmuró Dick.

—No —respondió ella—, no me preocupo de mí, me puedo sentar cuando quiero y dormir en una butaca. Estoy muy contenta de ver que ya está usted mejor, señor Swiveller.

—Gracias a ti, Marquesa; sin tus cuidados, creo que hubiera muerto.

—El médico dijo que tenía usted que estar muy quieto y que no se hiciera ruido bajo ningún concepto. Creo, pues, que ya ha hablado usted bastante. Descanse un poquito y cierre los ojos, tal vez se quedará dormido. Después se encontrará mucho mejor.

Richard, obedeciendo a su pequeña enfermera, procuró dormir, y cuando despertó una hora después, sus primeras palabras fueron para preguntar lo que había sido de Kit.

—Ha sido condenado a trabajos forzados por muchos años, señor.

—¿Y ha sido deportado? ¿Qué ha sido de su madre?

La niña respondió que sí a la primera pregunta y que no sabía nada, a la segunda; y añadió:

—Pero si supiera que había usted de estarse quieto y tranquilo y sin tener fiebre otra vez, le diría... Pero no, no se lo digo ahora.

—Sí, dímelo —repuso Dick—, eso me distraerá.

—¡No, no! —exclamó aterrorizada la criadita—. Cuando se ponga usted mejor se lo diré.

Richard, alarmado ya, le pidió que se lo dijera todo, por malo que fuera.

—No, no es malo, no tiene relación alguna con usted.

—¿Es algo que has oído escuchando detrás de las puertas? —preguntó Richard tan emocionado que apenas si podía hablar.

—Sí, respondió la niña.

—¿En Bevis Mark? ¿Conversaciones entre Brass y Sara?

—Sí —respondió la niña otra vez.

Richard, sacando un brazo, la sujetó por la muñeca, ordenándole imperiosamente que se lo dijera todo enseguida, porque si no ella sería responsable de las consecuencias, toda vez que no podía soportar aquel estado de excitación y curiosidad. La niña, comprendiendo que sería perjudicial callarse, prometió hablar y contarlo todo si había de estarse quieto y no agitarse.

—Si no me oye usted con tranquilidad, callaré y no diré una palabra más —dijo la niña—. Y ahora, empiezo la relación: Antes de escaparme, dormía en la cocina y la señorita guardaba en su bolsillo la llave de la puerta. Todas las noches bajaba a apagar la chimenea y recoger la llave, y me dejaba encerrada hasta que por la mañana muy temprano bajaba a llamarme. Yo tenía mucho miedo, porque temía que si ocurría un incen-

dio no se acordaran de mí, y siempre que veía alguna llave la probaba, a ver si venía bien, hasta que al fin encontré una. Como apenas me daban de comer, subía por la noche, después que se dormían los señores, para ver si encontraba pedazos de pan, cáscaras de naranja o alguna otra cosa que a veces quedaba en la oficina.

—Apresura el fin del cuento —dijo Richard, impaciente ya.

—Dos noches antes del día que pasó todo aquel barullo en la oficina, cuando prendieron al joven, subí y vi que el señor y la señorita estaban sentados junto a la chimenea. Como no quiero ocultarle a usted la verdad, diré que me puse a escuchar y ver si podía divisar la llave de la despensa. El señor Brass decía a la señorita: «Es un asunto comprometido, que puede darnos mucho que hacer; no me gusta nada». «Ya le conoces —añadía la señorita—, y eres simple no queriendo hacer lo que dispone. No tienes valor ninguno; veo que yo debía haber sido el hombre y tú la mujer. ¿No es Quilp nuestro mejor cliente? ¿No tenemos siempre algún asunto entre manos con él?». «Sí —respondió el señor—, esa es la verdad». «Pues, entonces —respondió la señorita Sally—, ¿por qué no darle gusto en lo que quiere que hagamos con Kit?». «Verdaderamente», murmuró el señor por lo bajo. Luego hablaron y rieron mucho, diciendo que si el asunto se hacía diestramente, no se comprometían en nada. Después el señor Brass sacó del bolsillo un billete y lo enseñó a la señorita diciendo que eran las veinticinco libras de Quilp y que, como Kit iría al día siguiente, procuraría arreglar el asunto escondiendo el billete en su sombrero y dejándole un rato solo. «Enviaré al señor Swiveller a algún recado —dijo el señor Brass— procurando que vuelva cuando Kit esté aquí para que pueda servir de testigo. Si no logramos así lo que Quilp quiere, es que el Demonio no lo consiente». La señorita Sally, después de reírse un rato, se levantó, y yo, asustada, temiendo que me encontraran allí, eché a correr y me encerré en la cocina.

La criadita había ido excitándose al hablar y no recomendó ya tranquilidad a Richard cuando éste, completamente exaltado, le preguntó si había contado aquella relación a alguien.

—¡Cómo había de contarlo, cuando yo misma me asustaba al pensar en ello! —exclamó la niña—. Cuando oí que decían que le habían encontrado culpable de lo que no había hecho y que todo marchaba bien, ni usted ni el huésped estaban allí ya, pero no sé si me hubiera atrevido a decírselo aunque hubieran estado allí. Desde que vine aquí ha estado usted sin conciencia de sus actos; ¿de qué hubiera servido haberlo dicho?

—Marquesa, si haces el favor de ver qué tal noche hace y decírmelo, me levantaré —dijo Richard dando un salto en el lecho.

—No hay que pensar en eso de ninguna manera —repuso la niña.

—Es preciso —añadió Richard—. ¿Dónde está mi ropa?

—Me alegro mucho de que no tenga usted ninguna —dijo la Marquesa—, porque así no puede levantarse.

—¿Cómo? ¿Qué quiere usted decir, señora mía?

—Me he visto obligada a venderla, prenda por prenda, para traer lo que ordenaba el médico. Pero no se enfade usted por eso, porque, de todos modos, está demasiado débil para levantarse y no podría tenerse de pie.

—Temo que tienes razón en lo que dices —murmuró Richard dolorosamente—. ¿Qué haré, Dios mío? ¿Qué debo hacer en estas circunstancias?

Después de reflexionar, se le ocurrió que lo más prudente sería hablar inmediatamente con el señor Garland. Era posible que Abel estuviera aún en la oficina, y en menos tiempo del que empleó en pensarlo, escribió las señas en un papel, hizo una descripción verbal de padre e hijo a fin de que la niña pudiera reconocerlos, le recomendó que se guardara de Chuckster y la envió para que trajera tan pronto como fuera posible a Abel o a su padre, a fin de hablar personalmente con uno de ellos.

—Supongo —dijo Dick cuando se marchaba— que no ha quedado nada, ni siquiera un chaleco.

—No, nada.

—Es algo fastidioso —dijo Swiveller—, pero hiciste bien, querida Marquesa. ¡Sin ti, hubiera muerto!

CAPÍTULO XXII

La revelación

La criadita comprendió que era muy peligroso para ella entrar en una barriada donde la señorita Sally podría verla y reclamarla inmediatamente, y tuvo buen cuidado de meterse por la primera calle extraviada que halló al paso, sin saber adónde iba a parar, pero segura de poner entre ella y Bevis Mark la mayor distancia posible.

Después de mil vueltas y revueltas sin poder casi andar, porque llevaba un calzado que se le salía de los pies, y teniendo que pararse en el barrio para recogerlo, exponiéndose así a las burletas de los transeúntes, llegó a la oficina del notario y se dio por satisfecha de todo lo pasado viendo que llegaba aún a tiempo, puesto que los cristales de las ventanas estaban iluminados todavía. Subió los escalones y se asomó por una rendija de la puerta vidriera.

Chuckster, parado junto al escritorio, se arreglaba los puños, la corbata y demás detalles indicadores de que se acercaba la hora de marcharse, frente a un espejito triangular. Delante de la chimenea estaban en pie dos caballeros, uno de los cuales era el notario, según las señas que Ri-

chard le había dado, y el otro, Abel, que también se preparaba para salir, porque estaba abrochándose el gabán.

La niña decidió esperar a éste en la calle; así tendría la seguridad de que el señor Chuckster no oiría nada, y le diría mejor la comisión que la llevaba allí; bajó, pues, la escalerilla y se sentó en el escalón del portal opuesto.

No había hecho más que sentarse cuando vio llegar un cochecillo tirado por una jaca juguetona y guiado por un hombre que saltó en tierra al llegar junto a la puerta del notario. La jaquita empezó a hacer las gracias que ya el lector sabe, y el hombre, a llamarla con diversos apodos, más o menos adecuados al caso.

—¿Qué es eso? —preguntó Abel, que saltaba embozándose en su tapabocas.

—Que es bastante para hacer perder la paciencia a un santo. Es el animal más indómito que he conocido.

—¡Vamos, vamos! Vera usted cómo se amansa enseguida, hay que conocerlo —repuso Abel subiendo al coche y tomando las riendas—. Es el primer día que sale desde que no tenemos al último cochero, porque nadie podía hacer carrera de ella. ¿Está todo arreglado y las luces en su sitio? Perfectamente, muchas gracias, y no deje de venir mañana a la misma hora, por la mañana, para llevar el coche a casa.

Y la jaca, dando algunos saltos, pero cediendo a la presión de las riendas en manos de Abel, emprendió la marcha al trote.

Chuckster estuvo parado en la puerta todo este tiempo, y la niña no se atrevió a acercarse; así que se vio obligada a correr detrás del coche, gritando a Abel que se detuviera; pero como no podía correr y gritar, Abel no la oía y el coche seguía cada vez más ligero, la niña de un salto se agarró a la trasera y, haciendo un gran esfuerzo, saltó al asiento que solía ocupar Abel cuando iba con sus padres, perdiendo para siempre un zapato en el salto.

Abel, que iba preocupado con el cuidado de la inquieta jaca, siguió adelante sin volver la cabeza para nada, bien ajeno por cierto a la extraña figura que tenía detrás, hasta que ésta, una vez recobrado el aliento que había perdido en la carrera, le dijo al oído esta palabra:

—Caballero...

Abel volvió repentinamente la cabeza y, deteniendo la jaca, exclamó algo sobresaltado.

—¡Dios mío!, ¿qué es esto?

—No se asuste usted, señor. ¡He corrido tanto para alcanzarle...!

—¿Y qué quieres de mí? —preguntó Abel—. ¿Cómo has podido subirte ahí?

—Dando un salto por detrás —respondió la Marquesa—; tenga usted la bondad de seguir adelante y no pararse, pero yendo hacia el centro, a la City, ¿quiere usted? Le suplico que se dé prisa, porque es de mucha importancia. Hay una persona que quiere verle a usted para hablarle de Kit y me ha enviado para que le diga que aún puede salvársele y probar su inocencia.

—¿Qué me dices, niña? ¿Es eso verdad?

—Bajo mi palabra de honor, caballero. Pero vamos más aprisa; he tardado tanto en llegar, que creerá que me he perdido.

Abel, aunque involuntariamente, fustigó a la jaca, y ésta, impelida tal vez por una secreta simpatía, tal vez por un mero capricho, salió al galope sin pararse ni hacer ninguna de sus gracias hasta que llegó a la puerta de la casa donde habitaba Swiveller; allí, aunque parezca raro, consintió en pararse apenas Abel la refrenó.

—Es en aquella habitación —dijo la Marquesa señalando a una ventana donde brillaba una luz mortecina—, venga usted.

Abel, que era una de las criaturas más tímidas que existen en el mundo, vaciló, porque había oído decir que había gentes que llevaban personas engañadas a ciertos sitios para robarlas y matarlas; las circunstancias presentes eran muy semejantes y la mensajera no era muy tranquilizadora, porque el aspecto de la niña era bastante extraño. Su cariño por Kit venció toda otra preocupación y, confiando el coche al cuidado de un pobre hombre que rondaba por allí para ganarse una limosna, consintió que la Marquesa le tomara de la mano y le condujera por la estrecha y oscura escalera.

Su sorpresa fue en aumento al ver que entraban en una habitación mal alumbrada, donde un hombre, al parecer enfermo, dormía tranquilamente en su lecho.

—¡Qué gusto da verle dormir tan sosegado! —murmuró la niña al oído de Abel—. Hace dos o tres días, no hubiera usted podido reconocerle.

Abel no respondió, y, si hemos de decir la verdad, se mantuvo a respetuosa distancia del lecho y muy cerca de la puerta. La niña, que pareció comprender su temor, despabiló la bujía y, llevándola en la mano, se acercó al lecho. El enfermo se despertó y entonces Abel pudo reconocer las facciones de Richard Swiveller.

—¿Qué es eso? —exclamó Abel acercándose inmediatamente—, ¿ha estado usted enfermo?

—Muy enfermo —respondió Dick—, a la muerte casi. Si no hubiera sido por esa niña, tal vez habrían ustedes visto mi nombre en la lista de las defunciones hace algunos días. Siéntese usted, caballero.

Abel se quedó al parecer atónito oyendo encomiar así a su guía y acercó una silla a la cabecera de la cama.

—¿Le ha dicho a usted para qué le llamó? —preguntó Richard a Abel señalando a la criadita.

—Sí, señor, y estoy atónito; en realidad, no sé qué creer —dijo Abel.

—Más lo estará usted dentro de unos minutos —repuso Dick—. Marquesa, siéntate a los pies de la cama, ¿quieres?, y di a este caballero todo lo que me contaste a mí. Sé concisa y clara.

La niña repitió la historia exactamente igual que la había contado a Richard, sin añadir ni omitir nada. Éste, con los ojos fijos en Abel todo el tiempo que duró la narración, tomó la palabra apenas terminó la niña.

—Ya se lo ha oído usted todo y espero que no lo olvidará. Yo estoy demasiado enfermo y débil para hacer ninguna indicación, pero usted y sus amigos comprenderán perfectamente lo que deben hacer. Después del tiempo transcurrido, cada minuto es un siglo. Si alguna vez ha ido usted aprisa a su casa, vaya más aprisa aún hoy, no se detenga a hablar conmigo, márchese. Aquí encontrarán siempre a esta niña, y en cuanto a mí, pueden tener la seguridad de encontrarme en casa durante un par de semanas al menos, porque hay varias razones para ello. Marquesa, acompaña a este caballero.

Abel no necesitó más persuasión, se marchó en un instante, y la Marquesa al volver de abrir la puerta, dijo que la jaca había emprendido la marcha a galope tendido.

—Eso la honra —murmuró Dick—, desde ahora la considero como buena amiga. Y ahora, cena y tráete un jarro de cerveza, pues debes de estar muy cansada. Verte comer y beber me hará tanto bien como si comiera y bebiera yo mismo.

Esta afirmación fue lo único que pudo obligar a la niña a hacer lo que le pedía, y después de cenar con buen apetito y poner en orden la habitación, se envolvió en una colcha vieja y se echó sobre la alfombra delante de la chimenea, en tanto que Richard, dormido ya, murmuraba rimas en sus sueños.

CAPÍTULO XXIII

Conferencias

Richard Swiveller al despertar por la mañana al día siguiente, oyó hablar en voz baja en su habitación. Mirando por las cortinillas, vio al señor Garland, a Abel, al notario y al caballero misterioso rodeando a la Marquesa y hablando con ella seria y afanosamente, aunque en voz baja, temerosos, sin duda, de despertarlo. No perdió tiempo en hacerles comprender que la precaución era innecesaria, y los cuatro caballeros se aproximaron inmediatamente a su lecho. El anciano Garland fue el primero que, estrechándole afectuosamente la mano, le preguntó cómo estaba.

Dick iba a responder que se sentía mucho mejor, aunque tan débil como era natural, cuando la pequeña enfermera, separando a los visitantes y arreglándole las almohadas, le presentó el desayuno, insistiendo en que lo tomase antes de cansarse en hablar u oír que le hablaran. Richard, que tenía bastante apetito y que había estado soñando toda la noche con piernas de carnero, jarros de cerveza y otras golosinas semejantes, sintió una tentación tan grande al ver aquellas pobres tostadas y aquel té ligerito, que consintió en comer y beber, con una condición solamente.

—Y esa condición es —añadió Dick estrechando a su vez la mano del señor Garland— que me responda usted leal y sinceramente a la pregunta que voy hacerle antes de probar un bocado. ¿Es demasiado tarde ya?

—¿Para terminar la obra que tan noblemente emprendió usted anoche? —preguntó el anciano—. No, palabra de caballero que aún es tiempo.

Richard, tranquilo ya en este punto, almorzó con buen apetito, aunque no con más prisa que la mostrada por su leal enfermera en servirle el almuerzo y verle comer. Los ojos de la Marquesita brillaban de alegría a cada bocado que Dick daba a las tostadas, y en honor de la verdad debemos decir que comió todo lo que era prudente, en su estado débil todavía. No terminaron aquí los cuidados de la niña, que salió un instante, volvió con una jofaina y lavó la cara y las manos de Richard; después le peinó y le arregló la ropa, dejándole tan acicalado como lo hubiera hecho el más experto ayuda de cámara, y todo en un momento, como si hubiera sido un niño, y ella, su niñera. Cuando terminó el tocado, la Marquesa se sentó en un rincón para tomar su desayuno, que ya estaba bastante frío, por cierto, y Dick se dirigió a los caballeros diciendo:

—Suplico a ustedes que me dispensen, señores. Cuando se ha estado tan enfermo como he estado yo, se fatiga uno pronto; pero ya estoy en disposición de hablar. Hay pocas sillas, pero pueden ustedes sentarse encima de mi lecho.

—¿Qué podríamos hacer por usted? —dijo el señor Garland bondadosamente.

—Si pudiera usted hacer que esa Marquesa que está sentada almorzando fuera una marquesa de veras —repuso Dick—, le suplicaría que lo hiciera enseguida; pero como eso no es posible, y la cuestión ahora no es saber lo que usted haría por mí, sino lo que hará usted por alguien que tiene más derecho a sus beneficios, le suplico, señor, que me diga lo que piensa hacer.

—Precisa y principalmente hemos venido a eso ahora —dijo el caballero misterioso—, porque pronto recibirá usted otra visita. Suponíamos que estaría intranquilo mientras no supiera por nosotros mismos lo que intentábamos hacer, y antes de proseguir en el asunto hemos venido aquí.

—Muchas gracias, señores —repuso Dick—. Cualquiera que esté en el estado en que me encuentro yo, tiene que sentir ansiedad; pero no quiero interrumpirle y le suplico que continúe, caballero.

—Como no dudamos un momento de la revelación que tan providencialmente nos ha sido hecha por esa niña, tenemos la seguridad de que usando de ella como es prudente, obtendremos el perdón y la inmediata libertad del pobre muchacho; pero dudamos si será suficiente para hacernos llegar hasta Quilp, el principal actor de tan malvada villanía. Comprenderá usted que sería monstruoso dejar que pudiera escaparse, si por cualquier conducto llegara a saber algo. Si alguien se escapa, es preciso que no sea él, de ninguna manera.

—Sí —repuso Dick—, que no sea él, si *alguno* ha de escapar; pero es mejor que no escape nadie. La ley es igual para todos.

El caballero misterioso explicó después el plan que tenían para obtener una confesión completa de la interesante Sara.

—Cuando sepa que todo lo sabemos, y que está comprometida ya, creemos que no vacilará en condenar a los otros por salvarse ella, y si lo conseguimos, me tiene completamente sin cuidado que ella sea la que escape sin castigo.

Richard no recibió este proyecto tan bien como esperaban los caballeros, diciendo que Sara era tan difícil de manejar, o más aún, que el mismo Quilp; que era una especie de metal incapaz de doblarse; en suma, que no era un adversario digno de ellos y que serían vencidos. Pero fue inútil que les instara a emprender otro camino: llegaron todos al colmo de la impaciencia y a ese estado en que los hombres no se dejan persuadir ni atienden a razones. Hablaban y vociferaban todos a un tiempo. Así es que, después de decir a Swiveller que no habían abandonado a la madre y hermanos de Kit, que hasta el mismo Kit continuaba recibiendo su protección, que hasta allí habían estado tratando de aminorar su pena; después de decirle que estuviera tranquilo, porque harían todo lo posible; después de decirle todo eso, añadiendo muchas y cordiales seguridades de afecto que es inútil manifestar ahora, el señor Garland, el notario y el caballero misterioso se retiraron en tiempo muy oportuno, por cierto, porque si no es casi seguro que Richard hubiera recaído otra vez con una fiebre cuyos resultados hubieran sido quizá fatales.

Abel se quedó haciendo compañía a Swiveller, que, completamente exhausto, se durmió ligeramente; aunque, a decir verdad, debemos hacer

constar que el reloj y la puerta reclamaron más su atención que el desdichado enfermo.

Un ruido en la calle, como un peso enorme que cayera de los hombros de un mozo de cuerda, y que sacudió la casa haciendo tintinear todos los frascos y vasos que había en la habitación, despertó a Richard. Abel, apenas oyó el ruido, dio un salto sobre su silla, corrió a la puerta, la abrió y franqueó el paso a un hombre robusto que llevaba un gran cesto y lo descargó en medio de la habitación. Una vez abierto, empezaron a salir de sus profundidades paquetes de té y café, frascos de vino, naranjas, uvas, gallinas dispuestas ya para asarlas, gelatinas y una porción de cosas suculentas y propias para restaurar las fuerzas y abrir el apetito a un enfermo. La niña, que jamás había visto aquel derroche de cosas buenas y que creía que sólo podían sacarse de zapatos de Navidad, se quedó inmóvil, con la boca y los ojos desmesuradamente abiertos y sin poder articular palabra. Ni el mozo, ni Abel, ni su madre, que se presentó allí como si hubiera salido también de la cesta, parecieron sorprenderse lo más mínimo, sino que, andando en puntillas, colocaron todos los paquetes en orden, y la buena señora, llenando la habitación con su presencia, pero sin perder tiempo, sencillamente puso la jalea en tazas, las gallinas en una cacerola en la lumbre de la chimenea, peló naranjas y preparó refrescos, obligando a la niña a beber vino y a comer pedazos de carne fiambre, hasta que se dispusiera otra comida más sustanciosa. Todo esto fue tan inesperado y asombroso, que Swiveller, después de tomar gelatina y dos naranjas y ver que el hombre se iba con el cesto vacío dejando todo aquello para que él lo aprovechara, volvió a dormirse, creyendo que empezaba la fiebre otra vez y que volvía a estar en la Arabia de *Las mil y una noches.*

Entretanto, los tres caballeros habían ido a un restaurante; y pidiendo recado de escribir, almuerzo y una habitación reservada, almorzaron mientras escribían una carta a la señorita Sally Brass suplicándole en términos misteriosos y breves que favoreciera a un amigo desconocido que deseaba tener una entrevista con ella, acudiendo al restaurante lo más pronto posible.

El mensajero a quien enviaron cumplió tan bien su comisión, que diez minutos después apareció la señorita Sally en persona.

—Tenga usted la bondad de sentarse, señora —dijo el caballero misterioso, que fue quien la recibió, habiéndose retirado los otros dos.

La señorita no pareció sorprenderse al ver que su misterioso huésped era quien solicitaba la entrevista, y cuando empezaron a hablar, dijo que suponía que sería para tratar de la habitación, en cuyo caso era mejor que se entendiese con su hermano.

—Eso es muy sencillo —añadió la bella Sara—, paga usted el resto del alquiler hasta expirar los dos años y asunto concluido.

—Doy a usted las gracias por su advertencia, pero no es ése el objeto de mi conversación con usted.

—¿No? —repuso Sally—. En ese caso, sírvase usted darme datos, porque supongo que será algún asunto profesional.

—Tiene relación con la ley, seguramente.

—Pues bien, es lo mismo tratar con mi hermano que conmigo. Yo puedo aconsejar a usted y tomar sus instrucciones.

—Hay otras personas interesadas en el asunto, no soy yo solo, y será mejor conferenciar juntos. Aquí está la señorita Brass, caballeros —dijo levantándose y llamando a sus amigos.

El señor Garland y el notario se acercaron a Sara y se sentaron a ambos lados, dejándola en el centro; ella tomó tranquilamente un polvito de rapé y el notario tomó la palabra, diciendo:

—Señorita Brass, en la profesión nos entendemos perfectamente unos a otros y es mejor decir lo que nos ocurra en pocas palabras. ¿Usted buscaba a una criada que se le había escapado?

—Sí, pero, ¿a qué viene eso? —preguntó Sara.

—La hemos encontrado ya, señorita.

—¿Quién?

—Nosotros, los tres. Anoche mismo; de otro modo, se lo hubiéramos comunicado a usted antes.

—Y ahora que lo sé —exclamó la señorita cruzando los brazos como si fuera a resistir una lucha—, ¿qué más tienen ustedes que decirme? Algo tienen proyectado respecto de ella; la cuestión es que sea verdad y que lo demuestren. Ustedes la han encontrado, según dicen. Pues bien, yo puedo decirles que han encontrado a la criatura más embustera y mala que hay en el mundo. ¿Está aquí? —añadió mirando por todas partes.

—No, no está aquí ahora, pero está segura —repuso el notario.

—¡Ya! —dijo Sara tomando otro polvo de rapé tan iracunda como si aplastara la nariz de su criadita.

—Aseguro a ustedes que de aquí en adelante, estará mejor segura.

—Así lo espero —repuso el notario—. ¿No se le ocurrió a usted nunca hasta que se escapó, que la cocina podía tener dos llaves?

Sally miró sorprendida al notario y tomó otro polvito.

—Sí —continuó éste—, dos llaves, una de las cuales servía para que recorriera la casa de noche, cuando usted la suponía encerrada, y oyera conversaciones confidenciales; entre otras, una especial que ha de referirse hoy a la justicia, donde tendrá usted oportunidad de oírla repetida: la conferencia que usted y su hermano tuvieron la noche anterior a la detención del inocente joven que fue acusado de robo, por una infame maquinación, que no hay términos suficientemente enérgicos para calificar.

Sally tomó otro polvo. Aunque su semblante no revelaba lo que pasaba en su interior, era evidente que había sido sorprendida y que esperaba que le dijeran de su criada cosas muy diferentes.

—Vamos, señorita, veo que sabe usted dominarse perfectamente; pero comprende (no lo dudo) que, por una causa que jamás pudo concebir, se ha descubierto la trama, y dos de los culpables tienen que ser entregados a la justicia. Ya sabe usted las penalidades y trabajos que ha de sufrir, y no es preciso que se lo diga yo; pero tengo que hacerle una proposición. Usted tiene el honor de ser hermana de uno de los mayores bribones que están aún sin colgar. Si me atreviera a hablar así a una señora, añadiría que usted es digna compañera suya por todos conceptos; pero hay un tercero relacionado con ambos, un infame llamado Quilp, que es el alma de esta diabólica estratagema, y que es peor aún que ustedes dos. Suplico a usted que, por consideración a ese hombre, nos revele la historia completa del complot. Debo añadir que, si lo hace, se colocará usted en una posición satisfactoria, sin perjudicar a su hermano, mientras que al presente están los dos gravemente comprometidos, porque contra ustedes tenemos ya suficiente testimonio. Y como es tarde, y el tiempo es oro, le suplico que nos favorezca con su decisión tan pronto como sea posible, señorita.

Mirando a cada uno de los tres por turno y con una sonrisa en los labios, la señorita tomó rapé dos o tres veces, después se guardó cuidadosamente la tabaquera y dijo:

—¿Tengo que decidirme ahora mismo?

—Sí —repuso el señor Witherden.

La encantadora criatura abría los labios para responder, cuando se abrió la puerta y la cabeza de Sansón apareció en la habitación diciendo:

—Dispensen ustedes, señores, y esperen un poco. Sara, cállate y déjame hablar, si quieres —añadió dirigiéndose a su hermana.

—¡Eres un idiota! —murmuró ésta.

—Gracias, hija mía, pero sé lo que traigo entre manos y me tomaré la libertad de explicarme en conformidad con ello. Caballeros, respecto a la conversación que sostenían ustedes, ocurrió que vi a mi hermana cuando venía aquí, y temiendo le ocurriera algún accidente, entré también y he oído todo lo que ustedes han dicho.

—Si no estás loco —interrumpió Sara—, cállate y no prosigas.

—Sally, hija mía —respondió Brass cortésmente—, te doy las gracias; pero continúo suplicando a estos señores que me dispensen.

El notario callaba y Sansón continuó.

—Si quieren ustedes hacer el favor de mirar esto —y levantó una pantalla verde que le cubría un ojo horriblemente desfigurado—, se preguntarán cómo me lo he hecho; si después examinan mi rostro, se

preguntarán cuál puede ser la causa de estos arañazos, y si luego observan mi sombrero, verán en qué estado se halla. Caballeros, a todas esas preguntas responderé con una palabra: ¡Quilp!

Los tres caballeros se miraron sin proferir palabra.

—Y digo —continuó Brass, volviéndose hacia su hermana, como si hablara para enterarla a ella— que ha sido Quilp; Quilp, que me hace ir a su infernal morada y se complace en mirar mientras yo tropiezo, caigo, me araño y me descalabro; Quilp, que en todo el curso de nuestras relaciones me ha tratado siempre como si yo fuera un perro; Quilp, a quien siempre odié con toda el alma, pero nunca tanto como ahora. Se burla de mí, después que él fue quien propuso el asunto, y tengo la seguridad de que será el primero en acusarme. ¿Adónde me conducirá esto, señores? ¿Pueden ustedes decírmelo?

Nadie habló. Brass se quedó callado como esperando la solución de un jeroglífico y después añadió:

—Para concluir con esto, diré que es imposible ocultar la verdad; se descubre siempre y es mejor que yo me vuelva contra ese hombre, que dejar que él se vuelva contra mí. Por tanto, si alguien ha de denunciarle, es mejor que sea yo. Sara, hija mía, comparativamente hablando, tú estás libre y yo aprovecho las circunstancias en beneficio propio.

Y Brass reveló toda la historia, cargando toda la culpa sobre su cliente y presentándose a sí mismo como un mártir.

—Ahora, caballeros, yo no hago nunca las cosas a medias; pueden llevarme a donde quieran, y si prefieren que lo haga por escrito, lo haré inmediatamente. Tengo la seguridad de que serán benévolos conmigo porque son hombres de honor y tienen corazón. He cedido a los deseos de Quilp por necesidad, porque contra ello no hay ley, siendo, por el contrario, la necesidad nuestra ley. Acusen a Quilp, castíguenle; me ha hecho sufrir tanto y tan continuamente, que todo me parecerá poco.

Y Brass sonrió como sólo saben hacerlos los parásitos y los cobardes.

—¿Y éste es mi hermano? —exclamó la señora Sally levantando la cabeza y mirándole de pies a cabeza con amargura—. ¿Éste es el hermano por quien tanto he sufrido y trabajado?

—Sara, hija mía, molestas a nuestros amigos y, además, no sabes lo que dices y te condenas a ti misma.

—¡Sí, cobardón! —dijo la bella doncella—. Ya te entiendo. Temiste que hablara y te ganara por la mano. ¿No sabes que no hubiera cedido por nada en el mundo, aunque me amenazaran con veinte años de encierro?

—¡Je, je! —murmuró Sansón, que en su profundo abatimiento parecía haber cambiado de sexo con su hermana—. Quizá creas eso, pero tengo la seguridad de que hubieras obrado de otro modo. Acuérdate de la máxima de nuestro padre: «¡Sospecha de todo el mundo!».

Los tres caballeros hablaron aparte unos minutos y después el notario señaló a Brass la pluma y el tintero que estaba sobre la mesa, diciéndole que si quería hacer una declaración escrita, podía aprovechar aquella ocasión para terminar el asunto.

—Caballeros —dijo Brass quitándose los guantes—, haré todo lo que pueda en favor de la justicia, pero desearía tomar antes alguna cosa. Inmediatamente avisaron al mozo y le sirvieron un refresco. Después se puso a escribir.

Sara, entretanto, paseaba por la habitación con los brazos cruzados unas veces y con las manos enlazadas en la espalda otras, hasta que, cansada ya, se sentó, quedándose dormida cerca de la puerta.

Después se ha supuesto con algún fundamento que aquel sueño fue una farsa, porque apenas oscureció se marchó sin que la observaran; pero no puede asegurarse si fue intencionadamente o en estado de sonambulismo, lo único en que todos estuvieron conformes es en que se marchó para no volver.

Hemos hecho mención de la oscuridad y debemos añadir que llegó la tarde que Brass terminara la denuncia escrita y que, una vez terminada, este digno funcionario y los tres amigos tomaron un carruaje y se hicieron conducir a la oficina particular de un juez, que, saludando afectuosamente a Sansón y alojándole en lugar seguro a fin de tenerle a su disposición, despidió a los otros, asegurándoles que al día siguiente se daría una orden de arresto para prender a Quilp y que Kit estaría libre dentro de pocos días.

Parecía que la estrella de Quilp iba a dejar de lucir ya.

Concluido ya el asunto, los tres caballeros se dirigieron a la casa de Swiveller, al cual encontraron tan mejorado, que pudo sentarse media hora en la cama y conversar con ellos. La señora Garland se había marchado hacía algún tiempo, pero Abel continuaba allí. Después de decirle todo lo que había ocurrido, los dos Garland, padre e hijo, se despidieron del enfermo, quedando en su compañía la niña y el notario.

—Ya que se encuentra usted tan bien —dijo el señor Witherden sentándose junto al lecho—, voy a contarle algo que he sabido en asuntos de mi profesión.

—Tendré mucho gusto en oírlo, si no es algo desagradable, señor Witherden.

—Si creyese que lo era, lo dejaría para otra ocasión —repuso el notario—. Diré a usted en primer lugar que mis amigos, esos que han estado casi todo el día conmigo, no saben nada y que su bondad para con usted ha sido completamente espontánea, sin que los indujera a ella interés alguno. Creo que es conveniente que un hombre descuidado y ligero de cascos lo sepa.

Dick le dio las gracias, añadiendo que lo reconocía así.

—He estado haciendo pesquisas para encontrarle a usted, sin poder ocurrírseme que las circunstancias nos podrían en relación. ¿Es usted sobrino de Rebeca Swiveller, soltera, muerta en Cheselbourne, en el condado de Dorset?

—¿Muerta? —exclamó Richard.

—Muerta. Si usted hubiera sido otra clase de sobrino, habría entrado en posesión (así lo dice el testamento) de veinticinco mil libras; pero siendo como es, sólo tendrá usted una renta anual de ciento cincuenta libras. Creo, sin embargo, que, de todos modos, debo felicitarle.

—Señor —murmuró Richard riendo y llorando a un tiempo—, felicíteme usted, sí. Aún podré educar a la Marquesa, con la ayuda de Dios, y vestirá seda y gastará lo que quiera, ¡tan seguro como he de levantarme de este lecho otra vez!

CAPÍTULO XXIV

¡Ahogado!

Ignorante de todo lo que acabamos de narrar en el capítulo anterior, y bien ajeno de la mina que iba a estallar bajo sus pies, Quilp permaneció encerrado en su fortaleza, sin sospechar nada y satisfecho por completo del feliz resultado de sus maquinaciones. Ocupado en la revisión de algunas cuentas, tarea tan en armonía con el silencio y la soledad de su retiro, estuvo dos días sin salir a la calle y, al llegar al tercero, se encontraba tan a gusto que concibió la idea de permanecer encerrado también.

Era el día de la confesión de Brass y, por tanto, aquel en que debía terminar la libertad de Quilp. No pudiendo sospechar la nube que iba a descargar sobre él, estaba contento y satisfecho. Cuando comprendía que se iba engolfando demasiado en los negocios, variaba la monótona rutina de su ocupación aullando, cacareando o haciendo alguna otra operación semejante.

Era un día oscuro y húmedo, frío y triste; la niebla llenaba todos los ámbitos de la localidad con una densa nube y no podían verse los objetos a dos varas de distancia. Los fuegos encendidos a la orilla del río eran insuficientes para iluminar la ruta y, de cuando en cuando, se oía a algún infeliz barquero que gritaba sin saber dónde estaba. Era un día propio para estarse en casa al amor de la lumbre, oyendo narrar historias de viajes o cosas semejantes.

También el enano quiso darse el gusto de tener un fuego encendido para él sólo y mandó al muchacho del almacén que llenara la estufa de carbón y se fuera a su casa si quería, porque no le necesitaría en todo el día.

Encendió luces, echó más combustible aún en la estufa, almorzó un bistec que asó él mismo, preparó un gran jarro de ponche caliente, encendió su pipa y se sentó para pasar la tarde fumando y bebiendo.

Un golpecito dado en la puerta del despacho llamó su atención; después de sentirlo dos o tres veces, se asomó a la ventana y preguntó quién era el que llamaba.

—Soy yo —dijo una voz de mujer.

—¿Sólo usted? ¿Y a qué viene usted aquí? ¿Cómo se atreve a aproximarse al castillo del ogro?

—No te enfades conmigo, vengo a traerte algo importante.

—¿Es agradable? —preguntó el enano—. ¿Se ha muerto tu madre?

—No sé lo que es, ni siquiera si es bueno o malo —repuso su mujer.

—Entonces está viva —dijo Quilp— y no se relaciona con ella. ¡Vete a casa otra vez, pájaro de mal agüero!

—Te traigo una carta —repuso la humilde mujer.

—Échala por la ventana y vete —dijo Quilp interrumpiéndola—, porque sino salgo y te araño.

—No, Quilp, haz el favor de oírme —exclamó llorando la pobre mujer—. ¡Haz el favor, por Dios!

—Habla pronto —aulló el enano, con un gesto horrible—, pero sé breve y ligera. ¿Hablas ya?

—Un muchacho, que no sabía quién se la había entregado, llevó a casa esa carta hace un rato diciendo que era preciso entregártela hoy porque era muy importante. ¡Si quisieras dejarme entrar! ¡No sabes lo mojada que estoy y cuántas veces me he extraviado con la niebla! Deja que me seque un poco junto al fuego, cinco minutos siquiera, y después me iré enseguida. ¡Quilp, palabra de honor!

El amable esposo vaciló un momento, pero suponiendo que la carta requeriría una respuesta y que su esposa podría llevarla, la dejó entrar. La pobre mujer, arrodillándose delante del fuego para calentarse las manos, le entregó una esquela.

—Me alegro mucho de que estés mojada y tengas frío. Me alegro mucho de que te hayas perdido y de que tengas los ojos encendidos de llorar.

—¡Qué cruel eres, Quilp! —murmuró la desgraciada mujer.

—Debí haber conocido la letra: es de Sally —dijo abriendo la carta.

Después leyó lo que sigue, escrito con una letra clara y bien hecha:

«Samy ha sido interrogado y se ha visto obligado a hacer ciertas confidencias. Se ha descubierto todo y será conveniente que huya usted, porque recibirá alguna visita. Todo está secreto aún, porque quieren sorprenderle. No pierda usted tiempo. Yo he sabido ganarlo y no me en-

contrarán. Si yo estuviera en su lugar, procuraría que no me encontraran tampoco. —S. B.».

Sería necesario un lenguaje nuevo para expresar los cambios que se operaron en el rostro de Quilp, que leyó y releyó la carta media docena de veces. Estuvo mucho tiempo sin articular una palabra siquiera y, después, cuando la señora Quilp estaba paralizada de terror creyendo que se había vuelto loco, exclamó:

—¡Si le pillara aquí! ¡Ay de él si pudiera tenerle entre mis garras!

—¿Qué es eso, Daniel? ¿Qué te pasa?

—¡Le ahogaba! —continuó Quilp, sin hacer caso de su mujer—. ¡Qué alegría tan grande echarle al río y burlarme de él cuando saliera a la superficie una y otra vez!

—¡Quilp! —gritó más asustada aún la pobre mujer—, ¿qué es lo que te han hecho?

—¡Es un infame, un cobarde! —murmuró Quilp restregándose las manos muy despacio—. ¡Y yo que creía que la mejor garantía de su silencio era su cobardía y servilismo! ¡Oh, Brass; Brass, mi querido, mi bueno, mi fiel amigo, afectuoso, cortés y encantador! ¡Si pudiera prenderte entre mis uñas,..!

Después salió e hizo entrar al criado a quien había despedido unos momentos antes y le dijo:

—Llévate a esa mujer fuera de aquí; llévala a su casa y no vengas mañana, porque esto estará cerrado. ¿Te enteras?

Thomas hizo un movimiento de cabeza indicando que sí y una seña a la señora Quilp para que saliera.

—Pero, ¿qué ocurre, Daniel? ¿Dónde te vas? ¡Dímelo!

—Te digo —exclamó el enano agarrándola por un brazo— que te marches inmediatamente, porque si no diré y haré lo que es mejor que no diga ni haga.

—¡Pero estás en peligro, Quilp! ¡Por favor, dímelo! —gritó la pobre mujer.

—¡Sí! ¡No! ¿Qué te importa? ¡Vete, vete y no chilles más!

—Dime solamente si es algo relacionado con la pobre Nell. ¡No puedes figurarte qué noches tan horribles paso!

Fue una suerte para la pobre mujer que el dependiente se la llevara apresuradamente, porque el enano, furioso, agarró un madero y se lo tiró con fuerza; pero rebotó contra la puerta, que se cerraba detrás de los fugitivos en aquel momento.

Una vez solo, el enano tomó grandes precauciones; cerró todas las puertas y apiló tablones tras ellas, dejando descubierta solamente una falsa, por donde pensaba huir, que daba salida a un callejón ignorado y

difícil de encontrar en una noche de tan densa niebla; apagó la estufa y se quedó sólo con una bujía encendida.

Después empezó a recoger unos cuantos utensilios que creía necesarios y se los puso en los bolsillos murmurando amenazas de muerte contra su procurador. Bebía ponche a grandes y repetidos tragos, como si fuera agua que no extinguiera la sed de sus ardorosas fauces, y continuaba su soliloquio, emprendiéndola con Sally, a la cual tampoco eximía de castigo en su mente por no haber envenenado, quemado o hecho morir de algún modo secreto al maldito Sansón.

Bebía otro trago y proseguía el tema, echando la culpa de todo lo ocurrido a la pobre Nell y al viejo chocho, dos malditas criaturas que no podían sufrir, ni aun lejos de él, y a Kit, el honrado y simpático Kit, a quien aún amenazaba de muerte en aquellos momentos críticos.

Sonó un golpe en la puerta del muelle, que poco antes cerró dando un golpe fuerte y violento; después hubo una pausa; luego, más golpes repetidos y sin interrupción.

—¿Tan pronto y con tanta prisa? —murmuró el enano—. ¡Temo que os llevaréis un chasco! Afortunadamente estoy listo ya, gracias a Sally.

Apagó la bujía, cerró tras sí la puerta falsa y salió al aire libre. La noche era tan oscura y la niebla tan densa, que ni aun él mismo pudo hacerse cargo del sitio donde estaba. Anduvo unos pasos y, creyendo que no iba donde quería, cambió de dirección sin saber por dónde ir.

—Si llaman a la puerta otra vez, me orientaré por el sonido —murmuró.

Pero no se sintió el más mínimo ruido; sólo de cuando en cuando se oía ladrar algún perro a lejana distancia y en diversas direcciones.

—Si tropezara con alguna pared o valla —proseguía, alargando los brazos para hallar algún obstáculo—, sabría por dónde ir.

Pero sólo encontraba el vacío y seguía andando completamente desorientado. De pronto tropezó y cayó y, en un instante, se halló luchando con las aguas del río. Entonces oyó llamar otra vez a la puerta y una voz que gritaba llamándole. Conoció la voz: era una voz amiga, de alguien que, extraviado en la niebla, quería guarecerse allí; pero no podía responder, se ahogaba. Estaban allí, muy cerca, pero no podían socorrerle porque él mismo había cerrado e interceptado la puerta del muelle. Respondió con un rugido, pero no servía de nada: una ola se lo llevó envuelto en sus espumas por la rápida corriente.

Luchó. Una vez más se levantó haciendo desesperados esfuerzos, pero volvió a caer insensible y las aguas sólo condujeron un cuerpo muerto.

CAPÍTULO XXV
Kit libre

Caras alegres, voces animadas, palabras de cariño, corazones amantes y lágrimas de felicidad en un hogar tranquilo esperaban a Kit; a Kit,
que quería morir de júbilo antes de entrar en él. Sabe que se ha probado
su inocencia y que estará pronto libre. Llega al fin la hora de la libertad
y el pobre muchacho cae insensible, para recobrar el conocimiento en
brazos de su madre, que le esperaba en la granja Abel.

Allí encuentra a todos los seres que ama, todos los que se interesan
por él, Abel y sus padres, Bárbara y su madre, todos vestidos como en
día de fiesta.

Cuando terminaron los primeros transportes de alegría y cenaron todos pacíficamente y sin prisa, porque habían de dormir también en la
granja, el señor Garland llamó a Kit y le preguntó si quería viajar al día
siguiente.

—¿Viajar, señor? —exclamó Kit.

—Sí, conmigo y con un amigo que está en aquella habitación.

Kit movió la cabeza murmurando dos o tres veces el nombre de Nell,
como si desesperara de encontrarla.

—Hemos descubierto el sitio donde están y ése es el objeto de nuestro viaje —dijo el señor Garland—. Es feliz y está contenta, aunque enferma; pero esperamos que se cure. Siéntate y oirás la historia.

Kit obedeció a su amo y éste le contó que tenía un hermano viviendo en un pueblo, lejos de Londres, en el campo, en compañía del rector
de una iglesia muy notable por su antigüedad, que era su amigo desde
la niñez.

Este hermano, bueno y cariñoso, a quien todo el pueblo conocía por
«el Doctor», era querido de todos por su caritativa bondad. Nunca hablaba de ello en sus cartas ni hacía mención de los habitantes del susodicho
pueblo, pero últimamente había encontrado dos personas, un anciano y
una niña, los cuales despertaron tanto su interés, que no pudo menos de
hablar de ellos en una carta relatando la historia de su peregrinación,
relación que pocos oirían sin derramar lágrimas.

Apenas el señor Garland había recibido aquella carta, concibió la
idea de que debían de ser los errantes fugitivos tan ardientemente bus-
cados por el caballero misterioso y a quienes la Providencia había conducido cerca de su hermano. Le escribió, pidiéndole los datos necesarios
para desvanecer las dudas que pudieran ocurrir, y aquella misma mañana
habían recibido la contestación, que convirtió las dudas en certidumbre.
Tal era la causa del viaje que debían emprender al día siguiente.

—Entretanto —prosiguió el anciano levantándose—, necesitas descansar, porque un día como el de hoy es capaz de rendir al hombre más fuerte. Buenas noches, hijo mío, y que el cielo conceda a nuestro viaje un feliz resultado.

A pesar del cansancio, Kit despertó antes de ser de día y empezó inmediatamente los preparativos para la marcha. Los acontecimientos del día anterior, y especialmente la relación de su amo, ahuyentaron el sueño de sus ojos y durmió mal.

No hacía aún un cuarto de hora que se había levantado, cuando sintió movimiento en la casa, y todos, levantándose también, coadyuvaron a los preparativos de marcha; el caballero misterioso lo dirigía todo y era el más activo de cuantos trabajaban. Al romper el día estuvo todo dispuesto a pesar de que el coche no debía llegar hasta las nueve.

Kit sintió haberse levantado tan pronto, porque no sabía cómo ocupar el tiempo de espera. Bárbara estaba allí y, en realidad, era la menos alegre en toda la casa.

—¡Hace tanto tiempo que estabas lejos de aquí, Christopher, y ahora vas a marcharte otra vez! —decía la doncella, por decir algo, al parecer, pero con toda la pena de que era capaz su corazoncito.

—Sí, pero es para traer a la señorita Nell; piensa en eso. Me alegro tanto de que al fin puedas conocerla, Bárbara...

Bárbara no se alegraba tanto como Kit, aunque no dijo nada, y Kit sorprendido le preguntó:

—Pero, ¿qué es eso, Bárbara? ¿Qué tienes?

—¡Nada —murmuró ésta haciendo un gesto que contradecía su afirmación. Kit comprendió a Bárbara y besándola le preguntó:

—Bárbara, ¿estás enfadada conmigo?

—¡Oh, no! ¿Por qué he de estar enfadada? ¿Qué te importa por mí?

Pero a Kit sí le importaba y se lo demostró bien pronto, pero Bárbara, diciendo que la llamaban, trató de marcharse.

—Un momento, Bárbara, separémonos amigos. Tú has sido la que me has dado ánimo en todas mis penas; sin ti, hubiera sido más desgraciado aún, pero yo quiero que te alegres de ver a la señorita Nell, porque me gustará saber que te complaces en todo lo que me complazco yo. Moriría gustoso por prestar un servicio a la señorita y tengo la seguridad de que a ti te pasaría lo mismo si la conocieras, Bárbara.

—Siempre la he considerado como si fuera un ángel —continuó Kit— y cuando la encuentre creo que la veré rodeada de un nimbo de luz. Deseo verla feliz y rodeada de todos los que la quieren, aunque tal vez entonces no se acuerde de mí, pero no importa, estaré contento con verla feliz.

La pobre Bárbara no era de acero. Al oír a Kit expresarse con tanto afecto y respeto, se deshizo en lágrimas, y no sabemos adónde hubieran llegado en su conversación a no haberse sentido las ruedas de un coche, ruido que inmediatamente puso en movimiento otra vez a toda la casa, que hacía poco se había tranquilizado un tanto.

Chuckster llegaba al mismo tiempo con ciertos papeles y dinero para el caballero misterioso, en cuyas manos lo depositó todo, y participando de un ligero desayuno, hecho a toda prisa, presenció la entrada en el carruaje y la marcha de éste.

Fue un día terrible. Las hojas caían a millares de los árboles impulsadas por el viento, que silbaba y las movía en remolinos, depositándolas en montoncillos a larga distancia; pero Kit no se preocupaba del viento y cuando llegó la noche, clara y luminosa, pero helada, fue cuando sintió frío y deseó que llegara pronto el término de viaje.

Los dos caballeros, llenos de ansiedad, departían sobre el objeto de aquel viaje, manifestando sus temores y esperanzas y otras veces guardaban silencio.

En una de las pausas de la conversación, el caballero misterioso, que había ido pensativo largo rato, rompió bruscamente el silencio preguntando a su amigo:

—¿Le agradan las historias?

—Como a la mayoría de la gente —repuso el señor Garland, sonriendo—. Si encuentro interés en ellas, me gustan; si no, no; pero siempre procuro atender a ellas. ¿Por qué me lo pregunta usted?

—Se me ocurre una corta narración y voy a entretener el tiempo con ella: es muy breve.

Y, sin esperar respuesta de su amigo, empezó así:

«—Había dos hermanos que se amaban tiernamente. La diferencia de edad, unos doce años, hacía este cariño más fuerte. Ambos pusieron su afecto en un mismo objeto y vinieron a ser rivales sin saberlo.

»El más joven, débil y enfermizo, fue el primero que supo que su hermano amaba a la misma mujer que él; pero aquel hermano le había cuidado y sostenido siempre con perjuicio propio, siendo para él como una madre cariñosa. Queriendo pagar con su sacrificio la deuda de gratitud contraída con su hermano y darle la felicidad a costa de la suya, calló. Su secreto no fue conocido de nadie y salió de su país esperando morir en tierra extraña.

»El mayor se casó, pero pronto se quedó viudo, con una hija que era el vivo retrato de su madre. Puede usted comprender el afecto de aquel padre por su hija, en la cual veía la hermosura reproducida de la muerta amada.

»La niña creció y casó con un hombre que no supo apreciarla: fue muy desgraciada. Aquel hombre destruyó la felicidad y el bienestar de la casa, hasta que la pobre mujer murió tres meses después de enviudar, dejando a su padre el cuidado de dos huérfanos: un hijo de diez o doce años y una niña tan semejante a ella como lo era ella respecto de su madre.

»El hermano mayor, abuelo de estos dos niños, era un hombre viejo ya y gastado, más por la desgracia y las pesadumbres que por el peso de los años. Con los restos de su fortuna estableció un comercio; al principio, de cuadros; después, de antigüedades, objetos a que fue aficionado desde niño y que entonces fueron su modo de vivir en tan precaria existencia.

»El niño fue creciendo, semejante a su padre en cualidades y aspecto; la niña, tan parecida a su madre que, cuando el anciano la sostenía sobre sus rodillas, creía soñar teniendo otra vez a su propia hija. El nieto abandonó el hogar de su abuelo y buscó compañías más a propósito para su carácter que el infeliz anciano y la tierna niña.

»Todo el cariño que aquel hombre había sentido por su mujer y su hija lo concentró en aquella nieta, que vino a ser su único afecto. Es imposible referir los sufrimientos del anciano, sus necesidades y privaciones; temió a la muerte, porque le obligaría a dejar a aquella niña sola y pobre, y esa idea le persiguió noche y día como un espectro.

»El hermano menor viajaba en tanto por países lejanos, maldecido por los que creyeron que su marcha obedeció a otros móviles. Las comunicaciones eran difíciles e inciertas, pero al fin pudo saber, aunque en diversos períodos y con largos intervalos, todo lo que acabo de referir a usted.

»Entonces se acordó de su infancia y de su juventud, de los días felices pasados en unión de aquel hermano querido; realizó sus bienes, arregló sus asuntos todo lo más pronto posible y con bastante dinero para poder vivir cómodamente, con el corazón y la mano abiertos y con una emoción profunda, llegó una noche a la puerta de su hermano».

El narrador, cuya voz se debilitaba por momentos, se detuvo al llegar aquí.

—Sé el resto —murmuró el señor Garland estrechándole una mano.

—Sí —repuso su amigo—, usted sabe el triste resultado de todas mis pesquisas. Siempre hemos llegado tarde. ¡Dios quiera que ahora no lo sea otra vez!

—Ahora no puede ocurrir eso —repuso el señor Garland—, esta vez los hallaremos seguramente.

—Lo he creído y esperado así —dijo el caballero misterioso—: aun ahora quiero confiar; pero no sé... Un presentimiento triste me agobia,

amigo mío, y esta opresión no desaparece, aunque trato de ahuyentarla con razones y esperanzas.

—No me sorprende —añadió el anciano—, es una consecuencia muy natural de las circunstancias por que ha atravesado usted y, sobre todo, de este largo y penoso viaje y de este tiempo tan infernal. ¡Escuche usted cómo silba el viento!

CAPÍTULO XXVI

El término del viaje

Al amanecer del día siguiente aún continuaba el viaje y, seguramente, llegaría la noche sin que hubieran arribado al punto de destino, a pesar de haberse detenido muy pocas veces, sólo las necesarias para comer y mudar caballos; pero el tiempo continuaba malo, las carreteras eran pesadas y abundaban en ellas las cuestas.

Kit, entumecido de frío, procuraba entrar en calor pensando en el feliz término de aquel viaje. La impaciencia de los viajeros fue creciendo según avanzaba el día, que no por eso se hizo más corto, y oscureció cuando aun faltaban muchas leguas que recorrer.

Calmó el viento y empezó a nevar, cayendo copos tan grandes y en tal cantidad que pronto se cubrió la tierra. Dejó de oírse el sonido de las ruedas y las pisadas de los caballos. Todo estaba silencioso: parecía como si, terminado el movimiento de la vida, envolviera a la tierra un sudario de muerte.

Dos leguas faltaban aún para llegar y el tiempo que tardaron en recorrer aquella distancia pareció un siglo a nuestros viajeros.

—Éste es el pueblo, caballeros —dijo el conductor bajando del pescante en la puerta de una posada—. ¡Vaya un tiempecito! ¡Las doce únicamente y parece que el pueblo se ha recogido ya!

Llamaron a la puerta fuerte y repetidamente, pero nadie dio señales de vida: todo continuaba tan oscuro y silencioso como antes. Parecía que se habían muerto todos los inquilinos o que era aquella una casa deshabitada.

—Vámonos —exclamó el señor Garland—, el conductor despertará a esa gente, si puede. Yo no descansaré hasta que sepa que no llegamos demasiado tarde. ¡Vamos, vamos andando, por amor de Dios!

Y así lo hicieron, dejando que el postillón llamara y pidiera las habitaciones que hubiera disponibles en la casa. Kit fue con los señores, llevando en la mano un bulto que al salir de casa había colgado en el coche, la jaula con el pájaro, exactamente igual que Nell lo había dejado.

Anduvieron a la ventura, sin saber por dónde llegarían al sitio que buscaban, hasta que Kit, viendo luz en una ventana, llamó en la casa para preguntar el camino que debían seguir.

—¡Vaya una noche para hacerme levantar a estas horas! —contestó una voz—. ¿Qué quieren ustedes?

—Siento mucho haberle molestado. Si hubiera sabido que era usted viejo y que estaba enfermo, no lo hubiera hecho.

—¿Cómo sabe usted que soy viejo? —exclamó el otro—. Quizá no lo sea tanto como usted supone, y en cuanto a estar enfermo, hay muchos jóvenes que no están tan fuertes como yo. Por lo demás, dispense usted si he hablado con rudeza al principio, no veo bien de noche y no pude ver que era usted forastero.

—Siento mucho haber obligado a usted a que se levantara, pero aquellos caballeros que están parados junto a la puerta del cementerio son forasteros también; vienen de un largo viaje y desean llegar a la Rectoría. ¿Puede usted encaminarnos?

—¡Vaya si puedo! No en balde soy desde hace cincuenta años el sepulturero del pueblo. Sigan por la derecha, aquélla es la calle. ¿Supongo que no traerán ustedes malas noticias a nuestro anciano rector?

Kit respondió negativamente y, dando las gracias al buen hombre, echó a correr, se reunió con los caballeros y, siguiendo la dirección que el sepulturero le había indicado, llegaron a los muros de la Rectoría. Volviéndose para darse cuenta del camino que habían traído, divisaron una luz que brillaba solitaria a cierta distancia, pareciendo salir de un edificio ruinoso, como si fuera una estrella inmóvil y esplendente en medio de la oscuridad.

—¿Qué luz es aquélla? —preguntó el señor Garland.

—Evidentemente, sale de la casa donde viven ellos.

—No pueden estar despiertos a estas horas.

Kit pidió licencia para averiguar quién vivía allí y, llevando la jaula en la mano, partió ligeramente hacia donde brillaba la luz, llegando pronto cerca de la ventana.

Se aproximó sigilosamente y escuchó: no se sentía el menor ruido, ni siquiera la respiración de una persona dormida.

Era muy raro que hubiera una luz encendida a aquella hora sin que nadie estuviera cerca. No podía mirar dentro de la habitación, porque una cortina tapaba la parte inferior de la ventana, pero no se veían sombras tampoco. Dio la vuelta al muro y encontró una puerta. Llamó y no obtuvo respuesta, pero allí se sentía un ruido especial, sin que pudiera determinar a qué obedecía; parecían gemidos sordos, como de alguien que sufriera, pero eran demasiado regulares y constantes; era distinto de todo lo que había oído hasta allí: algo así como un quejido doloroso.

Kit sintió más frío que el que había tenido en todo el viaje en medio del hielo y de la nieve. Llamó otra vez, pero ni hubo respuesta ni se interrumpió el ruido. Apoyó una rodilla en la puerta y una mano en la cerradura y la puerta se abrió cediendo a aquella presión.

No había ninguna lámpara ni bujía en la habitación, pero el ligero resplandor del fuego que ardía en la chimenea le dejó ver una figura encorvada sentada de espaldas a la puerta. Ni el ruido de la puerta al abrirse y volver a cerrarse con un portazo, ni los pasos de Kit, hicieron que aquella figura volviera la cabeza o se moviera. Quieta y silenciosa permaneció, como si no hubiera sentido nada. Era un hombre con el pelo tan blanco como las cenizas de la leña que se extinguía en la chimenea.

Kit habló algo, sin que pudiera saberse lo que dijo.

Ya iba a marcharse; tenía la mano en la cerradura, cuando algo en aquella figura encorvada llamó su atención, un trozo de leña produjo una viva llama y Kit, volviendo donde antes estaba, avanzó unos pasos y se fijó en su semblante. Sí, aunque muy cambiado, le reconoció.

—¡Amo! —gritó poniéndose de rodillas y tomándole una mano—. ¡Querido amo! ¡Soy yo, dígame usted algo!

El viejo se volvió lentamente y murmuró con voz ronca y apagada:

—¡Otro espíritu! ¿Cuántos van a venir esta noche?

—No soy un espíritu, amo querido, soy Kit. Y la señorita Nell, ¿dónde está?

—¡Todos preguntan eso! —repuso el viejo como si divagara—. ¡Todos preguntan por ella! ¡Un espíritu!

—¿Dónde está? ¡Dígamelo usted, por favor, querido amo!

—Está durmiendo allí, más allá.

—¡Gracias a Dios!

—¡Ay! ¡Gracias a Dios! —continuó el viejo—. He orado y pedido mucho mientras ella dormía. ¡Ah! ¿Ha llamado?

—No he oído ninguna voz.

—Sí, sí, la oíste; la oyes ahora! ¿Y quieres decirme que no oyes su voz?

Kit se levantó y escuchó de nuevo.

—¿No oírla? —murmuró—. ¿Habrá alguien que la conozca mejor que yo?

Haciendo señas a Kit para que se callara, el viejo penetró en otra habitación y, después de una corta ausencia, volvió murmurando:

—Tenías razón, no llamaba, a menos que fuera en sueños, porque aún duerme. Temí que esta luz, demasiado viva, la despertara y la he traído aquí.

Parecía hablar solo, como si no se dirigiera a nadie; después volvió a escuchar un largo rato y al fin, sin preocuparse de Kit, abrió un baúl, sacó

algunas ropas de Nell y empezó a alisarlas con la mano y colocarlas otra vez cuidadosamente, en tanto que murmuraba:

—¿Por qué estás tan quieta, Nell? Tus amiguitas vienen a buscarte y preguntan por ti, y lloran y sollozan porque no les respondes.

—Éste es su traje favorito —seguía el viejo abrazando y besando aquel traje—; lo echará de menos cuando despierte. Lo han escondido aquí, pero yo se lo llevaré: mi niñina no tiene que llorar por nada. Mira estos zapatitos. Son suyos, están tan usados... pero los guarda en recuerdo de nuestro viaje. Casi no tienen suelas y sus pobres piececitos se herían en las piedras, pero no se quejó nunca y andaba detrás de mí para que yo no la viera cojear. Y besándolos, volvió a guardarlos como si fueran una sagrada reliquia.

Kit no podía oír más: tenía los ojos llenos de lágrimas.

La puerta se abrió de nuevo y el señor Garland, su amigo y dos personas más entraron en la habitación. Eran el doctor y el maestro. Aquél traía una lámpara en la mano y, según Kit supo después, había ido a su casa a ponerle aceite un momento antes de que él llegara.

El viejo, volviendo a su sitio, siguió con los quejidos anteriores, sin preocuparse de las personas que habían entrado en su casa. Parecía que nada ni nadie excitaba su interés. El hermano menor se retiró a un lado; el doctor acercó una silla, se sentó junto al anciano, y, después de un largo silencio, se atrevió a hablar:

—¡Otra noche sin acostarse! ¿Por qué no trata usted de descansar, como me prometió?

—¡El sueño huye de mí! —repuso el viejo—. ¡Se ha ido todo con ella!

—Pero si ella sabe que usted no duerme se afligirá mucho y usted no querrá darle un disgusto.

—No, ¡pero hace tanto que duerme! ¿Cuándo despertará? —preguntó el viejo.

—Pronto; feliz y contenta, no sentirá penas ya.

El viejo se levantó, fue otra vez a la habitación de la niña y allí empezó a divagar de nuevo.

Todos los presentes, con el rostro bañado en lágrimas, se miraron unos a otros.

Después salió diciendo que aún dormía, pero que había movido una mano, muy poco, pero la había movido, y que pronto despertaría.

—No hablemos más de su sueño —dijo el maestro sentando al anciano en una silla y sentándose a su lado—; hablemos de ella, cómo era en casa, antes de emprender la peregrinación, antes de huir a la ventura.

—Siempre estaba contenta —exclamó el anciano mirando seria y reposadamente a su interlocutor—, tranquila y formal, pero feliz siempre: era de carácter muy alegre.

—He oído decir a usted —continuó el maestro— que en eso y en otras muchas cosas se parecía a su madre. ¿Se acuerda usted de ella?

El viejo sostuvo su mirada serena, pero no respondió.

—O de otra anterior aún, de su esposa de usted —murmuró el doctor—. Han pasado muchos años, pero jamás puede uno olvidar a la madre de sus hijos. Lleve usted sus pensamientos a aquellos lejanos días, cuando era usted joven; cuando, niño aún, amaba usted a otra flor semejante. Recuerde que tenía un hermano, olvidado y alejado hace mucho tiempo, pero que ahora viene a consolarle a usted y a ser el báculo de su vejez.

—A ser lo que tú fuiste una vez para mí —exclamó el menor cayendo de rodillas ante el anciano—; a pagarte con mi constante cuidado, solicitud y amor tu antiguo afecto por mí; a ser tu mano derecha, tu amparo en la vejez y la soledad. Di solamente una palabra que indique que me reconoces. ¡Nunca, nunca, ni aun cuando éramos niños, nos quisimos tanto como te quiero ahora, hermano mío!

El viejo miró a todos, uno tras otro, y movió los labios, pero no habló una sola palabra.

El hermano menor continuó hablando, en tanto que el viejo, poco a poco y sin ser visto, se acercó a la alcoba de la niña y exclamó con labios temblorosos:

—¡Conspiran juntos para que aparte mi corazón y mi afecto de ella! ¡No, no lo conseguirán mientras me quede un soplo de vida! ¡No tengo parientes ni amigos, ni los tuve, ni los tendré! ¡Sólo la tengo a ella, a mi niña, y nadie puede separarnos!

Y despidiéndose de todos con la mano, penetró en la alcoba de la niña. Todos entraron detrás de él sin hacer ruido de pasos, pero sollozando y llorando amargamente.

El silencio de aquella habitación estaba explicado: la niña estaba muerta.

Tenía el rostro resplandeciente, la fatiga y el cuidado habían huido de allí y un reposo celestial parecía embargarla.

CAPÍTULO XXVII

Su tumba

A la mañana siguiente, algo más tranquilos ya de la pena y dolor que embargaran aquellos amantes corazones, pudieron oír el relato de sus últimos momentos.

Hacía dos días que había muerto. Todos sabían que el fin se acercaba y murió al clarear el alba. Antes de morir despertó de un sueño largo y reposado, pidió a todos que la besaran y después, mirando al anciano de un modo que jamás podrían olvidar cuantos lo vieron, extendió sus brazos y le estrechó entre ellos. Así murió, abrazada a su abuelo.

Contaron sus conversaciones acerca de aquellas dos hermanas que fueron una ráfaga luminosa en su triste existencia, sobre los niños que eran sus mejores amigos y hasta sobre Kit; el pobre Kit, a quien tanto quería y a quien ya no veía más. Aun entonces le recordaba alegre y riendo, como si desaparecieran sus dolores con aquel recuerdo.

Poco después vino el niño aquel a quien tanto quería Nell. Traía flores y quiso ver a la niña; no gritaría porque ya sabía lo que era un muerto y no tenía miedo alguno.

Le permitieron entrar y cumplió su palabra, dando una lección a todos.

El viejo, que hasta entonces no había hablado con nadie más que de la niña, y con ella, creyendo que le oía, rompió en lágrimas cuando vio al pequeño y todos los circundantes, comprendiendo que la presencia del niño sería beneficiosa al anciano, salieron de la habitación dejándolos juntos.

El niño, con su inocente charla, le persuadió para que descansara, para que comiera, y el anciano hizo todo lo que el pequeño le decía.

Cuando llegó el día en que tenían forzosamente que sepultarla, el niño se lo llevó consigo para que no presenciara la triste ceremonia.

Era domingo y todo el pueblo estaba de luto.

—¡Vecina! —murmuró el anciano al llegar a la casa donde el niño vivía—. ¿Cómo es que todas las mujeres visten hoy de negro y todos los hombres llevan crespones?

—No lo sé —respondió la buena mujer.

—¿Cómo? ¡Si usted misma lo lleva también! Vámonos, hijo mío, hay que saber por qué es eso.

—¡No, no! —gritó el niño—. Acuérdese de lo que me ha prometido usted. Vamos al campo donde Nell y yo íbamos tantas veces y no podemos volver atrás.

—¿Dónde está ella? —preguntó el abuelo.

—¿No lo sabe usted? —respondió el niño—. Pues qué, ¿no acabamos de dejarla ahora dormida?

—¡Verdad, verdad! ¡Era ella la que hemos dejado allí! Aunque nada dice, está tan linda como siempre.

Se apretó la frente con la mano, miró alrededor como si despertara de un sueño e impelido por una idea súbita cruzó la calle y entró en casa del sepulturero. Éste y su ayudante estaban sentados cerca del fuego, pero

al ver al que entraba, se levantaron y le saludaron con el respeto que su desgracia les inspiraba.

El niño les hizo una señal de inteligencia: fue cuestión de un instante, pero aquello y la mirada del anciano fueron bastante para que comprendieran que tenían que ser prudentes.

—¿Entierran ustedes a alguien hoy? —preguntó el anciano.

—No. ¿A quién habíamos de enterrar? —repuso el sepulturero.

—Eso digo yo... ¡A quién!

—Estamos de vacaciones, señor, no tenemos nada que hacer hoy en el cementerio y nos dedicaremos a cuidar nuestro jardín.

—Bueno, entonces iré a donde quieras, pequeño —dijo el anciano dirigiéndose al niño—. No me engañan ustedes, ¿verdad? ¡He sufrido mucho desde la última vez que nos vimos! ¡Ustedes no lo pueden comprender!

—Vaya usted tranquilo con el niño —murmuró el sepulturero—, y que el Señor los acompañe y los bendiga.

—Vamos, hijo mío. —Y, dichas estas palabras, se dejó conducir pacíficamente en la dirección que el niño quiso llevarle.

Las campanas seguían doblando noche y día como si fueran voces plañideras que lamentaran la pérdida de un ser tan bueno, tan joven, tan hermoso y cuyos días en la tierra habían sido tan cortos, tan azarosos y tan desprovistos de dulzura y alegrías.

Llegada que fue la hora del entierro, la población entera se unió al fúnebre cortejo: grandes y chicos rindieron el último tributo de cariño a aquella infeliz criatura que tan bondadosa y tierna había sido para con todos. Algunos de sus más asiduos compañeros condujeron a hombros el ataúd para depositar aquel cuerpo angelical en el seno de la madre tierra.

Se encaminaron al templo para rezar algunas preces y al llegar a él, detuviéronse y el cadáver fue colocado en al atrio de la iglesia.

Allí donde solía sentarse para descansar tantas veces, allí recibió las bendiciones y se dijeron responsos; el cortejo siguió adelante hasta llegar a un terreno donde Nell paseaba con frecuencia antes de morir.

Allí, en una sepultura rodeada de flores plantadas por su propia mano, depositaron su cuerpo; se oyeron muchos sollozos en medio de aquel solemne silencio, se dijeron misas y todos se retiraron; unos llorando, otros comentando los hechos de aquella niña, que en poco tiempo se ganó el cariño, el respeto y la consideración de todos los vecinos del pueblo.

El viejo volvió a su morada muy tarde; el niño, al volver del paseo, le hizo entrar en su casa con un pretexto y le obligó a descansar y dormir en una butaca, junto a la chimenea. Cuando despertó, la luna brillaba ya, iluminando el espacio.

El hermano menor, que inquieto le esperaba en la puerta, le vio apenas se acercó con su pequeño guía y, avanzando hacia él, le tomó de la mano y, obligándole dulcemente a apoyarse en su brazo, le condujo al interior.

Apenas entró, fue derecho a la alcoba de Nell y, no encontrando lo que había dejado allí, recorrió toda la casa y la del maestro llamándola a voces por su nombre.

Su hermano le siguió y le condujo de nuevo a su casa, queriendo persuadirle con palabras cariñosas para que se sentara y oyera lo que querían decirle los allí reunidos.

Con palabras de afecto y cariño, con todos los recursos que el amor fraternal y la compasión pueden sugerir, fueron preparándole para comunicarle la triste verdad; pero apenas ésta salió de los labios de uno de ellos, el pobre anciano cayó al suelo como herido por un rayo.

Durante horas enteras perdieron la esperanza de que pudiera vivir, pero el dolor da resistencia y resistió.

Decir los días que pasó el anciano después de saber la pérdida de su nieta, sería repetir lo que saben perfectamente cuantos han pasado por semejante prueba. Todo lo poco que quedaba en él de conocimiento o memoria lo concentró en la niña, sin que jamás llegara a comprender que tenía un hermano. Parecía estar siempre buscando algo perdido y ni ruegos, ni súplicas, ni palabras de afecto tenían valor para él.

Hicieron esfuerzos para llevárselo de aquel lugar, pero todo fue inútil: mientras estaba en aquella casa buscando a Nell por todas partes, estaba tranquilo; apenas le sacaban de ella, se enfurecía y cuantas eminencias entendidas en la materia le visitaron, dieron a entender que era un caso desesperado.

Tampoco el niño tenía ya influencia sobre él: algunas veces le acariciaba y paseaba con él, pero otras ni siquiera se daba cuenta de su presencia.

Un día se hallaron con que había madrugado y, tomando su bastón en una mano y en la otra el sombrerito de Nell y la cestita que solía llevar ella, se había marchado.

Cuando empezaban a preguntar por todas partes para encontrarle, llegó asustado el niño de la escuela diciendo que le había visto sentado en la sepultura de Nell.

Allá fueron sin molestarle, pero sin perderle de vista, y cuando se hizo de noche vieron que se levantaba, volvió a su casa y se acostaba murmurando:

—¡Mañana la veré!

Y así continuó por muchos días sentado allí desde la mañana hasta la noche y esperando verla siempre al día siguiente.

La última vez que fue al cementerio era un día espléndido de primavera; al llegar la hora de costumbre y ver que no volvía, fueron a buscarle y le hallaron muerto sobre la sepultura.

Y allí le enterraron, al lado de aquella niña a quien tanto amó, y en el cementerio de aquella iglesia que casi llegó a ser su casa, donde tantas veces elevaron sus plegarias al Sumo Hacedor, duermen juntos el sueño eterno la niña y el anciano.

EPÍLOGO

Sólo resta saber la suerte de algunos de los personajes que prestaron su concurso a esta narración.

Sansón Brass fue instalado por un cierto número de años en un palacio donde otros muchos caballeros se alojaban también con cargo al Estado, llevando siempre en los tobillos un amuleto de hierro, a fin de que no se le entumecieran las piernas a causa del poco ejercicio que hacía.

De la señorita Sally nada pudo saberse en concreto; unos la vieron vestida de hombre y haciendo oficio de marinero; otros, pidiendo limosna, y había quien aseguraba que la había visto buscando las sobras del rancho en los cuarteles.

El cuerpo de Quilp se encontró en el río, horriblemente mutilado. Fue conducido ante la justicia y enterrado a sus expensas.

La señora Quilp no pudo perdonarse nunca su última conversación con Nell; la muerte de su marido la dejó rica y volvió a casarse con un hombre que supo hacerla feliz.

La familia Garland siguió sus costumbres como de ordinario, sin más novedades que la sociedad de Abel con el señor Witherden y su boda con una joven rica, buena y hermosa. El doctor, al morir su amigo, se fue a vivir en compañía de su hermano y fue un tío cariñoso y un compañero de juegos para los chiquitines de Abel.

Richard Swiveller tardó en reponerse de su enfermedad y, al recibir la primera remesa de su renta, compró un magnífico equipo a la Marquesa, a la cual cambió el nombre llamándola con el eufónico de Eufrosina Sfinae. Fue a un colegio costeado por Richard y cuando cumplió diecinueve años, no sabiendo que hacer con ella, le entregó su mano, su corazón y su fortuna, convirtiéndola en la señora de Swiveller.

El caballero misterioso, o sea, el hermano menor del abuelo de Nell, conservó siempre una pena profunda en su corazón; pero no por eso abandonó el mundo, ni dejó de vivir lo más felizmente posible haciendo todo el bien que podía, especialmente a cuantos habían sido amables y buenos con Nell y su abuelo, sin excluir a uno solo, ni siquiera al hombre que alimentaba el horno de la fundición.

Kit y su madre fueron ampliamente recompensados de los disgustos que habían sufrido; aquél, con un buen empleo, y ésta, con la satisfacción de tener un hijo tan noble y tan amante, que llegó a ser un hombre útil y provechoso a su familia y a su país. Se casó, como es de suponer, con Bárbara. Excusamos explicar la alegría de las dos madres y las lágrimas que derramaron con tan fausto suceso. Tuvieron muchos hijos y todos aprendieron y repitieron después a los suyos la historia de la señorita Nell y los trabajos y amarguras que él pasó en aquellos días tan tristes.

Algunas veces los lleva a la calle donde vivieron. La tienda no está allí ya, una calle ancha y nueva se ha abierto en aquel sitio; pero hace unas rayas en el suelo y allí, dentro de aquel cuadro, les dice que estuvo la casa.

Éstos son los cambios que trajeron unos cuantos años. ¡Así pasa todo, como un cuento que se narra! ¡Pasa y ya no es!

ÍNDICE

Índice